SONSUZA KADAR

SONSUZA KADAR

Orijinal Adı: Once and Always
Yazarı: Judith McNaught
Genel Yayın Yönetmeni: Tanju Anapa
Çeviri: Nihal Gökçe

Kapak Tasarımı: Hediye Boran
Film-Grafik: Bilka CTP Matbaacılık

1. Baskı: Mayıs 2007

ISBN: 978 9944-82-011-0

Baskı ve Cilt: Melisa Matbaası
Çiftehavuzlar Yolu
Acar Sitesi No: 18 Davutpaşa
Tel: (0212) 674 97 23

Yayımlayan:
Epsilon Yayıncılık Hizmetleri Tic. San. Ltd. Şti.
Hamidiye Mah. Söyler Sok. No: 8 Kâğıthane / İstanbul
Tel: 0212 295 45 95 pbx Fax: 295 02 06
İnternet adresi: www.epsilonyayinevi.com
e-mail: epsilon@epsilonyayinevi.com

Genel Dağıtım:
Yeni Çizgi Yayın Dağıtım Ltd. Şti.
Hamidiye Mah. Söyler Sok. No: 8 Kâğıthane / İstanbul
Tel: 0212. 294 46 00 pbx Faks: 294 41 16
İnternet adresi ve on-line alışveriş: www.yenisayfa.com

SONSUZA KADAR

Judith McNaught

epsilon®

BİR

İNGİLTERE
1815

Kuzguni siyah saçlı esmer güzeli, makyaj masasının aynasından kendisine doğru gelen kocasının aksine bakarak "Sen misin, Jason?" diye mırıldandı. Gözleri bir an için ilgisizce adamın uzun boylu, iri yapılı vücudunda dolaştı; sonra tekrar önünde açık duran mücevher kutularına döndü. Yüzüne geniş bir gülümseme yayıldı, eli gergin bir titreyişle kutulardan birinin içinden şahane bir elmas gerdanlık çıkarıp kocasına uzattı. "Bunu takmama yardım edebilir misin?"

Erkek, karısının tuvaletinin cüretkar dekoltesinden taşan göğüslerinin üzerine daha önce takmış olduğu pırıl pırıl yakutlar ve muhteşem zümrütlerle bezeli kolyeyi süzerken yüzü tiksintiyle kasıldı. "Baloya Grand Leydi olarak katılacak bir kadının vücuduyla mücevherlerini bu kadar sergilemesi biraz basit kaçmıyor mu?"

Melissa Fielding sesinde hor gören bir ifadeyle, "*Sen* basitlikten ne anlarsın?" diye yanıtladı. "Bu tuvalet modanın zirvesi." Ardından, kibirli bir tonla devam etti: "Baron Lacroix çok beğeniyor. Bu gece baloya bunu giymemi benden özellikle rica etti."

Alaycı bir sesle, "Üzerinden çıkarırken kancalarla kopçalarla uğraşmak istemediği içindir herhalde," dedi kocası..

"Aynen öyle. Kendisi Fransız -ve çok da sabırsız."

"Maalesef, çok da parasız."

"Beni çok güzel buluyor." Melissa'nın sesi bastırılmış bir nefretle titremeye başlamıştı.

"Haklı." Jason Fielding'in aşağılayıcı bakışları kadının yeşil gözlü, dolgun kırmızı dudaklı çekici yüzünde, mermer gibi pürüzsüz, beyaz teninde dolaştı, sonra kırmızı kadife tuvaletin derin yakasının davetkârca açıkta bıraktığı dolgun göğüslerinin titreyişine takıldı. "Sen çok güzel, ahlaksız ve açgözlü... orospunun tekisin."

Kadına arkasını dönüp kapıya doğru bir adım attı, sonra durup karşı konulmaz bir otoriteyle dolu buz gibi bir sesle, "Dışarı çıkmadan önce gidip oğlumuza iyi geceler de," dedi. "Jamie senin orospunun teki olduğunu anlayamayacak kadar küçük ve yokluğunda seni özlüyor. Ben İskoçya'ya gidiyorum, bir saat sonra yola çıkmış olacağım."

"Jamie!" Kadının sesi hiddet dolu bir fısıltıya dönüşmüştü. "Jamie'den başka hiçbir şey umurunda değil!" Kocası söylediğine itiraz etme zahmetine katlanmaksızın kapıya doğru yürüyünce, Melissa'nin öfkesi parlayıverdi. Tehditkâr bir sesle "İskoçya'dan döndüğünde beni bulamayacaksın!" diye bağırdı.

"Güzel!" diyerek yürümeye devam etti adam.

"Seni piç!" Kadının sesi bastıramadığı bir öfkeyle titriyordu. "Senin kim olduğunu bütün dünyaya ilan edeceğim, herkes ne olduğunu öğrenecek, sonra da seni terk edeceğim. Asla geri dönmeyeceğim. Asla!"

Jason elini kapının koluna koyup kadına döndüğünde yüzü aşağılama dışında hiçbir şey ifade etmeyen, sert bir maskeye dönüşmüştü. "Dönersin," dedi istihzalı bir sesle. "Paran bittiği gün anında dönersin."

Kapı erkeğin ardından kapanır kapanmaz Melissa'nın şahane yüzü bir zafer ifadesiyle parladı. Boş odaya yüksek sesle "Asla geri dönmeyeceğim, Jason," dedi, "çünkü param asla bitmeyecek. Ne istersem yollayacaksın bana..."

Kapıyı açan kahya Jason'ı tuhaf, gergin bir fısıltıyla "İyi akşamlar, lordum," diyerek karşıladı.

Jason ıslak pelerinini hizmetkâra verip çizmelerindeki karı dökmek için ayaklarını yere vururken düşünmeden "Mutlu Noeller, Northrup," diye cevap verdi. Bir anda aklına, iki hafta önce Melissa'yla aralarında geçen o son sahne gelivermişti, ama bu düşünceyi hemen kafasından attı. "Hava yüzünden yolum bir gün uzadı," dedi. "Oğlum yattı mı?"

Kahya yerinde donakalmıştı.

"Jason–" Mermer girişi salondan ayıran kapıda beliren, rüzgâr yanığı yüzünden denizci olduğu anlaşılan, iri yapılı, orta yaşlı adam, Jason'a doğru yürümeye başladı.

Adam salonun kapısını yavaşça kapatırken Jason şaşkınlık içinde, "Ne yapıyorsun burada, Mike?" diye sordu.

Mike Farrell gergin bir sesle "Jason," dedi, "Melissa gitti. Sen İskoçya'ya gitmek için yola çıktıktan hemen sonra Lacroix'yla birlikte Barbados'a giden bir gemiye bindi." Durup Jason'ın tepkisini bekledi, ama hiçbir tepki gelmedi. Derin bir nefes alıp devam etti. "Jamie'yi de yanında götürdü."

Jason'ın vahşi bir öfkeyle parlayan gözleri birer gazap ateşine dönüştü. "Öldüreceğim onu!" Sözünü bile bitirmeden kapıya doğru hamle yapmıştı bile. "Onu bulup geberteceğim–"

"Bunun için çok geç." Mike'ın boğuk sesini duyan Jason olduğu yere çakılıp kaldı. "Melissa öldü. Gemileri İngiltere'den kalktıktan üç gün sonra bir fırtınada batmış." Mike, Jason'ı saran ıstırabı görmemek için gözlerini çevirip ifadesiz bir sesle sözünü bitirdi: "Hayatta kalan olmamış."

Jason tek kelime etmeksizin içki masasının başına gidip kristal bir sürahiden bir kadehe viski doldurdu. Görmeyen gözlerini karşıya dikmişti. İçkiyi bir dikişte bitirip kadehi tekrar doldurdu.

"Sana bunları bırakmış." Mike Farrell mührü açılmış iki mektup uzattı. Jason mektupları almak için hiçbir harekette bulunmayınca yavaşça açıkladı. "Ben ikisini de okudum. Bir tanesi sana yazılmış bir fidye mektubu, yatak odana bırakmış. Jamie'yi sana geri yollamak için fidye istemek niyetindeymiş. İkincisini seni rezil etmek için yazmış, o gittikten sonra

Times'a götürmesi için bir uşağa vermiş. Ama Flossie Wilson, Jamie'nin olmadığını fark edince hemen bütün hizmetkârları sorguya çekip Melissa'nın bir gece önce neler yaptığını öğrenmiş, uşak da mektubu *Times*'a götürmek yerine ona vermiş. Flossie, sana ulaşamayınca, Melissa'nın Jamie'yi götürdüğünü söylemek için, bir adam gönderip beni çağırttı, mektupları da bana verdi." Mike artık zorlukla konuşuyordu. "Jason, çocuğu ne kadar çok sevdiğini biliyorum. Üzgünüm. Çok üzgünüm..."

Jason'ın acı dolu bakışı ağır ağır şöminenin üzerindeki altın varak çerçeveli portreye döndü. Yüzünde sessiz bir ıstırapla, tombul yanaklı yüzünde meleksi bir gülümseme, elinde sevgiyle sımsıkı tuttuğu tahta bir askerle poz veren oğlunun resmine baktı.

Elindeki kadeh kasılan avucunda parçalandı. Ama ağlamadı. Jason Fielding'in çocukluğu çok daha eskiden, tüm gözyaşlarını kurutmuştu.

NEW YORK, PORTAGE
1815

Victoria Seaton, yoldan ayrılıp doğduğu mütevazı küçük evin ön bahçesine açılan beyaz boyalı tahta kapıyı itti. Gecenin sessizliğinde küçük ayaklarındaki botların altında ezilen karın sesini duyabiliyordu. Yanakları kızarmış, gözleri pırıl pırıl, başını kaldırıp, on beş yaşının kaygısız neşesiyle yıldızların ışığıyla parlayan gökyüzüne baktı. Gülümseyerek, bütün gece koca bir grup halinde kapı kapı dolaşıp söyledikleri Noel şarkılarından birinin nakaratını mırıldanmaya koyuldu, sonra dönüp karanlıkta kendisini bekleyen eve doğru yürüdü.

Annesiyle babasını ya da kız kardeşini uyandırmamak için ön kapıyı yavaşça açıp içeri süzüldü. Pelerinini sırtından çıkarıp kapının yanındaki askıya astı, ama kapıya arkasını döner dönmez hayretler içerisinde dona kaldı. Merdiven başındaki pencereden içeri dolan ay ışığı annesinin yatak odasının hemen önünde duran annesiyle babasını aydınlatıyordu. "Hayır, Patrick!" Annesi babasının onu sımsıkı saran kolları arasında çırpınıyordu. "Yapamam! Yapamam, elimde değil!"

"Beni reddetme, Katherine." Patrick Seaton'un sesinde acı dolu bir yalvarış vardı. "Allah aşkına, beni–"

"Söz vermiştin!" Katherine kocasının kollarından kurtulmak için çılgınca mücadele ediyordu. Kocası başını eğip onu öptü, ama kadın başını çevirdi, ağzından kelimeler hıçkırık gibi dökülüyordu: "Dorothy doğduğu gün bunu benden bir daha istemeyeceğine söz vermiştin. Bana söz verdin!"

Dehşet ve hayret içinde donup kalan Victoria, o ana kadar hiç annesiyle babasının birbirine dokunduğunu görmediğini fark etti -ne sevgiyle, ne de şakayla– ama babasının annesine ne için yalvardığı hakkında hiçbir fikri yoktu.

Patrick karısını bıraktı, elleri iki yanına düştü. Taş gibi, "Özür dilerim," dedi. Katherine odasına kaçıp kapıyı kapattı, ama Patrick Seaton kendi odasına girmek yerine dönüp dar merdivenlerden aşağı indi, Victoria'nın yanından geçip şöminenin karşısındaki koltuğuna oturdu.

Victoria duvara iyice yaslandı, gördüklerinin barış ve güven dolu dünyasını bir şekilde tehdit ettiğini hissediyordu. Eğer merdivenlere doğru gidecek olursa babasının, o çok özel sahneye şahit olduğunu fark edeceğinden korkarak, sönmekte olan ateşin son korlarına gözlerini dikmiş oturan babasını seyretmeye koyuldu. Yıllardır mutfak rafında bekleyen bir içki şişesi şimdi babasının yanındaki masanın üzerinde, yarı dolu bir bardağın yanında duruyordu. Adam bardağa uzanınca, Victoria dönüp dikkatle ayağını ilk basamağa uzattı.

"Orada olduğunu biliyorum, Victoria." Babası arkasına bakmadan konuşmuştu, sesinde hiçbir vurgu yok gibiydi. "Annenle aramızda geçen şeyi görmemişsin gibi yapmamızın bir anlamı yok. Gelip benimle ateşin yanında otursana. Sandığın gibi bir zorba değilim."

Victoria'nın boğazı anlayışla düğümlendi, hemen gidip babasının yanına oturdu. "Senin zorba olduğunu düşünmedim, baba. Böyle bir şey asla aklımdan geçmez."

Babası bardağındaki içkiden büyük bir yudum aldı. "Anneni de suçlama." İçmeye Victoria'nın gelmesinden epeyce önce başladığı için, kelimeler ağzından hafif peltek çıkıyordu.

İçkiden etkilenmiş algılarıyla Victoria'nın sarsılmış yüzüne baktı ve şahit olduğu sahneden olduğundan da fazlasını çıkardığını zannetti. Kızını rahatlatmak amacıyla kolunu onun omzuna attı, ama söylediği şeylerin tek etkisi zavallı kızın sıkıntısını yüzlerce kat artırmak oldu. "Bu annenin suçu değil, benim suçum da değil. O beni sevmeyi başaramıyor, bense onu sevmekten vaz geçemiyorum. Bu kadar basit işte."

Victoria çocukluğunun güvenli, huzurlu dünyasından bir anda yetişkinlerin buz gibi soğuk, korkunç gerçekliğine dalıvermişti. Ağzı hayretle açıldı, dünyası başına yıkılıyormuş gibi bir duyguyla babasına baktı. Başını iki yana sallayarak babasının az önce söylediği korkunç şeyin doğru olmadığına kendini inandırmaya çalışıyordu. Annesi harika babasını tabii ki seviyordu, aksi mümkün olamazdı!

Patrick Seaton acı dolu gözlerle boş bardağını süzerek, "Olmayan aşkı zorla var edemiyorsun," diye korkunç gerçeği tekrarladı. "Sen istiyorsun diye yoktan var oluvermiyor. Öyle olsa, annen beni mutlaka severdi. Evlendiğimizde beni sevmeyi öğrenebileceğine inanıyordu. Ben de inanıyordum. İnanmak *istiyorduk. Daha* sonraları ise ben kendimi onun beni sevmesinin önemli olmadığına inandırmaya çalıştım. Kendi kendime evlilik bu olmadan da iyi gidebilir, diyordum."

Sözlerinin gerisi ağzından öyle bir acıyla döküldü ki Victoria'nın yüreği sızladı: "Ne aptalmışım! Seni sevmeyen birini sevmek cehennem azabının ta kendisi! Sana seni sevmeyen biriyle mutlu olabileceğini söyleyen olursa sakın inanma."

Victoria gözlerini yakan yaşları tutma çabasıyla kirpiklerini kırpıştırarak, "İ-inanmam..." diye fısıldadı.

"Kimseyi de onun seni sevdiğinden fazla sevme, Tory. Kendini kaptırma."

Victoria yine fısıldayarak "Kaptırmam..." diye cevap verdi. "Söz veriyorum." İçinde bir yanardağ gibi patlayan merhamet ve sevgi, gözlerinden bir gözyaşı seli olup döküldü. Genç kız küçük elini babasının yakışıklı yüzüne koyarak hıçkırıklar arasında "Evlendiğim zaman," dedi, "*tıpkı* senin gibi birini seçeceğim, baba."

Babası bu sözler üzerine şefkatle gülümsedi, ama cevap vermedi. Onun yerine, "Tamamen de kötü sayılmazdı," dedi. "Annenle Dorothy'yi ve seni dünyaya getirdik ve sizi çok sevdik. Paylaştığımız sevgi bu oldu."

Victoria gözleri tavana dikili geçen uykusuz bir gecenin ardından evden sessizce dışarı süzüldüğünde şafak sökmek üzereydi. Sırtında kırmızı bir pelerin, altında koyu mavi yünlü bir binici eteğiyle yerli midillisini ahırdan çıkarıp alışık bir hareketle sırtına atladı.

Bir mil sonra, köye giden ana yol boyunca akan çaya varınca, atından atlayıp karla kaplı, kaygan kıyıdan dikkatlice çayın kenarına indi ve düz bir kayanın üzerine oturdu. Dirseklerini dizlerine dayayıp çenesini avuçları arasına aldı; kıyıya yakın yerlerdeki iri buz parçalarının arasından ağır ağır akan gri suyu seyre koyuldu.

Gökyüzü önce sarıya, ardından pembeye dönerken, yeni bir günün doğuşunu her izlediğinde içini dolduran neşeyi bulmaya çalıştı.

Birden arkasındaki ağaçların arasından bir tavşan fırladı, bir atın hafifçe soluduğu ve dik kıyıdan aşağı doğru sinsice inen ayak sesleri duyuldu. Victoria'nın dudakları hafif bir gülümsemeyle kıvrıldı; bir kartopu sağ omzunun yanından hızla geçerken sola doğru eğiliverdi. Arkasına dönmeden, "Karavana, Andrew," diye seslendi.

Yanı başında bir çift parlak kahverengi bot belirdi. Andrew, kayanın üzerinde oturan minyon yapılı, güzel genç kıza sırıtarak "Bu sabah erkencisin," dedi. Victoria'nın, yüzünden geriye doğru çekilip bağa bir tarakla tutturulmuş saçları altın ışıltılar saçan kızıl bir şelale gibi omuzlarına dökülüyordu.

Uzun kirpikli, hafif çekik gözleri derin, canlı bir menekşe rengiydi. Burnu küçük ve kusursuz, elmacık kemikleri zarif ve biçimliydi, yanaklarından sağlık fışkırıyordu, çenesinin ortasında da minicik ama çekici bir çukurluk vardı.

İleride çok güzel bir kadın olacağı Victoria'nın yüzünün her çizgisinden belliydi, ama küçük, inatçı çenesine, gülen, parlak gözlerine bakan herkes, bu güzelliğin narinden ziyade egzotik, saftan ziyade canlı bir güzellik olacağını görebilirdi. Ne var ki bu sabah o güzel gözlerin her zamanki parlaklığından eser yoktu.

Victoria eğilip eldivenli elleriyle yerden biraz kar aldı. Andrew düşünmeden kenara sıçradı, ama Victoria kartopunu normalde yapacağı gibi ona doğru fırlatmak yerine çaya attı. Delikanlı, neşeli bir sesle "Neyin var, parlak göz," diye sordu. "Iskalarım diye mi korktun?"

Victoria somurtkan bir yüzle iç geçirdi. "Tabii ki hayır."

"Kenara kay." Andrew kayanın üzerinde kendisine yer açan genç kızın yanına oturup yüzündeki üzgün ifadeyi hafif bir endişeyle inceledi. "Bu karamsar suratın sebebi ne?"

Victoria ona her şeyi anlatma isteği duydu. Andrew ondan beş yaş daha büyük ve yirmi yaşında bir delikanlıya göre çok olgun bir gençti. Köyün en zengini olan yaşlı, sağlığı da görünüşe bakılırsa oldukça bozuk bir dul hanımın tek çocuğuydu ve annesi kendisine çok düşkündü. Koca malikanelerinin ve çevresindeki bin hektarlık arazinin yönetimini tamamen oğluna bırakmıştı. Kendisi yalnızca oğlunu yönetmek istiyordu.

Andrew eldivenli eliyle Victoria'nın çenesini tutup yüzünü kendi yüzüne doğru kaldırdı. Yumuşak bir sesle, "Haydi, anlat," dedi.

Bu, Victoria'nın sorularla allak bullak olmuş yüreğinin dayanabileceğinden fazlaydı. Andrew arkadaşıydı. Birbirlerini tanıdıkları yıllar boyunca Andrew ona balık avlamasını, yüzmesini, tüfek atmasını ve iskambilde hile yapmasını öğretmişti –bu son yeteneğin ona birinin kendisiyle oynarken hile yapacak olursa anlaması için gerekli olacağını söylemişti. Victoria ise yüzmede de, atıcılıkta da, hilede de onu geride bırakarak çabalarının karşılığını fazlasıyla vermişti. İkisi yakın arkadaştılar ve Victoria ona hemen her sırrını açabileceğini biliyordu. Ama yine de annesiyle babasının evliliğini onunla tartışmanın doğru olmayacağını düşündü. Onun yerine, kafasını meşgul eden diğer konuyu -babasının uyarısını- konuşmaya karar verdi.

"Andrew?" Sesi oldukça kararsız çıkıyordu. "Birinin seni sevdiğini nasıl anlarsın? Gerçekten sevdiğini demek istiyorum."

"Seni sevip sevmediğini anlamak istediğin kim?"

"Evleneceğim adam."

Victoria biraz daha büyük, biraz daha tecrübeli olsa, gözlerini Andrew'nunkilerden kaçırmadan önce delikanlının bal rengi gözlerinde parlayan sıcaklığı okuyabilirdi. Genç adam, "Evleneceğin adam seni çok sevecek," diye cevap verdi. "Bu konuda bana güvenebilirsin."

"Ama beni en az benim onu sevdiğim kadar sevmesi gerek."

"Sevecek."

"Belki, ama nasıl *anlayacağım?*"

Andrew, genç kızın nefis yüzüne keskin, sorgulayan gözlerle baktı. Neredeyse kızgın denebilecek bir tonla, "Köydeki çocuklardan biri seni almak için babanı mı sıkıştırıyor yoksa?"

"Tabii ki hayır!" diye yanıtladı Victoria. "Daha on beş yaşındayım, babamsa on sekiz yaşından önce evlenmemem konusunda kesin kararlı, ne istediğimi ancak o zaman bilebileceğimi söylüyor."

Andrew genç kızın inatçı küçük çenesine bakarak güldü. "Eğer Dr. Seaton'ın tek derdi ne istediğini bilmense, seni hemen yarın evlendirebilir aslında. Sen daha on yaşında bile ne istediğini bilen bir çocuktun."

Victoria keyifli bir samimiyetle, "Haklısın" diye onayladı. Bir dakikalık huzurlu bir sessizliğin ardından, dalgın dalgın, "Andrew," dedi, "senin hiç, acaba kiminle evleneceğim, diye düşündüğün olur mu?"

Andrew yüzünde hafif bir gülümsemeyle çayın öte yanına doğru bakarak "Hayır," diye cevap verdi.

"Hayır mı? Neden?"

"Kiminle evleneceğimi biliyorum."

Bu şaşırtıcı açıklama Victoria'nın yüzünü hayretle genç adama doğru çevirmesine neden oldu. "Biliyor musun? Söylesene, kim? Tanıdığım biri mi?"

Delikanlı sesini çıkarmayınca, Victoria onu düşünceli, yan bir bakışla şöyle bir süzdü, sonra da yerden kar alıp sakin sakin sert bir kartopu yapmaya koyuldu.

Genç adam, yüzünde kaygısız, keyifli bir ifadeyle, "O şeyi ensemden içeri sokmayı filan mı düşünüyorsun yoksa?" diye sordu.

Victoria gözleri parlayarak "Tabii ki hayır," diye yanıtladı. "Ben aslında iddialaşırız diye düşünüyordum. Şu karşıdaki en uzak kayalık var ya, onun en tepesindeki kayanın senden daha yakınına atabilirsem, bana kim olduğunu söyleyeceksin."

"Ya ben daha yakına atarsam?"

Victoria düşünmeden karşılık verdi: "O zaman ne dilersen dile benden."

Andrew gülerek, "Sana kumar oynamayı öğretmem büyük hataydı," dediyse de genç kızın meydan okuyan gülümsemesine dayanması imkânsızdı.

Andrew'nun topu kendilerinden çok uzaktaki hedefi neredeyse sıyırarak geçti. Victoria hedefe gözlerini dikip iyice odaklandı; sonra da topunu fırlattı. Top kayanın tam ortasına isabet etmekle kalmadı, öyle hızlı çarptı ki kayayı arkaya yuvarlayıverdi.

"Sana kartopu atmayı öğretmem de büyük bir hataydı."

"Kartopu atmayı ben zaten biliyordum," diye yanıtladı Victoria meydan okuyan bir tavırla ellerini ince kalçalarına dayayarak. "Evet, kiminle evlenmek istiyormuşsun bakalım?"

Andrew ellerini ceplerine sokup sırıtarak, gözlerini kızın büyüleyici yüzüne dikti. "*Sence* kiminle evlenmek istiyor

"Bilmem." Victoria'nın sesi ciddiydi. "Bilmem, ama umarım çok özel biridir, çünkü sen çok özel birisin."

Andrew, yumuşak, ağır bir sesle "Kesinlikle çok özel biri," dedi. "Öyle biri ki okurken kışın evden uzak olduğumda hep onu düşünürdüm. Şimdi okul bitip eve döndüğüm ve onu bütün yıl bol bol görebildiğim için çok seviniyorum."

Victoria resmi bir sesle "Oldukça iyi biri olduğu anlaşılıyor," diyebildi –kendisine hiçbir zararı dokunmamış bu kıza karşı içinde aniden sebepsiz bir öfkenin parladığını hissediyordu.

"Bana sorarsan 'oldukça iyi' değil, 'harikulade' biri derdim. Çok tatlı, çok canlı, güzel, yapmacıksız, kibar, cesur ve inatçı bir kız. Onu tanıyıp da sevmeyen olamaz."

Victoria sinirli bir sesle azarlarcasına "Eh, öyleyse neden bir an önce almıyorsun şu kızı, Allah aşkına?" diye sordu.

Andrew'nun dudakları kıvrıldı, çok sık gösteremediği bir samimiyetle uzanıp elini kızın gür, ipeksi saçlı başına koydu. "Çünkü," diye fısıldadı, "daha çok küçük. Babası ne istediğini bilecek yaşa gelmesi için on sekizine kadar beklemesini istiyormuş."

Victoria'nın iri mavi gözleri iyice irileşti, delikanlının yakışıklı yüzüne soran bakışlarla baktı. "Ben mi yani?" diye fısıldadı.

"Sen," diye yanıtladı genç adam, yüzünde ağırbaşlı bir gülümsemeyle. "Yalnızca sen."

Victoria'nın dün gece görüp duyduğu şeylerle sarsılan dünyası aniden tekrar güvenli, huzurlu ve sıcacık bir yer oluvermişti sanki. Utangaç bir küçük kız sesiyle, "Teşekkür ederim, Andrew," dedi. Sonra sık sık yaptığı gibi, şimşek hızıyla büyüleyici, iyi yetişmiş genç bir kadına dönüşerek, yumuşak bir sesle ekledi: "En sevdiğim dostumla evlenmek ne kadar güzel olacak."

"Aslında ilk önce babanla konuşmadan bunu sana açmamam gerekirdi, bunu da yapabilmem için daha üç yıl beklemem gerek."

"Babam seni çok sever," dedi Victoria güven verici bir

sesle. "O gün geldiğinde hiç itiraz etmeyecektir. Nasıl itiraz edebilir, ikiniz birbirinize o kadar benziyorsunuz ki."

Victoria kısa bir süre sonra atına atladığında kendini oldukça mutlu ve neşeli hissediyordu, ama evin arka kapısını açıp hem mutfakları, hem de oturma odaları olan odaya girer girmez içine tekrar bir sıkıntı çöktü.

Annesi ocağın üzerine eğilmiş tavada bir şey kızartıyordu, üzerinde basit ama tertemiz, ütülü bir elbise vardı, saçlarını ensesinde toplayıp düzgün bir topuz yapmıştı. Ocağın yanında ve üzerinde düzgünce asılı elekler, rendeler, et bıçakları, huniler duruyordu. Her şey derli toplu, tertemiz ve çok hoştu -tıpkı annesi gibi. Babası masada oturmuş kahvesini içiyordu.

Onlara bakarken Victoria kendini huzursuz ve üzgün hissetti, harika bir insan olan babasına istediği ve muhtaç olduğu sevgiyi vermeyi reddettiği için annesine çok kızgındı.

Victoria'nın şafak vakti dışarı çıkmasına alışık oldukları için, içeri girdiğini gördüklerinde ne annesi ne de babası şaşırdı. İkisi de başlarını kaldırıp ona baktılar, gülümseyerek günaydın dediler. Victoria babasına, günaydın dedi, kız kardeşi Dorothy'ye gülümsedi ama annesinin yüzüne bakamıyordu. Onun yerine sofrayı kurmak için raflardan masaya tabak ve çatal-bıçak taşımaya başladı. Annesi İngiliz'di, "uygarca yemek yiyebilmek için" sofranın eksiksiz kurulması gerektiğinde ısrar ederdi.

Victoria raflarla masa arasında gidip gelirken kendisini çok rahatsız hissediyordu, ama masada yerini aldığında annesine karşı hissettiği öfke yerini yavaş yavaş acımaya bırakmaya başladı. Katherine Seaton çeşitli yollarla kocasının gönlünü almaya çalışıyor, neşeyle konuşarak etrafında fır dönüyor, bardağına sıcak kahve dolduruyor, ona sütü uzatıyor, kahvaltıda en sevdiği şey olan gözlemeleri kızarttığı ocağa gidip gelirken arada fırından yeni çıkmış küçük ekmeklerinden ikram ediyordu.

Victoria şaşkın ve çaresiz bir sessizlik içinde kahvaltı ederken, sevgisiz evliliği için üzülen babasını teselli etmenin bir yolunu düşünüp duruyordu.

Babası, Jackson'ların çiftliğine gidip kolu kırılan küçük kızları Annie'nin durumuna bakmayı düşündüğünü söyleyerek sofradan kalkınca, Victoria aradığı çözümü bulduğunu anladı. Hemen fırlayıp masadan kalktı. "Ben de seninle geleceğim, baba," dedi. "Ne zamandır sana nasıl yardım edebileceğimi öğrenmek istiyordum –yani işinde demek istiyorum." Annesiyle babası şaşkınlık içinde ona baktılar; Victoria hastaların tedavisine daha önce hiç ilgi göstermemişti. Aslında o güne kadar işi gücü eğlenmek, bazen de çevresindekilere oyunlar oynamak olan güzel, gamsız tasasız bir çocuktu o. Yine de, şaşırmalarına rağmen ne annesi ne de babası itiraz etti.

Victoria ile babası birbirlerine her zaman yakın olmuşlardı. O günden sonra ise ayrılmaz oldular. Victoria babasının gittiği hemen hemen her yere onunla gitti. Babası erkek hastalarının tedavisinde yardım etmesine izin vermeyi kesin olarak reddetse de, bunun dışında her zaman yanında olup kendisine yardım etmesine memnun oluyordu.

O Noel gecesi konuştukları üzücü konuyu ikisi de bir daha hiç açmadılar. Onun yerine, birlikte oldukları zamanı sıcak ve neşeli sohbetlerle geçirmeyi tercih ettiler, çünkü kalbi üzüntüyle dolu da olsa Patrick Seaton gülmenin kıymetini bilen bir adamdı.

Victoria annesinin göz kamaştırıcı güzelliğiyle babasının cesaretini ve mizah duygusunu almıştı. Şimdi ise ondan merhameti, anlayışı ve idealizmi öğreniyordu. Küçük bir kızken güzelliği ve karşı konulmaz gülümsemesiyle köylülerin kalbini kolayca kazanmıştı. Hepsi de onu tasasız, harika bir küçük kız olarak görüp sevmişlerdi; ama olgunlaşıp hastalıklarıyla ilgilenen ve neşeli sözleriyle sıkıntılarını gideren canlı bir genç hanıma dönüşünce taparcasına sevmeye başladılar.

İKİ

"Victoria, annenin size ne Atherton Dükü'nden ne de Claremont Düşesi'nden hiç bahsetmediğine kesin emin misin?"

Victoria annesiyle babasının cenaze töreninin kalbini sızlatan anılarını kafasından kovmaya çalışarak, mutfak masasında karşısında oturan beyaz saçlı, yaşlı doktora baktı. Babasının en eski dostu olan Dr. Morrison, kızları kendilerine bakacak uygun bir aile yanına yerleştirme ve yeni doktor gelinceye kadar Dr. Seaton'ın hastalarıyla ilgilenme sorumluluğunu üstlenmişti. "Dorothy'yle benim tek bildiğimiz, annemizin İngiltere'deki ailesiyle arasının açık olduğuydu. Onlardan hiç bahsetmezdi."

"Peki, babanızın İrlanda'da akrabaları olabilir mi?"

"Babam orada bir yetimhanede büyümüş. Hiç akrabası yoktu." Victoria huzursuzca ayağa kalkıp, "Size bir kahve yapabilir miyim, Dr. Morrison?" diye sordu.

Yaşlı doktor yumuşak bir sesle, "Bana ev sahipliği yapmaya uğraşmayı bırak da, git biraz Dorothy ile dışarıda, güneşte otur," dedi. "Yüzün hayalet gibi solgun."

Victoria ısrarlıydı: "Gitmeden sizin için yapabileceğim bir şey var mı?"

Doktor, yüzünde karamsar bir gülümsemeyle eline aldığı bir tüy kalemin ucunu bıçakla düzeltirken, "Beni birkaç yaş gençleştirebilir misin acaba?" diye şakalaştı. "Babanın hastalarının sorumluluğunu taşımak için fazla yaşlıyım. Benim şu anda ayaklarımın altında sıcak bir tuğla ve kucağımda güzel bir kitapla Philadelphia'daki evimde oturuyor olmam gerekirdi. Yeni doktor gelene kadar burada dört ay daha nasıl dayanacağım, bilemiyorum."

Victoria samimiyetle, "Çok üzgünüm," dedi, "sizin için çok zor olduğunu biliyorum."

Nazik yaşlı adam, "Asıl Dorothy ve senin için çok zor," dedi. "Haydi, çık da şu kış güneşinden biraz faydalanmaya bak. Ocak ayında bu kadar sıcak bir gün bir daha ele geçmez. Siz güneşte otururken ben de akrabalarınıza şu mektupları yazayım diyorum."

Dr. Morrison'ın bir hafta önce Seaton'ları ziyarete gelmesinden çok kısa bir zaman sonra, Patrick Seaton'la karısı korkunç bir araba kazası geçirmişlerdi. Arabaları nehir kıyısından aşağı yuvarlanıp takla atmış, Patrick Seaton kaza anında hayatını kaybetmişti. Katherine ise ancak kendine gelip Dr. Morrison'ın İngiltere'deki akrabaları hakkında umutsuzca sorduğu sorulara cevap verebilecek kadar yaşayabilmişti. Zor duyulur bir sesle, "... Büyükannem... Claremont Düşesi..." diye fısıldamıştı.

Ölmeden hemen önce de dudaklarından başka bir isim dökülmüştü -Charles. Dr. Morrison bu ikinci kişinin tam adını öğrenebilmek için can çekişen kadına ısrarla sormuş, yalvarmıştı. Sonunda Katherine gözlerini sadece bir an için açıp şaşkın bir bakışla bakmış ve "Fielding..." diye fısıldamıştı. "... Atherton ... Dükü."

Yaşlı doktor hemen "Akrabanız mı?" diye sormuştu.

Uzun bir sessizlikten sonra kadın zayıfça başını sallamıştı.

Şimdi Dr. Morrison, bugüne kadar adını bile duymadığı bu akrabaları bulup ikisinden biri, Victoria ile Dorothy'yi evine kabul eder mi, diye sormak zorundaydı. Bu göründüğünden de zor bir işti, çünkü doktorun anladığı kadarıyla ne Claremont Düşesi'nin ne de Atherton Dükü'nün kızların varlığından haberi vardı.

Dr. Morrison kaşlarını çatarak tüy kalemini divite batırıp ilk mektubun başına tarihi yazdı, sonra kararsızlık içinde durakladı. Boş odaya, "İnsan bir düşese nasıl hitap eder?" diye sordu. Epeyce düşündükten sonra kararını verdi ve yazmaya başladı.

Sayın Madam Düşes,

Size torununuz Katherine Seaton'ın trajik ölümünü bildirmekten büyük üzüntü duyuyorum. Yine üzülerek şunu da bildirmek zorundayım ki, Mrs. Seaton'ın kızları Victoria ve Dorothy halen geçici olarak himayem altında bulunmaktalar. Ancak, ben yaşlı ve bekâr bir adamım. Bu nedenle, Madam Düşes, yetim kalan bu iki genç hanıma yanımda bakmaya devam etmem uygun olmayacaktır.

Mrs. Seaton ölmeden önce yalnızca iki isim söylemişti – biri sizin isminiz, diğeri ise Charles Fielding. Dolayısıyla, size ve Sör Fielding'e bu mektupları birinizin ya da her ikinizin de Mrs. Seaton'ın kızlarını evinize kabul etmesi umuduyla yazıyorum. Kızların maalesef gidecek başka bir yerleri olmadığını belirtmek zorundayım. Maddi açıdan çok yoksun durumda ve uygun bir yuva ihtiyacı içerisindeler.

Dr. Morrison sandalyesinde geriye doğru yaslanarak yazdıklarını dikkatle okurken alnı endişeyle kırışmıştı. Eğer düşes o ana kadar kızların varlığından haberdar değil idiyse, haklarında hiçbir şey bilmeden onları evine alma kararını vermesi muhakkak ki zor olacaktı. Kızları en iyi şekilde nasıl betimleyebileceğini düşünerek başını çevirdi ve pencereden kızlara bakmaya koyuldu.

Dorothy salıncakta oturuyordu, dar omuzları umutsuzlukla düşmüştü. Victoria ise acısını kontrol altında tutma gayretiyle kendisini kararlı bir şekilde kucağında duran skeç defterine çizmekte olduğu şeye vermişti.

Dr. Morrison önce Dorothy'den başlamaya karar verdi – onu anlatmak daha kolay olacaktı.

Dorothy, açık sarı saçlı ve mavi gözlü, güzel bir kızdır. İyi huylu, terbiyeli ve çok sevimlidir. On yedi yaşında, yani neredeyse evlenme çağında, ama henüz civardaki gençlerden herhangi birine karşı özel bir ilgi göstermiş değil...

Dr. Morrison durup düşünceli düşünceli çenesini ovuşturdu. Aslında çevredeki delikanlıların bir çoğunun gözü Dorothy'deydi, ve bu hiç de şaşılacak bir şey değildi. Dorothy güzel, neşeli ve tatlı bir kızdı. Melek gibi, diye düşündü Dr. Morrison –onu tam tarif edecek kelimeyi bulmuştu işte.

Ama Victoria'ya geçtiğinde kalın beyaz kaşları tekrar çatılıverdiler. Victoria aslında iki kardeş arasından en sevdiği olduğu halde, onu anlatmak daha zordu. Saçı ne Dorothy'ninki gibi altın sarısı, ne de tam olarak kızıldı, iki rengin canlı bir karışımıydı. Dorothy civardaki tüm delikanlıların başını döndüren çok güzel, büyüleyici, yumuşak başlı, genç bir hanımefendiydi. Her erkeğin evlenmek isteyeceği türden sevimli, nazik, tatlı sözlü, uzlaşılabilir bir genç kızdı. Kısacası, hiçbir zaman kocasına karşı gelmeyecek ve sözünden çıkmayacak bir kızdı.

Oysa on sekiz yaşındaki Victoria, babasıyla çok zaman geçirmişti; daha parlak bir zekâya, çalışan bir kafaya ve insanı hayrete düşürecek derecede bir bağımsız düşünme yeteneğine sahipti.

Dorothy kocası nasıl düşünmesini isterse öyle düşünecek ve ne yapmasını isterse onu yapacak bir eş olacaktı, ama Victoria düşüncelerini kimsenin şekillendirmesine izin vermeyecek ve büyük ihtimalle de *kendisi* neyin doğru olduğuna karar verip onu yapacak bir kızdı.

Dorothy melek gibiydi, ama Victoria... melek değildi.

Gözlüklerinin ardından gözlerini kısarak, sarmâşık kaplı bahçe duvarının bir başka resmini çizmekle meşgul olan Victoria'nın soylu profiline baktı ve onu tanımlayacak uygun kelimeleri aramaya koyuldu. Ha bire resim yapıp durmasının sebebinin acı içinde oturmaktansa, kendini meşgul edecek bir şey bulma çabası olduğunu bilen doktorun aklına gelen ilk sıfat, "Yürekli," oldu. Sonra babasının hastalarını teselli etmeye ve neşelendirmeye çalışmasını hatırlayınca, "Ve merhametli," diye düşündü.

Dr. Morrison başını sıkıntıyla iki yana salladı. Kendisi yaşlı bir adam olarak kızın zekâsına ve mizah duygusuna bayılıyordu; cesaretine, canlılığına ve merhametine hayrandı. Ama İngiliz akrabalarına bu özelliklerini anlatırken aşırıya kaçacak olursa, kızı gözlerinde ömür boyu onların eline bakacak, bağımsız, evlendirilmesi zor bir kitap kurdu gibi canlandıracaklar kesindi. Andrew Bainbridge'in birkaç ay içinde Avrupa'dan dönüp Victoria'yı resmen istemesi de söz konusuydu, ama Dr. Morrison bundan emin olamıyordu. Victoria'nın babası ve Andrew'nun annesi, gençleri nişanlamadan önce birbirlerine karşı olan duygularının sınanması gerektiği konusunda anlaşmışlardı ve Mrs. Bainbridge, Andrew'yu altı aylık bir Avrupa turuna yollamıştı.

Dr. Morrison, geçen süre zarfında Victoria'nın Andrew'ya karşı olan duygularında bir değişiklik olmadığını biliyordu, ama görünüşe bakılırsa Andrew'nun Victoria'ya karşı olan duygularında bazı dalgalanmalar olmuştu. Mrs. Bainbridge'in önceki gün Dr. Morrison'a söylediklerine bakılırsa Andrew, o günlerde yanlarında kaldığı İsviçre'deki akrabalarının kızından ciddi bir şekilde hoşlanmaya başlamıştı.

Dr. Morrison sade siyah giysilere bürünmüş, birinin saçları altın, diğerininkiler bakır ışıltıları saçan iki genç kıza bakıp üzülerek iç geçirdi. Sevgiyle, yas giysileri içinde bile resim gibi güzel olduklarını düşündü. Resim kelimesi aklından geçer geçmez de ani bir ilhamla kızları İngiltere'deki akrabalarına tasvir etme sorununu çözüverdi: Uzun uzun anlatmak yerine her iki mektuba da kızların resmini koymaya karar vermişti.

Bu karar üzerine ilk mektubunu, düşesten, Atherton Dükü -aynı mektubu göndereceği- ile görüşerek kızların durumuyla ilgili ne yapmak istediklerini kendisine bildirmelerini rica ederek bitirdi. Aynı mektuptan bir tane de Atherton Dükü'ne yazdıktan sonra, kısa bir notla New York'taki avukatına, Londra'da güvenilir birine dük ve düşesi buldurup mektupları teslim ettirmesi için talimat verdi. Sonra da içinden dük ya da düşesten birinin yaptığı masrafları karşılaması için dua ederek kalkıp gerindi.

Bahçede Dorothy ayağının burnuyla yeri dürterek salıncağı cansız cansız iki yana sallıyordu. Yumuşak sesinde umutsuzlukla heyecan karışmıştı. "Hâlâ inanamıyorum," dedi, "demek annemiz bir düşesin torunuymuş! Peki bu durumda biz ne oluyoruz, Tory? Bizim de bir unvanımız var mı?"

Victoria kardeşine alaycı bir gülümsemeyle bakarak, "Var ya," dedi. "Biz 'Fakir Akrabalar' oluyoruz."

Ne yazık ki bu gerçeğin ta kendisiydi, çünkü Patrick Seaton yıllardır hastalıklarına baktığı köylüler tarafından ne kadar sevilse ve sayılsa da, hastalarından para alabildiği pek enderdi. Kendisi de ücretini tahsil etme konusunda hiçbir zaman ısrarcı olmamıştı. Onun bu davranışı karşısında, köylüler de minnet borçlarını, yetiştirdikleri hayvanlar, tuttukları balıklar, vurdukları kuşlarla, taze pişmiş ekmekler ve elleriyle topladıkları sulu orman meyveleriyle ya da gerektiğinde arabalarını, evlerini tamir ederek ellerinden geldiğince ödemeye çalışmışlardı. Dolayısıyla, Seaton'ların sofrasından bereket hiç eksik olmamış, ama hep az paraları olmuştu. Dorothy ile Victoria'nın sırtındaki epeyce onarım görmüş, elde boyanmış elbiseler de buna tanıklık eder gibiydi. Oturdukları ev bile, Rahip Milby'ninki gibi köyün malıydı, bu evler köyün doktoru ve rahibinin hizmet süreleri boyunca kullanmak üzere inşa edilmişti ve şimdi yeni doktora bırakılması gerekiyordu.

Dorothy, Victoria'nın durumlarını açıkça özetlemesini duymazdan gelerek hülyalı hülyalı devam etti: "Büyük büyükannemiz bir düşes ve akrabalarımız arasında bir de dük var! Hâlâ inanamıyorum, ya sen?"

Victoria gözlerine dolan yalnızlık ve umutsuzluk gözyaşlarını tutmak için kirpiklerini kırpıştırarak, "Hep annemin biraz gizemli bir kadın olduğunu düşünmüşümdür zaten," diye cevap verdi. "Şimdi sırrı çözüldü işte."

"Ne sırrı?"

Victoria bir an duraksadı, ama kalemi bloknotun üzerinde gezinmeye devam etti. "Annemiz bildiğim tüm diğer kadınlardan çok farklıydı demek istemiştim sadece."

Dorothy, "Öyleydi sanırım," dedi ve sessizliğe gömüldü.

Victoria'nın gözleri kucağındaki deftere daldı. Aklından çizdiği sarmâşık güllerinin kıvrımlı, narin çizgileri nemli gözlerinin önünde bulanıklaşmaya başladı. Annesinin sırrı çözülmüştü. Victoria'yı hep şaşırtan ve düşündüren birçok şey ancak açıklığa kavuşmuştu. Victoria, annesinin neden köyün kadınlarına pek karışmadığını, neden her zaman bir İngiliz soylusu ağzıyla konuştuğunu ve neden hep Victoria ve Dorothy'nin de en azından onun yanında aynı şekilde konuşmasında ısrar ettiğini ancak şimdi anlıyordu. Soylu bir aileden geliyor olması, kızlarının İngilizce'nin dışında Fransızca'yı da öğrenmelerinde ısrar edişini, titizliğini açıklıyordu. İngiltere'den söz ettiği nadir anlarda yüzünü kaplayan o garip ifadeyi de kısmen açıklıyordu.

Hatta belki, kendi kocasına bile her zaman nazik ve tatlı ama tuhaf bir şekilde mesafeli davranmasını da açıklıyordu. Yine de dışarıdan bakıldığında her zaman örnek bir eş olmuştu. Kocasını asla azarlamamış, onunla asla kavga etmemiş, mütevazı hayatından asla şikayet etmemişti. Victoria, annesinin babasını sevmemesini affedeli çok olmuştu. Şimdiyse, annesinin nasıl bir lüks içerisinde yetişmiş olduğunu hayal etmeye çalıştığında, hiç şikayet etmeyişindeki yürekliliğe hayranlık duyduğunu hissediyordu.

Dr. Morrison, kızlara cesaret verici bir yüzle gülümseyerek yanlarına geldi. "Mektuplarımı yazıp bitirdim, yarın yollarım. Şansımız varsa, akrabalarınızdan üç ay içinde ya da belki daha kısa zamanda bir yanıt alabiliriz." Kızları İngiltere'deki soylu akrabalarıyla bir araya getirme konusunda üstlendiği rolden memnun, gülümsedi.

Dorothy, "Sizce mektuplarınızı alınca ne yapacaklar, Dr. Morrison?" diye sordu.

Doktor kızın başını okşayarak gözlerini kısıp hayal etmeye çalıştı. "Şaşıracaklardır herhalde, ama eminim bunu açığa vurmazlar –İngiliz asilzadeleri duygularını göstermekten hoşlanmazmış diye duydum, bir de formaliteye meraklı insanlarmış derler. Mektupları okuduktan sonra muhtemelen birbirlerine nazik birer not yollarlar, sonra da biri diğerinin yanına gider, geleceğiniz hakkında konuşup bir karar verirler. Bir uşak salona girip çay getirir..."

Bu harika senaryoyu bütün detaylarıyla gözlerinin önüne getirirken yüzüne bir gülümseme yayıldı. Kafasında iki kibar İngiliz soylusu –varlıklı, iyi insanlar– canlandırıyordu; dük ve düşes şık bir salonda bir araya gelip gümüş bir tepside sunulan çaylarını içerken, o güne kadar varlığından haberdar olmadıkları, ama haberlerini alır almaz sevdikleri ve bağırlarına basmaya can attıkları genç akrabalarının geleceğini tartışacaklardı. İkisi de Katherine'in akrabası olduklarına göre, uzak da olsa hısım ya da akraba olmalıydılar, dolayısıyla mutlaka dost olmaları gerekirdi...

ÜÇ

"Claremont Düşesi." Kahya gelen konuğu çalışma odasında oturmakta olan Charles Fielding'e takdim ettikten sonra kenara çekilerek azametli bir yaşlı kadına ve yüzünde sıkıntılı bir ifadeyle onu izleyen avukatına yol verdi. Charles Fielding kadına bakarken kahverengi gözlerinde delici bir nefret parladı.

Kılını kıpırdatmadan oturmaya devam eden adamı öfkeli bakışlarla süzen düşes, müstehzi bir sesle "Zahmet edip ayağa kalkma, Atherton," dedi.

Charles Fielding hiç istifini bozmadan kadına buz gibi bir sessizlik içinde bakmaya devam etti. Elli yaşını devirmiş bir adam olarak, şakakları kırlaşmış gür saçları, kahverengi gözleriyle hâlâ yakışıklıydı ama hastalık onu çok yıpratmıştı. Uzun boyuna göre çok zayıftı ve yüzünde zor ve yıpratıcı bir hayatın derin çizgileri görünüyordu.

Adamdan bir tepki almayı başaramayan düşes, uşağa dönüp, değerli taşlarla süslü bastonunu yere vurarak, sert ve sabırsız bir sesle "Bu oda çok sıcak!" diye çıkıştı. "Perdeleri çek, içeri biraz hava girsin."

Charles, "Dokunma!" diye kükredi; sesinde kadını gördüğü anda içini dolduran nefret vardı.

Düşes yeniden ona dönerek küçümseyen bakışlarla baktı: "Buraya boğulmaya gelmedim."

"Öyleyse çek git."

Kadının ince vücudu zor zaptettiği bir öfkeyle kaskatı kesildi. Sıkılmış dişleri arasından, "Buraya boğulmaya gelmedim," diye yineledi. "Buraya, sana Katherine'in kızları hakkındaki kararımı bildirmek için geldim."

Charles ters ters, "Bildir öyleyse," dedi, "sonra da çek git!"

Yaşlı kadının gözleri hiddetle kısıldı, her yanından şimşek şimşek düşmanlık yayılmasına rağmen, çıkıp gitmek yerine yavaşça bir koltuğa oturdu. Beyaz saçları üzerinde taç yerine mor bir türban, elinde ise asa yerine bir baston olduğu halde, ilerlemiş yaşına rağmen, bir kraliçe gibi saltanatla dimdik oturdu.

O ana kadar, kadının evine geliş sebebinin yalnızca kendisine, 'Katherine'in kızlarının durumu seni hiç ilgilendirmez,' deme zevkini tatmak olduğundan kesinlikle emin olan Charles, ona şaşkınlıkla baktı. Kadının söyleyecek daha başka şeyleri de varmış gibi oturmasını beklememişti.

"Kızların resmini gördün," dedi kadın.

Charles'ın bakışları avucunda duran minyatüre yöneldi, uzun parmakları korumak ister gibi resmin etrafında kıvrıldılar. Victoria'ya bakarken gözleri apaçık bir acıyla koyulaştı. Kız annesinin –sevgili, güzel Katherine'inin– bir kopyasıydı.

"Victoria annesinin kopyası," dedi düşes aniden.

Charles başını kaldırıp kadının gözlerinin içine baktı, yumuşamış yüz hatları hemen yeniden sertleşti. "Farkındayım."

"Güzel. Öyleyse o kızı neden evime almayı düşünemeyeceğimi anlayacaksındır. Diğerini alacağım." İşini bitirmiş edasıyla ayağa kalkıp avukatına döndü. "Dr. Morrison'a masraflarını karşılayacak ve küçük kızın gemi yolculuğunu ödeyecek miktarda bir banka çeki gönderilmesiyle ilgilenin."

Avukat eğilerek, "Evet, düşes cenapları," dedi. "Acaba daha başka bir şey var mıydı?"

Düşes gergin ve sert bir sesle, "Daha *pek çok* şey var," diye yanıtladı. "Kızı sosyeteye tanıtmam gerekecek, drahoma vermem gerekecek. Koca bulmam..."

Charles kadının sözünü sertçe keserek "Ya Victoria?" diye sordu. "Büyük kız konusunda ne yapmayı düşünüyorsun?"

Düşes dönüp Charles'a sinirli bir bakışla baktı. "Söyledim ya, o kız bana annesini hatırlatıyor, onu asla evime almam. Sen istiyorsan alabilirsin. Yanlış hatırlamıyorsam annesini bayağı istemiştin zamanında. Katherine de seni çok istemiş anlaşılan, ölürken bile senin adını söylediğine bakılırsa... Katherine'in yerine kopyasını alıp bakabilirsin. İyi olur senin için."

Charles duyduklarına inanamıyor, kalbi heyecanla çarpıyordu. Yaşlı düşes kibirli bir tavırla, "Kızı canın kiminle isterse onunla evlendir, şu yeğenin *hariç*. Yirmi iki yıl önce senin ailenle benimki arasında bir evlilik bağı kurulmasına izin vermemiştim... hâlâ da vermiyorum. Ben..." Aklına birden bire bir şey gelmiş gibi aniden durdu, gözleri habis bir zafer pırıltısıyla yandı. Keyifle, "Dorothy'yi Winston'ın oğluyla evlendireceğim!" diye açıkladı. "Katherine'i onun babasıyla evlendirmek istiyordum, ama senin yüzünden reddetti. Dorothy'yi oğluyla evlendireceğim. Bence fark etmez, iki aileyi sonunda birleştireceğim ya!" Kırışık yüzüne ağır ağır hain bir gülüş yayıldı, Charles'ın kasılmış yüz ifadesine bakarak güldü. "Bu kadar yıldan sonra yine de benzersiz bir evlilik ayarlayacağım!" Bunu dedikten sonra dönüp, peşinde avukatıyla beraber odadan çıktı.

Charles, acı, nefret ve mutluluk arasında gidip gelen duygular içinde, kadının arkasından bakakaldı. Bu kötü yürekli ihtiyar ona az önce hayatta her şeyden çok istediği şeyi -Victoria'yı vermişti. Katherine'in kızını. Katherine'in kopyasını. İçi neredeyse dayanamayacağı kadar yoğun bir mutlulukla doldu, hemen ardından da mutluluğun yerini yanını alev alev yakan bir öfke aldı. Bu hain, kalpsiz, komplocu ihtiyar sonunda hep istediği gibi Winston'larla ailesini birleştirecekti. Bu anlamsız birleşme için Katherine'in mutluluğunu feda etmeyi göze almıştı, işte sonunda istediğini elde edecekti.

Yaşlı kadının da hep istediği şeyi elde edeceğini bilmekten duyduğu öfke, Victoria'yı alacağı için duyduğu mutluluğu neredeyse gölgede bırakmak üzereydi. Ama birden aklına bir şey geldi. Gözlerini kısıp aklına gelen şeyi kafasında evirip çevirdi, hesapladı, ölçüp biçti. Sonra ağır ağır gülümsemeye başladı. "Dobson," diye uşağına seslendi, "bana kalem kâğıt getir. Bir nişan haberi yazmak istiyorum. Yazar yazmaz *Times*'a yollayacaksın."

"Evet, dük cenapları."

Charles yaşlı hizmetkârına gözlerinde ateşli bir neşeyle bakarak, "Yaşlı cadı yanılıyor, Dobson," dedi. "Hem de çok yanılıyor!"

"Yanılıyor mu dediniz, efendim?"

"Evet, yanılıyor! Benzersiz bir evlilik ayarlayan o olmayacak! *Ben* benzersiz bir evlilik ayarlayacağım!"

Wakefield Markisi'nin sayfiye malikanesinde düzen hiç bozulmazdı. Her sabah saat 09:00 civarında Kahya Northrup devasa kapıları açıp Londra'dan bir uşağın getirdiği *Times* gazetesini alırdı.

Kapıyı kapattıktan sonra mermer holü geçerek gazeteyi büyük merdivenin altında bekleyen bir başka uşağa vererek, "Lord cenaplarının gazetesi," diye seslenirdi.

Bu uşak da gazeteyi koridordan Wakefield Markisi Jason Fielding'in her zamanki gibi sabah kahvaltısının ardından mektuplarını okumakta olduğu yemek salonuna götürür, çekine çekine "Gazeteniz, lordum," diye mırıldanarak kahve fincanının yanına bırakır ve tabağını kaldırırdı. Marki tek kelime etmeden gazeteyi açıp okumaya başlardı.

Bütün bunlar bir orkestranın kusursuz uyum ve zamanlaması ile yapılırdı, çünkü Lord Fielding şehirde ve sayfiyedeki tüm ev ve malikanelerinde işlerin tıkır tıkır yürümesini bekleyen titiz bir insandı.

Hizmetkârları kendisinden çok korkar, onu soğuk, yaklaşılmaz bir tanrı gibi görür ve her şey istediği gibi olsun diye, bütün güçleriyle çalışırlardı.

Jason ile balolara, operaya, tiyatroya gitmek –ve yatağına girmek– için can atan Londra dilberleri de hakkında hemen

hemen aynı şekilde düşünürlerdi; çünkü onlara da hizmetkârlarına gösterdiğinden daha içten yakınlık göstermezdi. Ama yine de her gittiği yerde hanımlar onu gizlemeye kalkışmadıkları bir arzuyla süzmekten geri durmazlardı, Jason'da kadınların yüreğini hoplatan erkekçe bir hava vardı.

Gür saçları kuzguni siyahtı; yeşim rengi gözlerinin bakışları deliciydi ve diri dudaklarının kıvrımı cinsellik çağrıştırıyordu. Güneşte yanmış yüzünün, siyah, düz kaşlarından kibirli çenesine kadar her çizgisinde sert ve haşin bir güç ifadesi vardı. Uzun boyu, geniş omuzları, dar kalçaları, kaslı bacaklarıyla vücudunun her tarafından ezici bir erkeklik yayılıyordu. İster at biniyor, ister bir baloda dans ediyor olsun, Jason Fielding diğer erkekler arasında, zararsız, evcil kedi yavruları arasına karışmış şahane bir vahşi kedi gibi dururdu.

Bir defasında Leydi Wilson-Smith gülerek "Jason Fielding'in günah kadar tehlikeli bir çekiciliği var," demişti, "ve kendisi de şüphesiz günah kadar kötü."

Bu görüşe katılacak pek çok kişi vardı, o alaycı yeşil gözlerine bir kere bakan, içinde masumiyet ya da saflıktan eser kalmadığını görebilirdi. Buna rağmen –daha doğrusu, *bu yüzden*– Jason Fielding kadınları tıpkı bir alevin pervaneleri çekmesi gibi cezbediyordu; ateşiyle kavrulmak ya da o nadir, tembelce gülümsemelerinden biriyle erimek için etrafında dönüp duruyorlardı. Tecrübeli, evli hanımlar yatağına girmek için planlar yaparken, evlenme çağındaki genç hanımlar soğuk kalbinin buzlarını eritip onu dize getirecek kişi olmanın hayalini kuruyorlardı.

Biraz daha mantıklı olanlar, Lord Fielding'in kadınlara güvenmemesine hak veriyordu. Dört yıl önce Londra'ya ilk geldiğinde karısının nasıl davrandığını herkes biliyordu. Wakefield Markizi şehre geldiği andan itibaren aleni bir şekilde bir aşk ilişkisinden diğerine koşarak skandal yaratmıştı. Kocasını defalarca boynuzladığını bilmeyen kalmamıştı –tabii ki Jason Fielding de biliyordu bunu, ama hiç umursamıyormuş gibi görünüyordu.

Uşak elinde süslü gümüş bir kahve demliğiyle Lord

Fielding'in sandalyesinin yanında durdu. "Biraz daha kahve alır mıydınız, lordum?"

Lord başını iki yana sallayıp *Times*'ın sayfalarını çevirmeye devam etti. Uşak eğilerek selam verdi ve çekildi. Lord Fielding'in kendisine sözlü bir cevap vermesini beklemiyordu, efendileri hizmetkârlarıyla konuşmaya pek tenezzül etmezdi. Çoğunun adını ve nasıl biri olduğu bilmezdi, umursamazdı da bunu. Ama en azından soyluların çoğunun yaptığı gibi ağzına geleni söyleme huyu yoktu. Bir şeye canı sıkıldığında Marki'nin tek yaptığı yeşil gözlerini suçluya dikip en dondurucu bakışlarıyla bakmak olurdu. Lord Fielding en ağır tahrik karşısında bile asla sesini yükseltmezdi.

İşte bu yüzden, Jason Fielding ansızın elini masaya vurup üzerindeki tabak çanağı titreterek *"Orospu çocuğu!"* diye kükreyince uşak şaşkınlıktan neredeyse elindeki gümüş kahve demliğini düşürüyordu. Lord sıçrayıp sandalyesinden kalkmış, yüzü öfke ve hayretle kasılmış bir halde masada açık duran gazeteye bakıyordu. "Düzenbaz, komplocu orospu çocuğu... Ondan başka kimse böyle bir şeye cüret edemez!" Hayretten donakalmış uşağa korkunç bir bakış atarak uzun adımlarla odadan çıktı, uşağının elinden pelerinini çekip aldı, evden hışımla çıkıp doğruca ahırlara yöneldi.

Northrup arkasından kapıyı kapatıp siyah ceketinin kuyruklarını savura savura telaşla koşarak yemek salonuna girip "Lord cenaplarına ne oldu?" diye sordu.

Uşak, Lord Fielding'in az önce kalktığı sandalyenin yanında durmuş, elinde bırakmayı bile unuttuğu kahve demliğiyle açık duran gazeteyi inceliyordu. "Gas'tede okuduğu bi' şeye kızdı galiba," diye fısıldayarak parmağıyla bir ilana işaret etti. İlanda, Wakefield Markisi Jason Fielding'le Miss Victoria Seaton'ın nişan haberi yer alıyordu. Uşak, "Lord cenaplarının evlenmeyi düşündüğünü bilmiyordum," dedi.

Northrup hayret içerisinde gazeteye bakarak dalgın dalgın, "Acaba kendisi biliyor muydu ki?" diye mırıldandı. Aniden bir astıyla dedikodu edecek kadar kendini unuttuğunun farkına vararak gazeteyi hemen masadan alıp katladı. "Lord

Fielding'in işleri seni hiç ilgilendirmez, O'Malley," dedi. "Burada kalmak istiyorsan bunu aklından çıkarma."

İki saat sonra, Jason'ın arabası Atherton Dükü'nün Londra'daki konağının kapısı önünde durdu. Jason dizginleri, koşarak arabayı karşılamaya gelen seyise fırlatarak arabadan atladı ve sert adımlarla evin ön merdivenlerini çıkmaya başladı.

Dobson kapıyı açıp kenara çekilerek, "İyi günler, lordum," dedi. "Dük cenapları sizi bekliyor."

Jason adamı paylarcasına, "Eminim bekliyordur!" dedi. "Nerede o?"

"Çalışma odasında, lordum."

Jason uşağın yanından geçerek öfkesini belli eden uzun ve hızlı adımlarla koridoru katetti, çalışma odasının kapısını savurarak açtı ve doğruca içeride, ateşin yanında oturan vakur tavırlı, saçlarına aklar düşmüş adamın yanına gitti. Hiçbir giriş yapmaya gerek görmeden sertçe söze girdi. "*Times*'daki o rezillik senin marifetin herhalde?"

Charles gözünü kırpmadan Jason'ın gözlerinin içine bakarak "Evet, öyle," dedi.

"Madem öyle, bir ilan daha verip düzeltmen gerekecek."

Charles kesin bir ifadeyle, "Hayır," dedi. "O genç kız İngiltere'ye geliyor ve sen de onunla evleneceksin. Her şey bir yana, senden bir torun istiyorum ve bu dünyadan göçmeden de torunumu kucağıma almak istiyorum."

Jason sıkılmış dişlerinin arasından "Torun istiyorsan," diye hırladı, "git öteki piçlerinden birini bul. Eminim şu ana kadar sana düzineyle torun yapmışlardır."

Charles bu sözü duyunca irkildi ama sesini hiç alçaltmadı. "Mirasçım olarak bütün dünyaya takdim edebileceğim *meşru* bir torun istiyorum."

Jason sesinde dondurucu bir alayla, "*Meşru* bir torun, öyle mi," diye adamın sözlerini tekrar etti. "Benden, yani gayrimeşru oğlundan *meşru* bir torun istiyorsun, öyle mi? Söyler misin, herkes beni yeğenin olarak bilirken, benim çocuğumu nasıl torunun olarak takdim edeceksin acaba?"

"Herkese yeğenimin oğlu diyeceğim ama ben onun torunum olduğunu bileceğim ya, gerisinin ne önemi var?" Charles oğlunun öfkesinden hiç etkilenmemişti, söze başladığı aynı kesin tavırla noktayı koydu: "Senden bir varis istiyorum, Jason."

Jason'ın şakağında bir damar atıyor, öfkesini kontrol altına almaya çalışıyordu. Eğilip ellerini Charles'ın koltuğunun kollarına koydu, yüzünü yaşlı adamın yüzüne iyice yaklaştırdı ve tane tane konuşarak, "Sana daha önce de söyledim, şimdi de son bir kez daha söylüyorum," dedi. "Bir daha asla evlenmeyeceğim. Anlıyor musun? *Bir daha asla evlenmeyeceğim!*"

Charles sertçe, "Neden?" dedi. "Kadınlardan nefret ettiğin söylenemez. Birçok metresin olduğu herkesçe malum. Hatta hepsi de sana sırılsıklam âşık gibi görünüyor. Hanımların yatağına girmeyi pek sevdikleri belli, senin de yatağında olmalarından memnun olduğun çok–"

"Kes artık!"

Charles'ın yüzü acıyla kasıldı, eli göğsüne gitti, uzun parmakları gömleğine yapıştı, bir an sonra da tekrar kucağına düştü.

Jason'ın gözleri kısıldı, ama Charles'ın numara yaptığından şüphelenmesine rağmen babası sözüne devam ederken cevap vermemek için kendini zorladı. "Karın olmasına karar verdiğim genç hanım üç aya kadar burada olacak. Kendisini karşılamak için limana bir araba göndereceğim, onu aldırıp doğruca Wakefield Park'a göndereceğim. Tabii ki şekil açısından ben de oraya geleceğim ve düğün gerçekleşene kadar da yanınızda kalacağım. Annesini çok eskiden tanırdım, Victoria'nın da bir resmini gördüm -pişman olmayacaksın." Minyatürü oğluna uzattı. "Haydi ama, Jason," dedi, "kızı hiç mi merak etmiyorsun?"

Charles'ın onu tatlılıkla kandırma denemesi Jason'ın yüzünün granitten bir maskeye dönüşmesine neden oldu. "Zamanını boşa harcıyorsun. Onunla evlenmeyeceğim."

"Evleneceksin." Charles umutsuzluk içinde tehditler savurmaya başladı: "Evlenmeyecek olursan seni mirasımdan mahrum ederim. Daha şimdiden benim mülklerimin restorasyonu için kendi cebinden yarım milyon sterlin harcadın, ama Victoria Seaton'la evlenmezsen hiçbiri eline geçmez."

Jason ise bu tehdidi Charles'ın beklemediği bir umursamazlıkla karşıladı. "Kıymetli mülklerinin hepsi yanıp kül olsa bile umurumda değil. Oğlum öldü -malı mülkü ne yapayım artık."

Oğlundan söz ederken Jason'ın yüzünde beliren acı Charles'ın içini sızlattı, sesi anlayışla yumuşadı. "Nişanınızı ilan etmekte aceleci davrandığımı kabul ediyorum, Jason, ama nedeni var. Belki seni Victoria'yla evlenmeye zorlayamam, ama en azından ona karşı peşinen karar verme. İnan ki bu kızda hiçbir kusur bulamayacaksın. Bak, bana bir resmini yolladılar, bir bak ne kadar güzel..." Charles sözlerini bitiremeden Jason sırtını dönüp kapıyı korkunç bir gürültüyle çarparak odadan çıktı.

Charles gözlerinden ateşler saçarak kapalı kapıya doğru "Evleneceksin," dedi. "Kafana silah dayamam da gerekse o kızla evleneceksin."

Birkaç dakika sonra Dobson elinde üzerinde bir şişe şampanya ve iki kadeh duran gümüş bir tepsiyle içeri girdi. Neşeli bir sesle "Size sormadığım için bağışlayın, efendim, ama bugünün şerefine içmek için uygun bir şey seçtim," diyerek tepsiyi Charles'ın yanındaki masanın üzerine koydu.

"Öyleyse baldıran getirmiş olmalısın," dedi Charles, "Jason gitti bile."

Uşağın yüzü asıldı. "Gitti mi? Ama lord cenaplarını tebrik etmeye bile fırsatım olmadı."

Charles sıkıntılı sıkıntılı gülerek, "Doğrusu isabet olmuş," dedi, "korkarım dişlerini eline verirdi."

Uşak odadan çıktıktan sonra Charles şampanya şişesini alıp açtı, kadehlerden birine biraz şampanya doldurdu. Yüzünde kararlı bir tebessümle kendi kendine kadeh kaldırarak, "Şerefine, Jason," dedi. "Yaklaşan düğününün şerefine."

***

Victoria, "Fazla uzun sürmez, Mr. Borowski," diyerek Dorothy'nin ve kendisinin eşyalarıyla dolu arabadan atladı.

Yaşlı sürücü piposundan bir nefes çekip gülümseyerek, "Hiç acele etme," dedi, "kız kardeşinle ben seni bırakıp gidecek değiliz."

Dorothy endişeyle, "Sen acele et yine de, Tory," diye seslendi. "Gemi bizi beklemez."

Mr. Borowski, "Vaktimiz bol, merak etmeyin," diyerek genç kızı rahatlatmaya çalıştı. "Karanlık basmadan şehre varırız, söz, sizi geminize yetiştireceğim."

Victoria, Andrew'ların köye bir tepeden bakan koca evinin merdivenlerini hızlı hızlı çıkıp ağır meşe kapıya vurdu. Tombul kahya kadına, "Günaydın, Mrs. Tilden," dedi. "Acaba Mrs. Bainbridge'le bir dakika görüşebilir miyim? Ona allahaısmarladık demek ve Andrew'ya yollaması için bir mektup vermek istiyordum, Andrew'nun bana yazdığı mektupları yollayabilmesi için İngiltere'de kalacağım adresi yazdım da."

Kahya kadının nazik yüzünde pek umut verici olmayan bir ifade belirdi. "Geldiğini kendisine söyleyeyim, Victoria," dedi, "ama seninle görüşeceğini sanmıyorum. Rahatsızlandığı zamanlar nasıl olduğunu sen de bilirsin."

Victoria başını eğdi. Mrs. Bainbridge'in 'rahatsızlıklarını' çok iyi biliyordu. Victoria da, Andrew da, Mrs. Bainbridge'in numara yaptığını biliyorlardı, bu yüzden de çarpıntıları, baş dönmeleri ve elleriyle ayaklarının uyuşması ikisini de pek etkilemezdi. Babası, Andrew'nun annesinin yapmak istemediği şeylerden sıyrılmak ve Andrew'yu parmağında oynatmak için hastalıklar icat eden ve sürekli sızlanan biri olduğunu düşünürdü. Bunu yıllar önce, hem de Victoria'nın önünde Mrs. Bainbridge'in yüzüne söylemişti. Bu yüzden kadın ikisini de hiç affetmemişti. Victoria bunun, kadının Andrew'nun eş seçiminden duyduğu hoşnutsuzluğu iyice katmerlendirdiğinin farkındaydı.

Kahya kadın yüzünde keyifsiz bir ifadeyle geri döndü. "Üzgünüm, Victoria. Mrs. Bainbridge seninle görüşebilecek durumda olmadığını söyledi. Mr. Andrew'ya yazdığın mektubu ben alayım, hanımefendiye veririm, yollar. Benim gidip Dr. Morrison'ı çağırmamı istiyor." Kadının yüzü bu son sözleri söylerken buruşmuştu. "Kulaklarında bir çınlama varmış."

Victoria sakince gülümseyerek mektubu uzatırken, "Dr. Morrison ona yataktan kalkıp bir işe yaramasını söylemek yerine şikayetlerini anlayışla dinliyor," dedi. Avrupa'ya mektup yollamak çok pahalı olduğu için Andrew'ya yazdığı mektupları kendisininkilerle beraber göndermesi için Mrs. Bainbridge'e emanet etmesi gerekiyordu. "Sanırım Mrs. Bainbridge, Dr. Morrison'ın tutumunu babamınkinden daha çok seviyor."

Mrs. Tilden "Bana sorarsan," diye homurdandı, "babanı biraz fazlaca seviyordu. Gecenin bir vakti babanı çağırtmadan evvel giyinip süslenmesini bir görsen yüreğin kaldırmazdı... Yani, tabii–" Bir pot kırdığını fark ederek çabuk çabuk ekledi: "Tabii babanın ona bir kerecik olsun baktığı yoktu ya... zavallı adamcağız, çok efendi insandı."

Victoria gittikten sonra Mrs. Tilden mektubu alıp üst kata çıkardı. Dul hanımın yatağına yanaşarak, "Mrs. Bainbridge," dedi, "Victoria'nın Mr. Andrew'ya yazdığı mektubu getirdim."

Mrs. Bainbridge hasta biri için şaşırtıcı derecede güçlü bir sesle sertçe "Ver," diyerek mektubu kadının elinden aldı. "Hemen git Dr. Morrison'ı çağırt. Başım çok fena dönüyor. Yeni doktor ne zaman gelecekmiş?"

Mrs. Tilden, "Bir haftaya kadar," diye cevap verdikten sonra odadan çıktı.

O çıkar çıkmaz Mrs. Bainbridge ağarmış saçlarını eliyle düzelterek dantel kepinin altına doğru itti, yanında, saten yatak örtüsünün üzerinde duran mektuba tiksintiyle baktı. Oda hizmetçisine "Andrew o köy faresiyle evlenmeyecek," derken sesinden Victoria'yı ne kadar hor gördüğü belli oluyordu.

"Ne ki o, bir hiç! Oğlum İsviçre'deki kuzini Madeline'in çok hoş bir kız olduğunu bana iki kere yazdı. Bunu Victoria'ya söyledim ama salağın umurunda değil."

Hizmetçi kız Mrs. Bainbridge'in arkasındaki yastıkları kabartmasına yardım ederken, "Sizce Mr. Andrew Miss Madeline'i alıp hanımı olarak buraya getirecek mi, acaba?" diye sordu.

Mrs. Bainbridge'in zayıf yüzü öfkeyle kasıldı. "Aptallaşma sen de! Andrew'nun öyle hanıma falan harcayacak vakti mi var? Ona da söyledim. Burada onun bütün zamanını alacak kadar iş var, onun vazifesi de bu, bana karşı sorumluluğu var." Victoria'nın mektubunu hastalık bulaşacak bir şeymiş gibi iki parmağının ucuyla tutarak kıza verdi. "Bunu ne yapacağını biliyorsun."

***

New York limanında bir dokta telaşla oradan oraya koşturan insan kalabalığı ortasında kalan Dorothy dayanamayarak "Bütün dünyada bile bu kadar insan ya da bu kadar gürültü olduğunu tahmin edemezdim," diye bağırdı.

Hamallar omuzlarına attıkları sandıklarla düzinelerce geminin iskeleleri üzerinden bir aşağı bir yukarı gidip geliyor, ağır yüklerle dolu kargo filelerini tahta rıhtımdan kaldırıp gemilerin bordalarına taşıyan vinçler başlarının üzerinde gacırdıyordu. Gemi subaylarının bağıra bağıra verdiği emirler gemicilerin boğuk kahkahalarına ve doklarda gelen gemicileri bekleyen rüküş giysili hanımların edepsizce davetlerine karışıyordu.

Hayatta sahip oldukları ne varsa içinde saklı iki sandıklarını *Gull*'ın bordasına taşıyan iri yarı iki hamalı izleyen Victoria, kardeşini "Çok etkileyici," diye yanıtladı.

Dorothy başıyla onayladı, ama yüzü ciddileşti. "Evet, çok etkileyici ama hep aklıma yolculuğumuzun sonunda ayrılacağımız geliyor. Bu da büyükannemizin suçu. Seni evine almayı reddederken aklından ne geçiyordu acaba?"

Victoria, yüzünde kız kardeşini yüreklendirmeye çalışan

bir gülümseyişle, "Bilmiyorum, ama fazla üzerinde durmasan iyi olur," diye yanıtladı. "Sadece güzel şeyler düşün. Nehre bak. Gözlerini kapatıp tuzlu havanın kokusunu içine çek."

Dorothy gözlerini kapatıp derin bir nefes aldı ama hemen burnunu kırıştırdı. "Yalnızca ölü balık kokusu alıyorum. Tory, eğer büyükannemiz seni biraz tanısaydı, senin de ona gitmeni isterdi, *biliyorum.* Bizi birbirimizden ayıracak kadar zalim ve duygusuz olamaz. Ona seni anlatacağım ve fikrini değiştirteceğim."

Victoria yumuşak bir sesle, "Onu kendinden uzaklaştıracak hiçbir şey yapma ve söyleme sakın," diye uyardı. "Bugün için ikimiz de akrabalarımıza muhtaç durumdayız."

Dorothy, "Onu kendimden uzaklaştırmamak için elimden geleni yaparım," diye söz verdi, "ama ona hemen birini göndertip seni aldırması gerektiğini mutlaka açıkça anlatacağım, tabii yavaş yavaş." Victoria gülümsedi ama sesini çıkarmadı. Dorothy ise bir an sonra içini çekerek devam etti. "İngiltere'ye götürülmenin bir iyi tarafı varsa, o da şu: Mr. Wilheim yılmadan çalışır ve egzersiz yaparsam bir konser piyanisti olabileceğimi söyledi. Dedi ki, Londra'da bana ders verebilecek ve yol gösterebilecek harika öğretmenler varmış. Büyükannemizden müzik kariyeri yapmam için bana izin vermesini isteyeceğim, yo, hayır, *ısrar edeceğim.*" Dorothy'nin yüzünde tatlı, uysal görünüşün ardında, pek fazla kimsenin bilmediği bir kararlılık vardı.

Victoria, Dorothy'nin bu kararını düşünürken aklına gelen çeşitli engelleri sayıp dökmemek için kendini tuttu. Bir buçuk yaş daha büyük olmanın verdiği olgunlukla, yalnızca, "Çok da fazla *ısrar etme*, canım," demekle yetindi.

Dorothy, "Terbiyeli davranırım," diye söz verdi.

DÖRT

"Miss Dorothy Seaton?" Kusursuz giyimli, beyaz saçlı beyefendi iki genç kıza bakarak kibarca "Miss Dorothy Seaton?" diye sordu. Omuzlarına ağır birer çuval atmış iriyarı üç İngiliz denizci yanlarından geçip dokun sonuna doğru uzaklaştılar.

"Benim," dedi Dorothy, sesi korku ve heyecanla titreyerek.

"Claremont Düşesi cenapları tarafından sizi alıp evine götürmek üzere gönderildim. Sandıklarınız nerede?"

Dorothy, "İşte burada," diye yanıtladı. "Yalnızca bir tane."

Adam başını çevirip bakar bakmaz, kapısında altın yaldızlı bir taç işareti olan pırıl pırıl siyah bir kupa arabasının arkasından üniformalı iki adam atlayıp çabucak yanlarına geldi. Dorothy'nin sandığı sırtlanıp arabanın üzerine yüklenirken, beyaz saçlı beyefendi, "Öyleyse yola koyulabiliriz," dedi.

Dorothy dehşet içinde Victoria'nın elini tuttu.. "Ama ablam ne olacak?"

"Çok yakında birinin kendisini karşılamaya geleceğine eminim. Geminiz beklendiğinden dört gün önce geldi."

Victoria sesine rahatlık ve güven dolu bir ifade vermeye çalışarak "Beni merak etme," dedi. "Eminim birkaç dakikaya kalmaz dükün arabası burada olur. Kaptan Gardiner da araba gelene kadar gemide bekleyebileceğimi söyledi. Haydi git."

Dorothy ablasına sımsıkı sarıldı. "Tory, büyükannemizi

seni de bizimle kalmaya davet etmesi için ikna etmenin bir yolunu bulacağım, göreceksin. Çok korkuyorum. Unutma, bana mektup yaz. Her gün!"

Victoria olduğu yerde durup Dorothy'nin zarif hareketlerle kapısı altın taçlı lüks arabaya binmesini izledi. Uşaklardan biri merdiveni kaldırdı, arabacı kırbacını şaklattı, dört at bir anda ileri doğru fırladı. Dorothy pencereden ablasına el sallarken araba uzaklaşıp gözden kayboldu.

Victoria dokta bir başına, 'arpa suyu ve böbrekli talaş böreği' bulma telaşıyla gemiden fırlayan gemicilerin arasında, arabanın arkasından bakarken kendisini hayatta hiç hissetmediği kadar yalnız hissetti.

Kız kardeşinin gidişinden sonraki iki günü kamarasında tek başına, sıkıntı içinde geçirdi. Gün boyu tek yaptığı, güvertede kısa yürüyüşlere çıkmak ve Kaptan Gardiner'la birlikte yemek yemekti. Kaptan çok hoş, babacan bir adamdı ve görünüşe bakılırsa da Victoria'nın yanında olmasından büyük zevk alıyordu. Haftalar süren yolculukları boyunca birlikte çok vakit geçirmiş ve defalarca birlikte yemek yemişlerdi. Kaptan Victoria'nın İngiltere'ye gelme nedenini biliyordu; Victoria da onu yeni edindiği bir dost olarak görüyordu.

Üçüncü günün sabahı hâlâ Victoria'yı Wakefield Park'a götürecek birinin gelmemesi üzerine, Kaptan Gardiner meseleye el koydu ve bir araba tuttu. Durumdan rahatsız olduğunu hissettiği Victoria'ya da, "Limana günümüzden önce girdik," diye bir açıklama yaptı, "bu pek sık olan bir şey değildir. Akrabaların daha günlerce seni alacak birini göndermeyi akıl edemeyebilir. Londra'da yapmam gereken işler var, seni de gemide tek başına korumasız bırakamam. Akrabalarına haber gönderinceye kadar kendin gidersin, daha çabuk olur."

Victoria saatler boyunca ilkbaharın bütün güzelliğiyle parlayan büyüleyici İngiltere kırlarını seyrederek yol aldı. Çalılarla ayrılmış tarlalar vadi ve tepeler boyunca yayılıyordu, her yerde pembe ve sarı çiçekler açmıştı. Arabanın tekerlekleri yolda bir taşa ya da bir çukura denk geldiğinde, oradan oraya savrulmasına rağmen keyfi giderek yerine geliyordu.

Arabacı oturduğu yerden dönüp arkasındaki kapıya vurarak "Ancak iki mil kadar yolumuz kaldı, ha'mfendi," diye seslendi, "isterseniz–"

Her şey bir anda oluverdi. Tekerlek derin bir çukura girdi, araba tekinsizce savruldu, arabacı gözden kayboldu, Victoria koltuğundan fırlayıp yere yuvarlandı. Birkaç saniye geçmeden kapı hızla açıldı, arabacı endişeli bir yüzle Victoria'nın arabadan çıkmasına yardım ederken, "Bir şeyiniz var mı?" diye sordu.

Victoria başını iki yana salladı, ama o daha cevap veremeden, arabacı ona arkasını dönüp şapkalarını ellerine almış, şaşkın şaşkın ve biraz da mahcup karşısında duran iki çiftçiye bağırmaya başlamıştı. "Sizi salaklar! Böyle yolun ortasında durulur mu! Şu yaptığınız işe bakın, dingili kırdık!" Sözlerinin gerisi küfürler arasında kayboldu.

Victoria bu bağırış çağırışa arkasını dönerek eteklerini silkelemeye başladı ama arabada yere düşünce bulandığı toz ve kirden arınmayı pek başaramadı. Arabacı arabasının altına girip kırık dingili incelemeye koyuldu, çiftçilerden biri eski püskü şapkasını elinde sıkarak, ezile büzüle Victoria'nın karşısına geldi. "Jack'len ikimiz çok üzüldük, ha'mfendi," dedi. "Sizi Wakefield Park'a biz götürüverelim – yani sandığınızı arkaya domuzların yanına koymamıza bi'şey demezseniz?"

Victoria, kalan iki mili yürümek zorunda kalmadığına sevinerek hemen kabul etti. Charles Fielding'in göndermiş olduğu yol harçlığı ile arabacının parasını verip, çiftçilerin arabasına bindi, arabanın önündeki tahta sıraya, iriyarı çiftçilerin arasına yerleşti. Tabii ki kapalı arabaya kıyasla bu açık at arabası pek şık ve havalı sayılmazdı, ama ne daha çok sallıyordu ne de daha rahatsızdı. Hatta yüzünü okşayan serin rüzgâr ve şimdi sınırsızca gözleri önüne serilen kır manzarası Victoria'yı öyle keyiflendirmişti ki, bu yolculuk şeklini kesinlikle kapalı arabayla gitmeye tercih ederdi.

Victoria her zamanki samimiyetiyle kısa sürede, iki adamla çiftçilik hakkında sohbet etmeye koyulmuştu bile, bu konu hakkında çok az şey biliyordu ve bir şeyler öğrenme fırsatını bulduğu için de çok memnundu. Görünüşe bakılırsa İngiltere çiftçileri tarımda makinelerin kullanılmaya başlamasına şiddetle karşıydılar. Çiftçilerden biri heyecanla, "Bu şeytan icatları hepimizi işsiz bırakacak," diye söyleniyordu.

Victoria konuşmanın gerisine pek dikkatini veremedi çünkü arabaları dönüp paket taş döşeli bir yola girmiş, iki kanatlı devasa bir demir kapıdan geçiyordu. Kapının ardında ucu bucağı görünmeyen son derece bakımlı bir park uzanıyordu. Pırıl pırıl çimler yer yer ulu ağaçlarla gölgelenmişti, göz alabildiğine uzanıp giden arazinin içinden, kıyıları pembe, mavi ve beyaz çiçeklerle süslü, şırıl şırıl akan sakin bir çay geçiyordu. Victoria tuttuğu nefesini sonunda bırakarak, "Peri masallarındaki gibi," diye mırıldandı. Gözleri şaşkınlık ve hayranlık içerisinde bu resim gibi çayın, bakımlı çimler ve harika manzaranın üzerinde gezindi. "Bu koskoca yerin bakımı için düzinelerce bahçıvan çalışıyor olmalı."

"Kırk kişi," dedi Jack. "Lord hazretlerinin kırk tane bahçıvanı var, *esas* bahçelere bakanları da sayarsak –yani evin or'daki bahçelere demek istiyorum." Taş döşeli yolda on beş dakika kadar gitmişlerdi ki yol kıvrıldı ve Jack gururla şimdi biraz ileride tam karşılarında duran koca evi gösterdi. "İşte, Wakefield Park. Tam yüz altmış odası varmış diye duyduydum."

Victoria derin bir soluk aldı, boş midesi düğümlenmiş gibi oldu. Her biri ayrı birer bina büyüklüğündeki ön kanatları, zarif bacalarla süslü dik çatıları, ön kapısına çıkan geniş merdivenleri ve tirizli pencerelerinin güneşte yüzlerce lamba gibi parıldayan camlarıyla tam karşısında bütün ihtişamıyla duran üç katlı tuğla bina, kurduğu en çılgınca hayallerin bile çok ötesinde bir saraydı.

Çiftçiler arabayı evin önüne çekip durdular, biri inmesine yardım etmek için elini uzatınca Victoria gözlerini evden ancak ayırabildi. "Teşekkür ederim, beni getirmekle büyük nezaket gösterdiniz," diyerek merdivenleri ağır ağır çıkmaya koyuldu. Korkudan ayakları kurşuna, dizleri hamura dönüşmüştü sanki. Çiftçiler sandığını indirmek için arabanın arkasına geçmişlerdi, ama arka kapıyı açtıkları anda iki domuz yavrusu viyaklayarak dışarı fırlayıp küt diye yere düştü ve çimlerde bir koşu tutturdular.

Victoria çiftçilerin bağırışına dönüp de hızlı domuzcukların peşinde koşan kıpkırmızı yüzlü adamları görünce gülmeye başladı.

Merdivenlerin başındaki kapı ardına kadar açıldı, yeşil ve sarı üniformalı, sert yüzlü bir adam çiftçilere, domuz yavrularına ve karşısında duran saçı başı birbirine karışmış kıza öfkeli bir bakış attı. Victoria'ya bakarak sert, pis bir sesle, "Teslimat kapısı burası değil," dedi, "*arka* kapıya." Kolunu kaldırıp otoriter bir hareketle evin etrafını dolaşan yola işaret etti.

Victoria teslimat için gelmediğini açıklamak üzere ağzını açmıştı ki, dikkatini dağıtan bir şey oldu: Yavrulardan biri yön değiştirip, peşinde koşturan nefes nefese çiftçiyle beraber doğruca kendisine doğru koşmaya başlamıştı.

Üniformalı adam, "Şu arabayı da, domuzları da alıp hemen çekilin buradan!" diye bağırmaya başladı.

Domuzcuk tam yanından geçerken Victoria eğilip hayvanı tutuverdi. Kucağında domuz yavrusuyla, adama durumu açıklamaya çalışmak öyle komikti ki gülmeye başladı. Kendini tutamıyordu, gülmekten gözleri yaşarmıştı. "Beyefendi, anlatamadım–"

Northrup onu hiç dinlemeksizin omuzu üzerinden arkasında duran uşağa seslendi. "Hepsini çek şunların şuradan! Hepsini at dışarı, hemen!"

Tam o sırada sert adımlarla yanlarına gelen simsiyah saçlı, otuzlarında bir adam Northrup'un bağırmasını yarıda kesti: "Ne oluyor burada?"

Uşak kaşları hiddetle çatılmış bir halde parmağını Victoria'nın suratına doğru uzatarak açıklamaya koyuldu: "Bu kadın–"

"Victoria Seaton." Victoria aceleyle araya girip kendini tanıtırken bütün gücüyle gülmesini bastırmaya çalışıyordu ama gerilim, yorgunluk ve açlıktan sinirleri öylesine yıpranmıştı ki, bir gülme krizinin tehlikeli bir şekilde yaklaştığının farkındaydı. Adını duyduğunda siyah saçlı adamın yüzünde beliren apaçık şok ifadesini görünce kendisini artık tutamadı. Kahkahadan boğulurcasına gülerek, dönüp domuz yavrusunu yüzü kıpkırmızı olmuş çiftçinin kucağına bıraktı, sonra da tozlu eteklerini kaldırarak reverans yapmaya çalıştı. Gülmesini bastırmaya çalışarak, "Korkarım bir yanlışlık oldu," dedi, "ben buraya–"

Uzun boylu adamın buz gibi sesi Victoria'nın reveransını yarıda kesti: "Esas yanlışlık buraya gelmiş olmanız, Miss Seaton. Ne var ki sizi geldiğiniz yere geri yollamak için artık çok geç, neredeyse akşam oluyor." Kızı kolundan yakalayıp kaba bir hareketle içeri çekti.

Victoria'nın gülmesi bir anda geçmişti; durum artık hiç de komik görünmüyordu, aksine korkunç sıkıntılı bir hal almıştı. Çekingen adımlarla kapıdan girince kendini New York'taki evinin tamamından daha büyük, üç katlı mermer bir giriş holünde buldu. Koca koca merdivenler holün iki tarafından kıvrılarak yukarı katlara çıkıyor, tepedeki cam kubbeden içeri pırıl pırıl güneş ışığı doluyordu. Victoria başını geri doğru atarak üç kat yukarıdaki cam tavana baktı. Gözleri yaşlarla doldu, kubbe dönmeye başladı, keder ve yorgunluğun bütün ağırlığı bir anda üzerine çöktü. Buraya gelmek için fırtınalı denizi aşıp binlerce mil yol kat ederken, kibar bir beyefendi tarafından sevecenlikle karşılanmayı ummuştu. Oysa şimdi onu geri yollayacak, Dorothy'den ayıracaklardı – Cam kubbe baş döndürücü bir hızla dönerek pırıl pırıl renkleri birbirine karışan dev bir çiçek dürbününe dönüştü.

"Bayılacak," dedi uşak.

"Hay Allah!" Siyah saçlı adam yığılmak üzere olan kızı sertçe kucakladı. Adam onu geniş mermer merdivenin sağ kanadından yukarı doğru taşımaya başlarken Victoria da kendisine gelir gibi oldu.

Düştüğü durumdan utanarak adama "İndir beni," diye çıkıştı, bir yandan da adamın kollarından kurtulmaya çalışıyordu. "Ben gayet–"

Adam "Kıpırdama!" diye sözünü kesti. Sahanlığa çıkınca sağa dönüp bir odaya girdi, kucağında kızla doğruca yatağa yöneldi, tek kelime etmeksizin kızı yatağı kaplayan mavi ipek örtünün üzerine attı, doğrulmaya çalışınca da omuzlarından bastırarak sırt üstü yatırdı. Yatak, Victoria'nın o güne kadar gördüğü en büyük yataktı, etrafı oymalı tahtadan çok yüksek bir çerçeveden sarkan simli mavi, ipek bir perdeyle çevriliydi, perdenin kanatları dört köşede toplanıp simli kadife kordonlarla bağlanmıştı.

Uşak ceketinin kuyruklarını arkasında savurarak telaşla odaya girdi, nefes nefese, "Buyrun, lordum," dedi, "nişadır getirdim."

Lord şişeyi adamcağızın elinden çekip aldı, Victoria'nın burnuna sokarcasına yaklaştırdı.

"Yapmayın!" Victoria bağırarak yüzünü korkunç amonyak kokusundan kaçırmaya çalıştı, ama başını ne kadar çevirirse çevirsin adamın eli kararlı bir şekilde yüzünü takip ediyordu. Ümitsizce bir çabayla adamın bileğini yakalayıp yüzünden uzaklaştırmaya çalıştı. "Ne yapmaya çalışıyorsun," diye bağırdı, "şişeyi yedirecek misin bana?"

Adam alaylı bir sesle "Ne güzel fikir," dedi. Bunu söylerken yüzünde hiçbir yumuşama olmadıysa da en azından Victoria'nın bileğine yapışan eli biraz gevşemiş, kötü kokulu şişe yüzünden birkaç santim geri çekilmişti. Victoria kendisini çok bitkin ve küçük düşmüş hissediyordu, başını yana çevirip gözlerini kapadı, boğazında düğümlenen gözyaşlarını içinde tutmak için kendisiyle mücadele ederek yutkundu.

Adam Victoria'nın bir kez daha yutkunduğunu duyunca sevimsiz bir sesle "Umarım yatağa kusmayı düşünmüyorsundur," dedi, "seni uyarıyorum, kusacak olursan *kendin* temizlersin."

Victoria Elisabeth Seaton -o güne kadar tatlı huylu, sevimli bir genç hanım olmasını sağlamış on sekiz yıllık özenli bir terbiyeyle büyütülmüş bu genç kız- yastığa dayalı başını çevirip adama gözlerinden düşmanlık fışkırarak baktı. "Sen Charles Fielding misin?"

"Hayır."

"O zaman lütfen ya yataktan kalk, ya da bırak ben kalkayım."

Adam kaşlarını çatarak, parlak mavi gözlerinden cinayet düşmanca şimşekler saçarak yattığı yerden kendisine diklenen genç kızı süzdü. Saçları altın ışıltılı bir ateş gibi yastıkların üzerine yayılmıştı, karmakarışık buklelerin çevrelediği yüzü büyük bir ustanın elinden çıkmış porselen bir bibloyu andırıyordu. Kirpikleri inanılmaz derecede uzun, dudaklarının pembeliği ve yumuşaklığı tıpkı...

Adam ani bir hareketle ayağa kalkarak sert adımlarla odadan çıktı, uşak da arkasından gitti. Kapı arkalarından kapanınca Victoria sağır bir sessizliğe gömülen odada tek başına kaldı.

Yavaşça doğrulup ayaklarını yatağın yanından sarkıttı, yine başının döneceğinden korkarak usulca ayağa kalktı. Bütün vücudu umutsuzlukla uyuşmuş gibiydi ve üşüyordu, ama bacakları üzerinde sapasağlam durabildiğini gördü. Gözlerini çevresinde gezdirerek odayı incelemeye başladı. Sol tarafındaki duvarı boydan boya kaplayan tirizli pencereler, simli ipliklerle işlenmiş açık mavi renkte ağır perdelerle çevrelenmişti. Odanın öbür ucunda, süslü bir şöminenin önüne karşılıklı yerleştirilmiş mavi ve sim çizgili bir çift koltuk duruyordu. Her şeyiyle aklında sefahat çağrışımları uyandıran odaya bir kez daha şöyle bir bakış attıktan sonra, eteklerinin tozunu silkelemeye çalıştı, sonra birden durup tekrar mavi ipek yatak örtüsünün üzerine çöktü.

Hayal kırıklığı koca bir kitle olup boğazını tıkamıştı. Ellerini kucağında birleştirip ne yapabileceğini düşünmeye başladı. Besbelli onu istenmeyen bir bavul gibi New York'a geri göndereceklerdi. Öyleyse akrabaları olan dük neden onu buraya getirtmişti ki? Kendisi neredeydi? *O kimdi?*

Büyükannelerinin yanına gidemezdi, çünkü düşes Dr. Morrison'a yazdığı kısa mektupta, evine yalnızca ve yalnızca Dorothy'yi kabul etmekten memnunluk duyacağını açıkça belirtmişti. Victoria o ana kadar olanlara bir anlam vermeye çalışırken zarif kaşları birbirine değercesine çatılmıştı. Onu yukarı siyah saçlı adam taşıdığına göre belki de o uşak, kapıyı açan beyaz saçlı, bodur adamsa düktü. Adam ilk bakışta Victoria'ya kıdemli bir hizmetkâr gibi görünmüştü, onu konağın uşağı gibi bir şey sanmıştı –Andrew'nun evinde ziyaretçilere kapıyı hep kahya kadın Mrs. Tilden açardı.

Biri odanın kapısına vurunca Victoria bir suçluluk hissiyle yataktan fırladı, "Girin," demeden önce yatak örtüsünü güzelce düzeltti.

Kolalı siyah bir elbise giymiş, beyaz önlük ve beyaz kep takmış bir hizmetçi elinde gümüş bir tepsiyle içeri girdi. Onu aynı üniformayı giymiş altı hizmetçi daha izledi, ellerinde buharı tüten sıcak su dolu kovalarla kukla gibi yürüyorlardı. Hizmetçilerin ardından, Victoria'nın sandığını taşıyan, dore şeritli yeşil üniformalar giymiş iki uşak belirdi.

İlk giren hizmetçi tepsiyi koltukların ortasında duran sehpanın üzerine bırakırken diğerleri odanın içine açılan bir başka kapıdan geçip ortadan kayboldular, uşaklar da sandığı yatağın ayakucuna bıraktı. Bir dakika sonra hepsi geldikleri gibi tek sıra halinde odadan çıkarlarken Victoria'ya oyuncak askerler gibi göründüler. Son kalan hizmetçi, ne yapacağını bilemez bir halde yatağın yanında dikilmekte olan Victoria'ya dönerek, "Size yemeniz için bir şeyler getirdim, hanımefendi," dedi. Yüzü –belli ki hizmetçilerden özellikle beklendiği gibi– ifadesiz ve ciddiydi, ama sesinde utangaç bir sevimlilik vardı.

Victoria gidip koltuğa oturdu, tepside duran tereyağlı kızarmış ekmekle sıcak sütlü kakaonun görüntüsü ağzını sulandırmıştı.

Hizmetçi kız, "Lord cenapları banyo yapmanız gerektiğini söyledi," diyerek az önce su kovalarının götürüldüğü kapıya yöneldi. Victoria, sütlü kakao fincanını ağzına götürürken bu söz üzerine birden durakladı. "Lord cenapları mı?" diye tekrar etti. "Lord acaba... ön kapıda gördüğüm... beyefendi miydi? Beyaz saçlı, tıknaz bir adam?"

Hizmetçi kız Victoria'ya tuhaf tuhaf bakarak, "Tabii ki

hayır!" diye yanıtladı. "O gördüğünüz herhalde kahya Mr. Northrup olacak, hanımefendi."

Victoria'nın içi bir an için rahatlar gibi oldu, ama kız tereddütlü bir sesle "Lord cenapları uzun boylu, siyah kıvırcık saçlı bir adamdır," diye ekleyince canı sıkıldı.

"Benim banyo yapmam gerektiğini söyleyen de o mu?"derken sesi biraz çatlar gibi oldu.

Hizmetçi kız kızararak başını evet anlamında salladı.

Victoria biraz gönülsüzce de olsa, "Eh, hakikaten de bir banyoya ihtiyacım var," diye durumu kabullendi. Kızarmış ekmeğini ve kakaosunu bitirip kızın küvete doldurduğu sıcak suya güzel kokulu banyo tuzları karıştırmakta olduğu banyo odasına geçti. Yolda kir-pas içinde kalan elbisesini üzerinden çıkarırken, Charles Fielding'in kendisine yollamış olduğu kısa mektubu aklından geçirdi. Onu İngiltere'ye davet eden mektubunda sanki gelmesini yürekten istermiş gibi ifadeler kullanmış, *"Hemen gel, tatlım,"* diye yazmıştı. *"Burada olmandan büyük mutluluk duyacağım, gelişini sabırsızlıkla bekliyorum."* Belki her şeye rağmen onu yine de geri yollamazdı. Belki de "lord cenapları" bir şeyi yanlış anlamıştı.

Kız Victoria'nın saçlarını yıkamasına yardım etti, sonra da yumuşacık bir havlu tutarak küvetten çıkmasına yardımcı oldu. "Giysilerinizi astım, efendim, yatağı da açtım, belki biraz uyumak istersiniz."

Victoria kıza gülümseyerek adını sordu.

Kız Victoria'nın sorusunu anlayamamış gibi "Benim adım mı?" diye tekrarladı, belli ki Victoria'nın adını öğrenmeye tenezzül etmesi onu çok şaşırtmıştı. "Şey, Ruth –adım... Ruth."

"Çok teşekkür ederim, Ruth," dedi Victoria. "Giysilerimi astığın için demek istiyorum."

Kızın çilli yüzü mutluluktan pespembe oluverdi, çabucak eğilip reverans yaptı, sonra da kapıya yöneldi. Çıkmadan durup geri döndü, Victoria'ya "Akşam yemeği saat sekizdedir," diye bilgi verdi. "Lord cenapları Wakefield'de de yemeklerin şehirdeki saatlerde yenmesini ister."

Kız tam kapıdan çıkmak üzereyken, Victoria biraz tereddütlü bir sesle, "Ruth," diye seslendi. "Acaba burada... iki 'lord cenapları' mı var? Yani, ben Charles Fielding'i sormak istiyordum da..."

"A, siz dük cenaplarını diyorsunuz!" Ruth sanki söylediklerini birinin duymasından korkar gibi omuzu üzerinden geriye doğru bakarak "Kendisi daha gelmedi," dedi, "ama bu gece bekliyoruz. Lord cenaplarını Northrup'a dük cenaplarına gelişinizi bildirmeye birini yollamasını söylerken duydum."

Victoria, "Acaba... şey –dük cenapları nasıl biridir?" diye sordu. Bu tuhaf unvanları kullanmak kendini aptal gibi hissetmesine neden oluyordu.

Ruth bir an dükü anlatmaya başlayacak gibi oldu; ama sonra fikrini değiştirdi. "Özür dilerim, hanımefendi," dedi, "ama lord cenapları hizmetkârlarının dedikodu yapmasına izin vermez. Misafirlerle samimi olmamızı da istemez." Reverans yaparak döndü, siyah elbisesinin eteklerini hışırdatarak alelacele odadan çıktı.

Victoria bu evde iki insanın yalnızca biri hizmetkâr, diğeri misafir olduğu için birbirleriyle konuşmalarının yasak olduğunu duyduğuna çok şaşırmıştı, ama kısa da olsa 'lord cenapları'nı tanımış olduğu kadarıyla, onun pekâlâ da böyle insaniyet dışı bir buyruk verebileceğini tahmin ediyordu.

Victoria gardıroptan geceliğini alıp sırtına geçirdi, yatağa çıkıp örtülerin arasına girdi. Çıplak kolları ve yüzünde ipek örtülerin serin okşayışını hissederek, Charles Fielding'in öteki lord cenaplarından daha sıcak, daha nazik bir adam olması için bir dua mırıldandı. Kopkoyu, uzun kirpikleri kıvrık birer yelpaze gibi yanaklarına düştü, bir anda uykuya daldı.

BEŞ

Açık pencerelerden gün ışığı doluyor, içeri süzülen hafif bir esinti Victoria'nın yüzünü okşuyordu. Aşağıda bir yerlerden taş döşeli bir yolda yürüyen bir atın nal sesleri geliyordu. Aynı anda pencerenin önüne konmuş olan iki kuş ateşli bir yer kavgasına tutuşmuşlar, öfkeli sesleri Victoria'yı kendini evinde gördüğü mutlu bir rüyadan uyandırmıştı.

Yarı uyur, yarı uyanık, yüzükoyun dönüp yüzünü yastığına gömdü. Evdeki yastığının sabun ve güneş kokan, yıkanmaktan hafifçe sertleşmiş kılıfı yerine, yanağı yumuşacık ipeğe değdi. Kendi yatağında olmadığının, annesinin aşağıda kahvaltı hazırlamakta olmadığının belli belirsiz farkına varıp sakin rüyasına dönmeyi umarak gözlerini sımsıkı yumdu, ama artık çok geçti. Gönülsüzce başını çevirip gözleri açtı.

Epeyce yükselmiş olan güneşin parlak ışığında, yatağını ipek bir koza gibi saran simli mavi perdeleri görür görmez zihni hemen berraklaştı. Wakefield Park'taydı. Bütün gece aralıksız uyumuştu.

Gözlerine düşen karışmış saçlarını geriye iterek yatakta doğrulup oturdu, sırtını yastıklara dayadı.

"Günaydın, hanımefendi." Ruth yatağın yanında ayakta bekliyordu.

Victoria korkudan çığlığı basmamak için kendini zor zaptetmişti.

Kızcağız çabuk çabuk, "Sizi korkutmak istememiştim," diye özür diledi, "ama dük hazretleri aşağıdalar, kahvaltıda kendisine eşlik eder miydiniz, diye sormamı söylediler."

Akrabası dükün kendisini görmek istiyor olması Victoria'yı yüreklendirmişti, örtüleri üzerinden atıp yataktan kalktı.

Ruth dolabı açarak, "Elbiselerinizi ütüledim," dedi. "Hangisini giymek isterdiniz?"

Victoria topu topu beş tane olan elbiseleri arasından en güzeli olan, siyah müslin elbisesini seçti. Elbisenin açık kare kesimli bir yakası vardı, tek süsü, uzun kollarının ve eteklerinin kenarına yolculuk sırasında elleriyle işlediği minicik beyaz güllerdi. Giyinmesine yardım etmek isteyen Ruth'un yardım teklifini reddederek, iç eteğinin üzerine elbiseyi geçirip, incecik beline geniş siyah kuşağı kendisi bağladı.

Ruth yatağı toplayıp pırıl pırıl odaya çeki düzen verirken Victoria tuvalet masasının önünde duran iskemleye ilişip saçını fırçaladı. Yüzü umutla parlayarak yerinden kalkıp, Ruth'a "Ben hazırım," diye seslendi. "Bana... ee... dük hazretlerinin kahvaltısını nerede yaptığını söyleyebilir misin?"

Ruth'un arkasından; kıvrılarak alt kata inen mermer merdivenden inip iki uşağın şahane oymalı, iki kanatlı maun bir kapının iki yanında nöbet beklediği holden geçerken Victoria'nın ayakları kalın kırmızı halıya gömülüyordu. Derin bir nefes alıp kendini biraz sakinleştirecek zaman bulamadan, uşaklar sessiz ama gösterişli bir hareketle kapıyı iki yana doğru ardına kadar açtılar ve Victoria kendini, tavanında devasa üç kristal avize asılı, tam ortasında uzun bir maun masa duran, belki otuz metre uzunluğunda bir odaya girerken buldu. Gözleri sonu gelmeyecek gibi görünen masanın iki yanında sıralanmış, yüksek sırtlı, sarı kadife iskemlelerde dolaşırken ilk önce odayı boş zannetti. Sonra masanın kendisine yakın ucundaki sandalyeden gelen gazete hışırtısını duydu. Sandalyede kimin oturduğunu göremeden, yavaş yavaş yana doğru yürüyüp durdu. Yumuşak bir sesle, "Günaydın," dedi.

Charles'ın başı hemen ona döndü, kızı görür görmez gözleri kızın yüzüne takılıp kaldı. Yüzünün bütün kanı bir anda çekilmişti. İçini çeker gibi fısıltıyla, "Ulu Tanrım!" diyerek ağır ağır sandalyesinden doğruldu. Karşısında duran bu egzotik güzel kızda, yıllar önceki haliyle Katherine'i görüyordu.

Zarif kıvrımlı kaşları, yanardöner iri safirleri andıran gözlerini gölgeleyen sık, uzun kirpikleriyle, bu ince kemikli, inanılmaz güzellikteki yüzü ne kadar iyi, ne kadar da sevgiyle hatırlıyordu. O yumuşak, mütebessim ağzı; zarif küçücük burnu; inatçı çenedeki o minicik, büyüleyici çukuru ve coşkun bir sel gibi omuzlara dökülen kızıl-sarı saçları çok iyi tanıyordu.

Sol eliyle iskemlesinin sırtından destek alarak, titreyen sağ elini kıza uzattı. "Katherine–" diye fısıldadı.

Victoria ne yapacağından tam olarak emin olamadan kendisine uzanan eli sıktı, adamın uzun parmakları elini sımsıkı kavradı. Adam boğuk bir sesle bir kez daha "Katherine..." diye fısıldadı, Victoria bu kez gözlerinin yaşlarla parladığını fark etti.

Yumuşak bir sesle, "Annemin adı Katherine'di," dedi.

Adam, kızın elini sıkan parmaklarını gevşeterek acıyla "Evet," diye fısıldadı. Boğazını temizledi, sesi daha normal çıkmaya başlamıştı. "Evet, tabii," diyerek başını sanki kendine gelmeye çalışır gibi iki yana salladı. Victoria onun şaşırtıcı derecede uzun boylu ve çok ince olduğunu, açık kahverengi gözlerinin kendisini dikkatle incelediğini fark etti. "Evet," dedi adam aniden, "sen de Katherine'in kızı oluyorsun."

Victoria başıyla onaylarken, adamın sözlerini ne yana çekmesi gerektiğinden pek emin değildi. "Adım Victoria."

Adamın gözleri tuhaf bir şefkatle parladı. "Benimki de Charles *Victor* Fielding," diye karşılık verdi.

Victoria, "Anlıyorum," diye mırıldandı.

"Hayır," dedi adam, "anlayamazsın." Gülümseyince birden on-on beş yaş gençleşmiş gibi oldu. "Hiç anlayamazsın." Sonra, hiç beklenmedik bir şekilde Victoria'ya sımsıkı sarıldı. Heyecandan boğulmuş bir sesle, "Evine hoş geldin, çocuk," diyerek hafif hafif sırtına vurdu. "Hoş geldin." Victoria da garip bir şekilde kendini hakikaten evine gelmiş gibi hissetti.

Adam kızdan ayrılıp yüzünde mahcup bir gülümsemeyle oturması için bir iskemle çekti. "Açlıktan ölüyorsundur," diyerek üstü ağzı kapalı gümüş kaplarla dolu bir kontrbüfenin yanında duran uşağa döndü. "O'Malley! İkimiz de çok açız."

Uşak, "Evet, dük cenapları," diyerek dönüp iki tabak aldı ve doldurmaya koyuldu.

Charles, "Geldiğinde limanda seni bekleyen bir araba bulundurmadığım için bütün kalbimle özür dilerim," dedi. "Erken gelebileceğiniz aklımın ucundan bile geçmemişti. Amerika'dan gelen gemiler her zaman geç varır demişlerdi." Uşak kızın önüne yumurta, patates kavurması, böbrek ızgara, et ve çıtır çıtır küçük ekmeklerle dolu bir tabak bırakırken, "E, yolculuk nasıldı, iyi geçti mi?" diye sordu.

Victoria önüne bakar bakmaz tabağının iki yanında dizi dizi sıralanmış süslü altın çatal bıçak kalabalığı gözüne çarptı, içinden vaktinde Dorothy ve kendisine bunların her birinin ne için kullanıldığını öğretmiş olan annesine minnetle dua ederek, yüzünde bir gülümsemeyle adama döndü, "Evet, çok zevkli bir yolculuktu," diye cevap verdikten sonra çekinerek eklemesi gerektiğini düşündüğü hitabı ekledi: "–dük cenapları."

Charles, "Aman Tanrım!" diyerek gülmeye başladı. "Bence aramızda böyle resmiyete hiç gerek yok. Yoksa ben de sana Kontes Langston ya da Leydi Victoria demek zorunda kalırım. Tahmin edersin ki bu hiç de hoşuma gitmez. Doğrusu sen bana 'Charles Amca' desen, ben de sana 'Victoria' desem çok daha memnun olurum. Ne diyorsun?"

Victoria adamın yakınlığı karşısında yüreğinin daha şimdiden sevgiyle sıcacık olduğunu hissetti. "Ben de çok memnun olurum. Zaten Kontes Langston dendiğinde -o her kimse- cevap vermeyi akıl edebileceğimden pek emin değilim, Leydi Victoria da ben değilmişim gibi geliyor."

Charles kıza bakarak peçetesini kucağına yerleştirdi. "Ama bu kişilerin ikisi de sensin. Annen Langston Kontu ve Kontesi'nin tek çocuğuydu. Kendisi küçükken ikisi de öldülerse de, İskoç'yadan gelen unvanları kendisine geçti. Sen de onun en büyük çocuğusun, dolayısıyla da bu unvan artık senin."

Victoria'nın mavi gözleri muzipçe parladı. "Peki ne yapacağım ben bu unvanı?"

"Hepimiz ne yapıyorsak onu yaparsın," dedi Charles gülerek. "Gösteriş yaparsın." O'Malley önüne tabağını bırakırken bir an sustu, sonra devam etti. "Sanıyorum İskoçya'da bu unvanı taşıyan kişiye ait küçük bir mülk de olabilir. Belki de yoktur. Annen ne demişti?"

"Hiçbir şey. Annem İngiltere'den de, buradaki hayatından da hiç söz etmezdi. Dorothy ve ben hep onun... yani... sıradan biri olduğunu düşünmüştük."

Charles yumuşak bir sesle, "Annen asla 'sıradan' biri değildi," dedi. Victoria onun sesindeki duygusal tınıyı fark ederek nedenini merak etti, ama adama annesinin İngiltere'deki hayatı üzerine sorular sormaya başlayınca adam başını sallayarak, "Bir gün sana... her şeyi anlatırım," diye geçiştirdi. "Ama şu anda değil. Şimdilik birbirimizi tanımaya bakalım."

Victoria bunu izleyen bir saat boyunca, Charles'ın tatlı tatlı sorduğu soruları yanıtlarken ikisi de zamanın nasıl geçtiğini anlamadılar. Kahvaltıları bittiğinde, Victoria yaşlı adamın kendisinden kucağında domuz yavrusuyla kapısına geldiği ana kadarki bütün hayatının nasıl geçtiğini ayrıntılarıyla öğrenmiş olduğunu fark etti. Ona köylerindeki insanları, babasını, Andrew'yu anlatmıştı. Nedense bu son iki kişi hakkında söylediklerini dinlerken Victoria adamın durgunlaştığını fark etmişti ama en çok da onlar hakkında her şeyi öğrenmekle ilgilenmişti. Annesi hakkında soru sormaktansa dikkatle kaçınmıştı.

Victoria'nın sözleri bittiğinde, Charles, "Şu Andrew Bainbridge denen gençle nişanın konusunda kafamın karıştığını itiraf etmeliyim," dedi. Kaşlarını zor bir şeyi anlamaya çalışır gibi çatmıştı. "Dostunuz Dr. Morrison'dan aldığım mektupta bunun hiç bahsi geçmiyordu. Aksine senin ve kız kardeşinin hayatta yalnız olduğunuzu yazmıştı. Baban bu nişana izin vermiş miydi?"

"Hem evet, hem hayır," dedi Victoria. Bu konunun adamı endişelendiriyor gibi görünmesine şaşırmıştı. "Yani, Andrew'yla birbirimizi çocukluktan beri tanıyoruz, ama babam resmen nişanlanmadan on sekiz yaşımı doldurmam gerektiği konusunda ısrar etmişti. Daha genç bir kız için bunun fazla ağır bir karar olduğunu düşünüyordu."

Charles, "Baban çok iyi düşünmüş," diye onayladı. "Ama babanın ölmesinden önce on sekiz yaşını doldurmuştun, yine de Bainbridge'le resmen nişanlanmış değilsin, doğru anlamış mıyım?"

"Şey, evet."

"Baban hâlâ razı olmadığı için mi?"

"Tam öyle sayılmaz. Doğum günümden kısa bir süre önce, Mrs. Bainbridge -Andrew'nun annesi- babama hem aramızdaki bağı sınamak, hem de Andrew'ya ufkunu genişletmek için son bir fırsat tanımak üzere, Andrew'nun küçük bir Avrupa turuna çıkmasını önerdi. Andrew bu fikri çok saçma buluyordu, ama babam da Mrs. Bainbridge'le aynı kanıdaydı."

"Bana sanki baban senin bu gençle evlenmene izin vermekte son derece gönülsüzmüş gibi geldi. Düşünürsek, birbirinizi yıllardır tanıyormuşsunuz, bu durumda bağlılığınızı bir daha sınamaya aslında pek ihtiyaç yokmuş. Bu bana gerçek bir sebepten çok bir bahane gibi geldi. Aynı sebeple, anladığım kadarıyla Andrew'nun annesi de beraberliğinize karşıymış."

Dükün sanki Andrew'ya karşı kesin bir tavır alıyormuş gibi bir hali vardı, bu da Victoria'ya anlatması pek hoş olmasa da gerçekleri olduğu gibi anlatmaktan başka bir seçenek bırakmıyordu. "Babamın Andrew'nun benim için harika bir koca olacağı konusunda hiçbir endişesi yoktu. Yalnızca, müstakbel kayınvalidemle hayatımın nasıl olacağı konusunda ciddi endişeleri vardı. Andrew'nun annesi dul bir hanımdır, Andrew'ya da çok bağlıdır. Ayrıca bir de çeşit çeşit hastalığı olduğu için genellikle oldukça aksi oluyor."

Dük anlayışlı bir tavırla, "Hımm," dedi. "Peki hastalıkları ciddi mi?"

Victoria'nın yüzü hafifçe yanmaya başladı. "Bir gün ben

de yanlarındayken babamın ona söylediklerine bakılırsa, hastalıkları uydurma. Gençliğinde hakikaten kalbinde bir zayıflık varmış herhalde, ama babam yatağında yatıp kendine acımaktansa kalkıp dolaşmasının ona çok daha iyi geleceğini söylüyordu. Babamla ikisi -yani, birbirlerinden pek hoşlanmazlardı doğrusu."

Dük gülerek "Eh, sebebini de anlayabiliyorum!" dedi. "Baban evlenmenizi geciktirmekte çok haklıymış, tatlım. Evlenseydiniz çok mutsuz olurdun."

Dükün onayı olsa da olmasa da Andrew'yla evlenmeye kararlı olan Victoria, kesin bir tavırla, "Hiç de mutsuz olmayacağım," dedi. "Andrew, annesinin hastalıklarını onu parmağında oynatmak için kullandığının farkında ve bunun onu istediği şeyleri yapmaktan alıkoymasına izin vermez. Bu tura çıkmayı da yalnızca babam ısrar ettiği için kabul etti."

"Ondan çok mektup aldın mı?"

"Yalnızca bir tane, ama şu da var, Andrew Avrupa'ya gitmek için yola çıkalı üç buçuk ay kadar oldu, yani annemle babamın kaza geçirmesinden ancak iki hafta kadar önce gitmişti zaten. Mektupların Avrupa'ya varıp cevap gelmesi de hemen hemen bu kadar sürüyor. Ona olanları yazdım, sonra İngiltere'ye gelmek için yola çıkmadan hemen önce de bir daha yazıp buradaki adresimi bildirdim. Sanırım şimdi yola çıkmış, beni kurtarmak için eve dönüyordur. Ben New York'ta kalıp dönmesini beklemek istiyordum, öylesi herkes için çok daha kolay olacaktı, ama Dr. Morrison bunu duymak bile istemedi. Her nedense Andrew'nun duygularının aradan geçen süre içinde değişmiş olduğuna kanaat getirmişti. Kuşkusuz Mrs. Bainbridge ona bu yolda bir şeyler söylemiş olmalı, yapmayacağı şey değildir."

Victoria içini çekerek geniş pencerelerden dışarı baktı. "Andrew'nun parasız bir doktorun kızıyla değil daha önemli biriyle evlenmesini isterdi muhakkak."

"Kimseyle evlenmeyip yatağının baş ucunda beklemesini istiyor olmasın?" Dük kaşlarını kaldırmış, tahminde bulunmaya çalışıyordu. "Hastalık hastası dul bir hanım, bende çok mülkiyetçi ve despot bir izlenim uyandırıyor."

Victoria bunun doğru olmadığını söyleyemezdi, o yüzden de, müstakbel kayınvalidesi hakkında bir yargıda bulunmak yerine bu konuda sessiz kalmayı tercih etti. "Köydeki ailelerden bazıları Andrew dönene kadar kendileriyle kalmamı teklif ettiler, ama bu pek iyi bir çözüm değildi. Her şey bir yana, Andrew dönüp beni başka birilerinin yanında bulsaydı çok kızardı."

"Sana mı?" diye sordu dük. Yüzünde zavallı Andrew'ya kızdığını açıkça belli eden bir ifade vardı.

"Hayır, annesine, onların evinde kalmamda ısrar etmediği için."

"Hmm." Bu açıklama Andrew'yu her türlü suçlamadan kurtardığı halde, Charles pek memnun olmuş görünmüyordu. "Adam kusursuz bir fazilet timsali, anlaşılan," diye mırıldandı.

Victoria gülümseyerek, "Onu çok seveceksiniz," dedi. "Beni almaya gelecek, göreceksiniz."

Charles Victoria'nın eline okşar gibi hafif hafif vurarak, "Andrew'yu unutup burada olduğun için sevinmeye bakalım biz," dedi. "Şimdi, söyle bakalım, şu ana kadar buraya gelmek hoşuna gitti mi?"

Victoria ona şu ana kadar gördüklerinin çok hoşuna gittiğini söyledi, Charles da buna karşılık ona İngiltere'de onun için planladığı hayatı anlatmaya başladı. Öncelikle, yeni bir gardrobu ve ona yardım edecek bir oda hizmetçisi olmasını istiyordu. Victoria tam itiraz etmek üzereydi ki, masaya, vahşi bir hayvanın ürkütücü ve sessiz özgüveniyle yaklaşan esmer, haşin görünüşlü adamı fark etti. Üzerinde, kaslı bacaklarını ortaya çıkaran dar bir güderi pantolon, açık bırakılmış yakasından yanık tenini gösteren beyaz bir gömlek vardı. Bu sabah Victoria'nın dün gördüğünden de daha uzun, kaslı ve güçlü görünüyordu. Gür, siyah saçları hafif kıvırcık, burnu dümdüz, ağzı keskin hatlı ve otoriterdi. Aslında, sert hatlı çenesinden yayılan kendini beğenmiş despotluk ve soğuk yeşil gözlerinden fışkıran alaycı bakışlar olmasa, Victoria onu neredeyse nefes kesici derecede yakışıklı bulabilirdi.

"Jason!" dedi Charles keyifli bir seslc. "İzninle seni Victoria'ya takdim edeyim." Victoria'ya dönerek ekledi: "Yeğenim Jason."

Yeğeni! Victoria bu adamın bir misafir olabileceğini düşünmüş, öyle olmasını ummuştu, ama şimdi onun belki de Charles'la birlikte yaşayan bir akraba olduğunu öğreniyordu. Bunu duymak Victoria'nın kendini hasta gibi hissetmesine neden olsa da, gururu onu çenesini kaldırıp Jason'ın insafsız bakışlarını sakince karşılamaya zorladı. Adam tanıştırılmalarına yalnızca başının hafif bir hareketiyle karşılık verdikten sonra geçip Victoria'nın karşısına oturdu. O'Malley'ye bakarak, "Yiyecek bir şeyler kaldı mı diye sorsam, çok şey mi beklemiş olurum acaba?"

Uşak ürkekçe gevelemeye başladı: "Ha-hayır, lordum. Kalmadı. Yani, var tabii de, pek sıcak olmayabilir. Ben hemen mutfağa inip aşçıya taze bir şeyler hazırlatayım, sıcak sıcak..." Telaşla odadan fırladı.

Charles, "Jason," dedi, "diyordum ki Victoria'nın yeni bir gardrobu, bir de uygun bir oda hizmetçisi olması–"

"Hayır." Jason ifadesiz bir sesle adamın sözünü kesmişti.

Victoria'nın içinden yükselen kaçma isteği aniden her türlü güdüyü bastırıvermişti. "Müsaade ederseniz, Charles Amca," dedi, "ben... benim yapmam gereken birkaç şey var."

Charles kıza özür dilercesine, minnettar bir yüzle baktı. Victoria kalkınca o da kibarca yerinden kalktı, ama sevimsiz yeğeni yerinden kalmak yerine iskemlesinde geriye yaslanarak genç kızın çıkışını can sıkıntısı ve hoşnutsuzluk dolu bakışlarla izlemekle yetindi.

Uşaklar Victoria'nın arkasından kapıyı kapatmak için atılır atılmaz, Charles "Bunların hiçbiri Victoria'nın suçu değil," diye başladı. "Bunu anlamalısın."

Jason buna alaycı bir sesle "Öyle mi?" diye sorarak karşılık verdi. "Peki o mızmız dilenci parçası bunun benim evim olduğunu ve onu burada istemediğimi anlıyor mu acaba?"

Kapılar arkasından kapanırken Victoria duyması gerekenden çok daha fazlasını duymuştu bile. *Dilenci! Mızmız dilen-*

ci parçası! Holü körlemesine koşarak geçerken bütün vücuduna dalga dalga utanç yayılıyordu. Anlaşılan, Charles onu buraya yeğeninin rızasını almadan davet etmişti.

Victoria odasına girdiğinde yüzü solgun fakat kararlıydı. Sandığını açtı.

Yemek odasında, Charles karşısında oturan sert bakışlı adamla uzlaşmaya çalışıyordu. "Jason, anlamıyorsun–"

Jason dükün sözünü sertçe keserek, "Onu İngiltere'ye sen getirdin," dedi. "Madem ki burada olmasına bu kadar meraklısın, al Londra'ya götür, seninle yaşasın."

Charles bu öneriyi kati bir şekilde reddetti: "Yapamam! Henüz sosyeteye karışmaya hazır değil. Londra'ya gidip sosyeteye takdim edilmesinden önce yapılması gereken çok şey var. Her şey bir yana, etrafa karşı onunla beraber kalacak daha yaşlı bir kadına ihtiyacımız var."

Jason, elinde gümüş kahve demliğiyle yanı başında durmuş fincanını doldurmak için izin bekleyen uşağa sabırsızca başını salladı, uşak kahvesini koyar koymaz da odadan çıkmasını işaret etti. Sonra Charles'a dönerek haşin bir sesle "Onun yarın buradan gitmesini istiyorum. Anlaşıldı mı?" dedi. "İster Londra'ya götür, ister geri gönder, ama buradan götür! Onun için bir sent bile harcayacak değilim. Sezonu Londra'da geçirmesini istiyorsan, masrafları ödemek için başka bir yol bulman gerekecek."

Charles başını bitkin bir tavırla ellerinin arasına alıp şakaklarını ovdu. "Jason, şu anda görünmeye çalıştığın kadar kalpsiz ve duygusuz olmadığını biliyorum. Hiç değilse bırak da sana onu anlatayım."

Jason sandalyesinde geriye yaslanarak yüzünde buz gibi bir can sıkıntısı ifadesiyle ısrarla konuşmaya devam eden Charles'ı dinlemeye koyuldu. "Annesiyle babası birkaç ay önce bir kazada ölmüş. Victoria hem annesini, hem babasını, hem evini, hem hayattaki tüm güvencesini -her şeyini- bir günde kaybetmiş." Jason'dan ses gelmeyince Charles'ın nihayet sabrı kalmadı. "Allah kahretsin, Jason! Jamie'yi kaybettiğin zaman neler hissettiğini unuttun mu? Victoria sevdiği üç kişiyi birden kaybetti, kendisini yarı yarıya nişanlı saydığı şu genci de sayarsak. Çocuğun gelip kendisini kurtaracağını sanacak kadar da saf, ama çocuğun annesi evlenmelerinden yana değil. Buraya yazıyorum, o genç adam şimdi Victoria'yla aralarına bir de okyanus girince annesine boyun eğecek. Victoria'nın kız kardeşi şimdi Claremont Düşesi'nin himayesi altında, yani kızcağız artık kardeşinin yakınlığından bile yoksun. Bir düşün, Jason, kendisini nasıl hissediyordur? Sen ölüm ve kayıpla hiç karşılaşmamış bir insan değilsin – yoksa o acıyı unuttun mu?"

Charles'ın sözleri hedefi tam on ikiden vurmuştu. Jason'ın gözleri kısıldı. Charles bunu görünce durumun lehine dönmeye başladığını anlayarak bastırdı. "Victoria bir çocuk kadar masum ve çaresiz, Jason. Hayatta benden ve senden -hoşuna gitse de, gitmese de, bu böyle, Jason- başka kimsesi kalmamış. Onun yerine Jamie'yi koy, öyle düşün, aynı durumda o olsa ne yapardın? Ama Victoria yürekli ve gururlu bir kız. Mesela, kendisi gülerek anlatsa da, dün burada karşılanma şeklinin onu çok fena utandırdığını anladım. Eğer burada istenmediğini düşünürse, gitmek için bir yol bulacaktır. Ve eğer böyle bir şey olacak olursa..." Charles'ın sesi artık gergin çıkıyordu: "... seni asla affetmem. Yemin ederim ki affetmem!"

Jason birden bire sandalyesini geriye itip ayağa kalktı, yüzünde kapalı ve sert bir ifade vardı. "Acaba senin gayri meşru çocuklarından biri olması ihtimali var mı?"

Charles'ın yüzü bembeyaz kesildi. "Aman Allah'ım, hayır!" Jason'ın yüzündeki şüpheci ifadenin hâlâ kaybolmadığını görünce umutsuzca devam etti: "Ne dediğini bir düşün! Eğer benim kızım olsaydı, nişanınızı ilan eder miydim hiç?"

Bu sözler Jason'ı yatıştıracağı yerde aklına onu çıldırtan nişan hikâyesini getirmişti. "Şu senin küçük melek o kadar masum ve yürekliyse, nasıl benimle evlenmek için kendini satmayı kabul etti?"

"Ha, şu mesele!" Charles elini bunun önemsiz bir şey olduğunu ifade etmek ister gibi bir hareketle sallayarak, yumuşak bir sesle, "O ilanı ben onun haberi olmadan verdim; o hiçbir şey bilmiyor. Benim kendi heyecanımdan, diyelim,". dedi. "Seni temin ederim, Victoria'nın seninle evlenmek gibi bir niyeti yok." Jason'ın buz gibi ifadesinin yumuşamaya başladığını gören Charles biraz daha güven verme arzusuyla sözlerini sürdürdü: "Zaten sen istesen bile Victoria'nın seninle evlenmeye razı olacağını zannetmem. Sen onun gibi iyi yetişmiş, idealist bir kız için fazla sertsin, hayatta hiçbir şeye güvenin kalmamış. Victoria babasına hayranmış, bana da açık açık onun gibi bir adamla evlenmek istediğini söyledi; duyarlı, nazik, idealist bir adamla. Eh, sen de bu tanıma hiç uymuyorsun doğrusu." Kendisini zafer kazanmış gibi hisseden yaşlı adam öyle coşmuştu ki sözlerinin neredeyse hakarete varmaya başladığının farkında bile değildi. "Victoria seninle sözde nişanlanmış olduğunu duysa düşüp bayılırdı desem, sanırım yalan olmaz! Seninle evlenmektense canına kıymayı–"

"Anladım, sanırım." Jason adamın sözünü kesmişti ama bu kez sesi yumuşaktı.

Charles gülümseyerek "İyi öyleyse," dedi. "Bu durumda o küçük nişan ilanının aramızda bir sır olarak kalmasını önerebilir miyim? İkinizi de utandırmadan düzeltmenin bir yolunu bulmaya çalışacağım, ama hemen olmaz." Jason'ın gözlerini kısarak gülümsemesine baktığını fark ederek bir anda kendini topladı. "O daha çocuk, Jason. Mücadele etmeye hazır olmadığı vahşi bir dünyada elinden geleni yapmaya çalışan cesur, gururlu bir kız. Eğer alelacele nişanın bozulduğunu ilan edecek olursak, Londra'da alay konusu olur. Onu görür görmez evlenmekten vazgeçtiğini söylerler."

Jason'ın aklından bir an upuzun, kopkoyu kirpikli, pırıl pırıl mavi gözlerin ve gerçek olamayacak kadar güzel bir yüzün hayali geçti. Birkaç dakika önce, yemek odasına kendisinin girdiğini fark etmeden önce kızın yumuşacık dudaklarında beliren o büyüleyici gülümsemeyi hatırladı. Düşününce, hakikaten de savunmasız bir çocuğa benziyordu.

Charles, "Lütfen git konuş onunla," diye yalvardı.

Jason kısaca "Konuşurum," diye yanıt verdi.

"Ama ona burada olmasından mutlu olduğunu hissettirecek misin?"

"Yanına gittiğimde nasıl davranacağına bağlı."

Üst kattaki odasında, Victoria dolaptan bir kucak dolusu elbise daha çekip alırken Jason Fielding'in sözleri hâlâ çekiç gibi beynini dövüp duruyordu. *Mızmız DİLENCİ parçası... Onu burada istemiyorum... Mızmız DİLENCİ parçası...* Yeni bir yuva bulduğunu sanmakla nasıl da yanılmıştı. Kader yalnızca ona zalimce bir oyun oynamıştı, o kadar. Giysilerini sandığa tıkıştırdı. Doğrulup yeniden dolaba döndüğünde korkuyla sıçrayarak hafif bir çığlık attı. "Sen!" Hemen kapının ağzında, kollarını göğsünde kavuşturmuş olarak duran, uzun boylu, yapılı adamın karşısında korktuğunu belli ettiği için kendine kızarak çenesini dikleştirdi. Bu adamın onu bir daha sindirmesine izin vermeyecekti. "Sana bir odaya girmeden önce kapıyı vurman gerektiğini öğretmeleri gerekirdi."

"Kapıyı vurmak mı?" Adam gülmüyordu ama sesinde bariz bir alay vardı. "Kapı ardına kadar açıkken mi?" Bakışlarını kızın açık duran sandığına çevirdi. "Gidiyor musun?"

"Belli olmuyor mu?"

"Neden?"

"Neden mi?" Victoria kulaklarına inanamıyordu. "Çünkü ben mızmız bir dilenci parçası *değilim* ve şunu da bil ki kimseye *yük* olmak istemem." Sesi sert ve yüksek çıkıyordu.

Onun hakkında sarf ettiği bu kötü sözleri duyduğu için utanmış görüneceği yerde, Jason durumu eğlenceli bulmuş gibiydi. "Asıl *sana* başkalarının konuşmalarını dinlememeyi öğretmeleri gerekirdi."

"Konuşmanızı dinlemiyordum," diye çıkıştı Victoria. "Buradan ta Londra'ya kadar duyulabilecek bir sesle kişiliğime hakaret ediyordun."

Jason kızın kınayan sözlerine aldırmaksızın, "Nereye gitmeyi düşünüyorsun?" diye sordu.

"Bu seni hiç ilgilendirmez."

"Soruma cevap ver!" Adam birden bire soğuk ve buyurgan bir tavır takınmıştı.

Victoria onu isyankâr bir bakışla süzerek tarttı. Kapıya yaslanmış duran adam tehlikeli ve yenilmez görünüyordu. Omuzları geniş, göğsü kabarıktı, beyaz gömleğinin kıvrılmış kollarından yanık tenli, kaslı kolları görünüyordu -o kolların gücünü dün kendisini merdivenlerden yukarı taşıdığında hissetmişti. Adamın çabuk sinirlendiğini de biliyordu. Yeşil gözlerindeki sert bakışa bakılırsa kendisini omuzlarından yakalayıp sorusunun cevabını alana kadar sarsmayı aklından geçirdiği anlaşılıyordu. Victoria, adama bu fırsatı vermektense soğuk bir tavırla çevap vermeyi yeğledi: "Biraz param var. Köyde yaşayacak bir yer bulurum."

"Sahi mi?" Alaycı bir tavırla kelimeleri yaya yaya konuşuyordu. "Sadece merakımdan soruyorum, o 'biraz para' bitince ne yapacaksın?"

"Çalışırım!" Victoria adamın sinir bozucu kendinden emin tavrını sarsmak istiyordu.

Adamın siyah kaşları alaycı bir ifadeyle çatıldı. "Ne ilginç bir fikir! Çalışmak isteyen bir kadın... Söylesene, ne gibi işler yapabilirsin?" Sorusu kırbaç gibi şaklamıştı. "Saban sürebilir misin?"

"Hayır–"

"Çivi çakabilir misin?"

"Hayır."

"İnek sağabilir misin?"

"Hayır!"

"O zaman ne kendine ne de başkasına bir faydan var denebilir, değil mi?" Durumu bu şekilde özetlerken acımasızca bir zevk aldığı belli oluyordu.

Victoria mağrur bir öfkeyle "Kesinlikle doğru değil!" diye itiraz etti. "Yapabileceğim birçok şey var, dikiş dikerim, yemek yaparım–"

"–ve de bütün köyü arkamızdan konuşturursun... Herkes seni sokağa atan kalpsiz Fielding'leri konuşur durur artık. Bunu kafandan at. Buna izin veremem." Jason'ın sesinde tartışma kabul etmediğini ifade eden bir kibir vardı.

Victoria buna rağmen meydan okurcasına "Senden izin *istediğimi* hatırlamıyorum," diye karşılık verdi.

Jason hazırlıksız yakalanmıştı, kızı dikkatle tepeden tırnağa süzdü. Koca adamlar kendisine meydan okumaya çekinirlerken, karşısında duran şu küçücük kız cesaretiyle onu şaşırtmıştı. Eğer şaşırdığı kadar bozulmuş da olmasaydı, kızın çenesini okşayıp güler, cesaretini överdi. O ana kadar yabancısı olduğu nazik sözler kullanma isteğini bastırarak, "Eğer hayatını çalışarak kazanmaya o kadar meraklıysan,. ki ben bundan biraz şüpheliyim, burada çalışabilirsin," diye kestirip attı.

Genç kız meydan okuyan soğuk tavrını sürdürerek, "Çok üzgünüm," diye karşılık verdi, "ama olmaz."

"Nedenmiş o?"

"Çünkü kendimi diğer hizmetkârlarından beklediğin şekilde, her yanımdan geçişinde eğilip selam verir ve korkuyla titrerken düşünemiyorum. Şu dişi ağrıyan zavallı adam sabah sen kendisine hitap edince neredeyse düşüp–"

"O da kim?" Jason'ın alaycı tavrı bir an için de olsa yerini hayrete bırakmıştı.

"Mr. O'Malley."

"Mr. O'Malley de kim?" Jason artık öfkesini bastırmakta güçlük çekiyordu.

Victoria inanamadığını belli eder şekilde gözlerini devirerek, "Adamcağızın adını bile bilmiyorsun, değil mi?" dedi. "Mr. O'Malley sana kahvaltı getirmeye giden uşak, çenesi öyle şişti ki–"

Jason kıza arkasını döndü. "Charles burada kalmanı istiyor, işte o kadar." Kapının ağzında durup geri döndü, kızı, yerinde çakılıp kalmasına neden olan tehditkar bakışlarla süzdü. "Eğer aklından benim emirlerime karşı gelerek gitmeyi geçiriyorsan, vazgeçmeni tavsiye ederim. Beni arkandan gidip seni arama zahmetine sokarsan, seni bulduğum zaman olacaklar hoşuna gitmeyecektir, inan bana."

Victoria gururlu bir sesle "Ne senden korkuyorum, ne de tehditlerinden," diye cevap verdi, ama bunun yalan olduğunu kendi de biliyordu. Kafasından hızla seçeneklerini geçirmeye çalışıyordu. Giderse Charles'ı incitmiş olmaktan korkuyordu, ama gururu Jason'ın evinde bir 'dilenci' olarak kalmasına izin vermezdi. Adamın yeşil gözlerindeki o ürkütücü pırıltıyı görmezden gelerek, "Kalacağım," dedi, "ama çalışarak burada kalma ve yiyip içmemin bedelini ödemek şartıyla."

Jason, sertçe "Pekâlâ," diyerek arkasını döndü. İçinde, bu tartışmada her nasılsa genç kızın galip geldiği gibi bir his vardı, ama en azından konunun kapandığını düşünüyordu. Tam çıkmak üzereyken kızın sakin sesiyle yerinde kalakaldı.

"Ne kadar maaş alacağımı öğrenebilir miyim?"

Jason hiddetle derin bir nefes aldı. "Beni özellikle kızdırmaya mı çalışıyorsun?"

"Kesinlikle hayır. Yalnızca ne kadar maaş alacağımı bilmek istiyorum, ilerisi için plan–" Jason kaba bir tavırla odadan çıkıp gidince Victoria'nın sözleri yarıda kalmıştı.

Charles Amca, Victoria'ya haber yollayarak öğle yemeğinde kendisine eşlik etmesini rica etti, Jason olmadığı için de yemek çok zevkli geçti. Ancak, öğleden sonra, gün uzadıkça uzamaya başladı ve kendini gitgide daha huzursuz hisseden Victoria dışarı çıkıp dolaşmaya karar verdi. Merdivenlerden indiğini gören uşak, geçmesi için kendisine ön kapıyı açtı. Victoria adama önceki günkü karşılama yüzünden kendisine karşı herhangi bir kötü duygu beslemediğini göstermek için gülümseyerek, "Çok teşekkür ederim–" dedi ve duraksadı.

Kızın sesinden adını öğrenmek istediğini anlayan uşak, "Northrup," diye yanıtladı. Tavrı kibarca, yüzü ise muhtemelen iyi bir uşaktan beklendiği gibi ifadesizdi.

Victoria adamı konuşturmaya çalışarak "Northrup," diye tekrarladı. "Bu adınız mı, yoksa soyadınız mı?"

Adam bir an için kızın gözlerinin içine baktı, ama bakışlarını hemen çevirdi. "Ee, şey – soyadım, hanımefendi."

Victoria kibarca sorularını sürdürüyordu: "Demek soyadınız. Peki ne zamandır burada çalışıyorsunuz?"

Northrup ellerini arkasında kavuşturup, ciddi bir yüzle hafifçe öne doğru eğildi. "Ailem dokuz kuşaktır ömür boyu Fielding'lerin hizmetinde çalışmıştır, hanımefendi. Gurur duyduğum bu geleneği ben de sürdürmeyi arzu ediyorum."

Victoria, adamın insanların girip çıkması için kapıları açıp kapamaktan öte bir şey içermez gibi görünen bu işten gurur duymasına gülmemek için kendini zor zaptederek, "Hımm," diye karşılık verdi.

Northrup sanki onun aklından geçenleri okumuş gibi çabucak devam etti: "Eğer çalışanlarla herhangi bir sorununuz olursa, bana söyleyin, hanımefendi. Evin baş uşağı olarak, hemen düzeltmek için elimden geleni yaparım."

"Böyle bir şey yapmam gerekmeyeceğinden eminim," dedi Victoria nazikçe. "Buradaki herkes son derece iyi çalışıyor." İçinden *"Hatta fazla iyi,"* diye geçirerek dışarı çıktı.

Evin ön tarafındaki gün ışığıyla parlayan çimenlikte biraz yürüdü, sonra yön değiştirip evin etrafını dolaşıp arka tarafa geçti. Niyeti atları görmek için ahırların olduğu tarafa gitmekti. Hayvanları kendine alıştırmak için elma vermek düşüncesiyle, karşısına çıkan ilk kişiye mutfağın yerini sordu.

Devasa mutfak, tahta masalar üzerinde hamur yoğuran, tencerelerde kaynayan yemekleri karıştıran, sebze doğrayan, çok meşgul ve telaşlı bir kalabalıkla doluydu. Bu kargaşanın tam ortasında duran, masa örtüsü genişliğinde lekesiz, bembeyaz bir önlük takmış çok şişman bir adam, elindeki kepçeyi sallayarak, çılgın bir kral gibi bağıra bağıra sağa sola Fransızca ve İngilizce emirler yağdırıyordu. Victoria en yakındaki masanın başında duran kadına yaklaşarak, "Affedersiniz," dedi, "eğer fazla varsa, iki elma ve iki havuç alabilir miyim?"

Kadın tereddütlü bir bakışla, gözlerinden ateşler saçarak Victoria'yı süzmekte olan beyaz önlüklü adama baktı; sonra da mutfağa bitişik bir odaya geçip gözden kayboldu, bir dakika geçmeden de elinde elma ve havuçlarla geri döndü. Victoria, "Teşekkür ederim," dedi, "adınız neydi?"

Kadın rahatsız bir şekilde "Mrs. Northrup, küçük hanım," diye yanıtladı.

Victoria tatlı tatlı gülümseyerek, "Ne hoş," dedi, "eşinizle de tanıştım, ama bana sizin de burada çalıştığınızı söylememişti."

Kadın, "Mr. Northrup kayınbiraderim olur," diye düzeltti.

"A, öyle mi?" Victoria, kadının mutfağın amiri gibi görünen huysuz şişman adamın önünde konuşmaktan huzursuz olduğunu hissetmişti. "Pekâlâ, iyi günler, Mrs. Nothrup."

Ahırlara giden taş döşeli yolun hemen sağında koruluk başlıyor, sol yanındaysa biçilmiş çimleriyle bakımlı bahçeler uzanıyordu. Victoria göz alıcı bahçeyi seyrederek yürürken sağ tarafında, birkaç metre ilerisinde ani bir hareket hissederek durup gözlerini o yana çevirdi. Korunun hemen kıyısında, boz renkli, koskoca bir hayvan, muhtemelen gübre olarak kullanılmak üzere çürümeye bırakılmış küçük bir çöp yığını içinde yiyecek arıyordu. Hayvan da onun kokusunu almıştı, başını kaldırdı, yabani bakışları kızınkilerle karşılaştı. Victoria'nın kanı damarlarında donar gibi oldu, beyninin içinde *Kurt!* sözcüğü sessiz bir çığlık gibi yankılandı.

Korkudan felç olmuş gibi olduğu yere çakılıp kalmış, kıpırdamaya ya da ses çıkarmaya korkarak, uyuşmuş beyniyle korkunç canavarı tartıyordu. Kurdun tüyleri uzundu ama yer yer uyuzlaşmıştı; kaba kürkü zayıflıktan fırlamış kemiklerini gizleyemiyordu; perişan vaziyetteydi; çeneleri müthiş irilikteydi; gözleri parlak ve vahşiydi. Sıskalıktan kadidi çıkmış haline bakılırsa neredeyse açlıktan ölmek üzere olmalıydı. Bu da yakalayıp yiyebileceği her şeye saldıracağı anlamına geliyordu -Victoria'ya da saldırmaktan kaçınmayacağı açıktı. Victoria ürkek, temkinli bir hareketle geriye doğru minicik bir adım attı.

Hayvan koca koca beyaz dişlerini göstererek hırladı. Victoria düşünmeksizin elindeki elma ve havuçları besbelli kendisini yemeye niyetli olan hayvana doğru fırlatarak onu bir an için olsun oyalamaya çalıştı. Ama hayvan beklediği şekilde fırlattığı şeylerin üzerine atlamak yerine, karıştırdığı çöpleri bırakıp kuyruğunu bacaklarının arasına kıstırarak geri sıçradı, şimşek gibi koruluğa dalıp gözden kayboldu. Victoria da bunun üzerine gerisingeri dönüp bütün hızıyla eve koştu, en yakındaki arka kapıdan içeri dalıp kapıyı kapattıktan sonra bir pencereye koşup koruya bakmaya başladı. Kurt oradaydı, koruluğun kenarındaki ilk ağaçların arkasında durmuş, aç gözlerle gübre yığınına bakıyordu.

Mutfağa gitmekte olan bir uşak yanından geçerken, "Bir şey mi oldu, hanımefendi?" diye sordu.

Victoria nefes nefese, "Bir hayvan gördüm," diye cevap verdi. "Sanırım bir--" Tam o sırada hayvanın sinsice tekrar bahçeye süzülüp attığı elmalarla havuçları mideye indirdiğini, sonra da hâlâ bacaklarının arasında kısılı duran kuyruğuyla koşa koşa yeniden koruya girdiğini gördü. Hayvan korkuyordu! Ve çok da açtı. Bunu fark edince, birden bire kendisini çok komik bir duruma düşürecek kadar aptalca bir hata yapmaktan son anda kurtulmuş olabileceğini düşünerek, "Buralarda hiç köpeğiniz var mı?" diye sordu.

"Var, hanımefendi... çok var."

"Aralarında iri, zayıf, siyah ve boz renkli olanı var mı?"

"Willie'yi diyorsunuz siz," dedi uşak, "lord cenaplarının yaşlı köpeği. Hep buralarda dolaşıp yiyecek bir şeyler dilenir durur. Isırmaz, rastlarsanız hiç korkmayın. Onu mu gördünüz?"

"Evet." Victoria zavallı yaratığın çöp yığınındaki çürümüş sebzeleri taze et gibi yalayıp yutmasını hatırlayınca birden sinirden kanı tepesine sıçradı. "Hayvan açlıktan ölmek üzere. Birinin zavallıcığı beslemesi gerek."

Uşak bu sözlere tam bir umursamazlıkla, "Willie hep böyle açlıktan ölüyormuş gibi davranır," diye karşılık verdi. "Lord cenapları, biraz daha fazla yerse şişmanlıktan yürüyemeyecek diyor."

Victoria öfkeyle "Biraz daha yemeyecek olursa zayıflıktan yaşayamayacak," diye karşılık verdi. Kalpsiz adamın kendi köpeğini açlıktan ölmeye terk etmesi onu hiç şaşırtmamıştı. Kaburgaları fırlamış haliyle hayvancağız ne kadar da perişan görünüyordu -korkunç bir manzaraydı! Victoria yeniden mutfağa gidip birkaç tane daha elma ve havuç ve bir tabak dolusu da yemek artığı istedi.

Çöp yığınına yaklaşıp da koruluğun içinde saklandığı

yerden kendisini gözleyen hayvanı görünce, ona acımasına rağmen korkusunu güçlükle bastırabildi. Hayvanın bir kurt değil, köpek olduğunu şimdi görebiliyordu. Köpeğin ısırmadığını, korkmamasını söyleyen uşağın sözlerini hatırlayarak, cesaret edebildiği denli sokulup artık tabağını hayvana uzattı. Yumuşak bir sesle, "Al, Willie," diye seslendi. "Sana güzel bir şeyler getirdim." Ürkekçe, bir adım daha yaklaştı. Ama Willie kulaklarını geriye doğru atıp beyaz dişlerini gösterince cesaretini kaybetti, tabağı yere bırakıp ahırlara doğru koştu.

Akşam yemeğini Charles'la yediler. Jason olmadığından yemek çok zevkli geçti, ama yemek bitip Charles odasına çekilince, yine kendisini nasıl zaman geçireceğini bilemez bir halde yalnız buluverdi. Ahırlara gidişi ve Willie'yle olan macerası dışında o gün amaçsızca ortada dolaşmak dışında hiçbir şey yapmamıştı. Ertesi gün çalışmaya başlamaya karar verdi, bu karar içini bir mutluluk hissiyle doldurmuştu. Eskiden günleri yapacak işlerle dolu geçerdi, boş oturmaya alışık değildi, boş saatlerini doldurmak için yapacak bir şeylere ihtiyacı vardı. Charles'a burada kalması karşılığında çalışma niyetinden söz etmemişti, ama öğrendiği zaman onun kimseye yük olmamak için çalışmasına ve kendisini kötü huylu yeğeniyle tekrar tekrar tartışmaktan böylece kurtarmasına sevineceğinden emindi.

Odasına çıkıp akşamın kalan saatlerini Dorothy'ye neşeli, iyimser bir mektup yazmaya çalışarak geçirdi.

ALTI

Victoria ertesi gün açık penceresinin önündeki ağaçta cıvıldaşan kuşların sesiyle erkenden uyandı. Yatağında sırt üstü dönüp kendisini dışarı çağıran, bembeyaz, puf puf bulutlarla dolu, pırıl pırıl mavi gökyüzüne baktı.

Çabucak yıkanıp giyindi, alt kata inip Willie'ye yemek almak için mutfağa gitti. Jason Fielding onunla ne saban sürebilir, ne çivi çakabilir, ne inek sağabilir diye dalga geçmişti ama, ilk ikisini gerçekten yapamasa da, köyündeyken inek sağılmasını birçok kez görmüştü, çok da zor gibi görünmüyordu. Ayrıca, gemide kapalı geçirdiği altı haftadan sonra, her türlü bedensel faaliyete gönüllüydü.

Tam elinde bir tabak yemek artığıyla mutfaktan çıkıyordu ki aklına bir fikir geldi. Beyaz önlüklü adamın (önceki gece yemekte Charles'dan adamın aşçıbaşı olduğunu öğrenmişti) kendisine kap kacak krallığını işgal eden bir deliymiş gibi hiddetle bakmasına aldırmaksızın, Mrs. Northrup'a dönüp, "Mrs. Northrup, acaba burada bana göre hiç işiniz var mı?" diye sordu.

Mrs. Northrup elini boğazına götürerek çabucak yanıtladı: "Hayır, tabii ki yok."

Victoria içini çekti. "Öyleyse, bana inekleri nerede bulabileceğimi söyleyebilir misiniz?"

"İnekleri mi?" Mrs. Northrup'un sesi şaşkınlıkla doluydu. "Ne-ne için yani?"

"Sağmak için," diye yanıtladı Victoria.

Kadının rengi attı, ama hiçbir şey söylemedi, bir an için şaşkın şaşkın bakıştılar, sonunda Victoria omuz silkerek inekleri kendisi bulmaya karar verdi. Arka kapıdan çıkarak Willie'yi bulabileceğini düşündüğü tarafa doğru yola koyuldu. Mrs. Northrup'sa unlu ellerini silip doğruca Mr. Northrup'u bulmaya gitti.

Victoria çöp yığınına yaklaşırken, gözleriyle endişeli endişeli koruluğu tarayarak köpeği görmeye çalıştı. Willie... Aklından bu kadar iri ve vahşi görünüşlü bir hayvan için bunun oldukça garip bir isim olduğu geçti. Tam o sırada hayvanı gördü, koruluğun ilk ağaçlarının arasında pusuya yatmış, kendisini izliyordu. Victoria, ensesindeki tüylerin diken diken olduğunu hissetmesine rağmen artık tabağını cesaret edebildiği kadar yakına götürdü. "Al, Willie," dedi yavaşça. "Sana kahvaltı getirdim. Gel de ye."

Kocaman hayvanın gözleri elindeki tabağa kaydı, ama yerinden kıpırdamadı, tetikte durup kızın her hareketini dikkatle izlemeye devam etti.

Victoria, Jason Fielding'le dost olması mümkün olmadığına göre, hiç değilse köpeğiyle dost olmaya kararlıydı. "Haydi, biraz yakına gel," diye köpekle konuşmaya devam etti.

Köpekse sahibinden daha uysal sayılmazdı. Onu en tatlı sesiyle çağırmasına aldırmaksızın olduğu yerde durup tehditkar bakışlarla kızı süzmeye devam etti. Victoria iç geçirerek tabağı yere bırakıp uzaklaştı.

Bir bahçıvandan ineklerin yerini öğrenen Victoria, tertemiz ahıra adımını atar atmaz kendisini burnunu gıdıklayan tatlı bir saman kokusu karşıladı. Sıra sıra bölmelerin arasından geçerken, on-on beş kadar inek başlarını kaldırıp kendisini yumuşak bakışlı, ıslak, kahverengi gözleriyle süzdüler. Victoria ne yapacağından emin olamayarak bir an durdu, sonra bölmelerden birinin duvarında asılı duran kovayla alçak tabureyi görerek, herhalde sağılmaya en uygun ineğin o olduğuna hükmetti. Bir yandan cesaretini toplamaya çalışarak, ineğin yüzünü okşayıp "Günaydın," dedi. İnek sağılmasını, evet, çok görmüşlüğü vardı ama şimdi iş oturup sağmaya gelince tam olarak nasıl yapıldığını hiç de öyle iyi hatırlamadığını fark ediyordu.

Biraz oyalanmak için ineğin çevresinde şöyle bir dolaştı, kuyruğuna takılmış birkaç saman çöpünü alıp attı, sonra gönülsüzce duvardan tabureyi indirip kovayı hayvancığın memelerinin altına yerleştirdi. Oturup ağır ağır elbisesinin kollarını sıvadı, eteklerini düzeltti. Ahıra giren adamın varlığından habersiz bir şekilde, tereddüt dolu, derin bir nefes alıp hayvanın böğrünü okşadı. "Sana karşı dürüst olsam iyi olacak," diye itiraf etti. "Bunu daha önce hiç yapmadım."

Jason sert adımlarla ahıra girmekteyken, kızın çekingen sesiyle mırıldandığı bu samimi itirafı duyarak kapıda durakladı, gördüğü manzarayı çok ilginç ve eğlenceli bularak yumuşamış gözlerle onu seyretmeye koyuldu. Süt sağma taburesine sanki bir tahta kurulurcasına oturup eteklerini düzgünce etrafına yaymış, önündeki işe yoğunlaşırken başını hafifçe yana eğmiş genç kız, çok çekici bir manzara oluşturuyordu. Adam kızın zarif elmacık kemikli, küçük burunlu asil profilini zevkle seyretti. Üst pencereden giren güneş ışığı kızın sırtına dökülen kızıl-sarı saçlarına vurup parlak bir sele dönüştürmüş, uzun, kıvrık kirpiklerinin gölgesi yanaklarına düşmüştü. Kız alt dudağını ısırarak eğilip, kovayı tam doğru yere yerleştirme çabasıyla bir iki santim öne çekti.

Jason'ın gözleri bir an için bu hareket sırasında kızın siyah elbisesinin korsajını geren göğüslerinin diriliğine takıldıysa da, hemen ardından söylediği sözler adamın içinden yükselen sessiz bir kahkahayla sarsılmasına sebep oldu. Kız ellerini öne doğru uzatırken gergin bir sesle ineğe, "Bu iş beni de senin kadar utandırıyor," demişti.

Victoria ineğin etli memelerine eli değer değmez inlercesine bir iç çekişle elini geri çekti. Sonra tekrar denemeye karar vererek hayvanın iki memesini tutup çabuk çabuk bir iki kez sıktı, sonra geri çekilip umutlu gözlerle kovaya baktı. Bir damla bile süt gelmemişti. İneğe, "Lütfen, ne olur, zorlaştırma şu işi," diye yalvardı.

Aynı şeyleri iki kere daha denedi ama hâlâ hiçbir şey olduğu yoktu. Sinirinden bir dahaki denemesinde fazla sert çekmiş olmalıydı ki, inek başını sertçe çevirip kıza paylar gibi baktı. Victoria da altta kalmayarak, hayvana "Ben elimden geleni yapıyorum," diye çıkıştı, "sen de bir zahmet kendi üzerine düşeni yapıversen!"

Arkasından çok erkeksi bir ses gülerek uyardı: "Hayvanı böyle paylarsan sütü kesilecek."

Victoria sıçrayarak taburede döndü, bakır rengi saçları sol omzuna doğru savruldu. "Sen!" Adamın az önce tanık olduğu sahneyi düşünerek kıpkırmızı olmuştu. "Hep böyle insanın arkasından sessizce yaklaşman şart mı? En azından–"

"–kapıyı mı vursaydım?" Adamın gözleri çok eğlendiğini belli eden bir pırıltıyla parlıyordu. Elini ağır ağır kaldırıp kapı vururmuşçasına, tahta kirişe iki kere vurdu. Tatlı tatlı sohbet eder gibi bir sesle, "Her zaman hayvanlarla konuşur musun?" diye sordu.

Victoria şaka kaldıracak bir anında değildi, adamın gözlerindeki pırıltıdan da kendisiyle dalga geçtiğini açıkça görebiliyordu. Elinden geldiğince vakur bir tavırla kalkıp eteklerini düzeltti, adamın yanından geçip gitmeye davrandı.

Adamın eli kolunu yakalayıp sıkıca ama can yakmayan bir güçle kavradı. "Sağmayı bitirmeyecek misin?"

"Gördüğün gibi yapamıyorum."

"Neden ama?"

Victoria çenesini dikleştirip adamın gözlerinin içine baktı. "Çünkü yapmayı bilmiyorum."

Adam tek kaşını kaldırarak, "Öğrenmek ister misin?" diye sordu. Yeşil gözlerindeki neşeli pırıltı gittikçe artıyor gibiydi.

Victoria hiddet ve utançla "Hayır," diye karşılık verdi. "Şimdi, eğer kolumu bırakırsan–" Adamın cevabını beklemeden kolunu adamın elinden çekip kurtardı. "–kendime burada kalmam karşılığında yapacak başka bir iş bulmaya çalışacağım."

Arkasını dönüp adamın yanından uzaklaşırken adamın kısılmış gözlerini arkasında hissetti, ama eve yaklaşınca aklına

Willie geldi. Köpeğin yine koruluğun içinden sinsice kendisini gözlediğini gördü. Sırtında dolaşan ürpertiyi duymazlıktan geldi. Daha az önce bir inek tarafından sindirilmişti, şimdi de bir köpeğin kendisini korkutmasına izin veremezdi.

Jason yürüyüp giden kızın arkasından baktı, sonra da saçına güneş vurmuş melek yüzlü sütçü kızın görüntüsünü kafasından atıp, Northrup'un kendisine Miss Seaton'ın inekleri sağmaya gittiğini söylemesiyle yarıda kesilen işine döndü. Masasına geçip sekreterine döndü. "Nerede kalmıştık, Benjamin?"

"Delhi'deki adamınıza bir mektup dikte ediyordunuz, lordum."

İneği sağmayı beceremeyen Victoria, kendisine ahırın yerini söyleyen bahçıvanı arayıp buldu. Bahçıvanların başı gibi görünen kel adama yaklaşarak, ön bahçedeki kocaman yuvarlak çiçek tarhlarına dikmekte oldukları çiçek soğanlarını dikmeye yardım edip edemeyeceğini sordu.

Kel bahçıvan, "Sen git ahırda kendi işine bak, ayağımızın altında dolaşma, kadın," diye kükredi.

Victoria pes ediyordu. Ahırda hiçbir işi olmadığını adama açıklamaya kalkışmaksızın dönüp yürüdü, ama ahıra doğru değil, evin arka tarafına, mutfağa doğru gitti. Yapmayı gerçekten bildiği tek işi yapacaktı.

Baş bahçıvan arkasından baktı, sonra küreğini yere atıp Northrup'u bulmaya gitti.

Öğle yemeği için yahni ve yanına taze sebze haşlaması, taze pişmiş çıtır çıtır ekmekler ve daha en az beş altı çeşit yemek hazırlamakla meşgul sekiz mutfak hizmetçisi, Victoria'nın mutfağa girip kendilerini seyrettiğinin farkına varmadılar. Bir işe yaramak için bulunduğu son iki girişimin sonuçsuz kalmasından cesareti kırılmış olan Victoria, bu işi hakikaten başarabileceğinden kesinlikle emin oluncaya kadar bir süre seyrettikten sonra Fransız aşçıbaşının yanına gitti. Ciddi ve kararlı bir sesle, "Mümkünse yardım etmek istiyorum," dedi.

Dümdüz, siyah elbisesi yüzünden belli ki kendisini de hizmetçilerden biri sanan aşçıbaşı, "Non!" diye bağırdı. "Non! Dışağı! Çık dışağı! Kendi işine bak."

Victoria o gün herkesten haddinden fazla işe yaramaz salak muamelesi görmüştü. Çok kibar, ama çok kesin bir tavırla, "Burada size yardımcı olabilirim," dedi, "herkesin koşuşturmasından anladığım kadarıyla da mutfakta işlere yardım edecek biri daha olsa, size de bayağı faydası olur."

Aşçıbaşı patlamak üzere gibi görünüyordu. "Senin tecğüben yok, eğ'timin yok," diye kükredi. "Çık dışağı! André yardım isteğse kendisi söyleğ, eğ'timi de *kendisi* veğiğ!"

Victoria bıkkın ve sabırsız bir sesle, "Yahni yapmanın karmâşık bir tarafı yok, mösyö," dedi. Mutfak sanatındaki maharetini böyle hiçe sayması üzerine şişman adamın yüzünün mora çalan bir renk almasını görmezden gelerek, tane tane konuşmaya devam etti: "Olup olacağı, bu masada–" eliyle yanındaki masaya hafifçe vurdu, "–sebzeleri doğrayacaksınız, sonra da şu kazana–" ateşin üzerinde asılı duran kazanı işaret etti, "–atacaksınız, o kadar."

Hiddetinden felç olmuş gibi duran aşçıbaşının boğazından boğulur gibi tuhaf bir ses yükseldi, sonra da önlüğünü çekip çıkardı, "Beş dakika içinde seni bu evden kovduğacağım," diye bağırarak hışımla fırlayıp mutfaktan çıktı.

Adamın arkasından mutfağa çöken sessizlik içinde, Victoria etrafına bakındı. Tüm hizmetçiler dehşet içinde donup kalmış, yüzlerinde hem ona acımış, hem de çok eğlenmiş gibi karışık bir ifadeyle bakıyorlardı. Orta yaşlı, tatlı bir kadın unlu ellerini önlüğüne silerek, "Aman kızım," dedi, "seni ne dert tuttu da böyle damarına bastın? Seni kovdurur şimdi evden."

Victoria'nın odasına bakan ufak tefek hizmetçi kız Ruth'unki hariç, bu Victoria'nın bütün evdeki hizmetkârlardan duyduğu ilk dostça sesti bu. Ne yazık ki yalnızca yardım etmek istediği halde böyle bir sorun çıkarmış olduğu için öyle üzgündü ki, kadının yakınlık göstermesi üzerine neredeyse gözlerinden yaşlar boşalacak gibi oldu.

Kadın Victoria'nın koluna teselli etmek ister gibi hafif hafif vurarak, "Aslında haksız da değildin," dedi, "yahni yapmanın nesi varmış. Hangimiz olsa bu işi André olmadan da yapar, ama lord cenapları her şeyin en iyisini ister. André de bu memleketteki en iyi aşçıbaşı. İstersen git eşyanı toparla, bir saate kalmaz seni çıkarırlar, çaresiz."

Victoria kendisi için üzüldüğü belli olan kadıncağızı sakinleştirmek için bir şeyler söylemeden önce sesinin titremeyeceğinden emin oluncaya kadar bir an bekledi. "Ben burada misafirim, hizmetçi değilim. Mrs. Northrup size söylemiştir sanıyordum."

Kadının hayretten ağzı açık kalmıştı. "Hayır, hanımefendi, söylemedi," dedi. "Çalışanların dedikodu yapması yasaktır ve bunu yapacak en son kişi de Mrs. Northrup'tur. Ne de olsa kahya Mr. Northrup kayınbiraderi oluyor. Evde kalan bir misafir olduğunu duymuştum, ama hiç–" Kadının farkında olmadan mütevazı siyah elbisesini süzdüğünü fark eden Victoria, kızardı. "Size yiyecek bir şeyler hazırlayabilir miyim, hanımefendi?"

Victoria'nın omuzları düştü, umutsuzca kadına baktı. "Hayır ama... şey, Mr. O'Malley'nin dişi için bir lapa yapabilir miyim acaba? Fazla bir şey lazım değil, hep basit malzemeler, ama o ağrıyan dişine iyi gelebilir."

Adının Mrs. Craddock olduğunu söyleyen kadın Victoria'ya istediği malzemelerin yerini gösterdi, Victoria da her an 'sayın lord cenapları'nın mutfağa dalıp kendisini herkesin önünde yerin dibine batırmasını bekleyerek işe koyuldu.

Jason, Victoria'nın süt sağmak için ahıra gittiğini haber aldığında yarım kalan mektubunu kaldığı yerden yazdırmaya henüz koyulmuştu ki, Northrup yine çalışma odasının kapısını vurdu.

Jason karşısında duran baş uşağa sabırsızca bakarak, "Evet, yine ne var?" diye sordu.

Kahya boğazını temizledi. "Yine Miss Seaton, lordum. Şey... şöyle... baş bahçıvana çiçek tarhlarını yaparken yardım etmeyi teklif etmiş. Adam da onu hizmetçi sanmış, ben hizmetçi olmadığını söyleyince de şey sandı... yani, acaba çalışmasından memnun olmadığınız için mi hanımefendiyi gönderdiğinizi merak ediyor, şey için yani–"

Jason sesini yükseltmeden ama canının sıkıldığını açıkça belli eden bir şekilde baş uşağa, "Bahçıvana söyle, işine dönsün," dedi. "Miss Seaton'a da söyle, adamın ayağının altında dolaşmasın. Sen de benim ayağımın altında dolaşma. Yapacak işlerim var." Sonra da elinde kalemiyle kendisini bekleyen zayıf, gözlüklü sekreterine döndü. "Evet, nerede kalmıştık, Benjamin?"

"Delhi'deki adamınıza mektup yazdırıyordunuz, lordum."

Jason daha iki satır yazdırmıştı ki kapısının önünde bir patırtı koptu ve aşçıbaşı, ardında kendisine yetişip durdurmaya çalışan Northrup olduğu halde, içeri dalıverdi. Mösyö André, "Ya o gideğ, ya ben gideğim!" diye bağırarak gelip çalışma masasının önünde durdu. "O kızıl saçlı şığfıntıyı mutfağımda istemiyoğum!"

Jason ölümcül bir sükunetle tüy kalemini bırakıp çakmak çakmak yeşil gözlerini aşçının öfkeli suratına çevirdi. "Sen ne dedin?"

"O kızıl saçlı–"

"Defol." Jason'ın sesi ipeksi bir yumuşaklıktaydı.

Aşçının toparlak yüzünün rengi attı. Çabucak, *"Oui,"* diyerek geri geri odadan dışarı çıkmaya davrandı, "ben mutfağa dönüp–"

Jason acımasızca, "*Evimden* defol," diyerek adamın sözünü kesti. "Hemen!" Oturduğu yerden sertçe kalkıp tere batmış aşçının yanından geçerek mutfağa yöneldi.

Sinirli sesi, mutfaktaki herkesin yerinden sıçrayarak ona dönmesine neden oldu. "Aranızda yemek yapmasını bilen var mı?" Bu soru üzerine Victoria aşçıbaşının kendisi yüzünden işi bıraktığını zannederek, dehşet içinde ileri atılacak gibi oldu, ama Jason'ın tehditkar bakışıyla yerinde kalakaldı. Adamın yüzünde eğer öne çıkacak olursa sonucunun hiç iyi olmayacağını anlatan bir ifade vardı. Jason bakışlarını diğerlerinin yüzünde gezdirerek hoşnutsuzlukla sorusunu tekrar etti: "Yani hiçbiriniz yemek yapmasını bilmiyor mu?"

Mrs. Craddock tereddütlü bir tavırla öne çıktı. "Ben bilirim, lordum."

Jason başının kısa bir hareketiyle onayladığını gösterdi. "İyi. Mutfaktan sen sorumlusun. Bundan sonra, lütfen bugüne kadar zorla yediğim o insanın midesini kaldıran ağır Fransız soslarından uzak duralım." Buz gibi soğuk bakışlarını Victoria'ya çevirdi. Tehditkâr bir tavırla "Sen de ahırdan uzak dur, bahçe işini bahçıvanlara, yemek yapmayı da aşçılara bırak!" diyerek mutfaktan çıktı.

Hizmetçiler dönüp yüzlerinde hayret ve minnet ifadesiyle Victoria'ya baktılar. Çıkardığı sorun yüzünden kimsenin yüzüne bakamayacak kadar utanç içinde olan Victoria ise, başını önüne eğip Mr. O'Malley için hazırladığı cerahat lapasını karıştırmaya koyuldu.

Mrs. Craddock, canlı, keyifli bir sesle diğerlerine "İş başına," diye seslendi. "Lord cenaplarına André kulaklarımızı yumruklayıp kepçesiyle parmaklarımıza vurmadan da idare edebileceğimizi göstermemiz gerek."

Victoria başını kaldırıp şoke olmuş bakışlarını Mrs. Craddock'a çevirdi.

Kadın Victoria'nın kulaklarına inanamadığını görerek başını salladı. "Çok kötü huylu ve despot bir insandı," dedi. "Ondan kurtulduğumuz için hepimiz size minnettarız."

Annesiyle babasının öldüğü gün hariç, Victoria hayatında bu kadar kötü bir gün geçirdiğini hiç hatırlamıyordu. Yapmayı babasından öğrendiği cerahat lapasını hazırladığı kabı alıp mutfaktan çıktı.

O'Malley'yi bulamayınca Northrup'u aramaya başladı ve adamı duvarları raflar dolusu kitapla kaplı bir odadan çıkarken buldu. Aralık kapıdan Jason'ın elinde bir mektupla masasında oturmuş, karşısında oturan gözlüklü bir beyle konuştuğunu gördü.

Baş uşağa elindeki lapa kasesini uzatarak, kısık bir sesle, "Mr. Northrup, bunu Mr. O'Malley'ye verebilir misiniz?" diye rica etti. "Günde birkaç defa dişine ve dişetlerine sürsün. Hem ağrısını alır, hem de şişini indirir."

Tam kapısının önünden gelen seslerle bir kez daha dikkati dağılan Jason, okuduğu kâğıdı masaya fırlatarak sert adımlarla kapıya gidip ardına kadar açtı. Dönüp merdivenlerden çıkmaya başlamış olan Victoria'yı fark etmeyerek, Northrup'a sertçe "*Şimdi* ne işler karıştırmış peki?" diye sordu.

"Şey – O'Malley'nin dişi için bunu yapmış, lordum." Northrup'un sesi çok tuhaf ve gergindi, konuşurken şaşkın bakışlarını merdivenlerden yukarı tırmanan mağlup siluete çevirmişti.

Adamın bakışlarını takip eden Jason, ince, kıvrımlı hatlarını siyah bir matem kıyafetiyle gizlemiş kızı görünce gözleri kısıldı. "Victoria," diye seslendi.

Victoria atışmaya hazır bir tavırla döndü, ama adamın sakin, alçak bir sesle konuştuğunu duyarak şaşırdı. Yine de, sesinde tartışma kabul etmez bir otorite vardı. "Bundan sonra siyah giyme. Hoşlanmıyorum."

Victoria sakin ve vakur bir sesle "Kıyafetlerimin canını sıkmasına çok üzüldüm," diye karşılık verdi, "ama annem ve babamın yasını tutuyorum."

Jason kaşlarını çattı ama Victoria onu duyamayacak kadar uzaklaşıncaya kadar dilini tuttu. Sonra Northrup'a, "Londra'ya birini gönderip ona giyecek iyi bir şeyler aldır, o siyah paçavraları da yok et," diye talimat verdi.

Charles öğle yemeği için aşağı indiğinde, Victoria'yı masada sesi soluğu kesilmiş bir halde oturur buldu. "Allah aşkına, ne oldu sana, çocuk? Hayalete dönmüşsün."

Victoria o sabah yaptığı aptallıkları bir bir anlattı, Charles da gülmemek için kendini zor tutarak keyifle dinledi. Kız sözlerini bitirince de "Harika, harika!" deyip gülmeye başlayarak onu şaşırttı. "Devam et, tatlım. Jason'ın hayatını altüst et. *Tam* ihtiyacı olan şey. Yüzünden soğuk ve sert görünüyor olabilir, ama bu sadece bir kabuk. Oldukça kalın bir kabuk olduğunu kabul etmek zorundayım, ama doğru kadın o kabuğu kaldırıp içindeki iyiliği görebilir. Jason da onun iyiliğini ortaya çıkaracak olan o kadını çok mutlu edecektir. Her şey bir yana, son derece cömert bir adamdır..." Kaşlarını kaldırıp sözlerinin ortasında birden durdu, Victoria da yaşlı adamın kendisinin doğru kadın olabileceği ümidiyle konuşmadığını umarak sandalyesinde huzursuz huzursuz kımıldandı.

Jason Fielding'in içinde herhangi bir iyilik olabileceğine bir an bile inanmadığı gibi kendisiyle de mümkün olduğu kadar az görüşmek istiyordu. Bunu Charles Amca'ya söylemektense, konuyu becerikli bir şekilde değiştirdi. "Birkaç hafta içinde Andrew'nun mektubu gelir sanırım."

Yaşlı adam, "Ha, evet – Andrew," derken gözleri koyulaşmıştı.

YEDİ

Ertesi gün Charles, Victoria'yı arabayla komşu köyü gezmeye götürdü. Bu gezinti içini sıla hasretiyle doldurduysa da, Victoria için çok zevkli geçti. Bahçelerde, pencere önlerindeki çiçekliklerde, saçaklara asılı sepetlerde sevgi ve özenle bakıldığı belli çiçekler açmıştı. Çayırlar ve yamaçlar da yalnızca doğa ananın büyüttüğü kır çiçekleriyle doluydu, her yer çiçeğe kesmişti. Victoria, bakımlı evleri ve taş yollarıyla bu şirin köye âşık oldu.

Ne zaman caddedeki küçük dükkânlardan birinden çıksalar, onları gören köylüler durup bakıyor, şapkalarını çıkararak selam veriyorlardı. Charles'a 'dük cenapları' diye hitap ediyorlar, o da onlara -her ne kadar çoğu zaman isimlerini pek çıkaramadığı Victoria'nın gözünden kaçmadıysa da- mevkilerine bakmadan son derece kibar davranıyordu.

Öğleden sonra Wakefield Park'a döndüklerinde, Victoria kendini yeni hayatı konusunda çok daha iyimser hissediyor ve köylüleri daha yakından tanıma fırsatı bulmayı ümit ediyordu.

Başını daha fazla derde sokmamak için, günün geri kalanını odasında kitap okuyarak geçirdi. Odasından yalnızca iki kez, çöp yığınının oraya gidip Willie'ye yemek götürmek için çıktı. Ne kadar çağırdıysa da, hayvanı yemeğini almak için kendisine yaklaşmaya ikna edemedi, iki sefer de tabağı bırakıp dönmek zorunda kaldı.

Akşam yemeğinden önce biraz uzandı ve eğer o günkü gibi

ayağının altında dolaşmamayı başarabilirse, Jason Fielding'le aralarında daha fazla gerginlik çıkmasını engelleyebileceğini düşünerek uyuyakaldı.

Ama yanılıyordu. Uyandığında, Ruth dolaba bir kucak dolusu pastel renkli tuvalet yerleştirdiğini gördü. Victoria uykulu uykulu, "Onlar benim değil, Ruth," diyerek kaşlarını çatıp yatağından kalktı.

Ruth çoşku dolu bir sesle, "Sizin, hanımefendi!" diye karşılık verdi. "Lord cenapları Londra'dan aldırmış."

"Lütfen kendisine bunları giymeyeceğimi bildir," dedi Victoria, nazik ama kesin bir ifadeyle.

Ruth'un eli boğazına gitti. "Aman, hanımefendi, yapamam. Hakikaten yapamam!"

"Ama ben yaparım!" Victoria sözünü tamamlamadan kendi elbiselerini bulmak için dolaba yönelmişti bile.

Ruth perişan bir ifadeyle, "Hepsi gitti, hanımefendi," dedi. "Be-ben çıkardım. Lord cenaplarının emri--"

Victoria yumuşak bir sesle kızın sözünü keserek "Anlıyorum," dedi, ama içinden o güne kadar hiç yaşamadığı gibi bir öfke patlamasının yükseldiğini hissediyordu.

Kızcağız karşısında durmuş, umutlu gözlerle kendisine bakarak ellerini ovuşturuyordu. "Hanımefendi, lord cenapları dedi ki, eğer... becerebileceksem sizin özel hizmetçiniz olabilirmişim."

"Hizmetçiye ihtiyacım yok, Ruth."

Kızın omuzları düştü. "Şimdiki işlerimden çok daha güzel olurdu..."

Victoria kızın yüzündeki yalvaran ifadeye dayanamadı. İçini çekip zoraki gülümsemeye çalışarak, "İyi öyleyse, tamam," dedi. "Peki 'özel hizmetçi' ne yapar?"

"Giyinmenize yardım ederim, elbiselerinizin her zaman temiz ve ütülü olmasına bakarım. Sonra, saçınızı da yaparım. Yapabilir miyim? Yani, saçınızı yapabilir miyim? Saçlarınız öyle güzel ki, annem de hep çok güzel saç yaptığımı söylerdi."

Victoria kızın saçlarını yapmasına izin verdi, ama bunun sebebi saçlarının yapılı olmasını istemesi değil, Jason Fielding'in karşısına çıkmadan önce sakinleşmek için biraz zamana ihtiyacı olmasıydı. Bir saat sonra, sırtında geniş ve uzun kolları enine saten kurdelelerle süslenmiş, şeftali rengi, ipek bir tuvaletle kendini sessizce aynada süzüyordu. Gür saçları alnından geriye doğru lüle lüle burularak şeftali rengi saten kurdelelerle toplanmıştı, çıkık elmacık kemikleri sinirden pembeleşmiş, bir çift safir gibi parlayan gözleri öfke ve utançla çakmak çakmak olmuştu.

Daha önce hiç üzerindeki kadar gösterişli bir tuvalet görmemiş, bunu hayal bile etmemişti. Üzerine sımsıkı oturan açık yakalı korsaj, göğüslerini yukarı doğru iterek cüretkar bir şekilde sergiliyordu. Ölmüş anne babasına böyle umursamazca saygısızlık etmeye zorlandığı şu ana kadar, hayatı boyunca görüntüsünden şimdiki kadar rahatsızlık hissettiği olmamıştı.

"Ah, hanımefendi." Ruth ellerini kavuşturmuş, hayranlıkla kendisini seyrediyordu. "Öyle güzelsiniz ki, lord cenapları sizi gördüğünde gözlerine inanamayacak."

Ruth'un tahmini doğruydu, ama Victoria yemek odasına girdiğinde Jason'ın yüzünde beliren şaşkınlıktan en ufak bir zevk alamayacak kadar hiddetliydi.

"İyi akşamlar, Charles Amca," diyerek yanağını yaşlı dükün yanağına dayarken, Jason ayağa kalkmıştı. Victoria meydan okurcasına Jason'a döndü, adamın gözleri onu, pırıl pırıl kızıl-sarı buklelerinden, yakasından taşan kabarık göğsüne, giysilerle birlikte Londra'dan aldırdığı zarif saten pabuçların ucuna kadar, tepeden tırnağa süzerken içerlemiş bakışlarıyla adamı süzerek, sessizce bekledi. Victoria beylerin kendisine hayranlıkla bakmasına bir ölçüde alışık sayılırdı, ancak Jason'ın edepsizce, ağır ağır vücudunu seyretme şeklinin beyefendilikle alakası yoktu. Dayanamayarak, sertçe, "Daha bitmedi mi?" diye sormak zorunda kaldı.

Adamın bakışları acele etmeden gözlerine doğru çıktı, kızın düşmanca sesini duyunca sert ifadeli dudakları alaycı bir gülüşle kıvrıldı. Öne doğru uzandı, Victoria da gayri ihtiyari bir adım geriledi, ancak ondan sonra adamın yalnızca sandalyesini çekmeye davrandığı anlayabildi.

"Yine bir gaf mı yaptım yoksa... mesela kapı vurmadan girmek gibi?" Jason, dudaklarını yerine oturmuş olan kızın yanağına rahatsız edecek kadar yaklaştırarak, alçak sesle konuşuyordu ve sesinden çok eğlendiği açıkça belliydi. "Amerika'da beylerin hanımların sandalyesini çekmesi âdetten değil midir?"

Victoria başını sertçe uzaklaştırdı. "Sandalyemi mi çekiyorsun, yoksa kulağımı yemeye mi çalışıyorsun?"

Jason'ın dudakları kıvrıldı. "Olabilir," dedi, "yeni aşçı kötü bir yemek çıkaracak olursa, bunu da düşünebilirim." Kendi yerine dönerken Charles'a bakarak "Fransız'ı kovdum," diye kısa bir açıklama yaptı.

Victoria bir an için olaydaki rolünü düşünerek suçluluk duyduysa da, Jason'ın elbiselerini emrivakiyle attırmasına öylesine kızgındı ki, suçluluk duygusu bile öfkesini köreltemedi. Konuyu yemekten *sonra*, Jason'la yalnız kaldığında açma niyetiyle, bütün ilgisini Charles'a yönelterek yalnızca onunla sohbet etti. Ancak karşısında oturan Jason Fielding'in, masanın ortasında yanan mumların ışığında yemek boyunca kendisini incelediğini fark ederek huzursuz oldu.

Jason, kızı seyrederek kadehini dudaklarına götürdü. O pejmürde siyah elbiseleri attırdığı için kızın kendisine çok kızgın olduğunu biliyordu, kendisine fırça çekmek için sabırsızlandığını da –gözlerinde çakan şimşeklerden belli oluyordu.

Tarafsız bir şekilde, bu güzel kızın ne kadar da onurlu ve yürekli olduğunu düşündü. Baştan da gözüne güzel bir kızcağız gibi görünmüştü, ama yalnızca o gösterişsiz siyah kıyafetleri üzerinden atmakla bir gecede bir afete dönüşmesini hiç beklememişti. Belki de kendisi yas giysilerinin kara renginden öylesine nefret ediyordu ki, kızı siyahlar içinde tam değerlendirememişti. Ne olursa olsun, Victoria Seaton'ın memleketinde oğlanları peşinden koşturduğuna hiç şüphesi yoktu. Kuşkusuz İngiltere'de de oğlanların gözünü kamaştıracaktı. Aslında, yalnızca oğlanların değil, *tüm erkeklerin* gözünü kamaştıracaktı.

İşte bu da Jason için bir sorun oluşturuyordu. Vücudunun çekici, şehvetli kıvrımları ve büyüleyici yüzüne rağmen, kızın tıpkı Charles'ın dediği gibi tecrübesiz, masum bir çocuk olduğuna hızla ikna oluyordu. Bu tecrübesiz, masum çocuk onun kapısına gelmişti ve kendisi istemese de sorumluluğunu üstlenmiş bulunuyordu. Kendini kızın hamisi -bekâr bir genç kızın namusunun ateşli koruyucusu- olarak düşünmek o denli gülünçtü ki, neredeyse kahkaha atacaktı. Ancak oynamak zorunda kalacağı rol tam da buydu. Kadınlar konusundaki şöhreti düşünülürse, kendisini tanıyan herkesin de bu durumu aynı derecede akla mantığa aykırı bulacağı muhakkaktı.

O'Malley bardağına biraz daha şarap doldurdu, Jason da kızın sorumluluğunu üzerinden atmanın en uygun yolunu düşünerek içti. Düşündükçe, Charles'ın arzu ettiği gibi sezonu Londra'da geçirmesinin en iyisi olacağına inanıyordu.

Göz alıcı güzelliğiyle Victoria'nın sosyeteye girmesi oldukça kolay olacaktı. Kızın cazibesini arttırmak için küçük bir de drahoma verecek olursa, Londra'da uygun bir koca bulması işten bile değildi. Öte yandan, eğer kız sevgili Andrew'sunun kendisini almaya geleceğine gerçekten inanıyorsa, başka bir adamla evlenmeyi kabul etmeden aylarca, hatta yıllarca beklemekte ısrar edebilirdi. Bu ihtimal de Jason'ın planlarına hiç uymuyordu.

Kafasında yarı yarıya oluşturduğu planı uyarınca, Victoria'yla Charles sohbete bir an ara verinceye kadar bekledi, sonra da oldukça ilgisiz bir sesle söze girerek kıza, "Charles bana senin Anson mı, Albert mı, biriyle nişanlı gibi olduğunu söyledi," dedi.

Victoria sertçe ona doğru dönerek "Andrew," diye düzeltti.

"Nasıl biridir?"

Bu soru üzerine düşünürken Victoria'nın yüzü sevgi dolu bir gülümsemeyle bir an yumuşadı. "Nazik, yakışıklı, akıllı, iyi kalpli, düşünceli–"

"Anladım sanırım." Jason alaycı bir sesle kızın sözünü kesivermişti. "Tavsiyem, onu unut gitsin."

Victoria adama bir şey fırlatmamak için kendisini zor tutarak, "Neden?" diye sordu.

"Sana uygun bir adam değil. Dört günde evimi altüst ettin. Huzurlu, düzenli bir hayatı olsun isteyen ağırkanlı bir taşra delikanlısıyla senin ne işin olabilir? Onu unutup burada karşına çıkacak fırsatları en iyi şekilde değerlendirmeye bakarsan, akıllılık edersin."

Victoria "Öncelikle–" diyerek karşılık vermeye kalktıysa da, Jason kızın kalbine bile bile husumet tohumları ekerek sözünü kesti. "Tabii, *sen* onu unutmasan bile, Albert'ın *seni* unutması ihtimali de var. Gözden ırak, gönülden ırak demezler mi?"

Victoria, öfkesini bastırmak için insan üstü bir güç sarf ederek dişlerini sıktı ve hiç cevap vermedi.

"Diyecek bir şeyin yok mu?" Jason kızı kışkırtmaya çalışırken bir yandan da onun hiddetle rengi gece mavisine dönüşen gözlerini hayranlıkla seyrediyordu.

Victoria çenesini kaldırarak, "Benim memleketimde, Mr. Fielding, yemek masasında tartışmak ayıp sayılır," diye yanıtladı.

Kızın örtülü bir şekilde kendisini kınaması Jason'ı çok eğlendirmişti. Yumuşak bir sesle, "Çok yazık," diyerek yemeğine döndü.

Charles sandalyesinde geriye doğru yaslanarak, oğlunun kendisine annesinin gençliğini hatırlatan dünyalar güzeli genç kızla atışmasını seyrederken yüzünde şefkatli bir gülümseme belirmişti. Mükemmel bir çift olacaklar, diye düşündü. Victoria, Jason'dan korkmuyordu. Cesareti ve sıcaklığı zor bir hayatın sertleştirdiği oğlunu yumuşatacaktı, ondan sonra da oğlu genç kızların hayallerini süsleyen türden bir kocaya dönüşecekti. Birbirlerini çok mutlu edeceklerdi, Victoria Jason'a bir oğul verecekti.

Kalbi mutluluk ve neşeyle dolu, evlendiklerinde ona verecekleri torunun hayalini kurmaya başladı. Katherine'le birlikte bir çocuğa sahip olamamışlardı, ama boşluk ve umutsuzluk içinde heba olan bunca yılın ardından, torunları olacaktı. Evet, Jason ve Victoria o an için pek anlaşamıyorlardı, ama bunda şaşırtıcı bir şey yoktu. Jason sert, tecrübeli, aksi bir adamdı, böyle olmasının da sebepleri vardı. Oysa Victoria'da Katherine'in cesareti, nezaketi ve ateşi vardı. Katherine kendisinin hayatını değiştirmişti. Ona sevmenin ne demek olduğunu göstermişti. Sevmenin... ve kaybetmenin. Charles, olayların bugünkü şeklini almasından önceki eski günlerin anılarına dalıp gitti.

Yirmi ikisine geldiğinde, Charles çapkın ve kumarbaz bir genç adam olarak haklı bir şöhret edinmişti. Hiçbir sorumluluğu, hiçbir bağı ve kesinlikle hiçbir geleceği yoktu, çünkü dük unvanı ve bu unvanın getirdiği her şey ağabeyine miras kalmıştı -para hariç. Ağabeyi de kendisi kadar parasızdı, çünkü Fielding erkekleri 400 senedir her türlü pahalı zevke meylederek yaşamışlardı. Charles bu bakımdan kendi babasından ya da babasının babasından daha kötü sayılmazdı. Fielding'lerden şeytana uymama konusunda kararlılık gösteren bir tek küçük kardeşi çıkmıştı, ama o da Fielding'lerin aşırılığını bu konuda sergilemiş, misyoner olup Hindistan'a gitmeye karar vermişti.

Hemen hemen aynı günlerde, Charles'ın Fransız metresi hamile olduğunu söylemişti. Charles'ın kendisine evlenme teklif edeceği yerde para teklif etmesi üzerine ağlamış, ağzına geleni söylemiş, ama bir sonuç alamamış, nihayet kızıp Charles'ı terk etmişti. Jason'ın doğumundan bir hafta sonra Charles'ın evine gelip bebeği onun kucağına atmış, sonra da ortadan kaybolmuştu. Charles'ın hayatını bebek bakmak için kısıtlamaya hiç niyeti yoktu, ama oğlunu bir yetimhaneye atıp terk etmeye de gönlü razı olmuyordu. Nereden aklına geldiyse, Jason'ı, Hindistan'a "tanrıtanımazları kurtarmaya" gitmek üzere hazırlanan kardeşiyle çirkin karısına vermek geldi.

Hiç tereddüt etmeksizin, bebeği bu Allah'tan korkan, çocuksuz, dindar insanlara emanet edip çocuğun bakımında harcanmak üzere neredeyse son kuruşuna kadar bütün parasını da vererek, bu sorunun tüm yükünü üzerinden attı.

O güne kadar kumar masalarında kazandığıyla iyi kötü idare etmeyi başarmıştı, ama hep yaver giden şansı bir gün döndü. Otuz ikisine geldiğinde, Charles artık kendisi gibi soylu bir aileden gelen birine uygun hayat standardını, yalnızca kumardan kazandıklarıyla sürdüremeyeceğini kabul etmek zorunda olduğu bir noktadaydı. Soylu ailelerin meteliksiz küçük oğulları arasında çok yaygın olan bu sorunu, o zamanlar iyi kabul gören bir şekilde çözmeye karar verdi: şerefli aile adını yağlı bir drahomayla takas edecekti. Büyük bir umursamazlıkla, zengin bir tüccarın güzelce, parası bol, aklı kıt kızına evlenme teklif etti.

Genç hanım ve babası teklifini coşkuyla kabul ettiler, Charles'ın ağabeyi dük de genç çiftin nişanı şerefine güzel bir parti bile düzenledi.

İşte Charles'ın çok uzun zamandır görmediği uzak akrabası, Claremont Düşesi'nin on sekiz yaşındaki torunu Katherine Langston'la tekrar karşılaşması bu mutlu günde gerçekleşti. Kızı son kez, o zamanlar Wakefield'de oturan ağabeyini ziyarete gittiği nadir günlerden birinde görmüştü. Katherine o zaman daha on yaşında bir çocuktu, yakınlarda malikanesi olan bir akrabalarının yanında tatilini geçirmeye gelmişti. İki hafta boyunca küçük kız, iri mavi gözlerinde hayran bakışlarla Charles nereye giderse peşinden gitmişti. O zamanlar, kısrağının sırtında kendisiyle birlikte çitlerden atlayan ve kendisini uçurtma uçurmaya kandıran kızın, büyüleyici gülüşü ve kendisinin iki katı yaşında kızlarda bile bulunmayan cesaretiyle az rastlanır güzellikte bir çocuk olduğunu düşünmüştü.

Tekrar gördüğünde, o çocuk nefes kesici güzellikte genç bir kadına dönüşmüştü ve Charles gözlerini ondan alamıyordu.

Charles, sıkılmış gibi bir köşeye çekildi; bir süre, kalabalık salonun öbür ucunda duran kızın baş döndürücü güzellikteki yüzünü, kusursuz vücudunu, muhteşem kızıl sarı saçlarını, bir kelebek gibi narin ve sakin duruşunu izledi. Sonra elinde bir kadeh Madeira şarabıyla kızın yanına gitti, diğer kolunu da şöminenin üzerine atıp cüretkar bakışlarla, kızın güzelliğini açık açık seyre koyuldu. Katherine'in onu bu şekilde izlemesine yalancıktan itiraz ederek bir şeyler söylemesini bekliyordu, ama kız hiçbir şey söylemedi. Açık açık kendisini süzmesinden utanarak kızarmadı, adama arkasını dönmedi. Yalnızca adamın bitirmesini beklercesine başını hafifçe yana eğdi. Nihayet, "Merhaba, Katherine," dedi Charles.

"Merhaba, Charles," dedi Katherine. Sesi yumuşak, berrak ve sakindi.

Sakinliği Charles'ı şaşırmıştı. "Sen de partiyi benim gibi dayanılmaz derecede sıkıcı mı buluyorsun, tatlım?"

Partinin çok zevkli olduğu yolunda bir şeyler saçmalamak yerine, Katherine insanı sarsan samimi bakışlarını adamın gözlerinin içine dikerek, yavaşça "Yalnızca para için yapılacak soğuk bir evlilik için çok uygun bir başlangıç," diye karşılık verdi.

Charles'ı kızın pervasız samimiyetinden de daha çok şaşırtan şey, ona arkasını dönüp giderken gözlerinde gördüğü garip, itham eden, sitemkâr bakıştı. Düşünmeden, onu durdurmak için elini uzattı. Kızın kolunun çıplak tenine değen parmaklarından bütün sinir sistemine bir kamaşma yayıldı, aynı şeyi Katherine de hissetmiş olmalıydı çünkü bütün vücudu gerilmişti. Charles, kızı kendine doğru çekmek yerine balkona doğru yönlendirdi. Dışarı çıktıklarında, ay ışığında kıza döndü. "Amelia'yla evlenmemin tek sebebinin para olduğunu düşünmekle önyargılı davranıyorsun. İnsanlar farklı nedenlerle evlenir." Kızın ithamı canını yaktığı için sesi sert çıkıyordu.

O sarsıcı mavi gözler yine adamın gözlerine dikilmişti. Katherine sükunetini hiç bozmadan, "Bizim gibi insanlar değil," diye karşılık verdi. "Bizler ailemizin servetini veya gücünü artırmak ya da sosyal statüsünü yükseltmek için evleniriz. Sen de servetini artırmak için evleniyorsun."

Charles, tabii ki, aristokrat soyunun adını satarak para sahibi olmak amacıyla evleniyordu, ve bu da yaygın olarak yapılan ve toplumda kabul gören bir şey olmasına rağmen, kız kendinden utanmasına sebep olmuştu. İğneli bir sesle, "Ya sen?" dedi. "Sen de bu sebeplerden biriyle evlenmeyecek misin?"

Kız yumuşak bir sesle, "Hayır," diye karşılık verdi. "Ben böyle bir sebeple evlenmeyeceğim. Ben ancak birini sevdiğim için ve o da beni sevdiği için evlenirim. Annemle babamınki gibi bir evliliğe razı olmayacağım. Ben bundan daha fazlasını istiyorum ve verecek daha fazla şeyim var."

Yumuşak bir şekilde söylediği bu sözlerde öyle bir inanç ve kararlılık vardı ki, Charles bir an konuşamadan ona bakakaldı, neden sonra karşılık verebildi. "Statü için değil de aşk için evlenecek olursan anneannen sayın düşesin pek hoşuna gitmeyecektir, tatlım. Duyduğuma göre Winston'larla aileyi bağlamak istiyormuş, bunu da senin aracılığınla yapmayı kafasına koymuş."

Katherine ilk defa gülümsedi, yavaşça yayılarak yüzünü aydınlatan büyüleyici gülümsemesi Charles'ın içine işledi. Kız yavaşça, "Anneannemle ben bu konuda uzun zamandır tartışıyoruz, ama o ne kadar kararlıysa ben de kendi bildiğim gibi yapmakta o kadar kararlıyım."

Kız o denli güzel, öylesine saf ve temiz görünüyordu ki, Charles'ın otuz yıldır çevresini saran alaycılık ve güvensizlik zırhı erimeye başlamış, savunmasız kalan adam kendisini yalnız ve bomboş hisseder olmuştu. Ne yaptığının farkında olmaksızın, elini kaldırıp parmaklarının ucunu kızın pürüzsüz yanağında gezdirerek, müşfik bir sesle, "Umarım sevdiğin adam sana layık olur," dedi.

Hiç bitmeyecek gibi gelen birkaç saniye boyunca, Katherine onun yüzüne sanki hüsran içindeki yorgun ruhunu görebilecekmiş gibi, arayan bakışlarla baktı. "Esas *ben ona* layık olabilecek miyim diye düşünüyorum," diye fısıldadı. "Bana çok ihtiyacı var, ama bunun farkına daha ancak varıyor."

Kızın ne demek istediğini anlaması birkaç saniye sürdü. Anladığında da beynine bir balyoz yemiş gibi oldu ve içi aniden bastıran bir hasretle, bütün hayatı boyunca bilincinde olmaksızın aradığı şeyi bulmuş bir adamın coşkusuyla doldu. Kızın adı ağzından bir inilti gibi çıktı. Onu kendisi olarak, olabileceği, olmak istediği kişi olarak sevebilecek kadını bulmuştu. Katherine'in onu istemesinin başka hiçbir sebebi olamazdı; o da kendisi kadar aristokrat bir soydan geliyordu, çevresi onunkinden çok daha geniş, serveti çok daha fazlaydı.

Charles içinde bir sel gibi coşan duyguları yadsımaya çabalayarak kıza baktı. Kendi kendine, delilik bu diyordu. Kızı neredeyse tanıyor bile sayılmazdı. Yetişkin erkeklerle kadınların birbirine ilk görüşte âşık olduklarına inanan saf bir delikanlı da değildi. O ana dek aşka bile inanmamıştı. Ama artık inanıyordu, çünkü bu güzel, akıllı, idealist kızın onu sevmesini, yalnızca onu sevmesini istediğini biliyordu. Hayatında ilk kez, karşısına az bulunur güzellikte, saf ve temiz bir şey çıkmıştı ve onu olduğu gibi korumak -bu kızla evlenmek, onu hayatı boyunca sevmek, sosyal sınıflarındaki herkesi çürüten güven ve inanç yoksunluğundan onu korumak- istiyordu.

Amelia'yla nişanı bozma düşüncesi vicdanını rahatsız etmiyordu, ne de olsa kızın kendisiyle evlenmek istemesinin sebebinin aşk olduğunu hayal bile etmemişti. Kızın kendisini çekici bulduğunu biliyordu, ama evlenmeyi kabul etmesinin asıl sebebi babasının soylu bir aileyle kan bağı kurmak istemesiydi.

Mutluluk dolu iki harikulade hafta boyunca Katherine'le yeni başlayan aşklarını herkesten saklı tutmayı başardılar. Baş başa kaldıkları sayılı anların, kırlarda yaptıkları sessiz gezintilerin, aynı şeylere gülmenin, gelecekle ilgili hayaller kurmanın tadını çıkardılar.

Bu sürenin sonunda artık Charles'ın yaşlı Claremont Düşesi'yle yapması gereken konuşmayı daha fazla ertelemesi mümkün değildi. Katherine'le evlenmek istiyordu.

Kendini düşesin itirazlarına hazırlamıştı; çünkü soylu ve köklü bir aileden geliyor olmasına rağmen, kendisi ailenin küçük oğluydu ve hiçbir unvanı yoktu. Yine de, böyle evlilikler oldukça sık görülüyordu, dolayısıyla yaşlı düşesin önce usulen itiraz edeceğini, sonra da razı geleceğini düşünmüştü, ne de olsa bu evliliği Katherine de kendisi kadar çok istiyordu. Ancak kadının hiddetten gözü dönerek kendisine 'alçak bir fırsatçı', 'düşkün, sefih, ahlaksız adam' demesine hazırlıklı değildi. Ailesinin gelmiş geçmiş bütün erkekleri için ağzına geleni söyleyip, 'hepsi birbirinden beter sorumsuz çılgınlar' demesini de beklemiyordu.

Ama hepsinin ötesinde, kendisiyle evlenecek olursa Katherine'i reddedeceğini, onu mirasından mahrum edeceğini ve bir kuruş bile vermeden tüm ilişkisini keseceğini söylemesini hiç beklememişti. Bunlar o güne kadar duyulmuş şeyler değildi. Ama o gün evden çıkarken, Charles kadının dediğini aynen yapacağını kesin olarak biliyordu. Kendi evine dönüp geceyi arka arkaya gelen öfke ve ümitsizlik dalgaları içinde geçirdi. Sabah olduğunda, Katherine'le evlenemeyeceğini anlamıştı; kendisi hayatını dürüstçe kazanmak için çalışmaya, hatta gerekirse ekmeğini taştan çıkarmaya razı olsa bile, gururlu, güzel Katherine'inin kendisi yüzünden acınacak hale düşmesine dayanamazdı. Onun ailesi tarafından dışlanıp rezil olmasına izin veremezdi.

Göğüslemek zorunda kalacağı utancı Katherine'e sevgisiyle affettirebileceğini düşünse bile, onun alelade bir ev kadını olmasına izin veremezdi. Katherine genç, idealist ve ona âşıktı, ama diğer yandan da güzel kıyafetler giymeye ve her dediğini yapan hizmetkârlara alışıktı. Eğer hayatını çalışarak kazanması gerekirse, ona bu lüksleri sunabilmesi imkânsızdı. Katherine hayatında hiç bulâşık yıkamamış, yer silmemiş, gömlek ütülememişti; kendisini sevecek kadar aptal olduğu için bu işleri yapmak zorunda kalmasına razı olamazdı.

Ertesi gün genç kızla kısacık, gizli bir buluşma ayarlayıp, ona kararını bildirdi. Katherine hayattaki lükslerin kendisine hiçbir şey ifade etmediğini söyleyerek itiraz etti; Charles'a onu alıp Amerika'ya götürmesi için yalvardı. Orada çalışmaktan kaçmayan herkesin hayatını kazanıp rahatça yaşayabileceğini söylüyorlardı.

Kızın gözyaşlarına ve kendi ıstırabına daha fazla dayanamayan Charles, kıza nobranca, fikirlerinin aptalca olduğunu, sosyetede, lüks içinde yetişmiş bir kız olarak Amerika'da yaşamaya asla dayanamayacağını söyledi. Katherine bunları duyunca, yüzüne *onun* hayatını çalışarak kazanmaktan korktuğunu düşünür gibi bakmış, sonra da kırgınlıkla onu -tıpkı anneannesinin söylediği ama daha önce inanmak istemediği gibi- kendisini değil, servetini istemekle suçlamıştı.

Katherine'in bu sözleri, onun mutlu olması için kendi mutluluğundan fedakarca vazgeçen Charles'ın kalbine bir hançer gibi saplanmıştı. Dayanamayıp hemen o gün Katherine'le kaçmamak için oradan bir an önce ayrılması gerekiyordu. Sertçe, "İnanmak istediğin buysa, sen bilirsin," diyerek kapıya yöneldi. Ama Katherine'in kendisinin onu değil yalnızca parasını istediğini düşünmesine dayanamıyordu. Durdu, arkasını dönmeden "Katherine," dedi, "yalvarırım öyle düşünme."

Kız kırgın bir sesle, "Bunu hiç düşünmedim," diye fısıldadı. Ama Charles'ın hemen sonraki hafta Amelia'yla evlenip umutsuz, ıstıraplı aşklarına son vereceğini de düşünmemişti. Bu, Charles'ın hayatında yaptığı ilk ve en büyük fedakârlıktı.

Katherine, Charles'ın düğününe anneannesiyle birlikte gitti. Hayatı boyunca bir başka kadını sevmeye ve korumaya yemin ederken, sevdiği kızın yüzünde beliren ihanete uğramışlık ifadesini, Charles yaşadığı sürece unutamayacaktı.

İki ay sonra, Katherine İrlanda'lı bir doktorla evlenerek onunla Amerika'ya gitti. Bunu yapmasının sebebi anneannesine çok kızmış olması ve İngiltere'de, Charles ve yeni eşinin yakınında kalmaya dayanamamasıydı. Ayrıca Charles'a, evlenseydiler ona olan aşkını hiçbir şeyin -Amerika'da yaşamanın bile– yok edemeyeceğini kanıtlamak için düşünebildiği tek yol buydu. Charles bütün bunları çok iyi biliyordu.

O yıl, ağabeyi aptalca bir sarhoş düellosunda hayatını kaybedince dükalık Charles'a geçti. Dük unvanının yanı sıra kendisine kalan para, pek fazla olmasa da, Katherine'le evlenmiş olsaydı rahat bir hayat sürdürmelerine yetecek kadardı. Ama Katherine gitmişti; aşkının zorluğa göğüs gerecek kadar güçlü olduğunu söylediğinde Charles ona inanmamıştı.

Şimdi kendisine miras kalan para Charles'ın umurunda değildi, artık hiçbir şey umurunda değildi.

Bundan kısa bir süre sonra, Charles'ın Hindistan'daki misyoner kardeşi, on altı yıl sonra da karısı Amelia öldü.

Amelia'nın cenazesinden sonraki gece, Charles o günlerde sık sık yaptığı gibi zil zurna sarhoş olana dek içti, ama o gece, evinin kasvetli karanlığında tek başına otururken zihninde daha önce hiç kafasını kurcalamamış, yeni bir düşünce belirdi: yakında bir gün o da ölecekti. Öldüğünde de dükalık Fielding'lerin elinden ebediyen çıkmış olacaktı, çünkü Charles'ın varisi yoktu.

On altı yıl boyunca Charles, araf misali, tuhaf, ıssız bir boşlukta yaşamıştı, ama o kader gecesi, anlamsız hayatını düşünürken içinde belli belirsiz bir huzursuzluk gibi başlayıp gittikçe büyüyen bir duygu doğdu. Bu duygu giderek tiksintiye, sonra da yavaş yavaş bütün benliğini saran bir öfkeye dönüştü. Katherine'i kaybetmişti; hayatının on altı yılını kaybetmişti. On altı yıl boyunca ruhsuz bir eşe, aşksız bir evliliğe katlanmıştı. Şimdi de arkasında bırakacak bir varisi olmaksızın ölecekti. Dört yüz yıldır ilk kez, dükalık Fielding ailesinin elinden çıkma tehlikesiyle karşı karşıyaydı, Charles aniden içine dolan bir güçle, aile unvanını da hayatının tamamını ziyan ettiği gibi ziyan etmemeye karar vermişti.

Evet, Fielding'lerin pek de aman aman şerefli ve değerli bir aile olmadıkları doğruydu, ama ne olursa olsun, bu unvan onlarındı ve Charles onu kaybetmemeye kararlıydı.

Bunun için bir varisi olmak zorundaydı, bu da yeniden evlenmesi gerektiği anlamına geliyordu. Gençliğindeki tüm o cinsel maceralarının ardından, şimdi bir kadının üzerine çıkıp çocuk yapma fikri onu hiç heyecanlandırmıyor, aksine zoruna gidiyordu. Acı acı gülerek aklından uzun yıllar önce yatağını ısıtan bütün o güzel kadınları geçirdi – metresi olup ona bir piç doğuran o güzel Fransız balerini hatırladı...

Bunu aklından geçirir geçirmez içi birden coşkuyla dolarak yerinden fırladı. Tekrar evlenmesi gerekmiyordu, bir varisi vardı! Jason vardı. Charles, asalet kanunlarının dük unvanının gayri meşru bir çocuğa geçmesine izin verip vermeyeceğinden emin değildi, ama aldırmıyordu. Jason da Fielding kanındandı. Çocuğun varlığından yalnızca Hindistan'da birkaç kişinin haberi vardı, onlar da Jason'ı Charles'ın küçük kardeşinin oğlu biliyorlardı. Ayrıca, Kral Charles da üç gayri meşru oğlunun her birine birer dükalık vermişti, şimdi de kendisi, Atherton Dükü Charles Fielding, kralını örnek alacaktı.

Ertesi gün, Charles oğlunun izini bulmaları için araştırma yapacak adamlar tuttu, ama bunlardan birinin kesin bilgiler içeren bir rapor yollaması için iki uzun yıl beklemesi gerekecekti. Charles'ın ölen kardeşinin eşinin izi bulunamamıştı, ama Jason'ı Delhi'de bulmuşlardı. Genç adam deniz taşımacılığı ve ticaretinde büyük bir servet yapmıştı. Rapor, Jason'ın o andaki yeri ve durumuyla başlıyor, araştırmacının genç adamın geçmişi hakkında topladığı bulgularla devam ediyordu.

Charles raporu okurken, önce Jason'ın iş hayatındaki büyük başarısıyla göğsü kabararak içi sevinçle dolduysa da; kardeşinin karısı olacak o kadının kendisine emanet edilen masum çocuğa yaptığı sapıkça işkenceleri duyduğunda önce dehşete, sonra da dayanılmaz bir öfkeye kapıldı. Raporu bitirdiğinde, duyduğu tiksintiye dayanamayarak kustu.

Artık Jason'ı meşru varisi yapmaya eskisinden de daha kararlı olarak, ona bir mektup yazıp İngiltere'ye çağırdı; böylece onu varisi olarak tanıtabilecekti.

Jason'dan bir cevap gelmeyince, kişiliğinin o güne kadar gizli kalmış kararlı yanını ortaya koyarak kendisi Delhi'ye gitmek üzere yola çıktı. Tarif edemeyeceği bir vicdan azabı ve kesin bir kararlılıkla, Jason'ın muhteşem evine vardı. İlk karşılaşmalarında, araştırmacının raporunda yazdığı şeyleri kendi gözüyle görme fırsatını buldu: Jason evlenmiş, bir oğlu olmuştu ve krallar gibi bir hayat sürüyordu. İlk görüşmelerinden itibaren de, ne Charles'la ne de Charles'ın ona sunmak istediği unvan ve servetle ilgilendiğini açıkça ortaya koymuştu. Charles inatla aylarca Hindistan'da kalarak, soğuk ve mesafeli oğlunu çocukken yaşadığı korkunç istismardan hiç haberi olmadığına, böyle bir şeyi aklına bile getirmediğine yavaş yavaş ikna etmeyi başardı. Fakat onu varisi olarak İngiltere'ye dönmeye ikna edemiyordu.

Jason'ın güzel karısı Melissa, Wakefield Markizi olarak Londra'ya gitme fikrinin heyecanına kapılmıştı, ama ne onun ağlamalarının ne de Charles'ın yalvarırcasına ısrarının Jason üzerinde en ufak bir etkisi bile olmuyordu. Asalet ve unvan Jason'ın umurunda bile değildi, Fielding'lerin dükalığı kaybetme tehlikesi de onu hiç mi hiç endişelendirmiyordu.

Charles tam ümidini kesmek üzereyken, oğlunu ikna edecek harika bir sav buldu. Bir gece Jason'ın küçük oğluyla oynamasını izlerken, Jason'ın oğlanın nasıl da üzerine titrediğini fark etti. Jason'ın hayatta oğlu için yapamayacağı hiçbir şey yoktu. Bunun üzerine Charles hemen taktik değiştirerek, Jason'ı ikna etmek için İngiltere'ye dönmenin ona sağlayacağı avantajları saymayı bırakıp, Charles'ın kendisini varisi yapmasını reddetmekle küçük Jamie'nin asalet hakkını elinden aldığını söylemeye başladı. Bu unvan ve aile serveti sonunda bir gün Jamie'nin olacaktı.

Bu taktik işe yaradı.

Jason, Delhi'deki işini yürütmek üzere tecrübeli ve becerikli bir adam tuttu ve ailesiyle birlikte Londra'ya taşındı. Küçük oğlu için bir saltanat kurma niyetiyle, kesenin ağzını açıp, perişan vaziyetteki Atherton mülkünü ailenin en zengin günlerinde bile olmadığı kadar görkemli bir hale getirmek üzere kolları sıvadı.

Jason restorasyon işleriyle ilgilenirken, Melissa da yeni Wakefield Markizi olarak sosyetede hak ettiği yeri almak üzere Londra'ya koştu. Bir yıl içinde, güzel markizin aşk ilişkilerinin dedikodusu bütün Londra'yı sarmıştı. Birkaç ay sonra da aşığıyla kaçarken bindiği gemide hem kendisi ölmüştü, hem de küçük Jamie.

Yemek masasının örtüsü toplanırken, Charles daldığı bu üzücü anılardan silkinerek gözlerini Victoria'ya çevirdi. "Bu gece bir değişiklik yapsak nasıl olur?" diye sordu. "Biz beyler porto şarabıyla puromuzu içmek için masada kalacağımıza, seninle oturma odasına geçip puro ve şarabımızı yanında içsek, sence bir mahsuru var mı? Sohbetinden mahrum kalmak beni çok üzüyor."

Victoria, Charles'ın önerisinde hiçbir sakınca görmediğini söyledi, zaten adetleri bilmediği için her türlü değişikliğe de açıktı. Pembe ve altın sarısı oturma odasına girmek üzereyken, Charles genç kızı kenara çekip alçak bir sesle, "Yastan erken çıktığını görüyorum, tatlım," dedi. "Bu senin kendi kararınsa, seni alkışlıyorum –annen siyahtan nefret ederdi; bana, kendisi küçük bir kızken ölen anne ve babası için ona zorla siyah giydirdiklerini söylemişti." Charles gözlerini, içini görürcesine Victoria'nın gözlerine dikmişti. "Buna kendin mi karar verdin, Victoria?"

Victoria, "Hayır," diye itiraf etti. "Mr. Fielding bugün elbiselerimi aldırıp bunları getirtmiş."

Charles başını anlayışlı bir tavırla sallayarak, "Jason yası simgeleyen her şeyden nefret eder. Yemekte ona bakarken gözlerinde çakan şimşeklere bakılırsa, sen bu yaptığı işten pek memnun olmamışsın," dedi. "Kendisine bunu söylemelisin. Seni sindirmesine izin verme. Korkaklara hiç tahammülü yoktur."

Victoria endişeyle, "Ama sizi üzmek istemiyorum," diye karşılık verdi. "Kalbinizin pek güçlü olmadığını söylemiştiniz."

Charles gülerek, "Beni merak etme," dedi. "Kalbim bir parça zayıf olabilir, ama birazcık eğlenceyi kaldıramayacak kadar da değil. Aslına bakarsan, bana da çok iyi gelebilir. Sen gelmeden önce hayat inanamayacağın kadar tatsızdı."

Jason oturmuş portosuyla purosunu içerken, Victoria birkaç kez Charles'ın tembihlediği gibi cesaretini toplayıp onunla konuşmaya çalıştı, ama her defasında, Jason'a bakar bakmaz bütün cesareti yok olup gidiyordu. Jason o gece akşam yemeği için çok güzel dikilmiş füme bir pantolon ve ceket, içine de koyu mavi bir yelek ve inci grisi ipek bir gömlek giymişti. Şık kıyafetine ve uzun bacaklarını öne doğru uzatıp bilekten ayak ayak üstüne atışındaki genişliğe rağmen, her yanından zorla zaptettiği amansız bir güç fışkırır gibiydi. Havasında ilkel ve tehlikeli bir şeyler vardı, Victoria'nın içinde ise, adamın bütün şıklığı ve rahatlığının, temkinsiz yabancılara uygar biri gibi görünüp onları kandırmak için olduğuna dair, huzursuzluk yaratan bir duygu vardı.

Jason oturduğu yerde duruşunu hafifçe değiştirdi. Victoria da onu kaçamak bir bakışla bir kez daha süzdü. Esmer başını geriye doğru atmış, purosunu düzgün, beyaz dişleri arasına kıstırmıştı, elleri koltuğunun kollarında duruyordu, yanık yüzü ise gölgede kalmıştı. Adamın geçmişinde hangi karanlık sırların yattığını düşününce, Victoria'nın sırtında bir ürperti dolaştı. Bu kadar mesafeli ve insanlara ve ahlaki değerlere karşı bu kadar şüpheci olduğuna göre, geçmişi ağza alınmaz sırlarla dolu olmalıydı. Her çeşit korkunç, yasak işlere –onu sertleştirip soğutmuş işlere karışmış bir adama benziyordu. Bununla birlikte, yakışıklı olduğu da yadsınamazdı –kendisine bir kara panter havası veren saçları, yeşil gözleri ve kusursuz yapılı vücuduyla, kötücül ve tehlikeli bir yakışıklılığı vardı. Victoria ondan bu kadar çekiniyor olmasaydı, onunla konuşmayı isterdi. Adamla arkadaşlık kurma fikri çok heyecan vericiydi –kendi kendine bunun bir günah işleme heyecanına benzediğini itiraf ediyordu. Şeytanla arkadaşlık kurma fikri kadar da çılgıncaydı... ve muhtemelen bir o kadar da tehlikeli.

Victoria derin bir nefes alarak, kibarca ama kesin ve ısrarlı bir şekilde yas giysilerinin geri verilmesini istemek için hazırlanıyordu ki, Northrup içeri girip Leydi Kirby ile Miss Kirby'nin geldiklerini haber verdi.

Victoria, Jason'ın kasıldığını ve Charles'a müstehzi bir bakış attığını fark etti, Charles da şaşkın şaşkın omuz silkerek Northrup'a döndü, "Onları gönder–" diye söze başladı ama artık çok geçti.

"Geldiğimizi bildirmene gerek yok, Northrup," diyen kararlı bir ses duyuldu, ardından da tıknazca bir hanım, kahverengi saten elbisesinin eteklerini, ağır bir parfüm kokusunu ve hemen hemen Victoria'yla yaşıt esmer güzeli bir kızı peşi sıra sürükleyerek salona daldı. Leydi Kirby, gülümseyerek "Charles!" diye yaşlı dükü selamladı. "Bugün Miss Seaton diye genç bir hanımla köye indiğini duydum, tabii ki gelip kendisini gözümle görmem gerekiyordu."

Bir nefes alacak kadar bile oyalanmadan Victoria'ya dönerek, neşeli bir sesle "Miss Seaton sen olmalısın," dedi. Durup gözlerini kısarak Victoria'nın yüzünün her bir çizgisini kusur arıyormuş gibi bir bakışla süzdü. Bir kusur bulmayı da başardı. "Çenendeki iz ne kadar ilginç, tatlım. Nasıl oldu? Bir kaza mı geçirdin?"

Bu tuhaf kadın Victoria'yı öyle eğlendirmişti ki alınmayı bile aklına getirmeden, gülümseyerek "Doğuştan," diye yanıtladı. İngiltere'nin her yanı, asalet unvanları ve muazzam servetleri yüzünden acayiplikleri alkışlanan ya da görmezden gelinen kaba ve pervasız insanlarla dolu olabilir mi, diye merak etmeye başlamıştı.

"Vah vah, pek yazık," dedi Leydi Kirby. "Canını acıtıyor mu?"

Victoria'nın dudakları bastırmaya çalıştığı bir kahkahayla titredi. "Yalnızca aynaya baktığımda, efendim," diye karşılık verdi.

Leydi Kirby, istediği sonucu alamamış bir edayla dönerek, ayağa kalkmış, ocağa dirseğini dayamış olarak duran Jason'a döndü. "Ee, Wakefield," dedi, "görünüşe bakılırsa gazetedeki ilan doğruymuş herhalde. Doğrusunu söylemek gerekirse, hiç inanmamıştım. Ee, öyle mi?"

Jason kaşlarını kaldırdı. "Ne öyle mi?"

Charles yüksek perdeden "Norhtrup, hanımlara içecek bir şeyler getir!" diye seslenerek Leydi Kirby'nin sözlerini boğdu. Herkes oturdu, Miss Kirby de Jason'ın yanındaki koltukta yerini aldı. Charles ise çabucak son günlerde oldukça iyi giden havalar konusunda heyecanlı bir konuşma yapmaya girişmişti. O tek taraflı olarak yapabilecek en uzun konuşmayı yaparken sabırsızlıkla dinleyen Leydi Kirby, Charles'ın sözleri biter bitmez hızla Jason'a dönerek, nazik olma gayreti göstermeksizin "Wakefield, nişanınız geçerli mi, yoksa bozuldu mu?" diye sordu.

Jason soğuk bakışlarla kadehini dudaklarına götürerek, "Bozuldu," diye karşılık verdi.

Victoria, etrafını saran çehrelerde bu tek kelimelik cevabın yarattığı farklı tepkileri gördü. Leydi Kirby memnun olmuş, kızı ise çok sevinmiş görünüyordu, Charles perişan olmuş gibiydi, Jason'ın ifadesi ise muammaydı. Victoria'nın yumuşak kalbi hemen Jason'a karşı anlayışla doldu. Adamın bu kadar suratsız ve mesafeli olmasına şaşmamak lazımdı; nişanı sevdiği kadın atmış olmalıydı. Kirby hanımlarının onun da bir şeyler söylemesini bekler gibi dönüp kendisine bakmaya başlamaları ise tuhafına gitti.

Victoria ifadesiz bir yüzle gülümsedi, Leydi Kirby de konuşmayı kendisi sürdürmeye karar verdi. "Bu durumda, herhalde zavallı Miss Seaton'ı sezonda sosyeteye çıkarmayı düşünüyorsundur sanırım, Charles?"

Charles bu sözlere, soğuk bir ifadeyle "*Kontes Langston*'ın sosyetede hak ettiği yeri alması için ne gerekiyorsa yapmaya niyetim var," diyerek karşılık verdi.

"Kontes Langs–" Leydi Kirby'nin ağzından hayret ve saygı karışımı boğuk bir fısıltı çıkmıştı.

Charles başını yana eğdi. "Victoria, Katherine Langston'ın en büyük çocuğudur. Asalet kanunlarını yanlış bilmiyorsam eğer, annesinin İskoç unvanının mirasçısı o olmalı."

"Öyle bile olsa," dedi Leydi Kirby soğuk soğuk, "kendisine uygun bir kısmet bulmakta epeyce zorlanacaksın." Yüzünde yapmacık bir yakınlık ifadesiyle Victoria'ya döndü. "Annen o İrlandalı işçiyle kaçtığında büyük bir skandal yaratmıştı."

Annesine hakaret edilmesi Victoria'nın bütün vücuduna akkor halinde bir öfke yayılmasına neden olmuştu. Yaşlı kadının sözlerini, "Annem kaçmadı, *evlendi*, babamsa İrlandalı bir işçi değil, *doktordu,*" diye düzeltti.

Leydi Kirby, "Anneannesinin izni olmadan evlendi," diye karşılık verdi. "Bu ülkede iyi yetişmiş kızlar, ailelerinin rızası dışında evlilik yapmazlar." Yaşlı hanımın Katherine'in iyi yetişmiş olmadığını ima eden sözleri Victoria'yı öyle kızdırmıştı ki, tırnaklarını hırsla avuçlarına batırdı.

Leydi Kirby, sözlerini alicenap bir ifadeyle, "Neyse ki bu tip şeyler zamanla unutulur gider," diye sürdürdü. "O arada, sosyeteye takdim edilecek hale gelinceye kadar öğrenmen gereken çok şey olacak. Her soyluya, karısına ve çocuklarına ne şekilde hitap edeceğini öğrenmen gerekecek, tabii ziyaretler hakkındaki görgü kuralları ve yemek masasındaki oturma düzeninin nasıl ayarlandığı hakkındaki karmaşık kurallar da var. Sadece masada kimi kimi yanına oturtabileceğini öğrenmek aylar alır. Sömürge topraklarında yaşayanlar bu konularda cahildir tabii, ama biz İngilizler görgü konusuna çok büyük önem veririz."

Victoria, ailesini ve ülkesini savunma güdüsüyle en sevimli ifadesini takınarak, "Belki de bu sizi savaşta neden her zaman yendiğimizi açıklıyordur," diye karşılık verdi.

Leydi Kirby'nin gözleri kısıldı. "Hakaret etmek istememiştim. Ne var ki, hem annenin adını sırtında taşıyıp hem de iyi bir evlilik yapmak istiyorsan, dilini tutmayı öğrenmen gerekecek."

Victoria ayağa kalkarak sakin ve vakur bir şekilde, "Annemin adını *layığıyla taşımakta* çok zorluk çekeceğim," dedi. "Annem dünyanın gelmiş geçmiş en nazik, en iyi kadınıydı. Şimdi müsaade ederseniz, birkaç mektup yazmak zorundayım."

Victoria kapıyı arkasından kapatıp holden geçerek kütüphaneye gitti. Burası, cilalı ahşap zeminine İran halıları serilmiş, geniş duvarlarına raf raf kitaplar sıralanmış, devasa bir odaydı. Victoria'nın oturup gerçekten Dorothy ya da Andrew'ya mektup yazamayacak kadar keyfi kaçmıştı. Yüreğini yatıştıracak bir şeyler arayarak raflara bakınmaya başladı. Tarih, mitoloji ve ticaret konulu ciltleri atlayıp, şiire ayrılmış bir bölüme geldi. Gözleri dalgın dalgın şairlerin isimleri üzerinde dolaştı –Milton, Shelley, Keats, Byron– kimilerini daha önce de okumuştu. Gerçekte hiçbir okuma arzusu duymaksızın, rasgele raftaki diğer ciltlerden birkaç santim daha öne çıkmış duran ince bir cildi alıp en yakınında duran rahat koltuk kümelerinden birine gitti.

Masadaki gaz lambasının fitilini biraz açıp bir koltuğa yerleşti, kendini zorlayarak kitabı açtı. Sayfaların arasından pembe, parfüm kokulu bir kâğıt kayıp yere düştü. Victoria düşünmeden yaprağı yerden alıp tekrar kitabın içine koymaya davrandı ama Fransızca yazılmış ateşli notun ilk kelimeleri gözüne çarptı:

Sevgili Jason,

Seni çok özledim. Saatleri sayarak, sabırsızlıkla gelişini bekliyorum...

Victoria kendi kendine başka birinin mektubunu okumanın terbiyeye sığmayan, affedilmez bir davranış olduğunu ve ona hiç yakışmayacağını söylediyse de, bir kadının Jason Fielding'in gelişini sabırsızlıkla beklemesi fikri öyle tuhafına gitmişti ki hayret ve merakını dizginleyemedi. Kendi hesabına, sabırsızlıkla bekleyeceği bir şey varsa o da ancak adamın gidişi olabilirdi herhalde! Bulduğu şeye kendini öyle hayretle kaptırmıştı ki, Jason'la Miss Kirby'nin koridordan kütüphaneye doğru geldiklerinin farkına bile varmadan notu okumayı sürdürdü:

Sana bu güzel şiirleri, okurken beni ve birbirimizin kollarında geçirdiğimiz o tatlı geceleri düşünmen ümidiyle gönderiyorum...

"Victoria!" Jason'ın sesinde sinirli bir tını vardı.

Victoria kendini suçlu hissetmenin verdiği gerginlikle sıçrayıp ayağa kalktı, kitabını elinden düşürdü, yerden alıp tekrar oturdu. Okuduğu şeye kendini kaptırmış gibi görünmeye çalışarak kitabı açıp sayfalara görmeksizin bakmaya başladı, kitabı baş aşağı tuttuğunun bile farkında değildi.

Jason güzel Miss Kirby koluna asılmış olarak kütüphaneye girmişti. "Neden seslendiğimde cevap vermedin? Johanna gitmeden sana allahaısmarladık demek ve köyden alman gereken bir şeyler varsa bazı tavsiyelerde bulunmak istiyordu."

Leydi Kirby'nin az önce durduk yerde kendisine hücum etmesinden dolayı, Victoria acaba şimdi de Miss Kirby alışverişini bile yardımsız yapamayacağını mı ima etmeye çalışıyor diye düşünmekten kendini alamadı. Kendine çeki düzen verip, kızgın ya da suçlu görünmemeye çalışarak, "Üzgünüm, seslendiğini duymadım," diye cevap verdi. "Gördüğün gibi, kitap okuyordum, kendimi kaptırmışım." Kitabı kapatıp masaya bıraktı, sonra da sakin görünmeye çalışarak karşısında duran çifte baktı. Jason'ın yüzündeki apaçık tiksinti ifadesini görünce telaşa kapılarak, "Ne-ne oldu, bir şey mi var?" diye sordu. Korkuyla, Jason'ın notun kitabın içinde durduğunu hatırladığını ve okumuş olduğundan şüphelendiğini düşündü.

Jason, onu, "Evet, var," diye paylayarak, yüzünde kendisininkine benzer bir ifadeyle Victoria'ya bakan Miss Kirby'ye döndü. "Johanna, köyde ona okuma öğretebilecek bir öğretmen biliyor musun?"

"Bana okuma öğretecek bir öğretmen mi?" Victoria, esmer kızın güzel yüzündeki küçümseme ve acıma ifadesinden kalbi sıkışarak Jason'ın sözünü kesmişti. "Bu çok aptalca, benim öğretmene ihtiyacım yok –ben okumayı gayet iyi biliyorum."

Jason Victoria'nın sözlerini duymazdan gelerek Miss Kirby'ye baktı. "Buraya gelip ona ders verebilecek birini tavsiye edebilir misin?"

"Edebilirim sanırım, lordum. Papaz Mr. Watkins gelebilir sanırım."

Victoria, yüzünde çok fazla hakarete tahammül etmek zorunda kalmış ve artık bir hakarete daha dayanma gücü kalmamış birinin ifadesiyle, sertçe, "Bu gerçekten çok saçma," dedi. "Öğretmene ihtiyacım yok. Ben okumayı *biliyorum.*"

Jason'ın yüzü bir anda buz gibi oldu. "Bana bir daha asla yalan söyleme," diye uyardı. "Yalancılara hiç tahammülüm yoktur – özellikle de yalan söyleyen kadınlara. Çok iyi biliyorsun ki tek kelime bile okuman yok!"

Victoria öfkeyle, "İnanamıyorum!" derken Miss Kirby'nin dehşet dolu iç çekişinin farkına bile varacak halde değildi. "Sana okuyabilirim dedim!"

Bu öfkeyi kızın onu kandırmak için oynadığı oyunun bir parçası sanarak sabrı iyiden iyiye taşan Jason, uzun uzun üç adım atarak masanın başına geldi, kitabı alıp Victoria'nın eline tutuşturdu. "Oku öyleyse!"

Kendisine, özellikle de düştüğü durumu çok eğlenceli bulduğunu saklama zahmetine bile katlanmayan Miss Kirby'nin önünde, bu şekilde davranılmasından dolayı kızmış ve gururu incinmiş olan Victoria, küçük kitabın kapağını sertçe açtı ve parfümlü kâğıdı gördü.

Jason alay ederek, "Haydi," dedi. "Oku da görelim."

Victoria bilhassa ağırdan alarak adama yan yan baktı. "Bunu yüksek sesle okumamı istediğinden kesin emin misin?"

Jason sert sert "Evet, sesli sesli oku," diye yanıtladı.

Victoria en masum tavrını takınarak, "Miss Kirby'nin önünde mi?" diye sordu.

"Ya oku, ya da okuma bilmediğini kabul et," diye çıkıştı Jason.

"İyi o zaman," dedi Victoria. Boğazından yükselen kahkahayı bastırmaya çalışarak, dramatik bir ifadeyle okumaya başladı: *"Sevgili Jason, seni çok özledim. Saatleri sayarak, sabırsızlıkla gelişini bekliyorum. Sana bu güzel şiirleri, okurken beni ve birbirimizin kollarında geçirdiğimiz o tatlı geceleri düşünmen ümidiyle gön–"*

Jason kitabı kızın elinden çekip aldı. Victoria kaşlarını kaldırarak adamın gözlerinin içine baktı ve sakin sakin, "Not Fransızca yazılmıştı, ben okurken çevirdim," diye hatırlattı.

Sonra Miss Kirby'ye dönerek neşeli bir sesle, "Dahası da vardı, tabii, ama bence etrafta iyi yetişmiş genç hanımlar varken böyle şeylerin ortada bırakılması pek uygun değil. Ya sizce?" Ardından, ikisinin de cevap vermesine fırsat bırakmadan dönüp, başı yukarıda, odadan çıktı.

Leydi Kirby ayrılmak üzere holde bekliyordu. Victoria iki kadına soğukça bir hoşça kal dedikten sonra, Jason'ın hanımlar gider gitmez açığa vuracağını düşündüğü gazabından kaçmak umuduyla merdivenlerden çıkmaya koyuldu. Ancak Leydi Kirby'nin gider ayak söylediği şeyler Victoria'nın beyninde öyle yankılandı ki başka her şeyi silip götürdü. Leydi Kirby, Northrup'un tuttuğu pelerinini giyerken, "Lord Fielding'in nişanı bozmasına üzülme, hayatım," diye seslendi. "Zaten gazetedeki nişan ilanına fazla inanan olmamıştı. Herkes sen buraya gelir gelmez Lord Fielding'in nişanı atmanın bir yolunu bulacağından emindi. Çapkının hiç kimseyle evlenmeyeceğini bilmeyen var mı ki?"

Charles kadını arabasına kadar eşlik etme bahanesiyle çabucak kapıdan dışarı itti, Victoria da merdivenlerde hırsla döndü. Öfkesinden titreyerek, güzel, hiddetli bir tanrıça gibi dimdik bakışlarla Jason'a baktı. Hırsla, "Bu da ne demek oluyor?" diye hesap sordu, "Bozulduğunu söylediğin nişan *bizim nişanımız* mıydı yani?"

Jason'ın tek cevabı çenesinin kasılması oldu, ama sessizliği ikrarını belli ediyordu. Victoria dehşetten donakalmış hizmetkârları hiç umursamadan, gözlerinden mavi kıvılcımlar saçarak ateşe başladı: "Buna nasıl cüret edersin? Herkesin seninle evlenmeyi düşünebileceğimi sanmasına nasıl izin verebilirsin? Seninle asla–"

Jason Victoria'nın sözünü keserek alaycı bir tavırla, "Sana evlenme *teklif ettiğimi* hatırlamıyorum," dedi. "Ama yine de, olur da boş bulunup teklif *edecek olursam*, düşünceli davranıp reddedeceğini bilmek içimi rahatlattı."

Victoria, kendisi soğukkanlılığını yitirdiği halde adamı hiç sarsamamış olduğu için sinirinden ağlamak üzereydi. Yüzünde korkunç bir kınama ifadesiyle ağzına geleni söylemeye başladı: "Sen soğuk, taş kalpli, kendini beğenmiş, duygusuz bir canavarsın, hiç kimseye, hiçbir şeye saygın yok, ölmüşlere bile! Aklı olan hiçbir kadın seninle evlenmek istemez! Sen–". Sesi titremeye başlamıştı, dönüp koşarak merdivenlerden yukarı çıktı.

Jason aşağıdan kızın gidişini izlerken, iki uşak ve kahya yerlerine mıhlanmışcasına hareketsiz, korku içinde efendilerinin kıza olan öfkesini birilerine boşaltacağı anı bekliyorlardı. Uzun bir sessizliğin ardından, Jason ellerini ceplerine sokup donakalmış baş uşağa döndü, kaşlarını kaldırarak , "Sanırım beni yerin dibine batırdı desek yanlış olmaz, ha, Northrup," diye sordu.

Northrup yutkundu ama hiçbir şey demedi. Jason merdivenleri çıktıktan sonra dönüp yukarıdan uşaklara bakarak, "İşinizin başına dönün, bunun da dedikodusunu yapmaya kalkışmayın," diye uyardı. Kendi odasına doğru uzaklaştı.

O'Malley hayretler içinde öteki uşağa dönüp, "Hanımefendi bana ağrıyan dişim için ilaç hazırlamıştı," diye fısıldadı. "Acaba o arada lord hazretlerine de sinirini geçirecek bir ilaç filan yapmış olabilir mi ki?" Cevap beklemeden doğruca mutfağa yönelip Mrs. Craddock'la mutfak çalışanlarını az önce şahit olduğu inanılmaz olaydan haberdar etmeye koştu. Mösyö André gideli beri –Amerika'dan gelen genç hanım sağ olsun– mutfak arada bir uğranıp bir iki dakika geçirilebilecek keyifli bir yer olmuştu -tabii Northrup'un şahin bakışları başkasının üzerine odaklandığı zaman.

Bir saat içerisinde, evin iyi eğitilmiş, uymaları gereken kuralları kusursuz bir şekilde bellemiş bütün hizmetkârları, merdivenlerde geçen sahnenin hikâyesini dinlemiş, kulaklarına inanamamışlardı. Bir yarım saat daha geçtikten sonra, lord hazretlerinin aşırı bir tahrik karşısında buz gibi vakarından sıyrılıp sıcak ve insani bir tutum takındığı haberi, evden ahırlara ve bekçilerin kulübelerine kadar yayılmıştı.

Yukarıda Victoria, elleri bastırmaya çalıştığı öfkeden titreyerek saçındaki firketeleri çıkarıp soyundu. Gözyaşlarını tutmaya çalışarak şeftali rengi elbiseyi gardroba asıp sırtına bir gecelik geçirdi ve yatağa girdi. Dalga dalga her yanına sıla hasreti yayılmıştı. Buradan gitmek, Jason Fielding ve Leydi Kirby gibi insanlardan bir okyanus öteye kaçmak istiyordu. Annesi de muhtemelen İngiltere'den aynı nedenle ayrılmış olmalıydı. Annesi... Güzel, tatlı annesini düşününce bastırdığı hıçkırıkları salıverircesine derin derin içini çekti. Leydi Kirby, Katherine Seaton'ın eline su bile dökemezdi!

Eski günlerdeki mutlu hayatının anıları ardı ardına gelip Wakefield'deki yatak odasını doldurdular. Annesi için bir demet kır çiçeği toplarken üstünü başını kirlettiği gün geldi aklına. Demeti annesine uzatırken, *"Bak, anne, hiç bunlardan daha güzel bir şey gördün mü?"* demişti. *"Bunları senin için topladım – ama elbisem kirlendi."*

Annesi, *"Gerçekten de çok güzelmişler,"* diyerek kirlenen elbiseye hiç aldırmadan ona sarılmış, *"Ama ben asıl senden daha güzel bir şey görmedim hiç..."* diye eklemişti.

Sonra, yedi yaşındayken ateşli bir hastalığa yakalanıp ölümden döndüğü zamanı hatırladı. Annesi geceler boyunca başucunda oturup, o yarı baygın sayıklarken yüzünü ve kollarını ıslak süngerle silip durmuştu. Beşinci gece kendine geldiğinde, kendisini annesinin kollarında, yüzü annesinin yanaklarında süzülen yaşlarla ıslanmış bulmuştu. Daha kızının uyandığının farkında olmayan Katherine öne arkaya sallanarak ağlıyor, tekrar tekrar aynı duayla yakarıp duruyordu: *"Ne olur, Tanrım kızım ölmesin. Daha çok küçük, karanlıktan da çok korkar. Tanrım, ne olur..."*

Victoria, Wakefield'deki kabarık, yumuşacık yatakta yüzünü ipek kozasına benzeyen yastığa gömdü, vücudu hıçkırıklarla sarsılarak ağlamaya başladı. "Ah, anne," diye kesik kesik hıçkırıyordu. "Ah, anne, seni öyle özledim ki..."

Jason kızın kapısının önünde durup kapıya vurmak için elini kaldırdı, ama ağladığını duyunca durdu, alnında derin bir çizgi belirdi. Kızın ağlayıp içini boşaltırsa muhtemelen kendini daha iyi hissedeceğini düşündü. Öte yandan, bu şekilde ağlamaya devam edecek olursa kendisini hasta edeceği de kesindi. Birkaç saniye süren bir kararsızlığın ardından kendi odasına gidip bir bardağa biraz brendi koydu, elinde bardakla tekrar kızın odasına geldi.

Kapıya vurdu –ne de olsa daha önce kız öyle buyurmuştu– ama cevap gelmeyince kapıyı açıp içeri girdi. Kızın yatağının başında durup, omuzlarının hissettiği acının şiddetini dışa vuran hıçkırıklarla sarsılışını izledi. Kadınların ağladığını daha önce de görmüştü, ama o yaşlar hep bir erkeğin iradesini kırmak için, bilerek ve zarifçe dökülen gözyaşlarıydı. Victoria ise merdivende öfkeli bir savaşçı gibi dimdik durup ona mızrak gibi sözler fırlatmış, sonra da tek başına ağlamak için odasına çekilmişti.

Jason elini kızın omuzuna koydu. "Victoria–"

Victoria sırt üstü dönüp sertçe dirseklerinin üzerinde doğruldu. Gözleri ıslak mavi bir kadife gibi koyuydu, sık, siyah kirpikleri yaşlarla parıldıyordu. Kısık ama buyurgan bir sesle, "Çık dışarı," dedi. "Hemen şu anda çık odamdan, biri seni görmeden!"

Jason karşısında duran kızgın, mavi gözlü güzelin öfkeden al al olmuş yanaklarına, omuzlarına dökülen kızıl saçlarına baktı. Yakası kapalı, ciddi, beyaz geceliği ile şaşkın, kalbi kırık bir çocuğun masum güzelliğine sahipti genç kız; ama çenesinin kararlı dikliğinde bir meydan okuma ifadesi ve gözlerinde çakmak çakmak öfkeli bir gurur vardı. Bu haliyle onu kendisini hafife almaması konusunda uyarır gibiydi. Jason'ın aklına, kızın kütüphanede o notu sesli sesli okuyup, sonra da kendisini kızdırmaktan aldığı zevki gizlemek için hiçbir çaba göstermeksizin, küstahça kendisini süzmesi geldi. O güne kadar ona karşı gelmeye cüret edebilen tek kadın Melissa olmuştu, o da bunu gizli gizli yapmıştı. Victoria Seaton ise doğruca yüzüne karşı ona meydan okuyordu, Jason bu yüzden ona neredeyse hayranlık duyuyordu.

Adam durduğu yerden kıpırdamayınca, Victoria sinirli bir hareketle gözyaşlarını silip örtüleri çenesine kadar çekti; yavaş yavaş doğrulup oturdu, sırtını yastığına dayadı. Öfkeyle, "Burada olduğunu bilseler herkes ne der, farkında mısın?" diye fısıldadı. "Hiçbir ilken yok mu senin?"

Jason utanmazca, "Hiç yoktur," diye itiraf etti. "İlkeleri sevmem, pratik olmayı tercih ederim." Victoria'nın gözlerinde çakan şimşekleri görmezden gelerek yatağa oturdu ve bardağı kıza uzattı. "Al, iç bunu."

İçindeki kehribar rengi sıvıdan yayılan sert alkol kokusunu

alması için bardağı Victoria'nın yüzüne yaklaştırdı. Victoria başını iki yana sallayarak "Hayır," dedi. "Kesinlikle olmaz."

Jason sakin sakin "İç," dedi, "yoksa zorla boğazından aşağı dökerim."

"Dökemezsin!"

"Dökerim, Victoria, inan bana. Haydi, şimdi uslu uslu iç şunu. İyi gelecek."

Victoria tartışmanın bir faydası olmayacağını anlamıştı; fiziksel bir mücadeleye de giremeyecek kadar bitkindi. Kehribar rengi içkiden gönülsüzce bir yudum aldı, bardağı adamın eline tutuşturmaya çalışarak, "Çok iyi geldi," diye bir yalan attı.

Jason'ın gözlerinde neşeli bir pırıltı belirdi. Kızın bu hali onu eğlendirmişti, ama konuştuğunda sesi hâlâ otoriter çıkıyordu: "Kalanını da iç."

Victoria fırsattan istifade, "*Eğer* içersem, gidecek misin?" diye sordu. Adam başını sallayınca bardağı dudaklarına götürüp, tadı kötü bir ilacı içer gibi bir an önce bitirmeye çalışarak hızlı hızlı iki koca yudum daha aldı; sonra da iki büklüm olup yakıcı sıvı midesine kadar inerken aksırdı. Yanmış boğazından zorla çıkan kısık sesiyle "Korkunç bir şey," diyerek sırtını tekrar yastıklara dayadı.

Birkaç dakika boyunca Jason sessizce durup brendinin rahatlatıcı sıcaklığının kızın her yanına yayılmasını bekledi. Sonra sakin bir sesle konuşmaya başladı: "Öncelikle, gazeteye nişan ilanımızı veren ben değildim, Charles'dı. İkincisi, ben seninle nişanlı olmayı ne kadar istemiyorsam sen de en az o kadar istemiyorsun, doğru değil mi?"

Victoria, "Kesinlikle," diye karşılık verdi.

"İyi ya, nişanlı *değiliz* işte, öyleyse ne diye ağlıyorsun?"

Victoria adama kibirli, küçümseyici bir bakış attı. "Asla öyle bir şey yapmıyordum."

"Öyle mi?" Jason yüzünde eğlendiğini belli eden bir ifadeyle kızın kıvrık kirpiklerinde hâlâ parıldayan gözyaşlarına bakarak ona kar gibi beyaz bir mendil uzattı. "Öyleyse neden burnun kızarmış, yüzün şiş, rengin atmış, ve–"

Victoria brendiden kaynaklanan huzursuz bir kıkırtıyla gülerek burnunu kibarca sildi. "Bunu yüzüme vurman hiç centilmence değildi."

Adamın sert hatları hafif, tembel bir gülümsemeyle yumuşadı. "Kesinlikle sana bir centilmen olduğumu düşündürecek bir şey yapmadım!"

Adamın sesindeki abartılı keder tınısı Victoria'yı güldürdü. "Kesinlikle," diye hak verdi. Brendiden bir yudum daha alıp yaslandığı yerde biraz kaykıldı. "O gülünç nişan konusu yüzünden ağlamıyordum –ona yalnızca çok sinirlendim."

"Öyleyse neden ağlıyordun?"

Victoria bardağı iki avucu arasında yuvarlayarak içinde sallanan sıvıyı inceledi. "Annem için ağlıyordum. Leydi Kirby'nin anneme laf etmesine öyle öfkelendim ki ne diyeceğimi bilemedim." Kirpiklerinin altından adama kaçamak bir bakış attı. Onun kendisini ilk kez samimi bir ilgiyle dinlediğini görünce de kesik kesik anlatmaya devam etti. "Annem çok iyi, nazik, tatlı bir insandı. Ne kadar harika bir insan olduğunu düşünmeye başlayınca kendimi tutamadım. Annemle babam öldüğünden beri böyle... nasıl desem, böyle garip nöbetler geliyor sanki, bir an kendimi gayet iyi hissediyorum, sonra birden bire onları korkunç bir şekilde özlemeye başlıyorum ve bu da beni ağlatıyor."

Jason yavaşça "Sevdiğin insanlar için ağlaman çok doğal," dedi. Sesi öyle yumuşaktı ki Victoria konuşanın o olduğuna güçlükle inanabildi.

Şimdi adamın odada olması ve kalın, yumuşak sesi Victoria'ya garip bir şekilde rahatlatıcı gelmeye başlamıştı. Suçlu suçlu başını iki yana sallayarak, "Aslında kendim için ağlıyorum," diye itiraf etti. "Onları kaybettiğim için kendime acıdığımdan ağlıyorum. Bu kadar yüreksiz olduğumu hiç bilmezdim."

Jason yine yavaşça cevap verdi: "Çok yürekli erkeklerin de ağladığını gördüm, Victoria."

Victoria adamın yüzüne bakıp sert, düzgün hatlarını inceledi. Yüzüne vuran mum ışığının yumuşatıcı etkisine rağmen, yine de hiçbir şeyin incitemeyeceği üstün bir varlığa benziyordu. Onu gözlerinde yaşlarla hayal etmek mümkün değildi. Brendinin etkisiyle üzerine her zamankinden farklı bir rahatlık gelmiş olan Victoria, başını hafifçe yana eğerek yumuşak bir sesle "Sen hiç ağladın mı?" diye sordu.

Jason katı ve kibirli bir sesle "Hayır," diye karşılık verdi. Adamın ifadesi gözleri önünde öyle ani ve belirgin bir şekilde değişmişti ki, Victoria şaşkınlık içinde kalmıştı.

Onu yumuşatma ümidiyle, sesinde şakacı bir tınıyla "Küçükken bile ağlamaz mıydın?" diye sordu.

Adam kısaca "O zaman bile ağlamazdım," diye kestirip attı.

Ani bir hareketle kalkmaya davrandı ama Victoria düşünmeden elini uzatıp adamın koluna koydu. Adamın gözleri gömleğinin kolunda duran ince uzun parmaklardan yüzünde bir cevap arayan iri gözlere gitti. Victoria, yaşadıkları ateşkes anını uzatma ve güçlendirme çabasıyla, beceriksizce, "Mr. Fielding," diye söze başladı. "Burada olmamdan hoşlanmadığınızı biliyorum, ama fazla uzun kalmayacağım. Yalnızca Andrew beni almaya gelinceye kadar..."

Jason omuzlarını soğukça silkerek, "İstediğin kadar kal," diye cevap verdi.

"Teşekkür ederim." Victoria'nın güzel yüzünden adamdaki ani değişiklik karşısında ne kadar şaşkın olduğu belli oluyordu. "Ama benim söylemeye çalıştığım şuydu: Biraz daha dostça bir ilişki içinde olsak çok sevinirdim."

"Acaba 'biraz daha dostça bir ilişki' derken neyi kast ediyorsunuz, hanımefendi?"

Brendi yüzünden algıları uyuşmuş olan Victoria, adamın sesindeki alay tonunu fark etmemişti. "Şey, çok iyi bilmiyorum ama uzaktan akrabayız, değil mi?" Durup adamın bilmece gibi yüzünde bir sıcaklık belirtisi aradı. "Charles Amca'yla ikinizden başka hayatta hiç akrabam kalmadı. Acaba birbirimize iki kuzen gibi davranamaz mıyız?"

Kızın teklifi Jason'ı şaşırtmış ve eğlendirmiş gibi görünüyordu. "Davranabiliriz sanırım."

"Teşekkür ederim."

"Haydi, şimdi biraz uyu."

Victoria başını sallayarak örtülerin altına doğru kaydı. "A, unutmuşum, bir de özür dilerim – yani sinirliyken söylediğim şeyler için."

Adamın dudakları kıvrılır gibi oldu. "Söylediğin şeyler için pişman mısın?"

Victoria kaşlarını kaldırarak uykulu, azıcık edepsizce bir gülümsemeyle adama baktı. "Her kelimesini hak etmiştin."

Jason gülerek, "Haklısın," diye yanıtladı. "Ama şansını fazla zorlama." Uzanıp kızın gür saçlarını karıştırma isteğini bastırarak dönüp odasına gitti. Bir brendi de kendine doldurdu, sonra oturup ayaklarını koltuğunun önünde duran sehpanın üzerine uzattı. Kendi kendine gülerek, Victoria Seaton'ın onda uyandırdığı bu tuhaf koruma içgüdüsünün sebebini düşündü. Kız geldiğinde niyeti onu hemen Amerika'ya geri yollamaktı. Üstelik bu, kız evin altını üstüne getirmeden *önceydi*. Belki de neden, kızın böylesine çaresiz ve savunmasız; genç ve narin olmasının içinde uyandırdığı babalık duygusuydu. Belki, kızın saflığı ve samimiyetiyle dengesini bozması yüzündendi... Ya da belki sanki ruhunu görmeye çalışırcasına bakan o gözler yüzünden. İçin için kendi haline gülerek, *"Hiç cilvesi, işvesi yok,"* diye düşündü, *"ihtiyacı da yok; o gözler ermiş olsa insanı baştan çıkarır."*

SEKİZ

"Dün gece için ne kadar üzgün olduğumu anlatacak kelime bulamıyorum." Sabah kahvaltıda Charles, Victoria'yı endişeli ve üzgün bir yüzle karşılamıştı. "Jason'la nişanlandığınızı ilan etmem hataydı, ama ikinizin uygun bir çift olabileceğinizi öyle umut etmiştim ki. Leydi Kirby'ye gelince, yaşlı cadının tekidir. Kızı da iki yıldır Jason'ın peşinden koşup duruyor, zaten onun için ikisi de koşa koşa seni görmeye geldiler ya."

Victoria nazikçe "Bütün bunları tekrar açıklamaya gerek yok, Charles Amca," dedi. "Kimseye bir şey olmadı."

"Olmadı belki ama diğer tüm sevimsiz özelliklerinin yanı sıra Kirby dedikoducuların da şahıdır. Şimdi senin burada olduğunu biliyor ya, bilmeyen kalmasın diye elinden geleni yapar artık. Bu da demek oluyor ki, yakında evimiz seni görmeye gelen meraklı misafirlerle dolup taşacak. Yani, kimse iki erkekle bir evde yaşadığın için arkandan bir laf edemesin istiyorsak, uygun bir hanım refakatçiye ihtiyacın olacak."

Jason içeri girmiş, Victoria da hemen bir gece önceki ateşkesleri gün ışığından etkilenmemiş olsun diye içinden dua etmeye başlamıştı. Charles bakışlarını oğluna çevirerek, "Jason, Victoria'ya bir refakatçiye ihtiyacı olduğunu anlatıyordum," dedi. "Flossie Wilson'a haber gönderdim." Flossie Wilson, Charles'ın hiç evlenmemiş halasıydı ve zamanında küçük Jamie'nin de bakımına yardım etmişti. "Tam bir ahlak kumkumasıdır, biraz da gevezedir, ama tek kadın akrabam ve

Victoria için düşünebildiğim tek uygun refakatçi de o. Biraz tuhafsa da, toplum içinde nasıl davranılacağını iyi bilir."

Jason umursamazca "Güzel," diyerek gelip Victoria'nın sandalyesinin yanında durdu. Yukarıdan kıza doğru bakarak, yüzünde anlaşılmaz bir ifadeyle, "Umarım dün gece brendiyle sızmandan kalma bir sıkıntın yoktur?" dedi.

Victoria neşeli neşeli, "Hiçbir sıkıntım yok," diye cevap verdi. "Aslında, tadına alışınca bayağı hoşuma gitti."

Geniş bir gülümseme, Jason'ın güneş yanığı yüzüne tembelce yayıldı ve Victoria'nın yüreği hop etti. Jason Fielding'in gülümsemesi bir buzdağını bile eritebilirdi! "Dikkat et de fazla hoşuna gitmesin... kuzen." Son kelimeyi şakalaşır gibi söylemişti.

Jason'la arkadaş olma planlarına dalan Victoria, iki erkeğin bundan sonraki konuşmalarına dikkat etmeden hayaller kuruyordu ki, Jason'ın kendisiyle konuştuğunu fark etti: "Beni duydun mu, Victoria?"

Victoria boş boş bakarak, "Özür dilerim, dinlemiyordum," diye karşılık verdi.

Jason, "Cuma günü, Fransa'dan yeni dönen bir komşumuz ziyarete gelecek," diye sözlerini tekrarladı. "Eşini de yanında getirirse, seni onunla tanıştırmak isterim." Victoria'nın, Jason'ın bu dostça bir girişim gibi görünen sözleri karşısında duyduğu bir anlık mutluluk, arkasından gelen açıklamayla sönüverdi: "Collingwood Kontesi, toplum içinde nasıl davranman gerektiği konusunda sana mükemmel şekilde örnek olacak bir hanımdır. Onun davranışlarını dikkatlice gözleyip örnek alırsan, akıllılık edersin."

Victoria kızardı. Kendini birileri kendisine örnek gösterilen terbiyesiz bir çocuk gibi hissediyordu. Üstelik, geldiğinden beri dört İngiliz soylusuyla tanışmıştı bile. Charles, Jason, Leydi Kirby ve Miss Johanna Kirby. Charles hariç, hepsini de anlaşması çok güç insanlar olarak görüyor ve ikisiyle daha tanışma fikrine hiç de sıcak bakmıyordu. Yine de, ağzına kadar gelen alaycı cevapları ve endişelerini bastırarak, "Teşekkür ederim," dedi, "ikisiyle de tanışmak için sabırsızlanıyorum."

Victoria bunu izleyen dört günü mektup yazarak ya da Charles'ın yanında geçirdi. Beşinci gün öğleden sonra, mutfağa, Willie için bir tabak daha yemek artığı almaya indi.

Mrs. Craddock onu tatlı tatlı uyardı: "Böyle beslemeye devam ederseniz o hayvancağız at gibi olacak."

Victoria da kadının gülümsemesine karşılık vererek, "Daha oralara çok yolu var," diye yanıtladı. "Şurada duran şu büyük kemiği de alabilir miyim acaba? Yoksa çorba için mi ayırmıştınız?"

Mrs. Craddock kemiği çorba için saklamadığını söyleyerek Victoria'ya uzattı. Victoria ona teşekkür edip çıkmak üzereydi ki, aklına bir şey gelerek geri döndü. "Dün akşam, Mr. Fiel– yani lord cenapları," Jason adı bile geçince hizmetkârların donup kaldığını fark ederek sözünü düzeltme gereği hissetmişti, "dedi ki daha önce hiç bu kadar güzel kızarmış ördek yememiş. Size de söylemeyi akıl etti mi bilmiyorum." Oysa Jason'ın zahmet edip böyle bir şey yapmayacağından adı gibi emindi, "Ama bilmek hoşunuza gider diye düşündüm."

Mrs. Craddock'ın tombul yanakları zevkle pembeleşti. Kibarca, "Teşekkür ederim, leydim," diye karşılık verdi.

Victoria gülümseyerek kadına bu hitap şeklinin gereksiz olduğunu anlatmak istercesine bir el hareketi yaptı ve kapıdan çıkıp gözden kayboldu.

Victoria'nın arkasından Mrs. Craddock diğerlerine dönerek, "İşte *hakiki* hanımefendi böyle olur," dedi. "Nazik, kibar... Hiç o Londra'da gördüğünüz donuk suratlı küçük hanımlara, ya da lord cenaplarının arada buraya getirdiği o kendini beğenmişlere benziyor mu? O'Malley diyor ki, kontesmiş bu. Geçen gece lordum Leydi Kirby'ye söylerken işitmiş."

Victoria yemek artıklarını dokuz gündür Willie'ye yemek verdiği yere götürdü. Hayvan genellikle yaptığı gibi ağaçların arkasında, güvenli bir mesafede birkaç dakika beklemek yerine, onu görür görmez ileri çıkıp birkaç adım yaklaştı. Victoria yavaşça gülerek, "Gel," dedi, "gel bak sana ne getirdim."

Kurşuni ve siyah kürklü koca köpek ilk kez neredeyse kendini okşatacak kadar yakınına sokulunca, Victoria'nın kalbi bir zafer neşesiyle hızlı hızlı çarptı. Tatlı bir sesle konuşarak ve tabağı göstererek ağır ağır hayvana yaklaşmaya başladı: "Eğer bana kendini sevdirirsen, Willie, sana bu akşam yemekten sonra nefis bir kemik daha getiririm."

Hayvan kıza korku ve güvensizlik karışımı bir ifadeyle bakarak biraz ötede durdu. Victoria, "Bunu istediğini biliyorum," diye devam ederek hayvana azıcık daha yaklaştı. "Ben de seninle dost olmak istiyorum." Ağır ağır eğilip elindeki tabağı yere, hayvanlara aralarına koydu. "Herhalde bu yemeğin bir çeşit rüşvet olduğunu düşünüyorsundur, eh, haksız da sayılmazsın. Ben de senin kadar yalnızım, ikimiz çok iyi dost olabiliriz. Daha önce hiç köpeğim olmamıştı, biliyor musun?"

Köpek yemeği açgözlü bakışlarla şöyle bir süzdü, sonra parlak gözlerini tekrar kızın yüzüne çevirdi. Bir an durduktan sonra, gözlerini kızdan hiç ayırmadan tabağa biraz yaklaştı ve yemeğe kurt gibi saldırdı. O yerken, Victoria güven telkin etmeye çalışarak konuşmayı sürdürdü. "Mr. Fielding sana bu ismi verirken aklından ne geçiyordu hiç bilemiyorum. Hiç de öyle Willie adı verilecek bir köpeğe benzemiyorsun sen. Ben olsam sana Kurt ya da Kral gibi bir isim verirdim; görünüşüne uygun, vahşi bir isim."

Tabaktaki yiyecekler biter bitmez köpek geri geri giderek uzaklaşmaya başladı, ama Victoria hemen sol elinde tuttuğu kocaman kemiği uzatarak, "Bunu yemek istiyorsan gelip elimden almalısın," diye şartını söyledi. Hayvan yalnızca bir an kemiğe baktıktan sonra koca ağzıyla uzanıp kemiği sıkıca kaptı ve Victoria'nın elinden çekip aldı. Victoria köpeğin hemen arkasını dönüp kemikle beraber ormana kaçacağını sanmıştı, ama beklediği gibi olmadı. Hayvan bir an gergin ve sıkıntılı bir ifadeyle yerinde sallandıktan sonra kendini olduğu yere, Victoria'nın ayakları dibine bırakıp kemiği koca dişleriyle kemirmeye başladı. Victoria'ya birden talih yüzüne gülüyormuş gibi geldi. Artık kendini Wakefield'de istenmeyen biri gibi hissetmiyordu. Her iki Fielding'le de artık dost olmuştu, üstelik yakında Willie de onunla arkadaşlık etmeye başlayacaktı. Çömelip köpeğin koca kafasını okşadı. Sivri dişlerinin kemiği un ufak edişini seyrederek, "Seni iyice bir fırçalamak lazım," dedi. Sonra dalgın dalgın devam etti: "Keşke Dorothy de seni görebilseydi. O hayvanları çok sever, hayvanların dilinden çok iyi anlar. Burada olsa sana bir çırpıda ne numaralar öğretirdi." Bu düşünceler üzerine yüzüne hüzünlü bir gülümseme yayıldı, ardından içine bıçak gibi bir yalnızlık sancısı saplandı.

Ertesi gün ikindi vakti, Northrup gelip Victoria'ya Lord Collingwood'un geldiğini ve Lord Fielding'in kendisini çalışma odasında beklediğini haber verdi.

Victoria tuvalet masasının aynasında kendine endişeli bir bakış attıktan sonra oturup saçlarını Leydi Kirby yaşında soğuk ve kibirli bir aristokratla tanışmaya uygun bir şekilde, düzgün ve derli toplu bir topuz yaptı.

"Buraya gelirken arabanın dingili kırılmış, iki köylü de onu yanlarına alıp buraya getirmişler." Jason yüzünde hafif bir gülümsemeyle Robert Collingwood'a Victoria'nın geldiği günü anlatıyordu. "Sandığını arabadan indirirlerken, içeriden iki domuz yavrusu kaçmış, Victoria da tam Northrup kapıyı açarken bunlardan birini tutuvermiş. O da Victoria'yı kucağında domuzla görünce köyden bir kız sanıp teslimat için arka kapıya gitmesi gerektiğini söylemiş. Victoria dönüp gitmek yerine durumu açıklamaya çalışınca da bir uşağa onu dışarı atması için emir vermiş." Jason misafirine bir kadeh bordo doldurup uzattı.

Kont gülerek, "Aman Tanrım," dedi, "ne karşılama!" Sonra, "Mutluluğunuza ve müstakbel eşinin hep böyle sabırlı olmasına," diyerek kadehini kaldırdı.

Jason'ın kaşları çatılıverdi.

Arkadaşının yüzündeki ifadeyi, kadeh kaldırırken söylediği cümleyle ilgili zanneden Robert sözlerini açıklamaya çalıştı: "O anda gerisin geriye gönüp Amerika'ya giden ilk gemiye atlamadığına göre, bence Miss Seaton çok sabırlı biri olmalı. Bu da bir eş için makbul bir özellik."

Jason ifadesiz bir yüzle, "*Times*'daki nişan ilanı Charles'ın işiydi," dedi. "Victoria, Charles'ın uzaktan akrabası oluyor. Ailesini kaybettiğini ve buraya onun yanına geleceğini duyunca Charles onu benimle evlendirmeye karar vermiş."

"Sana sormadan mı?" Robert'ın duyduklarına inanamadığı belli oluyordu.

"Nişanlanmış olduğumu herkes nasıl öğrendiyse ben de aynen öyle öğrendim, yani *Times*'tan."

Kontun sıcak bakışlı kahverengi gözleri anlayışlı bir neşeyle parladı. "Tahmin ederim çok şaşırmışsındır."

Jason arkadaşının tahminini, "Çok sinirlendim," diye düzeltti. "Hazır bundan bahsediyorken, bugün hanımını da getirirsin diye ummuştum, Victoria'yı onunla tanıştırmak istiyorum. Caroline, Victoria'dan ancak birkaç yaş büyüktür herhalde, arkadaş olabilirler diye düşünüyorum. Samimi söylemek gerekirse, Victoria'nın burada bir arkadaşa ihtiyacı olacak. Duyduğuma göre annesi İrlandalı bir doktorla evlenince sosyetede büyük skandal olmuş. İhtiyar Leydi Kirby de belli ki külleri karıştırmaya pek hevesli. Ayrıca, Claremont Düşesi de Victoria'nın annesinin büyükannesiymiş, anlaşılan o da kızı kabul etmiyor. Victoria aslında bir kontes, ama bu sosyetede kabul görmesi için yeterli olmayacaktır. Tabii ki Charles yanında olacak, onun biraz faydası olur. Kimse yüzüne karşı ters bir şey söylemeye cesaret edemez."

Collingwood, "Arkasında senin olmanın da büyük etkisi olacaktır, onu da unutma," diye hatırlattı.

Jason buna alaycı bir gülüşle karşı çıktı: "Çevreye genç bir kadının erdem ve masumiyetini kabul ettirme konusunda pek olumlu etkisi olmaz."

Robert gülerek hak verdi: "O da doğru."

"Her neyse, Victoria burada henüz Kirby'lerden başka soylu hanımla tanışmadı. Sanırım eşin daha iyi bir örnek olabilir, yoksa hepsini Kirby'ler gibi sanacak. Nitekim, kendisine de Caroline'ı örnek almasını önerdim."

Robert Collingwood, Jason'ın sözünü bir kahkahayla kesti: "Hakikaten Caroline'ı örnek almasını önerdin mi? Dua et de Leydi Victoria sözünü tutmasın. Caroline'ın hali, tavrı kusursuzdur. Sni bile örnek bir hanımefendi olduğuna inandırmış anlaşılan, ama başını dertten kurtarmak hep bana düşer. Ben hayatta Caroline'dan daha fena bildiğini okuyan kadın görmedim." Kont bu sözleri sevgi dolu bir ifadeyle söylemişti.

"Öyleyse, Victoria'yla Caroline çok iyi anlaşacaklar demektir," dedi Jason alaycı bir ses tonuyla.

Robert arkadaşına dikkatle bakarak, "Onunla bayağı ilgilendiğin belli oluyor," diye bir yorumda bulundu.

"Yalnızca gönülsüz bir hami olarak, hepsi bu."

Victoria çalışma odasının kapısı önünde, yeşil elma rengi müslin elbisesinin eteklerini düzeltip kapıya hafifçe vurup içeri girdi. Jason çalışma masasının ardında, yüksek arkalıklı, deri bir koltukta oturmuş, otuzlarının başında bir adamla konuşuyordu. Onu gördükleri anda, iki erkek de konuşmayı kesip, aynı anda ayağa kalktılar. Tesadüfen de olsa bu basit hareketteki uyumları aralarındaki benzerliği vurgular gibiydi. Jason gibi kont da uzun boylu, yakışıklı ve atletik yapılıydı, ama saçları küllü kumral, gözleri de sıcak bir kahverengiydi. Onun da Jason gibi çevresini etkileyen sakin ve otoriter bir havası vardı, ama daha az ürkütücüydü. Gözlerinden mizah pırıltıları saçılıyordu, gülümsemesi ise alaycı değil dostçaydı. Yine de, insanın düşmanı olmasını istemeyeceği birine benziyordu.

Jason'ın ikisini tanıştırması bitince, Victoria yumuşak bir sesle, "Biraz fazla baktımsa kusura bakmayın," dedi. "Ama ikinizi yan yana dururken ilk gördüğümde birbirinize çok benzettim."

Robert Collingwood neşeli bir gülüşle, "Bunu iltifat etmek için söylediğinizden eminim, leydim," dedi.

"Kesinlikle yanılıyorsun." Jason şakacı bir ifadeyle araya girmişti.

Victoria bütün gücüyle uygun bir cevap aradı ama aklına

hiçbir şey gelmedi. Neyse ki kont Jason'a kızmış gibi bakarak onun yerine karşılık verdi: "Bu lafa Miss Seaton ne cevap versin şimdi?"

Victoria Jason'ın yanıtını duymadı, çünkü odada başka biri daha olduğunu fark etmişti. Bu, kontun yanında duran üç yaşlarında, çok tatlı bir oğlan çocuğuydu. Tombul kollarında sıkı sıkı tuttuğu yelkenli gemiyi belli ki unutmuş, sessizlik içinde hayran hayran Victoria'yı seyre dalmıştı. Kıvırcık, kumral saçları ve kahverengi gözleriyle, babasının minyatür bir kopyasıydı. Taba rengi binici pantolonu, kahverengi deri çizmeleri ve taba rengi ceketi bile babasınınkilerin aynısıydı. Victoria çocuğa bayılmıştı, gülümseyerek, oğlana "Sanırım bizi kimse tanıştırmadı," dedi.

Kont ağırbaşlı bir gülümsemeyle, "Affınıza sığınıyorum," dedi. "Leydi Victoria, size oğlum John'u takdim etmeme izin verin."

Küçük oğlan gemisini arkasındaki koltuğa koyup, bütün ciddiyetiyle eğilerek selam verdi. Victoria da selamına derin bir reveransla karşılık verince kıkırdadı. Sonra tombul parmağıyla Victoria'nın saçını göstererek, babasına dönüp çocukça bir zevkle, "Kırmızı," diye fısıldadı.

Robert, "Evet," diye onayladı.

Çocuk, yüzünü parlatan geniş bir gülümsemeyle "Çok güzel," diye fısıldayınca, babası bir kahkaha patlattı. "John, hanımların gönlünü çelmeye çalışacak yaşına çok var daha..."

"A, ama ben hanım değilim ki," dedi Victoria canlı bir sesle, "ben bir denizciyim!" Çocuğun güzel yüzünde kuşkulu bir ifade belirmişti. "Gerçekten, hem de gerçek bir deniz kurduyum. Arkadaşım Andrew'yla ve diğer arkadaşlarımızla birlikte hep gemi yapıp yüzdürürdük. Ama bizim gemilerimiz seninki gibi şahane değildi. Gemini çayda yüzdürelim mi?"

Çocuk başını salladı, Victoria izin almak için dönüp babasına baktı. "Ona çok iyi bakarım," diye söz verdi. "Tabii ki gemisine de."

Kont izin verince John minicik eliyle Victoria'nın elini tuttu, ikisi birlikte dışarı çıktılar.

Robert giden iki maceracının ardından, "Belli ki çocukları seviyor," diye bir yorumda bulundu.

Jason umursamaz bir tavırla, "Daha kendisi çocuk sayılır," diye karşılık verdi.

Kont başını çevirip elini tuttuğu çocukla holü geçmekte olan endamlı genç kadına baktı. Bakışlarını yeniden arkadaşına çevirip kaşını kaldırdı. Bir şey demedi ama eğlendiği belli oluyordu.

Victoria bir saate yakın bir süreyi, John'la beraber göz alabildiğine uzanan çimin içinden kıvrıla kıvrıla akan çayın kıyısında, bir battaniye üzerinde oturarak geçirdi. Bir yandan her yanını ısıtan güneşin tadını çıkarırken, bir yandan da Amerika'dan gelirken yaptığı okyanus yolculuğu sırasında gemilerine saldıran korsanlar ve büyük fırtınalar hakkında hikâyeler uydurup anlatıyordu. John büyülenmiş gibi dinliyor, Victoria'nın Northrup'tan alıp gemiye bağladığı ipin ucunu da sıkı sıkı tutuyordu. Gemisini hep aynı sığlıkta yüzdürmekten sıkılınca, Victoria ipi kendi eline aldı, diğer eliyle de çocuğun elini tuttu, çay boyunca yürümeye koyuldular. Biraz daha aşağılarda, çayın iyice derinleşip zarif, geniş bir taş köprünün altından köpürerek aktığı bir yere vardılar. Sular devrilmiş bir ağacın gövdesi etrafında dönerek girdaplar oluşturuyordu. Victoria ipin ucunu tekrar çocuğun eline verip, "Al bakalım," dedi. "Sakın kaçırma, yoksa gemimiz şuradaki devrik ağaca çarpıp batar."

"Kaçırmam." Çocuk gülümseyerek üç direkli gemisinin köpüren suların arasında batıp çıkmasını seyrediyordu.

Victoria dik kıyıdan aşağı doğru inip, yamacı kaplayan pembe, mavi ve beyaz çiçeklerden bir demet yapmaya koyuldu. O sırada John bir çığlık koparıp elinden kaçırdığı ipin peşinden koşmaya başladı. Victoria hemen "Orada kal," diye bağırarak çocuğun yanına koştu.

Ufaklık ağlamamak için erkekçe bir çaba göstererek, parmağıyla köprünün altındaki ağacın dallarına doğru yüzen küçük gemiyi gösterdi. Kahverengi gözlerine dolan yaşları tutmaya çalışarak, hıçkırır gibi bir sesle, "Gitti," diye fısıldadı. "Onu bana George Amca yapmıştı. Çok üzülecek."

Victoria tereddütle dudağını ısırdı. Su burada oldukça derin görünüyor ve hızlı akıyordu, ama Andrew'yla birlikte gemilerini yüzdürdükleri nehir bundan çok daha azgın olduğu halde kaçan gemilerini defalarca kurtarmışlardı. Başını kaldırıp dik kıyının yukarısını bakışlarıyla taradı, evden görünmeyecek kadar aşağıda olduklarına kanaat getirince kararını verdi.

"Yok, yok," diyerek çocuğa sarıldı, "gemimiz batmadı, yalnızca karaya oturdu. Ben şimdi gidip alırım." Jason'ın aldırdığı ayakkabıları, çorapları ve yepyeni yeşil müslin elbiseyi çabucak çıkardı. Çocuğa dönüp, "Burada otur," dedi, "ben gemiyi alıp geliyorum."

Üzerinde yalnızca ince iç gömleği ve iç eteğiyle, dikkatlice suya girip ilerledi, ayakları yerden kesilince alışık bir şekilde uzun kulaçlarla yüzerek ağacın öteki tarafına yöneldi. Köprünün altında su buz gibi ve derindi, dalların etrafında köpürerek dönüyordu, ama küçük gemiyi bulması zor olmadı. Sağlam ipi dallardan kurtarmaksa oldukça zordu. Daha önce kimsenin yüzdüğünü ya da daldığını görmemiş küçük John'un hayran bakışları altında iki kez dibe daldı. Suyun soğukluğuna ve bacaklarına dolaşan iç eteğine rağmen yüzmek onu canlandırmış, hoşuna gitmişti, sularda olmanın verdiği özgürlük hissinin tadını çıkarıyordu. John'a el sallayarak, "Bu sefer takıldığı yerden kurtaracağım," diye seslendi. Çocuğun peşinden gelmeyeceğinden emin oluncaya kadar bir süre baktı, "Orada otur, hiç kıpırdama," diye bağırdı, "yardıma ihtiyacım yok."

Çocuk uslu uslu başını salladı, Victoria da üşümüş parmaklarıyla ipi takip ederek dibe daldı, suyun altındaki dallardan birine dolandığını görünce de dipten dalın ucuna doğru yüzmeye başladı.

"Northrup beş-on dakika önce köprüye doğru yürüdüklerini gör–" Jason'ın sözleri çok uzaktan gelen bir "İmdat," çığlığıyla kesilmişti.

İki adam beraberce sesin geldiği yöne doğru bir koşu kopardılar. Çimleri uçarcasına geçip çiçeklerle kaplı dik kıyıdan aşağı kaya düşe uzaktaki köprüye doğru seğirttiler. John'u görünce Robert Collingwood oğlunun yanına koştu, çocuğu omuzlarından tutup telaştan tarazlanmış bir sesle, "Nerede o?" diye bağırdı.

Çocuk gülerek, "Köprünün altında," diye yanıtladı. "Ağacın altında, George Amca'nın gemisini kurtarıyor."

"Tanrım! Aptal şey–" Jason bir an bile beklemeden ceketini sırtından atıp suya doğru koşmaya başlamıştı ki sudan gülerek gösterişli bir şekilde yunus gibi fırlayan kızıl saçlı bir deniz kızı göründü. Gözlerini örten ıslak saçlarının arasından, "Aldım onu, John," diye bağırdı.

John ellerini çırparak, "Yaşasın," diye bağırdı.

Jason kayarak durdu, kızın arkasında küçük yelkenli gemiyi sürükleyerek uzun, zarif kulaçlarla kıyıya doğru yüzüşünü seyrederken bir saniye önce her yanını saran korku dağılıp yerini koyu bir öfkeye bıraktı. Çizmeli ayakları ayrık vaziyette, yüzünde hiddet dolu bir ifadeyle, avının yüzerek yaklaşmasını sabırsızca bekledi.

Robert Collingwood kızgın arkadaşına anlayışlı bir bakış atarak oğlunun elini tuttu. Tartışma götürmez bir sesle, "Haydi, eve gidiyoruz, John," dedi. "Sanırım Lord Fielding'in Miss Victoria'ya söylemek istediği şeyler var."

John kendince bir tahminde bulundu: "Teşekkür ederim mi diyecek?"

"Hayır," dedi babası alaycı bir sesle, "teşekkür ederim demeyecek."

Victoria misinanın ucunda yüzen gemiyi çekerek sudan geri geri çıkarken, gittiğini fark etmediği John'la konuşuyordu: "Gördün mü, kurtarırım dememiş miy–" Arkasında duran kaya gibi sağlam bir şeye çarpmış, aynı anda kollarından kavrayan mengene gibi bir çift elin kendisini sertçe çevirmesiyle başı arkaya savrulmuştu.

Jason dişlerini öfkeyle sıkarak, "Seni aptal!" diye hırladı. "Seni küçük salak, boğulabilirdin!"

"Yo... yo... hayır, boğulmazdım." Victoria kendisine öfkeden kudurmuş bakışlarla bakan yeşil gözlerin vahşi pırıltısından ürkmüş, durumu açıklamaya çalışıyordu. "Ben çok iyi yüzerim, hem–"

Jason korkunç bir sesle kızın sözünü kesti: "Geçen yıl çok iyi yüzen bir seyis aynı yerde neredeyse boğuluyordu!"

Victoria, "İyi de, kollarımı kırmanın bir faydası olmaz," diyerek kendini kurtarmaya çalıştı ama nafile, çabalaması yalnızca adamın parmaklarının kolunu daha da sıkmasına neden olmuştu. Göğsü heyecanla kabarıp iniyordu, ama yine de ümitsizce adamın mantığına hitap etmeye çalıştı: "Biliyorum, seni korkuttum, özür dilerim, ama kendimi tehlikeye atmadım. Yanlış bir şey yapmadım."

"Yanlış bir şey yapmadın mı? Kendini tehlikeye atmadın mı?" Kızın sözlerini öfkeyle tekrarlarken Jason'ın gözleri korku dolu nefeslerle inip kalkan göğsüne takıldı. Victoria birden bire sırılsıklam olduğunun ve sırtında incecik iç çamaşırlarından başka bir şey olmadığının farkına vardı, göğüslerinin değdiği yerde Jason'ın gömleğini de ıslatmıştı. "Ya burada benden başka biri olsaydı da kıyıda durup seni seyretseydi – sence neler olurdu?"

Victoria yutkunup dudaklarını ıslattı. Aklına eve geç vakit, karanlık çöktükten epeyce sonra geldiği gece gelmişti. Eve geldiğinde babasının onu aramak için komşuları çağırıp yardım istediğini, beraberce koruyu taramaya çıktıklarını anlamıştı. Babası kızını karşısında görünce ilk başta sevinçten çılgına dönmüştü, ama sonra iki gün boyunca Victoria kabasının üstüne rahatça oturamamıştı. Bunu kafasından atıp havayı yumuşatmaya çalışarak, "Şey, ne olurdu bilmiyorum," diye karşılık verdi. "Sanırım her kimse bana elbiselerimi uzatıp–"

Jason'ın bakışları kızın ıslak dudaklarına, oradan daha aşağılara, üzerine yapışan ıslak iç gömleğinin gözler önüne serdiği kabarık göğüslerine kaydı. Kız onun yüzüne bakmak için başını geriye attığı için göğüsleri davetkâr bir şekilde öne doğru çıkmış, kendisini aksine inandırmaya çalışsa da karşısında duranın bir çocuk değil, alımlı bir kadın olduğunu göstermek istercesine titriyorlardı. Sertçe, "İşte bu olurdu!" diyerek ani bir hareketle dudaklarını kızınkilere bastırdı, onu sert ve vahşi bir şekilde öptü. Kızı cezalandırmak ve utandırmak istiyordu.

Victoria sessizce kıvranarak adamın elinden kurtulmaya, dudaklarını adamın dudaklarının kaba tahakkümünden kurtarmaya çalıştı. Kıvranmasının tek sonucu adamın öfkesini artırmak ve öpüşünü daha da sertleştirmek oldu. Canı yanan Victoria, gözlerinde yaşlarla, ağzı hâlâ adamınkine bitişik bir halde, "Lütfen," diye soludu. "Seni korkuttuğum için özür–"

Adamın elleri yavaşça gevşedi, başını kaldırıp kızın korku dolu gözlerinin içine baktı. Victoria düşünmeksizin kollarıyla göğüslerini kapadı, saçları altın parıltıları saçan ıslak yakutlardan bir perde gibi omuzlarına düşmüş, safir gibi gözleri korku ve üzüntüyle irileşmişti. Sesi titreyerek, neredeyse beş gündür aralarında devam eden ateşkesi koruma gayretiyle "Lütfen," diye fısıldadı, "bana kızma. Seni korkuttuğum için üzgünüm. Ben çocukluğumdan beri yüzme bilirim, ama bugün suya girmemeliydim. Şimdi anlıyorum."

Kızın dolaysız, sitemsiz bir şekilde hatasını kabul etmesi Jason'ı tamamen hazırlıksız yakalamıştı. Servet ve unvan sahibi olalı beri kendisine karşı kullanılmadık hiçbir kadın oyunu kalmamış, hiçbiri de başarılı olamamıştı; Victoria'nın içtenliği, ona doğru kaldırdığı güzel yüzü ve vücuduna yaslanan alımlı vücudunun dokunuşuyla birleşince üzerinde kışkırtıcı bir etki yaratmıştı. Arzu her yanını sarıp kanını tutuşturdu, elleri kızı kendisine doğru çekti.

Adamın elleri kollarını yine sıkmaya başlarken, Victoria adamın gözlerinde ilkel ve korkutucu bir şey görerek irkildi. Kendini geri çekmeye çalıştı, boğazından bir çığlık yükseldi, ama adamın dudakları dudaklarını örtüp sesini bastırdı. Talepkâr bir hareketle onu sessiz ve hareketsiz kalmaya zorladı. Canını yakmayan bir tuzağa düşen korkmuş bir tavşan gibi kıvranarak kurtulmaya çalıştı, ama adamın ellerinin sırtını okşayışıyla sakinleşti. Kendini dudaklarını ustalıkla öpen dudakların içinde tutuşturduğu ateşe bıraktı.

Başı dönerek, tutunacak bir yer arayan ellerini adamın göğsünden yukarı doğru kaydırıp omzuna koydu. Jason bu masum harekete anında karşılık verdi, kolları kızı daha sıkı sardı, öpüşü derinleşti, dudakları ateşli bir açlıkla kızınkileri ezdi. Adını koyamadığı karmakarışık arzular içinde kaybolan Victoria, parmak uçlarında yükselerek vücudunu adamın vücuduna yasladı. Adam inleyerek aralık dudaklarını kızınkilere bastırdı, ısrarla ileri geri hareket ederek kızı dudaklarını aralamaya zorladı; başardığı anda da dilini kızın dudaklarının arasına kaydırıp ağzının yumuşak derinliklerine doğru itti.

Victoria adamın bu yaptığı karşısında dehşete kapılmış bir halde ağzını adamdan kurtarıp onu bütün gücüyle iterek "Yapma!" diye bağırdı.

Jason kızı öyle ani bırakıverdi ki, neredeyse düşmesine neden olacaktı. Sonra sesli sesli, derin bir nefes alıp çok uzun bir süre tuttu. Kız öfkeli bakışlarını Jason'ın göğsünden ayırıp yüzüne dikti, adamın bu yakışıksız öpücüğün bütün suçunu kendisine yükleyeceğinden emindi. Kızgın kızgın, "Herhalde bu da benim hatamdı," dedi. "Hiç kuşkusuz, benim arandığımı söyleyeceksin!" Adam ağzını oynattı, keyifsiz bir şekilde gülümsedi, bir an için Victoria'ya kendini toparlamaya çabalıyormuş gibi geldi.

Nihayet, "Bu gün ilk hatayı sen yaptın," diye karşılık verdi. "Ama bu benim hatamdı. Özür dilerim."

"Ne?" Victoria duyduklarına inanamıyordu.

Jason duraklayarak devam etti. "Benim hakkımda düşündüklerinin aksine, masumları baştan çıkarma gibi bir huyum–"

Victoria gururlu bir sesle adamın sözünü keserek, "Hiç de baştan çıkacak halim yoktu!" diye yalan söyledi.

Adamın gözlerinde alaycı bir parıltı belirdi. "Öyle mi?" Keyiflenince vücudunun gerginliği azalır gibi olmuştu.

"Kesinlikle, bundan emin olabilirsin!"

"Öyleyse bir an önce üzerini giy de aklıma ne kadar yanıldığını göstermek gelmesin."

Victoria adamın korkunç kibri hakkında iğneli bir cevap vermek üzere ağzını açtı, ama adamın cüretkâr gülümsemesi sabrını taşırdı. Beceriksizce "Sen dayanılmazsın!" diye çıkıştı.

Jason "Haklısın," diyerek kızın giyinebilmesi için arkasını döndü.

Victoria içinde kabaran duyguları bütün gücüyle dizginleyip adamın umursamaz tavrına aynı şekilde karşılık vermek için kendini toparlamaya çalışarak alelacele giyindi. Onu Andrew da birkaç kez öpmüştü, ama asla bu şekilde değil. Asla. Jason bunu asla yapmamalıydı, bu yaptığı şey konusunda da böylesine dayanılmaz bir şekilde rahat olmamalıydı. Kızmaya hakkı olduğundan oldukça emindi, ama belki de İngiltere'de işler daha değişikti. Belki de buradaki hanımlar böyle şeyleri öylesine yapıyorlardı. Belki de konuyu büyütürse kendini aptal durumuna düşürmüş olacaktı. Zaten konuyu büyütecek olsa bile, Jason bunu önemsiz bir şey diye kestirip atacaktı, aynen şimdi yaptığı gibi. Adamı kışkırtıp karşısına almakla eline bir şey geçmeyecekti, aksine, kaybedeceği çok şey vardı. Yine de sinirine tam olarak hakim olamıyordu. Bir kez daha, "*Hakikaten de* dayanılmazsın," dedi.

"Bu konuda görüş birliğine varmıştık zaten."

"Ne yapacağın da belli olmuyor."

"Ne anlamda?"

"Ne bileyim, bir an seni korkuttuğum için bana vuracağını sanmıştım. Sense tutup beni öptün." Eğilip yerden John'un gemisini aldı. "Senin de tıpkı köpeğine benzediğini düşünmeye başlıyorum. İkiniz de gerçekte olduğunuzdan çok daha vahşi görünüyorsunuz."

Jason şaşkın bir ifadeyle "Köpeğim mi?" diye tekrarladı. Victoria adamın yüzündeki kendini beğenmiş, bilgiç maskenin ilk kez bozulur gibi olduğunu görmüştü.

"Willie," diye açıkladı.

"Willie'yi vahşi buluyorsan kanarya görünce dehşete kapılıyor olmalısın."

"İkinizden de korkmak için bir sebep olmadığını düşünmeye başlıyorum."

Adamın ağzının köşeleri hafif bir gülümsemeyle kıvrıldı. Oyuncak gemiyi kızın elinden alırken, "Bunu kimseye söyleme," dedi, "şöhretimi mahvedeceksin."

Victoria battaniyeye sarınıp başını yana doğru eğdi. "Şöhretin mi var?"

Jason, ifadesiz bir tonla "En kötüsünden," diye yanıtladıktan sonra kıza meydan okur gibi baktı. "Sevimsiz ayrıntıları dinlemek ister miydin?"

Victoria gayet ağırbaşlı bir şekilde, "Kesinlikle istemem," diye karşılık verdi. Sonra, Jason'ın bu öpüşten duyduğu hafif pişmanlık yüzünden belki her zamankine göre daha yumuşak başlı olabileceğini umarak, cesaretini toplayıp günlerdir içini rahatsız eden konuyu açmaya karar verdi. "Şu yaptığın 'hata'yı affettirmenin bir yolu var."

Jason kızı tartan bir bakışla süzdü. "Bana kalırsa bir hataya karşılık bir hata birbirini götürdü," dedi. "Ama neyse, ne istiyorsun?"

"Giysilerimi geri istiyorum."

"Hayır."

"Anlamıyorsun." Önce öpüşme, ardından da Jason'ın ödün vermez tavrı yüzünden duyguları karmakarışık olmuş olan kızın sesi biraz fazla yüksek çıkmıştı. "Ben ailemin yasını tutuyorum."

"Anlıyorum; ama hiçbir acının insanın içinde tutamayacağı kadar büyük olabileceğine inanmıyorum, yasın böyle dışa vurulması gerektiğine de inanmıyorum. Ayrıca, Charles ve ben burada yeni bir hayat kurmanı istiyoruz, zevk alacağın bir hayat."

Victoria umutsuzca "Yeni bir hayata ihtiyacım yok!" diye bağırdı. "Burada yalnızca Andrew beni almaya gelene kadar kısa bir süre–"

"O seni almaya gelmeyecek, Victoria. Bunca ay zarfında sana yalnızca bir kez yazmış."

Adamın sözleri Victoria'nın beynine kızgın hançerler gibi saplandı. "*Gelecek*," dedi, "Ben İngiltere'den ayrılmadan ancak bir mektup alacak kadar zaman vardı."

Jason'ın ifadesi katılaştı. "Umarım sen haklısındır. Ama siyah giymeni yasaklıyorum. Yas insanın kalbinde tutulur."

"Sen nereden bileceksin?" Victoria bağırarak ellerini beline dayayıp adamın üzerine yürüdü. "Bir kalbin olsaydı, beni annemle babam hiç var olmamışçasına bu giysilerle ortalıkta salınmaya zorlamazdın. Kalbin yok senin!"

Jason, alçak ve bir o kadar da ürkütücü bir sesle sertçe, "Haklısın," diye karşılık verdi. "Benim kalbim yok. Bunu aklında tut da, vahşi görünüşümün altında fino gibi evcil olduğumu sanıp kendini kandırma. Aynı hataya düşüp sonradan pişman olan düzinelerce kadın oldu."

Victoria titreyen bacaklarla adama arkasını dönüp yürüdü. Dost olabileceklerini nasıl düşünebilmişti! Bu adam soğuk, duygusuz ve katıydı; aniden parlayan, pis bir öfkesi vardı; sağı solu belli olmuyordu. Hem de kesinlikle dengesiz bir insandı! Akıl sağlığı yerinde olan bir adam bir kadını önce sevgi ve tutkuyla öpüp, sonra ahlaksızca kur yapıp, hemen ardından da soğuk ve nefret dolu bir tavra bürünebilir miydi? Kesinlikle fino olmadığı doğruydu. Görüntüsü nasıl pantere benziyorsa kendisi de aynen o denli tehlikeli ve anlaşılmazdı!

Elinden geldiğince hızlı yürümesine rağmen, Jason uzun adımlarıyla ona kolayca ayak uydurabiliyordu, evin önüne aynı anda vardılar.

Collingwood Kontu nefis bir doru atın sırtında onları bekliyordu, oğlunu da önüne oturtmuştu.

Utanmış ve kızgın olan Victoria, konta kısa bir şekilde veda etti, John'a gülümsemeye çalışarak gemisini verdi ve hızla içeri girdi.

John önce giden Victoria'nın arkasından baktı, ardından endişeli bakışlarını önce Jason'a, sonra da babasına çevirdi. "Miss Tory'yi azarlamamıştır, değil mi?"

Kont gülerek bakışlarını Jason'ın önü ıslak gömleğinden yüzüne çevirdi. "Hayır, John, Lord Fielding Miss Victoria'yı azarlamamıştır." Sonra Jason'a hitap ederek, "Caroline'a yarın Miss Seaton'ı ziyarete gelmesini söylememi ister misin?"

"Sen de gel, iş konuşmamıza devam ederiz."

Robert başını salladı. Oğlunu koruyucu bir tavırla sıkıca

sararak, çizmesinin topuğuyla duran atının sağrısına dokundu, doru at eşkin eşkin yola koyuldu.

Jason at yolun sonunda gözden kayboluncaya kadar arkalarından baktı. Çayın kıyısında kendisine ne olduğunu ilk kez kendine itiraf ettiğinde, yüzündeki soğuk ifade yerini yavaş yavaş huzursuz ve hoşnutsuz bir ifadeye bıraktı.

DOKUZ

Ertesi gün öğleden sonra, Victoria hâlâ Jason'ın sarsıcı öpücüğünü aklından çıkaramamıştı. Korunun kıyısındaki çimenlikte Willie'nin yanına oturmuş, hayvanın gururlu başını okşayarak getirdiği kemiği kemirmesini seyrediyor, bir yandan da tekrar tekrar, öpüşmenin ardından Jason'ın rahat havasını ve gülümsemesini düşünüyordu. Kendi saflığını ve aptallığını adamın görmüş geçirmiş hali ve pişkinliğiyle karşılaştırınca midesi düğüm düğüm oluyordu.

Nasıl olup da onu bir an içine sokmak ister gibi sımsıkı sarıp öpebildiğini, bir an sonra ise bu konuda şaka yapabildiğini aklı almıyordu. Onun da ötesinde, kendisinin dizleri birbirine çarpar ve başı girdaba kapılmış gibi dönerken adamın rahat tavrına uymayı nasıl başardığını da anlayamıyordu. Bütün bunların üzerine, adam nasıl kendisine o buz gibi bakışlarıyla bakıp "düzinelerce" kadının düştüğü hataya düşmemesini tavsiye edebilmişti?

Bu şekilde davranmasına neden olan şey neydi? Victoria anlamaya çalışıyordu, ama adamı anlamak da, onunla iyi geçinmek de imkânsızdı. Onunla arkadaş olmaya çalışmıştı, ama sonunda eline geçen zorla öpülmek olmuştu. İngiltere'de her şey öyle farklı gibiydi ki; belki de burada bunun gibi öpücükler alışılmadık bir şey sayılmıyordu. Belki de kendini bu kadar suçlu ve kızgın hissetmesi için bir neden yoktu. Ama öyle hissediyordu işte. Andrew'yu düşününce bir anda bütün benliğini bir yalnızlık hissi sardı, Jason'ın öpüşüne karşılık verdiğini hatırlayarak utançla ürperdi.

Uzaktan, Jason'ın atıyla ahırlara doğru gittiğini gördü. Adam sabah erkenden çıkıp ava gitmişti, böylece gün boyunca onunla karşılaşmadan düşüncelerini toparlayacak zamanı olmuştu, ama işte ertelediği an gelmek üzereydi. Collingwood Kontu'nun arabası ön yoldan evin önüne yanaşıyordu. Gönülsüzce ayağa kalkıp, gergin bir sesle köpeğe, "Gel, Willie," dedi. "Haydi, gidip Lord Fielding'e kont ve kontesin geldiğini haber verelim de zavallı Mr. O'Malley boşu boşuna ahırlara kadar gitmek zorunda kalmasın."

Köpek iri kafasını kaldırıp akıllı bakışlarıyla kıza baktı, ama yerinden kıpırdamadı. "Artık insanlardan saklanmaktan vazgeçmenin zamanı geldi. Ben senin hizmetçin değilim, biliyorsun, yemeğini ilelebet buraya getireceğimi sanma. Northrup bana eskiden seni ahırların orada beslediklerini söyledi. Gel, Willie!" Hayatının en azından bu kadarcık bir kısmında kontrolü ele almaya kararlı bir şekilde komutunu tekrarladı. "Gel, Willie!" İki ufak adım atıp bekledi. Köpek ayağa kalkıp ona baktı, tetik durmasından komutu anladığı anlaşılıyordu.

Victoria sinirli sinirli, "Willie," dedi, "kibirli erkeklere tahammül edecek halim kalmadı, sabrımı taşırma." Parmaklarını şıklattı. "*Gel* dedim!" Bir kez daha birkaç adım atıp, omzunun üzerinden geriye doğru baktı. İnatçı hayvan gelmemekte direnecek olursa ensesinden tutup sürüklemeye kesin kararlıydı. Sertçe, bir kez daha "Gel!" dedi, hayvan sonunda ağır ağır ardına düştü.

Bu küçük zaferle neşesi yerine gelen Victoria, keyifle ahırlara doğru yürüdü. Jason da elinde aşağı doğru sarkıttığı tüfeğiyle dışarı çıkıyordu.

Evin ön tarafında, Collingwood Kontu karısını belinden tutup arabadan aşağı indiriyordu. Başıyla ahırlara doğru işaret ederek, "Bak, şuradalar," dedi. Karısının elini sevgiyle koluna takıp, çimenlikten ev sahiplerine doğru yürümeye koyuldu. Karısının ayaklarının geri geri gider gibi olduğunu fark edince, "Gülümse," diye takıldı. "Sanki cellada gider gibisin."

Caroline utangaç bir gülümsemeyle, "Aşağı yukarı öyle hissediyorum," diye karşılık verdi. "Güleceksin, biliyorum, ama Lord Fielding beni biraz korkutuyor." Kocasının hayret dolu ifadesi karşısında başını sallayarak devam etti. "Böyle düşünen tek ben değilim. Neredeyse herkes ondan korkuyor."

"Jason harika bir adam, Caroline. Nezaket gösterip bana tavsiye ettiği her yatırımdan çok kazançlı çıktım."

"Belki, ama yine de korkunç şekilde mesafeli ve ... ve *ürkütücü* biri. Hem, istedi mi insanı yerin dibine batırıveriyor. Geçen ay Miss Farraday'e ne dedi, bilsen. 'Sırıtan kadınlardan hiç hoşlanmam,' dedi – 'özellikle de sırıtırken koluma asılanlardan.' "

"Ee, Miss Farraday ne dedi?"

"Ne desin? O anda adamın koluna asılmış, sırıtıyordu. Çok utanç verici bir durumdu."

Kocasının imalı gülüşünü görmezden gelerek uzun parmaklarını saran beyaz eldivenleri düzeltti. "Kadınlar onda ne buluyor, aklım almıyor, ama o geldi mi birden kendilerini çok komik durumlara düşürmeye başlıyorlar. Karun gibi zengin olduğu doğru, altı tane malikanesi var, yılda ne kadar kazandığını da Allah bilir. Tabii bir de, ileride Atherton Dükü olacak. Hakkını da vermem gerek, bu kadar yakışıklı adam az bulunur."

Kocası gülerek takıldı: "Ama kadınlar onda ne buluyor, aklın almıyor, öyle mi?"

Caroline başını iki yana sallayarak, diğerlerine yaklaştıkları için sesini alçalttı. "Tavırları hiç hoş değil. Hatta aksine, çok kaba bir adam."

"Kadınların serveti ve unvanı için durmadan peşinde koştukları bir adamı, arada sırada sabrı taşarsa affetmek gerekir."

"Sen öyle düşünebilirsin, ama ben kendi hesabıma zavallı Miss Seaton'a yürekten acıyorum. Onunla aynı evin içinde kim bilir ne kadar korku içinde yaşıyordur."

"Korkuyu bilmem, ama bana oldukça yalnız ve ona

İngiltere'de nasıl yaşanır gösterecek bir arkadaşa ihtiyacı var gibi geldi."

Caroline, tam o sırada Jason'ın yanına varmış ve onunla konuşmaya başlamış olan Victoria'yı anlayışlı bakışlarla süzerek, "Çok perişan halde olmalı," diye mırıldandı.

Victoria, rahat ve nazik ama mesafeli bir ifade takınmaya çalışarak, Jason'a, "Kont ve kontes geldiler," diyordu.

"Görüyorum," dedi Jason başıyla misafir çifti işaret ederek, "onlar da bu yana geliyor, sağında, biraz gerideler." Sonra bakışlarını tekrar Victoria'ya çevirdi ve bir anda donup kaldı, bakışları kızın sol tarafında, arkasında bir noktaya kilitlenmişti. "Çekil!" diye emrederek kızı sertçe yana itti ve tüfeğini omzuna attı. Victoria arkasından gelen hafif, ürkütücü bir hırlama duydu ve aniden Jason'ın ne yapmaya niyetlendiğini anlayıverdi.

"Hayır!" diye bağırarak ileri atıldı, tüfeğin namlusuna vurup havaya doğru itti, sonra da kendini dizlerinin üzerine atıp kollarını Willie'ye doladı, ateşler saçan gözlerini Jason'a dikti. Hayvanın başını okşayarak, kendini kaybetmişçesine, "Sen delisin! Delisin!" diye bağırdı. "Willie aç bırakılıp vurulmayı hak edecek ne yaptı? Derende mi yüzdü? Bir emrine itaatsizlik etmeye cüret mi etti? Yoksa–"

Tüfek Jason'ın uyuşmuş parmakları arasından yavaşça kayarak namlusu yere doğru sallanır vaziyette durdu. Jason, rengi atmış, gerilmiş yüzüyle büyük bir tezat oluşturan sakin bir sesle, "Victoria," dedi, "o Willie değil. Willie bir çoban köpeği, koli cinsi. Üç gün önce çiftleştirmek için Collingwood'lara gönderdim."

Victoria'nın köpeği okşayan eli hareketsiz kaldı.

"Eğer ben aklımı kaçırmadı ya da kör olmadıysam, bebeğini koruyan bir ana gibi sarıldığın o hayvan en azından yarı yarıya kurt derim."

Victoria yutkunarak ağır ağır ayağa kalktı. İnatla, "Willie değilse bile, o yine de köpek, kurt değil," dedi. "Denileni anlıyor, 'gel' komutunu biliyor."

Jason, "*Kısmen* köpek," diye düzelterek, Victoria'yı hayvandan uzaklaştırmak niyetiyle yaklaşıp kolunu tuttu – bu hareketi üzerine köpek anında tepki göstererek gövdesini yere doğru yapıştırdı, hırlayıp dişlerini gösterdi. Sırtındaki tüyler kabarmıştı. Jason kızın kolunu bıraktı, parmakları yavaşça tüfeğin tetiğine gitti. "Kenara çekil, Victoria."

Victoria'nın gözleri tüfeğe kenetlenmişti. Adamı gergin bir sesle, "Sakın yapma!" diye uyardı. "Buna izin vermem. Eğer onu vuracak olursan, ben de seni vururum, yemin ederim vururum. Yüzdüğümden bile daha iyi ateş ederim. Bizim köyde kime sorsan söyler. Jason!" Sesi heyecandan kısılmıştı. "O bir köpek ve yalnızca beni senden korumaya çalışıyor. Bunu kim olsa anlar! O benim dostum. Lütfen, lütfen vurma onu. Lütfen..."

Jason'ın tüfeği tutan elinin gevşediğini ve namlunun bir kez daha yere doğrulduğunu görerek rahatlayan Victoria kendini bir anda yere düşecek kadar güçsüz hissetti. Jason, "Hayvanın önünden çekil," diye emretti. "Vurmayacağım."

"Bir beyefendi olarak söz veriyor musun?" Victoria hâlâ vücuduyla Kurt'u koruyarak, kendisini korumaya çalışan yürekli hayvanla sırf bu nedenle onu öldürmeye niyetlenen tüfekli adam arasında bir çatışma yaşanmasını önlemeye çalışıyordu.

"Söz veriyorum."

Victoria tam çekilmek üzereydi ki aklına Jason'ın daha önce söylediği bir söz geldi ve çabucak tekrar ikisinin arasına girip durdu. Jason'ı kuşkucu bakışlarla süzerek, "Bana beyefendi değilim ve hiç ilkem yoktur demiştin," diye hatırlattı. "Verdiğin sözü centilmence tutacağını nereden bileyim?"

Jason'ın panter bakışlarında istemese de keyiflendiğini gösteren bir ışık parladı. Karşısındaki savunmasız genç kadın, aynı anda hem bir kurda sahip çıkıyor, hem de kendisine korkusuzca meydan okuyordu. "Tutacağım. Haydi şimdi Jan d'Ark'lık etmeyi bırak."

"Sana güvenebileceğimden emin değilim. Lord Collingwood'un önünde de yemin eder misin?"

Jason yumuşak bir sesle, "Şansını zorluyorsun, tatlım,"

diye uyardı. Alçak sesle söylemiş olsa da, sözlerinde yadsınmaz bir tehdit tınısı vardı. Victoria adamın sözünü dinlemeye karar verdi, ama başına geleceklerden korktuğu için değil, içinde bir ses ona Jason'ın sözünde duracağını söylediği için. Başını sallayarak kenara çekildi, ama köpeğin koca gövdesi hâlâ saldırmaya hazır pozisyondaydı, tehditkar bakışları ise Jason'a kenetlenmişti.

Jason ise, tüfeği hâlâ yanında hazır vaziyette hayvanı izliyordu. Victoria çaresizce köpeğe dönüp "Otur!" diye emretti, ama hayvanın dediğini yapacağını pek ummuyordu.

Köpek duraksadı, sonra da kızın ayakları dibine oturdu.

"Bak, gördün mü!" Victoria rahatlayarak kollarını iki yana açtı. "Çok iyi eğitilmiş..Tüfeğinin ona zarar verebileceğini de biliyor. Onun için gözünü hiç tüfekten ayırmıyor. Çok akıllı."

"Çok!" Jason'ın sesi dalga geçer gibiydi ama hak vermekten de kendini alamıyordu. "Öyle akıllı ki ben ve civardaki herkes kümesleri yağmalayan ve köye korku salan 'kurdu' avlamaya çabalarken, o burnumun dibinde yaşıyormuş da haberim olmamış."

"Her sabah ava gitmenin sebebi bu muydu?" Jason başını sallayınca, Victoria adamın köpeğin orada kalamayacağını söylemesinden korkarak makineli tüfek gibi konuşmaya başladı. "Bir kere, o kurt değil, köpek, sen de görüyorsun. Hem ben bir süredir onu her gün besliyorum, yani artık kümesleri yağmalaması için neden yok. Çok da akıllı, ne dediğimi anlıyor."

"Öyleyse bir zahmet ona söyleyiver, her ne kadar dolaylı yoldan da olsa kendisini besleyen eli ısırmak için fırsat kollaması terbiyesizlik oluyor."

Victoria, endişeyle bir kendisini korumaya fazla hevesli muhafızına, bir Jason'a baktı. "Aklıma bir şey geldi, yine elini bana uzatırsan, ben de ona sana hırlamamasını söylersem, sanırım anlayacaktır. Haydi, elini bana uzat."

"Boynunu kırsam nasıl olur?" Jason'ın sesi yarı ciddiydi, ama yine de kızın dediğini yapıp uzandı ve kolunu tuttu. Hayvan anında yere yapışıp saldırma pozisyonu aldı ve hırlamaya başladı.

Victoria sertçe "Hayır!" dedi. Willie adındaki kurt önce duraksadı, sonra gevşeyip kızın elini yaladı.

Victoria rahat bir nefes aldı. "İşte, gördün mü, anladı. Ona çok iyi bakarım, kimseyi rahatsız etmez... kalmasına izin verirsen."

Jason kızın cesareti ve parlak mavi gözlerindeki yalvaran bakış karşısında çaresiz kalmıştı. İçini çekerek, "Köpeğini zincirle," dedi. Victoria'nın itiraz etmeye hazırlandığını görünce de, "Ben Northrup'a ve avlak bekçilerine hayvana zarar vermemeleri için talimat veririm, ama başkasının arazisine girecek olursa gördükleri yerde vururlar," diye açıkladı. "Kimseye saldırmış değil ama çiftçiler için yalnızca aileleri değil, tavukları da çok kıymetlidir."

Tartışmanın daha fazla uzamaması için dönüp kont ve kontesi selamladı, Victoria da aklından tamamen çıkmış olan ziyaretçilerin varlığını ancak o anda hatırladı.

Jason'ın kendisine örnek gösterdiği kadınla karşı karşıya olduğunu düşünmek her yanına utançtan ateş basmasına neden oldu. Ama kontesin yüzünde görmeyi beklediği kibirli küçümseme ifadesi yerine, kuvvetle neşeli bir hayranlığı andıran bir bakış gördü. Jason iki hanımı tanıştırdıktan sonra kontu da alıp birtakım iş meseleleri tartışmak için yanlarından ayrıldı ve kontesle sohbet etmesi için Victoria'yı acımasızca kendi haline terk etti.

Huzursuz sessizliği ilk bozan Leydi Collingwood oldu. "Köpeğinizi zincirlerken sizinle gelebilir miyim?"

Victoria başını salladı, nemli avuçlarını eteğine sildi. Pek mutsuz bir yüzle, "Herhalde dünyanın... en görgüsüz kızı olduğumu düşünüyorsunuzdur."

Caroline Collingwood, gülmemek için dudağını ısırarak, "Hayır," diye karşılık verdi, "ama muhakkak en *yürekli* kızı olduğunuzu düşünüyorum."

Victoria şaşkınlık içinde, "Willie'den korkmadığım için mi?" diye sordu.

Kontes gülerek başını iki yana salladı. "Hayır," dedi, "Lord Fielding'den korkmadığınız için."

Victoria şık giysiler içindeki şahane kadına baktı ve gri gözlerinde neşeyle oynaşan muzipçe parıltıları ve gülümsemesindeki dost olma arzusunu gördü. Bu kibirli insanlar ülkesinde sonunda nazik biriyle karşılaşmıştı, morali bir anda düzeliverdi. "Aslında çok korktum," diye itiraf etti. Köpeğini bağlamak üzere evin arka tarafına doğru yürüyordu. Jason'ı köpeği içeri almaya ikna edeceği güne kadar arkada durabileceğine karar vermişti.

"Ama hiç göstermiyordunuz, bu da çok iyi bir şey, çünkü bana öyle geliyor ki bir erkek bir kadının bir şeyden korktuğunu bir kere fark etti mi, bunu ona karşı son derece korkunç bir şekilde kullanıyor. Mesela ağabeyim Carlton yılanlardan korktuğumu anlar anlamaz hemen o gün mendil çekmeceme bir yılan koymuştu. Daha o krizi tam atlatamamıştım ki kardeşim Abbott da bale pabuçlarımın içine bir tane koydu."

Victoria ürperdi. "Yılanlardan nefret ederim. Kaç kardeşiniz var?"

"Altı. Hepsi de erkek, hepsi de bana inanılmaz şeyler yaparlardı... ben de aynı şekilde karşılık vermeyi öğreninceye kadar. Sizin kardeşiniz var mı?"

"Bir tane var. Kız."

Erkekler iş konuşmalarını bitirip akşam yemeği için hanımların yanına gelinceye kadar, Victoria ile Caroline Collingwood çoktan senlibenli olmuş, arkadaşlığı iyice ilerletmişlerdi. Victoria, Lord Fielding'le nişanlanma meselesini Charles'ın bir hatası –ama tamamen iyi niyetle yapılmış bir hata– olarak açıklamış ve Andrew'dan söz etmişti; Caroline da eşini ailesinin seçtiğini anlatmıştı, ama Victoria söylediği şeylerden ve ondan bahsederken gözlerinin parlamasından, genç kadının kocasına taptığını anlamıştı.

Yemek, birbirlerine sırlarını açmaya ve çocukken yaptıkları şeyleri anlatıp karşılaştırmaya dalan Victoria ve Caroline'ın konuşup gülüşmeleriyle çok canlı ve neşeli geçti. Lord Collingwood bile kendi çocukluğuna dair hikâyeler anlattı, Victoria kısa sürede her üçünün de dertsiz tasasız bir çocukluk geçirdiğini ve kendilerini çok seven anne ve babaların güvenli kanatları altında büyüdüğünü anlamıştı. Yalnızca Jason, diğerlerinin anlattığı hikâyeleri zevkle dinlese de, kendi çocukluğundan hiç söz etmiyordu.

İki uşak tereyağı ve taze otlarla sote edilmiş ve üzerine çok hafif bir sos gezdirilmiş alabalıkların servisini yaparken Caroline, Victoria'ya "Hakikaten ateş etmeyi biliyor musun?" diye sordu.

Victoria, "Evet," diye yanıtladı, "Andrew öğretmişti, kendisi atış yaparken rekabet edecek biri olsun diye."

"Rekabet edecek kadar ilerleyebildin mi bari?"

Victoria başını salladı, mum ışığında saçları alev alev ışıldadı. "Hem de nasıl. İnanması güç ama, elime tüfeği ilk verdiğinde, talimatlarını dinleyip söylediği gibi yaptım, nişan aldım ve hedefi vurdum. Pek de zor görünmemişti."

"Ya sonra?"

"Daha da kolaylaştı." Victoria gülerek göz kırptı.

"Ben de kılıç severdim," dedi Caroline. "Kardeşim Richard'la eskrim yapardık. Bileğinin iyi olması gerekir, o kadar."

Victoria "Bir de görüşünün kuvvetli olması," diye ekledi.

Lord Collingwood gülerek araya girdi. "Ben de oyundan mızraklı şövalye olur, seyislerle cirit oynardım. Oldukça iyiydim, ama herhalde seyisler geleceğin kontunu atından düşürmeye pek gönüllü değildiler, yani muhtemelen o zamanlar sandığım kadar da iyi değildim."

Caroline heyecanla, "Amerika'da halat çekme oynar mıydınız?" diye sordu.

"Evet, hep de erkekler kızlara karşı olurdu."

"Ama bu pek de hakkaniyetli bir gruplaşma sayılmaz, değil mi? Erkekler daha güçlüdür, her zaman yenmeleri kaçınılmaz."

Victoria kurnazca gülerek, "Her zaman değil," dedi. "Eğer kendilerine bir ağacın olduğu bir yer seçip çekerken halatı belli etmeden ağaca dolamayı başarırlarsa, kızlar da kazanabilir."

Jason, "Utan, utan!" diye güldü. "Buna hile yapmak denir."

"Aslında hile sayılmaz, ne de olsa elimiz çok zayıftı."

Jason, "Eliniz zayıftı demek, kâğıt oyunu da mı biliyorsun yoksa," diye takıldı.

"Kâğıt mı?" Victoria'nın yüzü bulaşıcı bir neşeyle aydınlanmıştı. "Utanıyorum ama, gerçekleri söylemek gerekirse, çok iyi oynarım, çok iyi kâğıt sayarım, çok da iyi dağıtırım –anlarsınız ya. Kısacası, hilenin envai çeşidini bilirim."

Jason kaşlarını hafifçe çatarak, "Hile yapmayı sana kim öğretti," diye sordu.

"Andrew. Okulda birkaç 'numara' öğrendiğini söylerdi."

Collingwood, "Unutturmayın da bu Andrew benden üye olduğum klüplere girmek için tavsiye mektubu isterse vermeyeyim," diye dalga geçti. "Bir gün yaşatmazlar onu oralarda."

Victoria, "Andrew asla hile yapmaz," diye düzeltme gereği duydu. "Yalnızca insanın karşısına hilebaz biri çıkarsa oyuna gelmesin diye nasıl yapıldığını bilmek gerektiğini düşünürdü. Tabii o zamanlar daha on altı yaşındaydı, karşısına böyle biri çıkma ihtimalinin oldukça düşük olduğunun farkında değildi sanırım..."

Jason gözlerini Victoria'dan ayıramıyordu. Arkasına yaslanıp, misafirlerinin yanındaki rahat tavırlarını, Robert Collingwood'u kolaylıkla sohbete çekmesini seyretmeye koyuldu. Ne zaman Andrew'dan söz etse yüzünün sevgiyle ışıldamasını, gülüşüyle masayı canlandırmasını izledi.

Taptaze, canlı ve bozulmamıştı. Gençliğine rağmen, keskin zekâsından, espri yeteneğinden ve başkalarına duyduğu samimi ilgiden ileri gelen doğal bir derinliği vardı. Köpeğini savunurken gösterdiği cesareti düşününce kendi kendine gülümsedi. Köpeğin adının da bundan böyle artık Willie değil Kurt olacağını ilan etmişti. Jason hayatında gerçekten cesaret sahibi birkaç adamla karşılaşmıştı, ama hiç cesur bir kadın görmemişti. Onu öptüğünde çekingen bir şekilde kendisine karşılık verişini ve kızın bu hareketiyle bütün vücudunu saran yakıcı arzuyu anımsadı.

Victoria Seaton sürprizlerle doluydu. Belli etmeden kızı seyretmeyi sürdürerek, yüzünün kusursuz hatlarını inceledi. Fakat kızın çekiciliği yalnızca göz kamaştırıcı güzelliğinden gelmiyordu; müzik gibi kahkahasında, zarif hareketlerinde de aynı cazibe vardı. Ta içinden gelen bir şey, kusursuz bir mücevher gibi ışıldayıp parlamasına neden oluyordu. Bu mücevherin uygun bir fon ve çerçeveden başka hiçbir şeye ihtiyacı yoktu: nefis yüzünü ve alımlı endamını tamamlayacak şık giysiler; bir kraliçe gibi hüküm süreceği harika bir ev; en vahşi duygularını tatmin edecek bir koca; kollarında sarıp besleyeceği bir bebek...

Jason, masanın karşı tarafından kızı seyrederken, unutulalı yıllar olmuş eski hayalini anımsadı. Sıcaklığı ve gülüşüyle sofrasını aydınlatacak bir eş... yatakta kollarını dolayacağı, içindeki karanlık boşluğu dolduracak bir kadın... ona çocuklar verecek, onları sevgisiyle sarıp büyütecek bir kadın...

Jason birden ayılıp daldığı bu tatmin olmamış özlemlerden ve safça gençlik hayallerinden tiksintiyle silkindi. Bu çocuksu hayalleri yetişkinliğine de taşımış, aptalca bir düşünceyle, güzel bir kadının hepsini geçeğe dönüştüreceğine inanarak Melissa'yla evlenmişti. Nasıl bir kadının para, mücevher ve iktidar dışında, sevgi, aile, çocuk gibi herhangi bir şey isteyebileceğini düşünecek kadar aptal ve saf olabilmişti. Victoria Seaton'ın aniden bu küllenmiş ateşi yeniden tutuşturup içini yaktığını fark ederek kaşlarını çattı.

ON

Collingwood'lar ayrılır ayrılmaz Jason doğruca Charles'ın bir saat kadar önce çekildiği kütüphaneye yöneldi.

Charles kitabını hemen bir kenara bırakıp, pırıl pırıl bir yüzle Jason'a baktı. Heyecanla, "Bu gece yemekte Victoria nasıldı, gördün mü?" diye sordu. "Harika bir kız değil mi? Öyle cazibeli, öyle kendini bilir, öyle akıllı ki. Onu izlerken neredeyse gururumdan ölecektim! Hakikaten–"

Jason yaşlı lordun sözünü keserek, "Onu yarın Londra'ya götür," dedi. "Flossie Wilson da oraya gelip sezon boyunca yanınızda kalır."

"Londra'ya mı?" diye kekeledi Charles. "Ama neden? Ne acelemiz var?"

"Onun Wakefield'den uzaklaşmasını ve benim elimden bir an önce çıkmasını istiyorum. Onu Londra'ya götürüp bir koca bul. Sezon iki haftaya kadar açılıyor."

Charles'ın benzi attı, yine de konuştuğunda sesi kararlı çıkıyordu. "Sanırım bu ani kararının nedeni konusunda bir açıklama istemeye hakkım vardır."

"Açıkladım ya... Onun buradan uzaklaşmasını ve elimden çıkmasını istiyorum. Bu gayet yeterli bir açıklama."

Charles umutsuzca, "Bu o kadar da kolay değil," diye itiraz etti. "Gazeteye 'Koca aranıyor' diye ilan verecek halim yok ya! Bu işi usulüne uygun halletmeliyiz. Onu sosyeteye adabına uygun bir şekilde takdim etmek zorundayız."

"Öyleyse bir an önce gidip işe koyulun."

Charles, parmaklarıyla kır saçlarını tarayarak başını iki yana salladı, Jason'ı caydırmak için elinden geleni yapmaya kararlıydı. "Benim evim sosyeteye partiler verecek durumda değil–"

"Benimkini kullanın."

"Ama o zaman *sen* orada kalamazsın. Sen de orada kalacak olursan, herkes Victoria'nın da elde ettiğin kadınlardan biri olduğunu hem de herkesin bilmesine aldırmadan evinde kalacak kadar yüzsüz bir kadın olduğunu düşünür. Sözde nişanlı olmanızın da hiç kıymeti olmaz."

Jason sabırsızca, "Şehre geldiğimde, ben senin evinde kalırım," diye karşılık verdi. "Buradaki adamları da yanınızda götürün. Bir gün önceden haber verirsen her türlü parti için gerekli hazırlığı tamam ederler, yapmadıkları bir şey değil."

"Ya tuvaletler, Almack biletleri–"

"Flossie Wilson'a söyle Victoria'yı Madam Dumosse'a götürsün, Victoria'nın her şeyinin en iyisinden olmasını istediğimi söylesin, hem de hemen. Almack biletlerini Flossie halleder. Başka?"

"Ne demek 'başka'?" Charles'ın da sabrı taşmak üzereydi. "Öncelikle, Dumosse öyle meşhur ki adını *ben bile* duydum. Victoria'yı giydirecek zamanı olması mümkün değil, bütün günleri doludur, sezon neredeyse başlıyor."

"Dumosse'a Victoria'nın gardrobunu onun zevkine bıraktığımı ve hiçbir masraftan kaçınmamasını söylediğimi söyle. Victoria'nın kızıl saçları ve minyon yapısı işi biraz zorlaştıracağı için Madame'ın özellikle hoşuna gidecektir. Victoria'yı öyle donatır ki Londra'da ne kadar ruhsuz sarışın ve nazlı esmer güzeli varsa hepsini gölgede bırakır. Önümüzdeki iki hafta boyunca uykusuz kalması da gerekse, yine de yapacaktır, sonra da acısını çıkartmak için bana her zamanki fahiş fiyatının iki katını ödetir. Bunları daha önce de yaşadım. Şimdi, her şeyi hallettiğimize göre, yapacak işlerim var."

Charles uzun, sıkıntılı bir iç çekişin ardından, "Pekâlâ," dedi, "ama ancak üç gün sonra gidebiliriz, hemen yarın olmaz. Flossie Wilson'a buraya gelmeyip bizimle Londra'da buluşmasını ancak haber verebilirim. Dul bir adam olarak, yanımızda bir refakatçi olmadan Victoria'yla aynı evde kalmam doğru olmaz, özellikle de Londra'da. Hizmetkârları önden gönder de evi hale yola koysunlar. Ben de Flossie'ye yarın değil öbür gün bizimle Londra'da buluşsun diye haber yollarım. Şimdi benim de senden isteyeceğim bir şey olacak."

"Neymiş?"

Charles sözcükleri özenle seçerek, "Şimdilik kimsenin Victoria'yla nişanınızın bozulduğunu bilmesini istemiyorum."

Jason sabırsızca, "Neden?" diye sordu.

Charles bir an ne diyeceğini bilemez gibi duraksadı, sonra canlanıp, "Şunun için," diye cevap verdi, "eğer sosyete Victoria'yı nişanlı bilirse, çok yakından izleyip bunaltmazlar, o da biraz daha serbestçe dolaşıp bakınabilir, birini gözüne kestirmeden önce beylere şöyle bir bakacak zamanı olur."

Jason'ın tartışmaya hazırlandığını görerek, çabucak devam etti: "Onun *senden* evlenme teklifi kopardığını zannederlerse, Londralı çapkınlarda çok daha fazla hayranlık –ve arzu– uyandırır. Düşün bir, Londra'daki bütün gözde bekârlar, sen onunla evlenmek istediğine göre Victoria'nın gerçekten çok özel biri olması gerektiğini düşünecek. Ama eğer onu başından attığını düşünürlerse, hepsi kendini geri çeker."

Jason, "Sevgili 'dostun' Leydi Kirby nişanın bozulduğunu çoktan herkese söylemiştir," diye bir hatırlatmada bulundu.

Charles eliyle bunun önemsiz olduğunu gösteren bir hareket yaptı. "Sen Londra'ya gittiğinde nişanı inkar etmezsen, kimse Kirby'yi ciddiye almaz."

"Dediğin gibi olsun." Jason Victoria'yı bir an önce evlendirip kurtulmak için hemen her şeyi kabullenmeye hazırdı. "Onu Londra'ya götürüp takdim et. Ben de uygun bir drahoma vereceğim. Evde birkaç balo ver, Avrupa'da ne kadar bekâr soylu varsa davet et. Sosyeteye takdim balosuna ben de katılırım." Son sözü biraz alaycı bir şekilde söylemişti. "Sonra da Londra'da kalır, talipleriyle kendim görüşürüm.

Onunla evlenmek isteyecek birini bulmanın pek de zor olacağını sanmıyorum."

Jason, Victoria sorununu çözdüğü için öyle rahatlamıştı ki, Charles'ın nişanın bozulduğunu saklama konusunda heyecanla öne sürdüğü çelişkili bahaneler üzerinde fazla durmadı.

O kütüphaneden çıkarken, Victoria geldi. Birbirlerine gülümsediler; sonra Jason çıktı, Victoria da Charles'a yaklaştı. "Bu gece de dama oynuyor muyuz, Charles Amca?"

Charles dalgın dalgın, "Efendim?" dedi. "Evet, tabii, hayatım, bütün gün bunu bekledim. Her zamanki gibi." Masanın başına geçip dama tahtasının iki tarafında yerlerini aldılar.

Victoria, beyaz pullarını siyah karelere yerleştirirken, kısa zamanda gerçekten amcasıymış gibi sevdiği uzun boylu, beyaz saçlı, şık yaşlı adama düşünceli bir bakış attı. O gece yemekte, anlatılan çocukluk hikâyelerine güler, hatta kendisi de çocukluk günlerini anlatarak onlara katılırken, iyi dikilmiş koyu renk ceketiyle her zamankinden de daha yakışıklı görünüyordu, ama şimdi dalgın ve endişeli gibiydi. Victoria, kendi siyah pullarını siyah karelere yerleştirmeye çalışan adamı süzerek, "Kendinizi iyi hissetmiyor musunuz, Charles Amca?" diye sordu.

"Yo, hayır, gayet iyiyim," diye yanıtladı adam, ama oyun başlayalı daha beş dakika olmadan Victoria tam üç pulunu yemişti bile.

Victoria yumuşak bir sesle, "İsterseniz oyunu bırakıp sohbet edelim," diye önerdi.

Charles üzerinden bir yük kalkmış gibi gülümseyerek önerisini kabul edince, Victoria yaşlı lordun canını sıkan şeyi anlamak için incelikli bir yol aramaya başladı. Babası her zaman, insanların –özellikle de kalbinden sorunu olan insanların– kendilerini üzen şeyleri anlatıp içlerini dökmesi gerektiğini savunan biri olmuştu; bunun içerideki stresi azaltıp kalp krizlerini önleyebileceğini düşünürdü. Kendisi kütüphaneye gelmeden hemen önce Charles'ın yanında Jason'ın olduğunu hatırlayınca, yaşlı adamın sıkıntısını muhtemelen onunla aralarında geçen konuşmalara yordu. Kendini rahat görünmeye zorlayarak, "Yemekte iyi vakit geçirdiniz mi?" diye sordu.

"Hem de nasıl." Adamın bunu içtenlikle söylediği belli oluyordu.

"Ya Jason, sizce o da eğlenmiş midir?"

"Tanrım, evet. Çok eğlendi. Neden soruyorsun?"

"Bilmem, biz kendi küçüklüğümüzden hikâyeler anlatırken onun hiç katılmadığı dikkatimi çekti de."

Charles gözlerini Victoria'dan kaçırarak, "Belki aklına anlatacak neşeli bir şey gelmemiştir," diye karşılık verdi.

Victoria bu cevaba fazla dikkat etmedi. Lafı Charles'ın sıkıntısına getirmenin bir yolunu bulmak için kafa yoruyordu. "Belki dediğim ya da yaptığım bir şeye canı sıkılmış ve seninle onu konuşmaya gelmiş olabilir diye düşünmüştüm."

Charles tekrar bakışlarını kıza çevirdi, ama bu kez kahverengi gözlerinde bir gülümseme pırıltısı vardı. "Benim için endişeleniyorsun galiba, hayatım, öyle mi? Beni üzen bir şey mi var diye anlamaya çalışır gibisin."

Victoria bir kahkaha patlattı. "Bu kadar mı saydamım?"

Charles uzun parmaklarını kızınkilerin üzerine koyup elini sıktı. "Sen saydam değilsin, Victoria, harikasın. İnsanlara değer veriyorsun. Sana bakınca dünya için umutlanıyorum. Son üç ayda çektiğin bütün acılara rağmen, yine de yaşlı bir adamın yorgun göründüğünü fark edebiliyorsun ve umursuyorsun."

Victoria, gece kıyafeti içerisinde çok yakışıklı görünen Charles'ı hayranlıkla süzerek, "Hiç de yaşlı değilsiniz," diye itiraz etti.

Charles, kafasını meşgul eden düşüncelere rağmen espri yapmaya çalışarak, "Bazen kendimi olduğumdan çok daha yaşlı hissediyorum," dedi. "Bu gece de o gecelerden biri işte. Ama sen neşemi yerine getirdin. Sana bir şey söyleyebilir miyim?"

"Tabii ki."

"Hayatımda bir kızım olsun istediğim zamanlar oldu, sen tam hayalimdeki kız evlatsın."

Victoria'nın boğazı muhabbetle düğüm düğüm oldu. Charles alçak sesle sözlerini sürdürüyordu: "Seni bazen bahçede gezerken ya da hizmetkârlarla konuşurken seyrettiğimde gururla göğsü kabarıyor. Biliyorum, tuhaf gelecek, ne de olsa seni bu hale getiren ben değilim, ama yine de gurur duyuyorum işte. Dünyanın bütün inançsızlarına, 'Bakın, şu kıza bakın!' diye bağırmak istiyorum, 'İşte canlılık, işte cesaret, işte güzellik! İşte Adem'e eşini yaratırken Tanrının aklından geçen buydu. İnandığı şeyler için mücadele etmeye, haksızlığa uğradığında kendini savunmaya hazır, ama o haksızlık için kendisinden özür dilendiğinde, kin tutmadan affetmeye de hazır.' Jason'ı sana karşı olan davranışları için bir değil, birçok defa affettiğini biliyorum.

"Bütün bunları düşünüyorum, sonra kendi kendime soruyorum, acaba onu ne kadar sevdiğimi göstermek için ona ne verebilirim diye. Bir adam bir tanrıçaya nasıl bir hediye verebilir?"

Victoria, adamın gözlerinde yaşlar görür gibi oldu, ama emin olamadı, çünkü kendi gözleri de dolu dolu olmuştu.

"Haydi bakalım!" Charles, kızın elini acıtırcasına sıkarak, huzursuz bir gülüşle güldü. "Biraz daha gayret edersem ikimizi de dama tahtasının başında hüngür hüngür ağlatacağım. Ben senin sorunu cevapladığıma göre, sen de benim bir sorumu cevaplar mıydın? Jason hakkında ne düşünüyorsun?"

Victoria gergin bir ifadeyle gülümsedi. Temkinli bir tavırla, "Bana karşı çok cömert davrandı," diye yanıtladı. Ama Charles elini sallayarak kızın sözlerini bir kenara itti. "Demek istediğim bu değildi. Jason hakkında kişisel olarak ne düşünüyorsun demek istiyorum. Bana gerçeği söyle."

"Şey... ben... Ne sorduğunuzu anlamıyorum, Charles Amca."

"Pekâlâ, daha açık sorayım. Onu yakışıklı buluyor musun?"

Victoria şaşkın şaşkın gülmesini bastırmaya çalışarak yutkundu.

Charles gülümseyerek, "Kadınların çoğu onu son derece çekici buluyormuş gibi görünüyor," diye ısrar etti. "Ya sen?"

Victoria'ya, yaşlı adamın gülümsemesinde oldukça gururlu bir ifade varmış gibi geldi. Şaşkınlığını üzerinden atıp, bu sorunun onu ne kadar utandırdığını belli etmemeye çalışarak başını salladı.

"Güzel, güzel. Peki, çok... erkeksi olduğunu söylesem katılır mıydın?"

Ne tuhaftır ki tam o anda, Victoria'nın aklına Jason'ın çayın kenarında kendisini öpmesi geldi ve dehşet içinde yüzüne ateş bastığını hissetti.

Kızın kızarmasının nedenini yanlış yorumlayan Charles, "Görüyorum ki fikrime sen de katılıyorsun," diye güldü. "Fevkalade. Şimdi, sana bir sır vereceğim: Jason hayatta karşına çıkacak en iyi erkeklerden biridir. Hayatı hiç mutlu geçmedi, ama yine de yaşamaya devam etmeyi başardıysa bu sahip olduğu muazzam azim ve irade sayesindedir. Leonardo da Vinci bir zamanlar, 'Bir erkeğin ruhu ne kadar yüceyse, o kadar derinden sever," demiş. Bu söz bana hep Jason'ı hatırlatmıştır. Duygularını çok derin yaşar, ama pek nadir açığa vurur." Charles hafifçe gülümseyerek devam etti: "Böylesine güçlü olduğu için de pek kimse ona karşı durmaz; hele genç hanımlar asla. Onun için de bazen... şey... bir parça despotlaştığı olur."

Victoria mütecessis görünmek istemediği halde merakı ağır bastı. "Hayatı ne bakımdan mutlu geçmedi?"

"Sana hayatını Jason kendisi anlatmalı; benim anlatmaya hakkım yok. Sana bir gün anlatacaktır. Buna yürekten inanıyorum. Ancak, benim sana söylemem gereken başka bir şey var: Jason senin Londra'da bir sezon geçirmene karar vermiş. Bütün pırıltısı ve şaşaası ile bir Londra sezonu. Üç gün sonra Londra'ya gidiyoruz. Flossie Wilson'la da orada buluşacağız, sezon başlamadan iki hafta zamanımız kalıyor, o sana o arada soylular arasında yaşamak için bilmen gereken ne varsa öğretir. Şehirde Jason'ın evinde kalacağız, orası davetler için benimkinden çok daha uygun, Jason da şehre geldiği zamanlar benim evimde kalacak. Üçümüzün burada beraber kalması haydi neyse de, ne de olsa burası köy yeri, gözlerden uzak, ama Londra'da buna son vermemiz gerekecek."

Victoria'nın Londra sezonunun ne demek olduğu konusunda en ufak bir fikri bile yoktu, ama Charles art arda gidecekleri baloları, suareleri, tiyatro partilerini ve kahvaltı davetlerini anlatırken dikkatle dinledi. Korkusu neredeyse kontrolden çıkacak bir hale gelmişti ki Charles, Caroline Collingwood'un da aynı sebeple Londra'da bulunacağından bahsetti.

"... sen pek fazla üzerinde durmadın ama, bu akşam yemekte Leydi Caroline iki defa senin de şehre geleceğini ve orada da görüşebileceğinizi umduğunu söyledi. Bu hoşuna gider herhalde, değil mi?"

Victoria, sezonun en azından bu kısmının çok hoşuna gideceğini düşünerek Charles'a, "Evet," dedi, ama içten içe, Wakefield'dan ayrılıp yüzlerce yabancıyla tanışma fikrinden nefret etmişti, hele bu yabancılar Leydi Kirby gibiyseler.

Charles oyun masasının çekmecesini açıp bir deste oyun kâğıdı çıkararak, "Evet, bunu hallettiğimize göre," dedi, "söyle bakalım; arkadaşın Andrew sana kâğıt oynamasını öğretirken, piket oynamayı da öğretti mi?"

Victoria başını salladı.

"Harika, oynayalım öyleyse." Victoria hemen kabul etti, Charles da kıza şakadan korkunç bir bakışla bakarak, "Hile yapmazsın, değil mi?" diye sordu.

Victoria bütün ciddiyetiyle, "Kesinlikle," diye yanıtladı.

Charles, gözleri neşeyle parlayarak desteyi kıza doğru sürdü. "İlk önce, hile yapmayı ne kadar bildiğini bir göster bakalım. Tekniklerimizi karşılaştıralım."

Victoria bir kahkaha patlattı. Desteyi eline alıp karmaya başladı. Kâğıtlar becerikli parmakları arasında zarifçe açılıp toplanıyordu. "Önce, sizi kandırıp bu gece şansınızın yerinde olduğuna inandıracağım," diye açıklayarak, her birinin on ikişer kâğıdı olana kadar kağıtları kişer ikişer dağıtmaya başladı. Charles önce eline baktı, sonra da hayranlıkla bakışlarını yeniden kızın yüzüne çevirdi. "Dört papaz. Bu ele her şeyimi oynarım ben."

"Ve... her şeyinizi kaybedersiniz." Victoria keyifli bir gülümsemeyle kendi elini açıp gösterdi: elinde dört as vardı.

"İyi dağıtıyorsun, bir de kâğıt çalmanı görelim," dedi Charles. Oynamaya başladılar, kısa süre sonra Charles başını geriye atarak kahkahalarla gülmeye koyuldu.

Oyunları git gide bir komediye dönüştü, ikisi de dağıtma sırası kendilerine geldiğinde kendine akla hayale sığmaz eller dağıtıyor, diğerini aldatmaya çalışıyor, kütüphane neşeli gülüşleriyle çınlıyordu.

Kütüphaneden gelen kahkaha sesleriyle dikkati fena halde dağılan Jason, süslü duvar saati tam dokuzu çalarken neler olup bittiğine bakmak için kütüphaneye geldi. İçeri girdiğinde, Charles'la Victoria, üzerinde kâğıt destesinin durduğu masanın iki tarafında, kendilerini koltuklarında arkaya doğru bırakmış, gülmekten gözlerinden akan yaşları silmekteydiler. Jason ikiliye hafifçe canı sıkkın bir yüzle bakarak ellerini üzerine tam oturan dar pantolonunun ceplerine soktu, "Herhalde burada anlattığınız hikâyeler yemekte anlattıklarınızdan bile daha komik şeyler olmalı," dedi. "Gülmeniz ta çalışma odamdan duyuluyor."

"Benim hatam." Charles, belli etmeden Victoria'ya göz kırparak yerinden kalkmıştı. "Victoria bir el piket oynamak istiyordu, ama ben şakalarımla oyunu dağıttım. Bu gece ciddi olamıyorum nedense. Benim yerime sen oynamak ister misin?"

Victoria, Jason'ın reddetmesini bekliyordu, ama Jason önce Charles'a meraklı bir bakış attıktan sonra geçip kızın karşısına oturdu, Charles ise onun arkasına geçip Victoria kendisine bakıncaya kadar bekledi, yüzünde kıza açık açık "Yen onu – hile yap!" diyen bir ifade vardı.

Victoria, az önce birbirlerine gösterdikleri korkunç hilelerden öyle çakırkeyif olmuştu ki, fazla ısrara gerek kalmadan Charles'a uydu. Masumane, "Sen mi dağıtmak istersin, ben mi dağıtayım?" diye sordu.

Jason kibarca, "Sen dağıt, tabii ki," diye karşılık verdi.

Victoria, rakibini kandırıp güven sağlamaya çalışarak, kâğıtları gösterişsiz bir şekilde karıp dağıtmaya başladı. Jason, omzu üzerinden Charles'a bakarak bir bardak brendi rica etti, sonra da ilgisizce koltuğunda geriye yaslandı. Arada bir içmekten hoşlandığı ince purolardan bir tane yakıp, Charles'ın uzattığı brendi kadehini aldı.

Victoria, "Eline bakmayacak mısın?" diye sordu.

Jason puroyu düzgün beyaz dişleri arasına sıkıştırıp ellerini ceplerine soktu, spekülatif bir bakışla Victoria'nın gözlerinin içine baktı. "Normalde, destenin üstünden dağıtılmış elleri tercih ederim," diye dalga geçti.

Gözlerini adamın gözlerinden ayıramayan Victoria, gülmesini bastırmaya çalışarak blöf yapmaya çalıştı: "Ne demek istediğini anlamıyorum."

Jason bir kaşını kaldırarak, "Kâğıtta hile yapanlara ne olur, biliyor musun?" diye sordu.

Victoria masumiyet iddiasını bir yana bırakıp dirseklerini masaya dayadı, çenesini elleri arasına alıp gülen gözlerle adama baktı. "Bilmiyorum, ne olur?"

"Kandırılmak istenen taraf hile yapan tarafı düelloya davet eder ve genellikle konu bir çarpışmayla çözümlenir."

Victoria macera ararcasına "Beni düelloya mı davet edeceksin yoksa?" diye meydan okudu. Keyfinin yerinde olduğu belli oluyordu.

Jason koltuğunda hafifçe kaykıldı, kızın gülen yüzünü ve parlayan gözlerini inceleyerek düşünür gibi yaptı. "Bugün öğle üzeri beni tehdit ederken iddia ettiğin kadar iyi bir atıcı mısın gerçekten?"

Victoria gözünü kırpmadan, "Daha da iyiyim," diye karşılık verdi.

"Kılıçla aran nasıl?"

"Hiç elime kılıç almadım, ama belki beni temsilen Leydi Caroline çarpışabilir. *O* böyle şeylerde olağanüstüdür."

Jason bembeyaz dişlerini göstererek tembelce gülümseyince Victoria nabzına bir şeyler olduğunu farketti. "Seni

Caroline Collingwood'la tanıştırmak nereden aklıma geldi acaba?" Sonra söylediği şeyler, Victoria'ya çok hoş bir iltifat gibi geldi: "Bu sezon Londra bekârlarının Allah yardımcısı olsun. Ortaya bir çıktın mı, kırılmadık kalp kalmayacak."

Daha Victoria bu komplimanın şaşkınlığını üzerinden atamamıştı ki, Jason koltuğunda doğrulup canlandı. "Haydi şimdi, şu oynamaya pek hevesli olduğun oyunu oynayalım mı, ne dersin?"

Victoria başını sallayınca, Jason uzanıp desteyi kızın elinden aldı. Dalga geçer gibi neşeli bir sesle, "Bir sakıncası yoksa, bu sefer *ben* dağıtacağım," dedi. Arka arkaya üç el kazanmıştı ki Victoria onun attığı ve artık el sürmemesi gereken kâğıtlar arasından ihtiyacı olan bir tanesini hünerli bir el hareketiyle çaldığını gördü.

"Seni düzenbaz!" diye bağırarak öfkeli bir kahkaha patlattı. "İki haydudun arasına düşmüşüm! Ne yaptığını gördüm – bu el *sen* hile yaptın."

Jason, "Yanılıyorsun," diyerek o panteri andıran zarafetiyle ayağa kalktı. "*Her üç elde de* hile yaptım." Beklenmedik bir hareketle eğilip kızın başının üzerine bir öpücük kondurdu, uzun saçlarını muhabbetle karıştırdı, sonra da kütüphaneden çıkıp gitti.

Victoria Jason'ın yaptıklarına o kadar şaşırmıştı ki, arkasından bakan Charles'ın yüzündeki katıksız sevinci fark etmedi.

ON BİR

İki gün sonra *Gazette* ve *Times* gazeteleri, daha önce Wakefield Markisi Jason Fielding'le nişanı ilan edilmiş olan, Langston Kontesi Leydi Victoria Seaton'ın, iki hafta sonra akrabası olan Atherton Dükü tarafından verilecek bir baloda sosyeteye resmen takdim edileceğini yazıyordu.

Londra sosyetesi heyecanlı haberi ancak sindirmişti ki, Wakefield Markisi'nin Londra'da, Upper Brook Caddesi, 6 numaradaki saray yavrusu evinde, ani bir faaliyet patlaması yaşandığına tanık oldular.

İlk önce, daha kıdemsiz hizmetkârların yanı sıra kahya Northrup, baş uşak O'Malley ve aşçı Mrs. Craddock'u taşıyan iki araba geldi. Onları, içinde kahya kadın, birçok hizmetçi kız, üç mutfak hamalı, dört uşak ve dağ gibi yığılmış sandıklar bulunan bir yük arabası izledi.

Hemen ardından, bir başka araba sarı buklelerin çevrelediği pembe yanaklı yüzüyle bir meleğe benzeyen, tombulca, yaşlı bir hanım olan dükün evlenmemiş teyzesi Miss Flossie Wilson'ı getirdi. Yaşlı hanımın başında çok daha genç bir hanıma daha uygun düşecek, kara dut rengi nefis bir bone vardı, bu bone onu şirin, yaşlı bir taşbebeğe benzetiyordu. Yüksek sosyetede çok tanınmış bir sima olan Miss Flossie arabadan inip oradan geçmekte olan iki arkadaşına neşeyle el salladı ve küçük yeğeninin Brook Caddesi'ndeki malikanesinin ön merdivenlerini acele acele çıkmaya koyuldu.

Bu hummalı faaliyet, nefis giysileri içinde Upper Brook

Caddesi'nde gezinen hanım ve beyefendilerin gözünden kaçmadı, ama esas yankı uyandıran, ertesi gün Jason Fielding'e ait, pek cakalı dört kıratın çektiği şarap rengi lüks kupa arabasının 6 numaranın önüne çekilmesi oldu.

Kupa arabasının içinden önce Atherton Dükü Charles Fielding, ardından da olsa olsa Jason Fielding'in müstakbel eşi olabilecek genç bir hanım indi. Genç hanım arabanın basamaklarından zarifçe inip dükün koluna girdi ve durup gözlerine inanamazcasına gülümseyerek geniş kemerli pencereleriyle karşılarında duran dört katlı şahane evi süzdü.

Caddenin karşısından onları gören genç Lord Wiltshire, "Aman Tanrım, bu o!" diye bağırarak dirseğiyle arkadaşının böğrünü dürttü. "Bu Kontes Langston."

Arkadaşı Lord Crowley, ceketini düzelterek, "Nereden biliyorsun?" diye sordu.

"Kim olduğu her halinden belli. Baksana, ne kadar güzel. Eşsiz bir kadın."

Arkadaşı mantıklı bir şekilde, "Buradan yüzünü görüyor olamazsın," diye hatırlattı.

"Görmem şart değil, kalın kafalı. Güzel olmasa Wakefield'den evlenme teklifi koparabilir miydi hiç? Sen Wakefield'i hiç şahaneden aşağı bir kadınla gördün mü?"

Lord Crowley, arkadaşına hak vermek zorunda kaldı: "Hayır." Genç hanımı uzaktan incelemek için monoklunu kaldırdı, bakar bakmaz da şaşkınlıkla hafif bir ıslık çaldı. "Kızıl saçlı. Bin yıl düşünsem aklıma gelmezdi."

"Kızıl değil, daha çok sarı gibi."

"Hayır, resmen kızıl." Lord Crowley görüşünü savunmaya hazırdı. Bir an durup düşündükten sonra, "Kızıl büyüleyici bir renk," diye ekledi. "Kendi hesabıma, her zaman en beğendiğim saç rengi olmuştur."

"Uydurma! Hiç de kızıl saça meraklı değilsindir. Hem hiç moda değil."

Lord Crowley, sırıtarak yerinde bir tahminde bulundu: "Moda değilse de çok yakında olacak." Monoklunu indirerek arkadaşına muzipçe baktı. "Yanılmıyorsam Mersley Teyze'm

Atherton'la tanışıyordu. Kontes Langston'ın takdim balosuna onu da davet ederler. Sanırım ben de onunla gidip–" Aniden durup dikkat kesildi. Uzaktan seyrettikleri genç hanım az önce indiği kupaya dönmüş, birini çağırıyordu. Bir an bile geçmeden, arabadan boz ve gümüşi renkli devasa bir hayvan atlayıp hanımın ayaklarının dibinde durdu, sonra üçü beraberce ön merdivenlerden çıkmaya başladılar. Lord Crowey, hayretler içerisinde, "Bu bir kurt değilse ne olayım!" diye fısıldadı.

Arkadaşı, hayretten açık kalan ağzını toplayıp konuşmayı başarınca, "Tarz sahibiymiş!" dedi. "Daha önce hiç evcil kurdu olan bir kadın duymamıştım. Kontesin gerçekten de tarzı varmış. Kesinlikle orijinal bir kadın." İki delikanlı vedalaşıp ayrıldılar, her biri kendi kulübüne, gizemli Leydi Victoria Seaton'ı ilk görenin kendisi olduğunu herkese anlatmaya koştu.

Ertesi akşam, Jason Londra'ya varıp, tiyatroya gitmeden önce bir iki saat kâğıt oynayıp rahatlamak için, aylardır ilk kez White'a gittiğinde, nişanlısının göz kamaştırıcı güzellikte ve moda yaratan bir kadın olduğu haberi çoktan herkese yayılmıştı bile. Dolayısıyla Jason, birbiri ardına oyununu bölerek kendisini tebrike gelen, ne kadar zevk sahibi ve talihli olduğunu söyleyerek iltifat eden, elini sıkan, omzuna vuran ve ömür boyu mutluluklar dileyen tanıdıklar yüzünden sakin sakin birkaç el kâğıt oynayıp kafasını dinleme fırsatını bulamadı.

Jason iki saat boyunca bu komediye katlandıktan sonra, Charles ne derse desin etrafın Victoria'nın kendisi ile nişanlı olduğuna inanmasının pek akıllıca olmadığını fark etti. Bugün kendisini tebrik eden bekârlardan hiçbiri onu hiçe sayarak müstakbel eşine kur yapmayı aklından bile geçirmeyecekti. Bunu düşününce, çevresindekileri Victoria'yla ilgilenme konusunda cesaretlendirmek için, kendisini tebrik etmeye gelenlere iyi dilekleri için teşekkür ettikten sonra bir de açıklama yapmaya başladı. Sesini biraz alçaltarak, "Meseleyi henüz aramızda tam bir karara bağlamış sayılmayız," ya da,

"Leydi Seaton henüz ömür boyu sürecek bir beraberlik için kesin kararını vermeye kendini tam olarak hazır hissetmiyor; beni daha yeterince tanımıyor," diyordu.

Bu sözleri gerektiği için söylüyordu ama bu komedi fena halde midesini bulandırmış ve nişanlısı tarafından her an yüz üstü bırakılabilecek müstakbel damat rolünü oynamak sinirlerini iyice germişti.

Saat dokuzda, arabası metresi için satın aldığı Williams Caddesi'ndeki şık evin önünde durduğunda Jason son derece sinirli ve sıkıntılıydı. Merdivenlerden hızlı hızlı çıkıp kapıyı sabırsızca vurdu.

Kapıyı açan hizmetçi kız, adamın sert yüzüne bakar bakmaz endişe içinde geriledi. "M-Miss Sybil sizi bir daha görmek istemediğini söylememi emretti."

"Ya, öyle mi?" Jason'ın sesi ipek gibi yumuşacıktı.

Maaşını ödeyenin karşısında duran ürkütücü derecede uzun ve güçlü adam olduğunu çok iyi bilen zavallı hizmetçi başını sallayıp yutkundu ve utana sıkıla devam etti: "Evet, lordum. Miss Sybil... şey... gazetede nişanlınızın balosunu okudu da –siz de katılacakmışsınız hani– odasına çekildi. Şimdi yatakta."

"Çok iyi!" Jason bu gece Sybil'in kaprisini çekecek halde değildi, kızın yanından geçip içeri girdi, merdivenleri sert adımlarla çıkıp Sybil'in yatak odasının kapısını iterek ardına kadar açtı.

Yatakta saten yastıklar arasında uzanmış büyüleyici güzellikteki genç kadını gözlerini kısarak süzdü. Omuzunu kapattığı kapıya yaslayarak, soğuk bir tavırla, "Efkârından yataklara mı düştün, tatlım?" diye sordu.

Sybil'in yeşil gözlerinden öfke kıvılcımları saçıldı ama cevap vermeye tenezzül etmedi.

Sinirleri zaten iyiden iyiye gerilmiş olan Jason, kendini her an patlayabilirmiş gibi hissediyordu. Sesinde ürkütücü bir sakinlikle, "O yataktan çıkıp giyin," diye emretti. "Bu gece bir partiye gidiyoruz. Sana bir not göndermiştim."

"Seninle hiçbir yere gitmiyorum! Bir daha asla!"

Jason umursamaz bir ifadeyle ceketinin düğmelerini açmaya başladı. "Öyleyse kenara kay. Biz de geceyi şu anda bulunduğun yerde geçiririz."

Adamın yanına doğru geldiğini gören öfkeli dilber, toz pembe şifondan bir bulut gibi uçuşan geceliğiyle yataktan fırlayarak, "Seni canavar!" diye haykırdı. "Buna nasıl cüret edersin! *Times*'daki o haberin üstüne hangi cüretle yanıma geliyorsun! Defol evimden!"

Jason kıza aldırmayan bakışlarla bakarak, "Hatırlatmamın gereği var mı acaba, burası *benim* evim. Kendi malım."

"Öyleyse *ben* giderim." Bu sert ve kararlı meydan okuyuşuna rağmen, kızın çenesi titremeye başlamıştı. Elleriyle yüzünü kapatarak gözyaşlarına boğuldu. Bütün vücudunu sarsan iç paralayıcı hıçkırıklar arasında, "Nasıl yaptın bunu Jason," diye sitem etti. "Bana bu nişan işinin bir oyun olduğunu söylemiştin, ben de sana inandım! Seni... seni asla affetmeyeceğim. Asla..."

Samimi bir acının dışavurumu gibi görünen bu hıçkırıklar karşısında Jason'ın yüzündeki öfke yavaşça silinip yerini bir parça şaşkın bir pişmanlık ifadesine bıraktı. Yavaşça, "Bunun beni affetmene faydası olur mu acaba?" diyerek cebinden kadife kaplı, düz bir kutu çıkarıp başparmağıyla kapağını açtı ve kıza uzattı.

Sybil yüzünü örten parmaklarının arasından kaçamak bir bakışla baktığı kutunun içinde, siyah kadifeden bir fon üzerinde parıltılar saçan pırlanta bileziği görünce nefesini tuttu. Heyecanla bileziği kadife yatağından kaldırıp yanağına bastırdı. Parlayan gözlerini kaldırıp adamın gözlerinin içine bakarak, "Jason, bunun kolyesini de alırsan *her şeyini* affedebilirim!" dedi.

Tam ona Victoria'yla evlenmeye hiç niyeti olmadığını söylemek üzere olan Jason, başını geriye atarak aslan kükremesini andıran bir kahkahayla güldü. Kıza olduğu kadar kendisine de gülermiş gibi başını iki yana sallayarak, kahkahalar arasında, "Sybil," dedi, "senin en sevdiğim tarafın bu işte."

Adamın alaycı gülüşüne bakarken bileziği unutan Sybil, "Neymiş o?" diye sordu.

"Bu dürüstçe, utanmazca açgözlülüğün." Jason'ın sesinde en ufak bir kinaye yoktu. "Bütün kadınlar açgözlüdür, ama sen en azından bunu saklamaya çalışmıyorsun. Haydi, şimdi gel de göster bakalım bana, yeni bileziğine ne kadar sevindiğini."

Sybil uysalca adama doğru yürüyüp kollarının arasına girdi, ama kendisini öpmesi için yüzünü adamınkine doğru kaldırırken gözlerinde hafif sıkıntılı bir ifade vardı. "Kadınlar hakkında pek de iyi şeyler düşünmüyorsun, değil mi, Jason? Yani... gizliden gizliye küçümsediğin yalnızca ben değilim, hepimiz, bütün kadınlar, değil mi?"

Jason soruyu geçiştirerek, "Kadınların," diye mırıldandı, "yatakta nefis yaratıklar olduğunu düşünüyorum."

"Ya yatak dışında?"

Jason kadının sorusunu duymazdan gelerek geceliğini omuzlarından aşağı doğru kaydırdı. Kadının göğüs uçları alışkın parmaklarının dokunuşuyla anında dikleşiverdi. Dudaklarını vahşi ve talepkâr bir öpüşle ezerek kadını kucağına aldı ve yatağa taşıdı. Sybil, onun sorusuna karşılık vermediğini unutmuştu bile.

ON İKİ

Victoria, yatak odasında, Madam Dumosse'dan son gelen kutular arasında oturuyordu. Dairesindeki bütün dolap ve çekmeceler daha şimdiden, yürüyüş ve binici kıyafetlerinin, tuvaletlerin, bone, şal ve keçi derisinden, uzun Fransız eldivenlerinin, ayakkabıların pek çok çeşidiyle dolmuştu ama kutuların hâlâ ardı kesilmiyordu. "Leydim!" Kutulardan birinden, içi samur kürkle kaplı, geniş kapüşonlu koyu mavi saten bir pelerin çıkaran Ruth heyecanla nefesini tuttu. "Hiç bu kadar güzel bir şey gördünüz mü?"

Victoria, başını Dorothy'nin mektubundan kaldırıp baktı ve heyecansız bir sesle onayladı: "Evet, çok güzel. Bununla kaç tane pelerin oldu?"

Ruth, yumuşak beyaz kürkü okşayarak, "On bir," diye yanıtladı. "Yo, hayır, on iki. Samur astarlı sarı kadifeyi unutmuşum. Yoksa on üç mü etti? Durun bakayım... dört tane kadife pelerin var, beş saten, iki kürk, üç de yünlü. Hepsi on dört etti!"

Victoria içini çekerek gülümsedi. "İki pelerinle nasıl da güzelce idare etmişim, insanın inanası gelmiyor." Biraz durup düşündükten sonra devam etti. "Eve döndüğüm zaman da üç dört tanesi yeter de artar bile. Lord Fielding'in birkaç hafta sonra bir daha kullanamayacağım giysilere bu kadar para harcaması çok yazık oluyor. Portage'de, New York'ta, hanımlar böyle şık şeyler giymez." Sözlerini bitirir bitirmez gözlerini yeniden Dorothy'nin mektubuna çevirdi.

Ruth endişeyle, "Eve döndüğünüz zaman mı?" diye fısıldadı. "Ne demek istiyorsunuz? Affedersiniz, hanımım, sorduğum için kusura bakmayın."

Victoria kızı duymadı; kardeşinden o gün gelen mektubu bir kez daha okuyordu.

Sevgili Tory,

Mektubunu geçen hafta aldım. Londra'ya geleceğini duyunca çok sevindim, çünkü hemen görüşebiliriz diye ummuştum. Büyükanneme de seni görmek istediğimi söyledim, ama Londra'da kalacağımız yerde hemen ertesi gün kalkıp büyükannemin köydeki evine geçtik, burası Wakefield Park denen yere arabayla bir saat mesafede. Şimdi de ben köydeyim, sen şehirdesin. Tory, sanırım büyükanne bizi birbirimizden ayrı tutmaya kararlı, bu da beni çok üzüyor ve çok da kızdırıyor. Buluşmak için bir yol bulmamız gerekiyor, ama bunu sana bırakıyorum, sen plan kurmakta benden çok daha iyisindir.

Büyükannemin böyle düşündüğünü belki de yalnızca kuruyorum. Pek emin olamıyorum. Kendisi çok sert ama bana hiç kötü davranmadı. Benim iyi bir evlilik yapmamı arzu ediyor. Aklında da Winston adında bir beyefendi varmış. Düzinelerle harikulade yeni elbisem oldu, ama sosyeteye takdimimden önce çoğunu giyemeyeceğim, bu gelenek bana çok tuhaf geldi. Sosyeteye takdimim de senin biriyle nişanlanmandan önce olamazmış, bu da bir başka gelenek, Büyükannem öyle dedi. Bizim oralarda her şey ne kadar basitti, değil mi?

Büyükanneye sayısız defa senin Andrew Bainbridge'le nişanlı gibi olduğunu, benim de müzikte kariyer yapmak istediğimi anlattım, ama pek aldırır görünmedi.

Senin lafını hiç etmiyor, ama ben yine de senden bahsediyorum. Sonunda büyükanne pes edip de seni de bizimle kalmaya çağırıncaya kadar da devam etmeye kararlıyım. Senden bahsetmemi yasaklamadı; sadece ben senden söz ettiğimde hiçbir şey demiyor; bu yüzden de sen yokmuşsun gibi yapmayı yeğlediğini düşünüyorum. Öylece durup yüzünde anlamsız diyebileceğim bir bakışla dinliyor ve hiçbir şey söylemiyor.

Aslında onu bu konuda ölesiye sıkıştırıyorum –ama sana söz verdiğim gibi, terbiyeli bir şekilde tabii. Başta senden yalnızca söz ediyor, sohbet ederken her yeri geldiğinde senin adını anmaya gayret ediyordum. Büyükanne yüzümün güzel olduğunu söylediğinde, senin çok daha güzel olduğunu söyledim; piyano çalışımı övünce senin çok daha yetenekli olduğunu söyledim; görgümün fena olmadığını söyleyince senin çok daha görgülü ve kibar olduğunu söyledim.

Bütün bunlara rağmen birbirimize ne kadar yakın olduğumuzu ve seni ne kadar özlediğimi bir türlü anlatmayı başaramayınca, biraz daha ileri gitmeye mecbur kaldım ve o çok sevdiğim küçük portreni aşağıdaki oturma odasına indirip şöminenin üstüne koydum. Büyükanne bir şey demedi, ama ertesi gün beni Londra turuna yolladı, döndüğümde de portren yine benim odama konmuştu.

Bundan birkaç gün sonra büyükanneme bir iki arkadaşı misafir gelecekti, ben de en sevdiği salona gizlice girip senin evde yaptığın Portage manzaralarını– bana evi hatırlatsın diye verdiğin resimleri– güzelce etrafa dizdim, sergi gibi. Hanımlar resimlerini görünce bayıldılar, hepsi de ne kadar yetenekli olduğunu söyledi, ama büyükanne hiçbir şey söylemedi. Ertesi gün beni Yorkshire'a gönderdi, iki gün sonra geri döndüğümde de resimleri odamda bir dolaba konmuş buldum.

Bu gece yine misafirleri vardı, benden arkadaşlarına piyano çalmamı istedi. Ben de çaldım, ama arada seninle çocukken yazdığımız şarkıyı da söyledim - hatırlıyor musun, adını da "Ayrılmaz Kız Kardeşler" koymuştuk. Büyükannemin yüzündeki ifadesiz bakıştan bana çok kızdığını anladım. Arkadaşları gidince, beni bütün bir hafta kalmak üzere Devonshire'a yollamaya karar verdiğini söyledi.

Onu bir daha kışkırtacak olursam, anladığım kadarıyla beni bütün bir aylığına Brüksel'e ya da başka bir yere yollayabilir. Yine de, yılmayacağım. Bu konuda şimdilik bu kadar yeter.

Lord Fielding'le nişanınızın ilan edildiğini duyunca nasıl da şaşırmış ve üzülmüşsündür. Andrew bilse o da ne kadar üzülürdü. Neyse, şimdi her şey normale döndüğüne ve bundan da bir şey çıkmayacağına göre, artık yeni giysilerinin tadını çıkarmaya bak. Annemle babam için de, gerektiği gibi yas tutamadığın için de üzülmemeye çalış. Ben siyah eldiven takıyorum, büyükanne İngiltere'de bu şekilde yas tutulduğunu söylüyor, ama altı ay siyah, sonraki altı ay gri giyenler de varmış.

Büyükannem her şeyin usulüne uygun olması gerektiğini düşünen bir insan, onun için de senin Andrew'yla nişanlı olduğunu kabul ettiği halde, benim gelecek bahara kadar sosyeteye takdim edilmeme izin vermiyor. Aileden biri öldüğü zaman, bütün bir yıl geçmeden ufak, gayri resmi toplantılar hariç hiçbir parti ya da baloya gidilmesini doğru bulmuyor. Bence hiç sakıncası yok, çünkü zaten baloya gitme fikrini çok ürkütücü buluyorum. Göründüğü kadar kötü olup olmadığını bana yazmalısın.

Büyükanne arada sırada tiyatroya gitmek için Londra'ya geçecekmiş, tiyatroyu çok seviyor. Arada bir beni de götüreceğine söz verdi. Ne zaman gideceğimizi öğrenir öğrenmez sana haber yollarım, buluşmak için bir yol düşünürüz.

Şimdi gitmek zorundayım, Büyükanne bana bir öğretmen tuttu, takdimimden sonra soylular arasında nasıl davranmam gerektiğini öğreniyorum. Öğrenecek o kadar çok şey var ki başım dönüyor...

Victoria mektubu bir çekmeceye koyup şöminenin üzerindeki saate baktı ve içini çekti. Dorothy'nin son paragrafta neden söz ettiğini çok iyi biliyordu, çünkü neredeyse iki haftadır Miss Flossie Wilson kafasına sonu gelmez davranış ve görgü kuralları sokmaya çalışıyordu, şimdi de ders saati gelmişti.

Miss Flossie salona giren Victoria'yı görür görmez neşeyle gülümseyerek, "Tam zamanında geldin," dedi. "Bence bugün soylulara nasıl hitap edeceğimizi tekrar etsek iyi olur. Yarın gece kendi balonda bir hata yapmanı göze alamayız."

Victoria eteklerini toplayıp arkasına bakmadan kaçma arzusunu güçlükle bastırarak Charles'ın yanına, Miss Flossie'nin karşısına oturdu. Hemen hemen iki haftadır, bitmek bilmeyen görgü kuralları, dans ve Fransızca dersleri arasında, Miss Flossie onu terziden şapkacıya, şapkacıdan mantocuya sürükleyip durmuştu. Dersler sırasında Victoria'nın telaffuzunu dinliyor, her davranışını gözlüyor ve ona hayatı, geçmişte yaptıkları ve ilgilendiği şeyler hakkında sorular sorup duruyordu. Yaşlı kadın kıvırcık saçlı başını sallayışı ve konuşurken ellerini, parmaklarını durmadan oynatmasıyla Victoria'ya çok hareketli küçük bir kuşu hatırlatıyordu.

Miss Flossie, "Evet, şimdi," diye neşeyle derse başladı. "İlk olarak düklerden başlayacağım. Dün de söylediğim gibi, dükalık, İngiliz soyluları arasında kraliyet dışında en yüksek unvandır. Dükler aslında birer 'prens'tir, sana belki prenslik daha yüksek bir unvan gibi gelebilir ama unutma ki kralın oğulları doğuştan prenstirler, sonradan düklüğe *yükseltilirler*." Sonra da yüzünde gurur dolu bir ifadeyle gereksiz bir ekleme yaptı: "Sevgili Charles'ımız da bir dük!"

Victoria, Charles Amca'nın anlayışlı gülümsemesine karşılık vererek, "Evet," dedi.

"Dükten sonra marki gelir. Marki, bir dükalığın varisi olan kişidir. İşte sevgili Jason'ımız da bu yüzden marki oluyor! Onun ardından kont, vikont ve son olarak da baronlar gelir. Bunları yazmamı ister misin, hayatım?"

Victoria çabucak, "Hayır, hayır, hepsi aklımda," diyerek kadını rahatlattı.

Miss Flossie takdir dolu bir sesle, "Sen çok akıllı bir çocuksun," dedi. "Evet, şimdi de hitap şekillerine gelelim. Bir dükle konuşurken, ona 'dük cenapları' demelisin; *asla* bir düke 'lordum' diye hitap etme." Sesi çok ciddi ve önemli bir şeyden bahseder gibi ağırdı. "Düşeslere de 'düşes cenapları' diye hitap edilir. Ama tüm diğer soylulara 'lordum', hanımlarına da 'leydim' diyebilirsin, onlara uygun hitap şekli budur. Sen de düşes olduğunda, sana da 'düşes cenapları' diye hitap edecekler." Sesine yine neşe ve gurur dolu bir kutlama tınısı gelmişti. "Ne heyecan verici, değil mi?"

Victoria huzursuz şekilde "Evet," diye mırıldandı. Charles Amca ona herkesin onu Jason'la nişanlı bilmesinin neden gerekli olduğunu açıklamıştı. Ağzında bakla ıslanmadığı için Flossie Wilson'ın da öyle bilmesi gerektiğine karar vermişti.

"Almack'ın sahibesinden izin aldım, hayatım, valsi sen açacaksın. Ama bu konuda yeterince konuştuk, şimdi de kitaptan soylularla ilgili bir bölüme çalışalım mı?" Ama Victoria bu işkenceden Northrup'un salona girip boğazını temizleyerek Kontes Collingwood'un geldiğini bildirmesi sayesinde kurtulmuş oldu.

Charles Amca, "Kendisini içeri al, Northrup," dedi neşeyle.

Caroline Collingwood salona girdi, masanın üzerinde açık duran görgü kuralları kitaplarını ve İngiltere'deki soylularla ilgili cildi gördü ve Victoria'ya işbirlikçi bir ifadeyle gülümsedi. "Benimle parkta bir fayton gezintisine gelirsin diye umuyordum."

Victoria heyecanla, "Bayılırım'" diye bağırdı. "Sizce bir sakıncası var mı, Miss Flossie? Charles Amca?" İkisi de izin verince Victoria saçını düzeltip bonesini almak için yukarı koştu.

Onu beklerken, Caroline kibarca odadaki yaşlılara döndü. "Tahmin ederim ki yarın gece için sabırsızlanıyor olmalısınız."

Miss Flossie heyecanla sarı buklelerini sallayarak, "Ah, hem de nasıl," dedi. "Victoria nefis bir genç hanım. Ssize söylemeye ne hacet, zaten kendisini tanıyorsunuz. Hali tavrı insanı büyülüyor, öyle rahat ve öyle sözü sohbeti dinlenir bir kız ki. Ya o gözleri! Yüzü de pek güzel. Çok iyi etki yaratacağından adım gibi eminim. Yalnızca, keşke sarışın olsaydı diye düşünmeden edemiyorum." Miss Flossie içini çekerek başını üzgün üzgün salladı, Leydi Collingwood'un koyu kestane rengi örgülü saçlarının farkında bile değildi. "Sarışınlar şimdi çok moda, biliyorsunuz ya." Başını küçük bir kuş gibi hızla Charles'a çevirdi. "Lord Hornby'nin gençliğini hatırlar mısın? Dünyada ondan daha yakışıklısı olmadığını düşünürdüm o zamanlar. Kızıl saçlıydı, konuşması da çok güzeldi. Kardeşinin boyu kısacıktı..." Ve daldan dala atlayan bir kuş gibi konudan konuya atlayarak konuşmasını sürdürdü.

Victoria parkta çevresine bakındı ve koltuğunda arkaya yaslanıp gözlerini mutlulukla kapadı. Caroline'a, "Burası ne kadar huzurlu," dedi, "kaç gündür gelip bu park gezintileriyle beni kurtarıyorsun, ne kadar naziksin."

"Geldiğimde ne çalışıyordunuz?"

"Soylulara ve hanımlarına ne şekilde hitap edeceğimizi."

"İyice öğrenebildin mi bari?"

Victoria yorgun ve umursamaz bir şekilde, gülmesini bastırmaya çalışarak, "Kesinlikle," diye yanıtladı. "Tüm yapmam gereken, erkeklerle sanki birer Tanrı'ymışlarcasına 'lordum', karılarına da sanki onların hizmetçisiymişim gibi 'leydim' diye hitap etmek."

Caroline'ın kahkahası üzerine Victoria da kendini tutamayarak güldü. "Bana en zor gelen Fransızca," diye itiraf etti. "Annem Dorothy'yle bana Fransızca öğretmişti, oldukça iyi okuyup yazabiliyorum, ama iş konuşmaya gelince bir türlü doğru sözcükler aklıma gelmiyor."

Çok iyi Fransızca konuşan Caroline, yardımcı olmaya çalıştı: "Bazen yabancı bir dil öğrenirken en iyisi birkaç faydalı cümle ezberlemektir, tek tek kelimeleri öğrenmekten daha iyi akılda kalır; hem de nasıl sıralayacağını düşünmek zorunda kalmazsın, gerisi de yavaş yavaş gelir. Mesela, benden Fransızca olarak mektup yazmak için kalem kâğıt isteyebilir misin?"

"Mon pot d'encre veut vous emprunter votre stylo?"

Caroline'ın dudakları neşeyle titredi. "Ne dedin biliyor musun, 'Mürekkep hokkam kaleminizi ödünç almak istiyor'".

Victoria, "En azından yaklaşmışım," deyince ikisi de kahkahalara boğuldular.

Parkta dolaşan diğer faytonlarda oturanlar onların neşeli kahkahalarını duyup baktılar ve bir kez daha, sosyetenin gözde simalarından Kontes Collingwood'un Leydi Victoria Seaton'a *özel* bir yakınlık gösterdiğini fark ettiler. Victoria'nın henüz resmen tanıştırılmadığı soylular arasında giderek yükselen prestijine bunun da büyük bir katkısı olmuştu.

Victoria uzanıp her zamanki gibi onlarla gelmiş olan Kurt'un başını okşadı. "Şaşırtıcı değil mi, babamdan matematik ve fizik öğrenirken hiç de zorlanmadım, ama Fransızca kafama girmiyor. Belki de çok anlamsız geldiği için öğrenemiyorumdur."

"Neden anlamsız olsun?"

"Çünkü Andrew yakında gelip beni götürecek."

Caroline üzüntüyle, "Seni özleyeceğim," dedi. "Çoğu arkadaşlıkların bizimki kadar huzurlu ve rahat bir hale gelmesi yıllar alır. Andrew tam olarak ne zaman gelir dersin?"

"Ona annemle babamın ölmesinden bir hafta sonra yazmıştım." Victoria, yüzüne düşen bir tutam saçı dalgın dalgın limon rengi bonesinin pilili kenarından içeri itti. "Mektubun eline geçmesi altı hafta sürer, onun eve dönmesi de bir altı hafta sürer. Amerika'dan gemiye binip buraya geri gelmesi ise dörtle altı hafta arasında sürse, toplam on altıyla on sekiz hafta arası bir süre yapar. Yarın ona yazışımın tam on sekizinci haftası doluyor."

"O ilk mektubun İsviçre'de eline geçtiğini varsayıyorsun, ama Avrupa'ya gönderilen mektuplar her zaman yerine ulaşmaz. Ya mektubu almadan Fransa'ya gittiyse, İsviçre'den oraya gideceğini söylemiştin."

"Öyle bir şey olursa diye, Mrs. Bainbridge'e –Andrew'nun annesine– Fransa'ya yollaması için ikinci bir mektup daha bırakmıştım." Victoria içini çekti. "Ona yazdığımda şimdi İngiltere'de olacağımı bilsem, Amerika'ya hiç dönmez, beni buradan almak için Avrupa'da kalırdı, öylesi çok daha kolay olurdu. Ne yazık ki bilmiyordum, onun için de ilk mektuplarda ona tek söylediğim şey annemle babamın bir kazada öldüğü oldu. Eminim ki bunu öğrenir öğrenmez Amerika'ya yola çıkmıştır."

"Öyleyse neden sen İngiltere'ye gelmek için yola çıkmadan Amerika'ya varmadı?"

"Muhtemelen yeterince zaman yoktu. Tahminimce benim ayrılmamdan bir ya da iki hafta sonra varmıştır."

Caroline düşünceli, tereddütlü bir ifadeyle Victoria'yı süzdü. "Victoria, Atherton Dükü'ne Andrew'nun seni almaya geleceğinden emin olduğunu söyledin mi?"

"Evet, ama bana inanmıyor. İnanmadığı için de bu sezonu Londra'da geçirmem konusunda ısrar ediyor."

"Ama Lord Fielding'le ikinizin nişanlıymış gibi yapmanızı istemesi sana da tuhaf gelmiyor mu?" Caroline, bu sözlerin ardından çabucak özür diledi: "Meraklı görünmek istemem. Eğer bunu benimle konuşmak istemezsen hiç kırılmam."

Victoria başını anlayışlı bir tavırla iki yana salladı. "Sana bundan söz etmeyi öyle istiyordum ki, ama dostluğumuzdan faydalanıp içimi dökerek seni bunaltmak hoşuma gitmedi."

Caroline basitçe, "Ben sana içimi döküyorum," diye karşılık verdi. "Arkadaşlar bunun için vardır –her şeyi konuşabilmek için. Soylular arasında söylediğim şeylerin tek kelimesini bile kimseye söylemeyeceğini bildiğim bir arkadaşım olmasını ne harika ve ne alışılmadık buluyorum, tahmin edemezsin."

Victoria gülümsedi. "Madem öyle... Charles Amca diyor ki, herkes beni nişanlı bilecek olursa ben de kur yapan taliplerin ya da uygun bir evlilik yapmamı bekleyen çevrenin baskısı olmadan rahatça sosyeteye girişimin tadını çıkarabilirmişim."

"Bir bakıma haklı sayılır." Caroline'ın yüzünde biraz şaşkınca bir ifade vardı. "Ama beylerin seni teklifleriyle sıkıştırmalarına engel olmak için oldukça zahmete giriyor."

Victoria düşünceli gözlerle yol kenarındaki düzenli nergis tarhlarına bakıyordu. "Biliyorum, bunu ben de düşündüm. Charles Amca beni seviyor. Eğer Andrew beni almaya gelmeyecek olursa, Lord Fielding'le benim evlenebileceğimize dair hâlâ bir ümit taşıyor içinde gibime geliyor."

Caroline'ın gri gözlerinde bir endişe gölgesi dolaştı. "Sence böyle bir ihtimal var mı?"

Victoria içtenlikle gülümseyerek karşılık verdi: "Kesinlikle yok."

Caroline rahat bir nefes alarak minderlere yaslandı. "İyi. Lord Fielding'le evlenecek olsan senin için endişe ederdim."

"Neden?" Victoria'nın merakı uyanmıştı.

Caroline, çok sıkıntılı bir yüzle, "Keşke bunu söylemez olaydım," diye mırıldandı, "ama bir kere söylediğime göre, sanırım açıklamak zorundayım. Eğer senin Andrew gelmeyecek olursa, Lord Fielding'in aslında nasıl biri olduğunu bilmen gerek. Bazı evlerde kapıyı yüzüne kapamasalar da gelmesinden pek hoşlanılmadığını biliyorum..."

"Ama neden?"

"Bir kere, dört yıl önce bir skandal çıkmış. Ayrıntıları bilmiyorum, çünkü o zamanlar kimsenin yanımda gerçek bir skandal dedikodusu yapmayacağı kadar küçüktüm. Geçen hafta kocama sordum, ama Robert, Lord Fielding'in arkadaşı olduğu için bu konuda konuşmak istemedi. Hepsinin kindar bir kadın tarafından uydurulmuş, aslı astarı olmayan lakırdılar olduğunu söyledi, dedikoduları yeniden canlandırır diye başka kimseye de sormamı yasakladı."

"Miss Flossie, sosyetede her zaman bir sürü dedikodu dolaştığını, çoğunun da uydurma olduğunu söylüyor," dedi Victoria. "Her ne idiyse, eminim önümüzdeki birkaç hafta içinde benim de kulağıma gelir."

Caroline anlayışlı bir ifadeyle, "Hiç sanmam," diye bir tahminde bulundu. "Öncelikle, sen henüz bekâr bir genç kızsın, onun için de saf duyguların incinebilir ya da bayılabilirsin diye, hiç kimse sana en küçük rezilce bir şeyi bile anlatmayacaktır. İkincisi, herkes başkaları hakkında dedikodu yapar, ama hikâyelerini içinde adı geçen kişilerin yüzüne karşı anlatamazlar. Dedikodu, doğası gereği, hikâyenin esas kahramanlarının arkasından yapılır."

Victoria hak vererek başını salladı. "En fazla böyle zarar verir ve en fazla böyle merak uyandırır. New York, Portage'de de dedikodu bilinmeyen bir şey değildi doğrusu ve oradaki dedikoduların çoğu da uydurma olurdu."

"Belki öyledir, ama seni uyarmak istediğim şeyler yalnızca bu kadar değil," dedi Caroline. Yüzünde suçlu, ama arkadaşını korumaya kararlı bir ifade vardı. "Unvanı ve serveti nedeniyle çoğu kişi yine de Lord Fielding'i harika bir koca adayı olarak görüyor. Birçok hanım da onu son derece yakışıklı buluyor. Bu üç nedenden ötürü, sürekli peşinde dolaşırlar. Ancak, *o onlara* pek de nazik davranmaz. Hatta bazen resmen kaba davrandığı bile olur!" Sözlerini ağır bir hüküm verir gibi ciddi bir tonla bitirdi: "Victoria, Lord Fielding bir centilmen *değildir.*"

Caroline durup arkadaşından bir tepki bekledi, ama Victoria ona Lord Fielding'in karakterindeki bu kusur, kırışmış bir boyun bağından daha önemli değilmiş gibi umursamazca bakınca, içini çekerek kaldığı yerden devam etti. "Erkekler de ondan neredeyse kadınların birçoğunun korktuğu kadar çok korkuyor, hem yalnızca öylesine soğuk ve kibirli olduğu için değil. Hindistan'da yaptığı düellolar hakkında da dedikodular var. Düzinelerce kez düello ettiğini ve rakiplerini kılı kıpırdamadan, soğukkanlı bir şekilde öldürdüğünü; üstelik bundan ne üzüntü ne de pişmanlık duyduğunu söylüyorlar. Diyorlar ki, en ufak bir hakaret yüzünden bile bir adamı düelloya davet edebilirmiş."

"Ben buna inanmıyorum." Victoria farkına varmaksızın Jason'ı savunmaya geçmişti.

"Sen inanmayabilirsin, ama başkaları inanıyor ve ondan korkuyorlar."

"O zaman onu dışlıyorlardır, öyle mi?"

"Tam tersi," dedi Caroline. "Ona resmen *yaltaklanıyorlar*. Kimse ona doğrudan sırt çevirmeye cesaret edemiyor."

Victoria arkadaşına duyduklarına inanamıyormuş gibi baktı. "Onu tanıyan *herkes* ondan korkuyor olamaz."

"Neredeyse herkes. Robert onu hakikaten seviyor ve Lord Fielding'de karanlık bir şeyler var, dediğimde bana gülüyor. Ama bir keresinde Robert'ın annesinin arkadaşlarına 'Lord Fielding çok kötü biri, kadınları kullanıp atıyor,' dediğini duydum."

"Bu kadar kötü olamaz. Birçoklarının onu harika bir koca adayı olarak gördüğünü sen kendin söyledin–"

"Aslında, İngiltere'nin en gözde bekârı olarak görülüyor."

"İşte, gördün mü! Herkes onun senin sandığın kadar kötü olduğunu düşünseydi, hiçbir hanım onunla evlenmeyi ya da kızını evlendirmeyi aklından geçirmezdi."

Caroline buna pek de kibarca olmayan, alaycı bir ses çıkararak güldü. "Bir dükalık ve muhteşem bir servet uğruna, Mavi Sakal'la evlenmeye razı olacak bir sürü insan biliyorum!"

Victoria bu söz karşısında kıkırdamaktan başka bir tepki göstermeyince, Caroline'ın yüzü hayretle gölgelendi. "Victoria, o sana da garip ve ürkütücü gelmiyor mu?"

Sürücüleri arabayı geri çevirip Jason'ın evine doğru dönüşe geçerken, Victoria bu soruya vereceği yanıtı dikkatle düşündü. Wakefield'a ilk geldiğinde Jason'ın sivri diliyle kalbini nasıl kırdığını ve kendisini çayda yüzerken yakaladığında ona nasıl kızdığını hatırladı. Sonra da kâğıt oynadıkları gün ustaca hile yapmasını, ağladığı gece kendisini teselli etmesini ve ineği sağma girişimine gülmesini hatırladı. En sonunda da onu sımsıkı sarıp göğsüne bastırışını, vahşi ve talepkâr bir arzuyla öpüşünü hatırladı ama bunu hemen aklından uzaklaştırdı.

Ağır ağır konuşarak, "Lord Fielding çabuk parlıyor," diye başladı, "ama gördüğüm kadarıyla öfkesi çabuk geçiyor ve olup bitmiş şeyleri geride bırakıyor. Bu bakımdan ben de tıpkı onun gibiyimdir, ama onun kadar çabuk sinirlenmem." Sonra gülerek ekledi: "Ayrıca kendisini vurmakla tehdit ettiğimde *beni* düelloya davet etmedi. Bu nedenle adam vurmaya o kadar da hevesli olduğuna inanmıyorum. Bana soracak olursan..." Sesi yeniden ciddileşmişti."Son derece cömert bir insan olduğunu ve hatta sert görünüşünün altında nazik–"

"Şaka yapıyor olmalısın!"

Victoria başını iki yana sallayarak açıklamaya çalıştı. "Ben onu senin gördüğünden daha farklı görüyorum. Ben insanları babamın bana öğrettiği şekilde görmeye çalışırım."

Caroline umutsuzca, "Baban sana insanların kusurlarına karşı kör olmayı mı öğretti?" diye sordu.

"Hayır, kesinlikle hayır. Ama o bir doktordu ve bana da yalnızca görünen şeylere bakmayıp, onları doğuran nedenleri anlamaya çalışmayı öğretti. Bu yüzden, biri ne zaman tuhaf davranırsa, hemen neden öyle davrandığını merak ederim, her zaman da bir sebebi vardır. Örneğin, insanların rahatsız olduklarında genellikle huysuz olduklarını hiç fark etmiş miydin?"

Caroline hemen başını salladı. "Ağabeylerim azıcık bile hasta olsalar cinleri tepelerine çıkardı."

"İşte bunu diyorum: ağabeylerin kötü insanlar değil, ama rahatsızlandıklarında huysuzlaşıyorlar."

"Yani Lord Fielding'in hasta olduğunu mu düşünüyorsun?"

"Ben onun pek mutlu olmadığını düşünüyorum, bunun da hasta olmaktan pek farkı yok. Bu bir yana, babamın bana öğrettiği diğer bir şey de, birinin ne dediğinden çok ne yaptığına bakmaktır. Eğer Lord Fielding'i bu bakımdan değerlendirirsen, bana karşı çok iyi davrandı. Bana evini açtı, hayatım boyunca kullanıp eskitemeyeceğim kadar fazla güzel giysiler aldı, hatta Kurt'u eve almama bile izin verdi."

Caroline, "Sen insanları benden çok daha iyi anlıyor olmalısın," diye mırıldandı.

Victoria üzüntüyle, "Hayır, hiç öyle değil," diye itiraz etti. "Ben de herkes kadar kolay sinirleniyorum ve inciniyorum. Karşımdakinin bana neden öyle davranmış olabileceğini anlamaya çalışmak ancak *sonradan* aklıma geliyor."

"Lord Fielding'den de sinirli olduğunda bile korkmuyorsun, öyle mi?"

"Azıcık korkuyorum," diye itiraf etti Victoria. "Ama tabii, Londra'ya geldiğimizden beri onu hiç görmedim, yani belki de bu cesaretim aramızda mesafe var diyedir."

Caroline, "Ama artık yok," diyerek başıyla Upper Brook Caddesi, 6 numaranın önünde duran, siyah cilalı, kapısı altın armalı, şık kupa arabasına işaret etti. Victoria'nın boş gözlerle baktığını görünce, "Siyah kupanın üzerindeki Lord Fielding'in arması," diye açıkladı. "Arkasındaki de bizim arabamız. Kocam işini erken bitirip beni almaya gelmiş olmalı."

Victoria Jason'ın orada olduğunu duyunca yüreği hop etti. Bunu da hemen Caroline'le onu çekiştirmelerinden ileri gelen suçluluk duygusuna yordu.

İki centilmen de salonda oturmuş, Miss Flossie'nin onlara Victoria'nın iki haftada kaydettiği ilerleme hakkında uzun ve dağınık bir monologla işkence etmesine terbiyeli bir şekilde katlanmaktaydılar. Bu arada Miss Flossie'nin neredeyse elli yıl geride kalmış kendi sosyeteye takdimi hakkında da birçok hikâye dinleme fırsatı bulmuşlardı. Victoria, Jason'ın gerilmiş yüzüne bakar bakmaz, kendini yaşlı hanımı boğarken hayal ettiğini anladı.

"Victoria!" Miss Flossie, genç kızı görür görmez küçük ellerini neşeyle çırparak heyecanla bağırmıştı. "Sonunda döndünüz! Bu beylere piyanodaki yeteneğinden söz ettim, onlar da senin piyano çalmanı dinlemek için sabırsızlıkla bekliyorlardı." Jason'ın kendisi hakkında 'sabırsızlıkla bekliyor' dendiğini duyunca yüzünde beliren alaylı ifadenin farkında bile olmaksızın, Victoria'yı piyanoya doğru götürüp hemen bir şeyler çalması için ısrar etmeye koyuldu.

Victoria çaresizlik içinde piyanonun taburesine oturup, iyi dikilmiş koyu mavi pantolonunun paçasına yapışmış bir parça tüyü almaya odaklanmış Jason'a kaçamak bir bakış attı. Adam ancak esniyor olsa daha sıkılmış görünebilirdi. Ancak son derece yakışıklıydı. Victoria bunu fark eder fark etmez bütün vücudunda yine gergin bir ürperti dolaştı, adam bakışlarını ona çevirip, ağır ağır yüzüne yayılan alaycı bir tebessümle yüzüne bakınca gerginliği daha da arttı. Jason, "Daha önce hem yüzmesini, hem ateş etmesini, hem vahşi hayvanları terbiye etmesini, *hem de* piyano çalmasını bilen bir kızla karşılaşmamıştım," dedi. "Çal da dinleyelim bakalım."

Victoria, adamın ses tonundan kötü çalmasını beklediğini anlayabiliyordu ve şu anda bu kadar anlamsız bir şekilde gerginken resital vermekten kaçmak için her şeyi denemeye hazırdı. Çabucak kendini bu işten affettirmeye çalışarak, "Mr. Wilheim babamın ciğerlerini tedavi etmesine karşılık olarak Dorothy ile bana piyano dersi verirdi," dedi, "ama Dorothy müzikte benden çok daha iyidir. İki hafta öncesine kadar aylar boyunca tek bir nota bile çalmamıştım, hâlâ da tam açıldığımı söyleyemem. Beethoven'im ancak vasat denilebilir–"

Jason bir kaşını meydan okurcasına kaldırıp başıyla piyanoya doğru işaret edince, Victoria'nın son umudu da söndü. İçini çekerek durumu kabullendi. "Dinlemek istediğiniz özel bir şey var mı?"

Jason sesinde gizli bir alayla, "Beethoven," diye karşılık verdi.

Victoria'nın öfkeli bakışı yalnızca yüzündeki sırıtmanın iyice yayılmasına yaradı. Kız başını eğerek adamın istediğini yapmaya hazırlandı. Parmaklarını dener gibi klavyenin üzerinde gezdirdi, sonra da ellerini tuşlara yerleştirip bir an durdu. Çalmaya başlayınca, oda, Beethoven'ın Fa Minör Piyano Sonatı'nın sürükleyici, neşeli ezgisi ve muzaffer kreşendolarıyla çınladı, parçanın bütün gücü, canlılığı ve tatlı oynaklığı odayı dolduruverdi.

Salonun dışındaki holde, Northrup elindeki gümüş bir kaseyi parlatmayı kesip gözlerini kapatarak zevkle dinlemeye koyuldu. Girişte uşaklardan birini azarlamakta olan O'Malley durup, başını salona doğru eğerek Lord Fielding'in evinde çalınmakta olan neşeli müziğe kulak verdi.

Victoria çalmayı bitirdiğinde, salondaki herkes onu coşkuyla alkışlamaya koyuldu. Alkışa iştirak etmeyen tek kişi, dudaklarında alaycı bir tebessümle arkasına yaslanmış olan Jason'dı. "Acaba daha başka 'vasat' yeteneklerin de var mı?" diye dalga geçti, ama gözlerinde içten bir iltifat vardı. Victoria bunu görünce içi garip bir şekilde büyük bir zevkle doldu.

Caroline ve kocası kısa bir süre sonra, ertesi gece Victoria'nın balosunda görüşmeye söz vererek ayrıldılar, Miss Flossie de onları kapıya kadar geçirdi. Jason'la yalnız kalınca, Victoria kendini sebepsiz bir şekilde huzursuz hissetti ve bunu gizlemek için hemen konuşmaya başladı. "Ben... seni burada görmek beni şaşırttı."

Jason baş döndürücü bir gülümsemeyle, "Herhalde takdim balona gelmezlik edeceğimi düşünmüyordun," diye takıldı. "Görgü kurallarını o kadar da bilmiyor sayılmam. Nişanlı olduğumuza göre, balonda beni görmeyince herkes ne düşünürdü?"

Victoria, "Lordum–" diyerek söze başladı.

Jason gülerek "Bu kulağa çok hoş geliyor," dedi. "Çok saygılı bir hitap şekli. Bana daha önce hiç böyle hitap etmemiştin."

Victoria, yüzünde şakadan bir ciddiyet ifadesiyle, "Yine de etmezdim, ne var ki Miss Flossie günlerdir kafama unvan ve hitap şekillerini kazımakla uğraşıyor," diye karşılık verdi. "Ama söyleyeceğim şey şuydu; ben aldatmacada pek başarılı değilimdir, herkese nişanlı olduğumuzu söyleme düşüncesi de beni fena halde rahatsız ediyor. Charles Amca beni dinlemiyor, ama bence bu kandırmaca hiç de iyi bir fikir değil."

"Doğru." Jason'ın sesi heyecansızdı. "Bu sezonu Londra'da geçirmeni istememizin nedeni seni evlenebileceğin uygun bekârlarla tanıştırmak."

Victoria itiraz edip evleneceği kişinin Andrew olduğunu belirtmek için ağzını açtı, ama Jason elini kaldırıp onu susturarak son cümlesini kendisi düzeltti: "Daha doğrusu, *şayet* Ambrose seni kurtarmaya gelmeyecek olursa evlenebileceğin uygun kişilerle tanıştırmak."

"Andrew," diye düzeltti Victoria. "Andrew Bainbridge."

Jason bu ismi omuz silkerek geçiştirdi. "Söz bizim nişanımıza geldiğinde, senin de benim söylediklerimi söylemeni istiyorum."

"Yani?"

"Ben soranlara aramızda her şeyin daha kesin olarak şekillenmediğini ya da beni böyle bir karar verecek kadar iyi tanımadığını söylüyorum. Böyle dersek, diğer taliplerine kapıyı açık bırakmış oluruz, ve Charles bile buna itiraz edemez."

"Yine de ben açıkça nişanlı olmadığımızı söylemeyi yeğlerdim."

Jason elini ensesine götürüp sinirli bir hareketle gergin kaslarını ovmaya başladı. "Söyleyemezsin. Eğer ikimizden biri şimdi böyle diyecek olursa, herkes sen İngiltere'ye gelir gelmez nişanın bozulduğunu düşünür, bu sefer de nişanı hangimizin, ne sebeple bozduğuna dair bir sürü sevimsiz dedikodu çıkar."

Victoria'nın aklına hemen Caroline'ın söylediği şeyler geldi ve eğer nişanı kendisinin bozduğunu düşünecek olurlarsa soyluların Jason hakkındaki kötü düşüncelerinin daha da pekişmiş olacağını düşündü. Bu açıdan bakınca, gönlü bu nişan yalanını sürdürmeye razı oldu. Jason'ın kendisine gösterdiği iyilik ve cömertliğe asla herkesin onu bir koca olarak itici ya da korkutucu bulduğunu düşünmesine yol açarak karşılık veremezdi. "Pekâlâ," dedi. "Ben de aramızda her şeyin henüz kesin olmadığını söylerim öyleyse."

"Aferin," dedi Jason. "Charles daha önce ciddi bir kalp krizi geçirdi, kalbi çok zayıf. Onu gereksiz yere endişelendirmek istemiyorum. O da senin iyi bir evlilik yaptığını görmeye kesin kararlı."

"Ama ya Andrew gelip beni aldığında ne olacak? Charles Amca o zaman ne hissedecek?" Victoria'nın gözleri irileşti, aklına yeni bir soru daha gelmişti. "Ben seni... seni yüzüstü bırakıp Andrew'yla evlenince herkes ne diyecek?"

Kızın aklından geçenleri ifade etmek için seçtiği kelimelerin Jason'ı eğlendirdiği gözlerindeki parıltıdan belli oluyordu. "*Eğer* öyle bir şey olursa, senin daha önceden babanın vermiş olduğu bir sözü yerine getirdiğini söyleriz. İngiltere'de bir kızın görevi ailesinin uygun bulduğu kişiyle evlenmektir, bu yüzden herkes bunu anlayışla karşılar. Charles seni özleyecektir, ama mutlu olduğunu düşünmek bu üzüntüsünü hafifletir. Ne var ki–" Jason daha sözlerini bitirmemişti. "Ne var ki, ben böyle bir şey olacağını sanmıyorum. Charles benimle Bainbrige hakkında konuştu, ben de bu gencin dul anasının parmağında oynattığı zayıf bir adam olduğu konusunda onunla hemfikirim. Sen yanında olup ona destek olmadan annesine karşı çıkıp arkandan gelme cesaretini ve kararlılığını bulamayacaktır."

Jason'ın Andrew hakkındaki yanlış görüşlerine çok sinirlenen Victoria, "Aman Tanrım–" diye atıldı, ama Jason otoriter bir tavırla kızın sözünü keserek devam etti: "Daha sözlerimi bitirmedim. Şunu da açıkça anlıyorum ki, baban ikinizin evlenmesi konusunda pek hevesli değilmiş. Yoksa hayatınız boyunca birbirinizi tanıdığınız halde, yine de birbirinize karşı olan duygularınızı sınamak için bir süre ayrı kalmanızda ısrar etmezdi. Baban öldüğünde Bainbridge'le nişanlı değildin, Victoria. Bu yüzden de kapımıza gelip seni isteyecek olursa..." Jason'ın sesinde tartışma kabul etmez bir tını vardı, "benim onunla evlenip Amerika'ya dönmene izin vermem için, önce beni ikna edip *onayımı* alması gerekecek."

Victoria adamın bu kabalığı karşısında gülmekle kızmak arasında kalmıştı. Kafasının içinde düşünceleri birbirine karışarak, "Bu ne cüret!" diye çıkıştı. "Daha onunla tanışmadan nasıl bir adam olduğuna karar vermişsin bile. Şimdi de bana, Andrew kendini *sana* kabul ettirmedikçe onunla gidemeyeceğimi söylüyorsun. Hatırlarsan Wakefield'e geldiğim ilk gün, beni neredeyse gerisin geri gönderiyordun!" Bütün bunlar o kadar mantıksızdı ki Victoria gülmeye başladı. "Biliyor musun, bir dahaki sefere ne yapacaksın ya da ne diyeceksin, hiç fikrim yok. İş sana gelince ne yapacağımı bilemiyorum."

Jason'ın dudaklarında kızın gülmesine karşılık veren bir gülümseme belirmişti. "Yapman gereken tek şey, önümüzdeki birkaç hafta boyunca Londra'nın bekârlarına şöyle alıcı gözle bakıp istediğini seçmek ve bana getirip rızamı almak. Daha kolayı olamaz. Hemen her gün burada, çalışma odamda çalışıyor olacağım."

Victoria adamın kendisine nasıl koca seçeceğini anlatma şekli karşısında gülmesini bastırmaya çalışarak, şaşkınlıkla "Burada mı?" diye sordu. "Senin Charles Amca'nın evinde kalacağını sanıyordum."

"Geceleri orada kalacağım, ama gündüz burada çalışacağım. Charles'ın evi çok rahatsız. Eşya eski, odaların da çoğu küçük ve karanlık. Ayrıca, gündüz burada olsam da yanımda uygun bir refakatçin olduğu sürece –ki var– kimsenin aklına bir şey gelmez. Evimde rahat rahat çalışmak dururken gidip sıkıntı çekmemin bir anlamı yok. Refakatçi dedim de, Flossie Wilson'un konuşmasından komaya girmedin mi henüz?"

Victoria gülmemeye çalışarak, "Çok tatlı bir insan," diye karşılık verdi.

"Bu kadar çok konuşup da bu kadar az şey söyleyen başka bir kadın görmedim."

"Çok iyi yürekli."

Jason, dalgın dalgın "Doğru," diyerek saate baktı. "Bu gece operaya gitme sözüm var. Charles dönünce, ona geldiğimi ve yarın gece de konukları karşılamak üzere vaktinde burada olacağımı söyler misin?"

"Tabii, olur." Victoria adama yüzünde çocuksu, arsızca bir gülümsemeyle bakarak devam etti. "Ama seni uyarıyorum. Andrew gelip sen de her konuda ne kadar yanıldığını kabul etmek zorunda kaldığında, bundan büyük zevk alacağım."

"Fazla güvenme."

"A, ama güveniyorum. Karşına dikilip sözlerini geri almanı dinlemek çok güzel olacak."

Jason hayret dolu bir sessizlik içinde kızın gülen yüzüne baktı. "Sen hiçbir şeyden korkmaz mısın?"

Victoria neşeyle cevap verdi: "Senden korkmuyorum."

"Korksan iyi olur." Jason, bu anlaşılmaz sözün ardından arkasını dönüp gitti.

ON ÜÇ

"Neredeyse herkes burada." Ruth, Victoria'nın saçına son rötuşları yaparken, Miss Flossie de heyecanla konuşup duruyordu. "Muhteşem girişin için vakit geldi, tatlım."

Victoria yaşlı hanımın sözünü dinleyerek ayağa kalktı, ama dizleri titriyordu. "Keşke ben de Charles Amca ve Lord Fielding'le birlikte kapıda durup konukları karşılasaydım, hepsiyle tek tek tanışmış olurdum. Öylesi bu kadar ürkütücü olmazdı."

Miss Flossie, cilveli bir edayla, "Ama hiç bu kadar etkili de olmazdı," diye karşılık verdi.

Victoria aynada kendini son bir kez tepeden tırmağa süzdü. Ruth'un uzattığı yelpazeyi aldı ve eteklerini toplayarak titrek bir sesle, "Hazırım," dedi. Merdiven sahanlığından geçerlerken bir an durup aşağıya baktı. Giriş, balo şerefine şahane bir çiçek bahçesine çevrilmişti, her yanda koca koca vazolar içinde çok şık bitki ve yaprak aranjmanları ve sepetler dolusu beyaz gül vardı. Derin bir nefes alıp, üst kattaki balo salonuna çıkan kıvrımlı merdiveni çıkmaya başladı. Merdiven boyunca sıralanmış, resmi, sırmalı yeşil kadife üniformalı uşaklar, uzun gümüş vazolar içine yerleştirilmiş beyaz güllerin yanında hazır olda bekliyorlardı. Victoria tanıdığı uşaklara gülümseyerek, tanımadıklarına da hafifçe başıyla selam vererek ilerledi. Merdivenin başında duran O'Malley'nin yanından geçerken durup, yumuşak bir sesle, "O günden sonra dişin yine ağrıdı mı?" diye sordu. "Eğer yine ağrıyacak olursa sakın bana söylemezlik etme. O lapadan yine yaparım, hiç sorun değil."

O'Malley açık bir sadakatle gülümseyerek, "Son yaptığınız çok iyi geldi, leydim, ondan sonra bir daha ağrımadı," diye karşılık verdi.

"Çok iyi, ama yine başlarsa bana söylemeden dayanmaya uğraşmazsın, değil mi?"

"Uğraşmam, söylerim, leydim."

O'Malley, Victoria köşeyi dönünceye kadar bekledi, sonra da yanındaki uşağa dönüp, "Muhteşem bir hanım, değil mi," diye sordu.

Diğer uşak, "Tam bir hanımefendi," diye yanıtladı. "Tam dediğin gibi."

O'Malley, "Hepimiz için çok iyi olacak," diye bir tahminde bulundu. "Lord cenaplarının da neşesini yerine getirecek. Hele yatağına bir girsin. Ona bir de oğul verir. İşte o zaman lordumuz mutlu olur."

Northrup yukarıdan balo salonuna bakan çıkmada dimdik durmuş, yanındaki mermer kapıdan giren ziyaretçilerin adlarını anons etmeye hazır, bekliyordu. Victoria titreyen dizleriyle yanına yaklaşarak, "Bana bir saniye izin ver, nefesimi toplayayım," dedi. "Sonra isimlerimizi anons edebilirsin. Korkunç gerginim."

Karşısında duran nefes kesici güzellikteki genç kadını bu işleri çok iyi bilen gözleriyle bir an süzen Northrup'un ciddi yüzünde neredeyse bir gülümsemeyi andıran bir yumuşama dolaştı. "Siz nefesinizi toplarken, leydim, dün öğleden sonra piyanoda Beethoven'ın Fa Minör Sonatı'nı çalışınızı dinlemekten ne kadar zevk aldığımı söylememe izin verir misiniz? En sevdiğim parçalardan biridir."

Victoria ciddi hizmetkârın bu beklenmedik iltifatına öyle memnun olmuş ve şaşırmıştı ki, neredeyse aşağıdaki balo salonunda konuşup gülen gürültücü kalabalığı unutmuştu. Kibarca gülümseyerek, "Teşekkür ederim," dedi. "Peki en sevdiğin parça hangisi?"

Northrup genç hanımın bununla ilgilenmesine çok şaşırmış gibi görünüyordu, ama sevdiği parçanın adını söyledi.

Victoria bütün tatlılığıyla, "Yarın onu senin için çalacağım," diye söz verdi.

Kahya yüzünde her zamanki ciddi ifadeyle eğilerek resmi bir selam verdi ve "Çok naziksiniz, leydim," dedi. Genç hanımın adını anons etmek için salona döndüğünde, sesi gururla çınlıyordu. "Leydi Victoria Seaton, Kontes Langston," diye seslendi, "ve Miss Florence Wilson."

Balo salonunu dolduran kalabalık adeta salonun ortasına bir yıldırım düşmüşçesine bir anda konuşup gülmeyi kesti ve yaklaşık beş yüz konuk merakla dönerek ilk kez resmen tanışacakları, Amerika'da doğmuş ve şimdi annesinin unvanını taşıyan, yakında ise Lord Fielding'le evlenerek daha bile fazla kıskanılan bir unvana kavuşacak olan genç kıza baktı.

Karşılarında, egzotik, kızıl saçlı bir tanrıça duruyordu. Vücudunu sararak ince, kıvrımlı hatlarını ortaya çıkaran, gözleri gibi safir rengi, eski Yunan tarzı ipek bir tuvalete bürünmüştü. Ellerinde, kolun üst kısmına kadar çıkan uzun eldivenler vardı, pırıl pırıl parlayan gür saçları tepede iri bukleler halinde toplanmış, diz dizi safir ve pırlantayla sarılmıştı. Çıkık, incecik elmacık kemikleri, kusursuz burnu, dolgun dudakları ve çenesinin ortasındaki minicik, gönül çelen gamzesiyle unutulmaz güzellikte bir yüze bakıyorlardı.

Bu soylu ve güzel genç kadına bakan kimsenin aklına, dizlerinin dehşetle titrediği gelmezdi.

Victoria merdivenlerden inerken, ona bakan adsız yüzler aralanıp yol verir gibi oldu, aralarından Jason öne çıkarak ona doğru gelip elini uzattı. Victoria elini insiyaki bir hareketle Jason'a verdi, ama adama bakan gözleri korkuyla irileşmişti.

Jason, özel bir iltifatta bulunacak gibi kıza doğru eğilerek, "Ölesiye korkuyorsun, değil mi?" diye sordu. "Seni yüzlerce kişiyle tanıştırmaya hemen başlayayım mı, yoksa önce benimle dans ederek herkese sana şöyle tepeden tırnağa bir bakma fırsatı vermek mi istersin?"

Victoria gülmesini bastırarak, "Zor bir seçim!" diye fısıldadı.

Jason akıllıca bir karar verdi ve "Müziği başlatıyorum," diyerek başıyla müzisyenlere işaret verdi. Dramatic bir valsin ilk notaları arasında, Victoria'yı dans pistine götürüp kolları arasına aldı. "Vals yapabilir misin?"

Kendini korkunç bir gülme krizinin eşiğinde hisseden Victoria, kendini daha fazla tutamadı, gülerek, "Sormanın tam sırası!" diye cevap verdi.

Jason, sert bir sesle, ama pür dikkat kendilerini izleyen seyircilere karşı takındığı büyüleyici gülümsemeyi hiç bozmadan, "Victoria!" dedi. "Sen soğukkanlılıkla beni tüfekle beynimi dağıtmakla tehdit etmiş bir kadınsın. Şimdi korkaklaşma sakın."

Valsin ilk adımlarını atarlarken, Victoria bütün gücüyle partnerine ayak uydurmaya çalışarak, "Tamam, lordum," diye cevap verdi. İçinden, adamın vals yapışında da, şahane siyah gece kıyafetini taşımasında da aynı rahatlık ve şıklık olduğunu geçirdi.

Jason'ın belini saran kolu birden bire onu kendine çekerek güçlü vücudunu hissettirecek kadar yakınlaştırdı, adam alçak bir sesle, "Dans eden bir çiftin aralarında sohbet etmesi ya da biraz flört etmesi beklenir, yoksa dışarıdan bakanlar ikisinin birbirinden hoşlanmadığını düşünürler," dedi.

Victoria adama ümitsizlikle baktı, ağzı, sanki bir avuç talaş yutmaya çalışıyormuş gibi kupkuruydu.

"Lanet olsun, bir şeyler söyle."

Adamın yüzünde *böylesine* hoş ve ilgili bir gülümsemeyle küfretmesi Victoria'nın istemeden bir kahkaha atmasına neden oldu, bu sayede bir an için de olsa seyircileri aklından çıkarabildi. Adamın dediği gibi yapmaya çalışarak, aklına gelen ilk şeyi söyledi. "Çok güzel vals yapıyorsunuz, lordum."

Jason rahatlayarak ona gülümsedi. "Bunu *benim sana* söylemem gerekirdi."

Victoria yüzüne adama hayran hayran bakar gibi bir ifade vermeye çalışarak, "Siz İngilizlerin her konuda muhakkak bir kuralınız vardır zaten," diye karşılık verdi.

Jason, "Siz de İngilizsiniz, hanımefendi," diye hatırlattıktan sonra, "Miss Flossie sana vals yapmayı çok iyi öğretmiş," diye ekledi. "Başka neler öğrendin?"

Adamın daha önce vals yapmayı bilmediğini varsayması Victoria'yı biraz kızdırmıştı, ama neşeyle gülümseyerek, "Artık İngilizlerin soylu ve kibar bir genç hanımın bilmesi gerektiğini düşündüğü her şeyi bildiğimden emin olabilirsin," dedi.

Jason kızın sesinin tınısına gülerek, "Peki neymiş bunlar?" diye sordu.

"Piyano çalmanın yanı sıra şarkı da söyleyebiliyor, düşmeden vals yapabiliyor ve nakış işleyebiliyorum. Ayrıca, Fransızca okuyabiliyor ve vakarla reverans yapabiliyorum. Bana öyle geliyor ki," yüzünde küstahça bir gülümseme belirmişti, "İngiltere'de kadınların tamamıyla faydasız olanı pek beğeniliyor."

Jason bu yoruma başını geri atarak kahkahayla güldü. İçinden, kızın şaşırtıcı tezatlarla dolu olduğunu geçirdi. Aynı anda hem çokbilmişti hem de saf; hem kadınsıydı hem de cesur; hem baştan çıkarıcı derecede güzeldi hem de çok esprili. Bir erkeğin elleri için yaratılmış bir vücudu; bir erkeği şehvete sürükleyebilecek gözleri; neşeli, sıcacık ya da ateşli olabilen bir gülüşü; bir erkeği resmen öpmeye davet eden bir ağzı vardı.

Victoria, "Gözlerini böyle dikerek bakmak kibarca bir davranış değil," dedi, ama aklında Jason gözlerinin nereye dikildiğinden çok etrafa eğlenir gibi görünmeyi sürdürme endişesi vardı.

Jason bakışlarını kızın ağzından başka tarafa çevirerek, "Özür dilerim," dedi.

Victoria, şakacı bir tonla, "Dans ederken flört etmemiz gerektiğini söylemiştin," diye hatırlattı. "Benim bu konuda hiç tecrübem yok, ya senin?"

"Gereğinden de fazla." Jason, kızın elmacık kemiklerine yayılan göz alıcı pembeliği hayranlıkla seyretti.

"Pekâlâ, öyleyse nasıl yapıldığını bana da göster."

Bu davet karşısında hayrete düşen Jason, kızın koyu kirpikli, gülen gözlerine baktı, bir an için o güzel gözlerin maviliğinde kaybolur gibi oldu. Vücudunu saran arzuyla kolu kendiliğinden kızı sıkıca sarıp kendine yaklaştırdı. Boğuk bir sesle, "Derse hiç ihtiyacın yok," diye karşılık verdi. "Şu anda çok iyi yapıyorsun."

"Neyi?"

Kızın gerçekten anlamadığı yüzünden belli oluyordu. Yüzündeki şaşkın ifade Jason'ın aklını başına getirdi, kızı sımsıkı saran kolu gevşedi. "Başını hiç ummadığın kadar büyük dertlere sokmayı."

Salonun bir kenarında, genç Lord Crowley monoklunu kaldırarak Leydi Victoria'yı tepeden tırnağa inceledi. Arkadaşına, "Nefis bir kadın," dedi. "Daha ilk gördüğümüzde söylemiştim sana, hani Brook Caddesi'ne ilk geldiği gün. Hayatta eşini benzerini görmedim. Gökten inmiş bir melek sanki."

Genç Lord Wiltshire, "Bir afet, tam bir afet!" diyerek arkadaşını onayladı.

"Arada Wakefield olmasa, ona kendim kur yapmak isterdim," dedi Crowley. "Savunmalarına karşı tuzaklar kurar, diğer talipleriyle çarpışır, onu elde edene kadar peşinden koşardım."

Lord Wiltshire, "Tabii," diye dalga geçti, "ama onu *ele geçirmek* için on yaş daha büyük ve yirmi kat daha zengin olman gerekirdi. Mamafih, duyduğuma göre, evlilik işi daha kesin değilmiş."

"Bu durumda, onunla bu gece tanıştırılmak zorundayım."

"Ben de öyle." Lord Wiltshire'ın sesinde açık bir meydan okuma vardı. İki delikanlı da usulünce tanıştırılmak için ayrılıp kendi annelerini bulmaya koştular.

Victoria için, gece büyük bir başarı olmuştu. Sosyetede herkesin Leydi Kirby gibi olacağından korkmuştu, ama onun bu beklentisinin aksine çoğunluğu onu soylu çevrelerine kabul etmekten zevk duyar gibi davranmış, hatta bazıları –özellikle de beyler– ona iltifat etmede ve ilgi göstermede ciddi olamayacak kadar ileri gitmişlerdi. Çevresini sarıp onunla tanıştırılmak ve dans etmek için sıraya girmişler; yanı başından ayrılmayarak ilgisini çekmeye çalışmışlar; kendisini ziyaret etmek için iznini istemiş ve onu cömertçe komplimanlara boğmuşlardı. Victoria ise, bunların hiçbirini ciddiye almadığı halde, hepsine aynı tarafsız yakınlıkla karşılık vermişti.

Arada bir gözü Jason'a çarptıkça kendi kendine sevgiyle gülümsüyordu. Genç adam bu gece giydiği, saçları gibi kuzguni siyah gece kıyafeti, kar gibi beyaz fırfırlı gömleği ve her zamanki pırıl pırıl gülümsemesiyle nefes kesecek kadar yakışıklıydı. Onun gölgesinde, diğer erkekler soluk ve önemsiz kalıyorlardı.

Victoria başka birçok hanımın da kendisiyle aynı fikirde olduğunu ancak dört saat sonra, kendisiyle dans etmek için sıraya giren beylerden biriyle dans ederken fark edebildi. Bu hanımların birçoğu, sözde nişanlı olmasına rağmen Jason'la açıktan açığa flört ediyorlardı. Victoria, güzel, ateşli bir sarışının konuşurken davetkâr bakışlarını Jason'ın gözlerine dikip hiç ayırmaksızın dikkatini çekmeye çalışmasını, kıza gizliden gizliye acıyarak izledi. Jason ise omzunu kayıtsızca bir sütuna yaslamış, yanık tenli yüzünde sıkıntılı bir ifadeyle kızı lütfen dinliyordu.

Victoria o geceye kadar, Jason'ın o insanı çileden çıkaran alaycı tavrını yalnızca kendisine karşı takındığını sanmıştı, ama şimdi adamın bütün kadınlara aynı şekilde soğuk davrandığını fark ediyordu. Caroline ona Jason'ın kaba bir insan olduğunu söylediğinde kastettiği şey şüphesiz buydu. Buna rağmen, hanımlar ateşin etrafında dönen pervaneler gibi çevresinde dolanıp duruyorlardı. Victoria adamın kolunu sarışının elinden kibarca kurtarıp Lord Collingwood'a doğru gidişini seyrederken, içinden bunun pek de şaşılacak bir şey olmadığını geçirdi. Jason dayanılmaz, karşı konulmaz bir şekilde... erkeksiydi.

Robert Collingwood Jason'a bakarak, başıyla, Flossie Wilson'ın etrafına toplanmış, Victoria'nın dans pistinden dönmesini bekleyen hayranlarına işaret etti. "Eğer hâlâ onu bir başkasıyla evlendirmeye niyetliysen, Jason," dedi, "fazla beklemen gerekmeyecek. Victoria bir anda sosyetenin gözbebeği oluverdi."

Jason Victoria'nın hayranlarına bakıp kayıtsızca omuz silkerek karşılık verdi. "Güzel."

ON DÖRT

Robert'ın Victoria'nın süksesi hakkındaki tahmini doğru çıktı. Balonun ertesi günü, on iki centilmen ve yedi genç hanım Leydi Victoria'yı ziyarete gelip onu çeşitli yerlere davet ettiler ve Kurt'a yakından bakmak için yalvar yakar oldular. Northrup muzaffer bir edayla salonlara girip çıkan konukları anons ediyor, çay tepsilerini taşıyan uşaklara emirler yağdırıyordu.

Saat dokuzda akşam yemeği sofraya konduğunda, Victoria konukları tarafından davet edildiği o geceki balo ve suarelerden hiçbirine gitmeyi düşünemeyecek kadar bitkindi. Bir önceki gece neredeyse sabaha kadar dans etmişti, dalgın dalgın tabağındaki tatlıdan küçük lokmalar alırken neredeyse gözleri kapanıyordu.

Jason ise, bütün öğleden sonrayı odasında çalışarak geçirdiği halde her zamanki gibi zinde ve canlı görünüyordu.

Bakışlarını Charles'tan Victoria'ya çevirerek, "Victoria, dün gece baş döndürücü bir sükse yaptın," dedi. "Crowley ve Wiltshire'ın sana deli oldukları apaçık belli oluyordu. Lord Makepeace'in de öyle, üstelik kendisi bu sezonun en gözde bekârı, bütün genç kızlar onun peşinde."

Victoria'nın uykulu gözleri sessiz kahkahalarla parıldadı. "Böyle deyince insana sanki genç kızlar avcı, adamcağız da tombul bir tavşanmış gibi geliyor!"

Sonra da gidip yatmak için izin isteyerek masadan kalktı. Jason ona iyi geceler dilerken yüzünde hâlâ kızın komik benzetmesinden kalan bir gülümseme vardı. Victoria'nın gülüşü, uykulu da olsa, odayı güneş gibi aydınlatabiliyordu. Çokbilmiş havasında ne kurnazlık vardı ne de kibir, şirinlik ve zekâ dolu bir çokbilmişlikti onunki. Jason brendisini yudumlayarak kızın bir gece önce güzelliği ve gülüşüyle herkesi büyüleyişini düşündü. Bu gece de özel olarak Northrup için Mozart çalarak baş uşağı tamamen kendine bağlamıştı. Parça bittiğinde, yaşlı uşağın gözleri yaşlarla doluydu. Bunun ardından O'Malley'i çağırtıp onun için de neşeli bir İrlanda havası çalmıştı. Sonunda, düzineyle hizmetkâr salonun kapısının önünde toplanıp, kızın küçük konserini dinlemek için itişmeye başlamışlardı. Victoria ise dağılıp işleriyle ilgilenmelerini söylemek yerine -tam da Jason bunu söylemek üzereyken- onlara dönüp kendileri için çalabileceği özel bir şeyler olup olmadığını sormuştu. Her birini ismiyle tanıyor, hatırlarını soruyor, aileleriyle ilgileniyordu. Ve çok yorgun olduğu her halinden belli olduğu halde, konserini bir saatten fazla sürdürmüştü.

Jason tüm hizmetkârların ona gönülden bağlandıklarının farkındaydı. Uşaklar gülümseyerek gönlünü yapmak için şekilden şekle giriyorlardı. Hizmetçi kızlar en ufak isteğini yerine getirmek için birbirlerini çiğniyordu. Victoria da her hizmetlerine kibarca teşekkür ederek karşılık veriyordu. İnsanlarla çok iyi anlaşıyordu; karşısındaki ister baron olsun ister kahya, kalbini aynı kolaylıkla kazanabiliyordu. Bunun nedeni belki de her ikisine de aynı samimi ilgi ve güler yüzle yaklaşıyor olmasıydı.

Jason dalgın dalgın, brendi kadehinin ayağını parmaklarının ucunda döndürdü. Victoria gidince yemek odası birden gözüne boş ve kasvetli görünmeye başlamıştı. Charles'ın gözlerinde memnun bir parıltıyla kendisini izlediğinden habersiz, oturduğu yerden kızın boş kalan sandalyesini seyretmeye devam etti.

"Olağanüstü bir genç kadın, değil mi?" Charles nihayet kendini tutamamıştı.

"Öyle."

"Büyüleyici derecede güzel, üstelik esprili de. Victoria

İngiltere'ye geldiğinden beri seni bir yıldır güldüğünden daha fazla gülerken gördüm herhalde! Sakın aksini söyleme! Eşsiz bir kız."

Jason, "Aksini söylemiyorum," diye karşılık verirken kızın yerine ve kendi havasına göre kimi zaman bir kontes, kimi zaman bir sütçü kız, kimi zaman somurtkan bir çocuk, kimi zamansa baş döndürücü bir kadın gibi görünebilmesini düşünüyordu.

"Büyüleyici ve masum, ama aynı zamanda akıllı ve canlı da. Doğru adam Victoria'yı tutkulu, sevgi dolu bir kadına dönüştürebilir –hem yatağını, hem de hayatını ısıtacak bir kadına..." Charles durup bekledi, ama Jason hiçbir şey demeyince kaldığı yerden devam etti. "Andrew denen o çocuğun onunla evlenmeye hiç niyeti yok. Benim de bundan hiç şüphem yok. Evlenmeye niyeti olsaydı, şimdiye kadar mutlaka onunla temas kurmuş olurdu." Bir kez daha durup bekledi ama Jason yine hiçbir şey demedi.

Charles kurnazca bir azimle, "Ben Victoria'dan çok o Andrew denen çocuk için üzülüyorum," diye ekledi. "Onu gerçekten mutlu edebilecek böyle eşi bulunmaz bir kadına aldırmayacak kadar aptal olan bütün erkeklere *acırım.* Jason," Charles'ın sonunda yüreği tükenmişti, "dediklerimi işitiyor musun?"

Jason ona sabırsız, şaşkın bir bakışla bakarak, "Her kelimesini duydum," diye yanıtladı. "Bütün bunların benimle ne ilgisi var?"

"Ne ilgisi mi... seninle ne ilgisi mi var?" Charles çileden çıkmak üzereydi, ama kendini toplayıp temkinli bir tavırla devam etti. "Seninle çok büyük ilgisi var, benimle de tabii. Victoria bekâr bir genç kız. Yanımızda refakatçi olarak Miss Flossie bulunsa bile sonsuza kadar bekâr bir adamla aynı evin içinde yaşayıp gidemez, bir başka bekâr adamın da her gün sabahtan akşama kadar bu evin içinde olduğunu düşünürsek, durum iyice kötü görünüyor. Bu işi birkaç haftadan daha fazla uzatacak olursak, herkes nişanın laftan ibaret olduğunu, Victoria'nın da senin metreslerinden biri olduğunu düşünür. O zaman da onunla ilişkiyi tamamen keserler. Kızı rezil etmek istemezsin herhalde, değil mi?"

Jason dalgın dalgın kadehindeki brendiye bakarak, "Tabii ki istemem," diye cevap verdi.

"Öyleyse tek bir çözüm var. O da Victoria'nın bir an önce evlenmesi." Charles susup bekledi, ama Jason'dan ses çıkmadı. "Öyle değil mi, Jason?"

"Sanırım öyle."

"Öyleyse *kiminle* evlenmeli, Jason?" Charles'ın sesinde zafer kazanmış bir ifade vardı. "Onu sevgi ve tutku dolu bir kadına dönüştürebilecek erkek *kim* olabilir? Yatağını ısıtacak ve ona bir çocuk verecek bir eşe *kimin* ihtiyacı var?"

Jason sinirli bir şekilde omuz silkti. "Ben nereden bileyim? Bu ailenin çöpçatanı ben değilim, sensin."

Charles'ın hayretten ağzı açık kalmıştı. "Victoria'nın kiminle evlenmesi gerektiğini bilmiyorum mu diyorsun şimdi?"

Jason brendi kadehini kafasına dikip içindekini çabucak bitirdi, kadehi kararlı bir hareketle masaya bırakıp ayağa kalktı. "Victoria şarkı söyleyebiliyor, piyano çalıyor, reverans yapabiliyor, dikiş dikebiliyor," diye kısa bir durum özeti çıkardı. "Müzik seven, güzelden anlayan ve köpeklerden hoşlanan bir adam bul. Ama sakin ve uyumlu bir adam olsun, yoksa bu kız onu şaşkına çevirir. Bu kadar basit."

Charles'ın ona hayretler içinde bakmayı sürdürdüğünü görünce, sabırsızlıkla devam etti. "Benim idare edilecek altı evim, takip etmem gereken bir gemi filom ve uğraşmam gereken yüzlerce ayrıntı var. Ben bunlarla uğraşayım, sen de Victoria'ya koca bulmakla uğraş. Ben de yardımcı olurum tabii, önümüzdeki bir iki hafta boyunca onu birkaç baloya, suareye falan götürürüm. Zaten daha şimdiden büyük sansasyon yaratmış durumda. Şehirde birkaç gösteriye, davete daha katılıp kendini biraz daha gösterirse, öyle çok talibi çıkar ki, hangi birini seçeceğine karar veremezsin. Onu ziyarete geldikleri vakit adamlara iyice bak, en uygun adayların listesini çıkar. Ben de listeyi inceleyip birini seçerim."

Charles'ın omuzları çöktü, bitkin ve yenik bir duruşla, "Nasıl istersen," diye karşılık verdi. "Nasıl istersen."

ON BEŞ

Bir hafta sonra, Jason'la bir baloda kenarda durmuş Victoria'yı izlerlerken, Robert Collingwood gülerek, "Caroline'ın sosyeteye takdiminden bu yana hiç bu kadar sansasyon yaratan bir genç kadın çıkmamıştı," dedi. "Adı dillerden düşmüyor. Roddy Carstairs'e onu atıcılıkta kendi tüfeğiyle bile yeneceğini söylemiş mi gerçekten?"

Jason dalgacı bir sesle, "Hayır," diye yanıtladı. "Kendisine bir daha uygunsuz bir şekilde asılacak olursa onu vuracağını söyledi. Iskalarsa da Kurt'u üzerine salacağını... Kurt da bu işi halledemeyecek olursa benim halledeceğimden emin olduğunu..." Jason gülerek başını iki yana salladı. "İlk defa kahraman rolüne aday gösteriliyorum. Ama bir köpeğin ardından ikinci şık olarak gelmek biraz kalbimi kırdı."

Robert Collingwood arkadaşını garip bir bakışla süzdü, ama Jason fark etmedi –Victoria'yı izliyordu. Neredeyse etrafını çepeçevre sarmış, ilgisini çekmek için şekilden şekle giren erkeklerin ortasında, sakin ve vakur duruşuyla, kendisine tapan bendeleri önünde duran kızıl saçlı bir kraliçeye benziyordu. Üzerinde buz mavisi saten bir elbise ve aynı kumaştan dirseğine kadar çıkan eldivenler vardı. Saçları gösterişli, asi bukleler halinde omuzlarına dökülüyordu, büyüleyici varlığıyla bütün balo salonuna hükmeder gibiydi.

Jasonuzaktan seyrederken, Lord Warren'ın Victoria'nın dirseğinin dibinden hiç ayrılmadığını ve gözlerini de kızın geniş, yuvarlak kesimli dekoltesinden çekemediğini fark ederek yüzü öfkeden bembeyaz kesildi. Robert'a sinirli bir sesle "Affedersin," dedi. "Warren'la biraz konuşmam gerekiyor."

Sosyete Wakefield Markisi'nin, Leydi Victoria'ya yaklaşmakta fazla ileri giden bir hayranının üzerine öfkeli bir şahin gibi tehditkar adımlarla, yürümesine ilk kez şahit oluyordu. Ama sonraki birkaç hafta boyunca bu sahneyi sık sık göreceklerdi.

Victoria'nın balosundan üç hafta sonra Charles, Jason'ın çalışma odasına girerek, yapmak zorunda olduğu sevimsiz bir işi bir an önce yapıp bitirmek isteyen birinin ses tonuyla, "Victoria için uygun koca adaylarının listesini çıkardım," diye haber verdi. "Seninle bir göz atalım istiyorum."

Jason okuduğu rapordan başını kaldırıp Charles'ın elindeki kâğıda kısılı gözlerle baktı. "Şu anda meşgulüm."

"Yine de şunu aradan çıkarmak istiyorum. Zaten liste çıkarma işi beni çok sıktı. Uygun olabilecek birkaç aday seçtim, ama pek kolay olmadı."

"Eminim olmamıştır." Jason'ın sesinde alaycı bir tını vardı. "Londra'da ne kadar züppe ve salak varsa hepsi her gün bu evde." Dikkatini yeniden okuduğu rapora vererek, "Mademki ille şimdi olacak diyorsun," diye ekledi, "haydi öyleyse, listedeki isimleri oku bakalım."

Jason'ın umursamaz tavrı karşısında hayretle kaşlarını çatan Charles, çalışma masasının yanında duran koltuğa oturup gözlüğünü taktı. "Birinci isim, genç Lord Crowley. Benden Victoria'ya kur yapmak için izin istedi."

Jason heyecansız bir sesle, "Olmaz," dedi. "Acele kararlar veren bir çocuk."

Charles yüzünde şaşkın bir bakışla, "Bunu da nereden çıkardın?" diye sordu.

"Crowley, Victoria'yı daha ona kur yapmak isteyecek kadar iyi tanımıyor."

"Komik oluyorsun. Bu listedeki ilk dört kişinin dördü de benden aynı şey için izin istediler. İzin isterken nişanınızın kesin olmadığının doğru olup olmadığını da sordular tabii ki."

"O zaman dördü de olmaz, hepsi aceleci." Jason elindeki rapora bütün dikkatini vererek arkasına yaslandı. "Sonraki kim?"

"Crowley'nin arkadaşı Lord Wiltshire."

"Çok genç. Sonraki?"

"Arthur Landcaster."

"Çok kısa boylu. Sonraki?"

Charles meydan okurcasına sert bir sesle, "William Rogers," dedi, "uzun boylu, muhafazakâr, olgun, akıllı ve yakışıklı bir adam. Ayrıca İngiltere'nin en zengin ve soylu ailelerinden birinin varisi. Sanırım Victoria için çok uygun."

"Hayır."

"Hayır mı?" Charles'ın sabrı taşmıştı. "Neden?"

"Rogers'ın ata binişini sevmiyorum."

"Ata–" Charles kulaklarına inanamıyordu, ne diyeceğini şaşırmıştı. "Pekâlâ. Listemdeki son isim Lord Terrance. *Hem* çok iyi at biner, *hem de* harika bir adamdır. O da uzun boylu, akıllı ve varlıklı." Muzaffer bir edayla arkasına yaslandı. "Evet, bakalım ona ne kusur bulacaksın?"

Jason'ın çenesi tehditkâr bir şekilde kasıldı. "Ondan *hoşlanmıyorum.*"

"Onunla evlenecek olan *sen* değilsin!" diye çıkıştı Charles. Sesi yükselmeye başlamıştı.

Jason koltuğunda öne doğru eğilerek elini masaya vurdu. Sıkılmış dişleri arasından, "Ondan hoşlanmıyorum dedim," diye soludu. "O kadar!"

Charles'ın yüzündeki öfke yavaşça yerini hayrete, sonra da neşesiz bir gülümsemeye bıraktı. "Victoria'yı istemiyorsun, ama onu başka birinin almasını da istemiyorsun. Öyle mi?"

Jason huysuz bir sesle, "Doğru," diye karşılık verdi. "Victoria'yı istemiyorum."

Arkalarındaki kapıdan, Victoria'nın hiddetle titreyen alçak sesi geldi: "Ben de seni istemiyorum!"

İki adam da aynı anda kapıya döndüler, ama içeri giren Victoria'nın muhteşem mavi gözleri yalnızca Jason'ın ifadesiz yüzüne kilitlenmişti. Göğsü öfke ve kırgınlıkla inip kalkarken, ellerini adamın masasına dayadı. "Andrew beni almaya gelmeyecek olursa beni nasıl başından atacağın konusunda bu kadar endişeleniyorsun madem, onun yerini alabilecek birçok aday bulmak için elimden geleni yapacağım, ama bunlardan biri *sen* olmayacaksın, asla! Onun onda biri etmezsin sen. O iyi, nazik bir insandır, sense soğuk, inançsız, kendini beğenmiş... piçin tekisin!"

Piç kelimesi, Jason'ın gözlerinde bir anda öfke kıvılcımları çakmasına neden oldu. Alçak, yabani bir sesle, "Yerinde olsam," diye karşılık verdi, "Andrew'nun yerini alabilecek adayları aramaya hemen başlardım, çünkü apaçık ortada ki, o iyi ve nazik insan seni benim istediğimden daha fazla istemiyor."

Gururu dayanamayacağı kadar incinmiş olan Victoria, arkasını dönüp sert adımlarla odadan çıkarken kafasında yalnızca tek bir düşünce vardı: Ne yapıp edip, Jason Fielding'e onu isteyecek bir sürü adam olduğunu gösterecekti. Ve bir daha da asla ona güvenmeyecekti. Son haftalarda, dost olduklarına inanarak kendini kandırmıştı. Adamın ondan hoşlandığını bile düşünmüştü. Az önce ona ne dediği aklına gelince utancı katmerlendi. Kendisini bu şekilde konuşacak kadar kızdırmasına nasıl izin verebilmişti!

Charles kızın ardından, Jason'a dönerek acı acı, "Tebrik ederim," dedi. "Wakefield'e geldiği günden beri senden nefret etmesi için uğraştın. Ama artık bunun nedenini biliyorum. Kimse görmüyor sandığında ona nasıl baktığını gördüm. Onu istiyorsun ve zayıf bir anında ona evlenme teklif edersin diye ödün ko–"

"Yeter!"

"Onu istiyorsun." Charles Jason'a aldırmadan hiddetle sözlerini sürdürdü. "Onu istiyorsun, ona değer veriyorsun, aklın hep onda, bu zayıflığın yüzünden de kendinden nefret ediyorsun. Neyse, artık endişelenmene gerek kalmadı. Bu kez onu öylesine utandırdın ki, artık seni asla affetmez. İkiniz de haklıydınız, *sen* piçin tekisin ve Andrew da *gelmeyecek.* Sevin, Jason. Artık zayıf bir anına gelir, diye korkmana gerek yok. Andrew'nun gelmeyeceğini anladığında senden daha da fazla nefret edecek. Haydi kutla, zafer senin."

Jason daha önce okumakta olduğu raporu eline aldı. Buz gibi bir sesle, "Gelecek hafta yeni bir liste yapıp getir bana," diyerek kendini elindeki rapora verdi.

ON ALTI

Victoria'nın sayısı giderek artan talipleri arasından en iyi adayları seçip o listeyi yapmak, Charles için bu kez ilk seferkinden çok daha güç oldu. Ertesi haftanın sonuna doğru, Upper Brook Caddesi'ndeki ev, sosyetenin en güzel kızının kalbini kazanmak ümidiyle birbiri ardına ziyarete gelen beylerin getirdiği demet demet çiçeklerle dolup taşar hale gelmişti.

Şık Fransız Marki de Salle bile, dil farkına rağmen değil, özellikle dil farkından ötürü Victoria'nın büyüsüne yakalanmıştı. Bir sabah arkadaşı Baron Arnoff'la Victoria'yı ziyarete geldiler, orada da bir başka arkadaşlarıyla karşılaştılar.

Marki, Victoria'nın gösterdiği yere otururken, bütün nezaketiyle, "Fransızca'nız harika," diye anlamsızca iltifat etti, ama bunu söylerken akıllıca bir davranışla İngilizceye geçmeyi ihmal etmemişti.

Victoria adamın yüzüne inanmadığını belli eden bir gülüşle baktı ve üzüntüyle, "Fransızcam çok kötü," dedi. "Fransızcadaki geniz sesleri bana neredeyse Apaçi dilindeki gırtlak sesleri kadar zor geliyor."

Marki kibarca, "Apaçi dili mi? Nerenin dili bu?" diye sordu.

"Apaçi'ler, Amerika'daki bir Kızılderili kabilesidir."

"Amerikan yerlileri mi?" Rus baron heyecanla söze girmişti. Kendisi Rus ordusunda adı efsaneleşmiş bir süvariydi, yerlilerden bahsedildiğini duyunca sıkkın yüz ifadesi birden değişip ilgiyle canlanmıştı. "O vahşilerin olağanüstü biniciler olduğunu duymuştum, doğru mu?"

"Ben yalnızca bir Kızılderili tanıyorum, Baron Arnoff, o da oldukça yaşlıydı. Vahşi değil, aksine çok kibar biriydi. Babam ona ormanda rastlamış ve tedavi etmek için eve getirmişti. Adı Hızlı Irmak'tı, sağlığı düzeldikten sonra da yanımızda kalıp babamın yardımcısı gibi oldu. Ama, sorunuza dönersek, yalnızca yarı yarıya Apaçi kanından olduğu halde hakikaten de olağanüstü bir biniciydi. Onu at sırtında numaralar yaparken ilk gördüğümde on iki yaşındaydım ve adeta dilim tutulmuştu. Eyer kullanmaz ve–"

"Eyer kullanmaz mıydı!" Baron Arnoff iyice heyecanlanmıştı.

Victoria başını iki yana salladı. "Apaçiler eyer kullanmaz."

Konuşulan konudan çok genç kızın büyüleyici yüzüyle ilgilenen marki, "Ne numaralar yapardı?" diye sordu.

"Bir keresinde Hızlı Irmak bana bir otlağın ortasına bir mendil koymamı söyledi; sonra atını dörtnala mendile doğru sürdü. Yaklaştığı zaman dizgini elinden bırakıp yana doğru eğildi, atını durdurmadan mendili yerden aldı." Sonra gülerek ekledi. "Sonradan bunu yapmayı bana da öğretmişti."

Çok etkilenmiş olan baron, "Bunu görmeden inanmam," dedi, "nasıl yapıldığını bana gösteremezsiniz herhalde, değil mi?"

"Hayır, üzgünüm. Apaçi usulü eğitilmiş bir at olması lazım."

Marki baştan çıkarıcı bir gülümsemeyle, "Belki bana Apaçi dilinde bir iki kelime öğretebilirsiniz," diye şakalaştı. "Ben de size Fransızca dersi veririm, nasıl olur?"

"Çok nazik bir teklif," diye yanıtladı Victoria, "ama dürüstçe bir alışveriş olmaz, öğreneceğim o kadar çok, öğretebileceğim o kadar az şey var ki. Hızlı Irmak'ın öğrettiği kelimelerden ancak birkaçını hatırlayabiliyorum."

Marki, kızın ışıl ışıl gözlerine bakıp gülümseyerek, "Ama muhakkak ki bana bir cümlecik öğretebilirsiniz," diye üsteledi.

"Hayır, gerçekten–"

"Israr ediyorum."

Victoria içini çekerek, "Pekâlâ," dedi, "madem ısrar ediyorsunuz." Gırtlaktan gelen bir sesle bir cümle söyleyip markiye baktı. "Şimdi siz söylemeyi deneyin."

Marki ikinci denemesinde cümleyi güzelce söylemeyi başardı ve zevkle gülümseyerek "Ne demek peki?" diye sordu. "Ben şimdi ne dedim?"

Victoria yüzünde af diler gibi sıkılgan bir ifadeyle cevap verdi: "Şey dediniz... 'O adam kartalıma basıyor.' "

"Kartalıma basıyor mu?" Marki, baron ve yaldızlı salonda bulunan herkes kahkahalara boğuldular.

Ertesi gün, Rus baron ve Fransız marki yine gelip Victoria'nın hayranları arasına katıldılar, bu da genç kızın prestijini ve gördüğü rağbeti iyice artırdı.

Victoria evin neresindeyse, oradan kahkahalar ve neşeli sesler yükseliyordu. Ne var ki, evin geri kalan her yerinde Lord Fielding'den kaynaklanan ve çevresindeki herkesi etkileyen gergin ve tehditkâr bir titreşim hüküm sürüyordu. Haftalar birbirini kovalayıp Victoria'nın talipleri katlanarak arttıkça, Jason'ın tehditkâr havası da giderek her an cinayet işlemeye hazır bir ruh haline dönüşüyordu. Nereye gitse hoşuna gitmeyen bir şeyler görüyordu. Aşçıyı en sevdiği yemeği fazla sık yaptığı için azarlıyor; tırabzanın altında gördüğü toz yüzünden hizmetçi kızlardan birini haşlıyor; ceketinin bir düğmesi sallanan bir uşağı işten kovmakla tehdit ediyordu.

Lord Fielding eskiden talepkâr, otoriter bir patrondu, ama en azından mantıklıydı. Şimdi ise hiçbir şeyden tatmin olmuyor, yoluna çıkan her hizmetkâr sert çıkışlarından nasibini alıyordu. Ne yazık ki patronları ne kadar aksileşirse hizmetkârlar da o kadar hızlı ve telaşlı çalışıyor, bu yüzden de sakarlaşıyorlardı.

Bir zamanlar Jason'ın bütün evleri iyi yağlanmış birer makine gibi tıkır tıkır işler, her şey kusursuz bir akış içinde yürürdü. Şimdi ise hizmetkârlar ortalıkta koşuşturuyor, vazifelerini yerine getirip efendilerinin korkunç gazabından yakayı kurtarma telaşıyla birbirlerine çarpıyorlardı. Bu cinnet havası içinde paha biçilmez bir Çin vazosu düşüp kırılmış, bir kova temizlik suyu yemek odasındaki Aubusson halısının orta yerine dökülmüştü, evin her yanında genel bir kaos hüküm sürüyordu.

Victoria çalışanları etkileyen bu gerilimin farkındaydı, ama temkinli bir şekilde konuyu Jason'la konuşma girişiminde bulunduğunda, adam onu 'isyan çıkarmaya çalışmakla' suçladı, sonra da kızı kendisi çalışırken onu ziyarete gelen konukların çıkardıkları gürültü ve getirdikleri çiçeklerin iç bayıltıcı kokusu yüzünden payladı.

Charles ikinci listeyi tartışmak için iki defa yanına gitmiş, ikisinde de kabaca çalışma odasından kovulmuştu.

Sonunda Northrup da Jason'dan fırça yiyince, bütün ev dehşet dolu bir gerilimle çatırdamaya başladı. Ancak bunların hepsi, Victoria'nın balosundan beş hafta sonra bir ikindi vakti ani bir şekilde son bulacaktı. Jason çalıştığı odadan Victoria'ya yeni gelen bir buketi vazoya koymak üzere olan Northrup'a seslendi.

Yaşlı kahya, huysuz efendisini bekletmektense elinde çiçeklerle çalışma odasına koştu ve endişeyle, "Buyrun, lordum?" diyerek Jason'ın talimatlarını bekledi.

Jason alaycı bir gülüşle, "Ne hoş," dedi, "yine mi çiçek? Bunlar bana mı?" Northrup'un bir şey demesine fırsat vermeden, sinirli bir sesle devam etti. "Lanet olasıca evin her yanı çiçek kokuyor! O buketten kurtul, sonra da Victoria'ya onu görmek istediğimi söyle, Frigley'lerin bu geceki şeyinin davetiyesini de getir. Saat kaçta başlıyordu, hatırlayamıyorum. Uşağıma da söyle, davet için resmi kıyafet çıkarsın, davet her ne saatteyse. Evet?" Bir an tereddüt eden zavallı kahyayı nedensiz yere payladı. "Ne bekliyorsun? Kıpırda."

"Evet, lordum. Hemen gidiyorum." Northrup odadan fırladı ve koridorda Jason'ın az önce botları iyi cilalanmamış diye çıkıştığı O'Malley'yle çarpıştı.

O'Malley, Leydi Victoria'yı çağırmaya gitmeden elindeki çiçekleri vazoya tıkıştıran Northrup'a, "Onu hiç böyle görmemiştim," diye fısıldadı. "Lord cenapları benden çay istedi, getirince de kahve yerine çay getirdim diye bağırdı."

Northrup kibirli bir edayla, "Lord cenapları çay içmez," dedi.

"Ben de öyle dedim, çay isteyince 'Siz çay içmezsiniz, lordum,' dedim, ama bana 'Terbiyesizlik etme' dedi." O'Malley'nin sesinde bir kırgınlık vardı.

Northrup, "Terbiyesizlik etmişsin," diye karşılık vererek İrlandalı uşakla aralarında yirmi senedir sürüp giden husumeti biraz daha besledi. Sonra da O'Malley'e sırıtarak Victoria'yı çağırmaya gitti.

Küçük salonda, Victoria oturmuş görmeyen gözlerle Mrs. Baibridge'den az önce aldığı mektuba bakıyordu. Kelimeler, gözlerini yakan gözyaşları yüzünden bulanıklaşıyorlardı.

... Seni incitmeden Andrew'nun İsviçre'deki kuziniyle evlendiği nasıl söyleyebilirim bilmiyorum. Seni bu olayın olasılığı konusunda İngiltere'ye gitmeden önce uyarmaya çalışmıştım, ama sen buna inanmamayı seçtin. Şimdi bunu artık kabullenmen gerektiğine göre, kendine daha uygun bir koca aramanı tavsiye ederim...

Victoria, "Hayır! Lütfen!" diye fısıldadı. Umutları kırılmış, hayalleri yıkılmış, erkeklere olan bütün güvenini yitirmişti. Aklından at sırtında yarışırlarken ona gülen Andrew'nun yakışıklı yüzü geçiyordu: *"Kimse senin gibi at binemez, Tory..."* On altıncı yaş gününde onu ilk kez öpüşünü hatırlıyordu. Boğuk bir sesle, *"Biraz daha büyük olsan,"* diye fısıldamıştı, *"sana bir bilezik değil bir yüzük alırdım..."*

Victoria, kırgın bir fısıltıyla, "Yalancı!" dedi. "Yalancı!" Gözlerini yakan ılık gözyaşları bir anda boşalarak yanaklarından aşağı süzüldü, kâğıt damlacıklarla ıslandı.

Northrup salona girerek yüksek sesle, "Lord Fielding sizi çalışma odasında görmek istiyor, leydim," dedi, "Lord Crowley ise şimdi geldi. Kendisine birkaç dakika ayırıp..." Victoria geçmişin hayaletleriyle dolu, ıslak mavi gözlerini elindeki mektuptan kaldırıp yüzüne bakınca, Northrup'un sesi dehşetle alçaldı ve yaşlı adam sustu. Genç kız ayağa fırlayıp yüzünü elleriyle kapatarak yanından koşarak geçip gitmişti. Koridoru geçip merdivenlere yönelirken, boğazından boğuk, acı bir hıçkırık koptu.

Northrup'un endişeli bakışları kızı uzun merdivenin başına kadar takip etti, adam insiyaki bir hareketle eğilip Victoria'nın kucağından yere düşmüş olan mektubu aldı. Aile meseleleri konuşulurken pek az kulak misafiri olmuş diğer hizmetkârların aksine, Northrup'un çok daha fazla şeyden haberi vardı ve hiçbir zaman da diğer çalışanlar gibi, Leydi Victoria'nın Lord Fielding'le evleneceğini düşünmemişti. Ayrıca, genç hanımı birçok kez Amerika'da bir beyefendiyle evlenmeyi düşündüğünü söylerken duymuştu.

Merakı değil, telaşı yüzünden, genç hanımefendiye böylesine bir üzüntü yaşatan kötü haberin ne olduğunu anlamak için mektuba bir göz attı. Okuyunca, kızın acısını paylaşarak gözlerini kapadı.

"Northrup!" Lord Fielding'in sesi koridorun diğer ucundaki çalışma odasından gelen bir kükremeyi andırıyordu.

Northrup robot gibi salondan çıkarak onu çağıran lordun yanına gitti.

Jason, "Victoria'ya onu görmek istediğimi söyledin mi?" diye sordu. "O elindeki ne? Leydi Frigley'nin notu mu? Ver bakayım." Jason elini uzattı, gözlerini sabırsızca kısarak, yaşlı kahyanın dimdik duruşuyla çok, çok ağır adımlarla masasına doğru gelişini izledi. "Neyin var senin böyle?" diye çıkışarak mektubu hizmetkârın elinden çekip aldı. "Bunun üzerindeki damlalar da ne böyle?"

Northrup, her zamanki dimdik duruşuyla, gözlerini karşısındaki duvara dikmiş bir halde cevap verdi: "Gözyaşları."

"Gözyaşı mı?" Jason gözlerini kısarak yaşlardan dağılmış kelimelere baktı. "Bu Frigley'lerin davetiyesi değil, bu–" Odayı bir sessizlik kapladı. Jason nihayet okuduğu şeyin ne okuduğunun farkına varmıştı. Okumayı bitirdiğinde, gazap dolu bakışlarını kaldırarak Northrup'a baktı. "Başka biriyle evlendiğini kendisi söyleyememiş, *annesine* yazdırmış. Ödlek orospu çocuğu!"

Northrup yutkunarak, boğuk bir sesle, "Tamamen katılıyorum," diye karşılık verdi.

Neredeyse bir aydır ilk defa olarak, Jason'ın sesinde kızgın bir tını yoktu. "Gidip onunla konuşayım," diyerek koltuğunu geriye itip Victoria'nın yatak odasına gitti.

Kapıyı vurdu, ama Victoria'dan her zamanki gibi cevap gelmeyince Jason inisiyatifi ele alıp izin beklemeden içeri girdi. Yüzünü yastığına gömüp ağlamak yerine, Victoria pencerenin önünde durmuş, sabit bakışlarla dışarıya bakıyordu. Yüzü ölü gibi bembeyaz, omuzlarıysa öyle dikleşmiş ve kasılmıştı ki, Jason kızın ayakta durmak için sarf ettiği acı dolu çabayı hisseder gibi oldu. Kapıyı kapatıp duraksadı, odasına izinsiz girdiği için kızın onu her zamanki gibi paylayacağını ümit ederek bekledi, ama kız nihayet bir şey söylediğinde sesi ürkütücü bir şekilde sakin ve duygusuzdu: "Lütfen git buradan."

Jason bunu duymazdan gelerek kızın yanına gitti. "Victoria, çok üzgünüm..." diye söze başladı, ama kızın gözlerinde parlayıveren kor gibi öfke onu susturdu.

"Eminim çok üzgünsündür! Ama merak etmeyin, lordum, burada kalıp size daha fazla yük olmaya niyetim yok."

Jason uzanıp kızı kolları arasına almaya çalıştı, ama Victoria dokunuşundan irkilerek sanki koluna kızgın bir demir değmişçesine geriye doğru sıçradı. Sertçe, "Dokunma bana!" diye fısıldadı. "Sakın bana dokunayım deme! Bana hiçbir erkeğin dokunmasını istemiyorum, hele senin, asla!" Kendine hakim olmaya çalışarak uzun, titrek bir nefes aldı, sonra da dura dura sözlerini sürdürdü. "Kendime nasıl bakabileceğimi düşünüyordum. Ben... ben senin düşündüğün kadar çaresiz değilim." Cesur olmaya çalışıyordu. "Çok iyi dikiş dikerim. Elbiselerimi diken Madam Dumosse birkaç kere elinden iş gelen istekli işçiler bulmanın ne kadar zor olduğunu söylemişti. Belki bana iş vere–"

"Gülünç olma!" Jason'ın sesi çok kızgın çıkmıştı.

Wakefield'a ilk geldiğinde kıza çaresiz olduğunu söylediği için kendine kızgındı, bunu şimdi yüzüne vurduğu için ona da kızgındı. Oysa kendisi onu teselli etmeye gelmişti.

Victoria, "A, ama gerçekten de *çok* gülünecek haldeyim!" diyerek acı acı güldü. "Kontesim, ama meteliğim yok, evim de yok, gururum da kalmadı. Hatta hayatımı kazanacak kadar dikiş dikmesini–"

"Kes artık!" Jason kızın sözünü sertçe kesmişti. "Adi bir işçi gibi dikiş dikmene izin verecek değilim, o kadar." Victoria itiraz etmek için ağzını açınca, Jason onu konuşturmadı. "Sana evimi açmamın karşılığında Charles'ı ve beni bütün Londra'ya rezil etmek mi isterdin?"

Victoria'nın omuzları düştü, başını iki yana salladı.

"İyi. O zaman bir daha bu Madam Dumosse'da çalışma saçmalığını duymayayım."

Victoria, acı dolu bakışlarıyla adamın gözlerinde bir cevap arayarak, "Peki ben ne yapacağım?" diye fısıldadı.

Bir an, Jason'ın yüzünden garip bir duygu ifadesi geçip kayboldu, bir şeyi söylememek için kendini tutmaya çalışır gibi çenesi kasıldı. Uzun bir duraksamanın ardından, haşince, "Kadınların hep yaptığı şeyi yap," dedi. "Seni rahatça yaşatabilecek bir adamla evlen. Charles'tan sana kur yapmak için resmen izin isteyenler şimdiden bir düzineyi buldu. O adamlardan biriyle evlen."

Victoria, bir an canlanarak, "Hiç umursamadığım biriyle evlenmek istemiyorum," diye itiraz etti.

Jason ise soğuk ve kendinden emin bir tavırla karşılık verdi: "Yakında fikrini değiştirirsin."

"Belki de gerçekten değiştirmeliyim." Victoria'nın perişanlığı her halinden belli oluyordu. "Birini umursadığında insan çok inciniyor. İ-ihanete uğrayıp... Ah, Jason, benim neyim var, söyle bana?" Kırgın bakışlı gözleri yalvarır gibi kocaman açılmıştı. "Sen benden nefret ediyorsun, Andrew'ysa–"

Jason artık kendini daha fazla tutamadı, kızı kollarının arasına alıp bağrına bastı. "Senin hiçbir şeyin yok," diye fısıldayarak saçlarını okşadı. "Hiçbir şeyin yok. Andrew ödlek salağın teki. Ben ondan da salağım."

Victoria adamın onu sımsıkı saran kolları arasında ağlamaya başladı. "Başkasını bana tercih etti," dedi. "Bunu bilmek çok incitici."

Jason gözlerini kapayarak yutkundu. "Biliyorum," diye fısıldadı.

Victoria'nın sıcak gözyaşları adamın gömleğinin önünü sırılsıklam etti ve nihayet yıllardır kalbini saran buzu eritmeye başladılar. Victoria'yı korumak ister gibi kolları arasında tutarak, kızın hıçkırıkları hafifleyene kadar bekledi; sonra da dudaklarını kızın şakağına değdirerek fısıldadı: "Wakefield'de bana arkadaş olabilir miyiz, diye sorduğun günü hatırlıyor musun?"

Victoria başını salladı, yanağı farkında olmadan adamın göğsüne sürtündü.

Jason boğuk bir sesle, "Bunu çok isterdim," diye mırıldandı. "Bana ikinci bir şans daha verir misin?"

Victoria başını kaldırarak kuşkuyla adamın yüzüne baktı. Sonra da başını salladı.

Jason belli belirsiz bir tebessümle, "Teşekkür ederim," diye fısıldadı.

ON YEDİ

Bunu izleyen haftalar boyunca, Victoria terk edilme hissinin bütün safhalarından geçti. Önce kendini incinmiş ve üzgün hissetti, sonra kızmaya başladı ve nihayet geriye yalnızca bir boşluk ve kalp ağrısı kaldı. Ama bütün gücü ve kararlılığıyla kendini, Andrew'nun ihanetini ve acı da olsa, eski hayatının artık kesin olarak geride kaldığını kabullenmeye zorladı. Yalnız olduğunda geride kalanlar için gizli gizli ağlasa da, arkadaş ve tanıdıklarının karşısına çıkarken en iyi kıyafetine bürünüp en neşeli ifadesini takınmayı öğrendi.

Duygularını Jason ve Caroline Collingwood dışında herkesten gizlemeyi başardı, Jason ve Caroline da ona kendilerince çok iyi destek oldular. Caroline onu ardı arkası kesilmeyen sosyal faaliyetlere dahil ederek hiç boş kalmamasını sağladı, Jason ise ona bu faaliyetlerin hemen hepsinde eşlik etti.

Genellikle, Jason kardeşine kol kanat geren bir ağabey gibi davranıyordu: Onu partilere, tiyatroya, operaya götürüyor, gittikleri yerde de onu arkadaşlarıyla olması için kendi haline bırakıp kendisi de akşamı kendi arkadaşlarıyla sohbet ederek geçiriyordu. Ama bu arada gözünü ondan hiç ayırmıyor ve beğenmediği biri yanına yaklaşacak olursa –ki Victoria'nın yanına yaklaşanların çoğunu beğenmiyordu– kovalamaya hazır, korumacı bir tavırla tetikte bekliyordu. Artık Jason'ın dillere destan çapkınlığından haberdar olan Victoria ise, kendi hayranlarından fazla ileri giden olursa, Jason'ın buz gibi bakışlarını adama dikip zavallıyı huzursuz edip kaçırıncaya kadar bakmasını oldukça eğlenceli buluyordu.

Diğerleri ise Wakefield Markisi'nin davranışını yalnızca komik değil, biraz da tuhaf, hatta bir parçacık da şüpheli buluyorlardı. Hiç kimse Victoria ile evlenmeye niyetli olduklarını düşünmüyordu. Yoksa Jason Fielding, Leydi Victoria'nın hayranlarını evine kabul edip durmadan nişanlarının henüz kesin olmadığını söyleyip durmazdı. Bütün bunların dışında, nişanın kontes daha İngiltere'ye ayak basmadan ilan edilmiş olması da vardı. Bu yüzden genelde herkes bu nişan işinin her ikisini de çok sevdiği belli olan, rahatsız yaşlı dük tarafından vakitsiz verilmiş bir karar olduğuna ve onların da dükün hatırını kırmamak için nişanı resmen bozmaktan çekindiklerine inanıyordu.

Ama artık bu varsayım yavaş yavaş yerini bu kadar masumca olmayan bir diğerine bırakmaya başlamıştı. En başından beri Victoria'nın bekâr bir erkekle aynı evde yaşamasını hoş karşılamayan birkaç kişi olmuştu, ama hem Victoria şirin bir kız gibi göründüğü, hem de Lord Fielding kendisine özel bir ilgi göstermediği için, kimse onların dediklerini ciddiye almamıştı. Ama Jason'ın Victoria'yla gittikçe daha sık birlikte görünür olması, dedikoduları artırmış, kötü şöhretli Lord Fielding'in genç kızı da listesine eklemeye niyetli olduğu –hatta belki de çoktan eklediği– konuşulur olmuştu.

En acımasız dedikoduculardan birkaçı, işi, nişan yalanının, zavallı saf Miss Flossie'nin gözü önünde ahlaksızca bir ilişki sürdürebilmek için uydurulmuş bir kılıf olduğunu ima etmeye kadar vardırdılar. Bu iftira sıkça duyulmaya başlasa da pek fazla inanan olmadı, çünkü Lord Fielding genç hanıma sık sık refakat ediyor olsa da, onu bir sevgili gibi sahiplenir görünmüyordu. Üstelik, Leydi Victoria, onun ateşli koruyucusu olmaya gönüllü kadın, erkek birçok dost edinmişti. Bunlar arasında en başta Kontes Collingwood ile nüfuzlu kocası yer alıyordu ki, her ikisi de Kontes Langston aleyhine tek kelime etmeye cüret eden her kim olursa olsun, söylenileni doğrudan kendi üstlerine alınıp o şekilde karşılık veriyorlardı.

Victoria, Jason'la ilişkisinin yarattığı tecessüsten habersiz değildi. Soylular arasında genç adama güven duymayan birçok kişi olduğunu da görebiliyordu. Yeni tanıştığı zarif insanların yabancılığı azaldıkça, Jason yanlarına yaklaştığında yüzlerinden geçen belli belirsiz ifade nüanslarını da daha iyi fark eder olmuştu. İnsanlar Jason'a karşı kuşkucu, temkinli ve tetikteydiler. Victoria önceleri Jason'ın yanında insanların kasıldığını ve resmileştiğini gördüğünde, kendisine öyle geliyor sanmıştı, ama şimdi bunun gerçek olduğunu görebiliyordu. Arada sırada kulağına çalınan bazı sözlerde, gizli bir garez ya da en azından kınama seziyordu.

Caroline onu daha önce, herkesin Jason'dan korktuğunu ve ona güven beslemediklerini söyleyerek uyarmıştı. Bir gece Dorothy de onu uyarmaya çalıştı.

"Tory, Tory, *gerçekten* sensin!" Dorothy, Lord ve Leydi Potham'in evinin önünde, içeride verilen baloya girmek üzere olan Victoria'nın çevresini saran kalabalığın arasından sıyrılıvermişti.

Gemiden indiklerinden beri Dorothy'yi hiç görmemiş olan Victoria kardeşine sevgiyle buğulanmış gözlerle bakarken, Dorothy de korumak istercesine sımsıkı sarıldı ona. Victoria sevgiyle, "Nerelerdeydin!" diye sitem etti. "Öyle az yazıyorsun ki, hâlâ köyde 'kafa dinliyor' olduğunuzu düşünmüştüm."

Dorothy çabuk çabuk "Üç gün önce Büyükanneyle Londra'ya döndük," diye açıkladı. "Seni hemen görmeye gelirdim ama Büyükanne seninle mektup dışında temas kurmama izin vermiyor. Nereye gitsem seni görebilir miyim diye bakınıyordum, seni her yerde aradım. Ama neyse. Fazla vaktim yok. Bana refakat eden Leydi Faulklyn şimdi gelir. Ona 'Büyükannenin arkadaşlarından birini gördüm, ona bir şey söylemek istiyorum' dedim." Başını arkaya çevirip endişeli bir bakışla baktı. Refakatçisi Victoria'nın hayranlarının onu nasıl merakla incelediğini görecek diye korkuyordu. "Ah, Tory, endişeden ne yapacağımı bilemedim! Andrew'nun sana çok büyük bir kötülük yaptığını biliyorum, ama Wakefield'le evlenmeyi *aklından bile geçirmemelisin*! O adamla evlenemezsin. Evlenemezsin! Onu hiç kimse sevmiyor, bunu sen de biliyor olmalısın. Leydi Faulklyn'i –Büyükannenin arkadaşı– bir gün Büyükkanne'ye ne derken duydum, biliyor musun?"

Victoria heyecanla onları dinleyen kalabalığa sırtını dönerek, "Dorothy, Lord Fielding bana çok iyi davrandı," dedi. "Benden sevimsiz dedikoduları dinlememi isteme, dinleyemem. Gel, seni tanıştırmak istediğim–"

"Şimdi olmaz!" Dorothy başka hiçbir şey düşünemeyecek kadar telaşlı ve endişeliydi. Fısıltıyla konuşmaya çalışıyordu ama kalabalığın uğultusu yüzünden dedikleri duyulmadığı için sesini yükseltmeye mecbur kaldı. "İnsanlar Wakefield hakkında neler diyor, haberin var mı? Leydi Faulklyn diyor ki, Fieldinglerden olmasa onu kimse evine bile kabul etmezmiş. Şöhreti kötünün de ötesinde. Kadınları kendi aşağılık amaçları için kullanıp sonra da sırt çevirirmiş! Herkes ondan korkuyor, sen de korkmalısın! Diyorlar ki–" Yaşlı bir hanım yolun kenarında beklemekte olan bir kupa arabasından inip birini arar gibi insanların arasına girmeye çalıştı. "Gitmek zorundayım. Bu Leydi F."

Dorothy kiminle konuştuğunu göstermemek için yaşlı kadının yanına seğirtti, Victoria ise arkalarından bakarak arabalarına binmelerini izledi.

Arkasında duran Mr. Warren, enfiye kutusundan bir parça enfiye çekerek, kelimeleri yaya yaya, "Genç hanım oldukça haklıydı, biliyorsunuz," dedi.

Hasretle kardeşinin arkasından bakmakta olan Victoria, daldığı düşüncelerden sıyrılarak kendi gölgesinden korkacak birine benzeyen züppe delikanlıyı ve Dorothy'nin söylediklerinin büyük bir kısmına kulak misafiri oldukları belli olan diğer hayranlarının endişeli yüzlerini süzdü.

Hepsi de gözünde küçülüverdiler, içinde şiddetli bir öfkenin kabardığını hissetti. Bu genç adamların hiçbiri bir gün olsun Jason gibi alnının teriyle çalışıp kazanmamıştı. Akılları bir karış havada, sığ, süslü kuklalardan başka bir şey değildiler. Hepsi de Jason'ın eleştirildiğini duymaktan büyük zevk alıyordu, bunun nedeni de apaçık ortadaydı: Kendilerinden daha zengin olduğu ve kötü şöhretine karşın kadınlar onu hepsinden çok daha fazla arzuladıkları için Jason'ı kıskanıyorlardı.

Gözlerinde parlayan tehditkar kıvılcımları gizleyemeyen cilveli bir tebessümle, "Ne o, Mr. Warren, *siz de mi* benim için endişeleniyorsunuz yoksa?" diye sordu.

"Evet, leydim, hem de tek endişelenen ben değilim."

"Çok anlamsız! Eğer saçma dedikodular yerine gerçeği duymak isterseniz, ben size söyleyeyim. Gerçek şu ki, buraya geldiğimde hayatta yapayalnızdım: Ne yakın akrabam, ne de servetim vardı. Kelimenin tam anlamıyla dük cenapları ve Lord Fielding'in eline bakar vaziyetteydim. Şimdi..." yüzünde sabit bir gülümsemeyle devam etti: "bana dikkatlice bakmanızı istiyorum."

Aptal delikanlının gözlüğünü kaldırıp dediğini harfiyen yerine getirdiğini görünce bu kez gerçekten gülesi geldi. "Kullanılmış gibi görünüyor muyum?" Sabırsızca devam etti. "Gece yatağımda katledilmiş miyim? Hayır efendim, sapasağlam karşınızda duruyorum. Lord Fielding bana güzel evini açtı, beni himayesine aldı. Bütün samimiyetimle inanıyorum ki, Mr. Warren, Londra'da içten içe bu şekilde 'kullanılmak' için can atan birçok kadın var, hem de *bu adam* tarafından. Ayrıca şuna da inanıyorum ki, bütün bu gülünç dedikodular insanların Lord Fielding'i kıskanması yüzünden çıkıyor."

Mr. Warren kızardı, Victoria da diğerlerine dönüp heyecanla sözlerini sürdürdü. "Eğer Lord Fielding'i benim kadar tanısaydınız, onun ne kadar iyi, düşünceli, ince ve... ve anlayışlı biri olduğunu görürdünüz!"

Arkasından, Jason'ın sesi geldi. Konuşurken sanki gülmesini bastırmaya çalışıyor gibiydi. "Leydim, karanlık şöhretimi aklama çabasıyla beni fena halde sıkıcı biri gibi tanıtıyorsunuz."

Victoria olduğu yerde dönüp sıkılarak adamın gözlerinin içine baktı. Jason ise hafifçe gülümseyerek, "Yine de," dedi, "eğer bana bir dans lütfederek beni onurlandırırsanız sizi affedebilirim." Victoria elini adamın ona uzattığı koluna koyarak onunla birlikte kalabalık eve girdi.

Jason'ı savunma cesaretini göstermiş olmaktan duyduğu muzaffer coşku, genç adam onu kalabalık dans pistine götürüp sessizce kollarının arasına aldığında yavaş yavaş dağılmaya başladı. Onun hakkında hâlâ pek az şey biliyordu, ama o güne kadar ne zaman onu kendisinden bahsetmesi için kandırmaya çalışsa, hemen araya mesafe koyduğunu fark etmişti. Onun herkesin ortasında kendisinden söz etmesine canı sıkılmış olabileceğini düşününce, huzursuz oldu. Jason sessizliğini bozmadan dans etmeyi sürdürünce, Victoria çekinerek adamın düşünceli, dalgın gözlerinin içine baktı. "Bana kızdın mı?" diye sordu. "Yani, ulu orta senden bahsettiğim için?"

Jason kaşlarını kaldırarak, kızın sorusuna, "*Benden mi* bahsediyordun?" diye bir soruyla karşılık verdi. "Anlattığın kişinin ben olduğumu fark etmemiştim. Ben ne zamandan beri iyi, düşünceli, ince ve anlayışlı biriyim?"

Victoria içini çekerek, "Kızmışsın," diye mırıldandı.

Jason alçak bir sesle gülerek kıza sıkıca sarılıp kaslı göğsüne biraz daha yaklaştırdı. Boğuk, yumuşak bir sesle, "Kızmadım," dedi, "utandım."

"Utandın mı?" Victoria adamın zümrüt yeşili gözlerindeki insanın içini eriten sıcaklığın nedenini anlamaya çalışarak şaşkın şaşkın baktı. "Neden?"

"Benim yaşımda, benim cüssemde ve benim şöhretimde bir adamı, minicik bir genç kadının korumaya çalışması biraz utanç verici bir şey."

Victoria, Jason'ın gözlerindeki sıcacık bakışla adeta büyülenmişti, içinden yükselen, yanağını adamın bordo renkli kadife ceketine yaslama arzusuna güçlükle karşı koyuyordu.

Victoria'nın Lord Fielding'i herkesin içinde nasıl savunduğu ağızdan ağıza çabucak yayıldı. Kız evlenmeyi düşünmediği yakışıklı markiye belli ki hayrandı. Bunun üzerine Londra sosyetesi yakında bir düğün tarihi ilan edilmesinin pek de uzak bir ihtimal olmadığını düşünmeye başladı. Bu ihtimal Victoria'nın diğer taliplerini öyle telaşlandırdı ki, kızın iltifatını kazanmak için iki kat çabalamaya başladılar. İlgisini çekmek için birbirleriyle yarışıyor, aralarında onun için tartışıyorlardı, en sonunda, Lord Crowley ve Lord Wiltshire onun için düelloya tutuştular.

İki arkadaş bir akşamüstü atlarına binmiş Upper Brook Caddesi'ndeki malikaneden dönerlerken, genç Lord Crowley sinirli sinirli, "İkimizi de istemiyor," diye söylendi.

Lord Wiltshire ateşli bir şekilde karşı çıktı: "Hayır, istiyor. Bana özel bir yakınlık gösteriyor!"

Lord Crowley somurtarak, "Kendini bir şey sanıyorsun sen! Onun için ikimiz de birer İngiliz züppesinden başka bir şey değiliz," dedi, "İngilizleri de sevmiyor. Onun aklı ahmak Amerikalılarda! Sen onu çok tatlı sanıyorsun, ama o arkamızdan bize gülü–"

"Uydurma!"

"Bana yalancı mı diyorsun, Wiltshire? Bana hakaret ediyorsun!" Crowley çok sinirlenmişti.

En az onun kadar sinirlenmiş olan Wiltshire, dişlerini sıkarak cevap verdi: "Hayır, sen bana hakaret ediyorsun. Seni düelloya davet ediyorum."

Crowley, "Pekâlâ," diye karşılık verdi. "Yarın şafak vakti benim yerimde. Koruda." Atının başını çevirip kulübüne doğru sürdü. Düello haberi hızla yayılarak kısa sürede Marki de Salle ve Baron Arnoff'un zar atmakta oldukları bir oyun kulübüne ulaştı. De Salle, haberi duyunca sıkıntıyla iç geçirerek, "Allah'ın belası aptal çocuklar," dedi. "Leydi Victoria bunu öğrenirse, hiç hoşuna gitmeyecek."

Baron Arnoff güldü. "Ne Crowley, ne de Wiltshire bir zarar verecek kadar isabetli atabiliyor. Bir grup halinde Wiltshire'ın Devon'daki arazisinde ava çıkmıştık, beceriksizliklerini kendi gözümle gördüm."

Marki, sesli düşünür gibi, "Acaba gidip engel olmalı mıyım?" diye sordu.

Baron Arnoff başını iki yana sallarken oldukça keyiflenmiş görünüyordu. "Neden engel olacakmışsın? Olup olacağı, en kötü ihtimalle biri öbürünün atını vurur."

"Ben Leydi Victoria'nın adını düşünüyorum. Onun için düello edildiği duyulursa hiç iyi olmaz."

Arnoff sırıtarak, "Çok iyi olur," dedi. "Eğer biraz gözden düşecek olursa, benim şansım artar."

Bundan birkaç saat sonra haber bir başka masada Robert Collingwood'un kulağına da geldi, ama o bunu hiç de o kadar hafife almadı. Arkadaşlarından izin isteyerek kulüpten ayrıldı ve Jason'ı orada bulacağını düşünerek Atherton Dükü'nün Londra'daki evine gitti. Bir saatten fazla Jason'ın dönüşünü bekledikten sonra, uykulu kahyayı zorla Jason'ın özel uşağını uyandırmaya ikna etti. Epeyce ısrar ve ikna çalışması sonunda, uşak gönülsüzce efendisinin Leydi Victoria'yla gittikleri bir yerden bir süre önce döndüğünü ve Williams Caddesi, 21 numarada oturan malum hanımı ziyarete gittiğini söylemeye razı oldu.

Robert arabasına atlayıp arabacıya adresi vererek, "Çabuk ol," diye emretti.

Kapıya sert sert vurarak sonunda uykulu Fransız hizmetçiyi uyandırmayı başardı, ama kız ısrarla Lord Fielding'i hiç görmediğini iddia ediyordu. Robert sabırsızca, "Bana hemen hanımını çağır," diye buyurdu. "Fazla zamanım yok." Kız kaçamak bir bakışla adamın arkasında, yolda duran arabaya bir göz attı, tacı görünce bir an duraksadıktan sonra yukarı çıktı.

Yine uzun bir bekleyişin ardından, vücudunun bütün hatlarını belli eden incecik bir sabahlığa bürünmüş esmer güzeli Sybil merdivenlerden inerek, "Kötü bir şey mi oldu, Lord Collingwood?" diye sordu.

Robert, "Jason burada mı?" diye sordu.

Sybil başını hafifçe sallayarak endişeyle bekledi.

"Ona söyleyin, Crowley ve Wiltshire şafakta, Crowley'nin yerindeki koruda Victoria için düello edeceklermiş."

Sybil yatakta yanına oturunca Jason eli uzatarak kapalı gözlerle kızın sabahlığının önünü aralayıp, çıplak bacağını baştan çıkarıcı bir dokunuşla okşamaya başladı. Boğuk bir sesle, "Gel buraya," diye kızı yanına çağırdı. "Sana ihtiyacım var."

Kız efkarlı bir tebessümle adamın yanık tenli omzunu okşayarak, "Senin hiç kimseye ihtiyacın yoktur, Jason," diye fısıldadı. "Hiç olmamıştır."

Jason şehvetli, alçak bir sesle gülerek sırt üstü döndü, kızı kuş gibi kendine çekerek uyarılmış, çıplak vücudunun üzerine yatırıverdi. "Eğer *bu* ihtiyaç değilse, nedir?"

Kız, "Demek istediğim bu değildi, sen de biliyorsun," diye fısıldayarak adamın sıcak dudaklarına bir öpücük kondurdu. Becerikli eller vücudunda dolaşmaya başlayınca hemen, "Yapma," dedi. "Vaktin yok. Collingwood gelmiş. Sana Crowley'yle Wiltshire'ın şafakta Crowley'lerin orada düello edeceklerini söylememi istedi."

Jason'ın yeşil gözleri ayık ama pek de endişeli olmayan bir ifadeyle açıldı.

Sybil, "Victoria için düello edeceklermiş," diye ekledi.

Jason bir anda rehavetinden sıyrılıp kızı bir kenara iterek yataktan fırladı, çabucak pantolonuyla çizmelerini ayağına çekti. Kısık sesle küfürler savurarak gömleğini sırtına geçirdi. Pencereye doğru çabucak bir bakış atarak, "Saat kaç?" diye sordu.

"Şafağın sökmesine bir saat kadar var."

Jason başını sallayarak eğilip çabucak kızın alnına özür diler gibi bir öpücük kondurup odadan çıktı, çizmelerinin sesi cilalı tahta zeminde sertçe yankılandı.

Sonunda Crowley'lerin arazisindeki koruyu bulmayı başarıp gölgeli meşelerin altında duran iki düelloçuyu gördüğünde gün ağarmaya başlamıştı. Delikanlıların elli metre kadar solunda, doktorun siyah kupa arabası, her türlü meşum ihtimali hatırlatırcasına bir ağacın altına çekilmişti. Arkasında bir at bağlıydı. Jason atını vahşice topukladı, siyah aygır, toynaklarının altından koca koca çamur kesekleri fırlatarak, çimlerin üzerinden uçarcasına ileri doğru atıldı.

Düellocuların yanına geldiğinde atını sertçe durdurup sırtından atladı, koşarak yanlarına gitti. Crowley'e bakarak, "Burada neler oluyor ?" diye sordu. Tam o sırada gölgeler arasından, yirmi metre kadar ileriden, aniden beliriverip genç

Wiltshire'ın yanına geçen Marki de Salle'i görünce hayretle döndü. Sinirli bir sesle, "*Senin* burada ne işin var, de Salle?" diye sordu. "Hiç değilse, senin kafanın bu sıpalardan daha iyi çalışması gerekirdi."

De Salle belli belirsiz bir sırıtışla, kelimeleri yaya yaya, "Senin ne işin varsa, benimki de aynısı," diye yanıtladı, "ama birazdan göreceğin gibi pek de başarılı olamadım."

Wiltshire suçlayıcı bir sesle, "Crowley bana atej etti," diye bağırdı. Yüzü öfke ve şaşkınlıkla allak bullaktı. Cesaretini toplamak için içtiği içki yüzünden peltek peltek konuşuyordu. "Crowley jen-jentilmen gibi yürüy'ceğine dönüp bana atej etti. Şimdi de ben onu vurujam."

Crowley, Jason'ın arkasından öfkeyle karşılık verdi: "Ben *sana* ateş etmemiştim. Sana ateş etsem, vururdum."

Wiltshire, "Sen hav-havaya atej etmedin," diye bağırdı. "Sen bir jenti-jentilmen diilsin. Ölmeyi hak ettin, şimdi seni vurujam!" Titreyen koluyla tüfeğini kaldırıp rakibine doğrulttu ve her şey bir anda oluverdi. Marki de Salle fırlayıp tüfeği düşürmek için Wiltshire'ın eline vurdu, Jason Crowley'ye doğru atılıp kaskatı duran çocuğu yere devirdi, ve silah ateş aldı. Mermi yere düşen Jason'ın kulağının dibinden vınlayarak geçip ağaçtan sekti ve kolunu sıyırdı.

Bir anlık şaşkınlığın ardından, Jason olanlara inanamayarak yavaşça doğrulup oturdu. Elini omzunun biraz aşağısında korkunç şekilde yanan yere götürdü, sonra da parmaklarına bulaşan kana neredeyse komik bir hayretle baktı.

Doktor, Marki de Salle ve genç Wiltshire hep beraber ileri atıldılar. Dr. Worthing, "Durun, ben şu kola bir bakayım," diyerek diğerlerini uzaklaştırıp çömeldi.

Doktor Jason'ın gömleğini yırtarak kolunu açtı. Wiltshire yaradan akan kanı görünce bir inilti kopardı, sonra da "Ah, aman Tanrım!" diye mızıldanmaya başladı. "Lord Fielding, ben hiç–"

Dr. Worthing çocuğa "Kes sesini!" diye sertçe çıkıştı. "Biri bana çantamdaki viskiyi versin." Jason'a dönerek, "Yalnızca sıyırmış, Jason," dedi, "ama oldukça derin. Temizleyip dikmem gerekecek." Marki de Salle'in uzattığı viskiyi alıp Jason'a peşinen özür diler gibi baktı. "Maalesef Hades'in ateşi gibi yakacak."

Jason başını sallayıp dişlerini sıktı, doktor da şişeyi çabucak açıp sert alkolü yaranın üzerine döktü. Sonra şişeyi Jason'a verdi. "Yerinde olsam, kalanını kafaya dikerdim, Jason. Epeyce bir dikiş atmam gerekecek."

Wiltshire kendini tutamayarak "Onu *ben* vurmadım," diye bağırdı. Düelloları dilden dile dolaşan Lord Fielding'in ileride bir gün, haklı olarak ödeşmek isteyeceğinden korktuğu için kendini temize çıkarmaya çalışıyordu. Umutsuzca, "Ben vurmadım!" diye üsteledi. "Ağacın yüzünden oldu. Ben ağaca ateş ettim, kurşun ağaca çarptı, *sonra* Lord Fielding'e geldi."

Jason parıldayan karanlık bakışlarını korkudan beti benzi atmış delikanlıya dikerek, "Wiltshire, şansın varsa ben seni kamçıyla dövemeyecek kadar yaşlanıncaya dek yoluma çıkmamayı başarırsın," dedi.

Wiltshire geriledi, sonra dönüp koşarak kaçmaya koyuldu. Jason başını çevirip donakalmış olan diğer delikanlıya bakarak, yavaşça, "Crowley," dedi, "varlığın beni rahatsız ediyor."

Crowley dönüp atına koştu.

Çocuk ve atı oradan uzaklaştığında, Jason viski şişesini ağzına dayayıp koca bir yudum aldı. Dr. Worthing iğnesiyle şişmiş etini deler, ipi sıkıca çekip yaranın kenarlarını birleştirir, sonra iğnesini tekrar batırırken, acıyla soludu. Şişeyi de Salle'e uzatarak, alaycı bir sesle, "Maalesef uygun kadehimiz yok, ama sen de bana katılmak istersen, buyur," dedi.

De Salle hiç duraksamadan uzatılan şişeyi alıp anlatmaya başladı: "Akşam düello haberini alınca senin evine gittim, ama adamın bana senin akşam dışarıda olacağını söyledi, nereye gittiğini de söylemeye yanaşmadı." Sert viskiden büyük bir yudum alıp, şişeyi Jason'a geri verdi. "Ben de gidip Dr. Worthing'i buldum ve çocukları durdurma ümidiyle buraya geldik."

İğne bir kez daha parçalanmış etine batarken Jason kasılarak dişlerini sıktı, tiksintiyle, "Keşke kendi hallerine bıraksaydık da birbirlerini haklasalardı," dedi.

"Keşke."

Jason içkiden ağız dolusu iki yudum daha aldı, alkol hislerini yavaş yavaş uyuşturmaya başlıyordu. Başını ağacın sert kabuğuna yaslayarak, sinirli bir gülüşle içini çekti. "Benim küçük kontesim ne yapmış da düello çıkarmış acaba?"

De Salle, Jason'ın Victoria'dan bu şekilde bahsetmesi üzerine kasıldı, sesi dostça ve kibar tınısını yitiriverdi. "Tam olarak anlayamadım aşlında ama anlayabildiğim kadarıyla, güya Leydi Victoria Wiltshire'a 'züppe İngiliz salağı' demiş."

Jason viskiden bir yudum daha alarak, "E, o zaman Wiltshire'ın esas *onu* düelloya davet etmesi gerekirdi," diye güldü. "Hem o ıskalamazdı da."

De Salle bu şakaya gülmedi. Aksi aksi, " 'Benim küçük kontesim' demen ne anlama geliyor, Wakefield?" diye sordu. "Madem 'benimdir' diyorsun, neden resmen nişanlıyız demiyorsun? Meselenin kesinleşmediğini sen kendin söyledin. Nasıl bir oyun bu, Wakefield? Onun duygularıyla oynamaya kalkma sakın."

Jason bir an diğer adamın düşmanca duruşuna baktı, sonra gözlerini kapadı, dudaklarında sinirli bir gülümsemeyle, "Sen de beni düelloya çağırmaya niyetleniyorsan eğer," dedi, "umarım nişan alabiliyorsundur bari. Benim namımda bir adam için bir ağaç tarafından vurulmuş olmak çok utanç verici."

Victoria yatağında dönüp duruyordu. Uyuyamayacak kadar bitkindi ve kafasındaki karmakarışık düşünceleri susturmayı başaramıyordu. Şafak sökerken uğraşmayı bırakıp yatağında doğruldu, sırtını yastıklara dayayıp gökyüzünün koyu griden soluk griye dönüşünü seyretmeye başladı. Düşünceleri de tıpkı ağarmakta olan gün gibi karanlık ve kasvetliydi. Amaçsızca saten örtüyü çekiştirerek, önünde karanlık, ıssız, ürkütücü bir tünel gibi uzanan geleceğini düşündü. Şimdi bir başkasıyla evli olan ve artık tamamen kaybettiği Andrew'yu düşündü; çocukluğundan beri tanıyıp sevdiği ve onu seven köylüleri düşündü. Artık hiç kimsesi yoktu. Tabii ki Charles Amca vardı, ama onun sevgisi bile yüreğine huzur vermeye yetmiyor, içinde zonklayıp duran boşluğu dolduramıyordu.

O güne kadar hep çevresindekilerin ihtiyaç duyduğu biri olduğunu, bir işe yaradığını hissetmeye alışmıştı. Şimdi ise hayatı, bütün masrafları Jason'ın cebinden karşılanan sonsuz bir sefahat gösterisine dönüşmüştü. Kendini o denli gereksiz ve faydasız hissediyordu ki... Varlığının Jason'a yük olmaktan başka bir anlamı kalmamıştı.

Jason'ın duygusuz öğüdünü tutmuş, kendine evlenecek başka bir adam seçmeye çalışmıştı. Ama ne kadar uğraştıysa da, kendini etrafını saran ve kalbini kazanmak için parçalanan sığ Londralı delikanlılardan biriyle evli düşünemiyordu. Hiçbirinin eş olarak ona ihtiyacı yoktu. O yalnızca hayatlarında bir süs, güzel bir eşya olacaktı. Collingwood'lar ve başka birkaç çift dışında, sosyete evlilikleri yüzeysel, göstermelik birer anlaşmadan ibaretti. Eşlerin aynı davete katıldığı bile az görülen bir şeydi. Aynı yerde bulunduklarında da birlikte durmaları neredeyse ayıp sayılıyordu. Bu evliliklerden doğan çocuklar, hemen dadı ve özel öğretmenlerin ellerine terk ediliyordu. Victoria, burada "evlilik" kelimesinin ne kadar da farklı bir anlama geldiğini düşündü.

Hüzünlenerek, Portage'de tanıdığı çiftleri andı. Yazın verandada oturup, kendisini zor tanıyan felçli karısına azimle kitap okuyan ihtiyar Mr. Prowther'ı; babası yirmi yıllık çocuksuz evliliklerinin ardından Mrs. Makepeace'in nihayet hamile kaldığını söylediğinde Makepeace'lerin yüzünde beliren ifadeyi; orta yaşlı çiftin birbirlerine sarılıp sevinçten hiç utanmadan gözyaşı döküşünü hatırladı. Evlilik böyle olmalıydı. Evlilik iki kişinin birlikte çalışıp çabalaması, iyi günde, kötü günde birbirlerine destek olması demekti. Evlilik iki kişinin birlikte gülmesi, birlikte çocuk yetiştirmesi, hatta birlikte ağlaması demekti.

Aklına kendi annesiyle babası geldi. Katherine Seaton

kocasına âşık olmadığı halde, ona sıcacık bir yuva sunmuş, güvenebileceği iyi bir hayat arkadaşı olmuştu. Birlikte yapmaktan zevk aldıkları şeyler de vardı. Mesela kışın ateşin başında satranç oynar, yaz akşamları beraberce uzun uzun yürürlerdi.

Londra'da ise Victoria yalnızca şu anda 'çok revaçtaydı', o kadar. Herkesin onu arzulamasının tek sebebi buydu. Evlendiği andan itibaren, eş olarak misafir geldiğinde yemek masasının bir ucunu süslemekten başka hiçbir işe yaramayacaktı. Victoria, eğer hayatı böyle geçecekse, asla mutlu olamayacağını biliyordu. Hayatını kendisine ihtiyacı olan biriyle paylaşmak, onu mutlu etmek ve onun için önemli olmak istiyordu. Bir işe yaramak, bir süs eşyasından daha fazla bir şeyler olmak istiyordu.

Marki de Salle'in ona karşı samimi duygular beslediğini hissedebiliyordu, ama o ne derse desin adamın kendisine âşık olmadığını da biliyordu.

Aklına Andrew'nun sıcacık aşk yeminleri gelince ıstırapla dudağını ısırdı. Andrew onu gerçekten sevmemişti. Marki de Salle de sevmiyordu. Belki de zengin erkekler, Andrew da dahil, gerçek bir aşkla sevemiyorlardı.

Koridorda birinin ayaklarını sürüyerek, ağır adımlarla yürüdüğünü duyarak bir anda dikleşti. Hizmetkârların etrafta dolaşmayacağı kadar erken bir saatti. Hem ayak seslerinden de bunun hizmetkârlardan biri olmadığı belliydi. Onlar ev sahiplerini memnun etme telaşıyla evin içinde son derece sessiz ve hızlı adımlarla dolaşırlardı. Bir şey bir duvara küt diye çarptı, bir adamın inlediğini duydu. Charles Amca hasta olmalı diye düşünerek örtüleri üzerinden atıp yataktan fırladı. Kapıya koşup hızla açtı. "Jason!" Yaralı adam duvara dayanmış, neredeyse düşecek gibi iki büklüm duruyordu, sol kolu hareket etmesin diye bir bez parçasıyla boynuna asılmıştı. Victoria, kalbi ağzından çıkacak gibi çarparak, "Ne oldu?" diye fısıldadı, ama sonra çabucak fikir değiştirdi: "Boş ver, hiç konuşma, kendini zorlama. Ben sana yardım edecek bir uşak çağırayım." Haber vermeye koşmak için hızla döndü, ama

Jason şaşırtıcı bir kuvvetle kolundan yakalayıp onu kendine doğru çekti, yüzünde çarpık bir gülümseme vardı.

"Bana *senin* yardım etmeni istiyorum," diyerek sağ kolunu kızın omzuna attı, Victoria adamın ağırlığıyla neredeyse dizlerinin üzerine çökecek gibi sendeledi. Jason kalın, tatlı bir sesle kandırmaya çalışır gibi, "Beni odama götür, Victoria," dedi.

Sendeleyerek koridorda ilerlemeye başladılar. Victoria, "Odan nerede?" diye fısıldadı.

Adam, sitemkâr bir sesle, "Bilmiyor musun?" dedi. "Ben *seninkini* biliyorum."

Victoria, adamın ağırlığına dayanmaya çalışarak, biraz kendini kaybetmiş gibi gergin bir sesle, "Ne fark eder?" diye sordu.

Jason uysalca "Fark etmez," diye cevap vererek sağdaki ilk kapının önünde durdu. Victoria kapıyı açıp adamı içeri soktu.

Koridorun öteki ucunda, başka bir odanın kapısı daha açıldı ve Charles Fielding telaşlı ve endişeli bir yüzle kapıda belirdi. Sırtına saten robdöşambrını geçirirken, Jason'ın kelimeleri yaya yaya Victoria'ya, "Haydi, küçük kontes, beni yatağıma götür," dediğini duyarak durdu.

Victoria da Jason'ın konuşmasındaki peltekliği fark etmiş; hatta sesinde oynaşır gibi bir tını bile sezmişti, ama bu tuhaf konuşma şeklini çektiği acıya ya da muhtemelen kan kaybetmiş olmasına yormuştu.

Dört direkli geniş yatağa ulaştıklarında, adam kolunu çekip uslu uslu Victoria'nın yatağı açmasını bekledi; sonra da oturup yüzünde aptalca bir sırıtışla kıza baktı. Victoria da telaşını gizleyerek adamın bakışına karşılık verdi.

Nazik ve sakin ses tonuyla, "Bana neler olduğunu anlatabilir misin?" diye sordu.

Jason gücenmiş bir suratla, "Tabii ki!" dedi. "Salak değilim herhalde." Ama olanları anlatmak için bir girişimde bulunmadı.

"Pekâlâ, ne oldu?"

"Çizmelerimi çıkarmama yardım et."

Victoria tereddüt ederek, "Sanırım Northrup'u çağırsam iyi olacak," dedi.

Jason alicenap bir tavırla, "Boş ver öyleyse, çizmeler kalsın," diyerek yatağa uzanıp çizmelerini gamsızca kestane rengi örtünün üzerine uzatarak ayak ayak üstüne attı. "Sen de yanıma otur, elimi tut."

"Çocukluk etme."

Jason kıza incinmiş bir ifadeyle bakarak, "Bana daha iyi davranmalısın, Victoria," dedi. "Ne de olsa, yaralandığım düello senin onurunaydı." Uzanıp kızın elini yakaladı.

Düello lafını duyunca dehşete kapılan Victoria adamın onu yanına çeken elinin gittikçe artan kuvvetine teslim olarak yanına oturdu. "Aman Allah'ım! Düello mu! Jason, neden?" Adamın soluk yüzüne soru dolu bakışlarla baktı, cesurca, çarpık gülümsemesini görünce kalbi üzüntü ve suçlulukla doldu. Jason bir sebeple onu için vuruşmuştu. Yalvaran bir sesle "Lütfen söyle bana, neden düello ettin?" diye sordu.

Jason sırıtarak yanıtladı: "Çünkü Wiltshire sana salak İngiliz demiş."

"Ne demiş? Jason?" Artık endişesini gizlemeye çalışmaktan vazgeçmişti. "Ne kadar kan kaybettin?"

Jason abartıdan kaçınmaksızın, "Hepsini," diye karşılık verdi. "Benim için üzülüyor musun?"

Victoria düşünmeden, "Çok," diye yanıtladı. "Haydi, lütfen, bir gayret, doğru düzgün cevap vermeye çalış. Wiltshire seni neden vurdu?"

Jason tiksintiyle gözlerini devirerek, "Beni Wiltshire vurmadı," dedi, "o iki adım ötesinde duran bir duvarı bile vuramaz. Beni *bir ağaç* vurdu." Uzanıp kızın şaşkınlık dolu yüzünü iki eli arasına alıp kendine yaklaştırdı, sesi bir fısıltıya dönüştü. Boğuk boğuk, "Ne kadar güzel olduğunu biliyor musun?" diye sordu.

Adamın nefesindeki durmuş viski kokusuyla irkilen Victoria, suçlayıcı bir sesle "Sarhoşsun sen!" diyerek kendini geri çekti.

"Doğru," dedi Jason. "Arkadaşın de Salle'le kafayı çektik."

"Tanrım! O da mı oradaydı?"

Jason başını salladı, ama hiçbir şey demedi. Hayran bakışlarla kızı süzüyordu. Erimiş altın parıltılarıyla omuzlarına dökülen dağınık saçları, yüzünün gönül çelen güzelliğini çerçeveliyordu. Teni mermer gibi pürüzsüz, kaşları yay gibi, kirpikleri gür ve kıvrıktı. Gözleri, endişe ve adamın durumunu anlama çabasıyla irileşmiş, ışıl ışıl birer safir parçasına benziyorlardı. Çıkık elmacık kemiklerinden inatçı küçük burnuna, ortasındaki minicik, büyüleyici çukuruyla ince çenesine varıncaya kadar yüzünün her çizgisinde gurur ve cesaret vardı. Ama yine de ağzı savunmasız ve yumuşaktı. Tam adamın göz hizasında, krem rengi saten geceliğin kenarı dantelli robasının altında kabaran, resmen dokun bana diye yalvaran göğüsleri kadar yumuşak. Ama Jason ilk önce dudaklarını tatmak istiyordu. Kızı kolundan sıkıca tutarak kendine çekti.

Victoria sertçe, "Lord Fielding!" diye uyararak kendini geri çekmeye çalıştı.

"Bir saniye önce bana Jason diyordun. Seni duydum, sakın inkar etme."

Victoria umutsuzca, "O bir hataydı," diye kurtulmaya çalıştı.

Adamın dudakları yalancıktan bir gülümsemeyle kıvrıldı. "Öyleyse gel bir hata daha yapalım." Elini kızın ensesine koyarak yüzünü kuvvetle kendi yüzüne doğru çekti.

Victoria, "Lütfen yapma," diye yalvardı Yüzü adamın yüzünden ancak birkaç parmak uzaklıktaydı. "Beni seninle mücadele etmeye zorlama, yaran acıyacak." Ensesindeki el hafifçe, doğrulmasına izin verecek kadar değilse bile onu aşağı çekmeyecek kadar gevşedi. Jason kızı sessizce, yüzünde düşünceli bir ifadeyle süzdü.

Victoria sabırla genç adamın kendisini bırakmasını bekledi. Duygularının kan kaybı, acı ve bol miktarda alkol yüzünden karışık olduğunu biliyordu. Bir an için bile adamın ona karşı en ufak bir arzu duyduğunu düşünmeksizin, ona haliyle biraz eğlenen bir yüzle baktı.

Jason dalgın, buğulu bir sesle, "Seni şu Arnold'dan başka hiç öpen oldu mu, gerçek anlamda?"

Victoria "Andrew," diye düzeltirken dudakları zor zaptettiği bir gülüşle kıvrıldı.

"Her erkeğin öpüşü aynı olmaz, bunu biliyor muydun?"

Victoria kendini tutamayarak kıkırdadı. "Gerçekten mi? Kaç erkekle öpüştün?"

Adamın ateşli dudakları bir gülümsemeyle kıvrıldı, ama kızın dalga geçmesine karşılık vermedi. Kızın ensesindeki eline bir parça daha kuvvet vererek, boğuk bir sesle, "Bana yaklaş," diye emretti, "dudaklarını dudaklarıma koy. Sana benim nasıl öptüğümü göstereyim."

Victoria'nın uysallığı bir anda yok oldu ve paniğe kapıldı. "Jason, kes şunu," diye adamı iknaya çalıştı. "Beni öpmek istiyor olamazsın. Sarhoş değilken benden hoşlandığın bile söylenemez."

Adam sert bir kahkaha attı. Acı acı, "Senden çok hoşlanıyorum, lanet olsun!" diye fısıldadı. Sonra da kızın başını aşağı doğru çekip dudaklarını istekli, yakıcı, bencilce bir öpüşle –her şeyi isteyen ama karşılığında hiçbir şey vermeyen bir öpüşle esir aldı. Victoria şaşkın ve ürkmüş bir halde, ellerini genç adamın iki yanına dayayıp kendini yukarı iterek, ağzını onun ağzından kurtarmaya çalışarak bütün gücüyle direndi. Jason hızla kızın ensesindeki saçları avuçlayıp sertçe burarak, sıkılmış dişleri arasından, "Çırpınma!" diye emretti, "canımı acıtıyorsun."

Victoria, "*Sen benim* canımı acıtıyorsun," diye hıçkırdı. Dudakları, adamın dudaklarına değercesine yakın duruyordu. "Bırak beni."

Jason, pürüzlü bir sesle, "Bırakamam," dedi ama kızın saçlarının arasına geçmiş parmakları gevşedi, eli aşağıya doğru kayıp ensesine indi, insanı sarhoş eden yeşil gözleri derin bakışlarla kızın gözlerine daldı. Sanki işkenceyle itiraf edermişçesine ıstırap dolu bir sesle, "Seni bırakmayı yüzlerce kez denedim, Victoria," dedi, "ama bırakamıyorum." Daha bu inanılmaz cümlenin Victoria'nın beyninde yankılanması durmadan, Jason onu kendine doğru çekerek nefesini kesen, başını döndürerek direncini kıran, uzun bir öpüşle esir aldı. Adamın dudakları yumuşak, açgözlü bir arzuyla kızın dudaklarında geziniyor, onları tadıyor, eziyor, aralıyor, daha fazlasını ister gibi ileri geri hareket ediyordu. Victoria'nın içinde çok derinlerde gizlenen bir şey, adamın umutsuz yalnızlığını hissederek ona karşılık verdi ve genç kız kendini iradesi dışında adamın öpüşüne bıraktı. Dudakları yumuşayıp adamın dudaklarının sıcaklığıyla eridiler. Jason'ın öpüşündeki istekli şiddet bir anda tırmandı, dili kızın dudaklarının arasına doğru kaydı, şehvetine teslim olarak aralandıkları anda da yavaşça daha derinlere doğru daldı.

Adamın dili ağzının derinliklerinde dolaşırken Victoria'nın vücudu ard arda gelen vahşice ürpertilerle sarsılıyordu. Sonunda, karşı koyamadığı bir arzuyla, kendi dilini çekingenlikle adamın dudaklarına dokundurdu. Jason'ın vücudu buna hemen karşılık verdi; inleyerek sağlam kolunu kıza doladı, göğüslerini kendi göğsüne bastırdı, dilini ağzının derinliklerine doğru soktu, geri çekip tekrar, tekrar, baş döndürücü, yasak bir ritimle ileri geri hareket ettirmeye başladı.

Sonsuzluğa kadar uzanan bir öpüşmenin ardından, ağzını kızın ağzından çekip dudaklarını kızın alev alev yanan yanağında dolaştırmaya, çenesini, şakağını öpmeye koyuldu. Sonra birden bire durdu.

Victoria'nın aklı yavaş yavaş başına gelirken, ne kadar utanmazca davrandığının farkına varmanın dehşeti bütün varlığını sardı. Yanağı adamın güçlü göğsüne dayalıydı. Ar damarı çatlamış, adi bir kadın gibi neredeyse adamın üzerinde yatıyordu! İçte içe ürpererek kendini, başını kaldırıp Jason'ın yüzüne bakmaya zorladı. Onun kendisine bir zafer edası ya da küçümser bir bakışla bakmakta olduğunu biliyordu; bunu hak etmişti. Korka korka gözlerini açıp adamın gözlerinin içine baktı.

"Tanrım!" Jason'ın sesi boğuk bir fısıltı gibi çıkmıştı. Yeşil gözlerinde şimşekler çakıyordu. Elini kaldırınca Victoria irkildi, ama adam onu üzerinden itmek yerine avucunu kızarmış yüzüne değdirerek okşadı. Parmak uçları yüzünün narin kemiklerinde yumuşak hareketlerle gezindi. Adamın bu anlaşılmaz haliyle kafası karışan Victoria, sorgulayan bakışlarını adamın ateşli gözlerine dikti.

"Adın sana uygun değil," diye fısıldadı Jason. " 'Victoria' senin gibi küçük, ateşli bir yaratık için çok uzun ve soğuk bir isim."

Kendini tümüyle adamın gözlerindeki mahrem bakışın ve sesindeki yumuşaklığın büyüsüne kaptıran Victoria, "Annemle babam bana Tory derdi," diye karşılık verdi.

"Tory." Jason bu ismi gülümseyerek tekrarladı. "Bunu sevdim, sana mükemmel uyuyor." Büyülenmiş bakışlarını kızın gözlerinden ayırmaksızın, elini kızın omzundan koluna kaydırdı. Baştan çıkarıcı okşayışlarla, "Caroline Collingwood'la faytona binip giderken saçlarının güneşte parlamasını da seviyorum," diye devam etti. "Gülüşünü, kahkahalarını da seviyorum. Kızdığında gözlerinin çakmak çakmak parlamasını da seviyorum... Başka neyi seviyorum biliyor musun?" Göz kapakları ağırlaşmıştı, gözleri kapanmak üzereydi.

Victoria genç adamın sesinin ve sözlerinin tatlılığıyla büyülenmiş bir halde başını iki yana salladı.

Jason gözleri kapalı ve dudaklarında bir gülümsemeyle mırıldandı: "Hepsinden çok... şu sırtındaki geceliğin içini dolduruşunu seviyorum..."

Victoria iffetli ve gücenmiş bir hareketle kendini çekti, Jason'ın eli başının yanına, yastığın üzerine düşüp orada hareketsiz kaldı. Derin bir uykuya dalmıştı.

Victoria olanlara inanamaz gibi iri iri açılmış gözleriyle, ne düşüneceğini, ne hissedeceğini bilemeden ona bakakalmıştı. Bu kesinlikle hayatında gördüğü en kibirli, en cüretkar... Kötü sözcükler arıyordu ama ona kötü bir sıfat yakıştırmaya içi elvermiyordu. Dudakları gönülsüzce kıvrılarak gülümsedi. Adamın yüzünün sert hatları uyurken daha yumuşak, alaycı ağzı daha insaflı görünüyordu, savunmasız ve inanılmaz bir şekilde çocuksu bir hali vardı.

Adamın kirpiklerinin şaşırtıcı derecede gür olduğunu fark

edince gülümsemesi yüzüne daha da yayıldı. Hangi kız olsa o kalın, kıvrık kirpikleri kıskanırdı. Onu seyrederken, çocukken neye benzediğini merak etmeye başladı. Herhalde çocukken de bu kadar şüpheci, alaycı, mesafeli ve yaklaşılmaz olamazdı. Yüksek sesle düşünür gibi, "Benim çocukluk hayallerimi Andrew yıktı," diye mırıldandı. "Seninkileri kim yıktı bilmek isterdim." Jason başını yastığında diğer yana çevirdi, siyah saçlarından bir tutamı alnına düştü. Genç kız, garip, anaç bir koruma güdüsü ve bir o kadar da suçluluk hissederek uzanıp parmaklarının ucuyla saç tutamını adamın alnından geriye doğru itti. Onun duymayacağını bildiği halde fısıldayarak, "Sana bir sır vereceğim," dedi. "Ben de senin birçok şeyini seviyorum, Jason."

Koridorun öbür ucunda bir kapı hafif bir tıkırtıyla kapandı, Victoria suçlulukla yerinden sıçrayarak ayağa kalkıp geceliğini düzeltti, saçına çeki düzen verdi. Ama başını kapıdan dikkatlice uzatıp koridora baktığında kimseyi göremedi.

ON SEKİZ

Victoria kahvaltıya indiğinde, Charles Amca normalde kalktığı saatten çok daha erken olmasına rağmen kalkıp sofraya oturmuştu bile, yüzünde de bir şeye çok sevinmiş gibi pırıl pırıl bir mutluluk ifadesi vardı.

Işıl ışıl bir gülümsemeyle Victoria'ya, "Yine her zamanki gibi çok güzelsin," diyerek kalkıp kızın iskemlesini çekti.

Victoria da buna gülümseyip, "Siz her zamankinden de iyi görünüyorsunuz, Charles Amca," diyerek karşılık verdi ve kendine bir fincan çay doldurup içine biraz da süt koydu.

Yaşlı dük, hiç acele etmeden "Kendimi hiç daha iyi *hissetmemiştim*," dedi. "Söyle bakalım, Jason nasıl?"

Victoria kaşığını elinden düşürdü.

Charles sakin sakin, "Onu bu sabah erken saatte koridorda gezinirken duydum da, senin de sesin geliyordu. Jason sanki–" bir an durup uygun bir kelime aradı, "–biraz çakırkeyif gibiydi, öyle mi?"

Victoria neşeyle başını salladı. "Körkütük sarhoş desek daha doğru olur!"

Charles bu konuda yorum yapmak yerine, eğlenir gibi bir bakışla, "Northrup arkadaşın Wiltshire'ın bir saat önce buraya gelip çok endişeli bir şekilde Jason'ın sağlığını sorduğunu söyledi," dedi. "Wiltshire, Jason'ın bu sabah düello ederken yaralandığını sanıyormuş galiba."

Victoria, olanları yaşlı adamdan saklamaya çalışmanın faydasız olacağını fark etti. Gülerek başını salladı. "Jason'ın dediğine göre, Lord Wiltshire'la düello etmiş, çünkü Lord Wiltshire benim için 'salak İngiliz' demiş."

"Wiltshire ne zamandır seninle resmen konuşmak için iznimi isteyip duruyordu, senin için böyle bir şey demiş olabileceğine inanamam."

"Eminim dememiştir. Zaten çok saçma bir söz."

Charles neşeyle, "Kesinlikle," diye kıza hak verdi. "Ama düellonun sebebi her neyse, sonuç olarak Wiltshire, Jason'ı vurmuş mu yani?"

Victoria gözlerinden şen parıltılar saçarak, "Lord Fielding'e bakılırsa kendisini *bir ağaç* vurmuş," diye güldü.

Duyduklarını çok eğlendirici bulduğu belli olan Charles Amca, "Garip ama," dedi, "genç Wiltshire da Northrup'a aynı hikâyeyi anlatmış!" Bir an durduktan sonra, "Hiç önemi yok," diye devam etti. "Anladığım kadarıyla Jason'a Dr. Worthing bakmış. Doktor Jason'la benim iyi bir dostumuzdur; çok da iyi bir doktordur. Jason'ın sağlığı herhangi bir şekilde tehlikede olsaydı, şu anda burada onunla ilgileniyor olurdu. Üstelik kendisinden laf çıkmayacağına güvenebiliriz. Düello etmek kanunlara aykırı, biliyorsun."

Victoria'nın benzi attı, bunu fark eden Charles Amca uzanıp elini kızın elinin üstüne koyarak rahatlatmak istercesine sıktı. "Endişelenecek bir şey yok," dedi. "Bizimle olmandan ne kadar... ne kadar mutlu olduğumu anlatamam, yavrum." Sesi garip bir şekilde şefkatle titriyordu. "Sana... sana anlatmak istediğim öyle çok şey var ki. Hepsini anlatmanın zamanı yakında gelecek."

Victoria fırsattan istifade yaşlı dükü annesini tanıdığı zamanları anlatması için bir kez daha sıkıştırdı, ama Charles Amca hemen ciddileşip başını iki yana sallayarak her zamanki gibi, "Bir gün anlatırım," diye söz verdi. "Ama şimdi değil."

Victoria gergin bir şekilde Jason'ın görünmesini beklerken, günün geri kalanı adeta geçmek bilmedi. Acaba gece olanlardan sonra ona karşı nasıl davranacaktı? Victoria'nın aklından çeşit çeşit olasılıklar geçiyor, bir türlü bu soruyu kafasından atmayı başaramıyordu. Belki kendisini öpmesine izin verdiği için Victoria'yı hor görecekti. Belki de içkinin etkisiyle ondan hoşlandığını ve bırakmak istemediğini itiraf ettiği için kendinden nefret edecekti. Belki de söylediği o tatlı sözlerin hiçbirini aslında isteyerek söylememişti.

Victoria adamın gece yaptığı şeylerin çoğunun fazla içkiden ileri geldiğinden emindi aslında, ama yine de aradaki engelleri bir kez aştıkları için, artık daha yakın bir dostluk kurabileceklerini umut etmek istiyordu. Son haftalarda Jason'a çok daha fazla yakınlık duymaya başlamıştı; ondan hoşlanıyor ve onu çok beğeniyordu. Bunun da ötesinde... bunun ötesini düşünmek istemiyordu.

Saatler ilerledikçe, umutları zayıflayıp gerginliği iyice artmaya başladı. Eve gelip giden düzineyle konuğun da faydasından çok zararı oluyordu. Hepsi Jason'ın düellosu hakkında bir şeyler öğrenme hevesindeydi. Northrup bütün gelenlere Leydi Victoria'nın o gün evde olmadığını söyledi, Victoria da beklemeyi sürdürdü.

Saat birde, Jason nihayet odasından çıkıp doğruca çalışma odasına geçti, bir yatırım hakkında konuşmaya gelmiş olan Lord Collingwood ve başka iki adamla toplantı yapmak için içeri kapandı.

Saat üçte, Victoria kütüphaneye geçti. Gününü böyle endişelenerek ziyan ettiği için kendinden nefret ediyordu. Charles Amca da kütüphanenin öbür ucunda, pencerenin yanındaki bir koltuğa oturmuş bir derginin sayfalarını çeviriyordu, ama Victoria'nın sohbet edecek hali olmadığı için oturup dikkatini kitabına vermeye çalıştı.

Jason sonunda kütüphaneye geldiğinde, Victoria'nın sinirleri öyle gerilmişti ki, adamı gördüğü anda neredeyse ayağa fırlayacak gibi oldu.

Jason kızın önünde durup ellerini açık kahverengi dar pantolonun ceplerine sokarak hiçbir şey olmamışçasına "Ne okuyorsun?" diye sordu.

Victoria kitabını okuduğu şairin adını hatırlayıncaya kadar ona çok uzun gelen birkaç saniyelik rahatsız bir süre geçti. "Shelley'nin şiirleri."

"Victoria." İlk defa olarak Victoria adamın yüzündeki gerginliği fark etti. Jason kelimelerini seçer gibi bir an duraksadı, sonra, "Dün gece özür dilememi gerektiren bir şey yaptım mı?" diye sordu.

Victoria'nın kalbi göğsünde ağırlaşır gibi oldu; adam hiçbir şey hatırlamıyordu. Hayal kırıklığını belli etmemeye çalışarak, "Hatırlayabildiğim kadarıyla hayır," diye cevap verdi.

Adamın ağzı belli belirsiz bir gülümsemeyle kıvrıldı. "Genellikle hatırlayamayan kişi içkiyi fazla kaçırmış olan olur, öteki değil."

"Evet. Pekâlâ, hayır, yapmadın."

"İyi. Öyleyse, tiyatroya gitmek için çıkacağımız zaman görüşürüz." Sonra da gözlerinde muzip bir pırıltıyla ekledi: "Tory."

Victoria odadan çıkmak üzere olan adamın arkasından kendini tutamayarak bağırdı: "Hani hiçbir şey hatırlamıyordun?"

Jason yüzünde kurdu andıran bir sırıtışla, dönüp kızın yüzüne baktı. "Her şeyi hatırlıyorum, Tory. Öğrenmek istediğim şey, *senin* görüşüne göre özür dilemem gereken bir şey yapıp yapmadığımdı."

Victoria utanarak sinirli bir gülüşle güldü. "Sen dünyanın en sinir bozucu adamısın!"

Jason utanmazca "Doğru," dedi, "ama yine de *birçok şeyimi seviyorsun.*"

Victoria ateş basan yüzüyle dönüp giden adamın ardından baktı. Bütün gün kafasında Jason'ın gece olanlar hakkında ne düşüneceğini kurup durduğu halde, bunu söylediğinde uyanık olup onu duyduğunu aklına bile getirmemişti. Kendini koltuğunda arkaya doğru bırakıp kaykılarak gözlerini kapadı, çok ama çok mahcup olmuştu. Üstelik daha o ana kadar aklına gelmeyen bir şey vardı ki o da Charles Amca'nın da orada olduğuydu. Odanın öteki ucundan gelen bir tıkırtıyla Charles Amca'nın varlığı aklına gelince, gözleri bir anda açıldı, yerinden sıçrayarak doğruldu, yaşlı adamın yüzünde muzaffer bir sevinçle onu izlediğini gördü.

İhtiyar dük yumuşak bir sesle, "Çok iyi, yavrum, çok iyi," dedi. "Hep onu yavaş yavaş sevmeye başlayacağını ümit etmiştim, şimdi görüyorum ki bu ümidim gerçek oluyor."

"Evet, ama onu anlamıyorum, Charles Amca."

Kızın bunu açıkça kabul etmesi dükü daha da sevindirmiş görünüyordu. "Eğer şimdi onu anlamadığın halde sevebiliyorsan, anladığında yüz kat daha fazla seveceksin demektir, seni temin ederim." Ayağa kalkarak devam etti: "Sanırım ben artık gitsem iyi olacak. Bu akşam eski bir dostuma sözüm var."

O akşam Victoria salona girdiğinde, Jason'ı şarap rengi bir ceket ve pantolon giymiş, kusursuz bağlanmış boyun bağının kat yerinde parıldayan bir yakutla kendisini bekler buldu. Adam şarap kadehine uzanınca, aynı yakuttan iki kol düğmesinin de gömleğinin kol ağızlarını süslediğini fark etti.

Bu sırada gözüne bir eksiklik çarptı. "Askıyı çıkarmışsın!"

Jason, "Tiyatroya gitmek için giyinmemişsin," diye karşılık verdi. "Mortram'ların balosu da var. Sonra da oraya gideceğiz."

"İkisine de hiç gidesim yok. Marki de Salle'e bir not yazıp bu akşam yemekte Mortram'larda onunla birlikte olamayacağımı bildirdim bile."

Jason keyifle, "Herhalde çok üzülecek," diye bir tahminde bulundu. "Hele onun yerine akşam yemeğe benimle gittiğini duyunca!"

"Ama seninle gidemem!"

Jason alaycı bir tavırla, "Tabii ki gidebilirsin," dedi.

Victoria pes ederek, "Bari kolunu askıya alsan," diye önerdi.

Jason kıza yalancıktan kızmış gibi baktı. "Eğer ortalıkta kolum askıya alınmış vaziyette dolaşacak olursam, Wiltshire veledi Londra'daki herkesi beni bir ağacın vurduğuna inandırır."

Victoria göz kırparak, "Öyle diyeceğini hiç sanmam,"

dedi. "Wiltshire daha çok genç, muhtemelen seni düelloda yendiğini söyleyip övünmek ister."

Jason tiksintiyle dudak bükerek, "Öylesi daha da beter, bir ağaç tarafından vurulmuş olmayı yeğlerim," dedi. "Wiltshire daha tüfeğin hangi ucunu hedefe doğrultması gerektiğini bilmiyor."

Victoria yutkunarak gülmesini bastırmaya çalıştı. "Ama tek yapman gereken insan içine çıkıp yaralanmamış olduğunu göstermekse, neden benim de seninle gelmem gerekiyor ki?"

"Çünkü yanımda sen olmazsan, düşes olma hayali kuran bir kadın gelip yaralı koluma asılabilir. Ayrıca, seninle gitmek istiyorum."

Victoria, adamın ona bu şekilde tatlı tatlı takılmasına fazla dayanamadı. "Pekâlâ," diyerek güldü. "Yenilmez düellocu namına leke sürülmesine neden olursam yaşayamam." Tam döneceği anda durup, dudaklarında edepsizce bir gülümsemeyle, "Gerçekten de Hindistan'da düelloda düzinelerce adam öldürdüğün doğru mu?" diye sordu.

Jason yapmacık bir can sıkıntısıyla, "Hayır," diye karşılık verdi. "Haydi şimdi koş üstünü değiştir."

O gece sanki Londra'da kim varsa tiyatroya gelmişti ve Jason'ın locasına girerlerken bütün gözler onlara çevrilir gibi oldu. Başlar onlara döndü, yelpazeler titreşti ve fısıldaşmalar başladı. Başta Victoria herkesin Jason'ı yaralı değil de, sapasağlam gördüğüne şaşırdığını sandıysa da sonradan fikri değişmeye başladı. Oyunun sahne arasında Jason'la locadan çıktıklarında, bir şeylerin farklı olduğunu ayrımsadı. Genç olsun, yaşlı olsun eskiden ona yakınlık gösteren bütün hanımlar şimdi onu kaskatı yüzler ve ayıplayan bakışlarla süzüyorlardı. Victoria bunun nedenini anlamakta gecikmedi: Jason sözde onun için düelloya tutuşmuştu ve adına ciddi bir leke sürülmüştü.

Fuayenin bir başka tarafında, başına beyaz saten türban takmış, türbanının önüne de koca bir ametist iliştirmiş yaşlı bir kadın gözlerini kısarak Jason'la Victoria'yı incelemekteydi. Claremont Düşesi yanındaki arkadaşına, "Anlaşılan," diye fısıldadı, "Wakefield onun için düelloya tutuşmuş."

Leydi Faulklyn, "Ben de öyle duydum, düşes cenapları," diye karşılık verdi.

Claremont Düşesi fildişi bastonuna abanarak küçük torununu izlemeyi sürdürdü. "Katherine'in kopyası."

"Evet, düşes cenapları."

Düşesin uçuk mavi gözleri Victoria'yı tepeden tırnağa süzdükten sonra Jason Fielding'e kaydı. "Yakışıklı çocuk, değil mi?"

Leydi Faulklyn buna da 'evet' deme riskini almaktan ürkmüş gibi sarardı.

Düşes, arkadaşının sessiz kalmasına aldırmaksızın parmaklarını bastonunun mücevherlerle süslü sapına vurarak, gözlerini kısarak Wakefield Markisi'ni incelemeyi sürdürdü. "Atherton'a benziyor."

Leydi Faulklyn tereddüt içinde, "Hafif bir benzerlik var gerçekten," diye şansını denedi.

"Laf!" diye çıkıştı yaşlı düşes. "Wakefield tıpatıp Atherton'un gençliği."

"Aynen öyle!" dedi Leydi Faulklyn.

Düşesin zayıf yüzü kurnazca bir parıltıyla aydınlandı. "Atherton iki aile arasında benim rızam hilafında bir evlilik ayarlayabileceğini sanıyor. Benden intikam almak için yirmi iki yıl bekledi ve başaracağını zannediyor." Gevrek gevrek gülerek birkaç adım ilerisinde duran güzel çifti süzdü. "Ama yanılıyor."

Victoria gergin bakışlarını türbanlı kadının sert bakışlı yüzünden öte yana çevirdi. *Herkes* Jason'la onu izliyor gibiydi, hatta bu hanım gibi daha önce hiç görmediği yaşlı kadınlar bile onlara bakıyordu. Endişeyle ona bir kadeh badem likörü getiren Jason'a bakarak, "Seninle buraya gelmem korkunç bir hataydı," dedi.

"Neden? Oyunu zevkle seyrettin." Kızın mavi gözlerinin içine bakarak keyifli keyifli sırıttı. "Ben de seni zevkle seyrettim."

Adamın çok doğal bir şey söyler gibi yaptığı bu kompliman Victoria'nın içini bir anda heyecanla doldurmuştu, ama bu hissi kendine itiraf etmekten kaçınarak, "Aman beni seyrettiğini görmesinler," dedi, "hele de seyretmekten zevk aldığını hiç görmesinler."

"Nedenmiş?"

"Çünkü herkes bizi seyrediyor."

Jason umursamazca omuz silkti. Kızı özel locasına doğru götürürken, "Bizi daha önce de bir arada gördüler," diye sakinleştirmeye çalıştı.

Mortram'ların balosuna gittiklerinde her şey daha da kötü oldu. Birlikte içeri girdikleri anda sanki kalabalık balo salonundaki herkes bir anda dönüp kesinlikle dostça olmayan bakışlarla onlara bakmaya koyuldu.

"Jason, bu korkunç bir şey! Tiyatrodakinden de kötü. Orada hiç değilse bazıları sahneye bakıyordu. Burada herkesin gözü bizde." Yalvaran bakışlarla ekledi: "Lütfen bana öyle tatlı tatlı gülümsemeyi keser misin. Herkes bize bakıyor."

Jason, "Tatlıyım demek, öyle mi?" diye takıldı, ama bakışları balo salonundaki yüzlerde çabucak şöyle bir dolaştı. Sonra da sakin sakin, "Benim bütün gördüğüm," dedi, "bir avuç çılgın hayranının boğazımı kesip cesedimi yok etmenin bir yolunu arayan bakışları."

Victoria neredeyse sinirinden tepinecek kadar çileden çıkmak üzereydi. "Bile bile hiçbir şey olmamış gibi yapıyorsun. Caroline Collingwood herkesin neler dediğini bildiği için bana söylemişti, bugüne kadar kimse bizim birbirimize karşı gerçek anlamda bir ilgi beslediğimizi sanmıyordu. Bu nişan işini Charles Amca'nın hatırına göstermelik olarak sürdürdüğümüzü düşünüyorlardı. Ama şimdi sen birinin benim hakkımda söylediği bir söz yüzünden düello edince her şey değişti. Hepsi şimdi senin ben varken evde ne kadar zaman geçirdiğini düşü–"

Jason'ın kaşları çatılmış, yeşil gözlerine tehlikeli bir parıltı gelmişti. Kızın sözünü keserek, kelimelerin üzerine basa basa, "Orası benim evim oluyor," diye karşılık verdi.

"Biliyorum, ama önemli olan meselenin prensibi. Şimdi herkes –özellikle de hanımlar– hakkımızda çeşit çeşit kötü şeyler düşünüyor. Sen değil de başka biri olsaydı, bu kadar mesele olmazdı." Bunu söylerken, yalnızca muğlak nişan durumlarının dedikoduları iyice alevlendireceğini anlatmak istemişti. "Önemli olan meselenin pren–"

Jason'ın sesi alçalarak buz gibi soğuk bir fısıltıya dönüşmüştü. "Eğer herkesin –sen de dahil– ne düşündüğü zerre kadar umurumda olur sanıyorsan yanılıyorsun. Bana prensipler hakkında ders vermeye de zahmet etme, ben prensip sahibi bir insan değilim, beni centilmen de zannetme sakın, çünkü değilim. Senin adını bile duymadığın yerlerde yaşadım ve oralarda hayali bile ahlak duygunu incitecek şeyler yaptım. Sen masum, aptal bir çocuksun. Ben hiç masum olmadım. Ben çocuk bile olmadım. Ama madem ki herkesin ne düşündüğü seni bu kadar meşgul ediyor, bu sorunun oldukça basit bir çözümü var. Sen gecenin kalanını sevimsiz hayranlarınla geçirebilirsin, ben de kendime beni eğlendirecek birini bulurum."

Jason'ın durduk yere saldırıya geçmesi Victoria'yı o denli şaşırtmış ve kırmıştı ki, giden adamın arkasından hiçbir şey düşünemeyecek halde kalakalmıştı. Yine de, adamın kabaca önerdiği şeyi *aynen* yaparak kendisiyle olmaya can atan hayranlarıyla ilgilenmeye başladı. Bunun üzerine kendisine yönelen kötü bakışlar biraz azaldıysa, ama hâlâ kendini çok kötü hissediyordu. İncinmiş gururu onu başkalarıyla dans etmekten ve iltifatlarını dinlemekten çok zevk alıyor gibi görünmeye zorluyordu. Ancak kulakları sanki koca salonda yalnızca Jason'ın kalın sesini arar gibiydi, o ne zaman yakınında olsa sanki yüreği bunu hissediyordu.

Gittikçe artan bir umutsuzlukla, üç sarışın güzelin arasında duran Jason'ı seyretti. Kadınlar onun ilgisini çekmek için birbirleriyle yarışıyor, kendilerine o tembel gülümsemesiyle bir kerecik gülümsemesi için şekilden şekle giriyorlardı. Victoria geçen geceden beri bir kere olsun adamın dudaklarının ona verdiği zevki düşünmemeye çalışmıştı. Ama şimdi başka bir şey düşünemiyordu ve onun o kadınlarla oynaşacağı yerde, yanına gelmesinden başka bir şey istemiyordu. Herkesin ne düşüneceği de artık hiç umurunda değildi!

Yanındakilerden yirmi beş yaşlarında yakışıklı bir delikanlı ona bu dansı kendisine söz verdiğini hatırlattı. Victoria kibar ama coşkusuz bir sesle, "Evet, tabii," diye cevap verdi. Delikanlı onu dans pistine doğru götürürken, "Acaba saat kaç biliyor musunuz, Mr. Bascomb," diye sordu.

Genç adam gururla, "Evet, biliyorum," diye yanıtladı. "On bir buçuk." Victoria inildememek için kendini zor tuttu. Bu çile daha saatlerce sürecekti.

Charles anahtarını çevirip kapıyı açtığında, karşısında telaşla kapıya doğru gelen Northrup'u buldu. Nazikçe, "Beni beklemene gerek yoktu, Northrup, yatsaydın sen," diyerek şapkasıyla bastonunu hizmetkâra verdi. "Saat kaç?"

"On bir buçuk, dük cenapları."

Yaşlı dük, "Jason'la Victoria'nın dönmesi sabahı bulur, sen sakın onları da beklemeye kalkma," diye tembihledi. "Bu balolar ne kadar geç biter bilirsin."

Northrup ona iyi geceler dileyerek kendi dairesine çekildi, Charles da salona gitmek üzere tam aksi tarafa döndü. Niyeti bir kadeh porto şarabıyla gevşeyip tek başına Jason'la Victoria'nın önceki gece Jason'ın yatak odasında nihayet alevlenen aşk hikâyesini düşünerek tadını çıkarmaktı. Antreden geçerken ön kapının sert sert vurulmasıyla durup geri döndü. Jason'la Victoria'nın anahtarlarını unutup eve erken döndüklerini düşünerek kapıyı açtı, ama karşısında otuz yaşlarında, uzun boylu, iyi giyimli bir bey bulunca gülümsemesi yerini meraklı bir bakışa bıraktı.

Adam, "Bu geç vakitte rahatsız ettiğim için bağışlayın, dük cenapları," dedi. "Ben Arthur Winslow; şirketim Amerika'da bulunan bir başka hukuk bürosu tarafından bu mektubun acil olarak size teslim edilmesiyle görevlendirilmiş bulunuyor. Elimde Miss Victoria Seaton'a verilecek bir mektup daha var."

Charles mektubu alırken, beyni hakim olamadığı bir felaket öngörüsüyle zonklamaya başlamıştı. "Leydi Seaton bu akşam dışarıda."

"Biliyorum, dük cenapları." Genç adam esefle omzu üzerinden yolun kenarında duran kupa arabasına işaret ederek, "Bu mektupların bana teslim edildiği akşam saatlerinden beri şurada ikinizden birinin ya da her ikinizin dönüşünü bekliyordum," dedi. "Leydi Seaton yoksa mektupları sizin elinize teslim ederek en kısa zamanda kendisine iletilmesini sizden rica etme konusunda talimat almıştık." İkinci mektubu da Charles'ın nemli avucuna bırakarak şapkasını yana eğdi. "İyi akşamlar, dük cenapları."

Charles vücudunu saran buz gibi bir korkuyla kapıyı kapatıp kendisine gelen mektubu açtı ve gözleri gönderenin imzasını aradı. 'Andrew Bainbridge' adını görünce, kalbi göğsünü acıtırcasına çarpmaya başladı; kendini zorlayarak yazılanları okudu. Okudukça, yüzünün rengi attı, kelimeler bulanıklaşıp gözlerinin önünde uçuşmaya başladılar.

Bitirdiğinde, eli yanına düştü, başı öne eğildi. Omuzları sarsılarak ağlamaya başladı, gözyaşları yanaklarından süzülerek yere damlıyor, kulaklarında kanının gürüldemesini duyuyordu; bütün hayalleri ve ümitleri yıkılıp gitmiş gibiydi. Gözyaşlarının dinmesinden çok sonra, ayağa kalkıp görmeyen bakışlarını yere dikti. Nihayet, çok ağır hareketlerle doğrulup omuzlarını dikleştirdi ve başını kaldırdı. "Northrup," diye seslenerek merdivenleri çıkmaya başladı, ama sesi boğuk bir fısıltı gibi çıkmıştı. Boğazını temizleyerek tekrar seslendi: "Northrup!"

Northrup sırtına ceketini geçirmeye çalışarak telaşla antreye koştu. Merdivenin orta yerinde durmuş, tırabzana sıkıca tutunarak ayakta durmaya çalışan düke endişeyle bakarak, "Beni mi çağırdınız, efendim?" diye sordu.

Charles başını çevirip yukarıdan ona bakarak, "Dr. Worthing'i çağır," dedi. "Hemen gelmesini söyle. 'Çok acil,' de."

Northrup hemen, "Lord Fielding'e Leydi Victoria'ya haber göndereyim mi?" diye sordu.

Charles, "Hayır, lanet olsun!" diye bağırdı, ama sonra kendini toparlayıp daha kontrollü bir sesle, "Dr. Worthing gelsin, gerisini ondan sonra söylerim," diyerek ağır ağır merdivenleri çıkmaya devam etti.

Jason'ın arabacısı kupa arabasını Upper Brook Caddesi, 6 numaranın önüne çektiğinde neredeyse şafak sökmek üzereydi. Mortram'ların balosundan çıktıklarından beri ne Jason ne de Victoria tek kelime etmişti. Ama Jason'ın birden heyecanla derin bir soluk alması Victoria'yı yerinden sıçrattı; gözleriyle Jason'ın bakışlarını takip edince, evin önünde duran diğer arabayı fark etti. "Kimin arabası bu?"

"Dr. Worthing'in. Doru atlarından tanıdım." Jason kapıyı ardına kadar açarak arabadan atladı, Victoria'yı çabucak tutup indirdikten sonra orada bırakarak eve doğru koşup merdivenlerden hızla çıktı. Victoria da elbisesinin uzun eteklerini telaşla toplayarak adamın arkasından koştu, kalbinin atışını boğazında hissedebiliyordu. Northrup perişan bir vaziyette onlara kapıyı açtı.

Jason sertçe, "Ne oldu?" diye sordu.

Northrup karamsar bir tonla, "Amcanız, lordum," diye yanıtladı. "Kalp krizi... Dr. Worthing yanında."

Victoria dehşet içinde Jason'ın koluna yapışarak, "Tanrım!" diye fısıldadı.

Beraberce merdivenleri koşarak çıkarlarken, Northrup arkalarından "Dr. Worthing ben geldiğinizi bildirmeden odaya girmemenizi istedi," diye sesleniyordu.

Charles'ın odasının önüne geldiklerinde, Jason kapıyı vurmak üzere elini kaldırdı ama tam o sırada Dr. Worthing kapıyı açıp dışarı çıktı, kapıyı da arkasından sıkıca kapattı. "Geldiğinizi duydum," diyerek endişeli bir hareketle parmaklarını saçlarının arasından geçirdi.

Jason gergin bir sesle, "Charles nasıl?" diye sordu.

Dr. Worthing tel çerçeveli gözlüğünü çıkararak bütün dikkatiyle camlarını silmeye koyuldu. Sonsuz gibi gelen birkaç saniyenin ardından, derin bir soluk alarak gözlerini kaldırdı. "Çok ağır bir kriz geçirmiş, Jason."

Jason, "Görebilir miyim?" diye sordu.

"Görebilirsin, ama ikinizi de uyarmak zorundayım, onu üzecek hiçbir şey yapmamanız ve söylememeniz gerek."

Victoria'nın eli boğazına gitti. "Charles Amca... öl-ölmeyecek, değil mi, Dr. Worthing?"

"Er geç hepimiz öleceğiz, yavrum." Doktorun sesinde öylesine karamsar bir tını vardı ki Victoria dehşetle titredi.

Ölüm döşeğindeki adamın odasına girip yatağının yanına gittiler, Victoria yatağın bir yanında, Jason diğer yanında durdu. Yatağın yanındaki masanın üzerinde bir çift mum yanıyordu, ama oda Victoria'nın gözüne şimdiden açık bir mezar gibi karanlık ve ürkütücü görünüyordu. Charles'ın eli cansız bir şekilde örtünün üzerinde duruyordu, Victoria yutkunup gözyaşlarını içine akıtarak uzandı ve adama kendi gücünden biraz güç vermeye çalışır gibi o eli tutup iki avucu arasında umutsuzca sıktı.

Charles'ın gözleri aralandı, adam gözlerini kırpıştırarak Victoria'nın yüzüne odaklandı. "Sevgili yavrum," diye fısıldadı. "Bu kadar çabuk ölmeye niyetim yoktu. Önce senin evlenip mutlu olduğunu görmek istiyordum. Benim arkamdan sana kim bakacak? Seni alıp bakacak kimsen var mı?"

Gözyaşları Victoria'nın yanaklarından aşağı boşaldı. Charles Amca'yı çok seviyordu, şimdi onu da kaybetmek üzereydi. Konuşmaya çalıştı, ama boğazına takılan o üzüntü ve korku kitlesi sesini boğdu, yalnızca Charles'ın zayıf elini biraz daha fazla sıkmayı başarabildi.

Charles başını yastığında diğer tarafa çevirip Jason'a baktı. "Bana o kadar benziyorsun ki," dedi, "öyle dik kafalısın ki. Şimdi de aynı benim gibi yapayalnız kalacaksın."

"Konuşma." Jason'ın duyduğu acı sesini sertleştirmişti. "Dinlen."

Charles onun uyarısına zayıf bir sesle itiraz etti. "İçim rahat değil. Victoria'nın yalnız kalacağını bile bile huzur içinde ölemem. Victoria senin himayende kalamaz, Jason. Toplum bunu asla..." Sesi zayıflayarak kaybolup gitti. Devam etmek için gücünü toplamaya çalışarak başını Victoria'ya çevirdi.

"Victoria, adını benden almışsın. Annen ve ben birbirimize âşıktık. Sana... sana bunu bir gün anlatacaktım. Ama artık zamanım kalmadı."

Victoria artık gözyaşlarına hakim olamıyordu, başını önüne eğdi, omuzları derin hıçkırıklarla sarsılmaya başladı.

Charles bakışlarını ağlayan kızdan Jason'a çevirdi. "Hayalim, seninle Victoria'nın evlendiğinizi görmekti. Ben gittikten sonra yalnız kalmayacağınızı, birlikte olacağınızı düşünmek istiyordum..."

Jason'ın yüzü kontrol altında tuttuğu acıyla kaskatı bir maskeye dönüşmüştü. Yutkunarak başını salladı. "Ben Victoria'ya bakarım–" Charles'ın itiraz etmek üzere olduğunu görerek sözlerini açıkladı, "onunla evleneceğim."

Victoria'nın şaşkın, yaşlı gözleri Jason'ın yüzüne gitti; sonra onun yalnızca Charles'ın ölüm döşeğindeki sıkıntısını hafifletmeye çalıştığını fark etti.

Charles bitkin bir halde gözlerini kapadı. "Sana inanmıyorum, Jason," diye fısıldadı.

Victoria dehşet ve umutsuzluk içinde yatağın yanında dizlerinin üstüne çöküp Charles'ın eline sarıldı. Ağlayarak, "Bizim için endişelenme, Charles Amca," dedi.

Charles başını yastığında güçsüzce çevirerek gözlerini açıp Jason'ın gözlerinin içine baktı. "Yemin eder misin?" diye fısıldadı. "Victoria'yla evleneceğine ve ona her zaman sahip çıkacağına yemin et."

"Yemin ederim." Jason'ın gözlerinde öyle vahşice bir bakış vardı ki Victoria bu yeminin bir sözden ibaret olmadığını anladı. Bu, ölmek üzere olan bir adama verilmiş gerçek bir sözdü.

"Ya sen, yavrum?" Charles başını Victoria'ya çevirmişti. "Sen de onunla evleneceğine yemin eder misin?"

Victoria kasıldı. Geçip gitmiş sorunları, önemsiz ayrıntıları tartışmanın zamanı değildi. Gerçek şuydu ki, Jason olmasa, Charles olmasa, hayatta kimsesi olmayacaktı, bunu biliyordu. Jason'ın öpüşlerinin ona verdiği baş döndürücü zevki anımsadı, soğuk görünüşüne rağmen onun güçlü olduğunu ve kendisini koruyacağını da biliyordu. Bir gün Amerika'ya dönme umudu ve gelecek hakkında kurduğu, kafasında tam şekillenmemiş belirsiz planlar silikleşerek yerlerini daha güçlü, daha acil kaygılara bıraktılar: Hayatta kalma ve Charles'ın ölüm döşeğindeki endişelerini dindirme kaygısı.

"Victoria?" Charles'ın güçsüz sesi onu daldığı düşüncelerden ayılttı.

Bozuk bir sesle, "Onunla evleneceğim," diye fısıldadı.

Charles, "Teşekkür ederim," diye mırıldanarak zorlukla gülümsemeye çalıştı. Sol elini örtünün altından çıkararak Jason'ın elini kavradı. "Artık huzur içinde ölebilirim."

Birden bire Jason'ın bütün vücudu kasıldı. Gözlerini hızla Charles'a doğrultarak hasta adamın gözlerinin içine baktı, yüzü kinaye dolu bir ifadeye bürünmüştü. İğneleyici bir sesle, "Artık huzur içinde ölebilirsin, Charles," diye karşılık verdi.

"Hayır!" Victoria ağlayarak "Hayır!" diye haykırdı. "Ölmeyin, Charles Amca. Lütfen ölmeyin!" Ona hayata tutunmak için bir sebep sunmak için umutsuzca bir çabayla, "Düğünümüzü görmeden ölemezsiniz..." diye hıçkırdı.

Dr. Worthing gölgeler arasından çıkarak nazikçe Victoria'yı ayağa kaldırdı. Başıyla Jason'a onu izlemesini işaret ederek, kızı odadan dışarı çıkardı. Yumuşak bir sesle, "Haydi, yeter bu kadar, canım," diyerek kızı sakinleştirmeye çalıştı. "Kendini hasta edeceksin."

Victoria başını kaldırarak gözyaşlarıyla ıslanmış yüzünü doktora çevirdi. "Sizce yaşayacak mı, Dr. Worthing?"

Orta yaşlı, nazik doktor teskin edici bir hareketle kızın koluna vurdu. "Ben yanında kalacağım, bir değişiklik olduğu anda size haber veririm." Sonra da gerçek anlamda bir güvence verecek tek kelime etmeden tekrar hastanın yatak odasına girip kapıyı arkasından kapattı.

Victoria ile Jason salona indiler. Jason Victoria'nın yanına oturdu, onu rahatlatmak için kolunu omuzuna dolayıp başını göğsüne doğru çekti. Victoria yüzünü adamın sert göğsüne gömerek dökecek gözyaşı kalmayıncaya kadar üzüntü ve dehşetle ağladı. Gecenin kalanını Jason'ın kollarında, sessizce dua ederek geçirdi.

Charles ise gecenin kalanını Dr. Worthing'le kâğıt oynayarak geçirdi.

ON DOKUZ

Ertesi gün öğleden sonra, Dr. Worthing Charles Amca'nın 'kritik durumunu atlattığını' bildirdi. Sonraki gün, Jason'la Victoria akşam yemeklerini yerken yemek odasına inerek, Charles'ın 'çok daha iyi göründüğünü' söyledi.

Victoria içinden yükselen sevinç çığlıklarını güçlükle zaptediyordu, ama Jason'ın bütün tepkisi kaşının tekini kaldırarak doktora bakmak ve onu da sofraya buyur etmek oldu.

"Ee... teşekkür ederim." Dr. Worthing'in yüzünde, Jason'ın anlaşılmaz ifadesini çözmeye çalışan bir bakış vardı. "Sanırım hastamı artık kısa bir süre için yalnız bırakabilirim."

Jason aynı anlaşılmaz ifadeyle, "Eminim bırakabilirsiniz," diye karşılık verdi.

Victoria Jason'ın nasıl bu kadar heyecansız görünebildiğine hayret ederek, "Sizce iyileşecek mi, Dr. Worthing?" diye atıldı.

Doktor, huzursuz bakışlarını Jason'dan kaçırarak Victoria'nın yüzüne çevirdi, boğazını temizleyerek kızın sorusunu yanıtladı: "Söylemesi güç. Diyor ki, hayatta kalıp ikinizin evlendiğini görmek istiyormuş. Yaşamaya çok kararlı. Buna bir yaşama sebebi olarak tutunuyor diyebilirim."

Victoria dudağını ısırarak huzursuz bir şekilde Jason'a kaçamak bir bakış attıktan sonra doktora, "Eğer iyileşmeye başlarsa ve biz de... biz de ona fikrimizi değiştirdiğimizi söyleyecek olursak ne olur?"

Kızın sorusunu Jason yanıtladı, sesinde hiç acele yoktu:

"O zaman hiç şüphesiz bir kriz daha geçirir." Doktora dönerek sakince, "Öyle değil mi?" diye sordu.

Dr. Worthing gözlerini Jason'ın çelik gibi soğuk ve keskin bakışlarından kaçırdı. "Eminim onu benden daha iyi tanıyorsundur, Jason. Sence ne yapar?"

Jason omuz silkti. "Bir kriz daha geçirir."

Victoria'ya, hayat inadına ona işkence ediyormuş gibi gelmeye başlamıştı. Önce evini ve sevdiği insanları kaybetmiş, gurbete düşmüştü, şimdi de onu istemeyen bir erkekle aşksız bir evlilik yapmaya mecbur bırakılıyordu.

İki adam da kalktıktan, sonra uzun bir süre sofrada kaldı, tabağındaki yemekle dalgın dalgın oynayarak hem kendi hem de Jason'ın iyiliği için bu durumdan bir kurtuluş yolu bulmaya çalıştı. Mutlu bir yuva, onu seven bir eş ve kollarında agucuklar yapan bir bebek hayalleri onunla alay eder gibi gözlerinin önüne geldiler, bir an için kendine acıdı. Hayattan öyle çok fazla bir şey de talep etmemişti. Kürkleri, mücevherleri olsun, Londra'da sosyeteye karışsın, kraliçeler gibi hükmedeceği saray yavrusu bir evi olsun istememişti. Amerika'dayken sahip olduğu şeylerden fazlasında gözü yoktu. Bunların yanında yalnızca bir de eş ve çocuk istemişti.

Başını döndüren bir sıla hasreti dalga dalga her yanına yayıldı, başını önüne eğdi. Zamanı bir yıl geri alıp durdurabilmeyi nasıl da isterdi. Karşısında anne babasının gülen yüzlerini görmeyi; babasının bir gün kurmayı hayal ettiği hastaneden bahsetmesini dinlemeyi; ikinci ailesi saydığı köy halkının arasında olmayı özlemle istedi. Şu anda geri dönebilmek için her şeyini verirdi. Andrew'nun yakışıklı yüzü, tatlı gülüşü gözlerinin önünde canlandı, Victoria bu resmi kafasından hemen uzaklaştırdı; bir zamanlar taparcasına sevdiği bu sadakatsiz delikanlı için yeterince gözyaşı dökmüştü.

Sandalyesini geri itip kalktı, Jason'ı bulmaya gitti. Andrew onu kendi kaderine terk etmişti, ama Jason buradaydı ve ikisinin de istemediği bu evlilikten kurtulmanın bir yolunu bulmak için ona yardım etmesi gerekiyordu.

Jason'ı çalışma odasında tek başına durmuş, yanmayan şömineye bakarken buldu. Dr. Worthing'in karşısında soğuk ve duygusuz bir tavır takınmasına rağmen, Jason'ın yalnız kalmak için buraya geldiğini ve endişelere gömüldüğünü fark edince, kalbi ona karşı anlayış ve yakınlıkla doldu.

İçinden yükselen adamın yanına gidip dertlerini paylaşma isteğini bastırarak –nasılsa reddedeceğini biliyordu– yavaşça, "Jason," diye seslendi.

Adam başını kaldırarak ona ifadesiz bir yüzle baktı.

"Ne yapacağız?"

"Ne konuda?"

"Charles Amca'nın evlendiğimizi görmek istemesi konusunda tabii ki, bu korkunç bir şey."

"Neden korkunç bir şey olsun?"

Bu cevap Victoria'yı hayrete düşürmüştü, ama konuyu sükûnet ve açık yüreklilikle tartışmaya kararlıydı. "Korkunç bir şey, çünkü ben seninle evlenmek istemiyorum."

Adamın bakışları sertleşti. "Bunu gayet iyi biliyorum, Victoria."

Victoria ellerini adamı anlayışlı olmaya davet eder gibi bir hareketle açarak, mantıklı bir sesle, "Sen de benimle evlenmek istemiyorsun," diye karşılık verdi.

"Haklısın." Jason bakışlarını tekrar şömineye çevirerek sessizliğe gömüldü. Victoria onun bir şeyler daha söylemesini bekledi; ama adamdan ses çıkmayınca iç geçirerek odadan çıkmak üzere arkasını döndü. Fakat Jason sessizliğini bozunca dönüp duyduklarına bir anlam veremeden ona bakmaya başladı: "Yine de, bu evliliğin bize verebileceği bazı şeyler olabilir."

"Ne gibi şeyler?" Adamın sert hatlı profiline bakarak ne düşündüğünü kestirmeye çalışıyordu. Jason doğrulup ona döndü, ellerini ceplerine sokarak kızın gözlerinin içine baktı. "Sen Amerika'ya dönmek, bağımsız olmak, eski dostlarının arasında yaşamak, belki de babanın hayalini kurduğu o hastaneyi kurmak istiyorsun. Bunları bana kendin söyledin. Eğer kendine karşı dürüst davranmayı başarabilirsen, dönüp

Andrew'ya ve herkese, onun seni terk etmesinin sana hiç dokunmadığını, senin de onu, onun seni unuttuğu kadar kolayca unutup hayatına devam ettiğini göstermek istediğini de kabul edersin."

Victoria adamın lafı Andrew'nun onu terk edişine getirmesinden öyle utanmıştı ki, bundan sonra söylediği şeyleri algılayabilmesi biraz uzun sürdü. Jason sözlerini, çok doğal bir şey söylüyormuş gibi, "Ben de, bir oğul istiyorum," diyerek bitirmişti.

Victoria şaşkınlıktan ağzı açık kalmış bir vaziyette, sakin sakin sözlerini sürdüren adamı dinlemeye devam etti. "İkimiz de birbirimizin istediği şeyleri verebiliriz. Benimle evlen, bana bir oğul ver. Ben de seni kraliçeler gibi yaşamana ve istersen düzineyle hastane kurmana yetecek kadar parayla Amerika'ya geri göndereyim."

Victoria duyduklarına inanamayarak adamın gözlerinin içine baktı. "Sana bir oğul mu vereyim?" diye adamın sözlerini tekrarladı. "Ben sana bir oğul vereceğim, sen de beni Amerika'ya geri göndereceksin, doğru mu anladım? Sana bir oğul vereyim, sonra da onu burada *bırakıp gideyim mi* yani?"

"O kadar da bencil değilim. Onu da bir süreliğine... diyelim ki dört yaşına gelinceye kadar, yanında götürebilirsin. Bir çocuğun o yaşa kadar annesine ihtiyacı vardır. Ama ondan sonra burada benimle kalmasını isterim. Belki onu getirdiğinde sen de burada bizimle kalmaya karar verirsin. Aslında hep burada kalmanı yeğlerim, ama bunu sana bırakacağım. Ama bir şartım var; senden özellikle istediğim bir şey olacak."

Victoria şaşkın şaşkın "Ne şartı?" diye sordu.

Jason bir an sanki kelimelerini özenle seçmeye çalışır gibi duraksadı, gözlerini karşısındaki pencereye çevirip kızın gözlerine bakmaktan kaçınarak dışarıdaki manzaraya dikti ve sesinde belli belirsiz bir gerginlikle konuşmaya başladı: "Geçen gece beni herkesin içinde savunduğun için, herkes benden korkmadığını ve nefret etmediğini düşünüyor. Eğer bu evliliği kabul edersen, insanların bu fikrini pekiştirmeni ve başka türlü düşünmelerine yol açacak hiçbir şey söylememeni ve yapmamanı istiyorum. Başka bir deyişle, senden, yalnızken aramızda her ne geçerse geçsin, insan içine çıktığımızda benimle evlenmeye yalnızca param ya da unvanım için razı olmadığını gösterecek şekilde davranmanı bekleyeceğim. Ya da, daha basit bir ifadeyle söylemek gerekirse, beni sever gibi davranmanı..."

Hiç nedeni yokken, Victoria'nın aklına adamın Mortram'ların balosunda söylediği şeyler geldi: *"Eğer herkesin ne düşündüğü zerre kadar umurumda sanıyorsan yanılıyorsun..."* İçini parçalayan bir şefkatle, onun bu söylediklerinin aslında yalan olduğunu düşündü. Belli ki herkesin ne düşündüğü pekâlâ da umurundaydı, yoksa ondan böyle bir şey istemezdi.

Karşısında duran rahat ve soğuk tavırlı adamı süzdü. Güçlü, kibirli, kendine güvenen bir duruşu vardı. Onun bir oğul istediğine veya da onu istediğine ya da herhangi birini isteyebileceğine inanmak güçtü. Çevresindekilerin kendisinden korktuğunu ya da ona güvenmediğini bilmenin onu rahatsız edebileceğine inanmaksa daha da güçtü. İnanması güçtü, ama gerçek buydu. Düello ettiği gece ona takılırken ve onu kendisini öpmeye zorlarken gözüne ne kadar çocuksu gözüktüğünü anımsadı. Öpüşündeki arzu dolu açlığı, ona umutsuzca söylediği sözleri anımsadı: *"Seni bırakmayı yüzlerce kez denedim, Victoria, ama bırakamıyorum."*

Belki de soğuk, duygusuz görüntüsünün ardında Jason da kendisini tıpkı onun gibi kimsesiz ve bomboş hissediyordu. Belki de ona ihtiyacı vardı ve bunu itiraf edemiyordu. Ama belki de Victoria buna inanmak istediği için kendi kendini kandırıyordu. "Jason, benden bir çocuk doğurup, sonra da onu sana bırakıp kendi yoluma gitmemi bekleyemezsin. Böyle bir şey teklif edecek kadar soğuk ve kalpsiz olamazsın. Ben... ben böyle olduğuna inanamam."

"Şunu söylemeye çalışıyorsan, zalim bir koca olmadığımı göreceksin."

Victoria sesinde hafif bir isteri tınısıyla, "Hayır, onu demeye çalışmıyordum," diye bağırdı. "Anlayamıyorum, burada evlenmekten söz ediyoruz, nasıl böyle... böyle duygusuz, heyecansız olabiliyorsun, nasıl böyle... sanki... sanki bir iş anlaşması yapar gibi konuşabiliyorsun, yalancıktan bile olsa aşktan, sevgiden tek kelime–"

Jason sabırsızlıkla kızın sözünü keserek, alaycı bir gülüşle, "Aşk denilen aldatmacaya hâlâ inanıyor olamazsın," dedi. "Bainbridge'le yaşadığın tecrübeden aşkın yalnızca aptalları idare etmek için kullanılan bir duygu olduğunu öğrenmiş olman gerekirdi. Ben senden aşk istemiyorum, Victoria."

Victoria adamın sözlerinin ağırlığına dayanmaya çalışır gibi, yanında duran sandalyenin arkalığına tutundu. Teklifini reddettiğini söylemek için ağzını açtı, ama Jason ne söyleyeceğini anlamış gibi başını iki yana sallayarak onu durdurdu. "Söylediklerimi düşünmeden cevap verme," dedi. "Eğer benimle evlenirsen, hayatta ne istersen yapmakta özgür olacaksın. İstersen bir hastane Amerika'da, bir hastane burada, Wakefield'da kurar, İngiltere'de kalırsın. Benim altı evim, dönüm dönüm arazim, bin tane yarıcım, işçim, hizmetkârım var. Yalnız benim hizmetkârlarıma baksan hastanene başka hasta gerekmez. Yeterince hastalanmazlarsa da, parasını verip 'Daha sık hastalanın' derim." Dudaklarında belli belirsiz bir gülümseme dolaştı, ama Victoria söylediği şeylerde gülünecek bir yan bulamayacak kadar kırılmıştı.

Jason, yaptığı şakanın işe yaramadığını görünce alçak sesle devam etti. "Wakefield'daki bütün duvarları resimlerinle kaplayabilirsin, yer kalmazsa evi büyütürüm." Resim yaptığını bilmesi Victoria'yı öyle şaşırtmıştı ki, adam uzanıp parmaklarının ucuyla yanağını okşadığında kendini çekmeyi bile akıl edemedi. "Söz veriyorum, sana karşı çok cömert bir koca olacağım, göreceksin."

'Koca' sözcüğü Victoria'nın bütün vücudunda soğuk bir ürperti gezinmesine neden oldu, kendini soğuktan korumak ister gibi elleriyle kollarını ovuşturmaya başladı. Ne var ki soğuk dışarıda değil, kendi içindeydi. "Neden?" diye fısıldadı. "Neden ben? Eğer istediğin oğulsa, Londra'da seninle evlenmeye can atan düzinelerce kadın var."

"Çünkü senden hoşlanıyorum; bunu biliyor olmalısın," dedi Jason. "Ayrıca," gözlerinde şakacı bir bakışla ellerini kızın omuzlarına koyup onu kendine doğru çekmeye çalışarak devam etti, "sen de benden hoşlanıyorsun. Uyuduğumu zannettiğinde söylemiştin, hatırladın mı?"

Victoria, adamın ondan hoşlandığını itiraf etmesine çok şaşırmıştı, ama hâlâ çok sinirliydi. Küstahça, "Andrew'dan da hoşlanırdım," diye karşılık verdi. "Erkek seçmekte pek başarılı sayılmam."

"Doğru söylüyorsun." Jason'ın gözlerinde keyifli bir pırıltı vardı.

Victoria, adamın onu ağır ağır, ama kuvvetle göğsüne doğru çekerek sardığını hissetti. Boğuk bir sesle, "Bence sen aklını kaçırmış olmalısın!" dedi. "Delirmişsin sen!"

Jason, yine "Doğru söylüyorsun," diyerek kolunu kızın sırtına dolayıp onu sıkıca tuttu.

"Bunu kabul edemem. Seninle–"

Jason yumuşak bir sesle sözünü keserek, "Victoria," dedi, "başka seçeneğin yok." Kızın göğüsleri gömleğine değince sesi boğuklaştı, bir çocuğu kandırır gibi ikna edici bir tonla, "Sana bir kadının isteyeceği her şeyi verebilirim," dedi.

Victoria hıçkırır gibi bir elem dolu bir sesle, "Aşk dışında her şeyi," diye itiraz etti.

Jason, sözünde direnerek, "Bir kadının *gerçekte* istediği her şeyi," diye düzeltti. Daha Victoria bu imalı sözü tam sindiremeden, adamın dudakları ağır ağır kızın dudaklarına yaklaşmaya başlamıştı bile. "Sana mücevherler, kürkler veririm," dedi. "Hayal bile edemeyeceğin kadar çok paran olur." Boş elini kızın başının arkasına götürüp ipeksi saçlarını avuçlayarak başını geriye doğru çekti. "Karşılığında vermen gereken tek şey bu..."

Garip de olsa, Victoria'nın o anda aklından geçen şeylerden biri adamın kendini çok ucuza bıraktığı oldu. Yakışıklı bir adamdı, zengindi, kadınlar etrafında pervane oluyordu.

Şüphesiz karısı olacak kadından bundan daha fazlasını beklemeye hakkı vardı. Ama sonra, aklından geçen her şey siliniverdi, genç adamın şehvetli ağzı dudaklarını kavrayıp sonsuz, kışkırtıcı bir öpüşten istekli ve ısrarcı bir öpüşe doğru sürüklerken bütün vücuduna yayılan sıcaklığa teslim oldu. Jason'ın dili dudaklarına değdi, önce yumuşaklıkla, sonra hırsla kızın dudaklarını birbirinden ayrılmaya zorladı, aralandıkları anda da içeri dalarak kızı tepeden tırnağa sarsan duygulara boğdu. Victoria inledi, erkeğin kolu korumak istercesine onu daha sıkı sararak kendine çekti, vücudunun sertliğini hissettirinceye kadar kendine bastırdı, diliyle ağır, yabani, erotik bir oyun oynayarak, ellerini 'sen benimsin' dercesine kızın omuzlarında, sırtında, belinde dolaştırarak onu kendine hapsetti.

Sonunda erkek dudaklarını dudaklarından ayırıp başını kaldırdığında, Victoria'nın bütün vücudu alev alev yanıyor, başı dönüyordu ve bilmediği bir nedenle, korktuğunu hissediyordu.

Jason, "Yüzüme bak," diye fısıldayarak eliyle çenesini tutup hafifçe kaldırdı. Kızın mavi gözlerine bakarak, "Titriyorsun," dedi. "Benden korkuyor musun?"

İçinde kıpırdayan o yabani heyecana rağmen, Victoria başını iki yana salladı. Aniden benliğini saran o nedenini bilmediği korkunun sebebi Jason değildi, ondan korkmuyordu, kendisinden korkuyordu. "Hayır," dedi.

Genç adamın dudakları hafif bir tebessümle kıvrıldı. "Korkuyorsun, ama korkman için hiçbir sebep yok." Elini kızın yanan yüzüne götürüp gür saçlarını geriye itti. "Yalnızca bir kez canını yakacağım, o da kaçınılmaz olduğu için."

"Ne-neden?"

Adamın çenesi kasıldı. "Belki de canını yakacak bir şey kalmamıştır. Öyle mi?"

"Ne öyle mi?" Victoria'nın sesi hafif isterik bir tonla bağırır gibi çıkmıştı. "Kafam o kadar karışık ki zaten zor düşünüyorum, bir de sen bilmece gibi konuşmasan olmaz mı?"

Jason yine cıva gibi değişerek aniden uzaklaşmıştı; soğuk bir tavırla omuz silkerek, "Önemi yok," dedi. "Bainbridge'le ne yaptığın beni ilgilendirmez. Önceki şeyler artık geçmişte kaldı."

"Önceki mi?" Hiçbir şey anlamayan Victoria'nın sesi giderek yükseliyordu. "Neden önce?"

Jason sertçe, "Benden önce," diye yanıtladı. "Ama şimdiden bilmen gereken bir şey var, boynuzlanmaya tahammül edemem. Anlaşıldı mı?"

Victoria'nın ağzı hayretle açıldı. "Boynuzlanmaya mı! Sen delisin. Kesinlikle delisin."

Adamın dudakları bir an gülümseyecek gibi seğirdi. "Bunu daha önce tespit etmiştik."

Victoria, "Eğer böyle hakaret etmeye devam edersen..." diye uyardı, "ben odama çekilmek zorunda kalacağım."

Jason kızın içinde fırtınalar kopan mavi gözlerine bakarken içinden aniden yükselen onu kolları arasına alıp dudaklarının tadına bir kez daha bakma arzusunu bastırarak, "Pekâlâ," dedi, "öyleyse biz de sıradan şeylerden bahsederiz. Mrs. Craddock ne hazırlıyor?"

Victoria birden kendini körebe oynar gibi yönünü şaşırmış hissetti; sanki dünya ve dünyadaki herkes bir yana giderken, kendisi ters yöne dönmeye çalışıyordu. Adamın sorusuna bir anlam veremeyerek, "Mrs. Craddock mu?" diye mırıldandı.

"Aşçı. Gördün mü, adını biliyorum. En sevdiğin uşağın O'Malley olduğunu da biliyorum üstelik." Keyifle gülümsedi. "Evet, Mrs. Craddock bu akşam ne yapıyor?"

Victoria dengesini bulmaya çabalayarak, "Kaz pişirecekti," diye karşılık verdi. "O-olur mu?"

"Tabii olur. Yemeği evde mi yiyoruz?"

"Ben evde yiyorum." Victoria'nın yanıtı sanki Jason'ın sorusundaki 'biz' vurgusuna inat kendini bağlamaktan kaçınır gibiydi.

"Öyleyse, tabii ki ben de."

Victoria şaşkınlıkla adamın şimdiden koca rolü oynamaya başladığını fark etti. Kafası karmakarışık, zihni bulanıklaşmış bir halde, "O zaman Mrs. Craddock'a haber vereyim," diyerek arkasını döndü. Jason ondan hoşlandığını söylemişti.

Onunla evlenmek istiyordu. Bu olanaksızdı. Charles Amca ölürse, o zaman onunla evlenmeye *mecbur* kalacaktı. Onunla şimdi evlenecek olursa, belki o zaman Charles Amca kendinde yaşayacak gücü bulabilirdi. Bir de çocuk meselesi vardı... Jason çocuk istiyordu. Kendisi de öyle... hem de çok. Seveceği *bir şeyler* olsun istiyordu. Belki de birlikte mutlu olabilirlerdi. Bazen Jason büyüleyici ve çok etkileyici olabiliyordu, bazen o gülümsediğinde kendisi de gülümseyecek gibi oluyordu. Canını yakmayacağını söylemişti... Odanın yarısını geçmişti ki Jason'ın sakin sesini duyarak durdu.

"Victoria–"

Düşünmeksizin adama döndü.

"Evliliğimiz hakkında kararını verdiğini sanıyorum. Eğer cevabın evetse, akşam yemekten sonra Charles'ın yanına gidip düğün için tarih düşündüğümüzü söyleyelim. Bu hoşuna gider, ne kadar çabuk söylersek, o kadar iyi olur."

Victoria'nın hisleri onu yanıltmıyorsa, Jason ısrarla onunla evlenmeyi kabul edip etmediğini öğrenmeye çalışıyordu. Odanın öbür ucunda duran yakışıklı, güçlü, dinamik adama dikkatle baktı ve baktığı anda zaman duruverdi. Neden ona sanki gergin bir şekilde cevabını bekliyormuş gibi geliyordu? Neden ona evlenme teklif ederken bunu bir iş anlaşması önerir gibi yapmıştı?

"Ben–" Ne diyeceğini bilemeyerek duraksadı, o anda birden beyninde Andrew'nun ona evlenme teklif ederken söylediği o tatlı sözler yankılandı. *"Evet de, Victoria. Evlen benimle. Seni seviyorum. Seni hep seveceğim..."*

İçinde kabaran isyan ve öfkeyle çenesini dikleştirdi. Jason Fielding en azından ona yalandan aşkını ilan etmemişti. Ancak, evlenme teklif ederken herhangi bir heyecan ya da sevecenlik de göstermiş değildi. O zaman, kendisi de bu teklifi aynı şekilde heyecansız ve soğukça kabul edecekti. Adama bakarak kukla gibi mekanik bir hareketle başını salladı. "Yemekten sonra gidip ona söyleriz."

Victoria, Jason'ın yüzündeki ve vücudundaki gerginliğin bir anda yok olduğuna yemin edebilirdi.

O gece bir bakıma nişan gecesi sayılırdı. Victoria bu fırsatı Jason'la ortak gelecekleri için daha parlak bir yol çizme umuduyla değerlendirmeye karar vermişti. Düellonun sabahı, Jason onun gülüşünü sevdiğini söylemişti. Victoria onun da kendisi gibi, kendini yalnız ve amaçsız hissettiğini seziyordu. Eğer bu doğruysa belki de birbirlerinin hayatına bir sıcaklık katabilirlerdi. Yalın ayak kapıları ardına kadar açık gardrobunun önünde durup en güzel elbiselerine bakarak bu yalancı bayram için ne giyeceğine karar vermeye çalıştı. Sonunda, eteğine pırıl pırıl sırma payetler serpiştirilmiş, camgöbeği şifon bir tuvaletle, Jason'ın ona sosyeteye takdim hediyesi olarak verdiği, akuamarin taşlı altın bir kolyede karar kıldı. Ruth saçlarını parlayana kadar fırçaladıktan sonra ortadan ayırıp yüzünü çevreleyen altın ışıltılı dalgalar halinde omuzlarına bıraktı. Victoria aynadaki görüntüsünden emin olunca odasından çıkıp salona indi. Görünüşe bakılırsa Jason da onun gibi düşünmüş olmalıydı, çünkü resmi bir davete gider gibi şahane bir bordo kadife ceket ve pantolon giymiş, beline beyaz bir brokar kuşak, gömleğine yakut düğmeler takmıştı.

Victoria'yı fark ederek başını kaldırdığında bir kadehe şampanya doldurmaktaydı. Durup saklamaya çalışmadığı erkekçe bir beğeniyle kızı tepeden tırnağa süzdü. Bakışlarında, sahip olmaktan gurur duyduğu bir şeye bakan birinin ifadesi vardı, Victoria bunu fark edince midesinde gergin bir kasılma hissetti. Jason daha önce ona hiç böyle –sanki boş bir vaktinde tadını çıkara çıkara yemeyi planladığı lezzetli bir lokmaya bakar gibi– bakmamıştı.

"Çok şaşırtıcı bir yeteneğin var," dedi Jason, "bir an büyüleyici bir çocuk gibi görünürken, bir an sonra inanılmaz derecede alımlı bir kadına dönüşebiliyorsun."

Victoria ne demesi gerektiğinden emin olamayarak, "Teşekkür ederim," dedi, "sanırım bu bir iltifattı."

Jason hafif bir gülümsemeyle, "İltifat olarak söylemiştim," diye onayladı. "Genellikle iltifat ettiğim anlaşılır. Bu konuda pek beceriksiz değilimdir. İleride daha dikkatli olurum."

Adamın onun hoşuna gitmek için değişmeye çalışacağını

ifade eden bu önemsiz cümle Victoria'yı etkilemişti. Jason'ın becerikli hareketlerle parıltılar saçan köpüklü sıvıyı iki kadehe doldurmasını seyretti. Ona uzattığı kadehi alıp koltuğa doğru döndü, ama adamın eli kolundan tutarak onu geri çevirdi. Boş eliyle, kendi kadehinin yanında duran kadife kaplı büyük bir mücevher kutusunun kapağını açarak içinden üç dizi inci çıkardı. Bunlar Victoria'nın o güne kadar gördüğü en iri, en muhteşem incilerdi. Jason tek kelime etmeden kızı duvarda asılı aynaya çevirerek uzun saçlarını yana çekti. Akuamarinleri çıkarıp ağır inci gerdanlığı kızın zarif boynuna takarken, parmaklarının teması Victoria'nın sırtında hafif ürpertiler dolaşmasına neden oldu.

Victoria, aynadan, arkasında durmuş gerdanlığın elmas kilidini takan erkeğin ne düşündüğünü belli etmeyen yüzünü seyrediyordu. İşini bitiren Jason da gözlerini kaldırıp aynada onu ve gerdanlığın boynundaki duruşunu seyretmeye başlayınca gözleri buluştu. Victoria garip bir huzursuzlukla, "Teşekkür ederim," diyerek döndü. "Ben–"

Jason kıza ne yapması gerektiğini öğretir gibi sabırlı bir sesle, "Bana bir öpücükle teşekkür etmeni yeğlerdim," dedi.

Victoria söz dinleyerek parmaklarının ucunda yükselip genç adamın yeni traş olmuş yanağına bir öpücük kondurdu. Jason'ın ona inci bir gerdanlık verip karşılığında bir öpücük beklemesinde onu çok rahatsız eden bir şeyler vardı. Sanki bir kolyeye karşılık bir öpücükle başlayarak onun yakınlığını satın alıyor gibiydi. Jason'ın "Bu kadar güzel bir kolye için bu pek de ahım şahım bir öpücük sayılmaz," diyerek dudaklarını birden kendi dudakları arasında hapsetti ve onu istekle öpmeye başladı. Bu da Victoria'nın içindeki duyguyu iyice tırmandırdı.

Jason kızı bıraktıktan sonra soru sorar gibi bakışlarla onun endişeli mavi gözlerinin içine baktı. "İnci sevmez misin, Victoria?"

"Ah, hayır, severim... gerçekten!" Victoria aptalca, anlamsız korkularına hakim olamadığı için kendine kızmıştı, sesi biraz sinirli çıkıyordu. "Bunlar kadar güzelini hiç görmedim.

Leydi Wilhelm'inkiler bile bu kadar iri değildi. Bunlar kraliçelere layık inciler."

"Bir asır önce bir Rus prensesine aitlermiş," dedi Jason. Adamın onu böyle paha biçilmez bir kolyeye layık görmesi Victoria'ya tuhaf bir şekilde dokunmuştu.

Akşam yemeğinin ardından, yukarı çıkıp Charles'ın yanına gittiler. Ona düğünlerini planlamaya başladıklarını söylediklerinde yaşlı dükün yüzü on yaş gençleşir gibi oldu. Jason kolunu şefkatle Victoria'nın omzuna doladığında, yatağından kalkamayan hasta adam neşeyle gülmeye başladı. Öyle mutlu, ikisinin doğru bir iş yaptığından öyle emin görünüyordu ki, buna neredeyse Victoria'nın da inanası geldi.

Charles aniden, "Düğün ne zaman?" diye sordu.

Jason, "Bir hafta sonra," diye karşılık verince Victoria'nın gözleri hayretle açıldı.

Charles pırıl pırıl bir yüzle, "Fevkalade, fevkalade!" dedi. "O zamana kadar iyice düzelip düğününüze katılmaya niyetliyim."

Victoria itiraz edecek gibi oldu, ama Jason'ın, tartışmaması için uyarır gibi kolunu sıkması üzerine sustu.

Charles kızın boynundaki gerdanlığa bakarak, "Ya bu ne, hayatım?" diye sordu.

Victoria'nın eli düşünmeden adamın baktığı yere doğru gitti. "Jason bana bunu az önce, anlaş... nişan hediyesi olarak verdi," diye açıkladı.

Charles görüşmeleri bitince Victoria çok yorgun olduğunu söyleyerek izin istedi, Jason da onu yatak odasının kapısına kadar geçirdi. Sakin bir sesle, "Seni rahatsız eden bir şey var," dedi. "Nedir?"

"Her şey bir yana, annemle babam için yas tutmam gerekirken evlenme planı yaptığım için kendimi çok berbat hissediyorum. Ne zaman bir baloya gitsem hep suçluluk duydum. Herkes ne kadar saygısız bir evlat olduğumu anlamasın diye, annemle babamın ölümünden bahsederken zamanını her seferinde geçiştirmeye çalıştım."

"Sen yapman gerekeni yaptın, annenle baban da bunu

anlayışla karşılardı. Benimle hemen evlenerek Charles'a yaşama tutunacak bir sebep sunuyorsun. Düğün tarihini belirlediğimizi söylediğimiz zaman nasıl sevindiğini sen de gördün. Ayrıca, yas süreni kısa kesme kararını da sen değil, ben vermiştim, yani seçme hakkın yoktu. Eğer birini suçlaman şartsa, beni suçla."

Victoria mantıken onun haklı olduğunu biliyordu, konuyu değiştirdi. Hafif suçlar gibi bir ifadeyle gülümseyerek, "Söylesene," dedi, "madem ki bir hafta sonra evlenmeye karar *verdik*, acaba *nerede* evleneceğimize de karar *verdik* mi?"

Jason sırıtarak, "Touché," dedi. "Pekâlâ, burada evlenmeye karar verdik."

Victoria başını kesinlikle itiraz eder gibi iki yana salladı. "Lütfen, Jason, kilisede evlenemez miyiz? Wakefield'in yakınında gördüğüm o küçük köy kilisesinde evlensek? Charles Amca'nın yola dayanabilecek kadar iyileşmesi için birazcık daha bekleyebiliriz." Victoria, kilise lafı geçer geçmez adamın gözlerinde yanıp sönen soğuk tiksintiyi fark ederek şaşırmıştı, ama Jason bir anlık bir tereddütten sonra başını hafifçe sallayarak kabul ettiğini gösterdi. "Eğer kilise düğünü istiyorsan, burada, Londra'da, bütün konuklarımızı alacak kadar geniş bir kilisede yaparız."

"Hayır, lütfen–" Victoria farkına varmadan elini adamın koluna koymuştu. "Amerika'dan çok uzaklardayım, lordum. Wakefield'ın oradaki kilise daha iyi olur. Orası bana evimi hatırlatıyor, küçüklüğümden beri hep küçük bir köy kilisesinde evleneceğimi hayal etmiştim–" Victoria ancak bunlar ağzından çıktıktan sonra ne dediğinin farkına vararak pişman oldu; aslında hep küçük bir köy kilisesinde Andrew'yla evleneceğini hayal etmişti.

Jason tartışma kabul etmeyecek bir sesle, "Düğünümüzün Londra'da, soyluların ve Londra sosyetesinin gözleri önünde gerçekleşmesini istiyorum," dedi. "Ama bir orta yol buluruz. Burada evlenir, sonra da Wakefield'a gidip küçük bir kutlama yaparız."

Victoria'nın adamın kolunda duran eli aşağı doğru kaydı.

"Kilise lafını hiç etmedim say. Herkesi eve davet et. Soğuk bir iş anlaşmasından ibaret bir evliliği bağlamak için kiliseye gitmek neredeyse küfür sayılır." Beceriksizce bir gayretle, işi şakaya vurmaya çalıştı. "Birbirimizi sevmeye ve onurlandırmaya yemin ederken yıldırım düşerse hiç şaşmam."

Jason kızın acı sözlerini sertçe keserek tartışmayı "Düğünümüz kilisede olacak," diye noktaladı. "Eğer yıldırım düşecek olursa da çatının onarım masraflarını ben karşılarım."

YİRMİ

"Hayırlı akşamlar, hayatım." Charles neşeyle yattığı yerden elini yanına vurarak Victoria'yı gelip yanına oturmaya davet ediyordu. "Gel, otur. Dün gece Jason'la ziyaretime gelmeniz bana inanılmayacak kadar iyi geldi, neredeyse sağlığıma kavuşmuş gibiyim. Anlat bakalım, düğün için neler planlıyorsunuz?"

Victoria hasta dükün yanına oturdu. "Doğrusunu söylemek gerekirse, kafam çok karışık, Charles Amca. Northrup az önce bana Jason'ın bu sabah çalışma odasındaki eşyasını toplayıp Wakefield'a geri döndüğünü söyledi."

Charles gülümseyerek, "Biliyorum," dedi. "Gitmeden beni görmeye geldi. Böylesinin etrafa karşı daha iyi olacağına karar vermiş. Senin yakınında ne kadar az vakit geçirirse, o kadar az dedikodu olur."

"Demek onun için gitti." Victoria'nın yüzündeki endişeli ifade dağılmıştı.

Charles başını sallayarak omuzlarını sarsan bir kahkahayla güldü. "Yavrum, sanırım bu Jason'ın hayatında etrafın ne diyeceğini düşünerek yaptığı ilk iş oluyor! Bunu yapmak sinirine dokunduğu halde yine de yaptı. Onun üzerinde kesinlikle çok olumlu bir etkin var." Neşeyle devam etti: "Belki bundan sonra da prensipleri alaya almamasını öğretirsin."

Victoria yaşlı dükün gülümsemesine karşılık verdi. Kendini birden rahatlamış ve çok mutlu hissediyordu. "Korkarım düğün planları hakkında hiçbir fikrim yok," diye itiraf etti, "tek bildiğim burada, Londra'da, büyük bir kilisede olacağı."

"Jason her şeyi ayarlayacak. Sekreterini ve hizmetkârların önemli bir bölümünü de hazırlık yapmaları için yanında Wakefield'a götürdü. Törenden sonra Wakefield'da yakın arkadaşlarınızın ve köyden birkaç kişinin katılacağı bir düğün olacak. Zannediyorum davetli listesi ve davetiyeler şu anda hazırlanıyor olmadı. Yani, sana düşen tek şey, oturup yakında Atherton Düşesi olacağını duyunca herkesin yüzünün alacağı şekli seyredip eğlenmek."

Victoria bunu dikkate almadan, biraz tereddütle, kendisi için çok daha önemli olan bir başka konuyu açtı. "Hastalandığınız gece, sizinle annem hakkında bir şey söylüyordunuz. Bana anlatmak istediğiniz bir şey vardı."

Charles başını öte yana çevirip pencereden dışarı bakmaya başladı. Victoria endişeyle hemen, "Eğer sizi üzecekse anlatmasanız da olur," dedi.

Charles bakışlarını yavaşça kızın yüzüne çevirerek, "Hayır, öyle bir şey değil," dedi. "Senin ne kadar akıllı ve anlayışlı olduğunu biliyorum, ama daha çok gençsin. Babanı seviyordun, muhtemelen anneni sevdiğin kadar çok seviyordun. Sana söyleyeceklerimi duyunca, beni onların arasına giren biri gibi görebilirsin, ama sana yemin ederim, babanla evlendikten sonra annenden bir daha hiç haber almadım, ben de yazmadım." Çok sıkıntılı ve üzgün bir hali vardı. "Victoria, söylemeye çalıştığım şey şu ki, beni küçük görmeni istemiyorum, ama hikâyeyi dinleyince belki de öyle olacak diye korkuyorum."

Victoria adamın elini tutarak yumuşak bir sesle, "Anneme âşık olacak kadar sağduyu sahibi birini nasıl küçük görebilirim?" dedi.

Charles bakışlarını kızın eline doğru eğerek, heyecandan boğulan bir sesle "Yüreğini de annenden almışsın, biliyor musun?" dedi. Victoria karşılık vermeden sessizce durunca, bakışlarını tekrar pencereye çevirerek Katherine'le olan macerasının hikâyesini anlatmaya koyuldu. Hikâye bitene kadar Victoria'ya hiç bakmadı, baktığında ise kızın gözlerinde yargılama ve kınama değil, yalnızca hüzün ve anlayış gördü. "İşte böyle," diye hikâyesini noktaladı, "onu bütün kalbimle sevdim. Onu sevdim ve hayatımdan attım, oysa annen uğrunda yaşamaya değecek tek şeyimdi."

Victoria bulutlu gözlerle, "Büyükannem sizi buna *mecbur bırakmış*," dedi.

"Mutlu muydular –yani, annenle baban? Nasıl bir evlilikleri olduğunu hep merak ettim, ama sormaya korktum."

Victoria'nın aklına uzun yıllar önce bir Noel gecesi şahit olduğu o korkunç sahne geldi, ama annesiyle babasının on sekiz yıllık evlilikleri boyunca birbirlerine karşı her zaman ne kadar sevecen, nazik ve düşünceli olduklarını düşününce bunu sözünü etmeye değer bulmadı. "Evet, mutluydular. Evlilikleri Londra sosyetesindeki evliliklerden çok farklıydı."

'Londra sosyetesindeki evlilikler' deyişindeki tiksinti Charles'ın dikkatini çekmişti. Merakla gülümseyerek, "Ne demek istiyorsun?" diye sordu.

"Burada Robert ve Caroline Collingwood ve onlar gibi bir iki çift dışında, hemen herkesin evliliği aynı. Nadiren beraber bir yere gidiyorlar, bir yerde karşılaşacak olurlarsa da birbirlerine kibar, görgülü iki yabancı gibi davranıyorlar. Beyler hep başka bir yerlerde eğlenmekte oluyor, hanımların hepsinin âşıkları var. Annemle babam en azından gerçek bir yuva kurmuşlardı, biz gerçek bir aileydik."

Charles, kıza "Anladığım kadarıyla senin de böyle eski usül gerçek bir yuva ve gerçek bir aile kurmaya niyetin var," diye takıldı, bu fikrin çok hoşuna gittiği her halinden belli oluyordu.

"Jason'ın böyle bir evlilik istediğini sanmıyorum." Charles'a, Jason'ın ona en başta teklif ettiği şeyin ona bir oğul verip Amerika'ya dönmesi olduğunu söylemeye dili varmıyordu. Tek tesellisi, bu teklifi yapmasına rağmen, onunla İngiltere'de kalmasını yeğler gibi görünmesiydi.

Charles ciddileşerek, "Jason'ın şu anda ne istediğini kendisinin de bildiğinden çok şüpheliyim," dedi. "Onun sana ihtiyacı var, çocuk. Senin sıcaklığına ve canlılığına ihtiyacı var. Sorsan bunu asla kabul etmeyecektir. Henüz kendine bile itiraf edebildiğini sanmıyorum, hatta sonunda kendine itiraf ettiğinde bu hiç hoşuna gitmeyecektir, inan bana. Seninle mücadele edecek." Charles kıza kendisini bekleyen şeyleri anlatarak onu tatlı bir sesle uyarıyordu. "Ama er geç sana kalbini açacak ve o zaman da huzur bulacak. Karşılığında da seni hayal bile edemeyeceğin kadar mutlu edecek.

Victoria bundan öyle kuşkulu görünüyordu ki Charles'ın yüzündeki gülümseme kayboldu. "Ona karşı sabırlı ol, Victoria. Eğer hem bedenen, hem de fikren bu kadar kuvvetli olmasaydı otuz yaşına asla gelemezdi. Bugüne kadar çok yara almış, hem de çok derin yaralar, ama senin o yaraları iyileştirecek gücün var."

"Nasıl yaralar?"

Charles başını iki yana salladı. "Hayatını, özellikle de çocukluğunu Jason sana kendisi anlatırsa ikiniz için de en iyisi olur. Anlatmazsa... o zaman bana sorabilirsin."

Bunu izleyen günlerde, Victoria'nın ne Jason ne de başka bir şeyi düşünecek vakti oldu. Daha Charles'ın yatak odasından yeni çıkmıştı ki Madam Dumosse yanında dört çırağıyla çıkageldi. "Lord Fielding bana size bir gelinlik dikmem için talimat verdi, matmazel," derken Victoria'nın etrafında dönmeye başlamıştı bile. "Çok zengin, çok şık bir gelinlik olsun dedi. Benzersiz bir şey. Kraliçelere layık bir parça. Farbalasız olacakmış."

Jason'ın bu emrivakisine kızsa mı, gülse mi bilemeyen Victoria, kadına yandan bir bakış attı. "Rengini de seçti mi bari?"

"Mavi."

Victoria "Mavi mi?" diye patladı. Beyaz için gerekirse dövüşmeye hazırdı.

Madam parmağını düşünür gibi dudağına bastırmış, diğer elini de beline dayamış vaziyette başını salladı. "Evet, mavi. Buz mavisi. O renkle muhteşem olduğunuzu söyledi; 'kızıl saçlı bir melek gibi oluyor' dedi."

Victoria aniden fikir değiştirerek buz mavisinin gelinlik için çok güzel bir renk olduğuna karar verdi.

Madam incecik kaşlarını kaldırarak, canlı, parlak gözlerini iri iri açarak konuşmaya devam etti: "Lord Fielding'in fevkalade bir zevki var. Sizce de öyle değil mi?"

Victoria gülerek, "Kesinlikle öyle," diye karşılık verdi ve kendisini terzinin becerikli ellerine teslim etti.

Dört saat sonra Madam nihayet işini bitirip çıraklarıyla birlikte atölyesine döndüğünde, Victoria'ya Leydi Caroline Collingwood'un geldiğini ve kendisini sarı salonda beklemekte olduğunu haber verdiler.

Arkadaşı, güzel yüzünde endişeli bir ifadeyle her iki elini uzatıp Victoria'nın ellerini tutarak, heyecanla "Victoria," diye bağırdı. "Lord Fielding bu sabah bize gelip düğünü haber verdi. Benim şeref nedimen olmamı istediğini söyledi, onur duyarım, ama her şey öyle ani oldu ki... yani evliliğiniz demek istiyorum."

Jason'ın bir refakatçiye ihtiyacı olacağını akıl edip Collingwood'lara uğrama inceliğini gösterdiğini duymak Victoria'yı hem şaşırtmış hem de hoşuna gitmişti. Hayretini gizlemeye çalışarak arkadaşına gülümsedi.

Caroline, "Lord Fielding'e bu şekilde bir yakınlık duymaya başladığın hiç aklıma gelmemişti," diye devam etti. "Onun için de kendimi farklı şeyler düşünmekten alamıyorum. Onunla isteyerek evleniyorsun, değil mi? Herhangi bir... zorlama... ya da baskı yok, değil mi?"

Victoria gülümseyerek, "Beni buna zorlayan yalnızca kader," diyerek bitkin bir şekilde bir koltuğa gömüldü. Caroline'ın kaşlarının çatıldığını görerek, hemen devam etti. "Hayır, hiçbir zorlama yok. Bunu isteyerek yapıyorum."

Caroline'ın rahatladığı ve çok sevindiği belli oluyordu. Yüzü mutlulukla parlayarak, "Çok sevindim. Bunun olacağını hep umut ediyordum," dedi. Victoria'nın şüpheci bakışlarını görünce, açıklamaya koyuldu: "Geçtiğimiz birkaç haftada onu daha iyi tanıdım ve Robert'a hak verdim; Robert hep, herkesin Lord Fielding hakkında düşündüğü şeylerin kötü bir kadının yaydığı dedikodulardan kaynaklandığını söylerdi. Eğer Lord Fielding bu kadar mesafeli davranmasa ve bu kadar sessiz kalmasa, sanırım kimse tüm bu dedikodulara inanmazdı zaten. Tabii ki, insan kendisi hakkında korkunç şeyler düşünen kişileri pek sevemiyor, değil mi? Onun için de muhtemelen bize gerçekleri söyleme gereği duymamış olmalı. Yine Robert'ın söylediği gibi, Lord Fielding onurlu bir adam, herkes kendisi hakkında –hem de haksız yere– kötü düşünürken, kimseye yaltaklanacak hali yoktu tabii!"

Victoria, arkadaşının bir zamanlar korktuğu ve kınadığı adamı bütün kalbiyle desteklemesi karşısında gülmesini zor tutuyordu, ama bu Caroline'ın her zamanki huyuydu. Sevdiği kişilere toz konduramaz, sevmediklerinde ise hiçbir iyi taraf göremezdi. Ama kişiliğindeki bu özellik onu eşi bulunmaz derecede sadık bir dost yapıyordu, Victoria'da sarsılmaz dostluğu için ona minnettardı. Elinde çay tepsisiyle içeri giren baş uşağa, "Teşekkür ederim, Northrup," dedi.

Victoria çayları koyarken, Caroline, Jason'ı geçmişte yakıştırdığı bütün suçlardan aklama gayreti içinde, heyecanla konuşmaya devam ediyordu: "Onu neden ürkütücü buluyordum anlamıyorum. Sanırım bunun sebebi çok uzun boylu ve saçının da çok siyah olması. Son derece saçma tabii. Kendimi böyle, mantıklı bir tarafı olmayan saçma duygulara kaptırmam büyük hataymış. Bu arada, bu sabah bizden ayrılırken ne dedi, biliyor musun?" Sesinde büyük bir memnuniyet vardı.

Victoria arkadaşının Jason'ı şeytanlıktan aziz mertebesine çıkarma azmine içinden gülerek, "Bilmiyorum, ne dedi?" diye sordu.

"Dedi ki ona hep güzel bir kelebeği andırıyormuşum."

Victoria samimiyetle, "Ne kadar hoş," diye karşılık verdi.

"Evet, çok hoştu, ama esas *senin* için ne dediğini bilsen..."

"Benim için mi? Bütün bunlar nereden çıktı?"

"Bu iltifatlar mı demek istiyorsun?" Victoria başını sallayınca, Caroline anlatmaya başladı. "Ben senin bir İngiliz'le evlenip burada kalacak olmana ne kadar sevindiğimi söylüyordum, böylece arkadaşlığımızı sürdürebiliriz, diyordum. Lord Fielding güldü, seninle benim birbirimize tam uyduğumuzu söyledi. Ben ona hep güzel bir kelebeği andırıyormuşum, sense zor şartlar altında bile açmayı başarıp herkesin hayatını güzelleştiren bir kır çiçeğini. Ne diyorsun, çok tatlı sözler, değil mi?"

"Hem de çok..." Victoria'nın içi izahı güç bir mutlulukla dolmuştu.

Caroline bir sır verir gibi, "Sanırım seni gösterdiğinden çok daha derin bir aşkla seviyor," dedi. "Ne de olsa, senin için düello bile etti."

Caroline gittiğinde, Victoria Jason'ın onu gerçekten de sevdiğine yarı yarıya inanır gibi olmuştu. Bu düşünce sayesinde ertesi gün, ev sabahtan itibaren evleneceğini öğrenip ona mutluluk dilemeye gelen ziyaretçilerle dolup taşınca, neşeli ve olumlu bir tavır takınabilme gücünü kendinde bulabildi.

Victoria mavi salonda yine bu nedenle ziyaretine gelmiş bir grup genç hanımı ağırlarken, romantik konuşmalarının odağı olan kişi salona girdi. Genç hanımlar sağı solu belli olmayan Wakefield Markisi'nin tehlikeli ve etkileyici varlığını fark ettiklerinde kahkahalar yerini gergin, mütereddit mırıltılara bıraktı. Jason, sırtında simsiyah bir binici ceketi ve ayağında dar siyah binici pantolonuyla nefes kesici derecede erkeksi görünüyordu. Bir çoğu onu elde etme hayalleri kurmuş olan bu genç kızlar üzerindeki etkisinden habersiz, onlara baş döndürücü gülümsemesiyle "Günaydın, hanımlar," diye selam verdikten sonra Victoria'ya döndü. Gülümsemesi bir anda çok daha mahrem bir ifadeye büründü. "Bana bir dakikanı ayırabilir misin?"

Victoria hemen izin isteyerek onun peşinden çalışma odasına gitti.

Jason, "Seni arkadaşlarından fazla ayrı tutmayacağım," diyerek elini ceketinin cebine soktu. Başka hiçbir şey söylemeksizin, Victoria'nın elini tutarak parmağına ağır bir yüzük geçirdi. Victoria, parmağının boğumuna kadar gelen kalın yüzüğe bakakalmıştı. Bir sıra iri safirin iki yanında birer sıra göz kamaştırıcı pırlanta ışıldıyordu. "Jason, bu çok güzel," diye fısıldadı. "Şahane bir şey, olağanüstü güzel. Teşekkür–"

Jason yavaşça, "Beni öperek teşekkür et," diye hatırlattı, Victoria yüzünü ona doğru kaldırınca da dudakları kızın dudaklarını hapsederek uzun uzun öptü. Victoria aklını başından alan ve vücudunun bütün direncini yok eden bu derin, arzu dolu öpüşe teslim oldu. Adamın ateşi ve kendi vücudunun çaresiz tepkisiyle sarsılmıştı, Jason'ın dumanlı zümrüt gözlerinin içine bakarak öpüşlerinin nasıl olup da her seferinde üzerinde aynı etkiyi yaratabildiğini düşündü.

Jason gözlerini kızın dudaklarına çevirdi. "Bir dahaki sefere, ben söylemeden beni öpmek içinden gelir mi acaba?" Victoria'nın kalbi genç adamın sesinde duyar gibi olduğu hayal kırıklığı ve özlem tınısıyla eridi. Jason kendini ona eş olarak sunmuş, karşılığında ise çok az şey istemişti; ondan tek beklediği buydu. Parmaklarının ucunda yükselerek, ellerini Jason'ın sert göğsünden yukarı doğru kaydırıp boynuna doladı, sonra da dudaklarını onun dudaklarına değdirdi. Dudaklarıyla genç adamınkileri masumca okşar, ağzının ılık kıvrımlarını yavaş yavaş keşfeder, tadını içine sindirirken onun iriyarı vücudunda bir ürperti gezindiğini hissetti. Jason'ın aralık dudakları yabanıl, kışkırtıcı bir öpüşle dudaklarında dolaşmaya başladı.

Öpüşmelerinin girdabına kapılan ve karnına değen sertliğin farkında olmayan Victoria, parmaklarını onun ensesindeki yumuşak saçların arasına soktu; vücudu kendini içgüdüsel bir hareketle onunkine uydurdu ve birdenbire her şey değişti. Jason'ın kolları onu ezici bir kuvvetle sardı, ağzı ağzını vahşi bir açlıkla açılmaya zorladı. Kızın dudaklarını diliyle araladı, dilinin baştan çıkarıcı dokunuşlarıyla onu dilini onunkine değdirmeye kandırıncaya kadar uğraştı, sonra da içini ateş gibi yakan bir ihtiyaçla soluyarak kıza daha da sıkı sarıldı.

Sonunda başını kaldırdığında, kızın yüzüne, sert hatlı yüzünde düşünceli ve kendisiyle dalga geçer gibi tuhaf bir ifadeyle baktı. "Sana geçen gece inci değil pırlanta ve safir vermeliymişim," dedi. "Ama *evleninceye kadar* beni bir daha böyle öpme."

Hem annesi hem de Miss Flossie, bazen bir beyefendinin heyecanına yenik düşebileceği ve o zaman da aklının başından gitmesine sebep olan genç hanıma karşı çok uygunsuz davranışlarda bulunabileceği konusunda, Victoria'yı uyarmışlardı. Ama ikisi de bu uygunsuz davranışlar hakkında fazla açıklama yapmamışlardı. Jason'ın ona aklının başından gitmesine ramak kaldığını söylemeye çalıştığını seziyordu. Ve de tecrübesiz bir genç kız olarak öpüşüyle bu kadar tecrübeli bir erkeği böyle etkileyebildiği için, hafif bir heyecan hissedecek kadar da kadındı. Oysa Andrew öpücüklerinden hiç bu şekilde etkilenir görünmemişti. Öte yandan, Andrew'yu hiç Jason'ın istediği gibi öpmüş de değildi.

Jason alaycı bir sesle, "Gördüğüm kadarıyla, ne demek istediğimi anladın," dedi. "Ben şahsen bekârete özellikle önem veren biri değilimdir. Bir erkeğe nasıl zevk vereceğini daha önceden öğrenmiş bir kadınla evlenmenin bazı önemli avantajları vardır..." Susup, sanki kızdan bir tepki bekler –umar– gibi durdu, ama Victoria yalnızca bakışlarını başka tarafa çevirmekle yetindi. Genç adamın sözleri keyfini kaçırmıştı. Ona hep bekâretinin kocasına vereceği çok değerli bir armağan olduğu söylenmişti. 'Bir erkeğe zevk verme' konusunda ise –bu ne demek oluyorsa artık– sunabileceği hiçbir tecrübesi olmadığı muhakkaktı. Bu konuda konuşmaktan utana utana, "Seni... hayal kırıklığına uğrattığım için üzgünüm," dedi. "Amerika'da her şey buradakinden çok farklıdır."

Jason'ın sesindeki sıkıntıya rağmen sözleri sakin ve yumuşaktı. "Özür dilemene ya da böyle üzülmene gerek yok, Victoria. Bana gerçeği söylemekten hiç korkma. Gerçek ne kadar kötü olursa olsun, kabullenebilirim, hatta bana söyleyecek cesareti bulduğun için sana hayran olurum." Elini kaldırıp kızın yanağını okşadı. Onu rahatlatmak ister gibi yumuşak bir sesle, "Önemi yok," dedi. Sonra birden toparlanıp rahat bir tavır takındı. "Söyle bakalım, yüzüğü beğendin mi, sonra da arkadaşlarının yanına koş."

"Hem de çok..." Victoria adamın anlaşılmaz değişimlerine ayak uydurmakta zorlanıyordu. "Öyle güzel ki şimdiden ya kaybedersem diye ödüm kopuyor."

Jason tam bir umursamazlıkla omuzlarını silkti. "Kaybedersen yenisini alırım."

Victoria dönüp giden genç adamın ardından, yüzüğün kaybolma ihtimali hakkında bu kadar rahat olmasına canı sıkılarak elindeki nişan yüzüğüne baktı. Keşke yüzüğü bu kadar önemsiz bulurmuş gibi davranmasaydı, keşke yerine başka bir tane alabileceğini söylemek yerine 'sakın kaybetme' demiş olsaydı. Öte yandan, bu yüzüğü adamın kıza olan sevgisinin bir sembolü olarak görmek gerekirse, sözleri duruma çok uygundu, ne de olsa kendisi de onun için önemsizdi ve yerini kolayca başkası alabilirdi.

Onun sana ihtiyacı var, çocuk. Charles'ın sözleri aklına gelince içi biraz rahatladı. En azından kollarının arasındayken, Jason'ın ona hakikaten çok ihtiyacı varmış gibi göründüğünü düşünerek gülümsedi. Kendini biraz daha iyi hissederek salona döndü. Döner dönmez de yüzüğü tüm genç hanımlar tarafından hemen fark edilerek büyük tezahürata yol açtı.

Düğünden önceki günler boyunca Victoria'ya mutluluk dilemeye gelen ziyaretçilerin sayısı üç yüzü buldu. Şık kupa arabaları caddede geziniyor, yolcularını bıraktıktan şaşmaz bir dakiklikle yirmi dakika sonra almak üzere kapının önünde durup bekliyorlardı. Victoria ise salonda oturup, şık ve bakımlı orta yaşlı hanımların büyük evlerin idaresi ve soylulardan beklenen büyüklükte davetler vermek gibi, zor işler hakkında öğütlerini dinliyordu. Daha genç evli hanımlar ise daha çok, iyi kahya bulmanın zorluğu ve çocuklar için uygun öğretmen bulmanın yolları hakkında konuşuyorlardı. Bütün bu neşeli karmaşanın içinde, Victoria'nın içinde huzur veren bir aidiyet hissi yeşermeye başlamıştı. O güne kadar, bu insanlarla yüzeysel sohbetler dışında bir ilişkisi olmamış, onları pek az tanıyabilmişti. Çoğunu da elbiseler, mücevherler ve eğlence dışında hiçbir şey düşünmeyen, şımarık zenginler olarak görmüştü. Şimdi onlara farklı bir açıdan bakma fırsatını bulunca onların da görevlerini kusursuz bir şekilde yerine getirmeye çalışan birer eş ve anne olduklarını fark ediyor ve onlardan çok daha fazla hoşlanıyordu.

Tanıdığı herkes onu görmeye gelirken yalnızca Jason uzak duruyordu, ama o da bunu etrafa karşı yanlış bir görüntü oluşturmamak için yapıyordu, dolayısıyla da Victoria'nın bunun için ona minnettar olması gerekirdi. Ancak yine de bazen hiç yanında olmayan bir yabancıyla evleniyormuş gibi hissediyordu kendini. Charles sık sık aşağı inerek hoş sohbetiyle misafir hanımları büyülüyor ve Victoria'yı bütün kalbiyle desteklediğini gösteriyordu. Diğer zamanlarda ise, Victoria'ya söylediği gibi, düğüne katılıp onu Jason'a eliyle teslim edebilmek için 'gücünü toplamak' amacıyla odasında dinleniyordu. Ne Victoria ne de Dr. Worthing onu bu kararından vazgeçirebilmişti,. Jason ise zahmet edip denememişti bile.

Günler geçerken, Victoria salonda ziyaretçileriyle geçirdiği zamandan gerçekten zevk almaya başlamıştı. Sadece Jason'ın adı geçtiğinde, hanımların ondan ne kadar çekindiğini gösteren belli belirsiz hava esiyor, bu da onu huzursuz ediyordu. Yeni çevresindeki arkadaşlarının zengin bir markinin eşi olarak çok prestijli bir sosyal konuma sahip olacağını düşündükleri açıkça belliydi, ama Victoria çoğunun müstakbel kocası hakkında hâlâ çok ciddi şüpheleri olduğunu da seziyor ve bundan çok rahatsız oluyordu; çünkü yavaş yavaş bu insanları sevmeye başlamıştı, onların da Jason'ı sevmesini istiyordu. Arada sırada bir konuğuyla sohbet ederken odanın bir başka tarafında Jason hakkında bir söz edildiği kulağına çalınıyor, ama o dinlemek için döndüğünde konuşmalar her seferinde aniden kesiliveriyordu. Bu yüzden hiç Jason'ı savunma fırsatı bulamıyordu, çünkü onu neye karşı savunacağını bilmiyordu.

Düğünden önceki son gün, bilmecenin parçaları nihayet tamamlandı ve Victoria duydukları karşısında, düşüp bayılacak gibi oldu. Öğleden sonra gelen konukların sonuncusu olan Leydi Clappeston tam kalkmak üzereyken, Victoria'nın koluna dostça vurarak, "Sen akıllı bir genç kızsın, hayatım," dedi. "Bir takım aptal kıyamet tellalları güvenliğinden endişe ediyor olsa da, ben senin Wakefield'ı gayet iyi idare edeceğine güveniyorum. Eski karısının seninle alakası yoktu. Bana kalırsa, Leydi Melissa onun yaptığını iddia ettiği her şeyi, hatta daha da fazlasını hak ediyordu. Kadın tam bir fahişeydi!"

Bunu dedikten sonra Leydi Clappeston salondan çıkarak Victoria'yı Caroline'la baş başa bıraktı. Victoria duyduklarına inanamayan bir yüzle Caroline'a bakarak, "Eski karısı mı?" dedi. Kendini bir kâbusun ortasına düşmüş gibi hissediyordu. "Jason daha önce evlenmiş miydi? Ama neden... neden kimse bana bir şey söylemedi?"

Caroline heyecanla kendini temize çıkarmaya çalışarak, "Ama en azından bu kadarını bildiğini sanıyordum," diye bağırdı. "Doğal olarak sana amcanın ya da Lord Fielding'in söylemiş olması gerekir, diye düşünmüştüm. En azından bazı dedikodular duymuş olmalısın, yoksa hiçbir şey duymadın mı?"

Victoria, "Yalnızca kulak misafiri olduğum kopuk kopuk bazı konuşmalar oldu, ama konuşanlar benim duyduğumu fark ettikleri anda susup konuyu değiştiriyorlardı," diye karşılık verdi, şaşkınlık ve hiddetten rengi atmıştı. "Leydi Melissa adının Jason'la beraber anıldığını duydum, ama kimse ondan *karısı* diye bahsetmiyordu. Ondan bahsederken genellikle öyle kınayarak konuşuyorlardı ki ben de... onun Jason'la... ilişkisi olduğunu sanmıştım, bilirsin ya," böyle bir konuda konuşmaya alışık olmadığı için uygun sözcükleri bulmakta zorluk çekiyordu, "hani Miss Sybil midir nedir, birisi daha vardı ya, onun gibi."

"Vardı mı dedin?" Caroline Victoria'nın geçmiş zaman kullanmasına şaşırarak düşünmeden sözlerini tekrar etmişti. Yaptığı hatanın hemen farkına vararak gözlerini kaçırdı, deseni birden çok ilgisini çekmiş gibi mavi ipekli koltuğun kumaşına bakmaya başladı.

Victoria ne düşüneceğini bilemiyordu. "Artık evleneceğimize göre doğal olarak Jason... yoksa...?"

Caroline sıkıntılı bir yüzle, "Ne yapar bilmiyorum," diye cevap verdi. "Bazı erkekler evlenince dostlarını bırakır, Robert bırakmıştı, ama bazıları bırakmaz."

Victoria parmaklarının ucuyla şakaklarını ovarak bu metres tartışmasından karmakarışık olan aklını toparlamaya çalıştı. "Bazen İngiltere bana çok tuhaf geliyor. Memleketimde erkekler sevgilerini ve zamanlarını kendi eşlerine saklar, başka kadınlara vermezler. En azından ben hiç böyle bir şey duymadım. Ama burada zengin beyefendilerin, evli bile olsalar, kendi hanımları dışında hanımlarla beraber olmalarının son derece normal olduğunu düşünmeme neden olan bazı sözler duydum."

Caroline sözü çevirerek daha önemli bir konuya döndü: "Lord Fielding'in daha önce evlenmiş olması sence çok önemli mi?"

"Tabii ki önemli. En azından ben öyle düşünüyorum. Bilmiyorum. Şu anda bence esas önemli olan aileden kimsenin bana bunu anlatmamış olması." Victoria öyle ani bir şekilde ayağa kalktı ki Caroline yerinde sıçradı. "Müsaadenle yukarı çıkıp Charles Amca'mla konuşmak istiyorum."

Victoria, Charles'ın kapısını vurunca, kapıyı Charles Amca'nın özel uşağı açıp parmağını dudaklarına götürerek ona dükün uyuduğunu bildirdi. Sorularına cevap almak için yaşlı dükün uyanmasını bekleyemeyecek kadar canı sıkkın olan Victoria koridorun diğer tarafındeki Miss Flossie'nin odasına doğru yürüdü. Son haftalarda Miss Flossie, Victoria'ya refakat etme görevini neredeyse tamamen Caroline Collingwood'a devretmiş gibiydi. Dolayısıyla Victoria sarı saçlı, sevimli kadını ancak arada bir yemek masasında görür olmuştu.

Victoria kapısını çalınca Miss Flossie neşeli bir sesle onu içeri davet etti.

Victoria, Miss Flossie'nin yatak odasına bitişik küçük, güzel oturma odasına girince, yaşlı kadın her zamanki neşeli gülümsemesi ve saflığıyla onu, "Victoria, bugün güneş gibi parlıyorsun, hayatım," diye karşıladı. Oysa Victoria'nın yüzü gerçekte kâğıt gibi bembeyaz ve bariz bir şekilde gergindi.

Doğrudan konuya girerek, "Miss Flossie," dedi, "az önce Charles Amca'ya uğradım ama uyuyordu. Bunu sizden başka sorabileceğim kimse yok. Jason'la ilgili bir şey duydum... Çok kötü bir şey..."

Miss Flossie, "Aman yarabbim!" diye bağırarak işlemekte olduğu işi kenara koydu. "Ne demek istiyorsun?"

Victoria, "Az önce Jason'ın daha önce evlenmiş olduğunu öğrendim!" diye patladı.

Miss Flossie başını hafifçe yana eğdi. Böyle durunca beyaz dantel başlığıyla yaşlı bir taş bebeği andırıyordu. "Aman, yavrum, ben Charles'ın ya da bizzat Wakefield'ın bunu sana söylediğini sanıyordum," dedi. "Neyse, Jason daha önce evlenmişti. İşte, şimdi öğrenmiş oldun." Meseleyi böylece çözüveren Miss Flossie gülümseyerek işini tekrar eline aldı.

"Ama ben hiçbir şey bilmiyorum. Leydi Clappeston çok garip bir şey söyledi. Dedi ki... karısı Jason'ın yaptığı her şeyi hak etmiş. Jason ne yaptı ki?"

Miss Flossie gözlerini kırpıştırarak, "Ne mi yaptı?" diye tekrarladı. "Benim bildiğim, hiçbir şey yapmış değil. Leydi Clappeston'ın böyle bir şey söylemesi çok aptalca, çünkü onun da bir şey biliyor olması imkânsız. Jason'la kendisi evlenmiş olsaydı, o başka tabii, ama seni temin edebilirim ki böyle bir şey yok. Şimdi için rahat etti mi, hayatım?"

"Hayır!" Victoria kendini kaybetmek üzereydi. "Benim bilmek istediğim şey, *neden* Leydi Clappeston'ın Jason'ın karısına kötü bir şeyler yaptığını zannettiği. Böyle düşünmesinin bir sebebi olmalı, üstelik yanılmıyorsam onun gibi düşünenlerin sayısı pek de az değil."

Miss Flossie, hakikati teslim ederek, "Olabilir," dedi. "Jason'ın o sefil karısı, huzur içinde yatsın... Gerçi nasıl huzur içinde yatar bilemem, hayattayken yaptığı kötülükleri düşünecek olursak... Herkese Wakefield'ın ona çok fena şeyler yaptığından şikayet ederdi. Bazıları belli ki ona inanıyormuş, ama Jason'ın onu öldürmemiş olması bile, ne kadar kendine hakim bir adam olduğunu gösterir. Eğer bir kocam olsa -yok tabii- ve ben de Melissa'nın yaptığı şeyleri yapacak olsam -asla böyle bir şey yapmazdım tabii ki- beni muhakkak döverdi. Yani, eğer Wakefield Melissa'yı dövmüşse ki, böyle bir şey yaptığını kesin olarak biliyor değilim, kendisine bu konuda hak vermemek elde değil, inan bana."

Victoria, Jason'ın kızgınken aldığı hali, gözlerindeki dizginlenmiş hiddeti, uygar dış görünüşünün altından bazen yüzeye çıkan o korkunç, yabanıl gücü düşündü. Kafasında içini dehşetle titreten bir imge canlandı. Çığlık çığlığa bağıran bir kadın ve koyduğu kurallarından birini azıcık çiğnediği için onu dövmekte olan Jason... Kurumuş boğazından sesi zorlukla çıkarak, "Melissa ne... ne gibi şeyler yapmıştı?" diye sordu.

"Bunu uygun bir dille söylemenin yolu yok sanırım. Gerçek şu ki başka erkeklerle birlikte görülüyordu."

Victoria tepeden tırnağa ürperdi. Hemen hemen Londra'daki bütün sosyetik hanımlar her gün başka erkeklerle birlikte görülüyordu. Evli hanımların başka erkeklerle flört etmesi yaşama biçimlerinin gereği ve doğal bir parçası gibiydi. İçi tiksintiyle kabararak, "Onu bu yüzden mi dövüyordu yani?" diye fısıldadı.

Miss Flossie, doğru konuşmaya özen göstererek, "Onu dövüp dövmediğini *bilmiyoruz,*" diye hatırlattı. "Aslına bakarsan, benim bundan çok şüphem var. Bir seferinde bir beyin Jason'ı, Melissa'nın davranışlarına *göz yumuyor* diye eleştirdiğini duymuştum. Arkasından tabii, hiç kimse onu yüzüne karşı eleştirmeye cesaret edemez."

Umutsuzca kadıncağızdan biraz daha bilgi edinmenin yolunu arayan Victoria'nın aklına aniden bir fikir geldi. "O beyefendi tam olarak ne demişti acaba?" diye sordu, sonra da "*Tam olarak,*" diye üstüne basa basa tekrarladı.

"Tam olarak mı? Eh, madem ki ısrar ediyorsun, şöyle dedi –yanlış hatırlamıyorsam eğer– *'Kadın Wakefield'ı bütün Londra'nın gözü önünde boynuzluyor, bunu kendisi de bal gibi biliyor, ama görmezden geliyor. Onun böyle boynuzları takıp umursamadan dolaşması bizim karılarımıza kötü örnek oluyor. Bana sorarsan o fahişeyi İskoçya'daki şatosuna kapatıp anahtarı da denize atması lazımdı.' "*

Victoria başını güçsüzce oturduğu koltuğun arkasına bırakıp, içinde rahatlamayla acıma karışımı bir duyguyla gözlerini kapadı. "Boynuzluyor dedi ha..." diye mırıldandı. "Demek onun için..." Jason'ın ne kadar gururlu olduğunu, karısının ona ulu orta sadakatsizlik etmesinin gururunu nasıl da incitmiş olabileceğini düşündü.

Miss Flossie, "Evet, söyle bakalım şimdi, başka öğrenmek istediğin bir şey var mı?" diye sordu.

Victoria huzursuz bir şekilde kıvranarak, "Evet, bir şey daha var," dedi.

Sesindeki gerginlik Miss Flossie'nin de rahatının kaçmasına neden oldu. Endişeli bir sesle, "Umarım *o işler* hakkında bir şey değildir," dedi, "çünkü en yakın hanım akraban olarak sana *o işleri* anlatmak bana düşüyor sanırım, ama doğrusu ben de o konuda kör cahil sayılırım. Hep annen sana anlatmıştır diye umuyordum."

Victoria gözlerini merakla açtı, ama olanlar onu öyle bitkin düşürmüştü ki kibarca, "Neden bahsettiğinizi pek anlamıyorum, efendim," demekten başka bir şey gelmedi elinden.

"*O işlerden* bahsediyorum, canım –sevgili arkadaşım Prudence hep öyle derdi– *ne işlerse,* bilmem artık. Tek yapabileceğim, sana, annesinin arkadaşım Prudence'a düğününden bir gün önce anlattığı şeyleri söylemek."

Victoria kendini çok aptal hissederek, "Affedersiniz?" dedi.

"Özür dilemene gerek yok; esas ben senden özür dilemeliyim, sana bilgi vermem gerekirken, ben kendim bu konuda bilgi sahibi değilim. Ama hanımlar *o işleri* aralarında hiç konuşmazlar. Prudence'ın annesi neler demiş, duymak istiyor musun?"

Victoria'nın dudağı seyirdi, neden bahsettikleri konusunda en ufak bir fikri bile olmaksızın, "Evet, efendim," dedi.

"Pekâlâ. Düğün gecenizde, kocan yatağına gelecek –yok

sa seni kendi yatağına mı götürüyordu, tam hatırlayamıyorum. Her neyse, ne olursa olsun iğrendiğini belli etmemen, bağırmaman ve bayılmaman gerek. Gözlerini kapatıp onun sana *o işleri* yapmasına izin vermelisin. Neyse artık... Canın yanacak, çok da iğrenç olabilir, ilk seferinde kan da göreceksin, ama gözlerini kapatıp dayanmalısın. Sanırım Prudence'ın annesi, ona *o işler* olurken başka bir şey düşünmeye çalışmasını tavsiye etmişti. Mesela kocası ondan memnun kalırsa alabileceği yeni kürkü ya da elbiseleri filan. Berbat bir şey, öyle değil mi?"

Victoria'nın gözleri yaşlarla dolmuştu. Bunun sebebi biraz endişe, ama daha çok artık zaptedemediği kahkaha nöbetiydi. Omuzları engel olamadığı kahkahalarla sarsılarak, "Teşekkür ederim, Miss Flossie," dedi. "İçimi çok rahatlattınız." Victoria o ana kadar evlendiklerinde Jason'ın sahip olacağı ve kuşkusuz kullanacağı haklar konusunda hiç düşünmemişti. Jason ondan bir oğul istediğine göre, ondan uzak durması beklenemezdi. Bir doktor kızı olmasına rağmen, babası her zaman erkek hastaların belden aşağısını onun gözlerinden dikkatle saklamaya özen göstermişti. Yine de, Victoria çiftleşme konusunda tamamen bilgisiz sayılmazdı. Ailesinin birkaç tavuğu vardı, o da birçok kez –neler olup bittiğini tam olarak anlamak mümkün olmasa da– horozlarla tavukların uçmak istercesine kanat çırpıp bağırarak ortalığı birbirine katmasına tanık olmuştu. Bu sahne karşısında, civciv yaparken hayvancıkları rahatsız etmemek için mahremiyetlerine saygı göstererek her zaman bakışlarını başka tarafa çevirirdi.

On dört yaşındayken bir kez, babası bir çiftçinin doğum yapmakta olan karısına bakmaya çağırılmıştı. Victoria bebeğin doğumunu beklerken dolaşmaya çıkmış, atların tutulduğu küçük otlağa kadar gitmişti. Orada bir aygırın bir kısrağa aşmasına tanık olmuştu. Manzara ürkütücüydü; aygır koca dişlerini haince kısrağın ensesine geçirip onu kıskıvrak yakalamıştı, aygır ona korkunç şeyler yaparken zavallı kısrak acıyla bağırıyordu.

Gözlerinin önünden geçen sert sert kanat çırpan horoz,

avaz avaz bağıran tavuk ve dehşete düşmüş kısrak görüntüleri Victoria'yı ürpertti.

Miss Flossie'nin "Güzel kızım, çok solgun görünüyorsun, ama seni ayıplayamam," demesinin de hiç faydası olmadı. "Bununla beraber, anladığım kadarıyla, bir kadın eş olarak görevini yapıp kocasına bir varis verdikten sonra, kocası biraz düşünceliyse sanırım kendine bir dost tutması ve *o işleri* onunla yapıp karısını da kendi haline bırakıp huzur içinde yaşamasına izin vermesi beklenebilir."

Victoria'nın gergin bakışları pencereye kaydı. Kendi kendine fısıldar gibi Miss Flossie'nin sözlerini tekrarladı: "Dost tutması..." Jason'ın şu anda zaten bir 'dostu' olduğunu da, geçmişte pek çok başka metresi olduğunu da biliyordu. Duyduğu dedikodulara bakılırsa bunların hepsi de birbirinden güzel kadınlardı. Victoria oturduğu yerde Londralı beyefendiler ve metresleri konusundaki eski fikirlerini yeniden gözden geçirdi. Evli oldukları halde metresleri olmasını eskiden ihanet olarak değerlendirmişti, ama belki de bu doğru değildi. Büyük olasılıkla, Miss Flossie'nin dediği gibi Londra'daki soylu beyefendiler daha uygar ve zarif ve hanımlarına karşı daha düşünceliydiler. Adi arzularını tatmin etmek için karılarını kullanmak yerine başka bir kadın buluyor, ona güzel bir ev açıp, hizmetkârlar tutup güzel elbiseler alıyor, zavallı hanımlarının da huzur içinde hayatlarını yaşamasına izin veriyorlardı. Evet, bu herhalde bu meselenin ideal çözümü olmalıydı. Soylu hanımlar kesinlikle böyle düşünüyor gibiydi ve herhalde onlar kendisinden iyi bilecekti.

Samimi bir şekilde, "Teşekkür ederim, Miss Flossie," dedi. "Çok yardımcı oldunuz, çok naziksiniz."

Miss Flossie rahatlamış gibi sevinçle gülümsedi, sarı bukleleri minik beyaz dantel kepinin altında neşeyle sallandılar. "Esas ben sana teşekkür ederim, sevgili yavrum. Senin sayende Charles daha önce hiç görmediğim kadar mutlu." Ardından kibarca ekledi: "Tabii Jason da."

Victoria gülümsedi ama Jason'ı gerçekten mutlu ettiğine pek de inanamıyordu.

Odasına geri dönerek yanmayan şöminenin başına oturup kendini duygularını çözmeye ve gerçeklerle yüzleşmeye zorladı. Ertesi gün Jason'la evlenecekti. Onu mutlu etmek istiyordu. Bunu öyle çok istiyordu ki, kendi duygularıyla nasıl başa çıkacağını bilemez haldeydi. Jason'ın daha önce sadakatsiz bir kadınla evlenmiş olmasının onda uyandırdığı duygu kızgınlık ve kırgınlık değil, merhamet ve anlayıştı. Bu yüzden onu mutlu etme isteği artıyor, hayatındaki bütün mutsuzlukları ona unutturmak istiyordu.

Victoria yerinde duramayarak ayağa kalkıp odada dolaşmaya başladı, tuvalet masasının üzerinde duran porselen müzik kutusunu eline aldı, sonra tekrar yerine bırakıp yatağın yanına gitti. Kendini Jason'la mecbur olduğu için evlendiğine inandırmaya çalıştı, ama sonra yatağa oturup bunun pek de doğru olmadığını kendine itiraf etti. Bir yanı onunla evlenmek *istiyordu.* Görünüşünü, gülüşünü, zekice esprilerini, kalın sesindeki otoriteyi, uzun, atletik adımlarla yürüyüşündeki özgüveni seviyordu. Gözlerinin ona güldüğünde ışıl ışıl parlamasını, onu öptüğündeyse alev alev yanmasını seviyordu. Giysilerini taşıyışındaki zarafeti, dudaklarının–

Victoria Jason'ın dudaklarını kafasından kovarak karamsar bakışlarını yatağın sarı ipekli perdesine dikti. Jason'ın pek çok şeyini seviyordu –çok fazla seviyordu. Erkeklerden pek anlamadığı belliydi. Andrew'yla olan tecrübesi bunu kanıtlıyordu. Kendi kendini kandırarak Andrew'nun ona âşık olduğuna inanmıştı, ama Jason'ın ona karşı neler hissettiği konusunda hiçbir hayale kapılmaya gerek yoktu. Jason onu çekici buluyor ve ondan bir oğul istiyordu. Ondan hoşlandığını da söylemişti, Victoria bunun da doğru olduğunu biliyordu, ama Jason bunun ötesinde kendisine karşı hiçbir şey hissetmiyordu. Kendisi ise daha şimdiden ona âşık olma tehlikesiyle karşı karşıyaydı. Oysa Jason ondan aşk istemiyordu. Bunu ona en açık ve basit biçimde söylemişti.

Haftalardır kendini Jason'a karşı hissettiği şeylerin dostluk ve minnetten ibaret olduğuna inandırmaya çalışıp durmuştu, ama artık duygularının bunun çok ötesine geçtiğini biliyordu. Onu mutlu etmek ve kendine âşık etmek için içinde duyduğu bu yakıcı arzunun başka nedeni olabilir miydi? Miss Flossie eski karısının ona alenen sadakatsizlik ettiğini anlattığında içinde kabaran öfkenin başka ne gibi bir açıklaması olabilirdi?

Victoria dehşetle ürperdi, nemli avuçlarını limon küfü rengi müslin elbisesinin eteğine sildi. Yarın bütün hayatını, kendisinden aşk istemeyen bir erkeğin, ona karşı hissettiği sevgiyi kendisini incitmek için bir silah olarak kullanabilecek bir erkeğin ellerine teslim edecekti. Kendini koruma içgüdüsü bütün gücüyle, onunla evlenmemesini haykırıyordu. Babasının günlerdir aklından çıkmayan sözleri kafasının içinde çınlayıp duruyordu: *"Seni sevmeyen birini sevmek cehennemin ta kendisi!... Hiç kimsenin seni sana âşık olmayan biriyle mutlu olabileceğine inandırmasına izin verme... Hiç kimseyi onun seni sevdiğinden daha fazla sevme, Tory..."*

Victoria başını önüne eğdi, saçları bir perde gibi gergin yüzünün önüne düştü, yumruklarını sıkarak kendisiyle mücadele etmeyi sürdürdü. Aklı ona Jason'la evlenmemesini, adamın onu çok mutsuz edeceğini söylüyor, yüreği ise bu kumarı oynaması, uzanıp karşısında durmuş onu bekleyen mutluluğu yakalaması için yalvarıyordu.

Aklı 'Kaç!' diyordu, kalbi ise 'Korkaklık etme'!

Nortrup kapısını çalarak, dışarıdan "Affedersiniz, Leydi Victoria," diye seslendi. Sesinde çok uygunsuz bir şey söyler gibi bir titreşim vardı. "Aşağıda çok heyecanlı, üstü başı karmakarışık bir genç hanım var. Başında bonesi bile yok, tek başına, kiralık bir arabayla gelmiş, ama... öhö... kız kardeşiniz olduğunu söylüyor. Benim bildiğim kadarıyla Londra'da hiç genç hanım akrabanız olmadığı için doğal olarak ondan gitmesini rica ettim, ama o–"

"Dorothy mi?" Victoria heyecanla yerinden fırlayıp kapıyı açtı, yüzüne düşen saçları geriye iterek, sevinçten parlayan bir yüzle "Nerede?" diye bağırdı.

Northrup bariz bir endişeyle, "Onu ön taraftaki küçük salona aldım," diye cevap verdi. "Ama tabii kız kardeşinizse, hemen kendisini sarı salona buyur edip..."

Adamın sesi koşarak köşeyi dönüp merdivenlerden inmeye başlayan Victoria'ya yetişemedi.

Dorothy "Tory!" diye bağırarak, korumak ister gibi sımsıkı sarıldı Victoria'ya. Kelimeler telaştan birbirine karışarak, aynı anda hem gülüp hem ağladığı için sesi titreyerek konuşmaya başladı. "Kahyanızın kiralık arabama nasıl baktığını bir *görmeliydin*... Neredeyse *bana* baktığı kadar kötü bakıyordu."

Victoria da ona sıkı sıkı sarılarak, "Son mektubuma neden cevap yazmadın?" diye sordu.

"Çünkü Bath'dan daha bugün döndüm. Yarın da iki aylığına Fransa'ya gidiyorum, Büyükannem diyor ki, bana bir 'Paris cilası' lazımmış. Buraya geldiğimi duysa deli olur, ama öylece oturup o adamla evlenmene göz yumamazdım. Tory, ne yaptılar da seni buna razı ettiler? Seni dövdüler mi, aç mı–"

"Yok öyle bir şey." Victoria gülümseyerek kız kardeşinin sarı saçlarını eliyle düzeltti. "Onunla isteyerek evleniyorum."

"Sana inanmıyorum. Sadece aklım sende kalmasın diye beni kandırmaya çalışıyorsun..."

Jason arabanın koltuğunda arkasına yaslanmış, eldivenleriyle tembelce dizini döverek pencereden dışarıyı, Upper Brook Caddesi'ndeki evine giden yol boyunca sıralanmış konakları seyrediyordu. Ertesi gün düğünü olacaktı...

Victoria'yı ne kadar arzuladığını kendi kendine itiraf edip onunla evlenme kararını aldığından beri, onu neredeyse mantık dışı bir ihtiyaçla istemeye başlamıştı. Ona karşı duyduğu giderek şiddetlenen bu gereksinim yüzünden kendini savunmasız ve huzursuz hissediyordu; çünkü geçmişteki yaşantısından 'cinsi latif'in ne kadar hain, ne kadar kötü olabileceğini biliyordu. Yine de, kendini onu istemekten de, birbirlerini mutlu edeceklerine dair çocuksu bir umut beslemekten de alıkoyamıyordu.

Kendi kendine istihza ile gülümseyerek, Victoria'yla

hayatının asla sakin ve huzurlu olmayacağını düşündü. Victoria onu eğlendirecek, kızdıracak, ona meydan okuyacak, diklenecekti. Bundan adı gibi emindi, kızın onunla yalnızca başka seçeneği olmadığı için evlendiğinden de... Bekâretini Andrew'ya verdiğinden de.

Gülümsemesi aniden silinip kayboldu. Geçen akşam Victoria'nın bunu reddedeceğini umut etmişti, ama Victoria yalnızca başını öte yana çevirip "Üzgünüm," demişti.

Gerçeği duymak çok canını sıksa da, kızın bunu ona açıkça söylemesini takdir ediyordu. Victoria'yı kendini Andrew'ya verdiği için suçlayamıyordu bile, bunun nasıl olduğunu öyle iyi anlayabiliyordu ki. Taşrada yetişmiş, masum bir kızın, civarın en zengin adamının onu alacağına nasıl da kolayca kanacağını hayal edebiliyordu. Onu buna inandırdıktan sonra, muhtemelen Bainbridge'in bekâretini çalması çok da zor olmamıştı. Victoria sıcak kalpli, cömert bir kızdı. Hizmetkârlara bütün ilgisini, Kurt'a bütün şefkatini nasıl veriyorsa, herhalde sevdiği adama da kendisini aynı doğallıkla vermiş olmalıydı.

Kendi sürdürdüğü sefih hayatı düşününce, Victoria'yı kendini sevdiği adama verdiği için kınamak ikiyüzlülüğün dik âlâsı olurdu. Jason ise ikiyüzlülüğün her çeşidinden nefret ederdi. Ne yazık ki, Victoria'yı bir başka erkeğin kollarında çırılçıplak hayal etmekten de nefret ediyordu. Araba 6 numaranın önüne yanaşırken, bu düşünceyle midesi kasılarak gözlerini kıstı; Andrew ona dersini iyi öğretmişti doğrusu. Bir erkeği nasıl öpeceğini, vücudunu onunkine yaslayarak onu nasıl ateşlendireceğini çok iyi öğretmişti...

Bu acı düşünceleri kafasından atarak arabadan atlayıp merdivenleri çıktı. Hararetli bir şekilde, Victoria için artık Andrew geride kaldı, diye düşündü. Onu artık tamamen unutmuştu.

Kendini düğünlerinden bir gece önce kapıya geldiği için, biraz aptal gibi hissederek kapıyı çaldı. Gelmesinin onu görüp gönlünü eğlemekten başka bir sebebi yoktu. Bir de, Amerika'dan yola çıkan gemilerinden birine onun için bir

Kızılderili midillisi bindirdiğini haber verip onu sevindirmek istiyordu. Bu onun için aldığı düğün hediyelerinden biri olacaktı ve hoşuna gideceğini umut ediyordu, ama gerçekte, kendisi kızın ona binişini görmeye can atıyordu. Zarif vücudu atın boynuna doğru eğilmiş, şahane saçları gün ışığında yanarken ne kadar güzel görüneceğini gözünün önüne getirebiliyordu.

"İyi akşamlar, Northrup. Leydi Victoria nerede?"

Northrup, "Sarı salondalar, lordum," diye yanıtladı. "Kız kardeşleriyle beraberler."

"Kız kardeşi mi?" Jason hayretle gülümsedi. "Anlaşılan ihtiyar cadı yasağı kaldırmış," derken koridorda ilerlemeye başlamıştı bile. Victoria'nın kendisine bahsettiği küçük kardeşiyle tanışma fırsatını bulacağı için sevinerek sarı salonun kapısını açtı.

İçeride, yüzünü avuçlarındaki mendile gömmüş, "Buna dayanamıyorum," diye hıçkıran bir genç kız vardı. "*İyi ki* Büyükannem düğününe gelmeme izin vermiyor. Senin içinden o adamın Andrew olduğunu hayal ederek yemin edişini seyretmeye–"

Jason ağır ağır, "Belli ki kötü bir zamanda gelmişim," dedi. İçindeki, kendinden bile gizleyerek barındırdığı o değerli umut –Victoria'nın da onunla isteyerek evlendiği umudu– duyduğu sözlerle yok olup gitmişti. Victoria'nın evlilik yemini edebilmesinin tek yolu, onun Andrew olduğunu hayal etmekti demek ki.

Victoria, "Jason!" diyerek olduğu yerde hızla dönüp endişeyle ona baktı, Dorothy'nin saçmalamalarını duyduğunu anlamıştı. Kendini toparlayarak, ellerini ona uzattı, yüzünde sevecen bir gülümsemeyle, "Geldiğine öyle sevindim ki," dedi. "Lütfen gel de kendini kardeşime göster." Olayı beyaz bir yalanla geçiştirmenin yolu olmadığını görerek, gerçeği açıkça söylemeye çalıştı. "Dorothy, büyükannemizin arkadaşı Leydi Faulklyn'in senin hakkında söylediği, bazı ağır sözlerine kulak misafiri olmuş, duydukları yüzünden de seni zalim bir canavar sanıyor." Jason tek kelime etmeksizin bir kaşını kaldırarak Dorothy'ye müstehzi bir bakışla bakınca, Victoria dudağını ısırarak kız kardeşine doğru eğildi. "Dorothy, lütfen mantıklı olur musun, hiç değilse izin ver de sana Lord Fielding'i takdim edeyim, onun ne kadar iyi bir insan olduğunu kendin de göreceksin."

Dorothy bu sözlerden hiç etkilenmediğini belli eden bakışlarını karşısında öfkeli, karanlık bir dev gibi kollarını geniş göğsünde kavuşturmuş duran adamın soğuk ve duygusuz yüzüne dikti. Hiçbir şey söylemeden yerinden kalktı, ama reverans yapmak yerine adama öfkeyle, sert sert bakarak, meydan okurcasına, "Lord Fielding," dedi, "Gerçekten 'iyi bir insan' mısınız, değil misiniz, onu bilemem. Ama sizi uyarıyorum, ablamın saçının teline zarar verecek olursanız, iki kere düşünmem, sizi... sizi vururum! İyice anlatabildim mi?" Sesi öfke ve korkuyla titrese de, gözlerini bir an bile kırpmadan cesurca adamın soğuk yeşil gözlerinin içine bakmaya devam ediyordu.

"Kesinlikle."

"Ablamı kaçıp kendini kurtarmaya ikna edemediğime göre, büyükannemin evine dönüyorum. İyi akşamlar."

Dorothy dönüp vakur adımlarla odadan çıkarken, Victoria da, "Dorothy, bunu *nasıl* yapabildin?" diye sitem ederek arkasından koştu. "Nasıl bu kadar kaba davranabildin?"

"Seni sahipsiz sanmasındansa benim kaba olduğumu düşünsün daha iyi."

Victoria gözlerini devirerek kız kardeşine sarılıp veda etti, sonra da alelacele salona döndü.

Pencerenin önünde durmuş, Dorothy'nin arabasının gidişine bakan Jason'a, çekine çekine "Çok üzgünüm," dedi.

Jason kaşlarını kaldırarak omzunun üzerinden ona baktı. "İyi nişancı mıdır bari?"

Adamın sinirli olup olmadığını pek kestiremeyen Victoria, içinden yükselen gergin bir gülüşü bastırmaya çalışarak başını iki yana salladı. Jason hiçbir şey demeden yüzünü tekrar pencereye çevirince de durumu açıklama ihtiyacı hissetti. "Dorothy'nin hayal gücü çok geniş, seninle evlenmeyi

Andrew yüzünden çok perişan olduğum için kabul ettiğimi sanıyor."

"Öyle değil mi?" Jason'ın sesinde alaycı bir tını vardı.

"Hayır, değil."

Bunun üzerine Jason ona doğru dönerek yeşil gözlerinde buz gibi bakışlarla baktı. "Yarın evlilik yemini ederken, yanındaki kıymetli Andrew'n olmayacak Victoria, *ben* olacağım. Bunu unutma. Eğer bu gerçekle yüzleşmek elinden gelmiyorsa, kiliseye hiç gelme." Buraya Victoria'ya onun için bir Kızılderili atı aldığını söylemeye gelmişti; ona takılıp güldürmek istemişti. Başka bir şey söylemeden arkasını dönüp çıktı.

YİRMİ BİR

Hava kapalı ve bulutluydu. Jason'ın, gümüş koşumlu dört muhteşem doru atın çektiği, pırıl pırıl cilalı, siyah kupa arabası, kalabalık Londra caddelerinde ağır ağır ilerliyordu. Yeşil kadife üniformalı altı atlı uşak, kafileye öncülük ederken arabanın arkasından da dört atlı uşak gidiyordu. Kupanın önünde iki arabacı mağrur bir tavırla dimdik oturuyor, ikisi de arkada arabaya tutunarak yolculuk ediyordu..

Victoria, sırtında olağanüstü güzellikte, son derece gösterişli bir gelinlik, kafasının içinde ise dışarıdaki hava kadar karanlık düşüncelerle, arabanın koltuklarının yumuşacık, kabarık minderleri arasına büzülmüştü.

Karşısında oturmakta olan Charles samimi bir ilgiyle, "Üşüyor musun, hayatım?" diye sordu.

Victoria başını iki yana salladı. Jason'ın evliliklerini bu kadar büyük bir gösteriye dönüştürmekte ısrar etmesine bir anlam veremiyordu.

Birkaç dakika süren bir yolculuğun ardından, elini Charles'a vererek arabadan indi. Babasının ürkütücü bir törene götürdüğü küçük bir çocuk gibi, nikah töreninin yapılacağı, devasa Gotik kilisenin alçak basamaklarını ağır ağır tırmandı.

Kilisenin arka tarafında Charles'ın yanında durup beklerken, yapmak üzere olduğu şeyin cesametini düşünmemeye çalışarak bakışlarını kalabalığının üzerinde gezdirmeye koyuldu. Endişeli gözleri, ister istemez, nikahına tanık olmaya gelmiş, ipekliler ve şahane brokarlar içindeki Londralı aristokratlarla, her zaman evlenirken konuğu olacağını hayal ettiği basit, cana yakın köylüler arasındaki farkları gördü. Bu insanlardan çoğunu neredeyse hiç tanımıyordu; bazılarını daha önce hiç görmemişti. Gözlerini birazdan önünde durup ömür boyu bağlı kalmaya yemin ederek Andrew'yu değil Jason'ı kocalığa kabul edeceği mihraptan kaçırarak, davetlilerin oturduğu sıralarda dolaştırdı. Sağ tarafta, ön sırada Charles için ayrılmış bir yer vardı, onun dışında bütün koltuklar davetlilerle doluydu. Koridorun diğer tarafında, normalde gelinin yakın akrabalarının oturacağı ön sırada, fildişi bir bastona dayanmış, saçlarını erguvan rengi saten bir türbanla örtmüş yaşlı bir hanım oturuyordu.

İhtiyar kadının türbanlı başı sanki tanıdık geldiyse de, Victoria onu daha önce nerede gördüğünü hatırlayamayacak kadar gergindi, zaten düşünmesine fırsat kalmadan Charles başıyla onlara doğru gelen Lord Collingwood'a işaret ederek dikkatini dağıttı.

Robert Collingwood yanlarına geldiğinde, Charles, "Jason geldi mi?" diye sordu.

Jason'ın sağdıcı olan kont, Victoria'nın elini öperek ona güven vermek istercesine gülümsedi. "Evet, geldi, sizi bekliyor, hazır olduğunuz zaman buyrunuz."

Victoria'nın dizleri titremeye başladı. Hazır değildi. Bunu yapmaya kesinlikle hazır değildi!

Caroline, Victoria'nın pırlantalarla süslü mavi saten gelinliğinin kuyruğunu düzelterek kocasına gülümsedi. "Lord Fielding gergin mi?"

Robert, "Değilim diyor," diye karşılık verdi. "Ama bu işin bir an önce hallolmasını istiyormuş."

Victoria, korkusu gitgide paniğe dönüşerek, *"Ne kadar soğuk,"* diye düşündü. *"Ne kadar duygusuzca. Ne kadar Jason'ca."*

Charles yerinde duramıyor, sabırsızlanıyordu. Coşkuyla, "Biz hazırız," dedi. "Haydi gidelim."

Victoria, kendini ipleri başkalarının elinde bir kukla gibi

hissederek Charles'ın koluna girdi. Beraberce mumlarla aydınlatılmış sonsuz koridorda yürümeye başladılar. Mum ışığında, saçları, boynu ve duvağının üzerindeki pırlantaların ışıltısı mavi satenin parıltısına karışarak, görkemli bir zarafetle ilerliyordu. Üstlerindeki geniş asma kattan gelen koronun şarkısını duymuyordu, kulaklarında yalnızca her adımda biraz daha geride bıraktığı, tasasız genç kızlık günlerinin kahkahaları çınlıyordu. Her adımda biraz daha, kopkoyu gece mavisi renkte muhteşem damatlığı içinde karşısında duran Jason'a yaklaşıyordu. Gölgeler içindeki yüzüyle çok uzun, çok kara görünen Jason'a... Çok kara görünen, bilinmezlerle dolu bir geleceğe...

Bunu neden yapıyorsun? Charles'ın kolunda Jason'a doğru yürürken, Victoria'nın dehşetle zonklayan beyninde hiç durmadan bu çığlık yankılanıyordu.

Sonra bu çığlığı sessiz bir çığlıkla yanıtlıyordu: *Bilmiyorum. Jason'ın bana ihtiyacı var.*

Bu bir sebep olamaz! diyordu aklı. *Hâlâ kaçma şansın var. Arkanı dön ve kaç buradan.*

Kalbi karşılık veriyordu: *Kaçamam!*

Kaçabilirsin. Dön arkanı, kaç buradan. Şimdi kaç, hemen, çok geç olmadan.

Yapamam! Onu burada böylece bırakıp kaçamam.

Neden?

Kaçarsam rezil olur –ilk karısının yüzünden bile olmadığı kadar.

Babanın dediklerini düşün: Hiç kimsenin seni sana âşık olmayan biriyle mutlu olabileceğine inandırmasına izin verme, dememiş miydi? Onun ne kadar mutsuz olduğunu unuttun mu? Kaç! Çabuk! Çok geç olmadan kaç git buradan!

Tam Victoria'nın kalbi dehşet karşısındaki mücadelesini kaybetmişti ki, Charles onun buz gibi elini Jason'ın sıcak eline bırakarak geri çekildi. Victoria'nın tüm vücudu gerilerek kaçmaya hazırlandı, boş kalan eliyle eteklerini topladı, nefesi sıklaştı. Sağ elini Jason'ın elinden çekip kaçmaya davranıyordu ki adamın güçlü parmakları çelik bir tuzak gibi elini sımsıkı kavradı. Jason başını sertçe ona çevirerek 'Sakın deneme!' diye uyaran gazap dolu bakışlarını onun gözlerine dikti. Sonra birden elini sımsıkı tutan parmakları gevşedi; erkeğin gözleri boş ve umursamaz bir ifadeye büründü. Victoria'nın elini bırakarak bakışlarını başpiskoposun yüzüne çevirdi, kızın eli yanına, kabarık eteğinin üzerine düştü.

Başpiskopos başıyla Jason'ı selamlayarak, "Başlayabilir miyiz, lordum?" diye sorarken, Victoria birden bire olacakları anlayıverdi: Jason töreni durduracaktı!

Jason başını kararlı bir şekilde iki yana sallayarak ağzını açtı.

Victoria, töreni durdurmaya çalışan Jason'ı durdurmaya çalışarak, "Hayır!" diye fısıldadı.

Başpiskopos kaşlarını çatarak Victoria'ya döndü. "Ne dediniz?"

Victoria gözlerini kaldırarak Jason'ın gözlerinin içine baktı, o gözlerde adamın bir umursamazlık maskesinin ardına gizlediği utancı gördü. "Çok korkuyorum, lordum, hepsi bu," dedi. "Lütfen elimi tutun."

Jason tereddütle kızın gözlerinin içine bakarak aklından geçenleri okumaya çalıştı, yüzündeki çelikten maske yerini yavaşça bir rahatlama ifadesine bıraktı. Parmakları kızın eline değdi, sonra da güven vermek istercesine onu sımsıkı kavradılar.

Başpiskopos hakarete uğramış gibi sinirli bir ifadeyle, "*Artık* başlayabilir miyim?" diye sordu.

Jason'ın dudakları seğirdi. "Lütfen."

Başpiskopos uzun konuşmasını okurken, Charles'ın bakışları neşeyle gelinle damadın üzerinde dolaşıyor, kalbi mutluluktan çatlayacak gibi kabarıyordu, Ancak birden bire gözüne çarpan bir erguvan rengiyle birleşen garip bir gözetlenme hissi onu daldığı bu coşkudan kopardı. Göz ucuyla yan tarafa doğru bakınca, gözleri Claremont Düşesi'nin soluk mavi gözleriyle karşılaştı ve şaşkınlıktan bir anda bütün vücudu kaskatı kesildi. Yüzünü kadına çevirerek soğuk bir zafer ifadesiyle kadının gözlerinin içine baktı. Sonra küçümseme dolu son bir bakışın ardından başını çevirerek ihtiyar düşesin mevcudiyetini aklından çıkardı. Yan yana duran oğluyla Victoria'ya, onları sonsuza kadar birleştirecek yemini etmeye hazırlanan bu iki mağrur, güzel gence bakmaya başladı. Gözleri yaşlarla dolarken, kulağına başpiskoposun tok sesi çalındı: "Siz, Victoria Seaton, bu adamı..."

Charles kalbinin içinden sevdiği kadına, "*Katherine, aşkım,*" diye fısıldadı, "*çocuklarımızı görüyor musun? Birlikte ne kadar güzel görünüyorlar, değil mi? Anneannen bizi engelledi, ikimiz çocuk sahibi olamadık, sevgilim. O zaman zaferi o kazandı, ama bu kez zafer bizim. Bizim torunlarımız olacak, bir tanem. Sevgili, güzel Katherine'im benim, bizim torunlarımız olacak...*" Charles başını önüne eğdi, koridorun öteki tarafında oturan ihtiyar kadının ağladığını görmesini istemiyordu. Oysa Claremont Düşesi'nin hiçbir şey görecek hali yoktu. Kendi gözlerinden boşalarak kırışmış yüzünden aşağı akan yaşlar, her şeyi bir sis perdesiyle örtüyordu. Kalbinin içinden sevdiği çocuğa "*Katherine, sevgili yavrum,*" diye fısıldıyordu, "*şu yaptığıma bak. Aptalca, körce bencilliğimle onunla evlenmene mani oldum. Benim yüzümden ikiniz çocuk sahibi olamadınız. Ama hatamı düzeltmek için şimdi elime bir fırsat geçti, bak senin için ne yaptım, şimdi onunla torunlarınız olacak. Ah, Katherine, seni öyle seviyordum ki... Dünyayı ayaklarına sermek istedim, senin tek istediğinin o olduğunu anlayamadım, sana inanmadım...*"

Başpiskopos yeminini tekrar etmesini söylediğinde, Victoria'nın aklına yapmış olduğu anlaşma geldi: Herkese Jason'a derinden bağlı olduğunu göstermesi gerekiyordu. Yüzünü adamınkine çevirerek, tane tane, güven dolu bir sesle konuşmaya çalışarak, yeminini tekrarlamaya başladı, ama tam onu hep seveceğine yemin ettiği anda Jason bakışlarını birden bire kilisenin kubbesine doğru kaldırdı, dudakları dalgacı bir gülümsemeyle hafifçe kıvrıldı. Victoria bu gülümsemenin nedenini anlamıştı: Jason çatıya yıldırım düşüp düşmeyeceğine bakıyordu... Kasılmış vücudundaki gerilim bir anda uçup gidiverdi, göğsünden kabaran kahkahayı güçlükle bastırdı, ama yine de boğuk bir kıkırtının ağzından kaçmasına engel olamayarak başpiskoposun fena halde kınayan bakışlarına maruz kaldı.

Victoria'nın neşesi bir anda uçup gidiverdi. Jason'ın tok, derin sesi kilisede yankılanıyor, dünyada nesi varsa hepsini kendisine sunuyordu. Jason sözlerini bitirdiğinde, başpiskopos, "Gelini öpebilirsiniz," dedi.

Jason dönüp ona baktı, gözleri öyle yoğun, öyle beklenmedik, öyle ürkütücü bir zafer ifadesiyle parıldıyordu ki, onu kollarının arasına aldığında Victoria bütün vücudunun kasıldığını hissetti. Jason başını eğerek kızın dudaklarını kendi dudaklarının arasına hapsetti, ateşli bir şekilde uzun uzun öperek başpiskoposun onları sinirli bakışlarla süzmesine, davetlilerden birçoğunun kıkır kıkır gülmesine neden oldu. Sonra dudaklarını dudaklarından ayırarak kolunu tuttu.

Koridordan geçerek kilisenin kapısına doğru yürürlerken, Victoria yalvarırcasına "Lordum," diye fısıldadı, "lütfen... size yetişemiyorum."

Jason sertçe, "Bana Jason de," diye çıkıştı, ama yine de yavaşlamıştı. "Bir dahaki sefere seni öptüğümde de hoşuna gidiyormuş gibi davranmaya çalış."

Sesinin buz gibi tonu Victoria'nın yüzüne bir kova soğuk su gibi çarpmıştı, ama yine de kilisenin önünde Jason'la Charles'ın arasında durup, kendilerine tek tek mutluluk dileyen 800 konuğa zorla da olsa gülümsemeyi başardı.

Charles bir arkadaşıyla konuşmak için yüzünü yan tarafa çevirirken, kapıdan çıkan son davetli fildişi bastonunun mücevher kakmalı sapına dayanarak onlara doğru yürümeye başladı.

Jason'ı tamamen görmezden gelerek Victoria'ya yaklaşan düşes, kendisine kibarca gülümseyen kızın mavi gözlerinin içine bakarak, doğrudan, "Benim kim olduğumu biliyor musun?" diye sordu.

"Hayır, efendim," dedi Victoria. "Çok üzgünüm, ama bilmiyorum. Sanırım sizi daha önce bir yerde görmüştüm, çok tanıdık geliyorsunuz, ama ne yazık ki–"

"Ben senin büyükannenim."

Victoria'nın Jason'ın kolunda duran eli bir anda kasılıverdi. Karşısında büyükannesi, ona evini açmayı reddeden, annesinin mutluluğuna engel olan kadın duruyordu. Victoria çenesini dikleştirdi. Ölümcül bir sükunetle, "Benim büyükannem yok," diye karşılık verdi.

Bu soğuk inkârın ihtiyar düşes üzerindeki etkisi gerçekten çok tuhaf olmuştu. Gözleri hayranlıkla parıldadı, ciddi yüzüne hatlarını yumuşatan belli belirsiz bir gülümseme yayıldı. "Var, yavrum, var," dedi. Neredeyse muhabbet dolu bir sesle, "Annene çok benziyorsun, ama bu gururla meydan okuyan tavrını benden almışsın," diye devam etti. Victoria itiraz etmek üzereyken başını iki yana sallayarak gevrek gevrek güldü. "Yok, yok... boşuna zahmet etme, beni reddetsen de damarlarında benim kanım dolaşıyor, şu çeneni kaldırışında da kendi dik kafalılığımı görür gibi oluyorum. Annenin gözleri, benim inadım–"

Charles başını birden ona doğru çevirerek tiksinti ve öfke dolu bir fısıltıyla, "Ondan uzak dur!" diye emretti. "Defol buradan!"

Düşes kasılarak hiddet dolu bakışlarını ona doğru çevirdi. "Benimle bir daha sakın bu tonla konuşmaya kalkma, Atherton, yoksa–"

"Yoksa ne yaparsın? Beni tehdit edeceksen hiç zahmet etme. Artık istediğim her şeyi elde ettim."

Yaşlı Claremont Düşesi aristokrat burnunun üzerinden ona muzaffer bir ifadeyle baktı. "Elde ettinse, ben sana *verdiğim* için elde ettin, seni budala!" Charles'ın şaşkın, öfkeli bakışlarını görmezden gelerek tekrar Victoria'ya döndü ve bakışları hemen yumuşayıverdi. Zayıf elini uzatıp Victoria'nın yanağını okşarken gözleri yaşlarla doldu. "Belki Dorothy Fransa'dan döndüğünde onu görmeye bize gelirsin. Onu senden uzak tutmak pek kolay olmadı, ama yanına gelmesine izin verseydim eski skan- eski dedikodular hakkında ileri geri konuşup her şeyi mahvederdi." Neredeyse ağzından kaçıracağı kelime yüzünden biraz mahcup olmuş gibi görünüyordu.

Sonra çok ciddi bir ifade takınarak Jason'a döndü. "Küçük torunumu sana emanet ediyorum, Wakefield, ama seni onun mutluluğundan bizzat sorumlu tutacağım, anlaşıldı mı?"

"Kesinlikle." Jason'ın sesi çok ciddiydi, ama ona ne anlama geldiği belli olmayan tehditler savuran bu ufacık ihtiyara bakarken eğlendiği yüzünden belli olmasın diye, fazla gayret sarf etmiyordu.

Düşes, Jason'ın sakin ifadesini sertçe süzdükten sonra, başını sallayarak, "Madem ki birbirimizi anlıyoruz, artık gidebilirim," dedi ve elini ona doğru kaldırdı. "Elimi öpebilirsin."

Jason kendisine uzatılan eli kusursuz bir zarafetle dudaklarına götürerek öptü.

Düşes Victoria'ya dönerek, gözlerinde karamsar bir bakışla gözlerinin içine baktı. "Herhalde senden beni–"

Victoria büyükannesi onların yanına geldiğinden beri, geçen son birkaç dakikada olup biten şeylere fazla anlam verebilmiş değilse de, ihtiyar kadının gözlerinde gördüğü duygunun sevgi olduğundan hiç kuşkusu yoktu. Bu gözlerde yalnızca sevgi ve derin bir pişmanlık vardı.

"Büyükanne," diye fısıldayarak kollarını açtı ve kendini bir anda büyükannesinin kolları arasında sımsıkı sarılmış buluverdi.

Düşes hafifçe geri çekilerek huzursuz bir şekilde gülümsedi; ardından Jason'a amirane bir bakış attı. "Wakefield, torunumun torununu kucağıma almadan ölmemeye karar verdim. Sonsuza kadar yaşayamayacağıma göre, en ufak bir gecikmene tahammül göstermeyeceğimi bilesin."

Jason, ciddi bir yüzle "Konuyla acilen ilgileneceğim, düşes cenapları," diye karşılık verdi, fakat zümrüt gözleri gizli bir gülüşle parlıyordu.

Düşes yüzü utançla pembeleşen küçük torununa dönerek, "Senin de oyalanmana tahammül göstermeyeceğim, hayatım, haberin olsun," diye uyardı. Sonra Victoria'nın eline eliyle hafifçe vurarak, oldukça hazin bir sesle, "Ben artık kendimi şehir hayatından çekmeye karar verdim," dedi. "Claremont

Malikanesi, Wakefield'dan arabayla yalnızca bir saat mesafede, belki arada sırada ziyaretime gelirsin." Bunu dedikten sonra, kilisenin kapısında onu bekleyen yardımcısına işaret ederek, azametle, "Kolunu ver, Weatherford," dedi, "göreceğimi gördüm, söyleyeceğimi de söyledim." Şaşkınlığını hâlâ üzerinden atamamış olan Charles'a zafer dolu son bir bakış atarak, sırtı dimdik, yere bastonunun ucunu ancak değdirerek dönüp oradan uzaklaştı.

Düğün davetlilerinin çoğu hâlâ etrafta oyalanarak arabalarının gelmesini beklerken, Jason Victoria'yı kalabalığın arasından geçirerek kendi lüks arabasına götürdü. Victoria düşünmeksizin onlara el sallayarak gidişlerini seyreden konuklara gülümsedi, ama günün heyecanı onu öyle bitkin düşürmüştü ki, ta Wakefield'ın yakınındaki köye yaklaşıncaya kadar çevresinden hemen hemen habersiz öylece oturdu. Dalgınlığından birden silkindiğinde, iki saati aşkın süredir Jason'a on kelime ya etmiş ya etmemiş olduğunun farkına vararak suçluluk duydu.

Kirpiklerinin altından artık kocası olan yakışıklı adama gizlice bir baktı. Yüzünü ondan öteye çevirmiş, profili duygu ve anlayıştan yoksun, sert, keskin hatlı bir maskeden farksız, sessizce oturuyordu o da. Onu mihrabın önünde bırakıp kaçmaya kalktığı için kendisine kızgındı ve bunu affetmeyecekti, Victoria bunu biliyordu. Kendisinden alabileceği intikamın korkusu bir an benliğini sararak daha da gerilmesine yol açtı. Dehşetle, aralarındaki yakınlığa onmaz bir yara açmış olup olmadığını düşündü. Çekingen bir sesle adama "Jason," diye adıyla seslendi. "Kilisede olanlar için özür dilerim."

Jason ifadesiz bir yüzle omuz silkti.

Genç adamın sessizliği Victoria'nın endişelerini daha da derinleştirmişti. Araba hafif bir yokuşun tepesinden resim gibi güzel, küçük köye doğru inmeye başladı. Victoria bir kez daha özür dilemeye hazırlanırken kilisenin çanlarının çalmaya başladığını duydu, köylülerin en iyi giysileri içerisinde yolun kenarlarında toplandığını gördü.

Hepsi gülümseyerek yanlarından geçen arabaya el sallıyor, küçük çocuklar ellerinde sıkı sıkı tuttukları kır çiçekleriyle arabaya doğru koşarak açık pencereden buketlerini Victoria'ya sunuyorlardı.

Dört yaşlarında küçük bir oğlan çocuğu, yolun kenarından fırlamış olan kalın bir ağaç köküne takılarak yuvarlandı ve çiçeklerinin üzerine yığıldı. Victoria aralarındaki gerginliği unutarak, rica dolu bir sesle, "Jason," dedi, "arabacıya söyle dursun – lütfen!"

Jason dediğini yapınca Victoria kapıyı açarak, daha büyük bazı çocukların alaylı gülüşleri arasında yerden kalkmaya çalışan ufaklığa bakarak, "Ne güzel çiçekler!" diye bağırdı. Başıyla ezilmiş çiçeklere işaret ederek, coşku dolu bir sesle, "Bunlar bana mı?" diye sordu.

Çocuk burnunu çekerek kirli eliyle gözlerindeki yaşları sildi. "Evet, efendim, size topladıydım... ama üstüne düştüm, ezildiler."

Victoria gülümseyerek, "Alabilir miyim?" dedi. "Gelin çiçeklerimin arasında çok güzel duracaklar."

Ufaklık utangaç utangaç, boynu bükük çiçeklerini ona uzattı. Gururla, "Kendim topladım," diye fısıldayarak Victoria'nın çiçeklerden ikisini özenle kendi gösterişli buketinin içine yerleştirmesini izledi. "Benim adım Billy. Te şuradaki yetimhaneden geliyom." Bunu derken sol gözü Victoria'ya, sağ gözü ise kendi burnuna doğru bakıyordu.

Victoria gülümseyerek tatlılıkla, "Benim adım da Victoria, ama yakın arkadaşlarım bana Tory der," dedi. "Sen de bana Tory der misin?"

Oğlanın minicik göğsü gururla kabardı, ama başını coşkuyla sallamadan önce temkinli bir şekilde Jason'a bakarak onun başıyla onaylamasını bekledi.

"Bir ara Wakefield'a gelip uçurtma uçurmama yardım eder misin?" Victoria'nın çocukla sohbetini Jason şaşkın ve düşünceli bakışlarla izliyordu.

Çocuğun yüzündeki gülümseme soldu, büyük bir üzüntüyle, "Ben pek koşamıyom," dedi, "çabucak düşüveriyom."

Victoria anlayışlı bir şekilde başını salladı. "Büyük ihtimalle gözündendir. Ama gözünü düzeltebilecek bir şey biliyorum. Eskiden tanıdığım küçük bir çocuk vardı, gözü seninki gibiydi. Bir gün hep beraber kovalamaca oynarken düşüp sağlam gözünü yaraladı, babam da yarası geçene kadar gözünü bir bantla kapamak zorunda kaldı. Sağlam göz öyle kapalı kalınca ne oldu, biliyor musun, öteki gözü yavaş yavaş düzelmeye başladı. Babam bunu, gözün tek başına kalınca daha çok çalışmasına bağlamıştı. Seni ziyarete gelmemi ister misin, göz bandını da deneriz istersen."

Çocuk duraksayarak, "Çok acayip görünür ama," diye karşılık verdi.

"Hepimiz gözü bantlanınca Jimmy'yi –o çocuğun adı Jimmy'ydi– tıpkı bir korsana benzetmiştik," dedi Victoria, "ondan sonra hepimiz tek gözümüze bant takıp dolaşmaya başladık. Sana gelsem de korsancılık oynasak hoşuna gider mi?"

Ufaklık başını salladı ve gururla gülümseyerek büyük çocuklara döndü. Jason arabacıya devam etmesini işaret ederken, diğerleri hep bir ağızdan ona "Hanım sana ne dedi?" diye sormaya başladılar.

Billy ellerini ceplerine sokarak göğsünü şişirdi ve gururla cevap verdi: "Dedi ki, ona Tory diyebilirmişim."

Çocuklarla büyükler beraberce bir kafile oluşturarak arabanın peşine takılınca, Victoria bunun yöreye özgü bir adet olduğunu düşündü. Herhalde oralarda malikane sahibi evlenince köylüler böyle yapıyorlardı. Atlar Wakefield arazisinin devasa demir kapıları arasından geçerek içeri girerken, arkalarından gelen köylüler küçük bir orduya dönüşmüştü; parkın içinden eve doğru giden iki yanı ağaçlarla çevrili geniş yol boyunca da onları bekleyen daha birçok kişi vardı. Victoria bütün bunlara bir anlam veremeyerek Jason'a bakınca, sanki genç adamın yüzünde gizlemeye çalıştığı bir gülümseme varmış gibi geldi.

Bu gülümsemenin nedeni kısa bir süre sonra araba malikaneye yaklaşırken belli olacaktı. Victoria, Jason'a her zaman küçük bir köyde, kutlamaya gelen köylüler arasında evleneceğini düşündüğünü anlatmıştı, evlendiği gizemli adam da tuhaf bir şekilde romantik bir jestle onun bu dileğini kısmen de olsa yerine getirmeye çalışıyordu. Wakefield Park'ı peri masallarından fırlamış bir çiçek bahçesine çevirmişti. Bahçeye gümüş tepsiler, porselen tabaklar ve çeşit çeşit yiyeceklerle kaplı koca koca masalar kurulmuş, masaların üzerine beyaz orkide, nilüfer ve gülle dolu devasa sepetler yerleştirilmişti. Çimenliğin öbür ucuna kurulmuş büyük çadır çiçeklerle kaplanmış ve parlak renkli fenerlerle ışıklandırılmıştı. Victoria ne yana baksa, çökmekte olan akşam karanlığını aydınlatan ve sahneye gizemli bir kutlama parıltısı katan meşalelerle karşılaşıyordu.

Düğün davetlilerinin çoğunu Londra'da bırakıp geldikleri için canı sıkılacağı yerde, Jason belli ki bir servet harcayarak malikaneyi onun için masalsı güzellikte bir vahaya çevirip bütün köyü düğünlerine davet etmişti. Sanki doğa bile Jason'la işbirliği yapmaktaymış gibi, bulutlar dağılmaya, batan güneşin son ışıkları gökte kalan parça parça bulut kümelerini canlı bir pembeye boyamaya başlamıştı.

Araba evin önüne yanaşarak durdu. Victoria çevresine bakınarak hayretle Jason'ın inceliğini düşündü. Her zamanki iflah olmaz umursamazlık maskesinin ardında böyle bir inceliğin gizli olduğuna kim inanabilirdi. Ona bakınca, yüzünde, gizlemek için sarf ettiği çabaya gözlerinin kenarındaki incecik kırışıklıklardan belli olan hafif bir gülümseme olduğunu fark etti. Elini hafifçe adamın koluna dayayarak, heyecandan titreyen bir sesle, "Jason," dedi, "ben... çok teşekkür ederim." Adamın ona kendisini öperek teşekkür etmesini tembihlediğini anımsayarak, elini sert göğsüne dayadı ve onu içi utangaç bir sevgiyle dolup taşarak öptü.

İrlandalı aksanıyla konuşan bir adamın gülen sesi onu yerinden sıçratarak gerçeklere geri döndürdü. "Jason, oğlum, şu arabadan inip beni hanımınla tanıştıracak mısın, yoksa ben kendi kendimi tanıtayım mı?"

Jason heyecanla döndü, yanık yüzü mutlu bir hayretle aydınlanarak arabadan atladı. Güçlü kuvvetli İrlandalı'nın elini sıkmak için elini uzattı, ama adam ona coşkuyla sarılarak sırtına erkekçe sert sert vurdu, sonra omuzlarından tutup yüzüne apaçık bir muhabbetle bakarak, "Demek sonunda kendine şu koca, soğuk sarayını ısıtacak bir eş buldun, ha?" dedi. Sonra da yapmacık bir sitemle, "Bari gemimi limana sokana kadar bekleseydin, nikahına ben de gelirdim," diye ekledi.

"Seni gelecek aydan önce beklemiyordum," dedi Jason. "Ne zaman döndün?"

"Yükü boşaltana kadar durdum, sonra da çıkıp bugün eve geldim. Buraya geleli bir saat oldu, ama seni işinin başında bulacağıma bir baktım evleniyorsun. Ee, beni hanımınla tanıştıracak mısın?"

Jason dönüp Victoria'nın arabadan inmesine yardım etti, sonra da onu adının Kaptan Michael Farrell olduğunu söylediği denizciyle tanıştırdı. Kaptan Farrell elli yaşlarında, gür, kumral saçlı, kahverengi gözlü bir adamdı, Victoria daha önce hiç bu kadar neşeli bakan bir çift göz görmemişti. Adamın yüzü güneş ve sert deniz havasının etkisiyle yanmış ve kırışmıştı. Gözlerinin etrafındaki çizgiler gemi güvertesinde geçen bir hayata tanıklık eder gibiydi. Victoria adamı görür görmez sevmişti, ama adama tanıştırılırken kendisinden ilk defa Jason'ın eşi olarak bahsedildiğini duymak onu öylesine sarsmıştı ki, Jason'ın dostunu, İngiltere'ye geldiğinden beri takınmak zorunda kaldığı ağırbaşlı resmiyetle selamladı.

Onun bu resmiyeti üzerine, Kaptan Farrell'ın yüzündeki ifade değişiverdi. Gözlerindeki sıcaklık ve beğeni silindi, kendisi de Victoria'ya karşı onunkini fersah fersah aşan mesafeli bir tavır takındı. Başıyla hafif ve soğukça bir selam vererek, "Sizinle tanışmak büyük bir zevk, Leydi Fielding," dedi. "Kıyafetim için affınıza sığınıyorum, buraya gelirken düğününüzün başlamak üzere olduğundan hiç haberim yoktu. Şimdi müsaade ederseniz, altı aydır denizdeydim, bir an önce evime gidip ateşin başına oturmak için sabırsızlanıyorum."

Victoria bu sözlere her zamanki doğal sıcaklığıyla tepki göstererek resmiyeti bir kenara bıraktı: "Ah, olmaz, gidemezsiniz!" Kaptan Farrell'ın Jason'ın çok sevdiği bir dostu olduğunu anlamıştı ve onu rahat ettirmek için her şeyi yapmaya hazırdı. "Sizin kıyafetiniz gayet uygun, esas kocam ve ben günün bu vakti için fazla abiye sayılırız," diye bir şakayla Michael Farrell'ın gönlünü almaya çalıştı. "Hem ben sadece altı hafta deniz yolculuğu yaptıktan sonra, sağa sola yatmayan ve sallanmayan bir masada yemek yemek için resmen can atıyordum, siz de öyle hissediyorsanız, emin olun ki, masalarımız oldukları yerde sapasağlam duracaktır."

Kaptan Farrell, onu, hakkında ne düşünmesi gerektiğinden emin olamıyormuş gibi süzerek, ne fazla mesafeli ne de fazla sevecen bir sesle, "Anladığım kadarıyla yaptığınız deniz yolculuğundan pek zevk almamışsınız, öyle mi, Leydi Fielding?" diye sordu.

Victoria başını iki yana sallayarak, bulaşıcı gülümsemesiyle, "Kolumu kırmaktan ya da kızamık çıkarmaktan aldığım kadar zevk aldığımı söyleyemem," diye karşılık verdi. "Kolum kırıldığında ya da kızamık olduğumda en azından öğürmüyordum, halbuki denizde bütün bir hafta boyunca öğürüp durdum. Korkarım iyi bir denizci sayılmam, çünkü ben daha deniz tutmasını atlatmadan bir fırtına çıkmıştı, o zaman öyle korkmuştum ki söylemeye utanıyorum."

"Ulu Tanrı'm!" Kaptan Farrell'ın gülümsemesi baştaki sıcaklığına kavuşuyor gibiydi. "Kendinize bunun için korkak demenize gerek yok. Atlas Okyanusu'nda fırtınaya yakalandılar mı deniz kurtları bile ölmekten korkar."

Victoria gülerek itiraz etti: "Ama ben ölmekten korkmadım ki *–ölmeyeceğimden* korktum."

Mike Farrell başını geri atarak kahkahayı bastı; sonra Victoria'nın ellerini nasırlı, koca pençelerinin arasına alarak keyifli keyifli sırıttı. "Kalıp size ve Jason'a katılmaktan zevk duyarım," dedi. "Baştan biraz... şey... tereddütlü davrandığım için kusura bakmayın."

Victoria sevinçle başını salladı. Sonra yanlarından geçen bir uşağın elindeki tepsiden bir kadeh şarap alıp, ilk geldiği gün onu arabalarıyla Wakefield'a getiren iki köylünün hatırını sormaya gitti.

O gidince, Mike Farrell Jason'a dönerek yavaşça, "Seni arabada öperken gördüğümde onu ilk görüşte beğendim, Jason. Ama sonra bana öyle soğuk soğuk –gözlerinde sanki beni aslında hiç görmüyormuş gibi boş bir bakışla– selam verince, bir an için yine Melissa gibi kibirli orospunun tekiyle evlendiğini zannettim."

Jason uzaktan Victoria'nın o yanlarına gelince eli ayağı birbirine dolaşan köylüleri rahatlatmasını seyrediyordu. "Onun için en son söylenebilecek şey bu olurdu herhalde," dedi. "Kibirle uzaktan yakından alakası yok. Köpeği yarı kurt, kendisi yarı balık. Hizmetkârlarım etrafında pervane oluyor, Charles ona tapıyor, Londra'da ne kadar budala züppe varsa hepsi kendini ona âşık sanıyor."

Mike Farrell manalı bir tavırla, "Ya sen?" diye sordu.

Jason, Victoria'nın şarabını bitirip bir kadeh daha almasına bakıyordu. Victoria sabah onunla ancak onun Andrew olduğunu düşünerek evlenebilmiş, yine de neredeyse onu mihrabın önünde, 800 kişinin karşısında bırakıp kaçacak gibi olmuştu. Şimdi ise, bir kadeh şarabı devirip ikincisine başlamıştı bile, oysa Jason onun daha önce şarabından bir yudumdan fazla aldığını hiç görmemişti; gece onunla birleşme fikrinden duyduğu tiksintiyi bastırmaya çalışıyor olmalıydı.

Mike Farrell, Jason'ın asık yüzündeki karanlık ifadeyi çözmeye çalışarak, "Pek de dünyanın en mutlu adamıymış gibi görünmüyorsun," dedi.

Jason acı acı, "Hiç bu kadar mutlu olmamıştım," diye karşılık vererek konuklarına hoş geldiniz demeye ve adını bilmediği davetlilerini, evlendiği için pişman olmaya başladığı kadınla tanıştırmaya gitti. Ev sahibi olarak görevlerini yerine getirir ve yüzünde candan bir gülümsemeyle mutlu damat rolünü oynarken, Victoria'nın kilisede onu neredeyse bırakıp kaçacağını aklından çıkaramıyordu. Bu düşüncenin ıstırabı ve utancı, hatırladıkça kalbini dağlayan bir kor parçası gibi içinde parlayıp sönüyordu.

Jason bir kenarda durup Victoria'nın köyün eşrafıyla ve Mike Farrell'la, sonra köylülerden birkaçıyla dans etmesini izlerken gökyüzünde yıldızlar parlamaya başlamıştı. Victoria'nın ondan özellikle uzak durduğunu görebiliyordu, kazara göz göze geldiklerinde Victoria hemen gözlerini kaçırıyordu.

Duvağını başından çıkarmış, orkestradan hareketli parçalar çalmalarını istemiş, ona yöresel danslarını öğretmelerini isteyerek köylüleri kendine hayran bırakmıştı. Ay gökyüzünde yükseldiğinde herkes dans ediyor, el çırpıyor ve gerçekten eğleniyordu; buna beşinci kadehini deviren Victoria da dahildi. Yanaklarındaki pembeliği gören Jason, acı acı, besbelli kendini sarhoş etmeye çalışıyor, diye düşündü. Midesi tiksintiyle burularak, o gece için, gelecekleri için ümit ettiği şeyleri düşündü. Aptal gibi kendini mutluluğu yakalamak üzere sanmıştı.

Sırtını bir ağaca yaslayarak, kadınların neden onunla evleninceye kadar onu fazlasıyla çekici buldukları halde, evlendikleri andan itibaren ondan iğrenmeye başladıklarını düşünerek Victoria'yı izlemeye koyuldu. Aynı hatayı yeniden yaptığı için kendine kızıyordu. Aynı aptalca, çılgınca hatayı bir kez daha yapmıştı. Bir kez daha, onunla evlenmeyi *onu* istediği için değil, *ondan* bir şeyler beklediği için kabul eden bir kadınla evlenmişti.

Melissa, onun dışında gördüğü her erkeği istiyordu, Victoria ise yalnızca Andrew'yu –iyi kalpli, nazik, *ödlek* Andrew'yu...

Melissa'yla Victoria arasındaki tek farkın, Victoria'nın çok daha iyi rol yapması olduğuna karar verdi. Melissa'yla onun bencil, içten pazarlıklı orospunun teki olduğunu en başından beri bilerek evlenmişti, oysa Victoria'yı melek sanmıştı... Düşmüş bir melek, tabii –Andrew sağ olsun– ama ona bunun için bile kızmamıştı. Ama şimdi kızıyordu. Kendini Andrew'ya serbestçe teslim ettiği halde, şimdi kocasına teslim olmaktan kaçınmaya çalıştığı için ondan iğreniyordu; kendini şaraba vurarak hissizleştirmeye çalışmasının başka ne anlamı olabilirdi. Birkaç dakika önce onunla dans ederken kolları arasında titreyişi, gözlerini ondan kaçırışı, kendisi ona artık içeri girme zamanının geldiğini söyleyince, vücudunun derin bir ürpertiyle sarsılması Jason'ın kalbini nefretle doldurmuştu.

Duygusuzca, nasıl olup da metreslerini yatakta kendinden geçirip zevkten bağırtabildiği halde evlendiği kadınların yemin eder etmez ondan böyle soğuduklarını merak etti. Neden para kazanmak onun için bu kadar kolay olduğu halde, mutluluğu bulmakta bu kadar zorlandığını düşündü. Onu büyüten o gaddar orospunun belli ki hakkı vardı: O şeytanın dölüydü, değil mutluluğu, yaşamayı bile hak etmiyordu.

Hayatına giren üç kadının –Victoria, Melissa ve analığı– üçü de onda iğrenç ve çirkin bir şey görmüşlerdi, ama Victoria ile Melissa ondan tiksindiklerini onunla evlenip bütün servetinin sahibi oluncaya kadar gizlemeyi başarmışlardı.

Jason kesin bir kararlılıkla Victoria'ya yaklaşarak koluna dokundu. Kız yerinden sıçrayarak, dokunuşu etini yakıyormuşçasına kasılarak kendini çekti.

"Geç oldu, içeri girme vakti geldi," dedi Jason.

Victoria'nın yüzünün rengi ay ışığında bile fark edilecek şekilde birden kaçıvermişti. Gözleri kapana kısılmış gibi bir bakışla iri iri açıldı. "Ama... ama aslında o kadar geç sayılmaz–"

"Gidip yatacak kadar geç, Victoria." Jason'ın sesinde acımasızca bir pervasızlık vardı.

"Ama benim hiç uykum yok!"

"Çok iyi." Jason özellikle kaba davranıyordu ve Victoria'nın da bunu anladığının farkındaydı; çünkü kızın bütün vücudu titremeye başlamıştı. Sertçe, "Seninle bir anlaşma yaptık," dedi, "senin de yaptığımız pazarlığa uymanı bekliyorum, benimle yatma düşüncesi sana ne kadar itici geliyor da olsa üzerine düşeni yapacaksın."

Adamın buz gibi, otoriter sesi, Victoria'yı iliklerine kadar ürpertti. Başını hafifçe sallayarak, kaskatı adımlarla eve girip, Jason'ın odasının yanı başındaki yeni odasına doğru yürüdü.

Victoria'nın konuşmak istemediğini hisseden Ruth, sessizce gelinliğini çıkarmasına ve Madam Dumosse'un düğün gecesi için özel olarak hazırladığı krem rengi saten ve dantel sabahlığı giymesine yardımcı oldu.

Ruth yatağı açmaya gidince Victoria'nın boğazı endişe ve korkudan yanmaya, içi dehşetle kasılmaya başladı. Korkusunu bastırır umuduyla içtiği şarap yüzünden şimdi başı dönüyor, midesi yanıyor ve bulanıyordu. Şarap baştan onu sakinleştirmişti, ama şimdi kendini kusacak gibi ve çok perişan hissetmesine ve duygularına hakim olmakta zorluk çekmesine neden oluyordu. Keşke bir damlasını bile ağzına sürmemiş olsaydı. Bundan önce bir iki yudumdan fazla içtiği tek gün, annesiyle babasının cenazesinden sonra Dr. Morrison'ın iki kadeh içmesi için ısrar ettiği gündü. O gün de şarap midesini çok bulandırmış ve kusmasına yol açmıştı. Doktor da ona alkol toleransı düşük insanlardan olabileceğini söylemişti.

Miss Flossie'nin abartılı ifadeleri beyninde yankılanarak yatağa doğru yürüdü. Kendini kaybedercesine korkuyla, birazdan bu çarşafların kendi kanıyla ıslanacağını düşündü. Ne kadar kan akacaktı? Canı ne kadar yanacaktı? Ruth yastıkları kabartırken sırtından soğuk bir ter boşandı, başı fırıldak gibi dönmeye başladı. Kukla gibi yatağa uzanıp benliğini saran dehşeti ve içinden yükselen mide bulantısını yatıştırmaya çalıştı. Miss Flossie ona bağırmaması ve iğrendiğini belli etmemesi gerektiğini söylemişti, ama Jason odalarını birleştiren ara kapıyı açıp, sırtında çıplak göğsünü ve bacaklarını gözler önüne seren, kestane rengi brokar bir robdöşambr ile içeri girince, Victoria kendine hakim olamayarak "Jason!" diye bir çığlık kopardı.

"Kimi bekliyordun – Andrew'yu mu?" Jason'ın sesi gayet doğal ve heyecansızdı. Elleri robdöşambrının önünü kapatan saten kuşağa doğru uzandı ve Victoria'nın korkusu bir anda dehşete dönüştü. Çılgınca, "Ya-yapma, Jason," diye yalvardı. Tutarlı bir şekilde düşünmeyi ya da konuşmayı başaramıyordu. "Bir centilmen kesinlikle bir hanımın karşısında soyunmaz, e-evli bi-bile *olsalar*."

"Bana öyle geliyor ki bu konuşmayı daha önce de yapmıştık, ama unutmuş olabilirsin diye bir kez daha söyleyeyim, ben centilmen değilim." Saten kuşağı uçlarından çekerek devam etti. "Ama eğer vücudum hislerini rencide ediyorsa, gözlerini kapatabilirsin. Bunun dışında tek çözüm yolu benim *önce* yatağa girip *sonra* soyunmam olabilir, ama bu seçenek de *benim* hislerimi rencide ediyor." Robdöşambrı açıp sırtından attı, kaslı, devasa vücudunun görüntüsü karşısında Victoria'nın gözleri dehşetle sessizce irileşti.

Kızın yine de ona kendini vermeye istekli olabileceğine dair Jason'ın içinde barındırdığı en son zayıf ve gizli umut da Victoria'nın gözlerini kapatarak yüzünü öte yana çevirmesiyle sönüp gitti.

Jason birkaç saniye durup kıza baktıktan sonra inadına sert ve kaba hareketlerle örtüleri kızın çarşafa sımsıkı yapışmış parmakları arasından çekip ardına kadar açtı. Yatağa girip kızın yanına uzandı, tek kelime etmeden saten ve dantel sabahlığın açık yakasındaki kurdeleyi çözdü; kızın çıplak vücudunun kusursuz güzelliği karşısında soluğunu tuttu.

Victoria'nın göğüsleri diri ve dolgundu, beli incecik, kalçaları küçük ama yuvarlaktı. Bacakları uzun ve tornadan çıkmışçasına biçimli, bilekleri, diz kapakları ince ve zarifti. Adamın gözleri üzerinde dolaşırken, fildişi gibi cildi utançla pembeleşti, adamın eli yavaşça dolgun göğüslerinden birine dokununca da tüm vücudu sarsılıp titredi, dokunuşunu reddedercesine kaskatı kesildi.

Tecrübeli bir kadın olarak anlaşılmaz bir şekilde buz gibi soğuk ve katıydı, öylece taş gibi yatıyordu. Öte yana çevirdiği yüzü tiksintiyle kasılmıştı. Jason'ın aklından onu baştan çıkarmayı denemek geçti, ama sonra bu düşünceyi nefretle kafasından attı. Kız sabah onu neredeyse mihrabın önünde bırakıp kaçacaktı, onun vücudunu uzun uzun okşamasına katlanmak istemediği apaçık ortadaydı.

Victoria, göğsünü okşayan adama çılgın gibi bir sesle "Bunu yapma," diye yalvardı. Kendini yataktan atmaya çalışarak, "Kusacağım!" diye bağırdı. "Beni kusturacaksın!"

Kızın sözleri Jason'ın beynine sivri birer çivi gibi çakıldı, içi kapkara bir öfkeyle doldu. Ellerini kızın ipeksi saçlarının arasına daldırarak üzerine yuvarlandı. Hiddetle soluyarak, "Öyleyse," diye homurdandı, "şu işi çabucak bitirsek iyi olacak."

Victoria'nın beyninde kanlı ve acı dolu sahneler canlandı, şarabın neden olduğu mide bulantısına bir de gözlerinin önünden geçen bu sahnelerin vahşeti eklendi. Acınası bir çırpınışla, "İstemiyorum!" diye bağırdı.

Jason, "Bir anlaşma yaptık ve evli olduğumuz sürece bu anlaşmaya uyacaksın," diye fısıldayarak kızın sıkıca birbirine yapışmış bacaklarını zorla ayırdı. Genç adam sert erkekliğini çekinmeden vücuduna bastırınca Victoria inildedi, ama sarhoş halinde bile adamın anlaşma konusunda haklı olduğunu biliyordu; karşı koymaktan vazgeçti. Yüzünün hemen üzerindeki karanlığın arasından, adamın onu "Kendini rahat bırak," diye uyaran sesini duydu. "Sevgili Andrew'n kadar ince olmayabilirim, ama canını yakmak istemem."

Adamın böyle bir anda haince Andrew'dan bahsetmesi kalbine bir hançer gibi saplandı, ıstırabı Jason'ın sertçe içine girişiyle acı dolu bir çığlığa dönüştü. Vücudu adamın vücudunun altında kıvrandı, kocası onu hiçbir sevgi ifadesi ve yumuşaklık olmaksızın kullanırken gözlerinden acı ve utançla boşalan yaşlar yüzünü yakarak yastığa ve saçlarına aktı.

Adamın ağırlığı üzerinden kalkar kalkmaz, Victoria yan tarafına dönerek yüzünü yastığına gömdü. Vücudu korku, şaşkınlık ve acı dolu hıçkırıklarla sarsılarak, "Çık dışarı," diye bağırdı. Dizlerini göğsüne doğru çekip ıstırapla zonklayan bir top gibi büzüldü. "Çık dışarı, çık dışarı!"

Jason bir an duraksadıktan sonra yataktan kalkıp yerden robunu aldı ve kendi odasına geçti. Kapıyı kapadı ama kızın ağlamasını hâlâ duyabiliyordu. Çırılçıplak, tuvalet masasının yanına giderek sinirli hareketlerle kristal sürahiden kendine yarım bardak brendi doldurdu. Yakıcı sıvıyı bir yudumda içti, kızın ona karşı koymasını, tiksintiyle bağırmasını, mihrabın önünde elini elinden çekmeye çalışırken yüzündeki o dehşet ifadesini alkolle boğmaya çalıştı.

Victoria'yı öptüğünde kızın da ona karşılık verdiğini sanarak ne kadar aptallık etmişti. Ona evlenmelerini ilk önerdiğinde, kız onunla evlenmek istemediğini açıkça söylemişti. Uzun zaman önce, sözde nişanlı olduklarını ilk öğrendiğinde ona kendisi hakkındaki gerçek düşüncelerini de aynı şekilde açıkça söylemişti: *"Sen soğuk, taş kalpli, kendini beğenmiş, duygusuz bir canavarsın... Aklı olan hiçbir kadın seninle evlenmek istemez... Andrew'nun onda biri etmezsin sen..."*

Her bir kelimesini de gerçekten inanarak söylemişti.

Kendini kandırıp kızın aslında onu sevdiğine inanması ne büyük bir aptallıktı... Jason bardağı tuvalet masasının üzerine bırakmak için dönünce aynada kendi yansımasıyla karşılaştı. Bacaklarına kan bulaşmıştı.

Victoria'nın kanı.

Victoria kalbini Andrew'ya vermiş olabilirdi, ama güzel vücudunu vermemişti. Vücudunu yalnızca Jason'a vermişti. Bir anda içine dolan kendinden iğrenme hissi bütün damarlarında asit gibi çağlayarak dolaştı. Onu öylesine kıskanmış, mihrabın önünde ondan kaçmak istemesinden öylesine incinmişti ki, kızın bakire olduğunun farkına bile varmamıştı.

Bütün vücudunu alev alev yakan bir pişmanlıkla gözlerini kapadı. Kendi görüntüsüne bakmaya dayanamıyordu. Victoria'ya, sarhoş bir gemicinin bir fahişeye karşı göstereceği kadar bile sıcaklık ve incelik göstermemişti.

Aklına kızın içine girerken yolun ne kadar dar ve kuru olduğu, kızın kollarının arasında ne kadar ufak tefek ve narin durduğu, kendisinin onu ne kadar da gaddarca kullandığı geldi, vücuduna yayılan yeni bir pişmanlık dalgasıyla midesi kalktı.

Gözlerini açtı, Victoria'nın düğün gecesini bir kâbusa çevirdiğini bilmenin acısıyla aynada kendini seyretti. Victoria gerçekten de en başından beri düşündüğü gibi sevecen, cesur, hayat dolu bir melekti. Kendisiyse... kendisiyse aynen analığının çocukken dediği gibi şeytanın dölüydü.

Robunu sırtına geçirerek bir çekmeceden kadife kaplı bir kutu alıp tekrar Victoria'nın odasına girdi. Yatağının başında durup uyumasını seyretti. "Victoria," diye fısıldadı. Sesini duyunca kız uykusunda irkilerek kıpırdandı, Jason'ın içi pişmanlıkla sızladı. Ne kadar da savunmasız ve incinmiş bir hali vardı; yastığa dağılmış saçlarında parlayan mum ışığında ne kadar da güzel görünüyordu.

Jason içi parçalanarak sessizce onu seyretti, rahatsız etmeye kıyamadı. Nihayet uzanıp yavaşça incecik çıplak omuzlarını örttü, sonra da gür saçlarını alnından geriye doğru itti. Uyuyan karısına, "Özür dilerim," diye fısıldadı.

Mumu üfleyip kadife kutuyu yatağının başucundaki sehpanın üzerine, uyanınca görebileceği bir yere yerleştirdi. Elmaslar onu teselli ederdi. Elmaslar kadınlara her şeyi affettirirdi.

YİRMİ İKİ

Victoria gözlerini açıp pencereden görünen karanlık ve basık gökyüzüne boş bakışlarla baktı. Uyku, üzerinde ağır bir örümcek ağı gibi asılı duruyor, gözleri kendisine yabancı gelen pembeli sarılı, ipek yatak perdelerinde gezinirken kafasında bulanık ve belirsiz düşünceler dolaşıyordu.

Kendini halsiz ve sersem gibi hissediyordu, sanki hiç uyku uyumamış gibiydi, ama ne yeniden uykuya dalmak istiyordu, ne de iyice uyanmak. Amaçsızca bir süre hiçbir şey düşünmeden yattı, sonra yavaş yavaş zihni açılmaya başladı.

Aman Tanrı'm, o artık evliydi! Gerçekten evli. Jason'ın karısı olmuştu.

Bu düşüncenin içinde uyandırdığı itiraz çığlığını bastırarak, yerinden sıçrayıp yatağın içinde dimdik oturdu, geçirdiği geceyi net bir şekilde anımsadı. Miss Flossie'nin onu uyarmaya çalıştığı şey demek buydu. Kadınların bundan hiç bahsetmemesinin şaşılacak bir yanı yoktu! Geç kalmış bir kaçma dürtüsüyle yataktan fırlamaya davrandı; sonra kendine gelerek yastıkları düzeltti ve kendini tekrar yatağa bırakarak alt dudağını kemirmeye başladı. Düğün gecesinin utanç dolu ayrıntıları ıstıraplı bir berraklıkla gözlerinin önüne geldi, Jason'ın karşısında edepsizce soyunuşunu hatırlayarak yüzünü buruşturdu. Kendisine Andrew'yu hatırlatarak alay edişi ve onu kullanışı aklına gelince bütün vücudu şiddetli bir ürpertiyle sarsıldı. Jason, onu sanki aklı olmayan, duyguları olmayan bir hayvanmış gibi, sevgi ve nezaket göstermeye değmeyecek bir hayvanmış gibi kullanmıştı.

O geceyi, yarın geceyi, Jason onu hamile bırakıncaya kadar bu muameleye katlanmak zorunda kalacağı bütün o geceleri düşünmeye başlayınca bir damla gözyaşı yanağından aşağı süzüldü. Bunu kaç kere yapmaları gerekecekti acaba? On kere mi? Yirmi kere mi? Daha çok mu? Hayır, lütfen, daha çok olmasın. Daha fazlasına dayanamazdı.

Korku ve zafiyete bu şekilde teslim olduğu için kendine kızarak, gözyaşını öfkeyle sildi. Gece Jason ona bu çirkin ve küçük düşürücü işi yapmaya devam edeceğini, bunun da anlaşmalarına dahil olduğunu söylemişti. Anlaşmanın tam olarak ne anlama geldiğini artık anlamıştı ve hemen bu iğrenç anlaşmayı feshetmek istiyordu.

Yatak örtülerini kenara fırlatarak, kendini yumuşak minderler, ipek çarşaflarla kaplı yatağından dışarı attı. Bu ipek koza, duygusuz, ruhsuz bir adam tarafından kendisine dayatılan hayat boyu sürecek bir sefillik karşılığında kabul etmesi beklenen ödüldü. Ama o kendini savunmaktan korkup dünyayla yüzleşmekten çekinerek sinecek bir İngiliz kızı değildi. Önceki gece gibi bir gece daha geçirmektense, idam mangasının karşısında durmayı yeğlerdi! Eğer ödemesi gereken bedel buysa, hayatını lüks olmadan da sürdürebilirdi.

Gözlerini odada gezdirerek bir sonraki hamlesini planlamaya çalışırken bakışları yatağının yanındaki sehpanın üzerinde duran kadife kutuya takıldı. Kutuyu eline alıp mandalını açtı, içinde yatan göz kamaştırıcı elmas kolyeyi görünce hiddetle dişlerini sıktı. Üç parmak kalınlığındaki kolye, lale, gül ve orkide yapraklarına benzetilerek kesilmiş elmaslardan yapılma bir çiçek kümesi şeklindeydi.

Öfke kırmızı bir sis gibi gözlerini bürüyerek, kolyeyi zehirli bir yılanmış gibi mandalından iki parmağıyla tutup kaldırdı, sonra özensizce tekrar kutusuna bıraktı.

Jason'ın ona verdiği hediyelerde ve ondan kendisini öperek teşekkür etmesini istemesinde canını bu kadar sıkan şeyin ne olduğunu ancak *şimdi* tam olarak anlıyordu. Adam onu satın aldığını sanıyordu. Onun, satın alabileceği bir mal olduğunu sanıyordu –tıpkı ucuz bir liman fahişesi gibi. Yo... hayır, ucuz bir fahişe değil, pahalı bir fahişe, ama nihayetinde bir fahişe gibi...

Yaşadığı gece yüzünden Victoria kendini zaten kullanılmış ve incinmiş hissediyordu. Kolyenin tek etkisi Jason'ın gittikçe uzayan hakaretler listesine bir satır daha eklemek olmuştu. Adamın onu sevdiğine, ona ihtiyacı olduğuna nasıl inanabilmiş, kendini nasıl böyle kandırabilmişti? O kimseyi sevmiyordu, kimseye ihtiyacı yoktu. Aşk istemiyordu, karşılığında verecek zerre kadar aşkı da yoktu. Bunu bilmesi gerekirdi, adam bunu açıkça söylemişti.

Erkekler! Hepsi de canavardı! Onu yalan sevgi sözlerine boğan Andrew da, onu kullanıp karşılığını aptal bir kolyeyle ödeyebileceğini sanan Jason da... Bu düşüncelerle kabaran öfkesi solgun yüzünün pençe pençe kızarmasına neden oldu.

Bacaklarının arasında hissettiği acıyla yüzünü buruşturarak yataktan çıkıp, Jason'ın yatak odasına açılan kapının karşı tarafındaki kapıdan mermer kaplı banyosuna girdi. Boşanmaya karar vermişti. Boşanma diye bir şey olduğunu duymuştu, Jason'a hemen boşanmak istediğini söyleyecekti.

Ruth, tam Victoria banyodan çıkarken geldi.

Odadan içeri parmaklarının ucuna basa basa girip etrafa göz atan hizmetçi kızın yüzünde gizli bir gülümseme vardı. Görmeyi beklediği şey belli ki hanımının çoktan kalkıp yıkanmış, havlusuna sarılmış bir şekilde odada sert adımlarla volta atarak saçlarını yolarcasına fırçalaması değildi. Herhalde, karşı konulmaz bir âşık olduğuna dair dedikodular duyduğu Jason Fielding'in koynundan çıkan taze gelinin buz gibi bir sesle, "Öyle gölgenden ürker gibi korka korka yürümene gerek yok, Ruth, canavar burada değil, yan odada," demesini de beklemiyordu.

"Ca-canavar mı dediniz, hanımım?" Bir an boş boş baktıktan sonra, yanlış duyduğuna kanaat getirerek huzursuz huzursuz kıkırdadı. "Aman, yanlış duydum herhal, sanki–"

" '*Canavar*' dedim!" Victoria'nın sesi neredeyse kızı paylar gibi sertçe çıkmıştı, kendi sesini duyar duymaz kıza bağırdığına pişman olarak kendini toparladı. "Kusura bakma, Ruth. Yalnızca biraz... biraz yorgunum, sanırım."

Nedense, kızcağız bunu duyunca kızarıp kıkırdadı. Bu da her ne kadar kendini gayet sakin, mantıklı ve kararlı olduğuna ikna etmeye çalışıyor olsa da zaten bir isteri krizinin eşiğinde olan Victoria'nın iyice sinirine dokundu. Parmaklarını masanın kenarına vurarak Ruth'un odayı toplamasının bitmesini bekledi. Kalkıp, gece Jason'ın girdiği kapıya yöneldiğinde, şöminenin üzerinde duran saat on biri gösteriyordu. Elini kapının koluna koyup durdu, kendini toparlamaya çalıştı. Jason'ın karşısına geçip boşanmak istediğini söylemenin düşüncesi bile bütün vücudunu pelteye çevirmeye yetiyordu, ama bunu yapmaya kesin olarak kararlıydı ve ona hiçbir şeyin buna engel olmasına izin vermeyecekti. Evliliklerinin son bulduğunu ona bildirdiği andan itibaren, Jason'ın artık bu evlilikten doğan hiçbir hakkı kalmamış olacaktı. Sonra da, nereye gideceğine ve ne yapacağına karar vermesi gerekiyordu. Ama şimdi ilk yapması gereken onu boşanmaya ikna etmekti. Belki de ondan izin istemek zorunda bile değildi. Bundan emin olamadığı için, onu gereksiz yere karşısına alıp sinirlendirmemenin daha doğru olacağına karar verdi, yoksa kabul etmeyebilirdi. Öte yandan, lafı fazla uzatmanın da gereği yoktu.

Omuzlarını dikleştirdi, kadife sabahlığının kuşağını sıkıladı, kolu çevirip Jason'ın odasına girdi.

Yatağının yanında duran porselen sürahiyi alıp kafasına indirmemek için kendini zor tutarak, adamın yatağının başına gidip kibarca "Günaydın," dedi.

Jason'ın gözleri hemen açıldı, yüzünde uyanık ve tetik, hatta neredeyse endişeli bir ifadeyle Victoria'ya baktı, sonra gülümsedi. Bir gün önce olsa Victoria'nın içini ısıtacak o uykulu, çekici gülümse, şimdi içini dayanılmaz bir öfkenin bürümesine neden oluyordu. Victoria aklından geçenleri belli etmemeye çalışarak dişlerini sıktı, her nasılsa yüzündeki kibar, hatta sevimli ifadeyi korumayı da başarabildi.

Jason, boğuk bir sesle ona "Günaydın," diye karşılık vererek gözlerini kızın parlak sarı kadife sabahlığı içinde çok cazip duran vücudunun kıvrımlarında gezdirdi. Gece onu nasıl hırpaladığı aklına gelince, gözlerini sabahlığın derin V yakasından ayırarak, yanında ona yer açmak için yatağında yana kaydı. Geçirdikleri gece için ondan nefret etmeye hakkı varken, kızın ona günaydın demeye gelmesi içine dokunmuştu. Açtığı yere eliyle vurarak, yumuşak bir sesle, "Oturmak ister misin?" diye sordu.

Victoria'nın kafası söze nasıl gireceğini düşünmekle öyle meşguldu ki Jason'ın davetine düşünmeden uyup yanına oturdu. Kibarca, "Teşekkür ederim," dedi.

Jason takılarak, "Ne için?" diye sordu.

Bu, tam Victoria'nın beklediği cevaptı. "Her şey için teşekkür ederim. Birçok açıdan, bana karşı çok iyi ve cömert davrandın. Aylar önce kapına geldiğimde ne kadar canının sıkıldığını biliyorum, ama beni burada istemediğin halde kalmama izin verdin. Bana güzel giysiler aldın, partilere götürdün, bunları yapman büyük nezaketti. Benim için düello bile ettin, hiç gereği yoktu, ama yine de çok kahramanca bir hareketti. Hiç istemediğin halde benimle kilisede evlendin ve dün gece burada harika bir düğün yaptın. Sırf beni mutlu etmek için hiç tanımadığın insanları davet ettin. Bütün bunlar için teşekkür ederim."

Jason uzanıp elinin sırtıyla yavaşça kızın solgun yanağını okşadı. Yumuşak bir sesle, "Rica ederim," dedi.

"Şimdi boşanmak istiyorum."

Jason'ın eli havada kalakaldı. Tehditkar bir fısıltıyla, "*Ne dedin?*" diye sordu.

Victoria'nın elleri kucağında bir kenetlenip bir açılıyordu, ama ödün vermemeye kararlıydı. Göstermelik bir sükûnetle, "Boşanmak istiyorum," diye tekrarladı.

"Boşanmak istiyorsun demek?" Jason'ın sesi alçak ve yumuşaktı, ama tonu korkunçtu. Gece Victoria'ya çok kötü davrandığını teslim etmeye hazırdı, ama böyle bir şeye hazırlıklı değildi. "Bir günlük evliliğin ardından boşanmak istiyorsun, öyle mi?"

Victoria, adamın gözlerinde çakmak çakmak parlayan öfkeyi fark eder etmez telaşla ayağa kalktı, ama Jason'ın eli bileğine yapışarak onu hızla çekip yeniden yatağa oturtuverdi.

Victoria soğuk bir sesle, "Bana karşı kaba kuvvet kullanma, Jason," diye uyardı.

Jason dün gece yanından ayrılırken kız uykusunda yaralı bir çocuğa benziyordu, oysa şimdi karşısında hiç tanımadığı bir kadın –öfkeli, soğuk, kavgaya hazır bir kadın duruyordu. Bir dakika önce aklından geçirdiği gibi özür dilemek yerine, "Saçmalıyorsun," dedi. "İngiltere'de son elli yıldır boşanan çiftlerin sayısı bir elin parmaklarını geçmez, bizim de boşanmamız söz konusu olmayacak."

Victoria kolunu adamın bileğine kenetlenmiş parmaklarından kurtarmak için öyle hızlı çekti neredeyse omuzu çıkacaktı. Geri doğru bir adım atarak adamın elinin yetişebileceği mesafenin dışına çıktı, göğsü hiddet ve korkuyla kalkıp inerek, "Sen bir hayvansın!" diye soludu. "Saçmalamıyorum ve kendimi bir daha asla bir hayvan gibi kullandırmayacağım!"

Sert adımlarla kendi odasına gidip kapıyı çarparak kapattı, sonra da gürültülü bir şekilde kilitledi.

Daha bir iki adım atmıştı ki arkasından kapı patlar gibi bir çatırtıyla açılarak çerçevesinden fırladı, eğri bir şekilde tek menteşesinden asılı kaldı. Jason ardına kadar açılmış kapının ağzında yüzü hiddetinden bembeyaz kesilmiş olarak durmuş, sıkılı dişlerinin arasından, "Bir daha ömrün boyunca asla kapıyı yüzüme kapama," diye hırladı. "Bir daha da beni boşanmayla tehdit etmeye kalkma! Bu ev benim malım, aynı şekilde sen de benim malımsın. Anlıyor musun?"

Victoria gergin bir şekilde başını salladı; adamın gözlerinde şimşek şimşek çakan şiddetten ürkmüştü. Arkasını dönüp sert adımlarla odadan çıkan Jason'ın ardından korkudan titreyerek bakakaldı. Erkek ya da kadın, bir insanda böyle yanardağ gibi bir öfke patlamasına daha önce hiç tanık olmamıştı. Jason bir hayvan değil, çıldırmış bir canavardı.

Adamın giyinirken sertçe açıp kapadığı çekmecelerin sesini dinleyerek bekledi. Beyni çılgınca çalışıyor, hayatının dönüştüğü bu kâbustan kurtulmak için bir yol arıyordu. Adamın odasının kapısını çarparak kapattığını duyup aşağıya indiğini anladı ve gidip yatağının üzerine yığıldı. Bir saate yakın bir zaman öylece düşünüp durdu, ama kurtuluş yolu yoktu. Ömrünün sonuna kadar bu kapana kısılıp kalmıştı. Jason doğruyu söylemişti, tıpkı bu ev ve ahırdaki atlar gibi artık kendisi de Jason'ın malıydı.

Jason boşanmaya razı olmadığına göre, ondan nasıl boşanabileceğini düşünemiyordu. Mahkemeyi boşanmak için geçerli sebepleri olduğuna ikna edip edemeyeceğinden bile emin değildi, ama bir takım perukalı erkek yargıca, Jason'ın ona geçen gece yaptıklarını anlatamayacağından kesin olarak emindi.

Sabah aklına boşanma fikri geldiğinde azgın bir nehre düşen birinin kurtulmak için kıyıdaki sazlara yapışması gibi bu fikre tüm gücüyle sarılmıştı, ama şimdi bunun tamamen imkânsız bir şey olduğunu anlıyordu. Jason'a istediği erkek evladı verene kadar burada kalmaya mahkûmdu. Kendisini özgürlüğüne kavuşturacak olan o bebek doğduktan sonra ise, bu kez de onun varlığıyla Wakefield'a bağlanmış olacaktı, çünkü kendi bebeğini bırakıp gidemeyeceğini biliyordu.

Victoria amaçsızca bakışlarını odasını süsleyen şık ve zevkli eşyaların üzerinde gezdirdi. Bir şekilde yeni hayatına uyum sağlamanın bir yolunu bulması, kader ona bir yol gösterene kadar, ruh sağlığını korumak için bir şeyler yapması gerekiyordu. Üzerine duyularını uyuşturan bir sükûnet çöktü. Evden çıkıp insanlara karışması, kendine işler ya da eğlenceler bulması lazımdı. Kendine, onu sorunlarını düşünmekten alıkoyacak zevkli uğraşlar icat edecekti. Hemen o andan itibaren... Kendine acımaktan nefret ederdi ve bu duyguya teslim olmayacaktı.

İngiltere'de daha şimdiden arkadaşlar edinmişti; yakında sevip sevilme ihtiyacına ilaç olacak bir de çocuğu olacaktı. Bu boş hayatı doldurmak için kendini çıldırmaktan koruyacak ne bulursa değerlendirecekti.

Saçlarını solgun yüzünden geriye iterek planını hemen

hayata geçirmek üzere ayağa kalktı. Buna rağmen, Ruth'u çağırmak için zil çalarken omuzları hâlâ öne eğikti. Kendini çok perişan hissederek, Jason'ın onu neden bu kadar hor gördüğünü düşündü. Konuşacak, dertleşecek birine öyle ihtiyacı vardı ki. Eskiden yanında her zaman onu dinleyecek ve onunla konuşacak insanlar olurdu. Annesi, babası ya da Andrew, dertlerini anlayış ve sevgiyle paylaşmaya her zaman hazırdılar. İçini dökmek de her zaman iyi gelirdi. Ama İngiltere'ye geldiğinden beri kimsesi yoktu. Charles'ın sağlığı bozuktu ve buraya geldiği ilk günden beri, Victoria onun iyiliği için yürekli ve neşeli görünmek zorunda kalmıştı. Hem, Charles Wakefield'da olsaydı bile, Jason onun yeğeniydi, Jason hakkındaki korkularını Jason'ın amcasıyla tartışması mümkün değildi. Caroline Collingwood iyi ve sadık bir dosttu ama kilometrelerce uzaktaydı, üstelik Victoria kendisi anlatmak istese bile Caroline'ın Jason'ı anlayabileceğinden kuşkuluydu.

Victoria, bu konuda yapabileceği bir şey olmadığına karar verdi: Her şeyi içine atıp mutlu ve güven dolu görünmeyi sürdürecekti, ta ki –bir gün– yeniden kendini gerçekten mutlu ve güven dolu hissedinceye kadar. Acı acı, *'Bir gün gelecek, gece Jason'ın odama gelmesinden korkmayacağım,'* diye söz verdi kendine. Bir gün gelecek, ona bakınca hiçbir şey hissetmeyecekti; ne korku ne acı ne utanç ne de yalnızlık. Bir gün, mutlaka! Hamile kaldığı zaman Jason onu rahat bırakacaktı, o günün çabuk gelmesi için dua ediyordu.

Hizmetçi kız kapıda belirince, kendini normal görünmeye zorlayarak, "Ruth," dedi, "birine en küçük arabamıza bir at koşmalarını söyler misin, kolayca kullanabileceğim bir arabaya? Bir de, lütfen, kim yapacaksa söyle, en uysal atımız hangisiyse onu seçsin. Araba kullanmaya pek alışık değilim. Sonra da Mrs. Craddock'a söyle, yanıma almam için düğünden artan yiyecekleri sarıp birkaç sepet doldursun."

Ruth duraksayarak, "Ama, leydim," diye karşılık verdi, "pencereden bir bakın. Hava soğudu, fırtına geliyor. Baksanıza hava nasıl da karardı."

Victoria pencereden yüklü havaya şöyle bir göz attı. Biraz

umutsuzca, "Yağmur yağacaksa bile daha saatlerce yağacak gibi görünmüyor," dedi. "Ben yarım saat içinde çıkmak istiyorum. Ah, Lord Fielding çıktı mı yoksa aşağıda mı?"

"Lord cenapları çıktılar, hanımım."

"Acaba malikaneden dışarı mı gitti, yoksa etrafta bir yerlerde mi, biliyor musun?" Victoria, sesindeki umutsuzca endişeyi gizleyebilecek durumda değildi. Jason'ı tam bir yabancı gibi görme ve öyle davranma kararına rağmen, hemen şu anda, daha duyguları bu kadar gerginken, onunla karşılaşma fikrinden hiç haz etmiyordu. Ayrıca, onu görürse fırtına yaklaşırken çıkmasına izin vermeyip evde kalmasını emredeceğinden de hiç şüphesi yoktu. Oysa bu evden bir süre uzaklaşması şarttı. Çıkmak zorundaydı!

"Lord Fielding faytona at koşulmasını emretti ve binip gitti, leydim. Ziyaret etmesi gereken birkaç yer varmış, öyle dedi. Gittiğini gözümle gördüm."

Victoria aşağı indiğinde kupa arabası yiyecek yüklü olarak kapının önünde bekliyordu.

Northrup, yaklaşan fırtına hakkında kendisini uyardığı halde Victoria'nın gitmekte ısrar etmesi yüzünden son derece sıkıntılı bir sesle, "Lord cenaplarına ne diyeyim?" diye sordu.

Victoria arkasını dönüp yaşlı kahyanın tuttuğu leylak rengi, hafif pelerini omuzlarına yerleştirdi ve sorusunu, "Allahaısmarladık dediğimi söyle," diye kaçamak bir cevapla geçiştirdi.

Dışarı çıkıp konağın arka tarafına gitti. Kurt'un zincirini çözüp onunla birlikte geri döndü. Baş seyis arabaya binmesine yardımcı oldu, Kurt da yanına sıçradı. Zinciri çözüldüğü için öyle sevinçliydi ki, Victoria gülümseyerek hayvanın soylu başına eliyle hafif hafif vurarak, "Sonunda özgürsün," dedi. "Ben de öyle."

YİRMİ ÜÇ

Victoria dizginleri büyük bir güvenle şaklattı -oysa gerçekte kendini hiç de o kadar rahat hissetmiyordu- ve atı, parlak tüyleri gökyüzünün cansız ışığında parıldayarak canlı bir şekilde ileri atıldı. Victoria korkuyla, "Yavaş, ağır ol bakalım," diye fısıldadı. Jason belli ki, ahırında sakin atlar barındırmaktan yana değildi. Victoria'nın arabasına koştukları şimşek gibi kısrak hakim olunması son derece güç bir hayvandı. Victoria yolda zıplayıp dans eden atı tırıs gitmeye ikna etmek için, elleri su toplayıncaya kadar dizginleri sıkmak zorunda kaldı.

Victoria köye yaklaşırken, rüzgâr şiddetlendi, şimşekler gökyüzünü mavi zikzaklarla kesmeye, gök tehlikeli bir şekilde gürlemeye başladı ve hava neredeyse gece gibi simsiyah kesildi. Birkaç dakika sonra gökyüzü açıldı ve bardaktan boşalırcasına yağmur yağmaya başladı. Perde perde inen yağmur Victoria'nın yüzüne çarpıyor, görüşünü kapatıyordu. Pelerini sırılsıklam olmuş, ağır bir yüke dönüşmüştü.

Önündeki yolu görmeye çabalayan Victoria, titreyerek sırılsıklam saçlarını yüzünden itti. Yurdu hiç görmemişti ama Kaptan Farrell ona hem yurdun hem de kendi evinin yolunu tarif etmişti. Victoria gözlerini kısarak bakarken solunda kaptanın söylediğine benzeyen bir yol ayrımı görerek atını çevirdi. Yetimhaneye doğru mu, yoksa Kaptan Farrell'ın evine doğru mu gittiğinden tam emin olmasa da, o anda hiç umurunda değildi. Şu sağanaktan kaçıp sığınabileceği sıcak, kuru bir yer olsun yeterdi. Yol dönüp, gittikçe sıklaşan ağaçlar arasından bir yokuşa sardı, terk edilmiş iki eski kulübenin önünden geçerek daraldı, nihayet sağanak yağmurun altında çamur deresine dönmüş daracık bir toprak yola dönüştü.

Çamur arabanın tekerleklerine sarılıyor, kısrak her adımda toynaklarını bataktan kurtarmak için çaba harcıyordu. Victoria ileride ağaçların arasından gelen hafif bir ışık görerek rahatladı. Soğuktan içi titreyerek arabayı, iki yanını çevreleyen sık meşelerin yukarıda bir şemsiye gibi birleşen dallarıyla biraz olsun korunan yola çevirdi. Aniden karanlığı yırtan bir şimşeğin ışığında, küçük bir aile için uygun büyüklükte, ama yirmi yetim çocuk ve bakıcıları için kesinlikle çok küçük olan evi gördü. Gök, kulakları sağır edici bir çatırtıyla gürledi, ürken kısrak geri doğru bir adım attı. Victoria arabadan atladı. "Sakin ol" diyerek korkmuş hayvanın dizginini tuttu, ayakları çamura bata bata hayvanı evin önündeki direğe kadar yürütüp oraya bağladı.

Yanında kendisini korumak üzere tetikte bekleyen Kurt'la, çamurlanmış eteklerini kaldırıp kapının önündeki merdivenleri tırmandı ve kapıya vurdu.

Birkaç saniye sonra kapı ardına kadar açıldı ve arkasında neşeyle yanan ateşin önünde karanlık bir gölge gibi görünen Kaptan Farrell kapıda belirdi. Hayretle "Leydi Fielding!" diye fısıldayarak uzanıp Victoria'yı telaşla içeri çekmek için kolundan tuttu. Bu hareketi gören Kurt'un alçak perdeden, korkunç hırıltısı adamı yerinde donduruverdi. Kızın arkasından kendisine hırlayan boz renkli, ıslak canavarın gerilmiş dudakları arasından gösterdiği beyaz, sipsivri dişleri görünce gözleri irileşti.

"Kurt, kes şunu!" Victoria bezgin bir şekilde durmasını emredince hayvan sakinleşerek durdu.

Kaptan Farrell, vahşi görünüşlü hayvanı endişeli gözlerle süzerek Victoria'yı içeri aldı. Gözlerini Mike Farrell'dan hiç ayırmayan Kurt da onun arkasından içeri girdi. Kaptan endişeyle, "Allah aşkına, bu havada dışarıda ne işiniz var?" diye sordu.

Victoria şaka yapmaya çalışarak, "Y-yüzüyordum," diye cevap verdi, ama dişleri birbirine vuruyor ve bütün vücudu soğuktan titriyordu. Kaptan Farrell kızın sırtından pelerinini alıp ateşin yanında duran bir sandalyenin arkasına attı.

"Şu ıslak giysileri sırtınızdan çıkarmanız lazım, yoksa hastalanıp öleceksiniz. Acaba şu koca hayvan sırtınıza kuru bir şeyler geçirene kadar gözünün önünden ayrılmanıza izin verir mi?"

Victoria kollarını kendi vücuduna dolayarak başını salladı, ateşli koruyucusuna dönerek, "Burada dur, Kurt," dedi.

Köpek şöminenin önüne yatıp başını koca patilerine dayadı, kaptanla sahibesinin girdiği yatak odası kapısına gözlerini dikerek bekledi.

Yatak odasında Victoria'ya kendi pantolonlarından biriyle bir de gömlek veren Kaptan Farrell, kibarca, "Ben gidip ateşe biraz daha odun atayım," dedi. "Size verebileceğim en iyi giysiler bunlar, maalesef." Victoria cevap vermek için ağzını açtı, ama kaptan ona mani olarak sözlerine otoriter bir sesle devam etti. "Erkek giysileri giymenin uygunsuzluğu hakkında hiçbir saçmalık duymak istemiyorum, küçük hanım. Şurada duran testideki suyla yıkanıp bunları giyin, sonra da şu battaniyeye sarının. Hazır olduğunuzda da gelip ateşin başında ısının. Benim kıyafetlerimi giymenize Jason ne der diye de hiç endişelenmeyin. Ben onu küçüklüğünden beri tanırım."

Victoria başını dikleştirerek hemen savunmaya geçti. "Jason'ın ne düşündüğü beni hiç ilgilendirmiyor." Bunu söylerken sesindeki isyankar tınıyı bastırmakta pek başarılı olamamıştı. "Onun keyfi... kimsenin keyfi için donarak ölmeye niyetim yok." Sözlerini ağzından çıkar çıkmaz düzeltmeye çalışsa da bütün varlığını saran huzursuzluğu açık ettiğini fark etmişti.

Kaptan Farrell ona gözlerini kısarak garip bir bakışla baktı, ama yalnızca başını sallamakla yetindi. "Aferin. Çok mantıklı bir düşünce."

Victoria zayıf bir gülümsemeyle, "Mantıklı olsaydım bugün dışarı çıkmazdım,"dedi. Hayatını bir parçacık güzelleştirmek için giriştiği başarısız çaba yüzünden ne kadar üzgün olduğunu saklamaya çalışıyordu.

Yatak odasından çıktığında, Kaptan Farrell atını evin arkasındaki küçük ahıra çekmiş, ateşi canlandırmış ve ona bir fincan da çay yapmıştı. Büyük bir havlu uzatırken, kibarca ama itiraz kabul etmeyecek bir sesle "Saçınızı bununla kurulayabilirsiniz," dedi, bir yandan da oturması için ateşin önüne çektiği koltuğu gösteriyordu.

Elindeki pipoyu göstererek, "İçersem rahatsız olur musunuz?" diye sordu, ve kendisi de kızın karşısına geçip oturdu.

Victoria kibarca, "Hiç olmam," diye karşılık verdi.

Kaptan piposunu tütünle doldurup yaktı, ağır ağır bir nefes çekti. Huzursuz eden dimdik bakışları Victoria'nın yüzüne odaklanmıştı. Nihayet, "Peki neden çıktınız?" diye sordu.

"Efendim?"

"Neden bugün dışarı çıktınız?"

Victoria kendini ne kadar suçlu ve mutsuz hissettiği dışarıdan belli oluyor mu diye merak ederek, soruyu hafifçe omuzlarını silkerek geçiştirmeye çalıştı. "Yurda biraz yemek götürmek istemiştim. Dün gece düğünden öyle çok yemek arttı ki..."

"Ama yağmur yağacağı belliydi, hem yurda bir hizmetkâr da yollayabilirdiniz. Ayrıca, yurda daha bir kilometre yol var. Ama siz havaya meydan okuyarak orayı kendiniz bulmaya karar verdiniz, öyle mi?"

"Biraz evden uzaklaşmak... yani çıkmak zorundaydım... yani çıkmak istemiştim demek istedim." Victoria bütün dikkatiyle çayını karıştırıyordu.

Kaptan manidar bir ses tonuyla, "Jason'ın evde kalmanız konusunda ısrar etmemesine çok şaşırdım," dedi.

Victoria, "Ondan izin almam gerektiğini hiç düşünmedim," diye karşılık verdi. Kaptanın ısrarlı soruları ve manalı bakışlarından huzursuz olmaya başlamıştı.

"Sizin için deli gibi endişeleniyor olmalı."

"Yokluğumu fark edeceğinden bile şüphem var." İçinden acı acı, fark etse bile umursayacağından da şüphem var, diye geçirdi.

"Leydi Fielding?"

Adamın kibar ses tonunun altında öylesine dobra bir hava vardı ki, Victoria bu konuşmayı kesmek için elinden gelen her şeyi yapabilirdi. Ama elinden fazla bir şey gelmiyordu. Korka korka, "Buyrun, kaptan?" demek zorunda kaldı.

"Jason'ı bu sabah gördüm."

Victoria'nın huzursuzluğu daha da arttı. "Ya, öyle mi?" Jason'ın buraya gelip eski dostuyla onun hakkında konuşmuş olabileceği gibi korkunç bir hisse kapılmıştı, dünya aleyhine dönüyormuş gibi hissediyordu.

Kaptan Farrell onun bu kuşkusunu hissetmiş gibi açıklamaya koyuldu: "Jason'ın büyük bir gemi filosu vardır. Gemilerinden birini de ben yönetiyorum, son yolculuğumuz hakkında konuşmak için gelmişti."

Victoria konuşmayı kendinden çevirmek için bu sözü fırsat bildi. Neşeli, ilgili bir sesle, "Lord Fielding'in gemiler hakkında bilgi sahibi olduğundan da, gemi sahibi olduğundan da haberim yoktu," diyerek yeni bir sohbet konusu açmaya çalıştı.

"Çok tuhaf."

"Ne tuhaf?"

"Belki ben basit ve eski kafalı bir adam olabilirim, ama bir kadının kocasının yıllarını bir gemide geçirdiğini bilmemesi bana tuhaf geldi."

Victoria adama şaşkın şaşkın bakakaldı. Hayretten ağzı açık kalmıştı. Onun bildiği kadarıyla, Jason bir İngiliz lorduydu; kibirli, zengin, gün görmüş, şımarık bir aristokrattı. Onu tanıdığı diğer soylulardan ayıran tek fark, İngiltere'de tanıştığı tüm diğer zengin beyler zamanlarının tümünü zevk ve eğlence peşinde harcar gibi görünürken, Jason'ın zamanının büyük bir kısmını odasında çalışarak geçirmesiydi.

Kaptan Farrell, soğuk bir tavırla, "Belki de onun yaptıkları sizi ilgilendirmiyor," diye sıkıştırdı. Piposundan bir nefes daha çekerek hiç sakınmaksızın, "Onunla neden evlendiniz?" diye sordu.

Victoria'nın gözleri iri iri açılıverdi. Kendini tuzağa düşmüş bir tavşan gibi hissediyordu. Bu hisse çok sık kapılmaya başlamıştı ve bu da fena halde gururuna dokunuyordu. Başını kaldırarak kendisini sorgulayan adama pek gizleyemediği bir kızgınlıkla baktı. Elinden geldiğinde vakur bir tavırla, kaçamak bir cevap verdi: "Herkes neden evlenirse ondan."

Kaptan Farrell Victoria'nın tüylerini diken diken eden bir tiksintiyle, "Yani para, nüfuz ve sosyal statü için," diye özetledi. "Öyleyse tebrik ederim, artık her üçüne de sahipsiniz."

Bu yersiz saldırı Victoria için bardağı taşıran son damla olmuştu. Gözleri öfkesinden yaşlarla dolu, sarındığı battaniyeye sıkı sıkı yapışarak yerinden kalktı. "Kaptan Farrell, kendimi burada durup bu sözlerinizi dinlemeye mecbur hissedecek kadar ıslak da, perişan da, çaresiz de değilim! Beni itham ettiğiniz gibi paragöz ve... bencil ve... sosyal bir asalak da deği–"

Kaptan sertçe "Değil misiniz?" diye sözünü kesti. "Pek öyle görünmüyor."

"Hakkımda ne düşündüğünüz umurumda değil. Ben–" Victoria'nın sesi titreyerek boğazında düğümlendi, dönüp elbiselerini almak için yatak odasına gitmeye davrandı, ama kaptan da ayağa kalkarak yolunu kesti ve kızgın bakışlarını sanki içini görmeye çalışırcasına kızın yüzüne dikti.

"Neden boşanmak istiyorsunuz?" Soruyu sertçe sormuştu ama kızın güzel, narin yüzüne bakarken ifadesi biraz yumuşar gibi oldu. Sade bir yün battaniyeye sarınmış haliyle bile, Victoria Seaton bakmaya doyum olmayacak bir resim gibiydi. Kızıl sarı saçları ateşin ışığında parlıyor, şahane mavi gözleri çaresizlik ve öfkeyle çakmak çakmak yanıyordu. Kalbi neşe ve cesaretle doluydu ama gözlerinde parıldayan yaşlardan bu kalbin kırılmış olduğu belliydi. Aslında kendisi de her an kırılıverecek gibiydi.

Kaptan Farrell onu ısrarla sorgulamayı sürdürerek, "Bu sabah Jason'a takılmak için 'Karın seni hâlâ terk etmedi mi?' diye sordum," dedi. " 'Terk etmedi, ama boşanmak istiyor,' dedi. Şaka yapıyor sanmıştım, ama biraz önce buraya geldiğinizde siz de pek mutlu bir taze gelin gibi değildiniz."

Korkunç bir umutsuzluğun eşiğinde kendine hakim olmaya çalışan Victoria, kendisine bu şekilde işkence eden adamın otoriter, yanık yüzüne bakarak boğuk bir sesle, "Lütfen yolumdan çekilir misiniz?" dedi. Bütün gücüyle gözyaşlarını tutmaya ve vakarını korumaya çabalıyordu.

Adam kenara çekilmek yerine onu omuzlarından yakaladı. "Şimdi istediğiniz her şeyi elde ettiniz, paraysa para, güçse güç, statüyse statü... Her şeyiniz varken neden boşanmak istiyorsunuz?"

"Hiçbir şeyim yok!" Victoria'nın gözyaşları gözlerinden fışkırmak üzereydi, sesi bağırır gibi çıkmıştı. "Bırakın gideyim!"

"Sizi nasıl bu kadar yanlış tanıdığımı anlamadan olmaz. Dün benimle konuşurken harika bir kadın olduğunuzu düşünmüştüm. Konuşurken gözlerinizin güldüğünü gördüm, köylülere nasıl davrandığınızı gördüm. Kendi kendime, işte gerçek bir kadın dedim; kalbi olan, ruhu olan bir kadın, paragöz, şımarık korkağın teki değil!"

Victoria'nın gözleri sıcak yaşlarla yanıyordu, bir yabancının, üstelik Jason'ın dostu olan birinin onu bu şekilde yargılaması büyük bir haksızlıktı. "Bırak beni, lanet olsun!" diye bağırarak adamı yolundan itmeye çalıştı.

Birden çok tuhaf bir şey oldu, kaptan kollarını kıza dolayarak onu göğsüne bastırdı. Boğuk, aksi bir sesle, emredercesine "Ağla, Victoria," dedi. "Ağla, Tanrı aşkına, ağla."

Sonra sesi bir fısıltıya dönüştü: "Bırak gözyaşlarını, aksın, çocuk." Victoria şiddetli bir ürpertiyle sarsıldı. Adam iri eliyle kızın sırtını okşuyordu. "Hepsini içine atarsan çatlayacaksın."

Victoria acılarla ve husumetle başa çıkmaya alışmıştı, ama iyilik ve anlayışla mücadele edemezdi. Yaşlar gözlerinden boşalarak vücudunu sarsan acı dolu hıçkırıklarla akmaya başladılar. Kaptan Farrell'ın onu ne zaman ateşin karşısındaki sade koltuğa götürüp yanına oturttuğunu, ne zaman annesiyle babasının ölümünden başlayarak Jason'ın soğukkanlı evlenme teklifine kadar geçen olayları bir bir anlatmaya başladığını hiç bilmiyordu. Yüzü adamın omzuna gömülmüş olarak, Jason hakkında sorduğu soruları cevapladı ve onunla ne için evlendiğini anlattı. Bitirdiğinde, kendini haftalardır hissetmediği kadar iyi hissediyordu.

Kaptan hayranlık dolu, hafif bir gülümsemeyle, "Yani," dedi, "Jason'ın soğuk teklifine rağmen, hakkında hiçbir şey bilmemene rağmen, yine de sana gerçekten ihtiyacı olduğunu düşündün, öyle mi?"

Victoria kendini aptal gibi gösterdiğini düşünmenin rahatsızlığıyla gözlerini sildi ve utanarak başını salladı. "Belli ki aptallık etmişim, kendi kendimi kandırmışım, ama bazen öyle yalnız görünüyordu ki... bazen kalabalık bir balo salonunda, etrafı insanlarla –özellikle de kadınlarla– çevrilmişken ona baktığımda, sanki o da kendini benim kadar yalnız hissediyormuş gibi geliyordu. Charles Amca da Jason'ın bana ihtiyacı olduğunu söylemişti. Ama ikimiz de yanılmışız. Jason yalnızca bir oğlu olsun istiyor, hepsi bu. Bana ihtiyacı da yok, istemiyor da."

Kaptan Farrell yumuşak ama çok kesin bir tavırla, "Yanılıyorsun," dedi. "Jason'ın doğduğu günden beri senin gibi bir kadına ihtiyacı vardı, hâlâ da var. Çok derin yaraları var, sevip sevilmeyi kendine yasaklamış. O yaraları iyileştirmen için, ona sevmeyi ve sevilmeyi öğretmen için sana ihtiyacı var. Onun hakkında daha fazla şey bilseydin, neden böyle dediğimi anlardın." Kaptan Farrell ayağa kalkıp bir sehpanın üzerinde duran şişeyi aldı. İki bardağa şişeden biraz içki koyup birini Victoria'ya uzattı. Gidip şöminenin yanında durdu.

Victoria, kendisine bakan adama, "Bana onu anlatacak mısınız?" diye sordu.

"Evet."

Victoria adamın eline tutuşturduğu bardağın içindeki sert kokulu viskiye bakıp bardağı sehpanın üzerine bırakmak için uzandı.

"Eğer Jason hakkında anlatacaklarımı dinlemek istiyorsan, önce onu içip bitirmeni öneririm," dedi Kaptan Farrell. "İhtiyacın olacak."

Victoria yakıcı içkiden bir yudum aldı, ama İrlandalı denizci bardağını kafasına dikip yarısını bir yudumda içti. Sanki buna kendisinin de ihtiyacı varmış gibiydi.

"Sana Jason hakkında benden başka kimsenin bilmediği şeyler anlatacağım, belli ki bunları senin de bilmeni istemiyor, yoksa kendisi anlatırdı. Bunları sana anlatmakla Jason'ın güvenine ihanet etmiş olacağım, oysa şu ana kadar ona yakın olan insanlar arasında şu veya bu şekilde ihanet etmeyen çok az kişiden biri de bendim. O benim oğlum gibidir, Victoria, onun için de bunu yapmak bana çok zor geliyor; ama yapmak zorundayım, çünkü onu anlamak için bunları bilmen gerektiğine inanıyorum."

Victoria başını ağır ağır iki yana salladı. "Belki de bana hiçbir şey anlatmasanız daha iyi, Kaptan. Lord Fielding'le biz çoğu zaman kavga ederiz ama de bana söyleyeceğiniz şeyler yüzünden ikinizin de incinmesini istemem."

Kaptan Farrell'ın karamsar yüzünden bir an için bir gülümseme geçer gibi oldu. "Eğer söyleyeceğim şeyleri ona karşı kullanabileceğini düşünseydim hiç ağzımı açmazdım. Ama kullanmayacağını biliyorum. Sen güçlü ama müşfik bir kadınsın, anlayışlı, merhametlisin, bunu dün gece seni köylülerin arasında gördüğümde anladım. Onlarla gülmeni, onları rahatlatmanı seyrederken senin harika bir genç kadın olduğunu, Jason için de mükemmel bir eş olacağını düşündüm. Hâlâ da böyle düşünüyorum."

Derin bir nefes alarak anlatmaya koyuldu. "Kocanı ilk gördüğümde Delhi'deydim. Çok uzun yıllar önceydi, o zamanlar Delhi'de Napal diye zengin bir tüccarın yanında çalışıyordum. İşimiz Hindistan'dan bütün dünyaya mal getirip götürmekti. Napal yalnızca ticaretini yaptığı malların değil, o malları taşıyan dört geminin de sahibiydi. Ben de o gemilerden birinde ikinci kaptandım.

"Altı ay süren fevkalade kârlı bir seferden yeni dönmüştük. Limana girince, Napal kaptanla ikimizi kendi aramızda küçük bir kutlama yapmak için evine yemeğe davet etmişti.

"Hindistan sıcak bir memlekettir, ama o gün sanki her zamankinden de daha sıcaktı. Ben de Napal'in evini ararken kaybolmuştum. Her nasılsa labirent gibi arka sokaklara düştüm, sonunda bir yol bulup çıktığımda da kendimi sefil bir meydanda, üstü başı perişan, pis Hintliler arasında buldum. Oralardaki yoksulluk akla hayale sığmaz. Her neyse, bir umut, yolumu sormak için İngilizce ya da Fransızca anlayacak birini bulabilir miyim diye, etrafa bakınmaya başladım.

"Meydanın bir ucunda toplanmış bir kalabalık gözüme çarptı. Ne olduğunu göremediğim bir şeye bakıyorlardı. O tarafa gittim. Bir binanın önünde toplanmış, içeride olan bir şeyleri seyrediyorlardı. Geri dönüp şansımı başka tarafta denemeye hazırlanırken binanın ön tarafında tahta bir haç asılı olduğunu gördüm. Oranın bir kilise olduğunu ve kendi dilimde konuşan insanlar bulabileceğimi düşünerek kalabalığın arasından geçip içeri girdim. Yüzlerce yoksul Hintli arasından kendime zar zor yol bulup öne geçmeyi başardığımda, bir kadının bağıra bağıra vaaz vermekte olduğunu duydum. İngilizce konuşuyordu. Şehvet ve Kadiri Mutlak Tanrı'nın intikamı hakkında bir şeyler anlatıyordu.

"Nihayet onu rahat görebileceğim bir yer buldum. Kadın eğreti bir tahta platformda duruyordu, yanında da küçük bir oğlan çocuğu vardı. Kadın parmağıyla çocuğu göstere göstere avazı çıktığı kadar 'İşte şeytan!' diye bağırıyordu. Onun 'şehvetin tohumu', 'şeytanın dölü' olduğunu söylüyordu. Sonra çocuğu saçından tutup başını kaldırdı, işte o zaman oğlanın yüzünü gördüm.

"Çocuğun Hintli değil beyaz olduğunu görünce çok şaşırmıştım. Kadın herkese, 'Şeytana bakın, bakın Tanrı intikamını nasıl alıyor' diye bağırdı, sonra da 'Tanrı'nın intikamını' göstermek için çocuğun arkasını çevirdi. Çocuğun sırtını görünce kusacağımı sandım."

Kaptan Farrell yutkundu. "Victoria, oğlancığın sırtı mosmordu, her tarafı eski-yeni yaralarla kaplıydı, Allah bilir ne kadar dayak yemişti. Görünüşe bakılırsa kadın çocuğu az önce 'cemaat'inin gözleri önünde de dövmüştü –Hintliler böyle barbarca vahşet sahnelerine ses çıkarmazlar."

Kaptanın yüzü çarpılmıştı, tutuk tutuk anlatmaya devam etti. "Ben orada dururken, deli cadaloz çocuğa bağırarak diz çöküp Tanrı'ya yalvarmasını emretti. Çocuk hiçbir şey demeden kadının gözlerinin içine baktı, ama yerinden hiç kıpırdamadı, bunun üzerine kadın kırbacını çocuğun omuzlarına öyle bir indirdi ki bir erkeğe öyle vursan yere düşerdi. Çocuk da dizlerinin üstüne düştü. Kadın, '*Yalvar, seni şeytan,*' diye bağırarak çocuğa tekrar vurdu. Çocuk hiçbir şey demeden dimdik karşıya bakıyordu; işte o zaman gözlerini gördüm... Gözleri kupkuruydu. Bir damla gözyaşı yoktu. Ama acı doluydular – Tanrı'm, öyle bir acıyla doluydular ki!"

Victoria kim olduğunu bilmediği çocuk için içi acımayla dolarak ürperdi. Kaptan Farrell'ın neden Jason'dan bahsetmeden önce ona bu korkunç hikâyeyi anlattığını merak ediyordu.

Kaptan Farrell'ın yüzü acıyla kasıldı. "Gözlerindeki azabı hiç unutamam," diye fısıldadı, "o anda ne kadar yeşil göründüklerini de hiç unutamam."

Birden Victoria'nın elindeki bardak yere düşüp paramparça oldu. Duyduğu şeyi reddetme çabasıyla başını şiddetle iki yana salladı, inanmak istemiyordu. Istırap dolu bir çığlıkla, "Olamaz!" diye bağırdı. "Hayır, olamaz, lütfen–"

Kızın dehşetini görmezden gelen Kaptan Farrell, gözlerini dümdüz karşısına dikerek sözlerini sürdürdü. Anılar arasında kaybolup gitmişti. "Oğlan o zaman dua etmeye başladı, ellerini birleştirip, ezberden 'Diz çöküp Tanrı'ya yalvararak beni affetmesini diliyorum,' diye okudu. Kadın daha yüksek sesle söylemesini söyledi, çocuğa bunları tekrar tekrar söyletti, tatmin olunca da kolundan çekip ayağa kaldırdı. Pis Hintlileri göstererek çocuğa bu erdemli kişilere de yalvarıp af dilemesini söyledi. Sonra eline küçük bir tas tutuşturdu. Oğlan kalabalığın arasına girip, 'cemaat'in ayakları dibinde diz çökerek, pis elbiselerinin eteklerini öperek onlara 'kendisini affetmeleri' için yalvarırken öylece durup seyrettim."

Victoria kollarını bedenine dolayarak "Hayır," diye inledi. Kıvırcık siyah saçlı, yeşil gözlü bir küçük çocuğun böyle çılgınca bir vahşete maruz kalışının resmini aklından silmeye çalışarak gözlerini kapadı.

Farrell, "Birden deliye döndüm," diye devam etti. "Hintliler fanatik bir millettir, onların yaptıkları beni hiç ilgilendirmez. Ama kendi ırkımdan bir çocuğun böyle suistimal edilmesi beni çok etkilemişti. Dahası da vardı. O küçük çocukta bana dokunan bir şeyler vardı. Pislik içinde, üstü başı perişan vaziyetteydi, gıdasızlıktan bir deri bir kemik kalmıştı, ama öyle gururlu, isyankar bir bakışı vardı ki içimi parçaladı. Durup, onun etrafımdaki Hintlilerin önünde diz çöküp eteklerini öpmesini, her birinden teker teker af dilemesini seyrederek bekledim. Elindeki tasın içine atılan bozukluklarla kadının yanına gitti, kadın gülümseyerek tası çocuğun elinden aldı, ona 'aferin' diyerek o çılgın, sapkın gülüşüyle gülümsedi.

"O uyduruk mihrabın önünde, elinde haçla duran o rezil kadına baktıkça öldüresim geliyordu. Ama cemaatinin ona ne kadar sadakatle bağlı olduğunu kestiremiyordum. Tek başıma bu kadar adamla başa çıkmama da imkân yoktu. Onun için kadına gidip çocuğu bana satmasını söyledim. Ona, çocuğa kendisini gerektiği gibi cezalandıracak bir erkek lazım olduğunu söyledim."

Kaptan, uzaklarda bir noktaya diktiği bakışlarını Victoria'ya çevirerek, acı acı güldü. "Kadın çocuğu bana sattı. Cebimdeki altı aylık ücretim karşılığında... Kocası öleli bir yıl olmuştu, bir şamar oğlanına ne kadar ihtiyacı varsa paraya da en az o kadar ihtiyacı vardı. Ama daha ben çocuğu alıp binadan çıkmadan, paralarımı cemaatine doğru savurarak bağıra bağıra bunun Tanrı'nın onun aracılığıyla onlara gönderdiği bir lütuf olduğunu söylediğini duydum. Aklını kaçırmıştı. Tamamen."

Victoria yalvarırcasına bir fısıltıyla, "Sizce babası ölmeden önce Jason'ın hayatı daha iyi miydi acaba?" diye sordu.

Kaptan Farrell duygusuz bir sesle, "Jason'ın babası hâlâ hayatta," diye karşılık verdi. "Jason, Charles'ın gayri meşru oğlu."

Oda fıldır fıldır dönmeye başladı, Victoria mide bulantısını ve baş dönmesini bastırmaya çabalayarak elini ağzına götürdü.

Bu tepkisini gören Kaptan Farrell, "Bir piçle evli olduğunu duymak mideni bulandırdı, ha?" diye sordu.

Victoria hakarete uğramış gibi sinirlenerek, "Böyle aptalca bir şeyi nasıl düşünebilirsiniz?" diye bağırdı.

Adam gülümsedi. "İyi. Senin aldırış etmeyeceğini tahmin etmiştim, ama İngilizler böyle konularda çok titizdir."

Victoria ateşli bir şekilde, "Bence bu büyük bir ikiyüzlülük," diye atıldı. "Hemen şuracıkta Kral Charles'ın gayri meşru oğullarının zürriyetinden gelen üç dük sayabilirim. Ayrıca, ben İngiliz değilim, Amerikalıyım."

"Çok tatlısın," dedi adam yumuşak bir sesle.

Victoria, "Gerisini de anlatacak mısınız?" diye sordu. Kalbi merhametten çatlayacak gibiydi.

"Gerisi bu kadar korkunç değil. Jason'ı o gece Napal'in evine götürdüm. Napal'in hizmetkârlarından biri onu yıkayıp temizleyip yanımıza gönderdi. Çocuk konuşmak istemiyordu, ama sonunda konuşmaya başlayınca çok akıllı bir çocuk olduğunu anladık. Napal'e hikâyeyi anlatınca, Jason'a acıyıp onu ayak işlerine koşturmak için yanına aldı. Jason, Napal'in bürosunun arka tarafında bir odada kalmaya başladı –para almıyordu, ama en azından yatacak doğru dürüst bir yeri, adam gibi giysileri vardı, iyi besleniyordu. Kendi kendine okuyup yazmayı öğrendi; bitmek tükenmek bilmez bir öğrenme açlığı vardı.

"Jason on altı yaşına geldiğinde Napal'den ticaret namına ne öğrenebilirse öğrenmişti. Jason'ın çok zeki olmasının yanı sıra başarmak için de inanılmaz bir isteği vardı –bence bu çocukken elinde tahta tasla dilenmeye zorlandığı için olabilir.

"Her neyse, Napal yaşlandıkça yumuşadı, kendi çocuğu da olmadığı için Jason'ı düşük maaşlı bir katipten çok, oğlu gibi görmeye başladı. Jason, Napal'i ikna edip nakliye işini de öğrenmek için gemilerinden biriyle sefere çıkmaya başladı. Ben de o arada kaptan olmuştum, Jason beş yıl benim gemimde kaldı."

Victoria, yavaşça, "İyi bir denizci miydi?" diye sordu. O küçük çocuğun büyüyüp böyle başarılı bir erkek olmasından büyük bir gurur duyuyordu.

"Hem de çok iyi. Adi bir tayfa olarak başladı, ama boş vaktinde benden denizcilikle ilgili ne öğrenebilirse öğrendi. Biz bir seferden döndükten iki gün sonra Napal öldü. Bürosunda otururken kalbi duruverdi. Jason onu hayata döndürmek için her şeyi denedi, hatta üzerine eğilip ağzından ciğerlerine hava üflemeye bile çalıştı, ama nafile. Bürodaki herkes Jason'ın çıldırdığını zannetti, ama o, o cimri ihtiyarı seviyordu. Aylarca Napal'in yasını tuttu. Ama bir damla bile gözyaşı dökmedi." Mike Farrell'ın sesi alçalarak bir mırıltıya dönüşmüştü. "Jason hiç ağlamaz. Onu büyüten cadı 'iblis'lerin ağlamaya hakkı olmadığını düşünür, ağlarsa Jason'ı daha fena dövermiş. Jason bunu bana söylediğinde dokuz yaşındaydı.

"Her neyse, Napal öldüğünde her şeyini Jason'a bıraktı. Onun ölümünden sonraki altı yıl boyunca, Jason daha önce hep Napal'i ikna etmeye çalıştığı şeyi yaparak gemi filosunu büyütüp Napal'den kalan serveti kat kat artırdı."

Kaptan Farrell susup sessizce ateşi seyretmeye başlayınca, Victoria, "Jason'ın başından bir de evlilik geçmiş, değil mi?" diye sordu. "Bunu daha birkaç gün önce öğrendim."

"Evet, evlendi." Mike yüzünü buruşturarak gidip şişeden kendine bir bardak daha viski doldurdu. "Napal'in ölümünden iki yıl sonra, Jason Delhi'nin en zengin adamlarından biri olmuştu. Bu sayede, Melissa adında çok güzel ve ahlaksız bir kadının ilgisine mazhar oldu. Kadın, Delhi'de yaşayan bir İngiliz devlet memurunun kızıydı. Güzeldi, zevkliydi, iyi yetişmişti, her şeyi vardı; tek eksiği paraydı. Jason'la ona verebileceği şeyler için evlendi."

Victoria, "Peki ama Jason *onunla* neden evlendi?" diye sordu.

Mike Farrell omuzlarını silkti. "Jason ondan küçüktü ve kadının güzelliği çocuğun gözlerini kamaştırmıştı, sanırım. Şu da var, bu hanımın –sen hanım dediğime bakma– öyle bir bakışı vardı ki, hangi erkek olsa onun kollarında mutluluğu bulacağını sanırdı. Kadın Jason'a bu sanıyı satıp karşılığında da ondan sızdırabildiği her şeyi aldı. Jason da ona verebildiği her şeyi verdi. Kadına bir kraliçeyi bile memnun edecek mücevherler aldı. Kadın hediyelerini kabul edip ona gülümsüyordu. Yüzü çok güzeldi, ama nedense Jason'a gülümseyişini her gördüğümde aklıma o kilisedeki kaçık cadaloz gelirdi."

Victoria'nın gözünün önüne birden Jason'ın ona inciler, safirler verip ondan kendisini öperek teşekkür etmesini isteyişi geldi. Hüzünle, belki de bir kadının onu sevmesi için rüşvet vermesi gerektiğini sanıyor, diye düşündü.

Mike bardağını kaldırıp viskisinden büyük bir yudum aldı. "Melissa sürtüğün tekiydi –evlendikten sonra yataktan yatağa dolaşan kaltağın teki. İşin komik tarafı, Jason'ın piç olduğunu öğrenince sinir krizi geçirdi. Atherton Dükü evlerine gelip oğluyla konuşmak istediğini söylediğinde ben de yanlarındaydım. Melissa, Jason'ın Charles'ın *gayri meşru* oğlu olduğunu öğrenince öfkesinden çılgına döndü. Kanının bir piçin kanıyla karışmış olması hanımefendinin prensiplerine uygun düşmemişti. Ama kendi sınıfından hangi erkek gel dese yatağına atlamak prensiplerine uygundu herhalde. Garip bir ahlak anlayışı, ne dersin?"

"Hem de nasıl!"

Kaptan Farrell Victoria'nın bu sadakat dolu yanıtına gülerek devam etti. "Jason evlenirken kadına karşı içinde ne sevgi besliyorsa, onunla yaşarken hepsi yok olmuştu. Ama kadın ona bir oğul vermişti, onun için de Jason onu bir dediğini iki etmeden, lüks içinde yaşattı ve ilişkilerini görmezden geldi. Açıkça söylemek gerekirse, kadının yaptıkları sanırım umurunda değildi."

Jason'ın çocuğu olduğunu ilk defa duyan Victoria yerinde dikilmiş, hayretle, anlatmayı sürdüren Kaptan Farrell'a bakıyordu. "Jason o çocuğa tapardı. Hemen hemen gittiği her yere onu da götürürdü. Hatta, sırf Jamie'ye gerçek bir krallık bırakabilmek için buraya gelip kendi parasıyla Charles Fielding'in köhne malikanelerini yenilemeyi bile kabul etti. Ama sonunda her şey boşa gitti. Melissa son aşığıyla kaçarken, Jason'dan fidye istemek için Jamie'yi de yanında götürdü. Bindikleri gemi fırtınada battı."

Kaptan Farrell'ın bardağı tutan eli kasılmıştı, boğazındaki kaslar oynuyordu. "Melissa'nın Jamie'yi de yanında götürdüğünü ilk öğrenen ben oldum. Oğlunun öldüğünü de Jason'a ben söylemek zorunda kaldım. Ben ağladım. Ama Jason ağlamadı. O zaman bile ağlayamadı." Sesi tarazlanmış, boğulmuştu.

Victoria'nın da sesi boğazından zorlukla çıkıyordu. Boğuk boğuk, "Kaptan Farrell," dedi, "ben artık eve dönmek istiyorum. Saat geç oluyor, Jason benim için endişelenebilir."

Kaptanın yüzündeki acı bir anda silindi ve yerini bir gülümsemeye bıraktı. "Fevkalade bir fikir," diye onayladı. "Ama gitmeden önce sana söylemek istediğim bir şey daha var."

"Nedir?"

"Jason'ın seni ya da kendini kandırıp senden tek istediği şeyin bir oğul olduğuna inandırmasına izin verme. Onu hiç kimsenin tanımadığı kadar iyi tanırım ben, ve dün gece sana nasıl baktığını gördüm. Daha şimdiden sana yarı yarıya âşık, ama âşık olmak istediğinden şüpheliyim."

Victoria hüzünlü bir sesle, "Hiçbir kadını sevmek istemediği için onu suçlayamam," dedi. "Başına gelen her şeye rağmen, nasıl olup da aklını yitirmeden hayatta kalabildiğine şaşıyorum."

Kaptan Farrell, "Jason çok güçlüdür," diye karşılık verdi. "Hayatta gördüğüm en güçlü ve en iyi insandır. Sev onu, Victoria –sevmek istediğini biliyorum. Ona da seni sevmesini öğret. Verecek çok sevgisi var, ama ilk önce sana güvenmeyi öğrenmesi gerekiyor. Ondan sonra dünyayı ayaklarına serecektir."

Victoria yerinden doğrularak ayağa kalktı, ama gözlerinde endişe bulutları dolaşıyordu. "Her şeyin dediğiniz gibi olacağından nasıl bu kadar emin olabiliyorsunuz?"

İrlandalı denizci, gözleri uzaklara dalarak yumuşak bir sesle cevap verdi: "Çünkü uzun yıllar önce tanıdığım senin gibi bir kız vardı. Onda da senin sıcaklığın ve cesaretin vardı. Bana güvenmeyi, sevmeyi, sevilmeyi öğreten o oldu. Ölmekten korkmuyorum, çünkü biliyorum ki o orada, beni bekliyor. Çoğu erkekler kolayca ve sık sık âşık olur, ama Jason daha ziyade bana benziyor. O yalnızca tek bir kadını sevecek, bir kez ve sonsuza kadar."

YİRMİ DÖRT

Victoria hâlâ ıslak olan giysilerini giyerken, Kaptan Farrell da atla arabayı ahırdan çıkarmıştı. Kızın arabaya binmesine yardım ettikten sonra kendisi de atına atladı. Sağanak geçmişti, ama yağmur ısrarla çiselemeye devam ediyordu. Yavaş yavaş çökmekte olan akşam karanlığında beraberce Wakefield'a doğru yola koyuldular.

Victoria, "Benimle Wakefield'a kadar gelmenize gerek yok," dedi. "Yolu biliyorum."

Kaptan Farrell, sesinde ciddi bir uyarı tonuyla, "Tabii ki var," diye karşılık verdi. "Hava karardıktan sonra yollar yalnız bir kadın için güvenli değildir. Geçen hafta köyün öbür tarafında bir arabayı durdurup yolcuları soydular, birini de vurdular. Ondan iki hafta önce de yurtta kalan büyük kızlardan biri gece yurttan çok uzaklaşmış, nehirde ölüsünü buldular. Biraz saf bir kızdı, onun için nasıl öldüğünü söylemek mümkün değil, ama tedbirsizlik etmek de olmaz."

Victoria adamın söylediklerini duyuyordu, ama aklı Jason'daydı. İngiltere'ye geldiğinde ona evini açan, ona güzel giysiler alan, kendini yalnız hissettiğinde takılıp neşelendiren ve nihayet onunla evlenen adamı düşünürken kalbi şefkatle doluyordu. Jason'ın çoğu kez mesafeli ve içine kapalı durduğu bir gerçekti, ama Victoria düşündükçe Kaptan Farrell'ın haklı olduğuna giderek daha fazla ikna oluyordu. Jason onu seviyor olmalıydı, yoksa asla bir kez daha evlenme riskine girmezdi.

Evlenmelerinden önce onu öptüğünde dudaklarında hissettiği açlık ve tutkuyu hatırlayınca buna daha da fazla inandı. Çocukken 'din' adı altında çektiği eziyetlere rağmen, sırf onu mutlu etmek için bir kilisede evlenmeye razı olmuştu.

Wakefield'ın demir kapılarına yaklaştıklarında, Victoria, "Sanırım buradan öteye gelmeseniz daha iyi olur," dedi.

"Neden?"

"Çünkü, eğer Jason sizin yanınıza geldiğimi anlarsa, ben ona farklı davrandığımda bana ondan bahsettiğinizden şüphelenecektir."

Kaptan Farrell kaşlarını kaldırdı. "Farklı mı davranacaksın ki?"

Victoria karanlıkta başını salladı. "Farklı davranacağım sanıyorum." Hafifçe içini çekerek ekledi: "Bir panteri evcilleştirmeye çalışacağım."

"O halde, haklısın. En iyisi Jason'a benim evime geldiğini hiç söyleme. Benimkinden önce iki eski kulübenin önünden geçmiştin. Onlardan birine sığındığını söyleyebilirsin –ama seni uyarıyorum, Jason'ın yalana hiç tahammülü yoktur. Yakalanmaya kalkma."

Victoria hafifçe ürpererek, "Ben de yalandan çok korkarım," dedi. "Hele de Jason'a yalan söylerken yakalanmaktan..."

"Eğer döndüyse ve senin bu fırtınada yalnız başına dışarı çıktığını fark ettiyse korkarım çok endişelenmiş ve kızmıştır."

Jason dönmüştü, ve endişelenmişti; çok da öfkelenmişti. Victoria, Kurt'u bağlayıp arka kapıdan girmişti ve olduğu yerden, onun ta evin ön tarafından gelen sesini duyabiliyordu. Hem endişelenerek, hem de onu görmek için sabırsızlanarak, koridoru geçip Jason'ın çalışma odasına girdi. Jason içeride arkası kapıya dönük volta atıyor, karşısına sıralanmış dehşet içindeki altı hizmetkârı sorguya çekiyordu. Sırılsıklam beyaz gömleği geniş omuzlarına, gergin sırtına yapışıyor, kahverengi binici çizmeleri yerde çamurlu izler bırakıyordu. Ruth'a dönerek, öfkeyle, "Leydi Fielding ne dedi, bir daha söyle," diye bağırdı. "Şu lanet olasıca zırıltıyı da kes! Kendi sözleriyle, *kelime kelime* ne dedi, söyle... en başından başla."

Kız ellerini oğuşturdu. "D-dedi ki, en uysal atı en küçük arabaya koşsunlar dedi, araba sürmekte pek iyi değilim de ondan, dedi. Sonra Mrs. Craddock'a –aşçıya– söyle, düğünden artan yemeklerden sarsın, sepetleri de arabaya koyun dedi. Fırtına çık'cak dedim ben ona, ama o daha yağmaz dedi. Sonra bana sizin çıktığınızı gözümnen gördüm mü diye sordu, gördüm dedim. Sonra da gitti."

Jason olanca siniriyle, "Siz de bıraktınız, öyle mi?" diye parlayarak, başları önlerinde, titreyen hizmetkârları aşağılayan bir bakışla süzdü. "Dizginleri tutmayı bilmeyen, duygularına kapılmış bir kadının, yanında ona bir ay yetecek kadar yiyecekle fırtınada çekip gitmesine izin verdiniz, bir taneniz de akıl edip durduramadı, öyle mi?" Ezici bakışlarını seyise çevirdi. "Onun köpeğine 'nihayet özgürüz' dediğini duydun, ama bu sana garip gelmedi, ha?"

Cevap beklemeden, bu kez, idam mangasının karşısında cesaretle dikilen bir adamın duruşuyla kaderin bu korkunç haksızlığıyla yüzleşmeyi bekleyen Northrup'a döndü. "Tekrar söyle, *tam olarak* sana ne dedi?"

Northrup, kaskatı bir duruşla, "Leydi cenaplarına döndüğünüzde size ne demem gerektiğini sordum," diye karşılık verdi. "O da, 'Allahaısmarladık de,' dedi."

"Bu da sana bir parçacık olsun garip gelmedi mi?" Jason öfkeden deliye dönmüş gibiydi. "Yeni gelin evden çıkıyor, sana da kocasına Allahaısmarladık demeni söylüyor! Sence bu garip değil mi?"

Northrup, beyaz saçlarının diplerine kadar kızararak, "Başka şeyleri de düşününce, lordum," diye karşılık verdi, "pek de garip gelmedi."

Jason volta atmayı keserek ona dediğini anlamamış gibi öfkeyle baktı. "Hangi başka şeyleri düşününce?" diye sordu.

"Leydi cenaplarından bir saat önce evden çıkarken sizin bana söylediğiniz şeyleri düşününce, doğal olarak aranızda bir anlaşmazlık olduğunu ve leydi cenaplarının da bu yüzden canının sıkkın olduğunu düşündüm."

"Evden çıkarken *ne* demişim?" Jason'ın sesi Northrup'u boğuvermek istermiş gibi çıkıyordu. "*Ne* demişim?"

Northrup'un ince dudakları kırgın kırgın titredi. "Sabah evden çıkarken, size iyi günler diledim."

"Ee?" Jason dişlerini sıkıyordu.

"Siz de bana başka planlarınız olduğunu söylediniz. Ben de doğal olarak sizin gününüzün iyi geçmeyeceğini düşündüğünüzü ima etmeye çalıştığınızı düşündüm. Leydi cenapları aşağı indiğinde de aranızda bir anlaşmazlık olduğunu düşündüm."

"Keşke 'leydi cenaplarının' beni terk ettiğini 'düşünmüş' olsaydın da engel olmaya çalışsaydın, daha iyi olurdu!"

Victoria'nın kalbi pişmanlıkla sızladı. Jason onun kendisini terk ettiğini sanıyordu ve onun kadar gururlu bir adamın bunu hizmetkârların önünde kabullenmesine bakılırsa, kendini tamamen kaybetmiş bir haldeydi. Onun böyle düşüneceği Victoria'nın aklının köşesinden bile geçmemişti, ama Melissa'nın yaptıklarını öğrendikten sonra onun neden böyle düşündüğünü anlayabiliyordu. Onun gururunu kurtarma kararıyla, yüzüne neşeli, yatıştırıcı bir gülümseme yerleştirdi ve kalın Aubusson halısının üzerinden geçerek kocasının yanına kadar geldi. Jason'ın arkasından koluna girerek, neşeli bir sesle, "Northrup akıllı bir insan, sizi terk edeceğimi asla aklından bile geçirmez, lordum," dedi.

Jason öyle bir şiddetle döndü ki neredeyse Victoria'nın ayakları yerden kesilecekti. Dengesini bulmaya çalışarak yavaşça, "Duygularıma kapılmış olabilirim," dedi, "ama aklımı tamamen yitirmiş değilim."

Jason'ın gözlerinde ne kadar rahatladığını gösteren bir ışık parladı, ama bu rahatlama yerini hemen korkunç bir öfkeye bıraktı. Sıkılmış dişlerinin arasından, "Hangi cehennemdeydin?" diye soludu.

Victoria, biraz önce işittikleri azarın dehşetinden ve bu sahneye tanık olmanın utancından perişan vaziyette olan hizmetkârların haline acıyarak, özür diler gibi bir tonla, "Beni azarlayacaksanız hakkınız var, herhalde azarlayacaksınız da," dedi, "ama umarım bunu hizmetkârların karşısında yapmazsınız."

Jason gazabını bastırmak için dişlerini öyle sıktı ki yanağında bir sinir atmaya başladı. Hizmetkârlara başıyla çıkmalarını işaret etti. Odaya çöken sessizlikte, hizmetkârlar odadan kaçarcasına çıktılar, son çıkan kapıyı arkasından kapattı. Kapı kapandığı anda Jason'ın gazabı bir volkan gibi patladı. Sıkılı dişlerinin arasından, "Seni budala!" diye bağırdı. "Seni bulmak için memleketin altını üstüne getirdim."

Victoria adamın yakışıklı, keskin hatlı yüzüne, ciddi ve çekici ağzına, sert çenesine bakıyordu, ama gördüğü, 'iblis' olduğu için kırbaç yiyen, çaresiz, kirli, siyah kıvırcık saçlı küçük bir oğlandı. Boğazı içini yakan bir şefkatle düğümlendi, düşünmeden elini uzatıp adamın yanağına dokundu, içi sızlayarak, "Çok üzgünüm," dedi.

Jason sertçe irkilerek kendini kızın elinden çekti, kaşları kızgın yeşil gözlerinin üzerinde birbirine değecek gibi çatıldı. Azarlayan bir sesle, "Üzgünsün, ha?" diye alay etti. "Ne için üzgünsün acaba? Hâlâ dışarıda senin izini bulmaya çabalayan adamlar için mi?" Kızın yakınlığına tahammül edemiyormuş gibi arkasını dönüp pencerenin yanına gitti. "Seni ararken helak ettiğim at için mi?"

Victoria titrek bir sesle adamın sözünü keserek, "Seni terk ettiğimi düşündüğün için," dedi. "Asla böyle bir şey yapmam."

Jason ona dönerek alaycı bakışlarla yüzüne baktı. "Dün beni mihrabın önünde terk etmeye kalktığını, bu sabah da boşanmayı talep ettiğini düşününce, bu son sözün bana biraz şaşırtıcı geldi. Akşam akşam bu acayip bağlılık nöbetini neye yormalıyım acaba?"

Umursamaz ve alaycı görünüşüne rağmen, mihrabın önünde onu terk etmeye kalktığından bahsederken, Victoria sesindeki kırgınlığı sezmişti. Jason belli ki çok üzülmüştü. Victoria'nın içi burkuldu.

Yumuşak bir sesle, "Lordum–" diye başlayacak oldu.

Jason sertçe, "Aman, Allah aşkına!" diye çıkıştı. "Bana

lordum demeyi kes, yaltaklanmayı da bırak. Bundan nefret ederim."

Victoria, "Yaltaklanmıyordum!" diye karşılık verdi. Gözlerinin önüne havada şaklayan siyah bir kırbacın önünde diz çökmüş bir çocuk gelmişti. Söze devam edebilmek için önce gözyaşlarıyla düğüm düğüm olan boğazını temizlemesi gerekti. "Şunu söyleyecektim, kalan yemekleri yetimhaneye götürmek istemiştim. Seni endişelendirdiğim için çok üzgünüm, bir daha da böyle bir şey yapmayacağım."

Jason bir an durup kızın yüzüne baktı, öfkesi vücudundan akıp gitti. Bitkin bir tavırla, "Ne istersen yapmakta özgürsün, Victoria," dedi. "Bu evlilik, hayatımın en büyük hatasıydı."

Victoria duraksadı, Jason o bu haldeyken fikrini değiştirmeye çalışmanın hiçbir yararı olmayacağını biliyordu. İzin isteyerek üstünü değiştirmek için odasına çekildi. O gece Jason yemekte ona katılmadı. Victoria yatağa kocasının mutlaka yanına geleceğini düşünerek girdi. Başka hiçbir sebeple olmasa bile ona bir erkek evlat verme yükümlülüğünü hatırlatıp hakkını istemeye gelecekti.

Jason o gece yatağına gelmedi, sonraki üç gece de uğramadı. Gün boyunca da onunla karşılaşmamak için elinden geleni yaptı. Bütün gün çalışma odasına kapanıp sekreteri Mr. Benjamin'e mektup yazdırdı. Londra'dan onunla yatırım, nakliye ve başka başka ticaret konularının her çeşidi hakkında konuşmaya gelen adamlarla görüştü. Yemek salonunda ya da koridorlarda Victoria'yla karşılaşacak olursa, kibarca selam veriyor ama bir yabancı gibi davranıyordu.

İşlerini bitirdiğinde de yukarı çıkıp üstünü değişti ve arabasına atlayıp Londra'ya gitti.

Arkadaşı Caroline İngiltere'nin güneyinde yaşayan ve karısı yakında doğum yapacak olan ağabeylerinden birinin yanına gittiği için, Victoria zamanın çoğunu, yetimhanede çocuklar için oyunlar düzenleyerek ve kendilerini onun yanında rahat hissetmeyi sürdürmeleri için köylüleri ziyaret ederek geçiriyordu. Ama kendine ne kadar iş yaratırsa yaratsın, yine de Jason'ı çok özlüyordu. Londra'dayken, Jason ona çok vakit ayırmıştı. Onu hemen hemen her yere, balolara, partilere, tiyatroya, kendisi götürürdü, oralarda yanında durmasa bile Victoria onun yakında olduğunu, onu gözettiğini ve koruduğunu bilirdi. Onun kendisine takılmasını özlüyordu, surat asmasını bile özlüyordu. Andrew'nun annesinden gelen mektuptan beri geçen haftalar boyunca, Jason onun dostu olmuştu, hem de çok özel bir dostu...

Oysa şimdi kibar bir yabancıydı, Victoria'ya ihtiyacı olsa bile, ondan özellikle belli bir mesafede duruyordu. Victoria onun artık kendisine kızgın olmadığını biliyordu; yalnızca onu kalbinden ve aklından tamamen çıkarmış, yokmuş gibi davranmaya karar vermişti.

Dördüncü gece Jason yine Londra'ya gitti, Victoria ise uykusuz gözlerini yatağının üzerindeki pembe ipek tenteye dikerek, içinde daha önce pek çok kez yaptığı gibi yine Jason'la dans etmek için aptalca bir özlem duyarak yattığı yerde onu düşündü. Jason'la dans etmek harikaydı; hareketleri öyle doğal ve zarifti ki...

Victoria, kocasının o uzun geceler boyunca Londra'da ne yaptığını düşündü. Muhtemelen üye olduğu özel klüplerden birinde kumar oynuyordu.

Beşinci gece Jason eve hiç gelmedi. Ertesi sabah kahvaltıda Victoria *Gazette*'in dedikodu sayfasında *yüksek sosyetenin* neler yaptığına göz atarken, bir gece önce kafasını meşgul eden sorunun cevabıyla karşılaştı. Jason Londra'da ne kumar oynuyor ne de başka iş adamlarıyla görüşüyordu. Lord Muirfield'ın balosuna gitmiş, ihtiyar lordun nefis karısıyla dans etmişti. Gazetede Lord Fielding'in bir gece önce tiyatroda yanında adı verilmeyen esmer güzeli bir dansçı kızla görüldüğü de yazıyordu. Victoria Jason'ın metresi hakkında üç şey biliyordu: adının Sybil olduğunu, opera dansçısı olduğunu ve esmer olduğunu.

İçi kıskançlıkla, dayanılmaz, küstürücü, kusturucu bir kıskançlık hissiyle doldu. Bu ıstırapla daha önce hiç tanışmadığı için tamamen hazırlıksız yakalanmıştı.

Jason kötü bir zamanlamayla tam o anda yemek salonuna

giriverdi. Sırtında bir gece önce Londra'ya giderken giydiği kıyafet vardı. Ancak kusursuz siyah ceketi şimdi özensizce sol omzuna atılmış, boyun bağı çözülmüş olarak boynunun iki yanından göğsüne soğru sarkmış ve beyaz keten gömleğinin yakası açık bırakılmıştı. Belli ki, geceyi eksiksiz bir gardrobu olan kendi evinde geçirmemişti.

Victoria'ya mesafeli bir şekilde başıyla selam vererek büfeye gidip kendine bir fincan sıcak kahve doldurdu.

Victoria hiddet ve kırgınlıkla titreyerek ağır ağır sandalyesinden kalktı. Sakin ve soğuk bir sesle, "Jason," diye seslendi.

Jason başını çevirip ona baktı, sonra taş gibi soğuk ve sert yüzünü görerek ona doğru döndü. Dudaklarına götürdüğü fincanın üzerinden kızın yüzüne bakarak "Evet?" dedi.

"İlk karın Londra'da her türlü rezilliği yaparken kendini nasıl hissettiğini hatırlıyor musun?"

Kahve fincanı bir parmak aşağı indi, ama Jason'ın yüzü ifadesizliğini korudu. "Çok iyi hatırlıyorum."

Victoria, kendi cesaretine kendisi de şaşırarak ve biraz da kendiyle gururlanarak, gazeteye doğru bir bakış attı, sonra da çenesini kaldırarak, "Öyleyse bir daha benim böyle hissetmeme neden olmayacağını umut ediyorum," dedi.

Jason'ın bakışları bir an masanın üzerinde açık duran gazeteye takıldı, sonra tekrar Victoria'ya döndü. "Hatırladığım kadarıyla onun ne yaptığı fazla umurumda olmamıştı."

Victoria kendini tutamayarak, "Ama benim umurumda!" diye parladı. "Evli erkeklerin... dost tutmalarının... düşünceli bir davranış olduğunu çok iyi anlıyorum, ama bunu böyle ulu orta yapamazsın. Siz İngilizlerin her konuda bir sürü kuralınız var, bunun da kuralı etrafa belli etmeden yapmak. Senin... hanım arkadaşını koluna takıp ortalıkta dolaşman beni utandırıyor ve incitiyor." Sözlerini bitirdikten sonra, kendini bir kenara atılmış eski bir pabuç gibi hissederek odadan çıktı.

Jason sessizce, onun sırtında saçlarının gür bukleleri dalgalanarak ve farkında olmadığı bir zarafetle hareket ederek bir kraliçe gibi gidişini seyretti. Elindeki kahve fincanını unutup gitmişti. Kasıklarından bildik bir arzunun, o aylardır hissettiği, kızı kollarının arasına alıp onun içinde kaybolma ihtiyacının yükseldiğini duydu. Ama kendini ona doğru gitmekten alıkoydu. Kızın ona karşı beslediği hisler her neyse, aşk olmadığı, hatta arzu bile olmadığı kesindi. Acı acı, aklından kızın az önce söylediklerini geçirdi. Etrafa belli etmemek şartıyla bir yerlerde gizli bir metresinin olmasının 'düşünceli bir davranış' olduğunu düşünüyordu, yani iğrenç heveslerini onunla değil de başkasıyla tatmin etmesinden aslında memnundu. Yalnızca, o kadınla ortalıkta görünmesinden gururu incinmişti.

Evet, yalnızca gururu incinmişti, o kadar. Ama kızın gururunun daha önce sevgili Andrew'sundan yediği korkunç darbeyi hatırlayınca, onu daha fazla incitmeye yüreği elvermedi. İnsanın gururunun incinmesini bilirdi; Melissa'nın ihanetini ilk öğrendiğinde nasıl mahvolduğunu, nasıl deliye döndüğünü hatırlıyordu.

Çalışma odasına uğrayıp birkaç evrak aldı, sonra bir eliyle omzuna attığı ceketini, diğer eliyle bir yandan okumakta olduğu kâğıtları taşıyarak merdivenlerden çıktı.

Özel uşağı, efendisinin başparmağında takılı perişan cekete kınayan gözlerle bakarak, "Günaydın, lordum," dedi.

Jason da "Günaydın, Franklin," diye karşılık vererek, gözlerini yeni gelmiş evraktan ayırmadan ceketi uşağına uzattı.

Franklin, Jason'ın tıraş tasını, usturasını ve biley kayışını hazırladı, sonra da ceketi gardroba götürüp fırçalamaya koyuldu. Kibarca, "Bu geceki kıyafetiniz resmi mi olacak, lordum?" diye sordu.

Jason evrakın ikinci sayfasını çevirdi. Dalgın dalgın, "Hayır, resmi kıyafete gerek yok," dedi. "Leydi Fielding geceleri çok fazla dışarı çıktığımı düşünüyormuş."

Jason, o yatak odasına bitişik mermer döşeli banyoya girerken uşağının yüzünde beliren sevinci fark etmemişti. Franklin efendisi banyoya girip kapıyı kapatıncaya kadar bekledi, sonra ceketi bir kenara bırakıp mutlu haberi Northrup'la paylaşmaya koştu.

Leydi Victoria aylar önce aniden gelip evdeki hayatın düzenli, disiplinli akışını alt üst edinceye kadar, Mr. Franklin ve Mr. Northrup dört uzun yıl boyunca birbirleriyle muhatap olmaktan bile kaçınarak, kendi pozisyonları nedeniyle lordlarının özel hayatı hakkında öğrendikleri şeyleri kendi sırları gibi kıskançlıkla birbirlerinden saklamışlardı. Oysa şimdi, bu eski hasımlar evin beyi ve hanımının iyiliği için ortak bir paydada buluşarak ittifak kurmuştular.

Mr. Northrup ön tarafta, salonun önündeki holde bir masayı cilalamakla meşguldü. Mr. Franklin, yakınlarda kulak misafiri olabilecek astları bulunmadığından emin olmak için etrafı kolaçan ederek yanına yaklaştı. Mr. Northrup'u lordlarının çalkantılı aşk hikâyesinde –daha doğrusu aşktan yoksun hikâyesinde– son gelişmelerden haberdar etmek ve karşılığında da onun paylaşmak istediği yeni bir şeyler varsa öğrenmek için sabırsızlanıyordu. O'Malley'nin salonda konuşmalarını duymak için kulağını duvara yapıştırmış olduğundan bihaber, sırdaşına doğru eğilerek, bir komplo havası içinde, "Lord cenapları bu akşam yemeği evde yemeyi planlıyor, Mr. Northrup," diye fısıldadı. "Bence bu iyiye işaret. Kesinlikle."

Northrup doğrularak uşağa baktı, ama pek de etkilenmiş görünmüyordu. "Arka arkaya beş gecedir dışarıda yediği düşünülürse bu hakikaten değişik bir durum, ama yine de bence heyecanlanacak bir şey değil," dedi.

"Anlamıyorsunuz, lord cenapları, bu gece hanımefendi evde kalmasını istediği için kalacağını özellikle belirttiler."

"İşte, *bu* heyecanlanacak bir şey, Mr. Franklin!" Northrup arkaya doğru eğilerek ihtiyatlı bir şekilde yakınlarda duyacak kimse olup olmadığına baktıktan sonra, "Bence hanımefendinin bu ricasının sebebi bu sabah *Gazette*'de gördüğüm bir haber olabilir. Kendisi de haberi okuduysa beyefendinin alt sınıftan bir hanımla –galiba bir opera dansçısıyla– alakası olduğunu sanmış olabilir."

O'Malley kulağını duvardan ayırarak salonun yan kapısından fırlayıp, mutfaktan salona içecek getiren hizmetkârların kullandığı arka koridoru koşa koşa kat ederek mutfağa daldı.

Bakışlarını merakla ona çeviren mutfak çalışanlarına, muzaffer bir ifadeyle müjdeyi verdi: "Başardı!"

Mrs. Craddock, yoğurduğu hamuru bırakıp doğrularak, O'Malley'nin kimden bahsettiğini gayet iyi anladığı halde yine de "Kim?" diye sordu. Uşağın söyleyeceklerini bir an önce duymak için sabırsızlandığı için, kullanmak için yıkayıp masaya dizdiği elmalardan birini kapmasına bile ses çıkarmadı.

O'Malley duvara yaslanıp sulu elmadan koca bir ısırık aldıktan sonra, kalanını elinde sallayarak anlatmaya başladı: "Ham'fendi lord cenaplarına dersini vermiş yani! Franklin'le Northrup'tan her şeyi duydum. Leydi cenapları gazetede Lord Fielding'in Miss Sybil'le olduğunu okumuş, bunun üzerine ona artık evinde oturmasını söylemiş. O da oturuyor, üstelik. Ben demiştim size, bu kız beyefendiyle başa çıkacak demiştim. Daha bana İrlandalı olduğunu söylediği anda anlamıştım ben!" Sonra sadakatle devam etti: "Ama aynı zamanda da gerçek bir hanımefendi. Hem kibar, hem güleryüzlü..."

Mrs. Craddock yine de biraz endişeli görünüyordu. "Senin hanımefendi son günlerde pek mahzun yavrucağız," dedi. "Beyefendi olmadığı zaman bir lokma ya yiyor, ya yemiyor, yazık, kuş kadar, hem de hep en sevdiği şeyleri yaptım ona. Her seferinde de öyle kibar kibar teşekkür ediyor ki, için parçalanır. Neden beyefendi gece kızcağızın koynuna gireceğine hayta gibi dolaşıyor, aklım almıyor..."

O'Malley başını kötü kötü iki yana salladı. "Düğün gecelerinden beri hiç yanına uğramamış. Ruth kesinlile eminim diyor. Han'fendi de *onun* yatağına gitmiyormuş, çünkü üst kat hizmetçileri beyefendinin odasına dikkat ediyorlar, yatağında öteki yastığın yassıldığını hiç görmemişler." Susup asık suratla elmasını bitirdi, tam yeni bir tane daha almak için uzanıyordu ki Mrs. Craddock el beziyle eline vurdu. "Elmalarımı aşırmayı kes, Daniel, onları akşamki turta için ayırdım." Birden, nazik yüzünde bir gülümseme belirdi. "Yok, yok, al ha'di. Ben onlara bu gece için başka bi' şey yapmaya karar verdim. Şöyle turtadan daha gösterişli bi' şey."

Bulâşıkçı kızların en küçüğü olan on altı yaşında, iri göğüslü, kaba saba bir kız lafa karıştı: "Çamaşırcı kızlardan biri diyo' ki, bi' toz varmış böyle, bi' adamın şarabına atıyo'muşun, hemen kadın istiyo'muş –yani eğer mesele bey'fendinin erkekliğindeyse diyo'm. Çamaşırcı kızlar belki bey'fendiye de o tozdan bir fiske lazımdır diyo'lar... ac'cık yardımı olursa diye hani."

Mutfak çalışanları bir ağızdan mırıldanmaya başladılar, ama O'Malley yüksek perdeden alaycı bir sesle hepsini susturdu. "Tanrım! Sen ne diyorsun kız! Böyle şeyler aklınıza nereden gelir bilmem! Lord cenaplarının toza moza ihtiyacı yok, çamaşırhanedeki herkese benden selam söyle! Arabacı John geçen kış her gece Miss Hawthorne'un evinin önünde sokakta lord cenaplarının Miss Hawthorne'un yatağından çıkmasını beklemekten üşütüp hasta oldu, burnu bütün yıl akıp duruyor." Sözlerini eksik kalan son bir bilgiyi vererek tamamladı: "Miss Hawthorne, beyefendinin Miss Sybil'den önceki takıntısıydı."

Mrs. Craddock bir yandan gece için yapacağı 'gösterişli' tatlı için unu ölçerken, "Beyefendi dün gece Miss Sybil'le miymiş?" diye sordu. "Yoksa gazetenin uydurması mı?"

O'Malley'nin neşeli yüzü ciddileşiverdi. "Yok, oradaymış hakikaten. Seyislerden biri söyledi. Tabii, oradayken bir şey oldu mu, olmadı mı, onu bilemeyiz. Belki de yalnızca para vermeye gitmiştir."

Mrs. Craddock ona pek inanmaz gibi hafif bir gülümsemeyle baktı. "Neyse, en azından bu gece yemeğini evinde, karısıyla yiyecek ya, sen ona bak. Bu da iyi bir başlangıç."

O'Malley aşçı kadına hak vererek başını salladı, sonra da ona efendilerinin dün gece nerede olduğuna dair bilgi veren seyise son haberleri yetiştirmek için ahırlara doğru yollandı.

Böylece, o akşam Jason yemek vaktinde sofraya indiğinde, Wakefield Park'ta yaşayan yüz kırk kişiden buna tek şaşıran Victoria oldu.

Masanın başına geçip oturan kocasına şaşkınlık ve sevinçle bakarak, "Bu gece evde mi kalıyorsun?" diye sordu.

Jason ona tartarak baktı. "Anladığım kadarıyla benden istediğin şey buydu."

Victoria, üzerindeki zümrüt yeşili elbiseyle güzel görünüp görünmediğini merak ederek ve kocasının yanı başında değil uzun masanın ta öteki tarafında olmasına üzülerek; "Evet, bunu istemiştim," dedi. "Ama yapacağını düşünmemiştim. Yani..." O'Malley'nin şarap dolu iki kristal kadeh koyduğu bir tepsiyi büfenin üzerinden alarak onlara doğru dönmesi üzerine susup bekledi. Jason bu kadar uzağında otururken sohbet etmek hem ruhsal, hem de fiziksel açıdan imkânsız gibiydi.

O'Malley gözlerinde garip ve kararlı bir pırıltıyla doğruca ona doğru gelmeye başlayınca Victoria içini çekti. Uşak, "Şarabınız, leydim," diyerek tepsiden aldığı kadehi garip ve abartılı bir hareketle masaya koyarken kadeh eğildi ve içindeki şarap keten masa örtüsüne, tam Victoria'nın önüne döküldü.

Her zamanki gibi büfenin yanında durmuş, yemek servisine nezaret etmekte olan Northrup, "O'Malley!" diye çıkıştı.

O'Malley ona en masum bakışıyla bakarak, büyük bir özenle Leydi Victoria'nın iskemlesini çekti ve kalkmasına yardım etti, sonra da onu masanın Jason'ın oturduğu tarafına doğru götürdü. "Buyrun, leydim," diyerek Jason'ın hemen sağındaki sandalyeyi tutarken, yüzünden adeta endişe ve pişmanlık fışkırıyordu. "Size şimdi bir saniyede yeni şarap getiririm. Sonra da şurayı temizleyiveririm. Dökülmüş şarap da ne kokar, ne kokar. En iyisi şöyle iyice uzak durmak. Nasıl oldu da şarabınızı döktüm bilmem." Keten bir peçete alıp Victoria'nın dizine yerleştirdi. "Son günlerde kolum ağrıyordu biraz, herhalde ondan. Ama merak etmeyin, mühim bi' şey di'il – önceden kırılmıştı da, onun yeri işte, yoksa yıllar oldu."

Victoria eteklerini düzelterek uşağa anlayışlı bir şekilde gülümsedi. "Kolunuzun ağrıdığına üzüldüm, Mr. O'Malley."

O'Malley daha sonra Lord Fielding'e döndü, niyeti ona da birkaç uydurma özür sıralamaktı, ama Jason'ın amansız, delici bakışlarıyla karşılaşıp, parmağını manalı manalı keskinliğini kontrol eder gibi bıçağının ağzında dolaştırdığını görünce boğazı kupkuru oluverdi.

O'Malley işaret parmağını gömleğinin yakasıyla boynu arasında gezdirerek boğazını temizledi, sonra telaşla Victoria'ya dönerek "B-ben size bir bardak daha şarap koyayım, leydim," diye kekeledi.

Jason, kelimelerin üzerine basa basa, "Leydi Fielding yemekte şarap içmez," diyerek onu durdurdu. Aklına sonradan gelmiş gibi Victoria'ya dönerek, "Yoksa alışkanlıklarını değiştirdin mi, Victoria?" diye sordu.

Victoria başını iki yana salladı. Jason'la zavallı O'Malley arasında geçen sözsüz diyaloğu fark etmiş ama çözememişti. Nedenini anlayamasa da ortalığı yatıştırma ihtiyacı hissederek, "Ama bu gece biraz içmek istiyorum sanırım," dedi.

Hizmetkârlar çekilip onları otuz metre uzunluğundaki yemek salonunun ezici görkemi içinde baş başa bıraktılar. Bütün yemek, arada bir Limoges porselenlerine çarpan altın çatal bıçağın çıngırdaması dışında ağır bir sessizlik içinde geçti. Onunla kalmak yerine Londra'ya gitmiş olsa şimdi Jason'ın nasıl bir şenliğin ortasında olacağını çok iyi bilen Victoria'ya bu sessizlik daha da ağır geliyordu.

Tabaklar sofradan kaldırılıp tatlı getirilince kadar, Victoria'nın mutsuzluğu umutsuz bir hal almıştı. İki kere sessizliği bozarak hava durumu ve on çeşit yemekten oluşan öğünlerinin nefaseti gibi kimsenin canını sıkmayacak konulardan laf açmaya çalışmıştı. Onun bu sohbet çabalarına Jason kibarca, ama kısaca karşılık verince cesareti kırılarak bir süre başka girişimde bulunamadı.

Victoria sinirli sinirli elindeki kaşıkla oynayarak, bir şeyler yapması gerektiğini düşündü –hem de hemen– çünkü aralarındaki uçurum her an genişliyor, her gün daha da derinleşiyordu, yakında iyice aşılmaz bir hal alacaktı.

O'Malley elinde tatlı tepsisiyle içeri girip, pek gizleyemediği bir gülümsemeyle önlerine küçük, güzel bir pasta bıraktığında, Victoria'nın karamsarlığı ve endişesi bir an için dağılıp gitti. Pasta, çaprazlama duran renkli iki bayrakla süslenmişti; bunlar İngiliz ve Amerikan bayraklarıydı.

Jason pastaya şöyle bir baktıktan sonra alaycı bakışlarını arabuluculuk hevesindeki uşağa çevirdi. "Herhalde Mrs. Craddock bugün milliyetçi bir günündeymiş, öyle mi?" dedi, O'Malley'nin yüzü asıldı, efendisi ona soğuk bir hoşnutsuzlukla bakarken gözlerinde endişeli bir bakış belirdi. "Yoksa bu bana, sembolik olarak evli olduğumu hatırlatmak için yapılmış bir şey mi?"

Uşağın yüzü bembeyaz oldu. "Kesinlikle hayır, lordum." Jason'ın bakışlarıyla yerine çakılmış bir şekilde, Jason başının kısa bir hareketiyle çıkmasını işaret edene kadar öylece durup bekledi.

Victoria, komik olmaya çalışmaksızın "Eğer Mrs. Craddock bunu bizim evliliğimizi temsil etmek üzere yaptıysa, üzerini iki bayrak yerine iki kılıçla süslemeliydi," dedi.

Jason ifadesiz bir sesle, "Haklısın," diyerek güzel pastanın yüzüne bakmadan kadehine uzandı.

Evliliklerinin haline böylesine ilgisiz kalması öyle sinir bozucuydu ki Victoria paniğe kapılarak bütün gece açmaya çalıştığı konuya balıklama dalıverdi. "Ben haklı olmak istemiyorum!" dedi. Bakışlarının adamın ne düşündüğünü belli etmeyen yüzüne çevirdi. "Jason, lütfen... ben ilişkimizin başka türlü olmasını istiyorum."

Jason hafifçe şaşırmış gibi bir yüzle arkasına yaslanarak onu ifadesiz bir bakışla süzdü. "Tam olarak nasıl bir ilişki düşünüyorsun?"

Adamın tavrı öyle mesafeli ve ilgisizdi ki Victoria'nın gerginliği ikiye katlandı. "Bir kere, dost olmamızı istiyorum. Eskiden birlikte güler, konuşurduk."

"Konuşalım öyleyse."

Victoria samimiyetle, "Konuşmak istediğin özel bir konu var mı?" diye sordu.

Jason'ın gözleri kızın baş döndürücü hatlarında dolaştı. İçinden, *Benimle yatağa girebilmek için neden kendinden geçene kadar içmen gerektiğini konuşmak istiyorum,* diye geçirdi. *Neden dokunuşumun mideni bulandırdığını konuşmak istiyorum.* Ama yalnızca, "Özel bir şey yok," dedi.

"Pekâlâ, öyleyse ben başlayayım." Victoria bir an duraksadıktan sonra, "Elbisemi beğendin mi?" diye sordu. "Bu benim için Madam Dumosse'a yaptırttıklarından biri."

Jason'ın bakışları kızın yeşil elbisenin açık yakasından davetkar bir şekilde taşan ipek gibi tenine kaydı. İçinden, onun yeşiller içinde şahane göründüğünü geçirdi, ama incecik boynunda elbisesini tamamlayan zümrütler olmalıydı. Eğer her şey daha farklı olsaydı, hizmetkârlara izin verip onu kucağına çeker, elbisesinin arkasını açıp baş döndürücü göğüslerini özgür bırakır, ellerini, dudaklarını teninde gezdirirdi. Her bir göğsünü ayrı ayrı öper, sonra onu kucağına alıp yukarı taşır, her ikisinin de kıpırdamaya mecali kalmayıncaya kadar onunla sevişirdi. "Elbise gayet güzel," dedi. "Boynuna zümrüt takman lazım."

Victoria'nın eli farkında olmaksızın çıplak boynuna gitti. Hiç zümrüdü yoktu. "Bence sen de çok hoş görünüyorsun," diyerek şık lacivert ceketin adamın muhteşem omuzlarında duruşunu hayran bakışlarla süzdü. Adamın yüzü öyle yanık, saçları öyle siyahtı ki, beyaz gömleği ve boyun bağıyla tam bir tezat oluşturuyordu. Victoria dalgın bakışlarla, "Çok yakışıklısın," diye ekledi.

Jason'ın dudaklarında bir an için şaşkın bir gülümseme belirir gibi oldu. "Teşekkür ederim," derken gafil avlandığı belli oluyordu.

Victoria "Rica ederim," diye karşılık verdi. Eşinin kendisine bu şekilde iltifat edilmesinden hoşlanmış gibi göründüğünü düşünerek, bunun iyi bir konuşma konusu olduğuna karar verdi. "Seni ilk gördüğümde, ürkütücü göründüğünü düşünmüştüm, bunu biliyor muydun? Tabii, oldukça karanlıktı, ben de çok gergindim, ama işte... öyle kocamandın ki ürkütücü bir manzaraydı."

Şarap Jason'ın boğazına kaçarak onu öksürttü. "Sen neden söz ediyorsun?"

Victoria, masumca "İlk karşılaşmamızdan," diye açıkladı.

"Hatırlıyor musun, ben dışarıda, güneşte duruyordum, kucağımda da o domuz yavrusu vardı, sonra domuzu çiftçiye verdim, sen de beni içeri sürükledin, içerisi oldukça karanlık gelmişti–"

Jason ani bir hareketle ayağa kalktı. "Sana kaba davrandığım için özür dilerim," dedi. "Şimdi, kusura bakmazsan, gidip akşamı çalışarak geçirmeyi düşünüyorum."

"Hayır." Victoria da telaşla ayağa kalkmıştı. "Lütfen çalışma. Başka bir şeyler yapalım, birlikte yapabileceğimiz bir şeyler. Hoşuna gidecek bir şey."

Jason'ın kalbi kaburgalarına çarparcasına atmaya başladı. Kızın pembeleşmiş yüzüne bakınca yalvaran mavi gözlerindeki daveti gördü. İnanamadığı halde umutlanarak, heyecanla, sevecenlikle, elini uzatıp Victoria'nın kızarmış yanağına dokundu, elini yavaşça geriye doğru kaydırarak ipeksi, gür saçlarını düzeltti.

Kocasının ona nihayet sıcaklık göstermesi Victoria'yı çok mutlu etmişti. Sevinçten titreyerek, sessizce acı çekmek yerine günler önce ona yaklaşmaya çalışmış olması gerektiğini düşündü. Sevinçle, "İstersen satranç oynayabiliriz," dedi. "Pek iyi oynadığımı söyleyemem, ama iskambil kâğıdın varsa–"

Jason elini kızın saçından çekti, yüzü kapalı bir maskeye dönüştü. "Affedersin, Victoria. Yapacak işlerim var." Gidip çalışma odasına kapandı ve akşamın kalanını orada geçirdi.

Victoria da akşamın kalanını hayal kırıklığı ve karmakarışık düşünceler içinde kitap okumaya çalışarak geçirdi. Yatma vakti geldiğinde, kesin kararını vermişti, kocasının tekrar ona kibar bir yabancı gibi davranmaya dönmesine izin vermemek için ne gerekiyorsa yapacaktı. Kendisi satranç oynamayı önermeden hemen önce Jason'ın yüzündeki bakışı hatırlıyordu. Ona tıpkı onu öpeceği zaman baktığı gibi bakmıştı. Victoria'nın vücudu o bakışı anında tanımış, Jason ona dokunduğunda hep olduğu gibi her yanını bir sıcaklık ve ürperti sarmıştı. Belki de Jason satranç oynamak değil, onu öpmek istiyordu. Tanrım! Belki de ona yine o korkunç şeyi yapmak istiyordu.

Victoria bu fikirle sarsıldı, ama aralarındaki uyumu geri getirecekse bunu bile yapmaya razıydı. Jason'ın düğün gecesi yaptığı gibi onu çıplakken okşaması, vücuduna o korkunç, tanımadığı birine bakar gibi yabancı bakışla bakması fikriyle midesi döndü. Belki bunları yaparken ona karşı yumuşak davranmış olsa, onunla öpüşürken oyduğu gibi davransa, bu da o kadar korkunç olmazdı.

Jason'ın kendi odasında dolaştığını duyuncaya kadar kendi odasında oturup bekledi, sonra üzerine etekleri ve uzun kollarının ağzı bej rengi dantelli, camgöbeği saten bir sabahlık alıp ara kapıyı açarak Jason'ın dairesine girdi. Jason'ın kırdığı kapı yerine takılıp güzelce onarılmıştı, ama artık üzerinde anahtar yoktu. Ani bir şekilde, "Lordum-Jason," diye seslendi.

Jason gömleğini çıkarıyordu, göğsü tamamen açıktı. Başını hızla kaldırarak Victoria'ya döndü.

Victoria kararlı bir sesle, "Seninle konuşmak istiyorum," dedi.

Jason canının sıkıldığını gösteren buz gibi bir sesle, "Git buradan, Victoria," dedi.

"Ama–"

Jason istihza dolu bir sesle, kızı "Ben konuşmak istemiyorum," diye susturdu. "Satranç oynamak da istemiyorum. Kâğıt oynamak da istemiyorum."

"O halde *ne* istiyorsun?"

"Gitmeni istiyorum. Yeterince açık oldu mu?"

"Sanırım son derece açık oldu." Victoria'nın vücudu sarsılmaz bir vakarla dikleşmişti. "Seni bir daha rahatsız etmem." Odasına dönüp kapıyı kapadı, ama çok kızgın olsa da hâlâ evliliğini mutlu ve sağlam bir evlilik yapmaya kararlıydı. Jason'ın ondan ne beklediğini anlamıyordu. Özellikle de *onu* anlamıyordu. Ama anlayan birini biliyordu. Jason otuz yaşındaydı, kendisinden çok daha büyük ve tecrübeliydi, ama Kaptan Farrell ondan da büyüktü, Victoria'ya bundan sonra ne yapması gerektiğini söyleyebileceği muhakkaktı.

YİRMİ BEŞ

Ertesi sabah Victoria kararlı bir şekilde ahırlara gidip kendisi için bir atın eyerlenmesini istedi. Şık kesimli yeni siyah binici kıyafetinin üzerine oturan dar ceketi, ince belini ve dolgun göğüslerini ortaya çıkarıyor, kar beyaz gömleği yüzünün canlı rengini ve çıkık elmacık kemiklerini vurguluyordu. Kızıl saçları ensesinde şık bir topuz yapılmıştı. Topuz ona kendisini daha büyük ve daha bilgiç hissettiriyor, zayıflayan özgüvenini tazeliyordu.

Ahırın önünde, binici kırbacını tembel tembel bacağına vurarak bekledi, abanoz rengi, saten gibi parlayan, canlı adımlarla hoplayarak yürüyen bir atla kendisine doğru gelen seyisi görünce de neşeyle gülümsedi.

Şahane atı hayranlıkla süzerek, "Çok güzel bir at, John. Adı ne?" diye sordu.

Seyis, "Bunun adı Matador, İspanya'dan geldi," diye cevap verdi. "Beyimiz bunu sizin için ayırdı, yeni atınız gelinceye kadar binesiniz diye. O da birkaç hafta sonra gelir."

Victoria, Jason'ın ona bir at almış olduğunu duymanın şaşkınlığı içinde, seyisin ona yardımcı olmak için kaldırdığı dizine basarak yan eğerin üzerine yerleşti. İngiltere'nin en iyi atlarının Jason'ın ahırında olduğu dillerde dolaşırken, ona yeni bir at alma ihtiyacı hissetmesine bir anlam verememişti; yine de bunun cömertçe bir hareket olduğunu düşündü, zahmet edip kendisine söylememesi de tam ondan beklenecek şeydi.

Kıvrılarak Kaptan Farrell'ın evine çıkan dik yolun başında Matador'u biraz yavaşlattı, Kaptan attan inmesine yardım etmek için verandaya çıkınca da rahat bir nefes aldı. Ayakları yere sapasağlam basınca, "Teşekkür ederim," dedi. "Evde olacağınızı umuyordum."

Kaptan Farrell dişlerini gösteren geniş bir gülümsemeyle, "Ben de bugün Wakefield'a gelip Jason'la aranız nasıl diye bir bakmayı düşünüyordum," dedi.

Mahzun bir tebessümle, "Öyleyse," dedi Victoria, "kendinizi zahmete sokmadığınız iyi olmuş."

"Düzelme yok mu?" Kaptan kızı içeri buyur ederken duyduklarına şaşırmış gibi görünüyordu. Bir çaydanlığa su doldurup ateşe koydu.

Victoria oturup asık bir suratla başını iki yana salladı. "Her şey daha da kötüye gidiyor. Şey, aslında daha kötüye gidiyor demem pek doğru olmadı, en azından Jason dün gece Londra'ya gidip şeyini... şeyine... yani Londra'ya gitmedi, yani evde kaldı..." Victoria derin bir soluk aldı. Bu kadar özel konulara girmeye niyetlenmemişti. Aralarındaki mahrem ilişkiyi değil, yalnızca Jason'ın ters ve karamsar halini tartışmak istiyordu.

Kaptan Farrell bir raftan iki fincan alarak, omzunun üzerinden ona kafası karışmış gibi baktı. "Hayır, anlamadım. Ne demek istiyorsun?"

Victoria'nın rahatsız olduğu her halinden belli oluyordu, bir şey demeden yüzünde huzursuz bir ifadeyle kaptana baktı.

"Açıl, çocuk, konuş. Ben sana güvenip neler anlattım. Sen de bana güvenebileceğini biliyor olmalısın. Dök içini. Konuşacak başka kimin var?"

Victoria perişan bir ifadeyle, "Kimsem yok," diye cevap verdi.

"Eğer anlatmaya çalıştığın şeyi anlatması bu kadar zorsa, beni baban farzet – ya da Jason'ın babası farzet."

"Ama ikisi de değilsiniz. Ayrıca bunu kendi babama bile söyleyebileceğimden emin değilim."

Kaptan Farrell fincanları bırakıp yavaşça ona döndü. "Denizin sade nesini sevmem, biliyor musun?" Kız başını iki yana sallayınca, devam etti. "Denizin sevmediğim tek yanı, kamaramda yalnız olmaktır. Bazen hoşuma gider. Ama bir şeyler için endişelendiğim zaman –fırtınanın yaklaştığını hissettiğimde mesela– korkularımı açabileceğim kimse yoktur. Adamlarıma korktuğumu belli edemem, yoksa telaşa kapılırlar. O yüzden içime atarım, o zaman da korku içimde büyür de büyür. Eskiden bazen denizdeyken içime karımın hastalandığı ya da sıkıntıda olduğu gibi bir his gelirdi, bir türlü içimden atamazdım, çünkü yanımda beni sakinleştirecek, bunun yersiz bir korku olduğunu söyleyecek, aptallık etme diyecek kimse yoktu. Eğer Jason'la konuşamıyorsan, benimle de konuşmazsan, o zaman aradığın cevapları hiç bulamazsın."

Victoria adama sevgiyle bakarak, "Siz tanıdığım en iyi insanlardan birisiniz, Kaptan," dedi.

"Öyleyse neden beni babanmışım farz edip benimle öyle konuşmuyorsun?"

Kadınlar da dahil birçok kişi Dr. Seaton'a her çeşit dertlerini açar, bundan da hiç utanıp sıkılmazlardı, Victoria bunu biliyordu. Ve Jason'ı anlamaya niyeti varsa, Kaptan Farrell'a konuşmak zorundaydı.

"Pekâlâ." Düşünceli adam ona arkasını dönüp çay hazırlığıyla meşgul olmaya koyulunca Victoria rahatlamıştı. Sırtıyla konuşmak daha kolay olacaktı. "Aslında, buraya bana Jason hakkında bildiğiniz her şeyi anlattığınızdan emin misiniz diye sormaya gelmiştim. Ama, sorunuza cevap vermem gerekirse, Jason dün gece sizi son gördüğüm günden beri ilk defa evde kaldı. Her akşam Londra'ya, şeyinin... off..." Derin bir nefes alarak cümlesini kararlılıkla tamamladı: "...dostunun yanına gidiyordu."

Kaptan Farrell'ın sırtı kasıldı, ama dönmedi. Ağır hareketlerle raftan şeker kasesini alarak, "Böyle bir şeyi nereden çıkardın?" diye sordu.

"A... eminim. Dün sabah gazetede yazıyordu. Jason bütün

gece gelmemişti, geldiğinde de ben kahvaltı yapıyordum ve gazeteyi de daha yeni görmüştüm. Çok canım sıkılmıştı–"

"Düşünebiliyorum."

"Ve neredeyse hiddete kapılmıştım, ama mantıklı olmaya çalıştım. Ona, metres tutmasının düşünceli bir hareket olduğunun farkında olduğumu, ama bunu etrafa belli etmemesi gerektiğini–"

Kaptan Farrell aniden yüzünü dönerek bir elinde şeker kasesi, bir elinde sütlük, ağzı hayretten açık kalmış bir şekilde Victoria'ya bakakaldı. "Ona, *ne* dedim, dedin? 'Metres tutman düşünceli bir hareket, ama belli etmeden yap' mı dedin?"

"Evet. Öyle dememeli miydim?"

"Daha önemlisi, *neden* öyle dedin? Hatta, böyle bir şeyi neden *düşündün*?"

Victoria yaşlı kaptanın sesindeki kınama tınısını duyarak hafifçe kasılmıştı. "Miss Wilson -Flossie Wilson bana İngiltere'de düşünceli kocaların metr–"

"Flossie Wilson mı?" Kaptan dayanamayarak bağırmıştı -duyduklarına inanamıyordu. "Flossie Wilson ha!.. Flossie Wilson, hiç evlenmemiş yaşlı bir kız olması bir yana, kuş beyinlinin de tekidir! O ne anlarmış? Tam bir ahmaktır o! Jason Jamie'ye bakması için onu Wakefield'a getirmişti, kendisi yokken çocuğun yanında sevgi dolu bir kadın olsun diye. Flossie Wilson sevgi dolu olmasına sevgi doludur da, budala kadın bir gün çocuğu kaybetmişti. Evlilik hakkında öğüt isteyecek başkasını bulamadın mı?"

"Ben *istemedim*, o kendiliğinden anlattı." Victoria kıpkırmızı olmuş, savunmaya geçmişti.

Kaptan eliyle ensesini ovuşturarak, "Sana bağırdığım için özür dilerim, çocuk," dedi. "İrlanda'da olsa, kocasının başka kadına gittiğini öğrenen kadın, kocasının tepesine yağ tavasını indiriverir! Bana sorarsan öylesi daha açık ve çok daha etkili. Lütfen devam et, Jason'a böyle böyle dedim diyordun–"

Victoria endişe içinde, "Devam etmesem daha iyi olacak," diye konuyu kapatmaya çalıştı. "Hiç gelmemem gerekirdi sanırım. Hakikaten de çok kötü bir fikirdi. Ben yalnızca, bana Jason'ın düğünümüzden beri neden bu kadar uzaklaştığını anlatabilirsiniz belki diye–"

"Uzaklaştı derken neyi kastediyorsun?"

"Nasıl anlatabilirim bilmiyorum."

Kaptan iki fincana çay doldurup eline aldı. Yüzünü döndüğünde kaşları çatılmıştı, "Victoria," dedi, "kocanın yatağına pek fazla gelmediğini mi söylemeye çalışıyorsun?"

Victoria kıpkırmızı olarak gözlerini ellerine dikti. "Aslına bakılırsa, düğün gecemizden sonra hiç gelmedi. Aslında ben gelir sanıyordum, çok da korkuyordum, çünkü sabah ben kapıyı kilitleyince kızıp kapıyı kırmıştı ama–"

Kaptan Farrell dönüp çay fincanlarını tezgâha bıraktı, dolaptan iki bardak alıp viski doldurdu.

Kızın yanına gelip bardaklardan birini eline tutuşturdu. Buyurgan bir tavırla, "İç bunu," dedi. "Daha rahat konuşursun. Bu hikâyenin gerisini de dinlemek istiyorum."

"Biliyor musunuz, ben İngiltere'ye gelmeden önce ağzıma içki sürmemiştim, annemle babamın cenazesinde içtiğim şarap hariç." Victoria ürpererek bardağındaki viskiye baktı, sonra gözlerini karşısına oturan adama çevirdi. "Ama buraya geldiğimden beri herkes bana şarap, brendi, şampanya... çeşit çeşit içki verip iyi geleceğini söylüyor. Ama bana hiç iyi gelmiyor."

"Bir dene."

"Denedim. Evlendiğimiz gün o kadar gergindim ki, mihrabın önünde Jason'dan kaçmaya kalktım. Onun için Wakefield'a geldiğimiz zaman biraz şarap içersem gecenin gerisini daha kolay geçiririm diye düşündüm. Düğünümüzde beş kadeh şarap içtim, ama tek etkisi yattığımızda -yattığımda midemi bulandırması oldu."

"Yani bir kilise dolusu tanıdığının önünde Jason'ı bırakıp kaçmaya mı kalktın?"

"Evet, ama kimse fark etmedi. Yalnızca Jason fark etti."

"Aman Tanrım!" Kaptanın sesi bir fısıltı gibi çıkmıştı.

"Gece yatınca da neredeyse kusuyordum."

Kaptan bir kez daha, "Aman Tanrım," diye fısıldadı. "Ertesi sabah da kapıyı Jason'ın yüzüne kilitledin, öyle mi?"

Victoria başını salladı, kendini çok kötü hissediyordu.

"Sonra dün de ona metresine gitmesinin düşünceli bir hareket olduğunu söyledin, ha?" Victoria yine başını sallayınca Kaptan Farrell ona sessiz bir hayretle bakakaldı.

Victoria kendini savunmaya çalışırcasına, "Ama dün gece telafi etmeye çalıştım," dedi.

"Bunu duymak içimi rahatlattı."

"Evet, ona birlikte hoşuna gidecek bir şey yapmayı teklif ettim."

Kaptan Farrell zayıf bir gülümsemeyle, "Bu muhakkak onun tavrını hemen fark ettirmiş olmalı," diye bir tahmin yürüttü.

"Eh, bir an fark ettirdi sanki. Ama satranç ya da kâğıt oynayalım deyince, daha–"

"*Satranç* mı? Satranç oynamayı mı önerdin? Allah aşkına, satranç nereden geldi aklına?"

Victoria adama kırılmış gibi sessizce baktı. "Annemle babamın beraber neler yaptığını düşünüyordum. Yürüyüşe çıkalım diyecektim, ama hava biraz soğuktu."

Gülmekle ağlamak arasında kaldığı açıkça belli olan Kaptan Farrell, başını sıkıntıyla iki yana salladı. Sesinde gizli bir gülme tınısıyla, "Zavallı Jason," dedi. Ama başını kaldırıp tekrar Victoria'nın yüzüne baktığında çok ciddiydi. "Eminim ki annenle baban... şey... başka şeyler de yaparlardı."

"Ne gibi mesela?" Victoria annesiyle babasının ateşin önünde karşılıklı oturup kitap okuyuşlarını düşündü. Annesi babasına en sevdiği yemekleri yapar, evini tertemiz tutar, giysilerini güzelce onarır, ütülerdi, ama Jason'ın yanında bir kadının yapacağı bu tip işleri yapmak için sürüyle adam çalışıyordu ve hepsini kusursuz yapıyorlardı. Victoria, huzursuz bir sessizliğe gömülen Kaptan Farrell'a kaçamak bir bakış attı. "Ne gibi şeyler demek istiyorsunuz?"

Kaptan açık açık, "Annenle babanın yataklarında yalnız olduklarında yaptıkları mahrem şeylerden söz ediyorum," dedi.

Yıllar öncesinden kalma bir anı Victoria'nın zihninde canlandı –annesiyle babası, annesinin yatak odasının kapısında duruyorlardı, babası karısını kolları arasına almaya çalışarak mırıltı gibi bir sesle yalvarıyordu; "*Beni reddetme, Katherine. Tanrı aşkına, reddetme beni!*"

Victoria anlamıştı, annesi babasını yatağına almayı reddediyordu. Bu düşünceyle kendini bitkin hissederek, babasının o gece ne kadar incinmiş ve umutsuz göründüğünü, kendisinin babasını böyle üzdüğü için annesine ne kadar öfkelendiğini düşündü. Annesiyle babası iki dosttular, bu gerçekti, ama annesi babasına âşık değildi. Katherine, Charles Fielding'e âşık olmuştu, bu yüzden de Dorothy doğduktan sonra kocasını yatağına almamıştı.

Victoria babasının genellikle ne kadar yalnız göründüğünü hatırlayarak dudağını ısırdı. Acaba eşleri onları yatağına almayı reddettiğinde bütün erkekler kendilerini yalnız mı hissederdi? Yoksa gururları mı incinirdi?

Annesi babasına âşık değildi, bunu biliyordu, ama iki dost olmayı başarmıştılar. İki dost... Birden bire farkına vardığı bir gerçekle sarsıldı: onun yapmaya çalıştığı da buydu, tıpkı annesinden gördüğü gibi, o da Jason'ı dostu yapmaya çalışıyordu.

"Sen sıcak kalpli bir kadınsın, Victoria, hayat dolusun, yüreklisin. Londra'da gördüğün sosyetik evlilikleri unut. Onlar boş ve yapmacık, göstermelik evlilikler. Onun yerine kendi annenle babanın evliliğini düşün. Mutluydular, değil mi?"

Kaptan Farrell, Victoria'nın uzun süren sessizliği üzerine, kaşlarını çatarak hemen yolunu çevirdi. "Annenlerin evliliğini boş ver. Ben erkekleri bilirim, Jason'ı da bilirim, onun için sen beni dinle. Senden bir şeyi aklından çıkarmamanı istiyorum: Eğer bir kadın yatak odasının kapısını kocasının yüzüne kapatırsa, kocası da kalbini ona kapatır. En azından, bir parçacık gururu varsa öyle yapar. Jason da çok gururludur. Ayaklarına kapanmayacak, sana yalvarmayacaktır. Sen onu reddettin; şimdi artık bundan sonra böyle yapmayacağını anlamasını sağlamak da sana düşüyor."

"Ama bunu nasıl yapabilirim ki?"

Kaptan kısaca, "Satranç oynamayı önererek değil," diye özetledi. "Onun başka kadınlara gitmesinin düşünceli bir hareket olduğunu söyleyerek de değil." Elini ensesine götürerek gerilmiş kaslarını ovdu. "Bir erkeğin bir kız evlat yetiştirmesinin ne kadar zor olduğunu bugüne kadar hiç anlamamışım. Öyle şeyler var ki, karşı cinsle konuşması çok güç."

Victoria huzursuz bir şekilde ayağa kalktı. Utancını gizlemeye çalışarak, "Bana söylediğiniz her şeyi iyice düşüneceğim," dedi.

Kaptan duraksayarak, "Sana bir şey sorabilir miyim?" dedi.

Victoria, endişesini hoş bir tebessümle saklayarak, "Sanırım hayır diyemem," diye karşılık verdi. "Ben size öyle çok şey sordum ki."

"Kimse sana evlilikte aşktan söz etmedi mi?"

Victoria yine kızarıverdi. "Bu insanın annesinden başka kimseyle konuşabileceği bir konu değil," dedi. "Tabii evlilik vazifesi diye bir şeyden bahsedildiğini duydum, ama tam olarak–"

"Vazife mi!" Kaptan Farrell kulaklarına inanamıyordu. "Benim memleketimde, kızlar düğün gecelerini sabırsızlıkla bekler! Evine git de kocanı baştan çıkar, kızım, o gerisini halleder. Ondan sonra artık sen de bunu vazife diye görmezsin. Jason'ı çok iyi tanıyorum, bu konuda sözüme güvenebilirsin!"

"Gidip onu -yani dediğinizi yaparsam, memnun olur mu?"

"Evet, olur." Kaptanın sesi yumuşamıştı, gülümsüyordu. "Seni de memnun eder."

Victoria, hiç dokunmadığı viski bardağını sehpanın üzerine bıraktı. "Evlilik hakkında çok az şey biliyorum, ama baştan çıkarma konusunda hiçbir şey bilmiyorum."

Kaptan Farrell, karşısında duran genç kadının egzotik güzelliğine baktı. Omuzları sessiz kahkahalarla sarsılarak, "Jason'ı baştan çıkarmak için fazla uğraşman gerekeceğini sanmıyorum, hayatım. Onun yatağına gelmesini istediğini anladığı anda, eminim ki davetine seve seve icabet edecektir."

Victoria'nın yanakları gül gibi pembeleşti, hafifçe gülümseyerek kapıya yöneldi.

Matador'un sırtında eve dönerken kafası öyle meşguldü ki, şahane atın yolu ne zaman aldığının farkında bile olmadı. Wakefield Park'a vardıklarında en azından bir şeyden emindi: Jason'ın evlilik hayatında kendisini babası kadar yalnız hissetmesine izin vermeyecekti.

Yatakta Jason'a teslim olmak o kadar da korkunç olmayabilirdi, özellikle de eğer onu yine o cüretkâr, mahrem öpüşüyle öper, dudaklarını dudaklarına bastırarak diliyle bütün vücuduna ateş bastıran, dizlerini çözen o müthiş şeyleri yaparsa. Jason yatağına geldiğinde, Miss Flossie'nin önerdiği gibi yeni elbiseler ve mücevherler hayal etmek yerine, Jason'ın onu öpüşünü hayal edecekti. Bu noktaya kadar gelmişken, kendi kendine onun öpüşünü sevdiğini bile itiraf etti. Erkeklerin yatakta böyle şeyler yapmamaları ne yazık, diye düşündü. Yoksa her şey çok daha güzel olurdu. Ama belli ki öpüşme yataktayken yapılmıyordu, yatağa girince erkekler sadece başından beri akıllarında olanı yapıyorlardı.

Büyük bir kararlılıkla, "Umurumda değil!" dedi. Bir seyis koşup attan inmesine yardım etti. Victoria, Jason'ı mutlu etmek ve eski yakınlıklarını tekrar canlandırmak için her şeye razıydı. Kaptan Farrell'a bakılırsa, şimdi tek yapması gereken Jason'a yatağını onunla paylaşmak istediğini hissettirmekti.

Eve girer girmez, Northrup'a "Lord Fielding evde mi?" diye sordu.

Kahya onu selamlayarak, "Evet, leydim," diye cevap verdi. "Çalışma odasında."

"Yalnız mı?"

"Evet, leydim."

Victoria teşekkür ederek Jason'ın odasına yöneldi. Kapıyı açarak sessizce içeri süzüldü. Jason uzun odanın öbür ucunda, Victoria'ya yanı dönük olarak masasının başında oturuyordu. Elinde bir tomar kâğıt vardı, dirseğinin dibinde de başka bir kâğıt tomarı duruyordu. Victoria ona bakarken, büyüyüp yakışıklı, zengin, güçlü bir adama dönüşen o sefil çocuğu düşündü. Bir servet edinmiş, malikâneler almış, babasını affetmiş, Amerikalı bir yetime evini açmıştı. Ve hâlâ yalnızdı. Hâlâ çalışıyor, çabalıyordu.

İçinden, *"Seni seviyorum,"* diye bir düşünce geçti. B – bu öyle beklenmedik bir düşünceydi ki neredeyse yere yığılmasına neden olacaktı. Andrew'yu sevmiş, bunun sonsuza kadar süreceğini sanmıştı. Ama bu doğruysa, neden Andrew'yu mutlu etmek için içinde bu umutsuzca dürtüyü hissetmemişti? Jason'ı seviyordu –babasının uyarısına rağmen, Jason'ın kendi uyarısına rağmen, ona aşkını değil, yalnızca vücudunu istediğini söylemiş olmasına rağmen onu seviyordu. Ne garip tir ki, Jason istemediği şeyi elde etmiş, istediği şeyi elde edememişti. Ama onun bunların her ikisini de istemesi için elinden geleni yapmaya kararlıydı.

Kalın Aubusson halısının üzerinden sessiz adımlarla odayı kat ederek gidip Jason'ın koltuğunun arkasında durdu. Yavaşça, "Neden bu kadar çok çalışıyorsun?" diye sordu.

Jason kızın sesiyle yerinden sıçradı, ama ona dönmedi. "Çalışmayı seviyorum," diye kısa bir cevap verdi. "Bir şey mi istiyorsun? Çok meşgulüm."

Bu pek öyle insanı cesaretlendirecek bir başlangıç değildi, Victoria bir an için aklından açık açık '*Beni yatağa götürmeni istiyorum,*' demeyi geçirdi. Ama aslında o kadar da cüretkâr değildi; yukarı çıkıp yatağa girmeye de o kadar hevesli sayılmazdı. Hele Jason böyle, düğün gecelerinde olduğundan bile soğuk bir tavır içindeyken. Kocasının havasını biraz yumuşatmak umuduyla, yavaşça, "Bütün gün böyle oturmaktan sırtın korkunç ağrıyor olmalı," dedi. Bütün cesaretini toplayarak ellerini adamın geniş omuzlarına koyup ovmaya başladı.

Dokunduğu anda Jason'ın bütün vücudu geriliverdi. "Ne yapıyorsun?"

"Omuzlarını ovayım dedim."

"Omuzlarımın senin sevecen bakımına hiç ihtiyacı yok, Victoria."

Victoria, "Niye kızıyorsun?" diyerek gidip masasının önünde durdu, adamın sayfanın üzerinde hızla dolaşarak kararlı ve kişilikli el yazısıyla not tutan eline baktı. Jason onu görmezden gelince, masasının kenarına ilişiverdi.

Jason sinirlenerek tüy kalemini elinden atıp arkasına yaslandı ve gözlerini Victoria'ya dikti. Kız yazdıklarını okurken bacağı elinin yanında hafif hafif sallanıyordu. Jason'ın bakışları, iradesi dışında yukarı doğru kayarak kızın göğüslerine, oradan dudaklarının davetkâr kıvrımlarına takıldı. Kızın öp beni diye yalvaran bir ağzı vardı, kirpikleri öylesine uzundu ki yanaklarına gölgeleri düşüyordu. "Masamdan kalk ve git buradan," diye çıkıştı.

Karısı neşeli bir sesle, "Nasıl istersen," diyerek ayağa kalktı. "Sadece bir merhaba demeye gelmiştim. Akşam yemekte ne istersin?"

Seni, diye düşündü Jason. "Fark etmez."

"Öyleyse, tatlı olarak özellikle istediğin bir şey var mı?"

Ne yemek istiyorsam, tatlı olarak da aynısından istiyorum. Jason vücudundan aniden yükselen dayanılmaz arzuyla mücadele ederek, "Hayır," diye yanıtladı.

Victoria ona "Seni memnun etmek ne kadar da kolay," diye takılarak uzanıp parmağıyla adamın düz kaşlarının üzerinden geçti.

Jason kızın elini havada yakalayarak kendinden uzakta tuttu. Parmakları çelik bir kelepçe gibiydi. Victoria'yı "Ne yaptığını sanıyorsun?" diye azarladı.

Victoria korkuyla büzülüp gerilememek için kendiyle mücadele ederek, hafifçe omuzlarını silkti. "Aramızda hep kapılar var. Bugün çalışma odanın kapısını açıp ne yaptığına bir bakayım dedim."

Jason, "Aramızda kapılardan daha fazlası var," diye karşılık vererek kızın elini bıraktı.

Victoria ona hak vererek, mavi gözlerinde yumuşacık, mahzun bir bakışla, "Biliyorum," dedi.

Jason gözlerini çevirerek, "Çok meşgulüm," diye kestirip attı ve kâğıtlarını eline aldı.

Victoria sesinde garip bir yumuşaklıkla, "Görüyorum," dedi. "Şu anda benimle ilgilenemeyecek kadar meşgulsün." Sessizce odadan çıktı.

Akşam, yemek vakti çalışma odasına tekrar geldiğinde üzerinde muhteşem vücudunun her kıvrımına yapışan, neredeyse şeffaf sayılabilecek, şeftali rengi şifon bir elbise vardı. Jason'ın gözleri kısılarak birer çizgiye dönüştü. "Bunun parasını ben mi verdim?"

Victoria adamın bakışlarını elbisenin derin v yakasından ayıramadığını görerek gülümsedi. "Tabii ki sen verdin. Benim hiç param yok."

"Bunu evden dışarıda giyme. Çok müstehcen."

"Beğeneceğini biliyordum!" Victoria kocasının elbiseyi çok beğendiğini içgüdüleriyle sezerek kıkırdadı, yoksa gözleri böyle parlamazdı.

Jason ona duyduklarına inanamıyormuş gibi bakarak masanın üzerindeki kristal sürahilere yöneldi. "Biraz şeri ister misin?"

"Hayır!" Victoria güldü. "Şimdiye kadar sen çoktan anlamışsındır ya, şarap bana iyi gelmiyor. Beni hasta ediyor. Düğünümüzde içtiğimde neler olduğunu, sen de gördün." Söylediği şeyin ne kadar önemli olduğundan habersiz, kafasında bir fikri evirip çevirerek dönüp, altın varak ayaklı mermer bir sehpa üzerinde duran, Ming Hanedanı'na ait paha biçilmez bir vazoyu incelemeye koyuldu. Sonunda söylemeye karar vererek kocasına doğru yürüdü. "Yarın Londra'ya gitmek istiyorum."

"Neden?"

Jason'ın oturduğu koltuğun koluna ilişti. "Tabii ki senin paralarını harcamak için."

Jason, "Sana para verdiğimden haberim yoktu," diye mırıldandı, kızın kalçaları dikkatini dağıtıyordu. Romantik mum ışığında, ten rengi ince şifon sanki içini gösterir gibiydi.

"Bana haftalardır verdiğin harçlıkların neredeyse hepsi duruyor. Benimle Londra'ya gelir misin? Alacağımı aldıktan sonra tiyatroya gidip bir oyun seyredebiliriz, sonra da şehir kulübüne gideriz."

"Öbür sabah burada bir toplantım var."

Victoria düşünmeden, "Bu daha da iyi," diye cevap verdi. Arabanın içinde saatlerce baş başa kalınca tembelce sohbet etmek için bol bol zamanları olurdu. "Yarın gece birlikte döneriz."

Jason, "Buna vakit ayıramam," diye kestirip attı.

Victoria uzanıp adamın siyah saçlarına dokunarak, yumuşak bir sesle, "Jason–" dedi.

Jason koltuktan ani bir hareketle kalktı ve kızın tepesinden bakarak, aşağılayan bir sesle, "Londra'da harcamak için para lazımsa, öyle söyle!" dedi. "Ama ucuz bir fahişe gibi davranmayı kes, yoksa ben de sana aynen öyle davranırım, kendini sırt üstü şu koltuğa yatmış, eteklerin tepene kalkmış buluverirsin."

Victoria ona öfkeli ve kırgın bakışlarla baktı. "Bilesin diye söylüyorum, senin gibi yapılan her hareketi tersinden anlayan kör bir budala olmaktansa, ucuz bir fahişe olmayı yeğlerim!"

Jason gözlerinden alevler saçarak, "Bu da ne demek oluyor?" diye sordu.

Victoria kendine hakim olamayacak kadar üzülmüştü, neredeyse öfkesinden tepinerek, gazap dolu bir sesle, "Kendin bul!" diye bağırdı. "Beni çok iyi anladığını sanıyorsun, ama her seferinde *yanlış* anlıyorsun! Ama sana şunu söyleyeyim: eğer ben bir fahişe olsaydım ve işler senin keyfine kalmış olsaydı, sürünüyor olurdum! Dahası da var, bu gece yemeğini tek başına yiyebilirsin, beni üzeceğine hizmetkârları üz. Yarın da Londra'ya sensiz gideceğim." Bunu söyledikten sonra dönüp azametle odadan çıktı. Jason, kaşları şaşkınlıkla çatılmış, kızın arkasından bakakaldı.

Victoria hırsla odasına gidip şifon elbiseyi çıkarıp attı, sırtına saten bir sabahlık geçirdi. Tuvalet masasına oturup saçlarını fırçalamaya başladı. Sinirleri yavaş yatışırken, dolgun dudaklarında alaycı bir gülümseme belirdi. Eğer fahişe olsaydı da işler de onun keyfine kalmış olsaydı sürüneceğini söylediğinde, Jason'ın yüzünde beliren hayret ifadesi oldukça komikti.

YİRMİ ALTI

Victoria ertesi sabah erkenden yola çıkarak Londra'ya gitti. Dönüşe geçtiğinde ise akşam karanlığı çökmek üzereydi. Kucağında özenle tuttuğu paketin içinde, haftalar önce şehre ilk geldiğinde gördüğü bir şey vardı. İlk gördüğünde de ona Jason'ı hatırlatmıştı, ama çok pahalı görünüyordu. Ayrıca o zaman Jason'a bir hediye alması da uygun olmazdı. Ama haftalar boyunca Victoria'nın aklından çıkmamıştı. Sonunda, daha fazla beklerse başkasına satılacağından korkarak, bir an önce gidip almaya karar vermişti.

Onu Jason'a ne zaman vereceğini hiç bilemiyordu. Şimdi olmayacağı kesindi, araları şu ara çok gergindi, ama yakında, ilişkilerini düzeltir düzeltmez verecekti. Fiyatını düşününce içi titredi. Jason'ın ona verdiği harçlık gerçekten çok fazlaydı, kendisi de o paradan hemen hemen hiç harcamamıştı, ama bu hediye için elindeki paranın tamamını vermiş, üstelik kalanını da yazdırmıştı –o eşsiz küçük dükkânın sahibi, Wakefield Markizi'ne seve seve hesap açmıştı.

Northrup kapıyı açar açmaz, Victoria'ya "Lord cenapları çalışma odasındalar," diye bilgi verdi.

"Beni mi görmek istiyor?" Victoria Northrup'un kendisi sormadan Jason'ın nerede olduğun söylemesine şaşırmıştı.

Northrup huzursuzca, "Bilmiyorum, leydim," diye cevap verdi. "Ama... şey... dönüp dönmediğinizi soruyordu."

Victoria, Northrup'un sıkıntılı ifadesine bakarken, aklına ortadan kaybolup Kaptan Farrell'ın evine gittiği akşam

Jason'ın nasıl telaşa kapıldığı geldi. Londra'ya gidip dönmesi iki kat daha uzun sürmüştü, çünkü dükkânın tam yerini hatırlayamamıştı. Northrup'un yine Jason'dan azar işitmiş olabileceğini düşünerek, "Kaç kere sordu?" dedi.

"Üç kere... Son bir saat içinde..."

Victoria anlayışlı bir gülümsemeyle, "Anladım," diye karşılık verdi. Jason'ın onu merak ettiğini duymak çok hoşuna gitmişti.

Northrup'un pelerinini almasına izin verdikten sonra Jason'ın çalışma odasına yöneldi. Elindeki hediye paketiyle kapıyı vuramadığı için, dolu eliyle koluna bastırarak kapıyı omzuyla itti. Jason'ı masasının başında çalışır bulmayı bekliyordu. Oysa genç adam, pencerenin yanında durmuş, omzunu çerçeveye dayamış, evin yan tarafındaki teraslar halindeki çimenliğe bakıyordu. Jason onun varlığını fark eder etmez etrafına bakınarak hemen doğruldu.

Ellerini ceplerine sokarak, "Döndün mü?" dedi.

Victoria onu dikkatle süzerek, "Dönmemi beklemiyor muydun?" diye sordu.

Jason bıkkın bir tavırla omuz silkti. "Doğrusu, ben de ne bekleyeceğimi şaşırdım. Bir anın bir anına uymuyor."

Son zamanlardaki hareketlerini düşününce, Victoria onun kendisi için, son derece keyfi hareket eden ve ne yapacağı belli olmayan bir kadın, diye düşünmesine hak veriyordu. Sadece bir gün önce, ona karşı cilveli ve sevecen bir şekilde davranış içindeyken, birden kızıp arkasını dönerek gitmişti. Şimdi ise içinde, kollarını onun boynuna dolayıp kendisini affetmesini istemek için dayanılmaz bir dürtü vardı. Yine son kez olduğu gibi sertçe reddedilmek istemediği için, bu duygusunu bastırdı. Daha önce verdiği karardan cayarak hediyesini ona hemen vermeye karar verdi. Neşeli bir sesle, "Londra'dan almam gereken bir şey vardı," diyerek elindeki paketi gösterdi. "Bunu haftalar önce görmüştüm, ama yeterince param yoktu."

Jason, "Benden istemeliydin," diyerek masasına yöneldi, belli ki kendini yine işine gömmeye niyetleniyordu.

Victoria başını iki yana salladı. "Sana hediye almak için senden para isteyemezdim." Paketi ona uzattı. "Bunu senin için aldım."

Jason durup simli kâğıda sarılı köşeli pakete bakakaldı. "Ne?" Yüzünde kızın söylediği şeyi anlayamamış gibi boş bir ifade vardı.

Victoria, "Londra'ya sana bunu almak için gitmiştim," diye açıkladı. Ağır paketi adamın biraz daha yakınına doğru uzatarak bilmece gibi bir gülümsemeyle ona baktı.

Jason ellerini ceplerinden çıkarmadan, şaşkın şaşkın hediyesine bakıyordu. Victoria birden içi burkularak onun daha önce hiç kimseden hediye alıp almadığını merak etti. Muhtemelen ne ilk karısı ne de metresleri böyle bir şey yapmamıştı. Onu büyüten zalim kadının böyle bir şeyi düşünmesi bile imkânsızdı.

Victoria ona sarılmamak için kendini zor tutuyordu. Jason nihayet ellerini ceplerinden çıkarıp paketi kızın elinden aldı ve ne yapacağını bilemezmiş gibi elinde çevirdi. Victoria kalbinde zonklayan şefkati neşeli bir gülümseyişle gizleyerek, masanın kenarına ilişip, "Açmayacak mısın?" diye sordu.

Jason, kızın yüzüne şaşkın şaşkın bakarak, "Ne?" dedikten sonra kendini toparladı. "Şimdi mi açayım?"

Victoria neşeli bir sesle, "Daha iyi bir zaman olabilir mi?" diye sordu. Sonra masanın üzerinde, bacağının yanında bir noktaya eliyle vurarak, "Buraya koyabilirsin," dedi, "ama dikkatli ol –kırılabilecek bir şey."

"Ağırmış." Jason ona tereddütle hafifçe gülümseyerek paketi saran ince kordonu çözdü ve simli kâğıdı açtı. Büyük deri kutunun kapağını kaldırarak ellerini kutunun kadife kaplı içine soktu.

Onun heyecanla masif oniksten nefis bir şekilde oyulmuş, gözlerinin yerine ışıl ışıl parlayan bir çift zümrüt kakılmış panteri kutudan çıkarışına bakarken, Victoria, "Bana seni hatırlatıyor," dedi. Sanki koşarken sihirle taşa çevrilmiş gerçek bir vahşi kedi kadar canlı duran heykelin pürüzsüz gövdesinin her hattında hareket, güç ve zarafet vardı; zeki bakışlı yeşil gözleri tehlikeli bir şekilde parlıyordu.

Avrupa'daki en değerli resim ve sanat eseri koleksiyonlardan birine sahip olan Jason, panteri öyle bir hayranlıkla inceliyordu ki, Victoria'nın neredeyse gözleri doldu. Heykelin çok güzel bir parça olduğunun o da farkındaydı, ama Jason onu sanki paha biçilmez bir hazine gibi tutuyordu.

Başparmağını panterin sırtında gezdirerek, yavaşça, "Çok güzel," dedi. Sonsuz bir özenle hayvanı masasının üzerine koyarak Victoria'ya döndü. Yüzünde yamuk bir sırıtışla, "Ne diyeceğimi bilemiyorum," diye itiraf etti.

Victoria onun çocukça gülümseyen sert hatlı yüzüne bakarken, onu daha önce hiç bu kadar cana yakın, hiç bu kadar yakışıklı görmediğini düşündü. Kendini inanılmaz derecede keyifli hissederek, "Hiçbir şey demen gerekmez," dedi, "ama istersen yalnızca 'teşekkür ederim' diyebilirsin."

Jason garip, kısık bir sesle "Teşekkür ederim," dedi.

Beni öperek teşekkür et. Durup dururken Victoria'nın aklına adamın sözleri gelmişti, kelimeler dudaklarından kendiliğinden dökülüverdi. Şen bir gülümsemeyle, "Beni öperek teşekkür et," dedi.

Jason zor bir iş yapmaya hazırlanır gibi derin bir nefes aldı; sonra ellerini masaya kızın iki yanına dayayarak eğildi. Dudaklarını kızın dudaklarına değdirdi; dokunuşunun tatlılığı dayanılır gibi değildi. Victoria'nın başı adamın dudaklarının kısacık itişiyle geriye doğru eğildi. Dengesi bozulmuştu. Toparlanmak için her iki eliyle geri çekilmek üzere olan Jason'ın kollarına yapıştı. Jason için, kızın ellerinin kollarında olması, onu bu şekilde üzerine eğilmiş halde tutması aç bir adamı şölene davet etmek gibiydi. Ağzı vahşice bir yumuşaklıkla kızın ağzını kavradı; Victoria öpüşüne karşılık verince de, diliyle kızın dudaklarını araladı, kışkırtıcı dokunuşlarla ondan karşılık bekledi.

Kızın dili çekingen bir dokunuşla diline değdiği anda Jason kontrolünü kaybetti. İnleyerek kollarını kıza doladı, onu masadan kaldırıp vücudunu kendine doğru çekti. Kızın ellerinin göğsünden yukarı doğru kayarak boynuna dolandığını, yüzünü kendi yüzüne doğru çektiğini hissetti. Bu hareketiyle ona cesaret vermeye çalıştığını anlayınca, içinde neredeyse mantığını körelten bir tutku alevi tutuşuverdi. Elleri istemeden kızın sırtından beline doğru kaydı, sonra göğüslerinin çıldırtıcı yuvarlaklığını avuçladı. Victoria bu dokunuşun mahremiyetiyle titredi, ama Jason'ın beklediği gibi kendini çekmek yerine iyice sokularak vücudunu adamın sertleşmiş vücuduna bastırdı. O da kendini bu öpüşün tutkusuna kaptırmıştı.

Çalışma odasının kapısının hemen önünden Kaptan Farrell'ın neşeli sesi geldi: "Zahmet etme, Northrup, yolu biliyorum." Odanın kapısı ardına kadar açılıverdi, Victoria hemen kendini Jason'ın kollarından çekerek kurtardı. Kaptan odaya girerek, "Jason, ben–" diye söze başladı, ama Victoria'nın pembe yanaklarını ve Jason'ın yüzündeki karanlık ifadeyi görünce lafını yarıda kesti. Mahcup bir yüzle sırıtarak, "Kapıyı vurmam gerekirdi," diye özür diledi.

Jason müstehzi bir ifadeyle, "İşimiz bitmişti," diye karşılık verdi.

Gözlerini yaşlı dostundan kaçıran Victoria yüzünde utangaç bir gülümsemeyle Jason'dan yana bakarak yukarı çıkıp akşam yemeği için üzerini değişmek istediğini belirten bir şeyler mırıldandı.

Kaptan Farrell elini uzatarak, "Nasılsın, Jason?" diye sordu.

Jason, Victoria'nın arkasından bakarak dalgın dalgın yanıtladı: "Bilmem."

Mike Farrell'ın dudakları bir an gülecek gibi kıvrıldı, ama Jason'ın arkasını dönüp ağır ağır pencereye doğru gitmesi üzerine yüzü endişeli bir ifadeye büründü. Jason durup gözlerini çimlere dikti. İnanılmaz derecede yorulmuş gibi elini ensesine götürerek kasılmış kaslarını ovmaya başladı.

"Kötü bir şey mi oldu?"

Jason'ın yanıtı tatsız bir kahkaha oldu. "Olmadı, Mike. Hak etmediğim hiçbir şey olmadı. Başa çıkamayacağım bir şey de olmadı."

Bir saat sonra Mike gittiğinde, Jason arkasına yaslanarak gözlerini kapadı. Victoria'nın içinde uyandırdığı arzu hâlâ göbeğini yalayan bir alev gibi etini kavuruyordu. Onu öyle çok istiyordu ki adeta canı yanıyordu. Onu öyle istiyordu ki, yukarı koşup onu şimdi kollarının arasına almamak için dişlerini sıkıp kendiyle mücadele etmesi gerekiyordu. Kendisine metres tutmasının 'çok düşünceli bir hareket' olduğunu söylediği için onu boğası geliyordu.

Çocuk-gelin onu aptala çevirmişti. İlk önce onunla satranç ve iskambil oynamak istemişti, şimdi ise daha heyecanlı bir oyuna –Jason'ı tahrik etme oyununa– girişmişti. Bu oyunda da muhteşemdi doğrusu, içgüdüsel bir yeteneği vardı. Gelip masasına, koltuğunun koluna oturuyor, ona hediye veriyor, öpücük istiyordu. Birden bire aklına içine bir hançer gibi saplanan bir kuşku düştü: acaba birkaç dakika önce onu öperken de evlenirken yaptığı gibi onun Andrew olduğunu mu hayal etmişti?

Vücudunun amansızca kızı arzulamasından tiksinti duyarak koltuğundan kalkıp çevik adımlarla, kıvrılarak üst kata çıkan geniş merdivenleri tırmandı. Bir başka erkeğin kadınıyla evlendiğini başından beri biliyordu –yalnızca bundan bu denli rahatsız olacağını düşünmemişti. Onu gidip kızı kendisiyle yatmaya zorlamaktan alıkoyan tek şey gururuydu. Gururu ve bittiğinde kendini düğün gecesinden daha fazla tatmin olmuş hissetmeyeceğini bilmesi.

Victoria onun odasında dolaştığını duyarak ara kapıyı vurdu. Gir cevabı alınca gülümseyerek içeri girdi, ama özel uşağı Franklin'in efendisinin çantasını hazırlamakta olduğunu ve Jason'ın da şöminenin önündeki sehpanın üzerinde duran kâğıt yığınından deri bir evrak çantasına kâğıtlar tıkıştırdığını görünce gülümsemesi siliniverdi. Fısıltı gibi bir sesle, "Nereye gidiyorsun?" diye sordu.

"Londra'ya."

"Ama... neden?" Victoria öylesine hayal kırıklığına uğramıştı ki neredeyse düşünemez haldeydi.

Jason uşağına şöyle bir bakarak, "Gerisini ben yaparım, Franklin," dedi. Uşak çekilene kadar bekledi, sonra "Orada daha iyi çalışıyorum," diye kısa bir yanıt verdi.

"Ama dün gece sana benimle Londra'ya gelip bu gece orada kalır mısın, diye sorduğumda yarın sabah *burada* birileriyle toplantın olduğunu söylemiştin."

Jason evrak çantasına kâğıt tıkıştırmayı bırakıp doğruldu. "Victoria, bir erkeği günlerce cinsel açıdan tahrik olmuş bir halde tutar ve rahatlamasına izin vermezsen ne olur, biliyor musun?"

Victoria zayıf bir sesle "Hayır," diyerek başını iki yana salladı.

"O zaman, ben sana anlatayım." Jason'ın sesi azarlar gibi sertti.

Victoria endişeyle başını iki yana salladı. "B-bence şimdi anlatmasan daha iyi olur, şu anda yine çok sinirlisin."

Jason öfkeyle, "Seninle tanışmadan önce böyle sinirli değildim," diye çıkıştı. Kıza arkasını dönerek ellerini şömineye dayayıp gözlerini yere dikti. "Seni uyarıyorum, ben ne kadar 'düşünceli' bir koca olduğumu unutup Londra'ya gitmekten vazgeçmeden evvel odana dön."

Victoria birden midesinin bulandığını hissetti. Boğulur gibi bir sesle, "Metresine gidiyorsun, değil mi?" diye sorarken aklından ona hediyesini verdiğinde Jason'ın ne kadar da tatlı göründüğü geçiyor, olanlara inanamıyordu.

Jason dişlerinin arasından, "Kıskanç bir kadın gibi konuşmaya başlıyorsun, hiç hoş değil," diye karşılık verdi.

"Elimde değil, ben bir *kadınım*."

Jason saldırgan bir alaycılıkla, "Kadın olmanın ne demek olduğu hakkında çok tuhaf fikirlerin var," dedi. "Çık artık odamdan."

"Lanet olsun!" Victoria'nın gözleri alev alev yanıyordu. "Kadın olmayı *bilmiyorum*, bunu anlayamıyor musun? Yemek pişirmeyi, dikiş dikmeyi, bir erkeğe nasıl bakılacağını bilirim, ama bunlar için bana ihtiyacın yok. Sana bakacak sürüyle adamın var. Ama sana bir şey söyleyeyim, Lord Fielding –" Victoria konuştukça öfkesi daha da fena parlıyordu. "– ben çok iyi bir kadın olmayabilirim, ama sen *korkunç* bir erkeksin! Satranç oynayalım diyorum, kızıyorsun. Seni baştan çıkarmaya çalışıyorum, zalimleşiyorsun–"

Victoria, Jason'ın başının birden dikiliverdiğini gördü, ama öyle kızgındı ki, kocasının yüzündeki hayret ifadesini algılaycak halde değildi. "Sana hediye veriyorum, çıkıp metresine gitmeye kalkıyorsun!"

Arzu dolu bir sesle, "Tory," dedi Jason, "buraya gel."

"Hayır, daha bitirmedim!" Victoria'nın gururu incinmiş, öfkesi kontrolden çıkmıştı. "Git, metresine koş, istediğin buysa git haydi, ama sonra oğlun olmuyor diye *beni* suçlamaya kalkma. Saf olabilirim, ama senin... senin yardımın olmadan tek başıma bebek yapabileceğimi sanacak kadar da salak değilim!"

Jason, boğuk bir sesle, "Tory, lütfen buraya gel," diye tekrarladı.

Victoria nihayet adamın sesindeki heyecanı fark etti ve öfkesi aniden geçiverdi, ama hâlâ onun yanına gidecek olursa reddedilmekten korkuyordu. "Jason, bence sen ne istediğini *bilmiyorsun*. Çocuk istediğini söyledin, ama–"

Jason kollarını ona doğru açarak sözünü kesti: "Ne istediğimi çok iyi biliyorum. Buraya gelirsen, gösteririm..."

Victoria, adamın yeşil gözlerindeki ve kalın, boğuk sesinin kadifemsi yumuşaklığındaki baştan çıkarıcı davetle, büyülenmiş gibi ilerledi ve kendini bir anda kocasının onu sımsıkı saran kolları arasında buldu. Jason'ın ağzı açılarak ağzını ateşli, vahşice uyarıcı bir öpüşle hapsetti ve dudaklarından bütün vücuduna yakıcı bir arzu yayıldı. Genç adamın vücudunun gittikçe artan mahrem yakınlığını ve sırtında, göğüslerinde dolaşarak korkularını yatıştıran, dokundukları yeri alev alev yakan ellerini hissetti. Jason boğuk bir fısıltıyla "Tory," diye soluyarak dudaklarını boynuna indirdi, kızın sırtında bir zevk ürpertisi dolaştı. "Tory..."

Erkeğin dudakları tekrar kızınkilere döndü, onu önce ağır ağır, sonra açgözlülükle öptü. Ellerini belinde dolaştırdı, kalçasını avuçlayarak onu kendisine doğru çekip önündeki sertliğe sıkıca bastırdı. Kızın boğazından saf, ilkel bir zevk iniltisi koptu.

Jason dudaklarını kızın dudaklarından ayırmadan, kollarını dizlerinin altından geçirerek onu kucağına aldı. Adamın ağzının ve ellerinin ateşli büyüsüne kapılmış olan Victoria, kocası onu nazikçe yatağa bırakırken, dünya doğru kayıp gidiyormuş gibi hissetti. Kocası giysilerini üzerinden atarken, başka hiçbir şeyin var olmadığı bu özel, şahane evrene bütün benliğiyle sarılarak, gözlerini sıkıca yumdu. Yatakta Jason'ın ağırlığını hissedince, içinde yükselen dehşeti bastırmaya çalışarak onun uzanıp sabahlığının önünü açmasını bekledi.

Ama erkek, kuşağına uzanmak yerine sevecenlikle kapalı gözlerinden öperek kollarını ona doladı, onu yavaşça, incitmemeye çalışarak kendine doğru çekti. "Prenses," diye fısıldadı; sesinin boğukluğu da kızın kulaklarına fısıldadığı sevgi sözcüğü kadar tatlı geldi, "lütfen gözlerini aç. Üzerine atlayacak değilim, söz veriyorum."

Victoria yutkundu ve gözlerini açtı. Kocasının odanın diğer ucundaki şöminenin üzerinde yananlar dışında bütün mumları söndürmüş olduğunu görünce rahatladı.

Jason kızın iri mavi gözlerindeki korkuyu gördü; dirseğine dayanarak doğruldu, boştaki eliyle kızın kabarıp yastığa yayılmış dağınık kızıl saçlarını düzeltti. Huşu içinde, ona daha önce hiç kimsenin kendisi gibi dokunmamış olduğunu düşündü. İçi gururla doldu. Bu güzel, yürekli, bozulmamış, saf kız kendisini ona, yalnızca ona vermişti. Düğün gecesini ona unutturmak, kendini affettirmek, onu zevkle inletmek istiyordu.

Kasıklarının zonklayışını duymazdan gelerek, dudaklarını kızın kulağına değdirdi. Yavaşça, "Ne düşündüğünü bilmiyorum," dedi, "ama ölesiye korkuyormuş gibisin. Değişen hiçbir şey yok, birkaç dakika önce birbirimizi öperken her şey nasılsa, hâlâ öyle."

Victoria titrek bir sesle, "Yalnızca senin giysilerin üzerinde değil," diye hatırlattı.

Jason gülmemek için kendini tuttu. "Doğru. Ama seninkiler üzerinde."

Victoria, aklından, '*Uzun sürmez,*' diye geçirirken adamın sanki düşüncelerini okuyormuş gibi güldüğünü duydu.

Jason, onu gözünün kenarından öperek, "Sabahlığının üzerinde kalmasını ister misin?" diye sordu.

Bekâretini duygusuz bir şiddet ve telaşla bozduğu kadın gözlerinin içine bakarak elini yanağına koydu ve yavaşça, "Seni memnun etmek istiyorum," dedi. "Senin de sabahlığın üzerimde durmasını istediğini sanmıyorum."

Jason hafif bir iniltiyle eğilip onu ateşli bir yumuşaklıkla öptü. Kız öpüşüne arzu dolu bir masumiyetle karşılık verince şehvet her yanını bir yangın gibi sararake bütün vücudunu şiddetle titredi. Ağzını kızın ağzından çekerek, dalgacı bir sesle, "Tory," diye fısıldadı, "eğer beni öperken olduğundan daha fazla memnun edecek olursan, ölümüme sebep olursun."

Derin bir nefes alarak kızın belindeki kadife kuşağı çözdü, ama sabahlığın önünü açmaya davranınca, kızın eli kasılarak kendi elinin üzerine kenetlendi. Elini hiç kıpırdatmadan, yatıştırıcı bir sesle, "Eğer açmamı istemiyorsan, açmam, tatlım," diye söz verdi. "Yalnızca artık aramıza hiçbir şey girmesin istiyordum. Ne yanlış anlamalar ne kapılar ne de giysiler. Ben kendi giysilerimi sana kendimi göstermek için çıkardım, seni korkutmak için değil."

Victoria bu sevecen açıklama üzerine ürpererek elini adamın elinden çekip omzuna koydu, Jason'ı mutluğa boğarak kendini ona sundu.

Sabahlık kızın sırtından sıyrılıp çıktı. Jason parmaklarını kızın göğsünün ucunda gezdirerek başını eğip onu öptü; dili kızın dudaklarında gezinerek onları aralanmaya zorladı. Victoria yalnızca bu mahrem öpüşe teslim olmakla kalmadı, adamın dilini ağzına alarak kollarını ateşli bir sarılışla adamın boynuna doladı, ağzının derinliklerine doğru dalan dilini zevkle kabul etti. Göğsünün ucu adamın okşayan parmaklarının altında mağrurca dikleşti, Jason ağzını kızın ağzından çekerek başını göğsüne doğru eğdi.

Victoria hayretle sıçrayarak direnince, Jason ona şaşkınlıkla baktı ve bir kez daha, onu daha önce hiçbir erkeğin kendisi gibi okşayıp öpmediğinin bilincine vardı. "Canını yakmayacağım, sevgilim," diye fısıldayarak dudaklarını sertleşmiş göğüs ucuna bastırdı, Victoria'nın kasılan vücudunun yeniden gevşediğini hissedene kadar hafif dokunuşlarla öptü, sonra dudaklarını aralayarak göğsünün ucunu ağzına aldı.

Victoria'nın kocasının göğsünü bir bebek gibi emmek istemesi karşısında kapıldığı şaşkınlık, ateş gibi dudaklar göğsünün ucunu ağzının içine doğru çekerken yerini boğazından yükselen bir zevk iniltisine bıraktı. Erkek göğsünü giderek daha kuvvetli emerken art arda, yakıcı dalgalar halinde gelen bir arzu bütün vücuduna yayıldı. Parmakları kocasının gür, siyah saçlarının arasına girerek asla çekmemesini ister gibi başını olduğu yerde tuttu. Ta ki Jason'ın elinin aşağılara doğru inerek bacaklarının arasına kaydığını hissedinceye kadar...

"Hayır!" Dudaklarından kopan dehşet dolu fısıltıyla beraber, bacaklarını sımsıkı birbirine yapıştırdı. Bu direnme korktuğu gibi Jason'ın kızdıracağı yerde, onun boğuk bir kahkahayla gülmesine neden olmuştu.

Genç adam rahat bir hareketle yukarı doğru kayarak kızın dudaklarını baş döndürücü bir açlıkla öptü. Dudakları kızın dudakları üzerinde ileri geri hareket ederken, "Evet," diye fısıldadı. "Evet..." Eli yeniden aşağı doğru kaydı, kızın sımsıkı kasılmış bacakları gevşeyip aralanıncaya ve elinin yumuşak ama ısrarlı okşayışlarına teslim oluncaya kadar, kızın bacaklarının arasındaki yumuşak üçgeni okşadı. Parmaklarını biraz ilerletince karşılaştığı davetkar sıcak ıslaklıkla kontrolünü neredeyse kaybeder gibi oldu. Victoria'nın bu kadar ateşli ve tutkulu olmasına, bu çıldırtan doğallığına inanamıyordu. Victoria ona vücudunun her bir parçasını tek tek sunarken, bunu tam bir teslimiyetle yapıyor, kendisini ona tamamen veriyordu. Parmakları içeriye uzandığında, kızın kalçaları eline doğru yükseldi. Elleri onun omuzlarına yapışmış, tırnaklarını etine geçirmişti. Jason ellerini kızın iki yanına dayayarak üzerine doğru kaydı.

Adamın erkekliğinin sıcaklığını bacaklarının arasında hisseden Victoria'nın kalbi zevk ve dehşetle yerinden fırlayacak gibi çarpmaya başladı, ama Jason içine girmek yerine kasıklarını kızın kasıklarına dayayıp kalçalarını yumuşak hareketlerle çevirerek, genç kız içinde zonklayan vahşice bir zevkle yavaş yavaş kendinden geçine kadar bekledi. Victoria'nın içinde ne kadar korku varsa silinip gitmiş, yerini yalnızca adamı içinde hissetme arzusu almıştı.

Jason'ın dizi kızın bacaklarının arasına girdi. Boğuk bir sesle, "Korkma," dedi. "Korkma benden."

Victoria yavaşça gözlerini açıp üzerinde duran genç adama baktı. Erkeğin yüzü tutkuyla sertleşmiş ve kararmış, omuzları ve kolları kendini tutma çabasıyla gerilmişti; hızlı ve derin soluklarla nefes alıyordu. Victoria kendinden geçmiş gibiydi, içgüdüleriyle adamın onu ne kadar umutsuzca istediğini, onu bir anda ele geçirmemek için kendini ne kadar zor tuttuğunu hissederek, parmaklarının ucuyla adamın şehvetli dudaklarına dokundu. Tutuk tutuk, "Öyle nazik davranıyorsun ki," diye fısıldadı.

Jason'ın göğsünden hafif bir inilti koptu, artık kendini tutacak gücü kalmamıştı. Kızın içine girip geri çekildi, bu kez daha derine girdi, sonra yeniden, yeniden, ta ki kızın kalçaları altında yay gibi gerilip ona doğru yükselene ve onu o inanılmaz sıcaklığıyla tamamen sarana kadar... Alnı terden sırılsıklam, vücudunu sızlatan dayanılmaz arzuyla mücadele ederek, gözlerini kızın yüzünden ayırmadan ağır ağır gidip gelmeye başladı. Kızın başı yastıkta bir yandan bir yana savruluyor, arzuyla titreyerek vücudunu ona doğru kaldırıyor, kasıklarını genç adamın kasıklarına bastırıyor, Jason'ın onu ulaştırmaya çalıştığı o doruğa doğru tırmanıyordu. Jason hamlelerinin temposunu yavaş yavaş artırdıkça, kızın heyecanla soluduğunu, hafifçe inlediğini duyuyordu. "Haydi, Tory," diye fısıldadı. "Seni bekleyeceğim. Söz veriyorum."

Victoria'nın bütün vücudu bir zevk dalgasıyla sarsıldı, art arda gelen ve giderek hızlanan yakıcı ürpertiler vücudunda dolaşmaya başladı, sonunda boğazından kopan bir çığlıkla bir yanardağ gibi patladı. Jason başını eğip onu son bir kez daha öptü, sonra ileri doğru bir hamleyle o da kendini aynı zevk dalgalarına bıraktı.

Ağırlığıyla kızı ezmekten korkarak yanına devrildi, kızı da kendisiyle beraber yana doğru çekti, vücutları hâlâ birbirinden ayrılmamıştı. Ağır solukları biraz düzelince, kızın karışıp kabarmış, yumuşacık saçlarını alnından çekerek alnına bir öpücük kondurdu. Yavaşça, "Kendini nasıl hissediyorsun?" diye sordu.

Victoria'nın uzun, kıvrık kirpikleri yukarı kalktı, kocasına derin birer mavi gölü andıran gözlerinde hayret dolu, hülyalı bakışlarla baktı. "Bir kadın gibi," diye fısıldadı.

Jason buna genizden gelen boğuk bir kahkahayla güldü. Parmağını karısının yanağının zarif kavsinde gezdirdi. Victoria ona daha da fazla sokuldu. Erkeğin gözlerinin içine bakarak, duygularının yoğunluğundan titreyen bir sesle, "Jason," dedi, "sana söylemek istediğim bir şey var."

Adam seygiyle gülümseyerek, "Söyle," diye karşılık verdi.

Victoria, çok doğal bir tavırla, utanıp sıkılmadan söylemek istediği şeyi söyledi: "Seni seviyorum."

Adamın yüzündeki gülümseme silinip yok oldu.

"Evet. Seni–"

Jason parmağını kızın dudaklarına bastırarak onu susturdu, başını iki yana sallayarak, alçak ama tartışma kabul etmeyecek kesin bir sesle, "Hayır, sevmiyorsun," dedi. "Sevmemen de gerekir. Bana şu ana kadar verdiğinden fazlasını verme, Tory."

Victoria hiçbir şey demeden gözlerini indirdi, ama Jason'ın aşkını reddetmesi onu hayal bile edemeyeceği kadar fazla incitmişti. Onun kolları arasında yatarken, bir zamanlar söylediği şeyler kafasının içinde yankılandı: *Senin aşkına ihtiyacım yok. Aşkını istemiyorum.*

Franklin, Lord Fielding'in çantasını hazırlamak için yardımını isteyip istemediğini sormak niyetiyle kapıya vurdu. İçeriden ses gelmeyince, efendisinin dairesinin başka bir tarafında olduğunu düşünerek adeti olduğu üzere kapıyı cevap beklemeden açtı.

Loş odanın içine doğru bir adım attı, gözleri önce dört direkli devasa yatakta uzanmış yatan çifte, sonra dehşetle başka tarafa doğru dönerek Jason'ın dolaptan çıkarıp bıraktığı, şimdiyse karışık bir yığın halinde yatağın yanında, yerde duran giysi yığınına takıldı. Titiz uşak, parmak uçlarında içeri girip, lord cenaplarının şahane gece ceketini deri pantolonunun bacaklarından ayırıp askısına asma dürtüsü duyarak dudağını ısırdı ve sessizce geri giderek odadan çıktı; kapıyı yavaşça kapattı.

Odadan çıktığı anda, Lord Fielding'in yerde sürünen giysilerinin içinde yarattığı sıkıntı yerini hafif bir gecikmeyle az önce gördüğü şeyin sevincine bıraktı. Dönüp koridordan aşağı katta antreye bakan sahanlığa koştu. Korkuluğun üzerinden tehlikeli bir şekilde eğilerek, heyecanla, ön kapının yanında duran Northrup'un duyabileceği kadar yüksek bir fısıltıyla, "Mr. Norhtrup!" diye seslendi. "Mr. Northrup, size çok önemli haberlerim var! Yaklaşın da kimse duymasın..."

Koridorun Franklin'in soluna doğru uzanan tarafında, iki uyanık hizmetçi temizledikleri odalardan fırlarken çarpıştılar; birbirlerini dirsekleyerek Franklin'in haberini duyma telaşıyla itiştiler. Sağ tarafta aniden beliriveren bir uşak hevesle bir aynayı balmumu ve limon yağıyla parlatmaya koyuldu.

Akıllı Franklin, duyan olsa bile hayatta anlamasın diye haberini üstü kapalı bir şekilde vermek niyetiyle, yukarıdan Northrup'a "*O iş* oldu!" diye fısıldadı.

"Emin misiniz?"

Franklin gücenmiş bir tavırla, "Tabii ki eminim," diye karşılık verdi.

Northrup'un ciddi yüzünde bir an için bir gülümseme belirdi, ama hemen kendini toparlayarak, her zamanki soğuk ve resmi maskesinin ardına gizlendi. "Teşekkür ederim, Mr. Franklin. Öyleyse, ben arabayı ahıra çektireyim."

Bunu diyerek dönüp ön kapıya doğru yürüdü. Kapıyı açıp dışarı çıktı, kapının önünde gösterişli, pırıl pırıl cilalı, kapısının üzerinde altın Wakefield arması işlenmiş kahverengi kupa arabası gecenin karanlığında bekliyordu. Arabaya koşulmuş birbirine uygun dört doru at, gitmek için sabırsızlanarak huysuz huysuz ayaklarını vuruyor, ağır yelelerini savuruyor, koşumlarını şakırdatıyorlardı. Arabanın üzerinde dimdik oturan üniformalı arabacıların dikkatini çekmeyi başaramayan Northrup merdivenlerden inip yola doğru yürüdü.

Arabacıya, en soğuk ve otoriter sesiyle, "Lord cenaplarının bu akşam hizmetlerine ihtiyacı olmayacak," dedi. "Atları çekebilirsin."

Arabacı John hayretle, "Arabaya ihtiyacı olmayacak mı dedin?" diye sordu. "Ama daha bir saat önce bana arabayı çabuk hazırlasın diye haber yolladıydı."

Northrup buz gibi bir sesle, "Kararını değiştirmiş," diye karşılık verdi.

Arabacı John, sinirli sinirli içini çekerek mesafeli kahyayı öfkeli bakışlarla süzdü. "Ben sana söyliy'm, bu işte bir yanışlık var. Bey'fendi Londra'ya gitmek istiyor–"

"Salak! Londra'ya gitmek *istiyordu*. Ama şimdi odasına çekildi!"

"Ama saat yedide–" Northrup arkasını dönüp eve girerken, arabacının yüzüne birden geniş, bilmiş bir gülümseme yayıldı. Arkadaşının böğrüne bir dirsek atıp gülerek yüzüne yan yan baktı. "Leydi Fielding esmerlerin modası kalktı demiş olacak herhal." Sonra haberi seyislere satmak için sabırsızlanarak atları ahırlara doğru sürdü.

Northrup, O'Malley'e gereken talimatları vermek üzere dosdoğru yemek odasına gitti. O'Malley, neşeyle hafif hafif ıslık çalarak, beyefendinin aniden Londra'ya gitmeye karar verdiğini öğrenince Leydi Victoria'nın tek başına yiyeceği yemek için sofraya koymuş olduğu ince porselenleri kaldırmakla meşguldü. "Bir değişiklik oldu, O'Malley," dedi Northrup.

Edepsiz uşak keyifle, "Ya, ya, öyle olmuş, Mr. Northrup," diye onayladı.

"Takımları sofradan kaldırabilirsin."

"Kaldırdım bile."

"Ancak Lord ve Leydi Fielding daha geç bir saatte yemek yemek isteyebilirler."

O'Malley açık açık sırıtarak, "Ya, yukarıya isterler herhalde," diye bir tahmin yürüttü.

Northrup kasılarak arkasını döndü, uzaklaşırken kızgın kızgın, "Kahrolası terbiyesiz İrlandalı!" diye mırıldandı.

O'Malley de arkasından cevabını yetiştirdi: "Koca burunlu maymun!"

YİRMİ YEDİ

"Günaydın, hanımım." Ruth'un yüzü neşeyle pırıl pırıl parlıyordu.

Victoria Jason'ın koskoca yatağında sırt üstü döndü, yüzünde hülyalı bir gülümsemeyle, hizmetçi kıza, "Günaydın," diye cevap verdi. "Saat kaç?"

"On, hanımım. Size bir sabahlık getireyim mi?" Kızın bakışları yerdeki çok şeyler anlatan karışık giysi ve örtü yığınında dolaştı.

Victoria'nın yüzüne bir sıcaklık hücum etti, ama hizmetçisinin onu giysileri etrafa saçılmış bir halde Jason'ın yatağında yatar bulmasından hafifçe sıkılmaktan öte bir şey hissedemeyecek kadar dalgın ve bitkindi. Uyumadan önce iki kez daha, sabah erkenden uyandıklarında da bir kez daha sevişmişlerdi. "Zahmet etme, Ruth," diye mırıldandı. "Sanırım biraz daha uyuyacağım."

Ruth odadan çıkınca, Victoria yüzükoyun dönüp yastıklara iyice gömülerek kendi kendine gülümsedi. Sosyetenin tamamı Jason Fielding'in soğuk, alaycı, mesafeli biri olduğunu düşünüyordu. Eğer onun yatakta ne kadar sevecen, tutkulu, fırtınalı bir âşık olduğunu bilseler nasıl da hayretler içinde kalırlardı. Ama belki de bu aslında pek de gizli bir sır sayılmazdı. Bu düşünceyle gülümsemesi bir parça söner gibi oldu. Evli kadınların Jason'a imrenir gibi baktıklarını çok görmüştü, onunla evlenmek istiyor olamayacaklarına göre başka bir şey istedikleri muhakkaktı.

Düşündükçe, kocasının adının kaç defa kocaları yaşlı ve çirkin olan bazı güzel evli hanımlarla anıldığını anımsadı. Hiç şüphesiz hayatında ondan önce pek çok kadın olmuştu, onu nasıl öpeceğini, vücudunun arzuyla titremesini sağlamak için neresine dokunacağını bu kadar iyi bilmesinin bir nedeni vardı.

Victoria bu alçaltıcı düşünceleri kafasından kovdu. Kocasının aşkının vahşi, şehvetli tadını kaç kadının bildiğinin hiç önemi yoktu, çünkü bundan sonra o ona, yalnızca ona aitti. Gözleri kapanmak üzereydi ki yatağın yanındaki sehpada duran düz, siyah mücevher kutusunu fark etti. Fazla ilgi duymaksızın, elini ipek çarşafların arasından çıkarıp uzandı, kutunun mandalını açtı. İçinde, şahane bir zümrüt kolyenin yanında Jason'dan bir not duruyordu: "Teşekkür ederim, unutulmaz bir geceydi."

Kaşlarını çattı, pürüzsüz alnında bir çizgi belirdi. Keşke onu sevdiğini söylediğinde Jason onunla tartışmak yerine 'Ben de seni seviyorum,' demiş olsaydı. Keşke onu her memnun edişinde ona mücevherler vermekten vazgeçseydi. Hele bu son parça, çok tatsız bir şekilde ona hizmetlerinin karşılığında verilmiş bir ödeme duygusu uyandırıyordu içinde...

Victoria sıçrayarak uyandı. Neredeyse öğle olmak üzereydi. Jason ona, sabahki toplantısının öğlene doğru biteceğini söylemişti. Onu görmek ve mahrem gülüşünün sıcaklığında erimek için sabırsızlanarak, lavanta rengi, dökümlü, uzun kolları bileklerde geniş kol ağızlarıyla toplanmış güzel bir elbise seçip giydi. Ruth saçını parlayıncaya kadar fırçalar, sonra da iri iri bukleler halinde burup lavanta rengi saten kurdelelerle bağlarken, sabırsızlıkla kıpırdanarak bekledi.

Saçının yapılması biter bitmez odasından fırladı, sonra kendini daha ağır olmaya zorlayarak büyük merdivenlerden hanım hanım indi. Jason'ın nerede olduğunu sorduğunda Northrup ona gülümseyerek cevap verdi, çalışma odasına giderken koridorda karşılaştığı O'Malley'nin ise yanından geçerken ona göz kırptığına yemin edebilirdi. Bu duruma bir anlam vermeye çalışarak Jason'ın kapısını çalıp içeri girdi.

Neşeyle, "Günaydın," dedi. "Benimle yemek yemek istersin diye düşündüm."

Jason hemence yüzüne bakmaksızın, "Affedersin, Victoria," diye karşılık verdi. "Meşgulüm."

Victoria kendini kibarca ama otoriter bir şekilde haddi bildirilmiş yaramaz bir çocuk gibi hissederek, tereddütlü bir sesle, "Jason – neden bu kadar çok çalışıyorsun?" diye sordu.

Jason soğukça, "Çalışmayı seviyorum," demekle yetindi.

Victoria içinden, aslında paraya hiç ihtiyacı olmayan kocasının çalışmayı belli ki kendisiyle olmaktan daha fazla sevdiğini geçirerek, yavaşça, "Rahatsız ettiğim için özür dilerim," dedi. "Bir daha yapmam."

O odadan çıkarken, Jason bir an arkasından seslenip fikrini değiştirdiğini söylemeye davrandı, ama kendini tutup tekrar masasının başına oturdu. Aslında onunla yemek yemek istiyordu, ama onunla fazla zaman geçirmesi akıllıca olmazdı. Victoria hayatının hoş bir parçası olacaktı, ama hayatının merkezi haline gelmesine izin veremezdi. Hiçbir kadının üzerinde bu kadar güç sahibi olmasına razı olmayacaktı.

Victoria gülerek, yurdun arkasındaki arsada küçük Billy'nin oyuncak kılıcını ileri doğru uzatarak diğer yetimlerden birine "Kalasın ucuna doğru yürü!" diye emretmesini seyrediyordu. Sağlam gözünü örten siyah bantla, tombul oğlancık harika bir korsan olmuştu.

Onunla birlikte çocukları seyretmekte olan peder, "Bu göz bandının işe yarayacağını düşünüyor musunuz?" diye sordu.

"Emin değilim. Bizim oradaki o çocuğun gözü iyileşince babam da herkes gibi şaşırmıştı. Gözü düzelince babam belki de kusurun gözden değil de, gözün hareketini kontrol eden kaslardan kaynaklanmış olabileceğini söylemişti. Sağlam göz kapatılıp zayıf gözün kasları çalışmaya zorlanınca güçlenmiş olabilirler. Belki Billy'de de işe yarar."

"Karımla ben acaba bu akşam, çocukların kukla gösterisinden sonra yemeğe kalıp bizi şereflendirir miydiniz, diye soracaktık. Müsaade buyurursanız bir şey söylemek istiyorum, leydim: Bu yurttaki çocuklar sizin gibi cömert ve ilgili bir hamileri olduğu için çok şanslılar. İngiltere'de çocukları bu kadar iyi giyinen ve bu kadar iyi beslenen başka yurt yoktur desem yalan olmaz, tabii sizin cömertliğiniz sayesinde."

Victoria gülümseyerek yemek davetini reddetmek üzereyken birden fikrini değiştirerek kabul etmeye karar verdi. Büyük çocuklardan biriyle Jason'a pederin evinde yemeğe kalacağını bildiren bir mesaj yolladıktan sonra, sırtını bir ağaca yaslayıp merakla Jason'ın bu ilk yokluğuna nasıl tepki göstereceğini düşündü.

Gerçekte, aldırıp aldırmayacağını bilmesinin hiç yolu yoktu. Hayat çok garip, çok anlaşılmaz bir hal almıştı. Daha önce verdiği mücevherlerin dışında, Jason ona kolyesine uygun bir çift zümrüt küpe ve bir bilezik, bir çift elmas küpe, yakut bir broş ve elmas saç tokaları vermişti. Yani onu baştan çıkarmaya çalıştığını itiraf ettiğinden bu yana, seviştikleri beş gecenin her biri için bir mücevheri olmuştu.

Her gece yatakta Jason onunla tutkuyla sevişiyordu. Sabah da başucuna pahalı bir mücevher bırakıp onu aklından ve hayatından tamamen çıkarıyor, yanına bir daha ancak akşam olunca beraberce yemek yemek ve yatağa gitmek için geliyordu. Bu tuhaf davranış karşısında, Victoria Jason'a giderek fena halde içerlemeye, mücevherlerdense daha da fazla nefret etmeye başlamıştı.

Eğer Jason devamlı çalışıyor olsa belki bu duruma daha kolay tahammül edebilirdi, ama çalışmıyordu. Robert Collingwood'la at binmeye, köyün eşrafını ziyaret etmeye ve başka her türlü şeye zaman ayırıyordu. Victoria'yla ise sadece akşam yemeğinde ve daha sonra yatmaya gittiklerinde birlikte oluyordu. Hayatının bundan sonra böyle olacağını düşünmek Victoria'yı üzüyor ve öfkelendiriyordu. Bugün de akşam yemeğinde bilhassa Jason'dan uzak duracak kadar öfkeliydi.

Belli ki, Jason evliliklerinin Londralı soyluların tipik evliliğine benzemesini istiyordu. Aynı evin içinde ikisi de kendi hayatlarını yaşayacaktı. Uygar insanların birbirine yapışık yaşamadığını Victoria da biliyordu; öyle davranmak basit ve banal karşılanan bir şeydi. Ayrıca birbirlerini sevdiklerini söylemeleri de uygunsuz bulunan bir davranıştı, ama bu bakımdan Jason son derece tuhaf davranıyordu. Ona kendisini sevmemesini söylemişti, ama her gece onunla saatlerce sevişiyor, sonunda Victoria onu sevdiğini haykırıncaya kadar onu zevke boğuyordu. Victoria söylememek için kendini tutmaya ne kadar fazla çabalarsa, Jason o kadar ateşli bir şekilde sevişiyor, onu elleriyle, ağzıyla, sert vücuduyla aşkını itirafa zorluyordu. Ancak ondan sonra doruğa ulaşmasına izin veriyordu. O zevk patlamasını ona yaşatmak ya da ondan esirgemek Jason'ın elindeydi.

Sanki o aşk sözcüklerini duymak istiyor gibiydi, ama hiçbir zaman, kendisi zevkin doruğundayken bile, Victoria'ya onu sevdiğini söylemiyordu. Victoria'nın bedeni de, kalbi de Jason'ın esiri olmuştu. Adam onu kendisine bağlıyordu –bilerek, isteyerek, zekice, başarıyla onu ateşli, vahşi bir zevk zinciriyle kendine tutsak ederek– ama kendisi asla bağlanmıyordu.

Buna bir hafta dayanan Victoria artık onu da kendisini sevmeye ve bunu itiraf etmeye zorlamaya azmetmişti. Jason'ın kendisini sevmediğine inanmıyordu, asla inanamazdı. Aşkını vücudunda dolaşan ellerinin yumuşaklığından, dudaklarından hissedebiliyordu. Hem, onun sevgisini gerçekten istemiyor olsa, onu neden aşkını söylemeye zorlayacaktı ki?

Kaptan Farrell'ın anlattıklarını düşününce, Jason'ın kalbini ona vermekten korktuğunu anlayabiliyordu. Anlıyordu ama bu durumu değiştirmeye de kararlıydı. Kaptan Farrell ona Jason'ın yalnızca bir kez seveceğini söylemişti. Yalnızca bir kez, ama ölünceye kadar. Victoria, Jason'ın onu böyle sevmesini umutsuzca, bütün kalbiyle istiyordu. Eğer kendisi bu denli emrine amade olmasa, belki Jason onu özlediğini fark eder, hatta belki bunu ona da itiraf edebilirdi. En azından, ona akşam yemeğinde evde olmayacağını kibarca bildiren bir not gönderirken böyle olmasını ummuştu.

Çocukların sunduğu kukla gösterisi boyunca ve daha sonra pederin evinde yemek yerken, Victoria hep diken üstündeydi, sabırsızlıkla Wakefield'a dönüp Jason'ın yokluğuna nasıl tepki verdiğini görmeyi bekliyordu. Victoria'nın bütün itirazlarına rağmen, peder ona eve kadar eşlik etmekte ısrar etti; yol boyunca da karanlık bastırdıktan sonra tek başına dışarılarda gezecek kadar akılsız kadınları bekleyen tehlikelerden bahsetti durdu.

Victoria, gerçek olamayacağını bilse bile, eve girdiği anda akşam yemekte onu çok aramış olan Jason'ın, önünde diz çöküp ona aşkını itiraf edeceği hayaliyle eve neredeyse koşarak girdi.

Northrup ona, mesajını alınca Lord Fielding'in de yemeği komşularıyla yemeye karar verdiğini ve henüz dönmediğini bildirdi.

Victoria'nın çok canı sıkılmıştı, dairesine çıkıp uzun bir banyo yaptı ve saçlarını yıkadı. İşini bitirdiğinde Jason hâlâ dönmemişti. O da yatağa girip eline bir dergi aldı, ilgisizce sayfaları çevirmeye başladı. Öfkeyle, eğer Jason bunu ona üstünlük sağlamak için yapıyorsa, daha iyi bir yol bulamayacağını düşündü –gerçi Jason'ın bu kadar zahmete sadece ona dersini vermek için katlandığını pek sanmıyordu ya.

Jason'ın kendi odasına girdiğini duyduğunda saat on biri geçiyordu; hemen yatağında doğrulup dergisini kaptı, dünyanın en ilginç şeyiymiş gibi okumaya başladı. Birkaç dakika sonra Jason içeri girdi, boyunbağını çıkarmıştı, düğmeleri neredeyse göbeğine kadar açılmış beyaz gömleğinin önünden, yanık göğsünü kaplayan siyah kıllar görünüyordu. Nefes kesici derecede erkeksi ve yakışıklı görünüyordu, Victoria ona bakarken ağzının kuruduğunu hissetti, ama Jason'ın sert hatlı yüzü gayet sakindi. Yatağının yanına gelip, "Akşam yemeğe gelmedin," diye hatırlattı.

"Gelmedim," dedi Victoria. O da aynı Jason gibi heyecansız bir sesle konuşmaya çalışıyordu.

"Neden?"

Victoria ona masumca bakarak, onun kendisiyle ilgilenmek istemediğinde yaptığı açıklamayı tekrarladı: "Sen nasıl çalışmayı seviyorsan, ben de başka insanlarla olmayı seviyorum." Ne yazık ki sesinde kendini ele veren bir tını vardı, biraz gergin bir şekilde, "Senin için bir sakıncası olmayacağını düşünmüştüm," diye ekledi.

Jason kızı hayal kırıklığına düşüren bir rahatlıkla, "Hiç sakıncası yok," diyerek onu alnından hafifçe öptü ve dönüp kendi tarafına geçti.

Victoria sıkıntıyla yanındaki boş yastığa baktı. Kalbi Jason'ın onun yemeğe gelmemiş olmasına hiç aldırmadığına inanmayı reddediyordu. Geceyi yalnız geçirmeye niyetli olduğuna da inanmak istemiyordu, yattığı yerde gözüne uyku girmeden onu bekledi, ama Jason gelmedi.

Ertesi sabah uyandığında kendini çok kötü hissediyordu. Saçlarını fırçalarken Jason odasına geldi, yeni tıraş olmuştu ve her yanından canlılık fışkırıyordu. Çok normal bir şey söyler gibi rahat bir sesle, "Victoria, eğer kendini yalnız hissediyorsan belki bir iki günlüğüne şehre gitmek istersin," diye önerdi.

Victoria'nın içi umutsuzlukla doldu, saç fırçası gevşeyen parmakları arasından kayıp düştü, ama inatçı gururu imdadına yetişti. Yüzüne neşeli bir gülüş oturtmayı başardı. Jason ya blöfünü görüyor, ya da onu başından atmak istiyordu, ama bunlardan hangisi olursa olsun, Victoria onun önerdiği gibi yapacaktı. "Ne güzel bir fikir, Jason. Gideyim. Önerdiğin için teşekkür ederim."

YİRMİ SEKİZ

Victoria Londra'ya gidip dört gün kaldı. İçinde zayıf da olsa Jason'ın onu her dakika daha fazla özleyip üzülerek arkasından geleceğine dair bir ümit vardı. Üç müzikale ve operaya gitti, arkadaşlarını ziyaret etti. Geceleri yatağında gözüne uyku girmeden, bir erkeğin nasıl geceleri bu kadar sıcakken, gündüzleri bu denli soğuk olabildiğine akıl erdirmeye çalıştı. Jason'ın onu yalnızca arzularını tatmin için uygun bir araç olarak gördüğüne inanamıyordu. Bu gerçek olamazdı. Akşamları yemekte onunla birlikte olmaktan öylesine zevk alır gibi görünüyordu ki. Önüne konulan yemekleri hiç acele etmeden yiyerek yemeği uzatıyor, onunla şakalaşıyor, konuşmaya teşvik ediyordu. Bir keresinde ona zekâsı ve anlayışı konusunda iltifat bile etmişti. Birçok defa da salondaki mobilyaları nasıl yerleştireceğinden mal müdürünü çıkarıp yerine daha genç birini almaya kadar çeşitli konularda onun fikrini sormuştu.

Dördünce gece, Charles'la birlikte bir oyuna gittiler, sonra da Victoria Jason'ın Upper Brook Caddesi'ndeki evine dönerek o gece katılacağına söz verdiği balo için kıyafetini değiştirdi. Ertesi sabah eve dönmeye karar vermişti. Kendini biraz kızgın, biraz da usanmış hissediyordu; bu inatlaşmadan Jason'ın galip çıkmasına izin verecek, ama onun sevgisini kazanma savaşını ev cephesinde sürdürecekti.

Üzerinde gümüş pullu tülden şahane bir balo elbisesi ve bir yanında Marki de Salle, diğer yanında Baron Arnoff'la balo salonuna girdi.

İçeri girdiği anda bütün başlar ona çevrildi. Victoria bir kez daha herkesin ona bakışında oldukça garip bir şeyler sezdi. Bir gece önce de aynı duyguyla huzursuz olmuştu. Çevrenin onu yalnızca yanında kocası olmadan Londra'da olduğu için eleştirmesi için hiçbir sebep göremiyordu. Ayrıca, şık hanım ve beylerin bakışlarında gördüğü şey kınama değil, daha çok anlayış ya da acıma gibiydi.

Gecenin ilerleyen saatlerinde baloya Caroline Collingwood geldi, Victoria da herkesin neden böyle garip davrandığını sormak niyetiyle arkadaşını bir kenara çekti. Daha sorusunu sormasına fırsat kalmadan, Caroline cevabını vermişti bile: "Victoria, her şey yolunda mı –yani Lord Fielding'le aranızda demek istiyorum? Ayrılmadınız, değil mi?" Arkadaşının sesi oldukça endişeliydi.

Victoria duyduklarına bir anlam veremeyerek, "Ayrılmak mı?" diye tekrarladı. "Herkes öyle mi sanıyor yani? Onun için mi bana böyle tuhaf tuhaf bakıyorlar?"

Caroline onu rahatlatmak için hemen, "Kimse seni ayıplamıyor," dedi. Victoria'nın sadık refakatçilerinin onları duyabilecek kadar yakında olup olmadığını anlamak için etrafa endişeli bir bakış attıktan sonra devam etti: "Yalnızca, herkes duruma bakarak bir mana çıkarmaya çalışıyor. Lord Fielding'le aranızda bir sorun olduğunu ve senin... şey... senin de onu terk ettiğini sanıyorlar."

"Ne yaptığımı!" Victoria duyduklarına inanamıyordu. Tiksinti dolu bir sesle, "Böyle bir şeyi de nereden çıkarıyorlar?" diye fısıldadı. "Baksana, Leydi Calliper'ın da kocası yanında değil, Kontes Graverton'ınki de yok–"

Caroline telaşla arkadaşının sözünü keserek, "Ben de kocamla gelmedim," dedi. "Ama hiçbirimizin kocası daha önce evlenmemişti, anlıyor musun."

"Peki ama, bu bir şeyi değiştirmez ki!" Victoria, bu kez hangi korkunç, bilinmez kuralı çiğnediğini anlamaya çalışıyordu. Sosyetede her türlü davranışı düzenleyen bir sürü yazısız kural ve her kuralın da bir sürü istisnası vardı, her şey başa çıkılamayacak derecede karmaşıktı. Yine de, ilk eşlerin kendi hayatlarını yaşamaya hakkı varken ikinci eşlerin böyle bir hakkı olmayabileceğine inanamıyordu.

Caroline içini çekerek, "Biraz değiştirir," diye karşılık verdi. "Çünkü Lord Fielding'in ilk eşi onun hakkında bazı korkunç şeyler anlatır, onun kendisine karşı çok zalimce davrandığını söylerdi, bazıları da ona inanıyordu. Daha siz evleneli iki hafta bile olmadı, ama sen buradasın ve pek de mutlu görünmüyorsun, Victoria, gerçekten... İlk Leydi Fielding'in söylediklerine inananlar şimdi onları hatırlayıp birbirlerine anımsatıyor ve ispatı olarak da seni gösteriyorlar."

Victoria kendini çok tedirgin hissederek arkadaşına baktı. "Böyle düşünecekleri aklımdan bile geçmemişti," dedi, "hem de hiç. Zaten yarın eve dönmeye niyetim vardı. Saat bu kadar geç olmasa, bu gece giderdim."

Caroline elini Victoria'nın koluna koydu. "Eğer seni rahatsız eden, anlatmak istemediğin bir şey varsa, biliyorsun bizimle kalabilirsin. Seni sıkıştırmam."

Victoria başını iki yana sallayarak telaşla arkadaşının içini rahatlatmaya çalıştı. "Yarın eve dönmek istiyorum. Bu gece için, yapabileceğim bir şey yok."

Arkadaşı şakacı bir sesle, "Mutlu görünmeye çalışmak dışında," diye karşılık verdi.

Victoria içinden, '*İşte bu harika bir tavsiye!*' diye geçirerek arkadaşının sözünü tutmaya karar verdi, ama biraz farklı bir şekilde. Bunu izleyen iki saat boyunca, konuşabildiği kadar çok kişiyle konuşmaya çalıştı, her seferinde de laf arasına Jason'ın adını sıkıştırmayı başardı ve ondan hep en övücü sözlerle bahsetti. Lord Armstrong'un bir grup arkadaşına yarıcıları tatmin etmenin giderek imkânsız hale geldiğinden bahsettiğini duyduğunda, kocasının kendi arazisindeki çiftçilerle arasının harika olduğunu söyledi. Sözlerini kocasına sırılsıklam âşık bir kadının hayran sesiyle, "Lord Fielding topraklarını ve malikanelerini öyle akıllıca idare ediyor ki, bütün kiracıları ona bayılıyor, hizmetkârlarıysa resmen tapıyorlar," diyerek bitirdi.

Lord Armstrong hayretler içinde, "Öyle mi?" dedi. "Onunla konuşmalıyım. Kiracıların Wakefield'ın hiç umurunda olduğunu sanmazdım doğrusu, ama şu işe bak... yanılmışım."

Safir kolyesini beğenerek iltifat eden Leydi Brimworthy'ye, "Lord Fielding beni hediyelere boğuyor," diye karşılık verdi. "*Öylesine* cömert, öyle nazik ve düşünceli bir eş ki. Çok da zevkli, değil mi?"

Leydi Brimworthy Victoria'nın boynunda taşıdığı elmas ve safir hazinesine hayran hayran bakarak, "Hakikaten de öyle," dedi. Sonra da, suratını asarak, "Ben mücevher aldığım zaman Brimworthy'nin aklı çıkıyor," diye ekledi. "Bir daha bana taş parçalarına bir servet harcıyorsun diye söylendiğinde, ona Wakefield'ın cömertliğinden söz edeceğim!"

Yaşlı Kontes Draymore, Victoria'ya ertesi sabah vereceği kahvaltı davetini hatırlatınca, Victoria ona "Korkarım ben gelemeyeceğim, Kontes Draymore," diye karşılık verdi. "Kocamdan dört gündür ayrıyım, açıkçası onu çok özledim. Öyle tatlı ve naziktir ki!"

Kontes Draymore'un ağzı açık kalmıştı. Victoria yanlarından ayrılırken, ihtiyar kontes arkadaşlarına dönüp gözlerini kırpıştırdı. "Tatlı ve nazik mi? Bu kızın Wakefield'la evli olduğunu da nereden çıkarmışım acaba?"

Upper Brook Caddesi'ndeki evde, Jason kendi dairesinde kafese kapatılmış vahşi bir hayvan gibi bir aşağı bir yukarı dolaşıyordu. Victoria'nın nerede olduğu hakkında ona yanlış bilgi verdiği için evin yaşlı kahyasına ve karasevdalı, kıskanç bir delikanlı gibi Victoria'nın peşinden kalkıp Londra'ya geldiği için kendine küfrediyordu. Kahya ona Victoria'nın bu gece Berford'larda olacağını söylediği için oraya gitmiş, ama onu bulamamıştı. Kahyanın olabileceğini söylediği diğer yerlerin hiçbirinde de değildi.

Victoria kocasına yürekten bağlı görünme çabasında öyle başarılı olmuştu ki gecenin sonunda konuklar ona artık acıyarak değil, daha ziyade eğlenerek bakıyorlardı. Şafağın sökmesine az bir zaman kala eve girdiğinde hâlâ bunu düşünerek gülümsüyordu.

Hizmetkârların onun için antredeki masanın üzerine bıraktıkları mumu yakıp halı kaplı merdivenlerden yukarı çıktı. Yatak odasındaki mumları yakarken bitişik odadan gelen sinsi bir ses dikkatini çekti. İçeride dolaşan kişi hırsız değil hizmetkârlardan biri olsun diye dua ederek, sessizce kapıya yaklaştı. Titreyen elindeki mumu yukarı kaldırarak ara kapının koluna uzanıyordu ki kapı bir anda ardına kadar açılıverdi, Victoria da çığlığı bastı. Elini boğazına götürerek, titrek bir sesle, "Jason!" dedi. "Çok şükür sensin. B-ben seni hırsız sanmıştım, tam bakmaya geliyordum."

Jason, kızın hâlâ yukarıda tutmakta olduğu muma bakarak, "Çok cesurca," dedi. "Ya gerçekten hırsız olsam ne yapacaktın? Beni kirpiklerimi tutuşturmakla mı tehdit edecektin?"

Kocasının yeşil gözlerindeki tehditkar parıltıyı ve sert çenesinde öfkeyle oynayan kası fark edince Victoria'nın kıkırtısı boğazında kaldı. Alaycı maskesinin ardında korkunç bir öfke ateşinin yanmakta olduğunu hissetmişti. Jason üzerine doğru gelince düşünmeksizin gerilemeye başladı. Adam, sırtındaki gece kıyafetinin şahane şıklığına rağmen, üzerine gelirken daha önce hiç görünmediği kadar tehlikeli ve gaddar görünüyordu. Victoria geri geri yatağının etrafını dönmeye başladı, sonra durup içindeki bu mantıksız korkuyu bastırdı. Yanlış bir şey yapmadığı halde korkak bir çocuk gibi davranıyordu! Her şeyi kocasıyla mantıklı ve sakin bir şekilde tartışmaya karar verdi. "Jason," derken mantıklı ve sakin sesinde yalnızca hafif bir titreme vardı, "sinirli misin?"

Jason ondan bir iki parmak mesafede durdu. Siyah kadife ceketinin yanlarını arkaya doğru iterek ellerini kalçalarına dayadı, bacaklarını saldırgan bir tavırla açıp kıza tepesinden baktı. Korkunç bir sesle, ağır ağır, "Öyle denilebilir," dedi. "Hangi cehennemdeydin?"

"L-leydi Dunworthy'nin balosundaydım."

"Bu saate kadar mı?"

"Evet. Bunda garip bir şey yok ki. Bu baloların ne kadar geç bittiğini sen de bili–"

"Hayır, bilmiyorum. Söyle bakalım, nasıl oluyor da gözümün önünden ayrıldığın anda sayı saymasını unutuveriyorsun?"

"Sayı saymasını mı?" Victoria her an daha da fazla korkuya kapılıyordu. "Neyi sayacaktım?"

"Günleri. Sana burada iki gün kalman için izin vermiştim, dört değil!"

Victoria, "Senden izin almaya mecbur değilim," diye parladı, ama bu sözü söylemesi pek akıllıca olmamıştı. "Ayrıca benim nerede olduğum umurundaymış gibi de davranmaya kalkma!"

"Ama *umurumda.*" Jason'ın sesi ipeksi bir yumuşaklığa bürünmüştü. Ceketini ağır hareketlerle çıkardı, beyaz keten gömleğinin düğmelerini çözmeye başladı. "Ve benden izin almaya da *mecbursun*. Çok unutkan oldun, tatlım... Ben senin kocanım, hatırladın mı? Elbiselerini çıkar."

Victoria başını şiddetle iki yana salladı.

Jason yumuşak bir sesle, "Beni kızdırıp zor kullanmaya mecbur etme," diye uyardı. "Yoksa olacaklar hiç hoşuna gitmez, inan bana."

Victoria buna bütün kalbiyle inanıyordu. Titreyen elleriyle elbisesinin arkasına uzanıp, minik kanca ve kopçalarla beceriksizce boğuşmaya başladı. Yalvarır gibi bir sesle, "Jason, Allah aşkına, ne oldu?" diye sordu.

"Ne mi oldu?" Jason gömleğini yere fırlattı. "Seni kıskanmaya başladım, tatlım." Elleri pantolonunun kuşağına uzandı. "Seni kıskanıyorum ve bu da benim için yalnızca daha önce tatmadığım, yeni bir duygu değil, aynı zamanda çok rahatsız edici bir duygu."

Farklı şartlar altında, Victoria onun kendisini kıskandığını itiraf etmesine çok sevinirdi, ama şimdi bunu duymak yalnızca korkusunu ve gerginliğini artırıyor, parmaklarının iyice birbirine dolaşmasına neden oluyordu.

Onun bir ilerleme kaydedemediğin i gören Jason, uzanıp onu kabaca arkasına çevirdi, elleri kadın soymada yılların tecrübesinden gelen bir çabuklukla kızın elbisesinin sırtındaki küçücük kopçaları teker teker çözüverdi. Kızı yatağa doğru iterek, "Yatağa gir," diye emretti.

Kendisi de kızın yanına uzanıp onu sertçe kollarının arasına aldığında, Victoria'nın tüm vücudu isyan ve korkuyla titriyen bir pelte gibiydi. Adamın ağzı kızın ağzını cezalandırırcasına sert bir öpüşle hapsetti, Victoria adamın dudaklarının haşin baskısına dişlerini sımsıkı birbirine bastırarak karşılık verdi.

"Aç ağzını, lanet olası!"

Victoria ellerini adamın göğsüne dayayarak yüzünü öte yana çevirdi. "Hayır! Bu şekilde olmaz. Buna izin vermeyeceğim!"

Jason bu sözler üzerine gülümsedi. Kızın kanını donduran, sert, zalimce bir gülümsemeydi bu. İpek gibi bir sesle, "Vereceksin, tatlım," diye fısıldadı. "Seninle işim bitmeden, bana *yalvaracaksın.*"

Öfkesinden çılgına dönen Victoria, korkudan gelen beklenmedik bir kuvvetle adamı göğsünden iterek altından kaçtı. Neredeyse ayaklarını yere basmak üzereyken Jason onu kolundan yakalayarak sertçe tekrar yatağa çekti, ellerini tutup başının üzerine kaldırarak yastığa bastırdı, sonra da bacağını kızın bacaklarının üzerine attı. "Bu çok aptalcaydı," diye fısıldayarak başını ağır ağır ona doğru eğdi.

Victoria'nın gözleri korku gözyaşlarıyla doldu, kapana kısılmış bir tavşan gibi sırt üstü mıhlanmış halde yattığı yerden, Jason'ın ağzının ağır ağır yüzüne yaklaşmasını izledi. Ama son defaki gibi can yakan bir sertlikle saldırmak yerine, adam bu kez kızın dudaklarını dudakları arasına alarak uzun uzun, edepsizce tadını çıkararak öptü. Boştaki eliyse kızın vücudunda geziniyor, parmakları narin göğsünü okşuyor, dikleşen meme ucunu hafifçe sıkıştırıyor, sonra düz karnından aşağılara doğru kayarak kıvırcık kızıl tüylerle kaplı üçgene uzanıyordu. Victoria'nın vücudu kendisine ihanet ederek erkeğin becerikli elinin dokunuşlarına karşılık vermeye başlamıştı. Genç adamın parmakları daha aşağılara inince Victoria bütün gücüyle delice çırpındı ama nafile... Jason'ın dizi bacaklarının arasına girdi, parmakları aradıkları noktaya ulaşıverdiler.

Kızgın bir zevk dalgası Victoria'nın bütün vücuduna yayılarak gücünü yok etti, direncini yıkıp geçti, dudakları adamın dudakları altında aralandı. Jason'ın dili kızın ağzına dalarken, becerikli parmakları da içinde ileri geri hareket etmeye koyuldular. Duyularını her yandan kuşatmaya alan bu erotik dokunuşlar Victoria'nın dayanma gücünü aşmıştı. Hafif bir iniltiyle teslim olarak kendini ona bıraktı, yüzünü ona doğru çevirerek öpüşüne karşılık verdi, vücudu adamın altında büküldü.

Victoria ona teslim olur olmaz, Jason, mengene gibi elleriyle zaptettiği ellerini serbest bıraktı. Başını aşağı doğru eğerek yüzünü boynuna sürdü, ağzı pembe göğsünün körpe etini aradı. Diliyle kızın ısınmış teninde küçücük daireler çizdi, sonra ağzı göğsünün ucunu sardı. Genç kız katıksız bir zevk iniltisiyle erkeğin siyah, kıvırcık saçlarına yapışıp başını kendisine doğru bastırdı. Jason tuhaf, hafif bir gülüşle daha aşağılara kaydı, dili kızın gergin karnında alevden bir iz bırakarak kasıklarına doğru ilerledi. Victoria onun ne yapmak istediğini anlayınca çılgınca çırpınarak kendini kurtarmaya çalıştı ama kocasının elleri kalçalarını yakalayıp yüzüne doğru kaldırdı ve ağzı hedefini buldu. Erkek durduğunda, Victoria bedenini akkor gibi dağlayan zevk ürpertileriyle sarsılıyor, boşalma arzusuyla yanıyordu.

Jason kızın üzerinde yeniden yukarı doğru kaydı, sertleşmiş erkekliğini az önce ellerinin ve ağzının geçtiği noktaya hafif hafif, oyuncu dokunuşlarla bastırmaya başladı. Victoria inildeyerek kalçalarını kaldırdı, elleri genç adamın kalçalarını kendine doğru çekti ve Jason yavaşça kızın ıslak sıcaklığının içine doğru kaydı. İşkence gibi ağır bir ritimle her seferinde bir parçacık daha derine giriyor, hafifçe geri çekilip yeniden, daha derine doğru ilerliyordu. Onun içini tamamen doldurduğunu hissetme arzusu Victoria'yı çılgına çeviriyordu. Kızın bacakları adamın gövdesine sarıldı, onun her hamlesini karşılamak için vücudunu onun ritmine uydurarak kaldırmaya başladı. Yüzü alev alev yanıyor, göğsü hızlı nefeslerle inip kalkıyordu. Adam aniden kızı katıksız bir zevk çığlığıyla bağırtan bir kuvvetle sonuna kadar gitti ve aniden dışarı çıktı.

"Hayır!" Victoria hayretle bağırarak kollarını ona doladı. Jason, "Beni istiyor musun, Victoria?" diye fısıldadı.

Kızın gözleri şaşkınlıkla açıldı, kocasının ellerini başının iki yanına dayamış, yüzünde katı bir ifadeyle, kendini onun üzerinde ve ondan uzakta tutmakta olduğunu gördü.

Adam sorusunu tekrarladı: "İstiyor musun?"

Victoria, boğulur gibi bir sesle, "Bunu hiç affetmeyeceğim," diye inledi.

"Beni istiyor musun?" Adam kasıklarını kızın duyarlı yumuşaklığına bastırarak kışkırtıcı hareketlerle daireler çizmeye başlamıştı. "Söyle."

Tutku kızın bedeninde kudurmuşcasına haykırıyor, zayıflamış iradesine karşı adamdan yana çıkıyordu. Jason onu kıskanıyordu. Umursuyordu. Uzun süredir uzakta oluşu onu incitmişti. Victoria'nın dudakları "evet" der gibi kıpırdadılar, ama içinde kuduran arzu bile ona kelimeyi söyletmeyi başaramadı.

Bu kadarı Jason için yeterliydi, kıza istediğini verdi. Onu bu şekilde aşağılamasını telafi etmek istercesine, kıza en fazla zevk verecek şekilde hareket ederek, içinde tırmanan arzuyla mücadele ederek, benliğini baskılayıp kendini cömertçe, her hamlesiyle altında sarsılan kızın hizmetine sundu. Kızın vücudu zevk spazmlarıyla kasılırken zonklayan erkekliği bir mızrak gibi ona saplanmış olarak hareket etmeden durup bekledi. Sonra kızı ağırlığıyla ezerek kendisi de boşaldı.

Bittiğinde, üzerlerine tam bir sessizlik çöktü. Jason gözlerini tavana dikip bir dakika hareketsiz bir şekilde yattı; sonra yataktan kalkıp kendi dairesine geçti. Düğün geceleri hariç, bu seviştikten sonra Victoria'yı bırakıp gittiği ilk geceydi.

YİRMİ DOKUZ

Victoria içinde ağır bir sızıyla uyandı, kendini hiç uyumamış gibi hissediyordu. Gece Jason'ın ondan yok yere intikam alışının utancını hatırlayınca, boğazı umutsuzlukla düğüm düğüm oldu. Karışmış saçlarını yüzünden geriye itti, dirseğine yaslanarak yatakta doğruldu, gözlerini dalgın bakışlarla odada gezdirdi. Sonra birden gözüne yatağın yanında duran deri mücevher kutusu ilişiverdi.

Beyninde, daha önce hiç kapılmadığı kadar şiddetli bir öfke volkan gibi patladı ve içindeki her türlü duyguyu silip yok etti. Yataktan fırlayıp sırtına bir sabahlık geçirdi ve kutuyu kaptı.

Soluk yeşil saten robunu savurarak, hırsla Jason'ın odasına açılan ara kapıyı ardına kadar açıp içeri daldı. "Sakın bana bir daha mücevher vermeye kalkma!" diye soludu.

Jason yatağının yanında, uzun bacaklarını saran sütlü kahve rengi bir pantolonla duruyordu, üstü çıplaktı. Victoria'nın kutuyu kafasına fırlattığını son anda fark etti, ama hiç kıpırdamadı, irkilmedi, kulağını sıyırarak geçen ağır deri muhafazadan kaçmak için tek bir kasını oynatmadı.

Kutu sert bir sesle cilalı zemine çarpıp yatağın altına kaydı. Victoria, tırnaklarını avuçlarına batırarak, göğsü gazap dolu nefeslerle inip kalkarak, "Dün gece yaptığın şeyi asla affetmeyeceğim," diye bağırdı. "Asla!"

"Eminim etmezsin," dedi Jason, sesi heyecansız, ifadesizdi. Gömleğine uzandı.

"Mücevherlerinden nefret ediyorum, bana böyle davranmandan nefret ediyorum, senden de nefret ediyorum! Sen sevmeyi bilmiyorsun... Duygusuz, kalpsiz *piçin tekisin*!"

Bu söz Victoria'nın ağzından farkında olmadan kaçıvermişti, ama hiç beklemediği bir tepkiyle karşılaştı. Jason kupkuru bir sesle, "Doğru söylüyorsun," diye karşılık verdi. "*Tam* öyleyim işte. Benim hakkımda hâlâ bazı hayallerin varsa yıktığım için özür dilerim, ama gerçek şu ki, ben Charles Fielding'le bir zamanlar kapatması olan, çoktan unuttuğu bir dansöz arasındaki kısa, anlamsız ilişkinin yan ürünüyüm."

Gömleği kaslı omuzlarına atıp kolunu geçirdi. Victoria bir şey sezer gibi oldu, sonra birden açıkça anladı: Jason ona çirkin ve iğrenç bir itirafta bulunduğunu düşünüyordu.

"Sefalet içinde büyüdüm, beni Charles'ın kardeşinin karısı büyüttü. Sonraları, bir depoda yatıp kalktım. Okuma yazmayı kendi kendime öğrendim; ne Oxford'a gittim, ne de diğer soylu, kibar taliplerinin yaptığı şeyleri yaptım. Kısacası, olduğumu sandığın şeylerin hiçbiri değilim ben."

Gözlerini gömleğini düğmeleyen ellerine dikerek konuşmaya devam etti. "Ben sana uygun bir koca değilim. Sana dokunmaya layık değilim. Bilsen mideni bulandıracak şeyler yaptım."

Kaptan Farrell'ın sözleri Victoria'nın beyninde yankılandı: *O cadı ona diz çöktürüp o pis Hintlilerin önünde yalvartıyordu.* Jason'ın gururlu, sert yüzüne bakınca kalbi çatlayıp yarılıverecek gibi oldu. Şimdi adamın onun sevgisini neden kabul etmediğini, edemediğini bile anlayabiliyordu.

Jason sözlerini karanlık bir ifadeyle, "Ben bir piçim," diyerek tamamladı, "kelimenin gerçek anlamında bir piç."

Victoria, sesi bastırmaya çalıştığı duygularla titreyerek, "Oldukça itibarlı bir durum," dedi. "Kral Charles'ın üç oğlu da öyleymiş, o da hepsini dük yapmış."

Jason bir an şaşkınlıkla kıza baktı, sonra omuz silkti. "Mesele şu ki, beni sevdiğini söyledin ama böyle düşünmene izin veremem. Sen beni değil, bir serabı seviyorsun. Beni tanımıyorsun bile."

"Hayır, tanıyorum." Victoria, şu anda söyleyeceklerinin bütün geleceklerini şekillendireceğinin farkındaydı. "Senin hakkında her şeyi biliyorum – Kaptan Farrell bana anlatalı bir haftadan fazla oldu. Küçükken başına gelenleri biliyorum..."

Jason'ın gözleri bir an öfkeyle parladı, ama sonra boş vermişçesine omuz silkti. "Sana anlatmaya hakkı yoktu."

Victoria, "Bana *sen* anlatmalıydın," diye bağırdı. Artık ne sesine ne de yanaklarından aşağı boşalan gözyaşlarına hakim olabiliyordu. "Ama anlatmadın, çünkü en çok gurur duyman gereken şeylerden utanıyorsun!" Elinin tersiyle yüzündeki yaşları öfkeyle silerek, tutuk tutuk, "Keşke anlatmamış olsaydı!" dedi. "O bunları anlatmadan önce seni yalnızca birazcık seviyordum. Ama sonra, ne kadar cesur ve ne kadar güçlü olduğunu anlayınca, seni öyle çok sevdim ki–"

"Ne?" Adamın sesi boğuk bir fısıltıdan ibaretti.

Victoria kendini kaybetmiş bir halde sözlerini sürdürdü. "O günden önce sana *hayran* değildim, ama şimdi hayranım ve bu yaptıklarına dayanamıyorum–"

Görüşünü bulandıran gözyaşları arasından adamın kendisine doğru geldiğini gördü ve bir anda kendini onun kolları arasında buldu, adam onu kaslı göğsünde sıkarken, Victoria'nın bastırdığı tüm duygular bir anda boşalıverdi. Adamın kolları arasında, "Annenle babanın kim olduğu umurumda değil," diye hıçkırdı.

"Ağlama, sevgilim," diye fısıldadı Jason, "lütfen ağlama."

"Bana cansız bir bebekmişim gibi davranmandan nefret ediyorum, beni balo elbiseleriyle süsleyip–"

Jason işi şakaya vurmaya çalışarak, "Sana bir daha asla elbise almayacağım," dedi, ama sesi çatallanıyordu.

"Sonra mü-mücevherlere boğup–"

"Mücevher de almayacağım." Kızı kollarının arasında biraz daha sıktı.

"Sonra da benimle o-oynaman bitince kenara atmandan nefret ediyorum."

"Ben eşeğin tekiyim." Jason kızın saçlarını okşayarak yanağını başına sürdü.

"Bana n-ne düşündüğünü, neler hissettiğini b-bile hiç anlatmadın, b-ben de aklını okuyamam ki."

Jason haşin bir sesle, "Aklım mı kaldı ki," diye cevap verdi. "Aklımı kaybedeli aylar oluyor."

Victoria kazandığını biliyordu, ama bu öyle iç paralayıcı, öyle nefis bir duyguydu ki ince omuzları hıçkırıklarla sarsılarak ağlamaya başladı.

"Ulu Tanrım! Lütfen böyle ağlama." Jason'ın sesi bir iniltiden faksızdı. Ellerini çaresizlikle kızın sarsılan omuzlarında ve sırtında dolaştırarak ümitsizce onu teskin etmeye çabaladı. "Ağlamana dayanamıyorum." Ellerini kızın saçları arasına sokup, gözyaşlarıyla ıslanmış yüzünü kendisine doğru çevirdi. Başparmaklarıyla kızın yanaklarını sevecen dokunuşlarla okşayarak, "Seni bir daha asla ağlatmayacağım," diye fısıldadı. "Yemin ederim." Başını eğip kızı yumuşacık bir dokunuşla öptü. "Benimle yatağa gel," diye mırıldandı, sesi boğuk ve sabırsızdı. "Benimle yatağa gel, sana dün geceyi unutturacağım..."

Victoria bu davete kollarını arzuyla kocasının boynuna dolayarak karşılık verdi. Jason da onu kucağına alarak yatağa yöneldi. Ona kendini affettirmek istiyordu ve bu bildiği tek yoldu. Dizini şilteye dayayıp Victoria'yı yavaşça yatağa bıraktı, kendisi de üzerine eğilerek dudaklarını dudaklarından hiç ayırmadan, uzun, yakıcı bir öpüşle öptü.

Gömleğini sırtından atmak ve pantolonunun önünü açmak için doğrulunca, Victoria kocasının muhteşem bedenini utanç duymadan, zevkle, gururla seyretmeye başladı. Uzun, kaslı bacaklarına ve dar kalçalarına, güçlü kollarına ve geniş omuzlarına, yan döndüğünde sırtında oynayan kabarık kaslara bakarken, boğazından yükselen çığlığı tam bastıramayarak dehşetle içini çekti.

Jason bu hafif çığlığı duydu ve kızın ne gördüğünün farkına vararak bütün vücudu kasıldı. Victoria yara izlerini görmüştü! Lanet olası yara izleri aklından çıkmıştı, onları Victoria'dan saklamayı unutmuştu. Yara izlerini saklamayı son defa unuttuğu günün anısı aklında sanki dünmüş gibi tüm ayrıntılarıyla canlandı. Her yanını alev alev yakan bir utançla, yatağındaki kadının dehşetini, kendini bir köpek gibi kırbaçlamalarına izin verdiğini görünce yüzünde beliren aşağılayıcı ve tiksinti dolu ifadeyi anımsadı. Bu yüzden, Victoria'yla sevişirken sırtını ona hiç dönmemiş, uyumadan önce de hep mumları söndürmüştü.

Victoria'nın, arkasından hıçkırır gibi bir sesle, "Ah, Tanrım!" dediğini duydu. Kız gözlerini dehşetle adamın güzel sırtını kaplayan düzinelerle yara izine dikmişti –kesişen, uzun, beyaz yara izlerine... Uzanıp titreyen parmaklarıyla izlere dokundu. Jason kızın parmaklarını teninde hissederek irkildi. Victoria acı bir şaşkınlıkla, "Hâlâ acıyorlar mı?" diye fısıldadı.

Jason, kuru ve gergin bir sesle, "Hayır," diye yanıtladı. Midesi dalga dalga vücuduna yayılan utançla bulanarak, kızın nasıl aşağılandığına dair bu çirkin kanıtlara göstereceği kaçınılmaz tepkiyi bekledi.

Kızın kollarını arkadan ona dolayarak dudaklarını sırtına değdirdiğini hissettiğine inanamıyordu. Victoria, içi sızlayarak, "Buna nasıl dayandın, nasıl?" diye fısıldadı, "ne kadar cesurmuşsun, ne kadar güçlüymüşsün..." Victoria yara izlerini tek tek öpmeye başlayınca, Jason dönüp onu kollarının arasına alıp kendine çekti. Kendinden geçercesine, "Seni seviyorum," diyerek ellerini kızın şahane saçlarının arasına daldırıp yüzünü kendine çevirdi. "Seni öyle seviyorum ki..."

Adamın dudakları yakıcı öpüşlerle kızın etini dağlayarak dudaklarından boynuna, oradan göğüslerine kaydı, elleri sırtında, belinde dolaştı. Victoria onun bu yumuşak hücumu karşısında inleyip kıvrandı. Jason ellerini yatağa dayayıp bedenini kaldırdı; yüzü kızın yüzünün, vücudu vücudunun üzerindeydi. Sesi tutkuyla tarazlanmıştı: "Lütfen dokun bana... ellerini vücudumda hissetmek istiyorum."

Onun da kendisine dokunulmasını isteyebileceği Victoria'nın hiç aklından geçmemişti. Bunu öğrenmenin heyecanıyla elini adamın güneş yanığı göğsüne dayayıp parmaklarını ağır ağır araladı, bu basit dokunuşun adamın nefesini kestiğini görünce şaşırdı. Dener gibi tereddütle, ellerini daha aşağılara kaydırdı, adamın gergin karnı dokunuşuyla kasıldı. Victoria dudaklarını adamın küçücük göğüs ucuna değdirdi, onun kendi göğsünü öptüğü gibi, dilini üzerinde gezdirerek öptü, ağzına alıp sertçe emince Jason'ın boğazından bir inilti yükseldi.

Victoria, kocasının vücudu üzerinde böyle bir gücü olduğunu keşfetmenin sarhoşluğu içinde, onu omzundan iterek sırt üstü devirdi; aralık dudaklarını onun dudaklarında gezdirdi, dilini yavaşça ağzının içine doğru uzattı. Adamın boğazından homurtuyla gülme arası hafif, tuhaf bir kahkaha koptu. Kızın dilini ağzına çekti, bir eliyle başını kendine çekip dudaklarını kızın dudaklarına bastırırken, diğer elini kızın kalçalarına dolayarak onu üzerine, kalkmış erkekliğinin tam üstüne çekti.

Victoria hiç düşünmeksizin, kasıklarını adamın sertliğine bastırarak daireler çizmeye başladı. Verdiği ve aldığı zevkle kendinden geçer gibi oluyordu. Ona zevk verme hevesiyle kendini kaybetmişçesine erkeğin göğsünü öperek aşağı doğru indi. Yüzünü karnına sürmeye başladı, ta ki onun elleri birden saçlarının arasına girip yüzünü tekrar kendi yüzüne doğru çekinceye kadar. Altında adamın sert erkekliğinin bir nabız gibi attığını, ısınmış teninin ateşli dokunuşunu, göğsüne dayadığı göğüslerinin altında onun kalbinin sert vuruşlarını hissedebiliyordu. Onun artık hemen içine gireceğini sanmıştı, ama beklediği gibi olmadı. Adam arzuyla alev alev yanan gözleriyle gözlerinin içine bakarak "Seni istiyorum," diye fısıldadı. Sanki bir gece önce onu bu sözleri söylemeye zorladığı için özür diliyor, Victoria'nın önünde tevazuyla eğilir gibiydi. "Lütfen, sevgilim."

Victoria kendini, içinde patlayan aşkla parçalanacakmış gibi hissederek adama yumuşacık bir öpüşle karşılık verdi. Yanıtı yeterli olmuştu. Jason onu kollarının arasında sımsıkı sararak sırt üstü yatırdı, seri, emin bir hareketle içine girdi. Kolları kızın omuzlarına ve kalçalarına dolandı, onu kendine doğru çekip tek vücut olmak istercesine sımsıkı bastırdı.

Victoria erkeğin giderek artan tutkusunu beslemek ve

paylaşmak için dayanılmaz bir arzuyla yay gibi yukarı doğru büküldü, kasıklarını onun kasıklarına, dudaklarını dudaklarına bastırdı. Bedeninde dolaşan zevk dalgaları gitgide coşarak doruğa tırmandı, katıksız bir zevk alevine dönüşerek içinde patladı.

Kızın vücudunun onu sımsıkı sarışını, ulaştığı doyum anının kasılmalarıyla sarsılışını hisseden Jason'ın güçlü gövdesi kasılarak titredi, Victoria'nın bedeni içinde bir ömür boyu biriken zehri ve umutsuzluğu emerken tekrar tekrar ürperdi. İçindeki acılık damla damla akıp yok olurken yerini katıksız bir mutluluğa bıraktı. Her yanı yüreğinde patlayıp damarlarına yayılan bu mutlulukla sızlayıp doldu.

Elde ettiği tüm benzersiz maddi başarıların ve vücutlarını amaçsızca fethettiği tüm o kadınların ardından, bilinçsizce aramakta olduğu şeyi; ait olduğu yeri nihayet bulmuştu. İngiltere'de altı malikanesi, Hindistan'da iki sarayı, her birinde kendi kullanımına özel lüks birer kamarası bulunan bir filo gemisi olan bu adam, kendini hiç bir evi varmış gibi hissetmemişti. Şimdi evindeydi. Kolları arasında memnun yatan bu güzel kız, onun evi, yuvası olmuştu.

Kızı kollarının arasından bırakmaksızın yana doğru devrildi, sonra parmaklarını kızın kabarmış, yumuşacık saçlarının arasından geçirerek alnına sevecen bir öpücük kondurdu.

Victoria gözlerini kırpıştırarak kaldırıp gözlerinin içine bakınca, o mavi göllerin derinliklerinde boğulacağını zannetti. Kız gülümseyerek ona bir zamanlar kendisinin sorduğu soruyu sorarak takıldı: "Kendini nasıl hissediyorsun?"

Jason sevgi dolu bir ciddiyetle cevap verdi: "Erkek gibi." Başını eğerek kızın tatlı dudaklarını dudakları arasına alıp uzun uzun öptü, sonra gözlerini dalgın dalgın kızın ışıltılı mavi gözlerine dikti. İçini çekerek, "Melek diye bir şey olmadığına inandığımı düşünüyorum da," diye fısıldadı. Kendini yastıklara bırakıp, kızın kolları arasında, başının omzunda olmasının tadını çıkardı. "Ne kadar aptalmışım–"

"Çok akıllısın." Karısı sadakatle onu kendine karşı savunuyordu.

Jason alaycı bir sesle, "Hayır, hiç değilim," diyerek güldü. "Azıcık aklım olsaydı, ilk istediğim anda seninle yatar, sonra da benimle evlenmen için ısrar ederdim."

Victoria oyuncu bir sesle, "Bunu ilk istediğin an ne zamandı peki?" diye sordu.

"Wakefield'a ilk geldiğin gün." Jason o günü anımsayarak gülümsedi. "Sanırım seni kapımın önünde, kucağında o domuz yavrusuyla, saçların rüzgârda alev gibi savrularak dururken ilk gördüğümde âşık oldum."

Victoria ciddileşerek başını iki yana salladı. "Lütfen, Jason –birbirimize hiç yalan söylemeyelim, olur mu? Beni o zaman sevmiyordun, benimle evlenirken de sevmiyordun. Ama hiç önemi yok... hakikaten yok. Bence önemli olan tek şey, artık beni seviyor olman."

Jason kızın çenesini eliyle kaldırarak onu gözlerinin içine bakmaya zorladı. "Hayır tatlım, doğruyu söylüyordum. Seninle, seni sevdiğim için evlendim."

"Jason!" Erkeğin sözleri Victoria'nın gururunu okşamış ve çok hoşuna gitmişti ama ne olursa olsun gelecekleri için dürüstlük ve açıklıkla ilerleyen bir yol çizmeye kararlıydı. "Benimle evlenmenin sebebi ölüm döşeğindeki bir adamın son dileğini yerine getirmekti."

"*Ölüm döşeğindeki* bir adam mı?" Victoria'nın hayret dolu bakışları karşısında Jason başını geriye atarak bir kahkaha patlattı. Sonra Victoria'ya sarılarak onu çıplak göğsünün üzerine çekti. Gülerek, elinin sırtıyla kızın yanağını okşayıp, "Ah, sevgilim," dedi, "o 'ölüm döşeğindeki' adam var ya, bizi yanına çağırıp senin elini tuttuğunda diğer elinde de dört kız tutuyordu."

Victoria kendini geri çekip dirseklerine yaslandı. "*Ne* tutuyordu dedin!" Gülmekle kızmak arasında kalmıştı. "Emin misin?"

"Kesinlikle." Jason hâlâ gülüyordu. "Örtüsü kayınca gördüm, elinde iskambil kâğıtları vardı. Dört kız."

"Ama bize neden böyle bir şey yapsın ki?"

Jason geniş omuzlarını silkti. "Anlaşılan evlenme işini fazla ağırdan aldığımızı düşünmüş olmalı."

"İyileşsin diye nasıl dua ettiğimi hatırlayınca, onu öldüresim geliyor!"

Jason gülerek, "O ne biçim söz," diye takıldı. "Çevirdiği dolabın sonucundan memnun değil misin?"

"Eh, memnunum, evet, ama sen niye bana söylemedin? Ya da en azından, neden ona yaptığı şeyin farkında olduğunu söylemedin?"

Jason kızın kulağının ucunu hafifçe ısırdı. "Ne? Söyleyip zevkini mi kaçırsaydım? Olur mu hiç!"

Victoria ona kızgın kızgın baktı. "Bana söylemeliydin. Bunu benden saklamaya hakkın yoktu."

"Doğru."

"Peki öyleyse neden söylemedin?"

"Mecbur olduğunu düşünmeseydin, benimle evlenir miydin?"

"Hayır."

"İşte onun için söylemedim."

Victoria, erkeğin istediğini elde etmek için verdiği ilkesiz karara ve bundan hiç pişmanlık duymayışına çaresizce gülerek onun göğsüne bıraktı. Sesine ciddi bir hava vermeye çalışarak, "Hiç ilken yok mu senin?" diye payladı onu.

Jason sırıtarak cevap verdi. "Yok anlaşılan."

OTUZ

O akşam geç vakit Victoria salonda oturmuş bir iş için dışarı çıkmış olan Jason'ın dönmesini beklerken, Londra'daki evi idare eden yaşlı kahya kapıda belirdi. "Claremont Düşesi cenapları geldiler ve sizi görmek isterler, leydim. Kendilerine–"

Düşes cenapları kahyanın dehşet dolu bakışları altında salona girerek, aksi aksi, "Bana senin ziyaretçi kabul etmediğini söyledi," dedi. "Aptal adam benim 'ziyaretçi' değil, aileden biri olduğumu anlamıyor."

Victoria, "Büyükanne!" diye bağırarak ayağa fırladı. Huysuz ihtiyar hanımın beklenmedik ziyaretine şaşırmıştı.

Düşesin türbanlı başı hayretten donakalmış hizmetkâra doğru döndü. Bastonunu ona doğru sallayarak, "Gördün mü?" diye çıkıştı. "Ne dedi, bak: *Büyükanne!*" Kahya ağzının içinde özür sözcükleri geveleyerek eğilip salondan çıktı ve endişeyle büyükannesine bakan Victoria'yı misafiriyle baş başa bıraktı. İhtiyar düşes bir koltuğa oturup mavi damarlı ellerini bastonunun mücevher kakmalı sapına dayadı ve Victoria'yı dikkatle süzdü. Nihayet, sanki biraz şaşırmış gibi bir ifadeyle, "Bana oldukça mutlu görünüyorsun," diye söze girdi.

Victoria düşesin karşısına oturarak, "Köyden bunun için mi geldiniz," diye sordu. "Benim mutlu olup olmadığıma bakmak için mi?"

Yaşlı düşes, tehditkâr bir sesle, "Wakefield'la görüşmeye geldim," diye karşılık verdi.

Büyükannesinin aniden çatılıveren kaşları Victoria'yı ürkütmüştü, endişeyle, "Evde değil," diye cevap verdi.

Büyükannesinin kaşları daha da çatıldı. "Ben de öyle duydum. Bütün Londra onun burada seninle olmadığını konuşuyor! Onu Avrupa'nın öbür ucuna kadar kovalamam da gerekse, yakalayıp sorguya çekmeye ve haddini bildirmeye niyetliyim!"

O sırada salona giren Jason, kelimelerin üstüne basa basa, "Buna hayret ediyorum," dedi. "Beni tanıyan hemen herkes benden biraz korkarken, yalnızca ufacık karım, küçük baldızım ve yaşı yaşımın üç katı, cüssesi cüssemin üçte biri kadar olan siz hanımefendi, yalnızca siz üçünüz benden hiç çekinmiyorsunuz. Bundan ancak şunu çıkarabiliyorum, demek ki dış görünüş gibi cesaret de –ya da pervasızlık– soya çekiyor." Gülerek devam etti: "Ama yine de, buyrun. Bana kendi evimde haddimi bildirmenize müsaade ediyorum."

Düşes ayağa kalkıp ona gözlerinden ateşler saçarak baktı. Buyurgan bir tavırla, "Ya! Demek nihayet nerede oturduğunu ve bir karın olduğunu hatırlayabildin!" diye çıkıştı. "Seni Victoria'nın mutluluğundan sorumlu tutacağımı söylemiştim, sense onu mutlu etmiyorsun. Hem de hiç!"

Jason soru dolu bakışlarını Victoria'ya çevirdi, ama Victoria başını şaşkınlıkla iki yana sallayarak omuz silkti. Düşesin düşüncelerinin Victoria'dan kaynaklanmadığına ikna olan Jason, kolunu Victoria'nın omzuna atarak uysalca, "Acaba bir koca olarak görevlerimi ne şekilde ihmal etmişim?" diye sordu.

Düşesinin ağzı hayretle açık kalmıştı. Duyduklarına inanamaz gibi, "Ne şekilde mi?" diye Jason'ın sözlerini tekrarladı. "Karşımda torunuma böyle sarılıyorsun, ama çok emin kaynaklardan öğrendiğime göre Wakefield'da onun yatağına yalnızca altı kere girmişsin!"

Victoria dehşet içinde, "Büyükanne!" diye bağırdı.

Yaşlı hanımefendi, "Şşşt, sen sus, Victoria," dedikten sonra hançer gibi bakışlarını Jason'a çevirerek sözlerini sürdürdü. "Senin hizmetkârlardan ikisi benimkilerden ikisiyle akraba, bana söylediklerine bakılırsa sen düğününüzden sonra bir hafta karının yatağına gitmeyince Wakefield Park ayağa kalkmış."

Victoria utançla inledi, Jason destek olmak ister gibi ona daha sıkı sarıldı.

Düşes sert sert, "Evet, buna ne diyeceksin bakalım, delikanlı?" diye sordu.

Jason tek kaşını kaldırarak düşese düşünceli gözlerle baktı. "Sanırım hizmetkârlarıma bir çift laf etmem gerekecek."

"Bu işi şakaya vurmaya kalkma sakın! Senin bir kadını yatağında ve yanında tutmayı herkesten iyi bilmen gerekirdi. Londra'daki evli kadınların yarısı dört yıldır sana aşeriyor. Eğer utangaç yeniyetmenin teki olsan, bana bir varis yapmakta neden böyle basiretsizce oyalandığını belki anlayabilirdim ama–"

Jason ağır ağır ve ciddiyetle, ama belli ki çok eğlenerek, "Bu işe öncelik vereceğimden hiç şüpheniz olmasın," diye cevap verdi.

Düşes, "Artık daha fazla oyalanmana göz yumamayacağım," diye uyarırken sesi sanki biraz yumuşamış gibiydi.

Jason komik bir tavırla, "Şu ana kadar çok sabır gösterdiniz," diye hak verdi.

İhtiyar hanımefendi onun bu şekilde dalga geçtiğini duymazdan gelerek başını salladı. "Artık birbirimizi anladığımıza göre, şimdi beni yemeğe davet edebilirsiniz. Lakin pek uzun kalamayacağım."

Jason yüzünde muzip bir sırıtışla ona kolunu uzattı. "Hiç kuşkusuz daha ileri bir tarihte bize uzun bir ziyaret için zaman ayırırsınız –mesela, dokuz ay sonra?"

"Günü gününe." Düşes hâlâ aksi aksi konuşuyordu, ama Victoria'ya baktığında gözleri sessiz kahkahalarla doluydu. Yemek salonuna doğru ilerlerlerken, torununa doğru eğilerek, "Kahrolmayası çok yakışıklı, öyle değil mi, hayatım?" diye fısıldadı.

Victoria büyükannesinin elini okşadı. "Çok."

"Ve anladığım kadarıyla da, duyduğum dedikodulara rağmen sen mutlusun, öyle mi?"

"Anlatamayacağım kadar."

"Yakında bir gün beni ziyarete gelirsen çok sevinirim. Claremont Malikanesi Wakefield'dan sadece on beş kilometre mesafede, nehir boyunda."

Victoria, "Çok yakında geleceğim," diye söz verdi.

"Kocanı da getirebilirsin."

"Teşekkür ederim."

Sonraki günlerde, Wakefield Markisi ve Markizi en görkemli baloların birçoğuna birlikte katıldılar. Artık kimse markinin ilk karısına yaptığı sözde kötülüklerden söz etmiyordu, onun kocaların en sadık ve cömerti olduğu konusunda herkes hemfikirdi.

Çifte şöyle bir bakan herkes, Leydi Victoria'nın yüzünün mutluluktan pırıl pırıl parladığını ve uzun boylu, yakışıklı kocasının ona taptığını görebilirdi. Hatta, eskiden pek soğuk ve mesafeli bilinen Lord Fielding'in beraber vals yaparlarken yeni eşine muhabbetle gülümsediğini ya da bir oyunun ortasında onun kulağına fısıldadığı bir şeye kahkahalarla güldüğünü görenler bunu bayağı eğlenceli buluyorlardı.

Kısa sürede, hayatta Jason Fielding'den daha fena iftiraya uğramış ve yanlış anlaşılmış bir kişi daha olamayacağı herkes tarafından kabul edilir olmuştu. Eskiden ona temkinli bir şekilde, korka korka yaklaşanlar artık onunla yakınlık kurmaya can atıyorlardı.

Victoria'nın, kocası kendisiyle birlikte olmadığı için çıkan dedikodulara bir son verme amacıyla, ondan en yüceltici sözlerle bahsettiği günün üzerinden bir hafta geçmemişti ki, Lord Armstrong, Jason'ı ziyarete geldi. Hizmetkârlarının ve topraklarındaki çiftçilerin işbirliğini ve bağlılığını sağlamak için ondan tavsiye istedi. Lord Fielding önce çok şaşırmış göründüyse de, sonra gülerek Lord Armstrong'a bu konuda *Leydi* Fielding'le konuşmasını önerdi.

Aynı gece White'ın yerinde, Lord Brimworthy dostane bir sitemle karısının fahiş fiyata aldığı son safir setten Jason'ı sorumlu tuttu. Lord Fielding ona dalgacı bir bakış attıktan sonra, bir sonraki eli beş yüz paunda yükseltti ve birkaç dakika içinde, Lord Brimworthty'yi kendisine fazla gelen beş yüz paundun yükünden kolayca kurtarıverdi.

Ertesi gün akşam üzeri Jason Hyde Park'ta, Victoria'ya onun için aldığı şahane yeni faytonu kullanmayı öğretirken, bir kupa arabası sert bir hareketle aniden durdu ve içindeki üç yaşlı hanım dikkatle onları seyretmeye başladı. Kontes Draymore, Jason'ı monoklunun arkasından inceleyerek, "Hayret!" dedi. "Hakikaten Wakefield'la evliymiş!" Arkadaşlarına dönerek sözlerini açıkladı: "Leydi Victoria kocası için 'tatlı ve nazik' dediğinde herhalde başka birinden söz ediyor olmalı, diye düşünmüştüm!"

Hanımların en yaşlısı, son derece dengesiz ve tehlikeli bir şekilde yoluna devam eden faytonu gözleriyle takip ederek, "Yalnızca nazik değil, çok da cesur," diye kıkırdadı. "Kız ikidir, o faytonu neredeyse tepe taklak ediyordu!"

Victoria için hayat zevklerle dolu bir gökkuşağına dönüşmüştü. Geceleri, Jason onunla sevişiyor ve ona kendisiyle sevişmeyi öğretiyordu. onu kendinden beklemediği fırtınalı bir tutkuya sürükleyerek zevke boğuyor ve bu tutkuyu onunla paylaşıyordu. Victoria ona güvenmeyi öğretmişti. O da artık kendini tamamen açmış, bedenini de, kalbini de, ruhunu da ona vermişti. Ondan hiçbir şeyi esirgemiyor, ona her şeyini, sevgisini, ilgisini ve en çılgınca olanından en gösterişlisine kadar aklına gelen her türlü armağanı sunuyordu.

Şık yatının adını *Victoria* olarak değiştirtmiş ve Victoria'yı onunla birlikte Thames Nehri'nde gezmeye ikna etmişti. Victoria nehirde gezmenin okyanusta yolculuk etmekten çok daha fazla hoşuna gittiğini söylediğinde ise, onun için özel bir yat sipariş etmiş, açık mavi ve altın rengi kumaşlarla döşenip, Victoria ve arkadaşlarının rahatı için her türlü ayrıntı düşünülerek tefriş edilmesini emretmişti. Bu aşırı gösterişli armağan bazılarının kıskançlığını uyandırdı ve Miss Wilber'ın bir baloda bir grup arkadaşına, "Acaba Wakefield ona yatın üzerine başka ne alabilir diye merak ediyor insan!" demesine neden oldu.

Robert Collingwood kaşlarının kaldırarak kıskanç genç kıza gülümsedi. "Belki de Thames'ı, kim bilir?"

Daha önce hep sahip olduğu şeyler nedeniyle ya da insanların onu olmadığı biri sanmaları nedeniyle ilgi görmüş; yalnızca kendisi olarak sevilip beğenilmemiş olan Jason için ise, içini dolduran katıksız huzur cennetin ta kendisiydi. Geceleri karısını kolları arasında tutmaya doyamıyor, gündüzleri yanından ayıramıyordu. Onu pikniklere götürüyor, Wakefield Park'taki çayda onunla yüzüyordu. Çalışırken onu aklından geçirerek gülümsüyordu. Dünyayı onun ayaklarına sermek istiyordu. Oysa Victoria yalnızca onu istiyor gibi görünüyordu, bunu bilmek de Jason'ın içini derin bir aşkla dolduruyordu. Wakefield'ın yakınında Patrick Seaton Hastanesi adını verdiği bir hastane kurmak için bir servet bağışlamış, New York, Portage'de de yine Victoria'nın babasının adının verileceği bir hastane yaptırmak için işlemlere başlamıştı.

OTUZ BİR

Düğünlerinin üzerinden bir ay geçmişti ki, Jason'a, Portsmouth'da limana giren bir gemisinin başına gitmesi gerektiğine dair bir mesaj geldi.

Yola çıkacağı sabah, Victoria'yı Wakefield Park'ın merdivenlerinde öyle ateşli bir şekilde öptü ki kızın yanakları pembeleşti, arabacı ise bıyık altından güldü.

Victoria kocasına sarılarak yüzünü kaslı göğsüne bastırdı. "Keşke gitmen gerekmeseydi," dedi. "Altı gün bana sanki sonsuzluk gibi geliyor, sensiz kendimi çok yalnız hissedeceğim."

"Charles gelecek ya tatlım, o sana arkadaşlık eder," dedi Jason. Gitmeye kendisinin de çok gönülsüz olduğunu saklayarak kıza gülümsedi. "Mike Farrell da hemen şuracıkta, onu da ziyaret edebilirsin. Ya da yine büyükannene gidebilirsin. Salı akşamı yemek vaktinde evde olacağım."

Victoria başını salladı, parmak uçlarında yükselerek adamın yeni tıraş olmuş yanağına bir öpücük kondurdu.

Altı gün boyunca kendini kararlı bir şekilde elinden geldiğince oyalayarak yetimler yurdunda çalıştı ve evdeki işleri denetledi, ama yine de zaman geçmek bilmiyor gibiydi. Geceleri daha da fenaydı. Akşamları ziyarete gelen Charles'la vakit geçiriyor, ama o da yatmaya gidince sanki saat duruveriyordu.

Jason'ın gelmesini beklediklerinden bir önceki gece, odasında dolaşıyor, kimsesiz yatağına girmemek için oyalanıyordu. Jason'ın dairesine geçip etrafa bir göz attı, onun odasındaki erkeksi, ağır oymalı, koyu renk mobilyalar ile kendi dairesindeki Fransız stili, pembe ve altın rengi ipekli kumaş döşeli mobilyaların oluşturduğu tezadı düşünerek gülümsedi. Parmaklarını sevgiyle, kocasının sırtı altın kakmalı saç fırçalarında gezdirdi. Sonra isteksizce kendi odasına dönüp nihayet uykuya daldı.

Ertesi gün şafak sökerken kalbi heyecanla dolu uyanarak Jason'ın dönüşü için özel bir akşam yemeği planlamaya başladı.

Güneş battı, karanlık çöktü, akşam yerini soğuk, yıldızlı bir geceye bıraktı. Victoria salonda, Jason'ın kulak kabartarak arabasının sesini bekliyordu. Uzaktan, eve gelen yolda bir arabanın ışıklarını görünce, sevinçle, "İşte geldi, Charles Amca!" diye bağırdı.

Charles, heyecanla eteklerini düzelten kıza sevgiyle gülümseyerek, "Herhalde Mike Farrell'dır," diye karşılık verdi. "Jason'ın gelmesine daha en az bir iki saat var. O yolculuğun ne kadar sürdüğünü biliyorum, yarın değil de bu gece burada olmak için işini zaten bir gün kıstı."

"Sanırım haklısınız; ama saat daha yedi buçuk. Oysa Kaptan Farrell'a kendisini sekizde beklediğimizi söylemiştim." Kupa arabası evin önünde durduğunda bunun Jason'ın lüks yolculuk arabası olmadığını fark eden Victoria'nın yüzündeki gülümseme silindi. "Gidip Mrs. Craddock'a akşam yemeğini biraz daha geç yiyeceğimizi bildireyim," diyerek odadan çıkmaya davranıyordu ki Northrup salonun kapısında belirdi. Ciddi yüzünde tuhaf, gergin bir ifade vardı.

"Sizi görmek isteyen bir beyefendi geldi, leydim."

Victoria buna bir anlam veremeyerek "Bir beyefendi mi?" diye tekrarladı.

"Amerika'dan gelen Mr. Andrew Bainbridge adında bir beyefendi."

Victoria tüm gücünü kaybetmiş gibi, yakınındaki koltuğun arkasına tutundu. Öyle sıkı tutuyordu ki, parmaklarının eklem yerleri bembeyaz olmuştu.

"Kendisini içeri alayım mı?"

Victoria başıyla titrek bir şekilde onayladı. Andrew'nun onu haince terk edişinin anısı yüreğini bir deprem gibi sarsmıştı. Onun yüzüne hislerini belli etmeden bakabilmek için dualar ederek içinde yükselen acı kırgınlığı bastırmaya çalışıyordu. Kendi duygularının karmaşası onu öyle meşgul etmişti ki, Charles'ın aniden renginin attığını da, yaşlı dükün ağır ağır ayağa kalkarak içeri girecek idam mangasını bekler gibi kapıya döndüğünü de fark etmedi.

Bir an sonra, Andrew, uzun ve canlı adımlarla kapıdan içeri girdi. Gülümseyen, yakışıklı yüzü öyle tanıdık, öyle yakındı ki Victoria'nın kalbi genç adamın ihanetine isyan edercesine sızladı.

Andrew kızın önünde durup, vücudunun olgunlaşmış kıvrımlarını ortaya çıkaran baştan çıkarıcı ipek elbise içinde, şahane saçları gösterişli bir şekilde omuzlarına ve sırtına dökülmüş olarak karşısında duran şık genç kadının güzelliğini hayranlıkla süzdü. Kızın derin mavi gözlerinin içine bakarak, "Tory," diye fısıldadı. Birden uzanarak onu sert bir hareketle kendine çekip yüzünü güzel kokulu saçlarına gömdü. Tarazlanmış bir sesle, "Ne kadar güzel olduğunu unutmuşum," diye fısıldayarak ona sımsıkı sarıldı.

Victoria şaşkınlıkla donakalmış halinden sıyrılarak delikanlının kollarını itti ve sertçe "Orası muhakkak!" diye karşılık verdi. Gözlerinden ateşler saçarak, buraya gelme ve hatta ona bugüne kadar hiç göstermediği bir tutkuyla sarılma cüretini gösteren gence hayretle baktı. Acı acı, "Belli ki çok kolay unutuyorsun," diye ekledi.

Victoria, Andrew'nun bu sözlerine güldüğüne inanamıyordu! Andrew onun öfkesini hafife alarak, neredeyse neşeli bir sesle, "Gelmem mektubumda yazdığımdan iki hafta daha uzun sürdü diye kızgınsın, değil mi?" diye sordu. Cevap beklemeksizin sözlerini sürdürdü: "Gemimiz yola çıktıktan bir hafta sonra sert bir havayla rotasından çıkıp sürüklendi. Sonra da adalardan birinde durup geminin onarım görmesini beklemek zorunda kaldık." Kolunu muhabbetle Victoria'nın kaskatı omuzlarına dolayarak Charles'a döndü ve dostça gülümseyerek elini uzattı. "Siz Charles Fielding olmalısınız," dedi. "Ben gelinceye kadar Victoria'ya baktığınız için size nasıl teşekkür edeceğimi bilemiyorum. Tabii ki, onun için yaptığınız tüm harcamaları karşılamak için izninizi isteyeceğim –üzerindeki bu harikulade elbise de dahil."

Yeniden Victoria'ya döndü. "Seni telaşa sokacağım için çok üzgünüm Tory, ama iki gün sonra hareket edecek bir gemide yer ayırttım. Geminin kaptanıyla konuştum, bizi yolda evlendirmeyi–"

Victoria "Mektup mu?" diyerek genç adamın sözünü kesti. Başı öyle dönüyordu ki kendini yere yuvarlanıverecek gibi hissediyordu. "Ne mektubu? Ben evden ayrılalı beri bana tek satır bile yazmadın."

Andrew kaşlarını çatarak, "Sana birçok defa yazdım," dedi. "Son mektubumda anlattığım gibi, yazdığım mektupları Amerika'ya gönderip duruyordum; çünkü her işe burnunu sokmaya meraklı annem senin ona bıraktığın mektupları bana hiç göndermediği için senin İngilte'reye geldiğinden haberim yoktu. Tory, sana bütün bunları son mektubumda anlatmıştım. İngiltere'ye özel ulakla yolladığım son mektupta..."

Victoria sesi bir isteri krizine doğru yükselerek, "Ben mektup falan almadım!" diye itiraz etti.

Andrew'nun dudakları öfkeyle inceldi. "Buradan ayrılmadan önce, Londra'da bir firmaya uğrayıp bir çift laf etmem lazım. Mektuplarımı bizzat sana ve akraban dük cenaplarına teslim etmek için benden ücret olarak tahsil ettikleri servetin hesabını soracağım. Kendilerini nasıl savunacaklarını merak ediyorum!"

"Mektupları bana teslim ettiklerini söyleyeceklerdir." Charles'ın sesi ifadesiz, dümdüzdü.

Victoria başını çılgın gibi iki yana salladı, kalbi, aklının hemen kavradığı gerçeğe inanmayı reddediyordu. "Hayır, Charles Amca, sana hiç mektup gelmedi. Yanılıyorsun. Karıştırıyorsun, o bana Andrew'nun annesinden gelen mektuptu. Bana Andrew'nun evlendiğini yazdığı mektup..."

Andrew yaşlı adamın yüzündeki suçluluk ifadesini görünce gözlerinde şimşekler çaktı. Victoria'yı omuzlarından tutarak, "Tory, dinle beni!" diye bağırdı. "Sana Avrupa'dan düzinelerle mektup yazdım, ama hepsini Amerika'ya yolladım. Annenle babanın öldüğünü, ta iki ay önce eve dönünceye kadar hiç bilmiyordum. Onlar öldükten sonra annem bana senin mektuplarını yollamayı kesmiş. Eve döndüğümde, bana annenle babanın öldüğünü ve İngiltere'deki zengin bir akrabanın evlenme teklif ederek seni İngiltere'ye götürdüğünü söyledi ve seni İngiltere'de nerede bulacağımı katiyen bilmediğini iddia etti. Seni çok iyi tanıyorum, Tory, beni bırakıp sırf unvan ve servet sahibi diye başkasına gitmeyeceğini biliyordum. Biraz uzun sürdü ama nihayet Dr. Morrison'ı bulup her şeyi öğrendim, bana seni nerede bulacağımı da o söyledi.

"Anneme buraya seni almaya geleceğimi söylediğimde yaptığı bütün oyunları itiraf etti. Sana benim İsviçre'de Madeline'le evlendiğimi yazdığını da söyledi. Sonra da şu meşhur 'kriz'lerinden birini geçirdi, ama bu sefer gerçek çıktı. O ölümle pençeleşirken kalkıp buraya gelemezdim, ben de sana ve akraban düke–" Charles'a onun oracıkta katletmek ister gibi bir bakış attı. "–birer mektup yazıp buraya yolladım, ama nedense sayın dük sana bundan hiç söz etmemiş. O mektuplarda her şeyi anlatmıştım, en kısa zamanda seni almaya geleceğimi de yazmıştım."

Victoria'nın kahrolmuş gibi bakan yüzünü elleri arasına alıp, sevgiyle gülümseyerek "Tory," derken sesi yumuşamıştı. "Tory, seni Hızlı Irmak'ın midillisinin sırtında arazimizden dörtnala geçerken gördüğüm o ilk günden beri, hayatımın aşkı oldun. Ben evlenmedim, sevgilim."

Victoria yutkunarak düğüm düğüm olmuş boğazında sesinin geçebileceği bir yol açmaya çalıştı. "Ben evlendim."

Andrew ellerini kızın yüzünden teni elini yakıyormuş gibi hızla çekti. "Ne dedin sen?"

Victoria bir zamanlar sevdiği adamın yüzüne bakarak, ıstırap dolu bir fısıltıyla yanıtladı: "Ben evlendim dedim."

Andrew'nun vücudu sanki bir yumruk yemiş de ayakta kalmaya çabalıyormuş gibi kasıldı. Charles'a aşağılayan bakışlarla bakarak, hiddetle, "Onunla mı?" diye bağırdı. "Bu yaşlı adamla mı? Kendini birkaç mücevhere ve elbiseye sattın mı yani?"

Victoria gazap ve acıyla titreyerek, neredeyse feryat eder gibi bir sesle, "Hayır!" diye karşılık verdi.

Charles nihayet ifadesiz bir ses ve boş bakışlarla konuşarak, "Victoria yeğenimle evli," dedi.

"Oğlunla!" Victoria bağırarak söylediği bu sözün ardından Charles'a arkasını döndü; bu yalanından ötürü ondan ve onunla işbirliği yaptığı için Jason'dan nefret ediyordu.

Andrew'nun elleri kollarına kenetlendi ve Victoria onun ıstırabını ta içinde hissetti. Genç adam onu sarsarak, "Neden?" diye sordu. "Neden!"

Charles, "Hepsi benim suçum," dedi. Durduğu yerde sırtını dikleştirerek, sanki onu anlaması için yalvarırcasına Victoria'ya baktı. "Mr. Bainbridge'in mektubunu aldığımdan beri her şeyin ortaya çıkacağı bu anı korkuyla bekliyordum. Ama korktuğumdan da zor oldu."

Victoria, "O mektupları ne zaman aldınız?" diye sordu, ama cevabı zaten biliyor ve bunu bilmenin acısıyla içi parçalanıyordu.

"Kriz geçirdiğim gece."

Victoria, sesi sitem ve öfkeyle titreyerek, "*Sözde* kriz geçirdiğiniz gece!" diye düzeltti.

Charles inkara kalkışmadan, kuru bir sesle, "Aynen öyle," dedikten sonra Andrew'ya döndü. "Victoria'yı bizden almaya geleceğinizi okuyunca, kalp krizi geçirmiş gibi yaptım –düşünebildiğim tek şey buydu– ve ona benim arkamdan ona bakacak biri olsun diye oğlumla evlenmesi için yalvardım."

Andrew sıkılı dişleri arasından, "Piç herif!" diye söylendi.

"Bana inanmanızı beklemiyorum, ama Victoria ile oğlumun birlikte çok mutlu olacaklarına bütün içtenliğimle inanıyordum."

Andrew vahşi bakışlarını hasmından çevirerek Victoria'ya baktı. Umutsuzca, "Benimle gel," diye yalvardı. "Seni sevmediğin bir adamla evli kalmaya zorlayamazlar. Bu evlilik geçerli olamaz! Seni kandırmış ve zorlamışlar. Tory, lütfen! Benimle gel, eve dönünce her şeyi düzeltmenin bir yolunu buluruz. Gemi iki gün sonra kalkıyor. Zaten evlenmiş olacağız. Hiç kimsenin haberi–"

"Yapamam!" Kelimeler Victoria'nın dudaklarından acı bir fısıltı halinde çıkmıştı.

"Lüften–"

Victoria başını iki yana salladı; gözleri yaşlarla doluydu. Boğuk bir sesle tekrar etti: "Yapamam."

Andrew derin bir iç çekişle ağır ağır arkasını döndü.

Victoria'nın sessiz bir yakarış gibi genç adamın arkasından uzattığı eli, çaresizce yanına düştü. Andrew odadan çıkmıştı. Hayatından çıkmıştı.

Ağır bir sessizlik içinde bir dakika geçti, sonra bir dakika daha. Victoria eteğinin kıvrımlarını avuçlamış, elinde burup duruyordu; sıkmaktan elinin eklemleri bembeyaz kesilmişti, Andrew'nun kahır dolu yüzü zihnine kazınmış, dağlanmış bir yara gibi zonkluyordu. Andrew'nun evlendiği haberini ilk aldığında kendini nasıl hissettiğini, her günü nasıl bir işkence gibi yaşadığını, içten içe can çekişirken etrafa gülümsemeye çalışmanın acısını anımsadı.

İçinde dönüp duran acı ve öfke birden patlak verdi, çılgınca bir hiddetle Charles'a dönerek, "Bunu nasıl yapabildiniz!" diye bağırdı. "Size hiçbir zararı dokunmamış iki insana bunu nasıl yaptınız! Yüzünü gördünüz mü? Onu ne kadar incittik, haberiniz var mı? *Var mı?*"

Charles tarazlı bir sesle, "Biliyorum," diye karşılık verdi.

"Peki ya onun bana ihanet ettiğini ve kimsem kalmadığını düşündüğüm o günler boyunca benim neler hissettiğimi biliyor musunuz? Kendimi evinizde bir dilenci gibi hissettim! Başka seçeneğim olmadığı için beni istemeyen bir adamla evlendiğimi düşünürken neler hissettiğimi bil–" Sesi öfkesinden çıkmaz olmuştu. Gözleri tutmaya çalıştığı yaşlarla öyle körleşmişti ki Charles'ın yüzündeki ıstırabı göremiyordu.

Charles, "Victoria", dedi, "bu işte Jason'ın hiç suçu yok. Kalp krizimin numara olduğunu bilmiyordu, mektuplardan da haberi–"

Victoria titreyen sesiyle "Yalan söylüyorsunuz!" diye bağırdı.

"Hayır, yemin ederim!"

Victoria başını hırsla havaya kaldırdı, yaşlı adamın onu bu kadar aptal yerine koyması büyük bir hakaretti. "Eğer bundan sonra söyleyeceğiniz tek bir kelimeye inanırım sanıyorsanız–" Charles'ın yüzünün ölü gibi soluk renginin ayrımına vararak sustu, koşarak odadan çıktı. Gözyaşlarından önünü göremediği için tökezleyerek üst kata koştu, kendini dairesine kapadı. Kapalı kapıya dayanıp başını geriye yasladı. Dişlerini sıkarak içinde isyanı bastırmaya, duygularına hakim olmaya çabaladı.

Kapalı gözlerinin önünden, Andrew'nun acıyla kasılmış yüzü gitmiyor, suçlu olmadığı halde midesini bulandıran bir suçluluk duygusuyla kıvranıyordu. Boğazından acı bir inilti yükseldi. *"Seni o midillinin sırtında arazimizden dörtnala geçerken gördüğüm ilk günden beri hayatımın aşkı oldun... Tory, lütfen! Benimle gel..."*

Kendini öfkeden kaybedercesine, bencil, kalpsiz iki adamın oyununda bir piyondan başka bir şey olmadığını düşündü. Jason başından beri Andrew'nun geleceğini biliyordu, tıpkı Charles'ın kalp krizi geçirmiş gibi yaparken kâğıt oynadığını bildiği gibi.

Victoria kapıdan uzaklaşıp sırtındaki elbiseyi yırtar gibi çıkardı ve üzerine bir binici giysisi geçirdi. Bu evde bir saat daha durursa, aklını kaçıracaktı. Charles'a bağırıp, hayatı boyunca onun ölümüne sebep olduğu için vicdan azabı çekmeyi göze alamazdı. Jason ise... Jason da o gece gelecekti. Eğer onu şu anda görecek olursa kalbine bir bıçak saplayıvereceği muhakkaktı. Gardrobundan beyaz, yünlü bir pelerin kapıp koşarak aşağıya indi.

"Victoria!" O koridordan arka kapıya doğru koşarken Charles arkasından bağırıyordu: "Victoria, dur!"

Victoria bütün vücudu öfkeden titreyerek olduğu yerde döndü. Geri geri giderken, "Benden uzak durun!" diye bağırdı. "Ben Claremont'a gidiyorum. Yaptıklarınız yetti artık!"

Kız arka kapıdan çıkıp giderken, Charles umutsuzca, "O'Malley!" diye seslendi.

"Buyrun, efendim?"

"Salonda olanlara 'kulak misafiri' olduğundan hiç şüphem yok–"

Kapı dinleme huyu herkesçe malum olan O'Malley inkar etmeye çalışmaksızın üzüntüyle başını salladı.

"At binebilir misin?"

"Evet, ama–"

"Peşinden git." Charles'ın sesinde çılgınca bir telaş vardı. "Arabayla mı, yoksa atla mı gidecek bilmiyorum, ama peşinden git. Seni sever, seni dinleyecektir."

"Leydi cenapları kimseyi dinleyecek halde değil, ben de bunun için onu suçlayamam doğrusu."

"Bunları boş ver şimdi, lanet olası! Eğer geri gelmezse bile, hiç değilse onu Claremont'a kadar takip et, sağ salim vardığından emin olalım. Claremont buradan yirmi kilometre güneyde, nehir yolundan doğruca gidiliyor."

"Ya Londra'ya sürüp, o Amerikalı beyle gitmeye kalkarsa?"

Charles bir an durup parmaklarını gri saçlarının arasından geçirdi, sonra başını iki yana salladı. "Gitmez. Eğer onunla gidecek olsaydı, o gel dediğinde giderdi."

"Ama ben o kadar iyi at binemem... Leydi Victoria gibi süremem ki!"

"Karanlıkta fazla hızlı gidemez. Haydi, ahırlara koş da şu kızın peşinden git artık!"

O'Malley ahırlara doğru koştururken Victoria çoktan Matador'un sırtına atlamış, arkasından koşan Kurt'la beraber dörtnala yola çıkmıştı. Uşak kızın arkasından avazı çıktığı kadar, "Durun, lütfen bekleyin!" diye bağırdıysa da o duymuş gibi görünmedi; atın boynuna doğru iyice eğilerek, ecelinden kaçarcasına hızla karanlığa doğru atıldı.

O'Malley, Wakefield'ın kıvrımlı, uzun yolundan ana yola doğru hızla ilerleyen Victoria'nın beyaz pelerinini gözden kaybetmemeye çalışarak, bir seyise, "En hızlı atımız hangisiyse onu eyerle, çabuk!" diye emretti.

Victoria, Matador'un gök gürültüsü misali nal sesleri arasında dört kilometre kadar gittikten sonra, Kurt'u düşünerek yavaşlamak zorunda kaldı. Sadık köpek, başını iyice öne uzatmış olarak atın yanı başında bütün gücüyle koşuyordu. Yorgunluktan ölünceye kadar sahibinin peşinden gitmeye kararlıydı. Victoria köpeğin biraz soluklanmasını bekledikten sonra tam yeniden atını koşturmaya başlamak üzereydi ki, arkasından bir başka atın nal seslerini ve ne dediği anlaşılmayan bir adamın bağırışını duydu.

Peşindekinin gece yalnız gezen yolcuların yolunu kesen haydutlardan biri mi, yoksa eve dönüp onun izlemeye karar vermiş olan Jason mı olduğundan emin olamayan Victoria, her kimse izini kaybettirmek için Matador'u yolun kenarına kadar uzanan koruluğun içine sürüp, ağaçlar arasından zikzaklar çizerek dörtnala gitmeye başladı. Kaçıp kendini kaybettirmek için harcadığı tüm çabalara rağmen, arkasındaki atlı da onun ardından ağaçların arasına daldı.

İçinde kabaran panik ve öfkeyle, kendisini gizleyen ağaçların arasından yola çıkıp atını topukladı. Eğer peşindeki Jason'sa, onun kendisini tavşan gibi yakalamasına izin vermektense ölmeyi yeğlerdi. Onu aptal yerine koymasına yeterince izin vermişti. Ama bu Jason olamazdı! Wakefield'den çıkarken Jason'ın arabasıyla karşılaşmamıştı, nehir yoluna sapmadan önce de rastlamamıştı.

Victoria'nın öfkesi yerini tüylerini ürperten bir dehşete bıraktı. Başka bir kızın esrarengiz bir şekilde boğulduğu nehre gelmek üzereydi. Pederin geceleri yol kesen kana susamış haydutlar hakkında anlattığı hikâyeleri anımsayarak, kıvrıla kıvrıla akan nehrin üzerindeki köprülerden birini geçerken omzunun üzerinden geriye doğru korkuyla baktı. Arkasındaki atlı yolun bir dönemecinin arkasında kalmış, o an için gözden kaybolmuştu, ama atının nal seslerini hâlâ duyabiliyordu. Adam sanki ona rehberlik eden bir ışık varmış gibi, onu hiç kaybetmeden takip ediyordu. Pelerin! Victoria bir anda adamın onu nasıl hiç gözden kaybetmediğini anlamıştı; arkasında dalgalanan beyaz pelerini gecenin içinde fener gibi parlayarak arkasındakine yol gösteriyordu.

Matadorun nalları köprüde takırdarken, "Ah, Tanrım!" diye bağırdı. Sağında yoldan ayrılıp nehir boyunca ilerleyen bir patika vardı, yol ise dümdüz ileriye doğru uzanıyordu. Dizginlere asılarak atını durdurdu; eyerden aşağı atlayıp pelerininin kordonunu çözdü. Hilesinin işe yaraması için bütün kalbiyle dua ederek, pelerini eyerin üzerine atıp Matador'u nehre uzanan patikaya çevirdi ve sağrısına kırbacıyla sertçe vurdu. At şimşek gibi ileri fırlayarak dörtnala uzaklaşırken, Victoria da yanında Kurt'la yolun yukarısındaki koruya doğru koştu. Ağaçların arasına girince çömelip gizlenerek beklemeye başladı. Kalbi göğsünde gümbür gümbür atıyordu. Bir dakika sonra köprüden gelen bir nal takırtısı duyarak gizlendiği çalının dalları arasından baktı. Atlının nehri takip eden patikaya saptığını gördü, ama yüzünü görememişti.

Matador'un bir süre koştuktan sonra yürümeye başladığını, sonra su içmek için nehre yöneldiğini de görmemişti. At su içerken, eyerden sarkan pelerinin nehre düşüp sürüklediğini, akıntıyla birkaç metre yüzdükten sonra nehrin içine devrilmiş bir ağacın suyun dışında kalmış dallarından birine takılıp kaldığını da görmemişti.

Victoria bunların hiçbirini görmemişti, çünkü çoktan koşmaya başlamıştı bile. Korunun içinden, ana yola paralel koşarken kendi kendine gülümsüyordu. Haydut Hızlı Nehir'in ona öğrettiği en güzel oyuna kanmış, onu kaybetmişti. Peşinden gelen birini yanlış yola sevk etmenin en iyi yolu, atını bir tarafa yollayıp yaya olarak yola devam etmekti. Pelerini eyerin üzerine atmaksa Victoria'nın kendi düşündüğü dahice bir ayrıntıydı.

O'Malley atını Victoria'nın binicisiz atının yanında sertçe durdurdu. Başını çılgın gibi sağa sola çevirerek arkasında yükselen dik yamacı taradı. Atın, yamacın tepesiyle nehir arasında bir yerlerde sırtından attığını düşündüğü kızı görmeye çalışıyordu. "Leydi Victoria?" diye bağırarak, gözlerini arkasında kalan yamaçta, soluna düşen korulukta ve nihayet sağından akıp giden nehirde gezdirmeye başladı... ve tüyleri ürpererek, devrilen ağacın dalına takılmış olan pelerinin suyun üzerinde dalgalanarak yüzdüğünü gördü. Dehşet içinde, "Leydi Victoria!" diye haykırarak atından atladı. "Lanet olasıca at!" diye soluyarak ceketini sırtından sıyırıp attı, çizmelerini çekip çıkardı. "Lanet olasıca at onu yamaçtan nehre yuvarlamış..." Hızla akan, karanlık suya dalıp telaşla pelerine doğru yüzdü. "Leydi Victoria!" diye bağırarak dibe daldı. Soluk almak için yüze çıktığında tekrar kızın adını seslendi, sonra yeniden dibe daldı.

OTUZ İKİ

Jason'ın arabası evin önünde durduğunda, evin bütün pencerelerinde şıkır şıkır ışık vardı. Victoria'yı görmek için sabırsızlanarak merdivenleri hızla tırmandı. Neşeli bir sırıtışla, "İyi akşamlar, Northrup!" diyerek iri yapılı kahyanın sırtına vurup pelerinini uzattı. "Karım nerede? Herkes yemek yedi mi? Lanet tekerleğin kırılacağı tuttu, ondan geciktim."

Northrup'un yüzü donuk bir maske, sesi kısık bir fısıltı gibiydi. "Kaptan Farrell sizi salonda bekliyor, lordum."

Jason ilgili bir sesle, "Sesine ne oldu?" diye sordu. "Eğer boğazın ağrıyorsa Leydi Victoria'ya söyle. Böyle şeylerden iyi anlar."

Northrup hiçbir şey demeden güçlükle yutkundu.

Jason ona meraklı bir bakış atarak arkasını dönüp canlı adımlarla koridordan geçti ve salona doğru yürüdü. Yüzünde heyecanlı bir gülümsemeyle, kapıları itip ardına kadar açtı. "Merhaba, Mike, karım nerede?" Keyifle sevimli odada göz gezdirdi, ocakta serinleyen havayı kırmak için küçük bir ateş yanıyordu, Victoria'nın gölgeli bir köşeden fırlayıvermesini bekler gibiydi, ama tek gördüğü bir sandalyenin sırtına atılmış ıslak beyaz pelerin oldu. Pelerinin eteklerinden sular damlıyordu. Mike Farrell'a, "Kabalığımı bağışla, dostum," dedi, "ama Victoria'yı günlerdir görmedim. Müsaadenle gidip onu bulayım, sonra oturup güzel güzel konuşuruz. Herhalde yukarıda–"

Mike Farrell tutuk tutuk, "Jason," dedi. "Bir kaza oldu–".

Jason'ın zihninde yakıcı bir ıstırapla, bunun gibi bir başka gecenin anısı canlanıverdi. Oğlunu bulma ümidiyle eve döndüğü, Northrup'un garip davrandığı, Mike Farrell'ın yine onu tam bu odada bekliyor olduğu bir başka gecenin anısı... Bir anda bütün vücudunu saran dehşet ve acıyla başını iki yana sallayarak geri geri gitti. "Hayır!" diye fısıldadı, sonra sesi yükselerek azap dolu bir çığlığa dönüştü. "Hayır, lanet olsun! Sakın bana–!"

"Jason–"

"Sakın öyle bir şey söyleme!"

Mike Farrell konuşurken bakışlarını Jason'ın kahrolmuş yüzündeki dayanılmaz acıdan öteye çevirdi. "Buradan beş kilometre ileride attan düşüp yamaçtan nehre yuvarlanmış. O'Malley peşinden suya girmiş, ama onu–"

"Çık dışarı," diye fısıldadı Jason.

"Çok üzgünüm, Jason. O kadar üzgünüm ki anlatamam."

"Çık dedim!"

Mike Farrell çıkınca, Jason elini uzatıp Victoria'nın pelerinine dokundu, parmakları ağır ağır ıslak yünlü kumaşı kavrayıp kendine doğru çekti. Islak pelerini göğsüne bastırıp sevgiyle okşadı, sonra yüzünü pelerine gömüp yanağını sürmeye başladı. O güne kadar ağlayamayan adam, tüm varlığı içinde patlayan korkunç azap dalgalarıyla sarsılarak gözyaşlarına boğuldu. Istırapla, "Hayır," diye hıçkırdı, sonra da haykırdı. "Hayır!"

OTUZ ÜÇ

"Haydi, ama, yavrum." Claremont Düşesi küçük torununun omzuna yavaşça vurdu. "Seni böyle üzgün gördükçe içim parçalanıyor."

Victoria dudağını ısırdı, tek kelime etmeden pencereden dışarıda göz alabildiğine uzanan bakımlı çimlere bakmayı sürdürdü.

"Kocanın hâlâ gelip Atherton'la oynadıkları bu aşağılık oyun için senden özür dilemediğine inanamıyorum." Düşesin sesi gergindi. "Belki de evvelsi gece eve dönmemiştir, kim bilir?" Bastonuna dayanarak huzursuzca odada dolaşmaya başladı. Sanki o bile Jason Fielding'in her an çıkagelmesini beklermiş gibiydi; canlı bakışları sık sık pencereye gidiyordu. "Geldiği zaman onu diz çöküp yalvarmaya zorlarsan çok hoşuma gider!"

Victoria'nın yumuşak dudakları neşesiz, yarım yamalak bir gülümsemeyle kıvrıldı. "Öyleyse korkarım hayal kırıklığına uğrayacaksınız, Büyükanne, Jason'ın böyle bir şey yapmayacağından hiç kuşkum yok. Muhtemelen içeri dalıp beni öpmeye ve–"

Düşes atılıp sözlerini tamamladı: "–ve eve dönmen için kandırmaya çalışacak, öyle mi?"

"Aynen öyle."

"Peki başarabilir mi?" Beyaz saçlı başını hafifçe yana eğip torununun cevabını beklerken yüzünde çatık kaşlarına rağmen eğlenir gibi bir ifade vardı.

Victoria içini çekerek dönüp başını pencerenin çerçevesine yasladı ve kollarını göğsünde kavuşturdu. "Muhtemelen."

"Eh, epeyce ağırdan alıyor denebilir. Sence hakikaten Mr. Bainbridge'in mektuplarından haberi var mıydı? Yani, eğer öyleyse, sana söylememiş olması çok ilkesizce bir hareket."

Victoria yüreği tükenmiş gibi öfkeyle içini çekti. "Jason'ın hiç ilkesi yoktur. Böyle şeylere inanmaz."

Düşes tekrar kaldığı yerden volta atmaya koyuldu, ama ocağın önünde yatan Kurt'a gelince durup ürpererek yön değiştirdi. "Ne günah işledim de evimde bu vahşi hayvanı misafir etmeyi hak ettim, bilmem."

Victoria'dan hüzünlü bir kıkırtı geldi. "Çıkarıp dışarı zincirleyeyim isterseniz."

"Aman, yok, kalsın. Bu sabah Michaelson'ın pantolonunun arkasını parçaladı. Oysa adamcağızın tek istediği ona yemek vermekti."

"Erkeklere güvenmiyor."

"Akıllı hayvan. Ne var ki çok çirkin."

"Bence yabani, yırtıcı bir güzelliği var–" İçinden *'Jason gibi'* diye geçirdi, sonra bu düşünceyi hemen kafasından attı.

"Onu Fransa'ya gönderinceye kadar, Dorothy çoktan eve iki kedi ve bir de kanadı kırık bir serçe almıştı bile. Onlardan da hoşlanmıyordum, ama en azından beni bu hayvan gibi seyredip durmuyorlardı. Söylüyorum sana, beni yeme ümidiyle yaşıyor bu. Şu anda bile, tadım nasıldır diye düşünüyor, bakışından belli."

Victoria gülümseyerek, "Sizi koruduğunu düşünüyor, sürekli izlemesi ondan," diye açıkladı.

"Evet, yemeğini koruduğunu düşünüyor." Ama Victoria dışarı çıkarmak için Kurt'a doğru yönelince, yaşlı düşes elini kaldırarak, "Yok, yok," diye itiraz etti, "rica edeceğim, hizmetkârlarımı tehlikeye atma." Bunu dedikten sonra biraz insafa gelerek ekledi: "Hem, büyükbaban öleli beri kendimi evimde hiç bu kadar güvende hissetmemiştim."

Victoria pencerenin başındaki nöbetine geri dönerken,

"Eve hırsız girer diye korkmaya gerek yok," diye karşılık verdi.

"Hayatım, hırsıza *yalvarsan* bu odaya sokamazsın."

Victoria bir dakika daha pencerenin başında durdu, sonra dalgın dalgın, Hint ağacından, cilalı bir masanın üzerinde unutulmuş bir kitaba yöneldi.

"Otur, Victoria, bırak da odada biraz ben gezineyim. Halının ortasında çarpışmamızın lüzumu yok. Senin yakışıklıyı buraya gelmekten alıkoyan ne olabilir acaba?"

Victoria kendini bir koltuğa bırakıp gözlerini ellerine dikerek, "Şimdiye kadar gelmemiş olmasında da bir hayır var aslında," dedi. "Sinirim daha ancak yatıştı."

Düşes pencerenin yanına gidip yola bir göz attı. "Sence seni seviyor mu?"

"Öyle sanıyordum."

"Tabii ki seviyor!" Yaşlı hanımın sesi gayet emindi. "Bütün Londra bunu konuşuyor. Adam sana sırılsıklam âşık. Herhalde Atherton'a o yüzden uymuş olacak. Bu pis iş için Atherton'a bir çift lafım olacak." Ardından, alaycı bir tavırla ekledi: "Aslına bakarsan, ben de aynı durumda aynı şeyi yapardım ya."

"Buna inanamam."

"Tabii yapardım. Seni tanımadığım, bilmediğim bir Amerikalıyla evlendirmekle, İngiltere'de gözümün önünde kendi istediğim biriyle –hem de zengin, soylu, yakışıklı biriyle– evlendirmek arasında kalsam, muhtemelen Atherton'un yaptığını yapardım."

Victoria ona, bu şekilde düşünerek annesiyle Charles Fielding'in mutluluğuna engel olduğunu söylememek için kendini zor tuttu.

Düşes belli belirsiz gerilir gibi oldu. "Wakefield'a dönmek istediğinden kesinlikle emin misin?"

"Zaten evi terk etmek niyetiyle çıkmamıştım. Sanırım Andrew benim evli olduğumu bu şekilde öğrenmek zorunda kaldığı için Jason'ı cezalandırmak istiyordum. Büyükanne, eğer Andrew'nun yüzünü görsen anlardın. Biz çocukluğumuzdan beri birbirimizin en yakın arkadaşı olduk; bana yüzmeyi de, silah kullanmayı da, satrancı da Andrew öğretti. Hem beni bir oyuncak, bir piyon gibi... duygularının hiçbir önemi olmayan bir *eşya* gibi kullandıkları için Jason'a da Charles'a da çok kızmıştım. Andrew'nun beni öylece bir kenara atıp unutuverdiğini düşünürken, günlerce neler çektiğimi, kendimi nasıl yalnız hissettiğimi anlatsam inanmazsın."

Düşes düşünceli bir sesle, "Eh, yalnızlığın fazla uzun sürmeyecek, hayatım," dedi. "Wakefield şu anda geldi. Yo, dur bakayım, birini yollamış! Bu da kim böyle?"

Victoria fırlayıp pencereye koştu. "Ama, bu Kaptan Farrell – Jason'ın en eski dostu."

Düşes bastonunu keyifle yere vurarak, "Hah!" dedi. "Hah! Yerine birini göndermiş. Bunu Wakefield'dan hiç beklemezdim, ama madem öyle istiyor, öyle olsun!"

Elini telaşla Victoria'ya doğru salladı. "Çabuk oturma odasına geç, ben çağırmadan da gelip görüneyim deme."

"Ne?" Victoria inatçı bir tavırla itiraz etti: "Hayır, Büyükanne!"

"Evet! Hemen! Madem ki Wakefield yerine vekilini yolluyor, demek ki bu işi düello gibi çözmek istiyor, öyleyse öyle olsun! *Senin* de vekilin ben olacağım. Onlara aman vermeyeceğim." Keyifle göz kırparak Victoria'ya gülümsedi.

Victoria gönülsüzce denileni yaparak oturma odasına geçti, ama Kaptan Farrell'ın kendisiyle konuşmadan gitmesine kesinlikle izin vermeyecekti. Eğer büyükannesi onu beş dakika içinde çağırmazsa salona dönüp kaptanla konuşmaya karar verdi.

Daha üç dakika geçmişti ki, oturma odasının kapıları ani bir şekilde açıldı, büyükannesi yüzünde neredeyse komik bir şaşkınlık, eğlenme ve dehşet ifadesiyle kapıda belirerek, "Hayatım," dedi, "öyle görünüyor ki bilmeden de olsa Wakefield'a diz çöktürmüşsün."

Victoria telaşla, "Kaptan Farrell nerede?" diye sordu. "Gitmedi, değil mi?"

"Hayır, hayır, içeride, merak etme. Zavallı adamcağız koltuğumda oturmuş cömertlik göstererek kendisine ikram edeceğimi söylediğim çayı bekliyor. Herhalde beni dünyanın en kalpsiz yaratığı sanmıştır Bana verdiği haber üzerine acısını paylaşmak yerine kendisine çay teklif etmeme bir anlam verememiş olsa gerek."

"Büyükanne! Neler diyorsunuz? Jason Kaptan Farrell'ı, beni eve dönmeye razı etmek için mi yollamış? Onun için mi gelmiş?"

Düşes kaşlarını kaldırarak, "Kesinlikle hayır," diye karşılık verdi. "Adamı Charles Fielding yollamış, senin aramızdan vakitsiz ayrılışını bildirip başsağlığı–"

"Neyimi?"

Düşes büyük bir zevkle, "Sen boğulmuşsun," diye açıkladı. "Nehirde... Yahut en azından, beyaz pelerinin boğulmuş." Bakışlarını Kurt'a çevirdi. "Bu uyuz hayvanın da geldiği ormana geri döndüğünü sanıyorlar. Wakefield'daki hizmetkârlar yastaymış, Charles yataklara düşmüş –hak ettiğini bulmuş– kocansa kendini çalışma odasına kapamış, yanına kimseyi sokmuyormuş."

Victoria dehşetten yere yuvarlanacak gibi oldu; sonra hızla dönerek odadan dışarı fırladı.

Yaşlı düşes "Victoria!" diye bağırarak gidebildiği kadar hızlı bir şekilde koridorda koşan torununun peşinden gitti.

Victoria arkasında Kurt'la salona daldı. "Kaptan Farrell!"

Kaptan başını hızla ona doğru çevirerek sanki hayalet görmüş gibi bakmaya başladı, sonra gözü kendisine dişlerini göstererek hırlayan diğer 'hayalete' ilişti.

Victoria, gözleri irileşen adamın bakışından ürkerek, "Kaptan Farrell, ben boğulmadım," diye açıkladı. "Kurt, yapma!"

Kaptan yerinden kalktı, yüzündeki gözlerine inanamayan ifade önce sevince, sonra da öfkeye dönüştü. "Sen bunu şaka mı sanıyorsun?" diye bağırdı. "Jason üzüntüden aklını kaçırmak üzere–"

"Kaptan Farrell!" Düşes, kısacık boyuyla dikleşebildiği kadar dikleşerek, otoriteyle çınlayan bir sesle adamı uyardı.

"Torunumla konuşurken terbiyenizi bozmazsanız memnun olurum. Kendisinin şu ana kadar Wakefield'ın onu öldü sandığından haberi yoktu, herkesin burada olduğunu bildiğini zannediyordu, çünkü çıkarken buraya geleceğini açıkça belirtmiş."

"Ama pelerini–"

"Peşimde biri vardı. Sanırım sizin sözünü ettiğiniz haydutlardan biriydi. Ben de onu kandırıp kendimi kaybettirmek için pelerinimi atın sırtına atıp nehre giden patikaya doğru yolladım."

Kaptanın yüzündeki hiddet yok oldu, başını iki yana salladı. "O peşindeki 'biri' O'Malley'ydi. Pelerinini bulunca seni kurtaracağım diye neredeyse kendisi boğulacaktı."

Victoria vicdan azabı içinde gözlerini kapadı; sonra uzun kirpiklerini kaldırarak aniden hızla harekete geçti. Büyükannesine sarılarak, alelacele, "Büyükanne, her şey için teşekkür ederim. Gitmek zorundayım. Eve dönüyorum," dedi.

"Hayır, efendim, bensiz gidemezsin!" Düşesin yüzünde aksi bir gülümseme vardı. "Her şeyden önce, bu sahneyi hayatta kaçıramam. Ta şeyden beri –neyse, boş ver– çok uzun zamandır bu kadar heyecan yaşamadım."

Victoria, "Arkamdan arabayla gelebilirsiniz," dedi, "ama ben atla gideceğim, daha hızlı olur."

Düşes itiraz kabul etmez, buyurgan bir sesle, "Sen de benimle beraber arabayla gideceksin," diye karşılık verdi. "Sanırım daha farkında değilsin, ama kocan seni karşısında görmenin ilk şokunu ve sevincini atlattıktan sonra, muhtemelen tıpkı bu kaba haberci gibi davranacaktır." Zavallı Kaptan Farrell'ı cevabını ağzına tıkan bir bakışla süzdükten sonra devam etti. "Yalnız onun tepkisi çok daha şiddetli olacak. Hasılı kelam, sevgili yavrum, seni önce öpeceğinden hiç şüphem yok, ama sonra kendisine korkunç bir oyun oynadığını düşünerek seni oracıkta katletmek isteyebilir. Bu yüzden de benim yardımına koşmak ve açıklamanı desteklemek için yanında olmam şart. İşte o kadar." Bastonunu sertçe yere vurarak buyurgan bir tonla kahyasına seslendi: "Norton! Hemen arabamı hazırlat!"

Kaptan Farrell'a dönerek, biraz önceki eleştirisini geri alır gibi azametle, "Siz de bizimle arabada gelebilirsiniz," dedikten sonra, adamın kabalığını alicenaplıkla affetmiş görüntüsünü hemen bir yana bırakarak ekledi: "Sizi gözümün önünden ayırmak istemiyorum. Önden gidip Wakefield'a gelişimizi haber vermenizi göze alamam, onu canice bakışlarla bizi evin önünde bekler bulmak istemiyorum."

Kupa arabası gün batımından az sonra Wakefield'ın kapısında durduğunda, Victoria'nın kalbi deli gibi çarpıyordu. Evden, arabanın merdivenini açıp gelenlerin arabadan inmesine yardım etmek üzere hiçbir uşak fırlamadı, parka bakan çok sayıda pencereden ise yalnızca birkaçında ışık yanıyordu. Bütün ev Victoria'ya tüyler ürpertici bir şekilde terk edilmiş gibi göründü. Sonra dehşetle, alt kat pencerelerine siyah perdeler gerilmiş olduğunu ve kapıya da siyah bir çelenk asıldığını gördü. Telaşla, "Jason yasla ilgili her şeyden nefret eder--" diye bağırarak arabanın kapısını açmak için bütün gücüyle itmeye koyuldu. "Northrup'a söyleyin, şu pencerelerdeki şeyleri kaldırtsın!"

Küskün sessizliğini ilk defa bozan Kaptan Farrell, elini kızın koluna koyarak yumuşak bir sesle, "Bu Jason'ın emriydi, Victoria," dedi. "Üzüntüsünden aklını kaçırmış gibi. Büyükannen bir bakıma haklı. Seni karşısında görünce nasıl karşılayacağını hiç bilemiyorum."

Jason'ın ne yapacağı Victoria'nın hiç umurunda değildi, o anda tek düşündüğü gidip bir an önce ona ölmediğini göstermekti. Arabadan atlayıp büyükannesiyle ilgilenmeyi Kaptan Farrell'a bırakarak ön kapıya doğru koştu. Kapının kilitli olduğunu görünce tokmağı kaldırıp kapıyı sertçe çalmaya başladı. Kapı ağır ağır açılıncaya kadar bir asır geçmiş gibiydi.

Kapıyı açan baş uşağa, telaşla "Northrup!" diye bağırdı. "Jason nerede?"

Kahya loş ışıkta gözlerini kırpıştırarak ona baktı, sonra gözlerini bir daha kırptı.

"Lütfen bana öyle hayalet görmüş gibi bakma. Hepsi bir yanlış anlamadan ibaret! Northrup!" Sıcak elini umutsuzca hizmetkârın soğuk yanağına dayadı. "Ben ölmedim!"

Northrup'un asık suratı birden geniş bir gülümsemeyle aydınlandı. "Ş-şey, çalışma odasında, leydim, müsaade buyurursanız sizi sağ salim karşımda görmekten ne kadar mutluluk–"

Victoria'nın durup dinleyecek hali yoktu. Jason'ın çalışma odasına doğru koşarken bir yandan da elleriyle saçını düzeltiyordu.

"Victoria?" Üst kat sahanlığından seslenen Charles'tı. "Victoria!"

Victoria koşmayı kesmeden "Büyükannem size her şeyi anlatır, Charles Amca!" diye seslendi.

Jason'ın çalışma odasının önünde durup titreyen elini kapının koluna koydu, sebep olduğu felaketin büyüklüğüyle bir an felce uğramışçasına durup bekledi. Sonra derin bir nefes alarak içeri girdi ve kapıyı arkasından kapadı.

Jason pencerenin yanında bir koltukta oturuyordu, dirseklerini aralık duran dizlerine dayamış, başını ellerinin arasına almıştı. Yanındaki sehpada iki boş viski şişesi ve Victoria'nın armağan ettiği oniks panter duruyordu.

Victoria pişmanlıkla düğüm düğüm olan boğazını yumuşatmak için yutkunarak ilerledi ve yavaşça seslendi: "Jason–"

Jason başını yavaşça kaldırarak ona baktı, yüzü perişan bir maske gibiydi, gözlerinde deli bir bakışla sanki karşısındaki bir hayaletmiş gibi bakıyordu. Istırap dolu bir sesle, "Tory," diye inledi.

Adam başını koltuğun arkasına yaslayarak gözlerini sımsıkı yumunca Victoria dehşetle olduğu yerde kalakaldı. Kendini kaybetmiş gibi, "Jason," diye bağırdı, "Bak bana."

Jason gözlerini açmadan, "Seni görüyorum, sevgilim," diye fısıldadı. Eli yanındaki masanın üzerinde duran pantere uzandı, mermerden hayvanın sırtını sevgiyle okşadı. Acıyla, "Konuş benimle," diye yalvardı. "Benimle konuşmayı asla bırakma, Tory. Deli olmak umurumda değil, yeter ki sesini duyayım–"

Victoria, "Jason!" diye haykırarak ileri atılıp elleriyle adamın geniş omuzlarına yapıştı. "Aç gözlerini. Ben ölmedim. Ben boğulmadım! Beni duyuyor musun, boğulmadım!"

Jason cam gibi ifadesiz gözlerini açtı, ama onunla sanki bir hayaletle konuşur gibi konuşmayı sürdürerek, sanki açıklamak zorunda olduğu bir şey varmış gibi tutuk tutuk fısıldadı: "Senin Andrew'nun gönderdiği mektuptan haberim yoktu. Artık biliyorsun, değil mi, sevgilim? Biliyorsun–" Birden kahır dolu bakışlarını tavana doğru çevirerek, vücudu çektiği acıyla yay gibi gerilmiş bir halde dua etmeye başladı. Korkunç bir sesle, "Ah, yalvarırım, söyle ona," diye inledi, "mektuptan haberim olmadığını söyle ona, yalvarırım." İsyan ederek, "Lanet olsun!" diye bağırdı, "Söyle ona, haberim yoktu!"

Victoria korku içinde geri çekildi. Heyecanla, "Jason!" diye bağırdı. "Düşünsene! Ben balık gibi yüzerim, hatırlasana! Pelerin bir hileydi. Peşimden biri geliyordu, ama onun O'Malley olduğunu bilmiyordum. Beni bir haydut kovalıyor sandım. Pelerini çıkarıp atın sırtına attım, sonra da büyükanneme kadar yürüdüm. Ah, Tanrım!" Elleriyle saçlarını geriye doğru iterek çaresizlik içinde bakışlarını loş odada gezdirdi, adama ulaşmanın bir yolunu bulmaya çalışıyordu. Sonra birden çalışma masasına koşup üzerindeki lambayı yaktı, ardından koşup şöminenin üzerinde duran lambaları yakmaya koyuldu. Bir yandaki iki lambayı yakıp diğer ikisine uzanırken çelik gibi iki elin omuzlarını kavradığını hissetti. Jason onu sertçe çevirerek ezercesine bağrına bastı. Adamın ağzı açlık ve şiddet dolu bir öpüşle ağzını hapsetmeden önce kısacık bir an, Victoria onun gözlerindeki bakışın normale döndüğünü görebildi. Adamın elleri sırtında, kalçalarında dolaşıyor, kızı içine sokmak istercesine kuvvetle kendine bastırıyordu. Victoria kendini ona yaslayarak kollarını sıkıca boynuna dolayınca adamın güçlü vücudu bir ürpertiyle sarsıldı.

Dakikalar sonra Jason birden ağzını kızın ağzından çekti, kızın kollarını boynundan çözdü ve gözlerini gözlerinin içine dikti. Victoria telaşla bir adım geri çekildi, adamın güzel yeşil gözlerinde yanmaya başlayan gazap parıltısını hemen fark etmişti. Jason gaddarca, "Bunu aradan çıkardığımıza göre," dedi, "şimdi sıra hak ettiğin cezayı vermeye geldi. Seni öyle bir döveceğim ki bir süre oturamayacaksın."

Adamın eli ona doğru uzanırken Victoria'nın ağzından yarı kahkaha, yarı korku dolu bir çığlık yükseldi. Geri doğru sıçrayarak kendini adamın elinden ucu ucuna kurtardı. Kocasının normale dönmesine öyle sevinmişti ki kendini gülmekten alıkoyamıyordu. Titrek bir sesle, "Hayır, dövemezsin," diye itiraz etti.

Jason o geri geri kaçarken üzerine doğru ilerleyerek, yumuşacık bir sesle, "Bahse var mısın?" diye sordu.

Victoria ürpererek "Pek değil," diye karşılık verdi ve çalışma masasının arkasına kaçtı.

"Sonra da seni zincire vurup yanı başıma bağlayacağım."

"Bak, onu yapabilirsin." Victoria gülerek masanın etrafını dolanmaya başladı.

"Bir daha da asla gözümün önünden ayırmayacağım."

"S-seni suçlayamam." Victoria kapıya doğru kaçamak bir bakış atarak aradaki mesafeyi ölçmeye çalıştı.

Jason uyardı: "Sakın deneme."

Victoria adamın gözlerindeki karanlık bakışı görerek uyarısını duymazdan geldi. İçinde mutluluk sarhoşluğuyla kendini koruma içgüdüsü karışımı bir duyguyla, kendini kapıya doğru atıp dışarı fırladı. Eteklerini toplayıp koridordan koşa koşa merdivenlere doğru kaçtı. Jason uzun adımlarıyla neredeyse koşmadan ona yetişecek gibi bir hızla peşinden gidiyordu.

Victoria kahkahalarla gülerek koridoru ve olan biteni daha iyi görebilmek için beraberce salondan fırlamış olan Charles, Kaptan Farrell ve büyükannesinin durdukları mermer girişi koşarak geçip merdivenlere atıldı.

Merdivenlerin bir yerine kadar çıktıktan sonra arkasına dönüp peşinden gelen Jason'a bakarak geri geri gitmeye başladı. Yüzünde bastıramadığı bir gülümsemeyle elini adamı sakinleştirmek için yalvarırcasına ileri uzatmıştı. Yaptığına pişman olmuş gibi görünmeye çalışarak, "Haydi ama, Jason," dedi, "lütfen, mantıklı ol–"

"Dümdüz git, sevgilim –doğru yöne gidiyorsun," dedi Jason kızı adım adım takip ederek. "İstersen senin yatak odana, istersen benimkine gidebilirsin, sen seç."

Victoria dönüp merdivenlerin kalanını uçarcasına çıktı ve kendi dairesine doğru koştu. Odasını yarı yarıya kat etmişti ki Jason kapıyı açıp içeri girdi ve kapıyı arkasından kapatıp kilitledi.

Victoria hızla ona doğru döndü, kalbi sevgi ve korkuyla gümbür gümbür atıyordu.

Jason kalın ve anlamlı bir sesle, "Evet, tatlım," diyerek gözlerini kızın üzerine dikti; hangi yöne kaçacağını kestirmeye çalışıyordu.

Victoria taparcasına sevdiği yakışıklı, solgun yüze hayranlıkla baktı, sonra da hızla koşarak kendini onun kollarına attı, ona sımsıkı sarılarak "Yapma!" diye bağırdı.

Jason bir an, içinde tırmanan duygularla mücadele ederek hiç hareket etmeden durdu. Sonra kaskatı vücudunun bütün gerginliği bir anda boşalıverdi. Ellerini Victoria'nın beline götürüp yavaşça sarıldı ve ezici bir güçle onu kendine çekerek ayaklarını yerden kesti. Yüzünü Victoria'nın saçlarına gömerken, tarazlı bir sesle, "Seni seviyorum," diye fısıldadı. "Ah, Tanrım! Seni çok seviyorum!"

Alt katta, Kaptan Farrell, düşes ve Charles yukarıdan hiç ses gelmeyince rahatlayarak gülümsediler.

İlk konuşan yaşlı düşes oldu. Yüzünde ciddi bir ifadeyle, "Ee, Atherton," dedi, "artık gençlerin hayatına karışıp işler ters gittiğinde sonuçlarına katlanmanın ne demek olduğunu anlamışsındır, desem sanırım yanılmış olmam. Ben bunca yıldır katlandım."

Charles gözlerini üst kata doğru çevirerek, "Gidip Victoria'yla konuşmam lazım," dedi. "Ona her şeyi onun Jason'la *daha mutlu* olacağına inandığım için yaptığımı anlatmak zorundayım." İleri doğru bir adım attı, ama düşesin bastonu önüne doğru uzanıp yolunu kesti.

Yaşlı hanımefendi azametli bir tavırla, "Yanlarına gitmeyi *aklından* bile geçirme," diye buyurdu. "Torunumun torununu görmek istiyorum ve de yanlış anlamıyorsam, ikisi şu anda bana bir torun vermek için çalışıyor olabilirler." Sonra alicenaplıkla ekledi: "Ama bana bir kadeh şeri ikram edebilirsin."

Charles bakışlarını üst kattan ayırıp yirmi yıldan uzun bir zamandır nefret ettiği yaşlı kadına dikkatle baktı. O başkalarının hayatına karışmanın acısına yalnızca iki gün katlanmak zorunda kalmıştı; düşes ise yirmi iki yıldır acı çekiyordu. Kolunu tereddütlü bir şekilde ona uzattı. Düşes uzunca bir an kendisine uzatılan kola baktı; bunun bir barış teklifi olduğunu biliyordu. Sonra zayıf elini yavaşça adamın koluna koydu. Beraberce salona doğru yürürlerken, "Atherton," dedi, "Dorothy nereden çıktıysa, evlenmeyip müzisyen olma sevdasına kapılmış. Ama ben onun Winston'la evlenmesine karar verdim, bir de planım var..."